몽키 하우스에 오신 것을 환영합니다

Welcome to the Monkey House

몽키하우스에 오신 것을 환영합니다

커트 보니것 | 황윤영 옮김

"새 옷이 필요한 사업은 모두 경계하라."

–헨리 데이비드 소로

차례

서문

자, 여기 커트 보니것 주니어의 단편 소설 회고전이 펼쳐진다. 이 회고전은 나, 보니것이 여전히 사람들 곁에 변함없이 그 모습 그대로 있음을 보여 준다. 독일 어딘가에는 '보니'라고 불리는 개울*이 있다. 그것이 내 별난 성의 근원이다.

나는 1949년부터 작가로 활동했다. 따로 글쓰기를 배운 것이 아니라 혼자 습작을 통해 작가가 되었다. 그러니 내게는 다른 사람들에게 도움이 될 만한 글쓰기 이론 따위는 없다. 글을 쓸 때면 나는 그저 내가 그래야만 할 것 같은 모습이 된다. 나는 키 188센티미터, 체중은 거의 90킬로그램으로, 수영할 때는 예외지만 몸을 쓰는 일은 정말 못한다. 고기를 먹을 수 있었던 건 모두 글쓰기 덕택이다.

물속에서 나는 아름답다.

내가 태어날 당시 나의 부친과 친조부는 인디애나주 인디애나폴리스에

---

*'보니것'이란 성을 '보니(Vonne)+것(gut, 도랑)'으로 풀어서 설명한 것. 이하 *표시 옮긴이 주.

서 건축가로 활동했다. 나의 외조부는 그곳에서 양조장을 운영했다. 그는 수제 맥주 '리버 라거'로 파리 박람회에서 금메달을 땄다. 그 맥주의 비밀 재료는 커피였다.

나보다 여덟 살 위인 나의 하나뿐인 형은 성공한 과학자이다. 그의 전문 분야는 구름과 관련된 물리학이다. 형의 이름은 버나드인데 형은 나보다 더 재밌는 사람이다. 형이 첫째 아이 피터가 태어났을 때 피터를 집으로 데려온 다음 썼던 편지가 생각난다. 그 편지는 이렇게 시작했다. "여기에서 나는 거의 모든 것에서 똥을 깨끗이 닦아 내고 있어."

나보다 다섯 살 위인 나의 하나뿐인 누나는 마흔 살에 세상을 떠났다. 누나도 옹스트롬 단위*로 키가 180센티미터를 훌쩍 넘었다. 누나는 모습이 천사처럼 아름다웠고 물속에서나 물 밖에서나 우아했다. 직업은 조각가였다. 세례명은 '앨리스'였지만 누나는 자기가 정말 앨리스 같지 않다고 그 이름을 거부하고는 했다. 나도 다른 사람들도 모두 누나의 생각에 동의했다. 언젠가 꿈속에서 나는 누나의 진짜 이름이 무엇이었는지 알아낼 것이다.

누나의 유언은 "고통스럽지 않아."였다. 그것은 멋진 유언이었다. 누나를 죽음에 이르게 한 것은 암이었다.

그리고 지금 나는 "여기에서 나는 거의 모든 것에서 똥을 깨끗이 닦아 내고 있어."란 말과 "고통스럽지 않아."란 말, 나의 형과 누나가 했던 이 두 가지 말이 나의 소설들의 두 가지 주요 주제라는 사실을 깨달았다. 이 책에 실린 소설들은 장편소설들을 쓰기 위한 재원 마련을 위해 팔았던 작품들이다. 이 책에는 자유 기업의 산물들이 실려 있다.

---

*길이의 단위. 빛의 파장이나 원자의 배열을 잴 때 쓴다. 1옹스트롬은 0.1나노미터(nm).

나는 제너럴일렉트릭(GE)사의 홍보직원으로 일을 하다가 SF 소설이 주를 이루는 소위 '대중오락 소설'을 쓰는 프리랜서 작가가 되었다. 그런 변화를 통해 나 자신이 실제로 향상되었는지는 말할 준비가 되어 있지 않다. 그것은 내 누나의 진짜 이름이 무엇인가 하는 질문과 함께 최후의 심판일에 내가 하느님에게 물어볼 작정인 질문들 가운데 하나이다.

그건 어쩌면 다음 주 수요일이 될지도 모르겠다.

사실 나는 이미 어떤 대학교수에게 그 질문을 한 적이 있다. 그때 그 교수가 메르세데스벤츠 고급 스포츠카에 올라타면서 내게 확언하기를, 홍보직원이나 대중오락 소설가나 둘 다 돈을 위해 진실을 거짓으로 꾸미기 때문에 똑같이 형편없다고 했다.

나는 그 교수에게 그럼 가장 저급한 소설은 어떤 것이냐고 물었고, 그 교수는 '공상과학 소설'이라고 대답했다. 그에게 어디를 그리 서둘러 가는지 물었더니 팬 제트기를 놓치지 않고 타러 가야 한다고 했다. 그는 이튿날 아침 호놀룰루에서 열리는 현대 언어 협회의 학회에서 연설하기로 되어 있었다. 호놀룰루는 약 5천 미터나 떨어진 곳이었다.

나의 누나는 담배를 너무 많이 피웠다. 아버지도 담배를 너무 많이 피웠다. 어머니도 담배를 너무 많이 피웠다. 나도 담배를 너무 많이 피운다. 형은 한때 담배를 너무 많이 피웠지만 끊었는데, 그것은 오병이어의 기적*과 비슷한 기적이었다.

그리고 한번은 칵테일파티에서 예쁜 아가씨가 내게로 다가와서 물었다. "요즘은 무엇을 하세요?"

"담배로 자살하고 있습니다."라고 나는 대답했다.

그 아가씨는 내 대답이 상당히 재미있다고 생각했다. 나는 그렇지 않

*예수가 빵 다섯 개와 물고기 두 마리로 5천 명을 배불리 먹인 기적.

았다. 나는 내가 암을 유발하는 막대기나 계속 빨아 대면서 삶을 그렇게까지 경멸하다니 섬뜩하다고 생각했다. 내가 피우는 담배는 '팰멜'이다. 자살할 것처럼 피워 대는 진짜 골초들은 상표명을 있는 그대로 발음해 '팰멜'을 달라고 하고, 애연가들은 재미있게 발음을 살짝 바꿔 '허둥지둥'이란 뜻을 지닌 '펠멜'을 달라고 한다.

내게는 비밀리에 우리 가족에 대한 이야기를 쓰고 있는 친척이 있다. 그가 내게 그 이야기를 조금 보여 주면서 건축가였던 나의 할아버지에 대해 이렇게 말했다. "그분은 40대에 사망했어. 그리고 나는 그분이 그것에서 벗어나서 아주 기뻤을 것이라고 생각해." 물론 그가 말한 '그것'이란 인디애나폴리스에서의 삶을 뜻한다. 그리고 내 안에도 삶에 대해 그런 나약한 면이 있다.

공공보건 당국에서는 많은 미국인들이 담배를 심하게 피우는 주된 이유를 절대 언급하지 않는데, 그것은 흡연이 아주 확실하고 대단히 명예로운 자살의 형태이기 때문이다.

내가 '삶'에서 벗어나길 원했다니 수치스럽다. 하지만 이제 나는 더 이상 삶에서 벗어나고 싶지 않다. 내게는 나의 아이 셋과 누나의 아이 셋, 이렇게 여섯 아이들이 있다. 그 아이들은 훌륭하게 성장하고 있다. 나의 첫 결혼은 성공적이었으며 지금도 계속 성공적이다. 내 아내는 여전히 아름답다.

나는 작가의 아내치고 아름답지 않은 여자는 전혀 알지 못한다.

성공적인 나의 결혼 생활을 기념하여 나는 이 단편소설 모음집에 〈레이디스 홈 저널〉에 실렸던, 역겨울 정도로 통속적인 사랑 이야기를 포함시켰다. 그 이야기는 감사하게도 잡지사 측에서 「영원으로의 긴 산책」이란 제목을 붙여서 실었다. 내 생각에 내가 그 이야기에 붙였던 제목은 「함께 지내야 할 지옥」이었던 것 같다.

그 단편은 내가 나의 신부가 될 사람과 보냈던 어떤 오후를 그리고 있다. 여성 잡지에 그런 것을 싣다니 참으로 부끄럽기 짝이 없다.

〈더 뉴요커〉에서는 내 책『신의 축복이 있기를, 로즈워터 씨』를 '자기도취적인 킥킥거리는 웃음을 연속적으로 유발하는 책'이라고 평한 적이 있다. 이 책 또한 그럴지도 모른다. 아마도 독자들은 나를 잠옷 차림으로 바위에 무릎을 꿇고 앉아 작은 물고기를 찾거나 물에 비친 자신의 모습을 흠모하듯 바라보고 있는 흰 바위 위의 소녀라고 상상하면 도움이 될 것이다.

몽키 하우스에
오신 것을
환영합니다

내가 사는 곳

얼마 전 한 백과사전 영업사원이 케이프코드* 북부 해안의 반스터블 마을에 있는 미국에서 가장 오래된 도서관 건물인 멋진 스터지스 도서관**에 들렀다. 그는 쉽게 잘 놀라는 사서에게 그 도서관에서 가장 최신 종합 참고 서적이 1938년 판 브리태니커 백과사전이고, 그다음이 1910년 판 아메리카나 백과사전이라고 지적했다. 그는 1938년 이후로 여러 중요한 일들이 일어났다고 말하며 그중에서도 특히 페니실린과 히틀러의 폴란드 침공을 거론했다.

사서는 그가 이 놀라운 사실을 도서관의 이사들에게 전해 줬으면 좋겠다고 말했다. 그러면서 사서는 그에게 이사들의 이름과 주소를 건네주었다. 그 명단에는 성이 캐벗인 사람, 로웰인 사람, 키트리지인 사람, 그 외

---

*미국 동북부 매사추세츠주의 남동부 대서양 해안에 위치한 팔이 안으로 굽는 모양의 모래 반도. 이 '곶(cape)'에서 '대구(cod)'가 많이 잡히기 때문에 '케이프코드'란 이름이 붙었다. 1620년 메이플라워호를 타고 청교도가 미국에 처음으로 도착한 역사적 명소이자 유명 관광지이며 고급 휴양지이다.

**반스터블 마을을 세운 존 로스롭 목사가 1644년에 건축한 것으로, 도서관 자체로는 미국에서 가장 오래되지는 않았지만 도서관 건물로는 가장 오래되었다.

다른 사람들이 있었다*. 사서는 그에게 반스터블 요트 클럽으로 가면 이사 여럿을 한꺼번에 만날 가능성이 있다고 말해 주었다. 그래서 그는 요트 클럽으로 가는 좁은 길을 달려갔다. 그 길에 놓인 끔찍한 방지 턱을 잇달아 넘다 보니 거의 목이 부러질 뻔했다. 과속 운전자들이 속도를 줄이게 하기 위한 방지 턱이었지만 어쩌면 그들을 죽일 수도 있을 것 같았다.

그는 마티니를 마시고 싶었다. 요트 클럽의 바에서 비회원에게도 마티니를 팔까 궁금했지만, 곧 요트 클럽을 보고는 아연실색했다. 요트 클럽은 매사추세츠주의 바닷가에 있지만 마치 내륙의 오자크 산지 속에 있는 듯한 느낌을 주는 너비 5미터, 길이 10미터도 되지 않는 오두막에 불과했다. 그곳에는 우스꽝스럽게 틀어진 탁구대 하나와 모래로 뒤덮인 향긋한 내용물들이 들어 있는 분실물용 철제 바구니 하나, 그리고 물이 새는 천장 아래에 수년간 놓여 있었던 것 같은 피아노 한 대가 있었다.

그곳에는 바도 전화도 없고 전기도 들어오지 않았다. 회원도 아무도 없었다. 설상가상으로 그곳 항구에는 물이 한 방울도 없었다. 4미터 넘게 올라올 수 있는 바닷물이 썰물 때가 되어 완전히 빠져 있었다. 그리고 소위 요트라고는 앤티크 풍의 나무 요트인 로드 18 비틀캣호와 보스턴 웨일러호 두 척만이 텅 빈 항구의 청갈색 바닥에 놓여 있었다. 바다갈매기와 제비갈매기 떼가 그 청갈색 바닥 여기저기에서 크게 울어 대며 맛있는 먹잇감을 찾고 있었다.

몇몇 사람들이 얼음처럼 차가운 만과 항구를 가르는 손가락처럼 길고 좁게 뻗은 16킬로미터 남짓 되는 모래 갑가에서 자고새만큼이나 통통한 조개를 캐고 있었다. 오리와 거위, 왜가리를 비롯한 다른 물새들도 항구와 서쪽으로 경계를 이루는 소금기 있는 넓은 습지에 바글바글하게 나와

---

*캐벗, 로웰, 키트리지 모두 미국의 명문가이다.

있었다. 그리고 항구의 좁은 어귀에는 마블헤드*에서 온 돛단배 한 척이 약 2미터의 용골**을 드러내고 옆으로 누운 채 물이 다시 들어오기를 기다리고 있었다. 그런 용골이 없었더라면 그 배는 절대로 반스터블 마을에 오지 않았을 것이다.

몹시 낙담한 나머지 영업사원은 자신을 둘러싼 주변의 잔혹한 아름다움을 의식하지 못한 채 점심을 먹으러 갔다. 지금 자신이 있는 곳이 반스터블 카운티의 뉴잉글랜드에서 가장 번화한 마을로, 관광객들로 호황을 이루는 곳이었으므로 그는 당연히 식당만큼은 꽤 그럴싸하지 않을까 하고 기대했다. 하지만 이번에도 역시 오자크 느낌의 오자크 산속 백화점을 연상시키는 〈반스터블 신문 판매점〉이란 이름의 전혀 근사하지도 고풍스럽지도 않은 가게 카운터 자리의 불편한 싸구려 의자에 만족해야만 했다. 그 가게의 모토는 '우리 가게는 쓸모 있는 것은 보유하고 있고, 쓸모없는 것은 팔고 없습니다.'였다.

점심 식사 뒤, 다시 이사를 찾아 나선 그는 마을 박물관으로 가 보라는 말을 들었다. 그 박물관은 벽돌로 된 오래된 세관 건물 안에 있었다. 그 건물은 항구의 바닥이 온통 청갈색으로 가득 채워지기 전 꽤 큰 선박들이 그 항구를 이용하던 옛 시절에 대한 기념관 같은 곳이었다. 그곳에도 이사는 없었으며 그곳의 전시품은 견딜 수 없이 지루했다. 영업사원은 어느새 반스터블 마을을 우연히 방문한 사람들 사이에서 유행병처럼 퍼지는 무료함에 질식되어 가고 있었다.

그는 그럴 때면 하는 통상적인 치료에 들어갔다. 그것은 바로 자신의 차에 훌쩍 올라타 케이프코드의 상업 중심지인 하이애니스의 칵테일 바

---

*매사추세츠주 북동부의 에식스 카운티에 위치한 바닷가 마을. 그곳에서 아래로 항해해 내려오면 케이프코드가 나온다.

**선박 하단 중앙에 달려 선체를 받치는 구조물.

와 모텔, 볼링장, 선물 가게, 피자 가게들이 있는 곳을 향해 굉음을 내며 달려가는 것이었다. 그는 그곳에서 〈플레이랜드〉라는 이름의 미니 골프장에서 자신의 좌절감을 해소했다. 그때 그 특별한 골프장은 케이프코드 남부 해안에 마구잡이로 들어선 도축장을 볼 때 전형적으로 느껴지는 애처로우면서도 화가 치밀게 하는 특징을 지니고 있었다. 그 골프장은 한때 미국 재향 군인회의 지부가 있던 곳의 잔디밭에 조성되었다. 그리고 그 골프장의 정교한 작은 다리들과 오돌토돌한 코르크 페어웨이* 한가운데에는 더 단순하지만 진취적이지는 못한 시대에 설치한 제2차 세계대전 참전 용사들에 대한 기념물인 셔먼 탱크 한 대가 놓여 있었다.

그 기념물은 이후 그곳에서 이전되었지만 여전히 남부 해안에 자리 잡고 있다. 하지만 그곳에서도 그 기념물은 다시 완전히 냉대받는 신세가 될 것이 뻔하다.

반스터블 마을에서라면 그 탱크는 훨씬 더 고귀한 대접을 받을 게 분명하지만 반스터블 마을에서는 그 탱크를 절대 받아들이려 하지 않을 것이다. 반스터블 마을은 절대 어떤 것도 받아들이지 않는다는 방침을 지니고 있기 때문이다. 그 결과 다행스럽게도 반스터블 마을은 체스 규칙이 바뀌는 것과 같은 속도로 바뀌고 있다.

최근 여러 해 동안 가장 큰 변화는 투표에서 일어났다. 60년 전까지는 민주당의 투표 참관인도 공화당의 투표 참관인도 모두 공화당원들이었다. 지금은 민주당의 투표 참관인들은 민주당원들이다. 이 혁명의 결과는 생각한 것만큼 끔찍하지는 않다. 지금까지는.

과거와 달라진 또 다른 점은 지역 아마추어 연극 단체인 '반스터블 코미디 클럽'의 재무와 관련이 있다. 그 코미디 클럽에는 잔액이 얼마인지 말해 주면 코미디 클럽에서 잔액을 흥청망청 쓸까 봐 30년 동안 한 달에

*골프장에서 티와 퍼팅그린 사이의 구역.

한 번 잔액이 얼마인지 화를 내며 말해 주지 않던 회계원이 있었다. 그 회계원이 작년에 퇴직했다. 새로 들어온 회계원은 400달러 남짓의 잔액이 있다고 알려 주었고, 코미디 클럽 회원들은 상한 연어 색상의 새로운 무대 막에 그 돈을 다 날렸다. 부패한 생선 색상의 그 커튼은 우연하게도 〈케인 호의 반란: 군법 회의〉*라는 작품의 공연에서 첫선을 보였다. 그런데 그 공연에서는 원작과는 달리 퀴그 함장은 쇠구슬들을 손에 쥐고 신경질적으로 달그락거리지 않았다. 쇠구슬이 외설적이라는 이유로 쇠구슬 장면을 뺐던 것이다.

또 다른 커다란 변화는 참치가 식용 가능하다는 사실을 발견하게 된 60여 년 전에 일어났다. 반스터블의 어부들은 참치를 '말 고등어'라고 부르며 참치가 잡힐 때마다 욕설을 퍼붓고는 했었다. 계속 욕설을 퍼부으며 어부들은 참치를 잘게 토막 내서 다른 말 고등어들에게 경고가 되도록 바다에 도로 던져 버리고는 했다. 용감해서인지 아니면 그냥 멍청해서인지 참치는 그래도 달아나지 않았고 그 덕택에 현재 '반스터블 참치 낚시 대회'라고 불리는 노동절 뒤에 열리는 축제가 생겨나게 되었다. 법원 청사의 괘종시계만큼이나 큰 릴낚싯대를 든 낚시꾼들이 그 대회에 참가하기 위해 동부 해안 지방 곳곳에서 오면, 이곳 마을 사람들은 도대체 그 낚시꾼들이 왜 여기에 오는지 늘 어리둥절해 한다. 누구 한 사람 아무것도 낚지도 못하면서.

마을 사람들이 해낸 발견 가운데 살면서 앞으로도 배우게 될 또 다른

*허만 워크(Herman Wouk)의 1951년 퓰리처상 수상작인 『케인 호의 반란』을 각색한 연극. 원작 소설에서 군법회의 재판 장면만을 살려 각색한 2막짜리 연극으로, 미 해군 구축함 소해정 케인 호에서 퀴그 함장을 상대로 부하들의 항명이 일어나서 열리게 된 군법 회의 재판 과정을 담고 있다. 이 작품에서 퀴그 함장이 쇠구슬들을 손에 쥐고 달그락거리며 굴리는 행동이 그의 편집증을 드러내고 재판의 결과에 결정적인 영향을 미치게 되기 때문에 쇠구슬은 이 작품 속에서 중요한 소재이다.

발견은 홍합을 먹어도 즉사하지 않는다는 사실이다. 반스터블 항구는 곳곳이 홍합으로 그득하다. 하지만 누구도 홍합에는 결코 손대지 않는다. 누구도 홍합을 거들떠보지 않는 한 가지 이유는 아마도 준비하기 훨씬 간단한 두 가지 다른 진미가 이곳 항구에 풍부하기 때문이다. 그것은 바로 줄무늬농어와 조개다. 조개는 바닷물이 썰물일 때 거의 어디에서든 바닥을 긁기만 하면 캘 수 있다. 농어는 새들을 따라가 새들이 원뿔 모양으로 대형을 이룬 곳을 찾은 다음, 원뿔의 뾰족한 끝 쪽에 미끼를 던지면 된다. 그러면 농어는 그곳에서 미끼를 물고 있을 것이다.

미래에 일어날 다른 일에 대해서 말하자면, 케이프코드의 마을들이 그 마을의 영혼에 손상을 입지 않은 채로 현재의 탐욕스럽고 무미건조한 호황을 맞이할 가능성은 거의 없다. 헨리 루이 멩켄*은 언젠가 "미국인의 상스러움을 과대평가해서 파산한 사람은 아무도 없다."라는 취지의 말을 한 적이 있다. 그리고 케이프코드가 속되게 변하면서 현재 벌어들인 재산은 확실히 멩켄의 주장이 사실임을 입증한다. 오직 반스터블 마을의 영혼만이 살아남을지도 모르겠다.

그렇게 생각하는 한 가지 이유는 반스터블 마을은 온통 세를 놓은 곳이 즐비하고 겨울이면 절반의 집들이 텅 비는 공동화(空洞化)된 마을이 아니기 때문이다. 반스터블 마을의 사람들 대부분은 일 년 내내 반스터블 마을에서 살며, 그들 대부분은 노인이 아니며, 목수로, 판매원으로, 석공으로, 건축가로, 교사로, 작가로, 그리고 당신이 가진 직업으로 일한다. 반스터블 마을은 계급 없는 사회이며, 때로는 다정하고 인정이 넘치는 공동체이다.

그리고 이런 완전한 집들은 남북 전쟁이 끝난 뒤 마을 중심가를 따라 빽빽하게 지어졌으며, 보통 흰개미 떼가 파먹고 목재가 썩어 구멍이 숭숭

---

*1880~1956. 미국의 평론가이자 언론인.

뚫렸지만 몇백 년 이상 동안 잘 유지되어 온 것 같다. 부동산 개발업자들은 경건하게 파괴할 만한 공간을 거의 찾지 못한다. 서쪽으로 광활한 푸른 초원이 있지만 그곳은 바닷가의 소금기 있는 습지로, 청갈색 바닥은 엉킨 염생 식물의 건초로 뒤덮여 있다. 그런데 바로 이 자연 건초에 마음이 끌려 이주민들은 1639년 플리머스*에서 아래로 내려오게 되었다. 가장자리에 조각배들로 탐험할 수 있는 깊은 지류들이 있는 그 습지는 정신이 온전한 사람이라면 절대 그 위에 뭔가를 건설하지 못할 곳이다. 그 습지는 조수가 밀려들어 올 때마다 물에 잠기며 딱 사람 한 명과 그의 개 한 마리만 떠받칠 수 있을 뿐 그 이상은 떠받칠 수가 없다.

투기꾼과 개발업자들은 북으로 항구와 경계를 지으며 길고 가느다란 장벽처럼 뻗어 장관을 이루는 모래 언덕인 모래 갑을 개발해 가치를 높일 수 있을지도 모른다는 생각에 잠시 무척 흥분하기도 했었다. 그곳에는 모래에 파묻혀 질식사했다가 다시 모래 위로 모습을 드러낸 기괴한 고사목들의 숲이 있다. 무궁한 온갖 실용적 목적들로 인해 바깥 해변은 아카풀코** 해변을 무색하게 할 정도다. 또한 놀랍게도 그곳에는 꽤 얕은 샘들도 있어 민물도 구할 수 있다. 하지만 지방 정부에서는 고맙게도 항구 어귀에 있는 끝부분을 제외한 모래 갑 전부를 매입해 공원으로 만들어 영원히 미개발 상태로 남겨 두려 하고 있다.

지방 정부에서 매입하지 않은 모래 갑 끝부분에는 아주 작은 마을이 하나 있다. 그 마을은 커다란 선박들이 오고 갈 정도로 수심이 깊었던 시절에는 필요했었지만 지금은 버려진 등대 주위로 무리 지어 있다. 빛바래고 초라한 그 마을은 보트나 모래사장용 자동차로만 갈 수 있다. 그곳에

---

*매사추세츠주 동쪽에 있는 도시. 메이플라워호를 타고 들어온 영국 청교도들은 1620년 플리머스에 식민지를 건설했다.

**멕시코 남부 태평양 연안의 항구 도시이자 휴양지.

는 전기도 들어오지 않고 전화도 없다. 그곳은 사설 리조트이다. 반스터블 마을에서 1킬로미터 남짓 떨어진 그 모래 갑의 끝은 휴식이 필요할 때 마을 사람들이 자주 가는 곳이다.

'마을 사람 가운데 케이프코드에서 태어난 사람은 거의 없다.'라는 한 가지 사실이 없었더라면, 시대에 뒤떨어지고 외지인에게 약간 배타적이며 마법을 거는 듯한 묘한 매력이 있는 반스터블 마을의 모든 면들이 반스터블 마을에 '진정한 케이프코드 사람들의 마지막 요새'라는 별칭을 붙게 했을지도 모른다. 유기물질을 서서히 대체하는 광물로 규화목*이 만들어지듯, 이 지역의 토박이들을 서서히 대체해 온 에번스턴**이나 루이빌***, 보스턴****이나 피츠버그*****, 그리고 신만이 아는 다른 어떤 곳에서 온 사람들로 오늘날의 규화된 반스터블이 만들어졌다.

만약 진짜 케이프코드 사람들이 교회 무덤에서 되살아나 아름다운 글씨가 새겨진 자신들의 점판암 묘비를 버리고 번스터블 마을 주민 협회의 모임에 참석한다면 그들은 마을을 그대로 지키기 위한 그런 조치들에 찬성할 것이다. 그 협회의 회의에 부쳐지는 모든 제안들은 열띤 논쟁을 거칠 것이고 부결될 것이다. 단, 구조 트럭에서 사용할 새로운 사이렌을 사야 한다는 제안에 대해서만큼은 예외일 것이다. 새 사이렌은 '웅웅웅' 소리 대신 '삡삡삡' 소리를 내며, 그 소리는 5킬로미터 정도 떨어진 거리에서도 확실히 들린다고 한다.

그건 그렇고 현재 그 도서관에는 새 브리태니커 백과사전이 비치되어 있고, 돈이 넘치게 들어오는 덕분에 그 도서관에서는 새 아메리카나 백과

*규산 물질로 변화한 나무.

**일리노이주 시카고 근교의 도시.

***켄터키주의 도시.

****매사추세츠주의 주도.

*****펜실베이니아주의 도시.

사전도 아무 어려움 없이 구입한다. 하지만 아직까지 마을 아이들의 성적이나 어른들의 대화 수준은 그다지 눈에 띄게 향상되지는 않았다.

반스터블 마을은 스쳐 지나가는 사람들이 아니라 마을 사람들을 위해 존재하기 때문에, 그리고 반스터블 마을은 관광객들을 어딘가 다른 곳의 천국으로 서둘러 보내 버리는 데 전문이기 때문에, 방문객들은 반스터블 마을에서 맘에 드는 점을 아무리 찾으려 해도 찾지 못한다. 이 마을이 얼마나 좋은지 빠르게 살짝 한 번 느껴 보고자 한다면 방문객은 마을 중심가에 있는 세인트메리 교회에 잠시 들르면 될 것이다. 그 교회는 어디에서도 광고를 하지 않았지만 미국에서 가장 매혹적인 정원을 지니고 있다. 그 정원은 젊은 나이에 세상을 떠난 훌륭한 영국성공회 신부인 로버트 니컬슨 한 사람이 빚어낸 작품이다.

언젠가 마을 칵테일파티에서 –여기 마을 사람들은 정말 술을 많이 마신다.– 니컬슨 신부는 로마 가톨릭교도와 유대교도와 말을 하다가 반스터블 마을의 근원적인 정신적 일체감을 묘사할 만한 단어를 찾으려 했다. 그는 단어 하나를 찾아냈다. "우리는 드루이드교의 사제입니다.*"라고 그는 말했다.

(1964년)

---

*드루이드교는 기원전 고대 켈트족의 종교로 기원 1세기경 쇠퇴하여 기록이 많이 남아 있지 않아서 정확한 정보는 없는 종교이다. 만물에 정령이 깃들어 있다고 믿는 애니미즘적 특성을 지니고 있으며 점술과 마법을 부리고, 영혼불멸과 윤회, 전생을 설법하며 죽음의 신을 세계의 주재자로 믿는 것으로 알려져 있다. 대표적인 드루이드교의 사제로는 아서 왕의 전설에 나오는 마법사 멀린이 있으며, '드루이드교의 사제'라고 하면 고대의 비밀스럽고 마법사처럼 신비로운 사람들의 이미지가 연상된다.

해리슨 버저론

2081년, 모든 사람이 마침내 평등해졌다. 사람들은 신과 법 앞에서만 평등한 것이 아니었다. 그들은 모든 면에서 평등했다. 누구도 다른 사람보다 똑똑하지 않았다. 누구도 다른 사람보다 잘생기지도 않았다. 누구도 다른 사람보다 힘이 세거나 빠르지도 않았다. 이 모든 평등은 수정헌법 제211조, 제212조, 제213조와 '평등을 위한 미국 핸디캡 부여 사령부' 요원들이 부단히 경계한 덕분이었다.

그래도 아직 생활면에서는 그다지 잘 돌아가지 않는 부분이 더러 있었다. 예를 들면, 4월은 여전히 봄철답지 않아서 사람들을 미치게 했다. 그리고 바로 그 축축한 달에 핸디캡 부여 사령부 요원들이 조지 버저론과 헤이즐 버저론 부부의 열네 살짜리 아들 해리슨 버저론을 잡아갔다.

그것은 분명히 비극적인 일이었지만 조지와 헤이즐 부부는 그 일에 대해 골똘히 생각할 수 없었다. 헤이즐은 정확히 평균 지능을 지니고 있었는데, 그것은 그녀가 어떤 일에 대해서건 아주 잠깐밖에 생각할 수 없다는 뜻이었다. 그리고 조지는 지능이 평균을 훨씬 웃돌았기 때문에 높은 지능을 평균으로 낮추기 위해 정신적 핸디캡을 부여하는 작은 무선 수신기를 귀에 끼고 있었다. 법에 따라 그는 늘 그 무선 수신기를 끼고 있어야 했다. 그 수신기는 정부의 발신기에 주파수가 맞춰져 있었다. 정부의 발신기에서는 약 20초마다 날카로운 소리를 내보내 조지 같은 사람들이 자신의 두뇌를 불공평하게 이용하지 못하도록 했다.

조지와 헤이즐 부부는 텔레비전을 보고 있었다. 헤이즐의 뺨에 눈물이 흘러내렸지만 그녀는 왜 눈물이 흘렀는지 그 순간 바로 잊어버렸다.

텔레비전 화면에는 발레리나들이 나오고 있었다.

조지의 머릿속에서 버저 소리가 울렸다. 그의 생각은 도난경보기 소리에 화들짝 놀란 노상강도들처럼 허둥지둥 흩어져 버렸다.

"정말 아름다운 춤이었어. 저 사람들이 방금 춘 춤 말이야." 헤이즐이 말했다.

"응?" 조지가 말했다.

"저 춤…… 근사했다고." 헤이즐이 말했다.

"응." 조지가 말했다. 그는 그 발레리나들에 대해 잠깐 생각해 보려고 했다. 그 발레리나들은 사실 그리 훌륭하지 않았다. 하지만 다른 누가 추었더라도 어차피 그보다 더 나을 수는 없었을 것이다. 그들은 추를 달고 새 사냥용 산탄 자루를 멘 채 얼굴에는 가면을 쓰고 있었다. 그래서 그들의 자유롭고 우아한 몸짓과 예쁜 얼굴을 보지 못하는 사람들은 고양이가 물고 온 추레한 뭔가를 본 것과 같은 기분이 들 것이다. 조지는 무용수들에게는 핸디캡을 부여해서는 안 되지 않나 하는 막연한 생각을 하고 있었다. 하지만 귀에 낀 무선 수신기에서 또 다른 소리가 나서 그의 생각을 흩어 버리는 바람에 그 생각을 계속 이어 나가지 못했다.

조지가 움찔했다. 여덟 발레리나 가운데 둘도 움찔했다.

헤이즐은 그가 움찔하는 것을 보았다. 정신적 핸디캡을 부여하는 장치를 착용하고 있지 않은 그녀는 조지에게 방금 막 울린 소리는 무슨 소리였냐고 물어보았다.

"누가 둥근 머리 망치로 우유병을 치는 소리 같았어." 조지가 말했다.

"거기에서 나는 갖가지 소리를 들으면 정말 재미있을 것 같아. 그들이 고안해 낸 그 모든 소리 말이야." 헤이즐은 조금 부러운 듯이 말했다.

"음." 조지가 말했다.

"만약 내가 핸디캡 부여 사령관이라면 뭘 할지 알아?" 헤이즐이 말했다. 헤이즐은 사실 핸디캡 부여 사령관인 '다이애나 문 글램퍼스'라는 여자와 많이 닮았다. "내가 다이애나 문 글램퍼스라면 난 일요일에는 종소리를 울릴 거야. 그냥 종소리만. 종교에 약간 경의를 표하는 의미로."

"그냥 종소리만 울린다면 난 생각을 할 수 있을걸." 조지가 말했다.

"음…… 그렇다면 종소리를 아주 크게 울리면 되지 않을까? 난 훌륭한 핸디캡 부여 사령관이 될 것 같아." 헤이즐이 말했다.

"꼭 다른 사람만큼 훌륭하겠지." 조지가 말했다.

"평균적인 것이 어떤 건지 나보다 더 잘 아는 사람이 있겠어?" 헤이즐이 말했다.

"맞아." 조지가 말했다. 조지는 지금 감옥에 갇혀 있는, 표준에서 벗어난 자기 아들 해리슨에 대한 생각이 어렴풋이 떠오르기 시작했다. 하지만 머릿속에 스물한 발의 예포 소리가 울리는 바람에 그 생각을 멈추게 됐다.

"어머나! 지금 건 아주 특이한 소리였나 봐?" 헤이즐이 말했다.

그 소리가 얼마나 특이했던지 조지는 새하얗게 질린 채 몸을 덜덜 떨었다. 핏발 선 눈가에는 눈물이 그렁그렁했다. 여덟 발레리나 가운데 둘은 스튜디오 바닥에 쓰러진 채 관자놀이를 부여잡고 있었다.

"당신 갑자기 무척 피곤해 보이네." 헤이즐이 말했다. "여보, 소파에 편하게 누워 있는 게 어때? 그럼 쿠션에 당신의 핸디캡 자루를 기댈 수 있잖아." 그녀의 말은 조지의 목에 자물쇠로 채워져 있는 20킬로가 넘는 산탄이 든 천 자루를 두고 하는 말이었다. "어서 잠깐만이라도 그 자루를 쿠션에 좀 기대 놓고 있어. 당신이 잠깐 나와 동등하지 않더라도 난 신경 안 쓸 테니."

조지는 두 손으로 그 자루의 무게를 가늠해 보았다. "난 괜찮아. 더 이상 이 자루를 차고 있는 줄도 모르겠는걸. 이젠 그냥 내 일부분 같아."

"당신 최근 들어 부쩍 피곤해하는 것 같아. 좀 지쳐 보여." 헤이즐이 말했다. "자루 밑 쪽으로 구멍을 작게 내서 납 알을 몇 개 꺼내면 안 될까? 몇 개만이라도."

"납 알을 하나 꺼낼 때마다 징역 2년에 벌금 2천 달러야. 그런 손해 보는 거래를 할 수는 없어."

"퇴근하고 집에 왔을 때만 몇 알 꺼내면 되지 않을까?" 헤이즐이 말했다. "내 말은 우리 집에서는 당신은 누구와도 경쟁하지 않잖아. 여기에서는 그냥 앉아서 쉬어."

"내가 이 자루 속에 든 납 알을 빼내려고 한다면, 다른 사람들도 그럴 거야. 그러면 이내 우리는 모든 사람이 서로 경쟁해야 하는 암흑시대로 다시 돌아가게 될 거야. 당신, 그러고 싶지는 않잖아, 안 그래?"

"그건 싫어." 헤이즐이 대답했다.

"거봐. 사람들이 편법을 써서 법을 어기기 시작하는 순간 우리 사회가 어떻게 되겠어?"

조지의 물음에 헤이즐이 답을 내놓지 못했다 하더라도 조지 역시 답을 내놓지 못했을 것이다. 그의 머릿속에서 사이렌 소리가 울리고 있었기 때문이다.

"완전히 무너져 내리겠지." 헤이즐이 말했다.

"뭐가?" 조지는 멍하니 대꾸했다.

"우리 사회가 말이야." 헤이즐은 자신 없는 말투로 말했다. "당신이 방금 말했던 게 그거 아니었어?"

"그걸 난들 알겠어?" 조지가 말했다.

방송 중이던 텔레비전 프로그램이 갑자기 중단되며 뉴스 속보가 나왔다. 처음에는 무엇에 관한 뉴스 속보인지 확실치 않았다. 다른 모든 아나운서들처럼 그 아나운서 역시 심각한 언어 장애를 지니고 있었기 때문이다. 30여 초 동안 굉장히 흥분한 상태로 그 아나운서는 "신사 숙녀 여러분……"이라는 말을 하려고 애썼다.

그 아나운서는 마침내 포기하고 그 뉴스 속보의 원고를 한 발레리나에게 건네 읽게 했다.

"괜찮아……." 헤이즐이 그 아나운서에 대해 말했다. "그는 노력했어. 그건 대단한 일이야. 그는 신이 그에게 주신 능력으로 할 수 있는 최선을 다했는걸. 저렇게 열심히 노력했으니 많이 승급되어야 마땅해."

"신사 숙녀 여러분……," 발레리나가 뉴스 속보를 읽기 시작했다. 몹시 추한 가면을 쓰고 있는 것으로 보아 그녀는 무척 아름다운 여자임이 틀림없었다. 그리고 100킬로그램 정도 나가는 남자들이 메는 것과 같은 커다란 핸디캡 자루들을 메고 있는 것으로 보아, 그녀가 그 무용수들 가운데 가장 실력이 뛰어나고 우아한 무용수라는 사실을 쉽게 알 수 있었다.

그리고 그녀는 자신의 목소리에 대해 즉각 사과해야만 했다. 그녀의 목소리는 여자의 목소리로는 아주 불공평한 목소리였던 것이다. 그녀의 목소리는 따뜻하고 또렷했으며 시간을 초월한 아름다운 선율과도 같았다. "죄송합니다……."라고 사과한 뒤 그녀는 전혀 경쟁력 없는 목소리로 바꾸어 다시 원고를 읽기 시작했다.

"14세의 해리슨 버저론이," 그녀는 찌르레기처럼 꽥꽥대는 소리로 말했다. "조금 전 탈옥했습니다. 그는 정부를 전복하려는 음모를 꾸민 혐의로 수감되어 있었습니다. 천재이고 운동선수인 그는 핸디캡 장치를 착용한 상태이지만 극도로 위험한 인물로 간주됩니다.”

경찰이 찍은 해리슨 버저론의 사진이 텔레비전 화면에 휙 나타났다. 아래위가 뒤집힌 정면 사진, 측면 사진, 또다시 아래위가 뒤집힌 정면 사진, 그런 뒤 아래위가 뒤집히지 않고 바로 된 정면 사진이 차례로 나왔다. 화면에서는 미터와 센티미터로 눈금이 매겨진 배경 앞에 선 해리슨의 전신사진도 보여 주었다. 그의 키는 정확히 210센티미터였다.

해리슨의 모습은 핼러윈 분장을 하고 쇠붙이를 두른 것 같았다. 여태껏 그보다 더 무거운 핸디캡 장치를 두른 사람은 아무도 없었다. 핸디캡 부여 사령부 요원들이 고안해 내는 핸디캡 장치로는 그의 빠른 성장 속도를 따라잡을 수 없었다. 그는 귀에는 정신적 핸디캡을 부여하는 작은 무선 수신기 대신에 엄청나게 큰 이어폰을 끼고, 눈에는 두껍고 어질어질한 렌즈를 끼운 안경을 쓰고 있었다. 그 안경은 그를 반쯤 장님으로 만들 뿐만 아니라 머리를 울리는 두통까지 일으키기 위해 고안된 것이었다.

그의 온몸에는 쇳조각들이 주렁주렁 매달려 있었다. 강한 사람들에게 지급된 핸디캡 장치들은 보통은 군대식으로 깔끔하게 정돈되어 균형감 있게 몸에 부착되지만 해리슨은 걸어 다니는 고물상처럼 보였다. 사는 동안 해리슨은 늘 130킬로그램이 넘는 핸디캡 장치들을 짊어지고 다녀야 했다.

그리고 그의 잘생긴 외모를 상쇄하기 위해서 핸디캡 부여 사령부 요원들은 그에게 늘 코에는 빨간 고무공을 끼우고, 눈썹은 계속 밀고, 가지런한 하얀 치아에는 뻐드렁니처럼 보이도록 마구잡이로 검정 덮개를 씌우고 다닐 것을 요구했다.

“이 소년을 목격하면,” 발레리나가 말했다. “설득하려고 하지 마십시오. 반복해서 말합니다. 절대로 설득하려고 하지 마십시오.”

그 순간 날카로운 소리와 함께 문이 경첩에서 뜯겨 나갔다.

깜짝 놀란 비명 소리와 울부짖는 소리가 텔레비전에서 터져 나왔다. 화면에 나오고 있던 해리슨 버저론의 사진이 지진의 선율에 맞춰 춤이라도 추듯이 계속 요동쳤다.

조지 버저론은 그 지진의 정체를 정확히 알아차렸다. 그것과 똑같은 박살 나는 듯한 요란한 선율에 맞춰 자신의 집이 춤을 추듯 흔들렸던 적이 많았기 때문에 그가 알아차리는 게 당연했다. "이런!" 조지가 말했다. "저건 틀림없이 우리 해리슨이야!"

하지만 그 깨달음은 그의 머릿속에 울리는 자동차 충돌 소리에 즉각 그의 마음속에서 폭파되어 날아가 버렸다.

조지가 다시 눈을 뜰 수 있게 되었을 때 해리슨의 사진은 화면에서 사라지고 없었다. 대신 살아 숨 쉬는 진짜 해리슨이 화면을 채우고 있었다.

광대 같은 모습을 한 거대한 해리슨이 철커덕거리는 소리를 내며 스튜디오 한가운데에 서 있었다. 통째로 뜯겨 나간 스튜디오 문의 손잡이가 아직 그의 손에 들려 있었다. 발레리나들과 기술자들, 연주자들과 아나운서들이 죽음을 기다리며 그의 앞에 무릎을 꿇고 웅크리고 있었다.

"나는 황제다!" 해리슨이 외쳤다. "알겠느냐? 내가 바로 황제란 말이다! 모두 당장 내 말을 따라야 할 것이다!" 그가 발을 구르자 스튜디오가 흔들렸다.

"비록 내가 여기에……," 해리슨이 고함쳤다. "절뚝거리며 부자연스럽고 불편한 몸을 이끌고 서 있다 하더라도…… 나는 이제껏 살았던 그 어떤 사람보다 더 위대한 통치자다. 자, 이제 나의 '진짜' 모습을 똑똑히 지켜보아라!"

해리슨은 자신의 몸에 달린 여러 핸디캡 장치의 끈들을 젖은 휴지 조각처럼 뜯어냈다. 그것은 핸디캡 장치들의 무게를 지탱하는 끈들이었다.

해리슨의 고철로 된 핸디캡 장치들이 쾅 하는 소리를 내며 바닥에 떨어졌다.

해리슨은 자신의 머리에 쓰고 있는 장치에 단단히 채워진 자물쇠의 고리 아래로 엄지손가락을 찔러 넣었다. 자물쇠 고리는 셀러리처럼 툭 부러졌다. 해리슨은 헤드폰과 안경을 벽에 부딪쳐 박살 냈다.

해리슨이 자신의 코에서 고무공을 떼어 내팽개치자 천둥의 신 토르도 경외할 만한 사내의 모습이 드러났다.

"이제 나의 황후를 선택하겠다!" 해리슨은 웅크리고 있는 사람들을 내려다보며 말했다. "용기 있게 일어서는 첫 번째 여인이 나의 배필이 되어 황후의 자리에 오르게 될 것이다!"

잠깐 시간이 흐른 뒤, 한 발레리나가 버드나무처럼 흔들리며 일어났다.

해리슨은 그녀의 귀에 끼워져 있는 정신적 핸디캡 장치를 뽑고, 굉장히 세심한 손길로 그녀의 신체적 핸디캡 장치들을 툭 부러뜨렸다. 마지막으로 그는 그녀의 가면을 벗겼다.

그녀는 눈부시게 아름다웠다.

"자……," 해리슨이 그녀의 손을 잡으며 말했다. "우리, 저 사람들에게 춤이라는 낱말의 뜻을 보여 주도록 할까요? 음악을 연주하라!" 그가 명령했다.

연주자들이 다시 각자의 자리로 허둥지둥 기어올라 앉자 해리슨은 그들의 핸디캡 장치들도 벗겨 버렸다. "최선을 다해 연주하도록 하라." 해리슨이 연주자들에게 말했다. "그러면 당신들에게 남작이나 공작, 백작 작위를 수여하겠다."

음악이 시작되었다. 처음에는 평균적인 연주로 보잘것없고 유치하며 가락이 맞지 않았다. 하지만 해리슨이 연주자 둘을 자리에서 잡아채 지휘봉처럼 흔들어 대며 연주되기를 바라는 음악을 흥얼거렸다. 그는 연주자들을 다시 그들의 자리로 내던졌다.

음악이 다시 시작되었고 이번에는 한결 나아졌다.

해리슨과 그의 황후는 잠시 그냥 음악을 듣기만 했다. 진지하게 귀 기울여 듣는 모습이 마치 음악과 심장 박동을 맞추고 있는 것 같았다.

두 사람은 발끝에 무게를 실었다.

해리슨은 자신의 커다란 손을 여자의 가냘픈 허리에 얹고 곧 그녀의 것이 될 무중력 상태를 그녀가 느끼게 해 주었다.

그런 다음, 두 사람은 환희와 우아함을 폭발시키며 공중으로 뛰어올랐다!

국법뿐만 아니라 중력의 법칙도 운동의 법칙도 모두 무시되었다.

그들은 스튜디오를 휘저으며 빙빙 돌고 빠르게 스텝을 밟다가 깡충깡충 뛰어다니고 또 신나게 뛰놀다가 휙휙 돌았다.

두 사람은 달에 사는 사슴처럼 펄쩍 뛰어올랐다.

스튜디오 천장의 높이는 10미터 가까이 되었지만 계속 뛰어오를 때마다 두 무용수는 천장과 점점 더 가까워졌다.

천장에 입을 맞추려는 의도가 분명해 보였다.

그들은 천장에 입을 맞추었다.

그런 다음, 사랑과 순수한 의지로 중력을 무력화시킨 두 사람은 천장에서 살짝 떨어진 공중에 그대로 뜬 채로 아주 오랫동안 길게 서로 입을 맞추었다.

바로 그 순간 핸디캡 부여 사령관인 다이애나 문 글램퍼스가 2연발식 10구경 산탄총을 들고 스튜디오로 들이닥쳤다. 그녀가 두 발을 쐈고 황제와 황후는 바닥에 떨어지기도 전에 숨을 거두었다.

다이애나 문 글램퍼스는 다시 총을 장전했다. 그녀는 총을 연주자들에게 겨누고는 10초를 줄 테니 핸디캡 장치들을 다시 착용하라고 명령했다.

바로 그 순간 버저론네 집의 텔레비전 브라운관이 나가 버렸다.

헤이즐은 텔레비전이 나갔다고 말하려고 조지를 돌아봤지만 조지는 맥주 한 캔을 가지러 부엌에 가고 없었다.

맥주를 가지고 돌아오던 길에 핸디캡 장치에서 신호가 울리는 바람에 조지는 머릿속이 어지러워져서 잠시 멈춰 섰다. 그런 뒤 그는 다시 자리에 앉았다. "당신 울고 있었어?" 그가 헤이즐에게 물었다.

"응." 헤이즐이 대답했다.

"왜?" 그가 물었다.

"잊어버렸어. 텔레비전에서 뭔가 정말 슬픈 장면을 본 것 같은데."

"어떤 장면이었는데?" 그가 물었다.

"머릿속에서 완전히 뒤죽박죽되어 버려서 잘 모르겠어." 헤이즐이 대답했다.

"슬픈 일은 잊어버려." 조지가 말했다.

"난 늘 그러는걸." 헤이즐이 말했다.

"좋아, 잘하고 있어." 이렇게 말하고는 조지는 움찔했다. 머릿속에서 대갈못을 박는 전동공구 소리가 울렸던 것이다.

"저런…… 이번 소리는 아주 특이했나 봐." 헤이즐이 말했다.

"그래, 맞아." 조지가 말했다.

"저런…… 이번 소리는 아주 특이했나 봐." 헤이즐이 말했다.

(1961년)

이번에는 나는 누구죠?

내가 소속된 아마추어 연극 단체인 '노스크로퍼드 극단'에서는 투표를 통해 봄에 무대에 올릴 연극으로 테네시 윌리엄스의 〈욕망이라는 이름의 전차〉를 선정했다. 늘 연출을 맡아 온 도리스 소여 여사가 노모가 몹시 편찮으셔서 이번에는 연출을 맡을 수 없다고 거절했다. 그러면서 자기가 일흔네 살까지 무사히 살아남기는 했지만 영원히 살 수 있는 건 아니니까 아무튼 우리 극단에서는 다른 연출가들을 키워야 한다고도 주장했다.

그리하여 나는 꼼짝없이 연출 일을 떠맡게 되었다. 비록 전에 내가 책임지고 맡아본 일이라고는 내가 판매한 일체형 알루미늄 덧창과 덧문 설치가 다였지만 말이다. 덧창과 덧문, 그리고 가끔은 욕조 부스를 파는 점원, 그게 바로 내가 하는 일이다. 연기와 관련해서 내가 무대에서 맡았던 가장 지위가 높았던 역할은 집사인가 경찰관인가 그랬다.

나는 연출 일을 맡기 전에 여러 조건을 내걸었고, 그 가운데 가장 중요한 조건은 우리 극단의 유일한 진짜 배우인 해리 내시가 말런 브랜도*가

---

*미국의 영화배우로 1951년 비비안 리와 함께 주연으로 출연한 영화 〈욕망이라는 이름의 전차〉에서 남자 주인공 스탠리 역을 맡았다.

했던 역할을 맡아야 한다는 것이었다. 한 해가 채 지나기도 전에 〈케인호의 반란: 군법 회의〉의 퀴그 함장 역과 〈일리노이의 에이브 링컨〉의 에이브 링컨* 역, 그런 뒤 〈푸른 달〉의 젊은 건축가 역까지 맡은 것만 봐도 해리 내시가 얼마나 다재다능한 배우인지 알 수 있을 것이다. 그다음 해에 해리 내시는 〈천일의 앤〉의 헨리 8세 역과 〈사랑하는 시바여 돌아오라〉의 닥 역을 맡았으며, 이제 내가 영화 〈욕망이라는 이름의 전차〉에서 말런 브랜도가 맡았던 역할을 그에게 맡기고자 했다. 하지만 해리는 극단 회의에 나오지 않았기 때문에 그 역할을 맡을 것인지 아닌지 알 수 없었다. 그가 회의에 온 적은 한 번도 없었다. 그는 수줍음을 무척 많이 타는 사내였다. 다른 할 일이 있어서 회의에 안 나온 것은 아니었다. 그는 미혼이었지만 교제하는 여자도 친한 동성 친구도 없었다. 그는 대본 없이는 어떻게 말하고 어떻게 행동해야 할지 전혀 알 수 없었기 때문에 어떤 종류의 모임에도 나가지 않았다.

그래서 나는 다음 날 해리에게 그 역을 맡아 줄 것인지 물으러 그가 점원으로 일하는 '밀러 철물점'으로 가야만 했다. 철물점에 가는 도중에 나는 내 평생 단 한 번도 호놀룰루에 전화를 한 적이 없는데 요금 청구서에 호놀룰루에 전화했다고 나와 있어서 항의하기 위해 전화 회사에 잠깐 들렀다.

그런데 전화 회사의 창구에는 전에는 한 번도 본 적 없는 아름다운 여자가 앉아 있었다. 그 여자는 전화 회사에서 요금 청구서 자동 작성기를 들여놓았는데 아직 그 기계의 오류를 전부 다 바로잡지 못했다고 설명했다. 그 기계가 오류를 일으킨 것이었다. "내가 호놀룰루에 전화하지 않은 것은 말할 것도 없고," 나는 그녀에게 말했다. "노스크로퍼드 사람 가운데는 호놀룰루에 전화한 적이 있는 사람도, 앞으로 할 사람도 없을 겁니

---

*미국의 16대 대통령인 에이브러햄 링컨의 애칭.

다."

그래서 그녀는 잘못 매긴 전화 요금을 청구서에서 빼 주었고, 나는 그녀에게 노스크로퍼드 부근 사람인지 물었다. 그녀는 아니라고 했다. 그냥 새로운 청구서 작성기 다루는 법을 이 지점의 여직원들에게 가르쳐 주기 위해서 파견된 것이라고 했다. 그런 뒤에는 또 다른 기계와 함께 다른 곳으로 가게 될 것이라고 말했다. "음, 그럼 사람이 기계와 함께 다녀야 하는 한은 우린 괜찮겠군요." 내가 말했다.

"네?" 그녀가 말했다.

"사람 없이 기계만 보내도 된다면, 바로 그때가 사람들이 정말 걱정하기 시작해야 할 때라는 얘기였어요." 내가 말했다.

"아, 네에." 그녀는 말했다. 그녀는 그 주제가 그다지 흥미롭지 않은 모양이었다. 나는 그녀가 어떤 일에 흥미를 가지는지 궁금했다. 그녀는 거의 기계처럼 다소 무감각해 보였다. 꼭 그 전화 회사의 공손한 자동 응답 기계 같았다.

"이 마을에는 얼마나 계실 겁니까?" 나는 그녀에게 물었다.

"저는 파견되는 마을마다 8주간 머무른답니다, 손님." 그녀는 아름다운 파란 눈동자를 지녔지만 그 눈동자에는 희망이나 호기심이 별로 어려 있지 않았다. 그녀는 2년 동안 이렇게 이 마을에서 저 마을로 늘 이방인처럼 옮겨 다녔다고 말했다.

문득 내 머릿속에서 그녀에게 우리 연극의 착한 스텔라 역할을 맡겨 보면 어떨까 하는 생각이 떠올랐다. 스텔라는 말런 브랜도가 맡았던 등장인물의 아내, 즉 내가 해리 내시가 맡아 줬으면 하고 바라는 등장인물의 아내였다. 그래서 나는 그녀에게 우리 극단에서 오디션을 여는 장소와 시간을 알려 주고 그녀가 와 준다면 우리 극단에서는 무척 기쁠 것이라고 말했다.

그녀는 놀란 듯했지만 다소 상기된 표정이었다. "있잖아요," 그녀가 말했다. "저한테 지역 사회 활동 같은 것을 함께하자고 제안한 사람은 손님이 처음이에요."

"음, 그렇군요. 함께 연극에 참여하는 것만큼 여러 근사한 사람들과 빨리 사귈 수 있는 방법은 없지요."

그녀는 자기 이름은 헬렌 쇼라고 했다. 그러면서 자기가 나를, 그리고 자기 자신까지 놀라게 할지도 모르겠다고 말했다. 그녀는 오디션을 보러 갈지도 모르겠다고 했다.

여러분은 노스크로퍼드 사람들이 해리 내시가 나오는 그 모든 연극들을 다 봤으니 해리 내시에게 질렸을 것이라고 생각할지도 모르겠다. 하지만 무대에 서는 순간 해리는 완전히 다른 사람으로 돌변해 버리기 때문에 사실 노스크로퍼드 사람들은 앞으로도 계속 영원히 해리의 연기를 즐길 수 있을 것이다. 노스크로퍼드의 통합중고등학교 체육관 무대 위의 밤색 막이 올라가면 해리는 몸도 마음도 정확히 대본과 연출가가 요구한 인물이 되었다.

한 번은 어떤 사람이 해리는 정신과 의사에게 가야 한다고 주장했다. 그러면 해리는 실제 생활에서도 중요하고 다채로운 존재가 될 수 있을 것이며, 아무튼 결혼도 할 수 있을 것이고, 그리고 어쩌면 '밀러 철물점'에서 주급 50달러를 받고 점원으로 일하는 것보다 더 나은 일자리를 구할 수도 있을 것이라는 이유에서였다. 하지만 정신과 의사라 하더라도 마을 사람들이 아직 알지 못하는 그의 모습을 과연 끄집어낼 수 있을는지 나는 잘 모르겠다. 해리가 지닌 문제는 그가 아기였을 때 유니테리언 교회의 문 앞에 버려졌으며 그는 자기 부모가 누구인지 전혀 알아보려 하지 않았다는 점이었다.

'밀러 철물점'으로 가서 해리에게 내가 이번에 연출을 맡게 되었다며 이번 연극에 출연해 달라고 부탁하자, 그는 자신에게 연극 출연을 부탁하는 사람에게 늘 하는 질문을 했다. 그리고 곰곰이 생각해 보면 그건 다소 슬픈 질문이었다.

"이번에는 나는 누구죠?" 그가 물었다.

그리하여 나는 늘 오디션을 여는 장소인 노스크로퍼드 공공 도서관 2층 회의실에서 오디션을 실시했다. 그동안 연출을 맡아 왔던 도리스 소여 여사는 자신의 온갖 경험을 바탕으로 조언을 해 주기 위해 왔다. 우리 두 사람은 위엄을 갖추고 위층에 앉았고 배역을 원하는 사람들은 아래에서 기다렸다. 우리는 지원자들을 한 사람씩 위로 불렀다.

따로 오디션을 보러 오지 않아도 되는 해리 내시에게는 시간 낭비였을 텐데도 그는 오디션을 받으러 왔다. 아마 그는 내가 생각한 것보다 더 그 역할을 맡고 싶었던 것 같다.

해리도 즐겁고 우리도 즐겁도록 우리는 그에게 남자 주인공 스탠리가 아내를 두들겨 패는 장면의 대사를 읽어 보라고 요청했다. 해리가 연기에 임하는 모습, 그것은 그 자체로 연극이 되었으며 원래 테네시 윌리엄스의 대본에도 없는 장면이었다. 예를 들자면, 평소 몸무게는 65킬로그램 정도, 키는 170센티미터 조금 넘게 나가는 해리가 대본을 들자 그의 몸무게는 20킬로그램 남짓 더 늘어나고, 키는 10센티미터 남짓 더 커 보이는 것은 테네시 윌리엄스의 대본에는 없는 부분이었다. 그는 앞에는 단추가 두 줄로 달리고 등판에는 주름이 있는 초등학교 졸업식장에서 입을 법한 짤막하고 작은 더블 정장 재킷을 입고 말 머리가 그려진 볼품없는 작은 빨간색 넥타이를 매고 있었다. 그는 겉옷을 벗고 넥타이를 풀고 셔츠 깃을 젖힌 다음, 도리스 소여 여사와 내게서 등을 돌리고 서서 그 역할을 연기하기 위해 기운을 끌어모았다. 분명 새로 산 셔츠처럼 보였지만 그의 셔츠 등판은 길게 쭉 찢어져 있었다. 바로 첫 순간부터 말런 브랜도와 무척 비슷해 보일 수 있도록 그가 일부러 셔츠를 찢어 놨던 것이다.

다시 우리 쪽을 향해 돌아선 그는 커다란 체구에 잘생겼으며 자만심 강하고 잔혹한 인상의 사내가 되어 있었다. 도리스 소여 여사가 아내 스텔라 역의 대사를 읽었고, 해리가 몰아치듯 열연을 펼치자 그 늙디늙은 여인은 자기가 자신의 머리를 박살 내려고 하는 섹시한 고릴라 같은 흉포한 사내와 결혼한 임신한 어여쁜 여자라고 정말로 믿을 지경이 되었다. 그런 그녀의 모습에 나마저도 그렇게 착각할 정도였다. 그리고 나는 이 연극에서 스텔라의 언니로 나오는 블랑쉬의 대사를 읽었는데 해리의 열연에 나는 술에 취하고 퇴락한 남부 미녀가 된 기분이 들지 않을 수가 없었다.

그런 뒤 도리스 소여 여사와 내가 마취 상태에서 깨어나고 있는 사람들처럼 우리가 겪은 감정의 소용돌이에서 벗어나고 있는 동안, 해리는 대본을 내려놓고는 재킷을 입고 넥타이를 맨 뒤 다시 창백한 철물점 점원의 모습으로 돌아갔다.

"저기…… 괜찮았나요?"라고 묻는 그의 목소리는 자신이 그 역할을 맡지 못할 것이라고 아주 확신하는 듯했다.

"음, 처음 대본을 읽은 것치고는 나쁘지 않았어요." 내가 말했다.

"제가 그 역을 맡을 가능성이 있을까요?" 그가 물었다. 나는 왜 그가 늘 자기가 어떤 역할을 맡을 수 있을지 의심하는 척하는지 알 수 없지만 아무튼 그는 늘 그랬다.

"당신 쪽으로 많이 기울었다고 말씀드려도 무방할 것 같군요." 내가 그에게 말했다.

그는 무척 기뻐했다. "감사합니다! 정말 감사해요!"라며 그는 내 손을 덥석 잡고 흔들었다.

"혹시 아래층에 못 보던 예쁜 아가씨 한 명이 와 있지 않던가요?" 헬렌 쇼를 떠올리며 내가 물었다.

"글쎄요. 제가 유심히 보지 않아서요." 해리가 말했다.

헬렌 쇼가 오디션을 보러 와 있다는 사실을 알게 된 도리스 소여 여사와 나는 심장이 두근거렸다. 대개 사십 줄의 나이 든 아줌마에게 마지못해 아가씨 역을 맡겨야 했던 우리는 마침내 '노스크로퍼드 극단'의 무대에 정말로 예쁘고 젊은 진짜 아가씨를 세울 수 있게 되었다고 생각했다.

하지만 헬렌 쇼는 연기에 있어서는 덜 익은 사과와 같았다. 우리가 요청한 어떤 대사를 읽든 그녀는 전화 요금 청구서에 항의를 제기하는 손님을 대할 때와 똑같은 미소를 띤 똑같은 아가씨였을 뿐이다.

도리스 소여 여사가 그녀에게 연기를 조금 지도하며 극 중의 스텔라는 고릴라 같은 사내를 필요로 하기 때문에 고릴라 같은 사내를 사랑하는 아주 열정적인 여자라고 그녀를 이해시키려고 애썼다.

하지만 헬렌은 계속 똑같은 어조로 대사를 읽었다. 그녀는 화산이 폭발해도 "오오!" 하고 흥분할 것 같지도 않았다.

"아가씨, 개인적인 질문을 하나 해도 될까요?" 도리스 소여 여사가 물었다.

"네." 헬렌이 대답했다.

"아가씨는 사랑에 빠져 본 적 있어요? 내가 이 질문을 하는 이유는 옛사랑을 떠올리면 아가씨가 좀 더 열정적으로 연기하는 데 도움이 될 것 같아서예요." 소여 여사가 말했다.

헬렌은 얼굴을 찡그리며 열심히 생각했다. "그게 저," 헬렌이 입을 열었다. "아시다시피 저는 이곳저곳을 옮겨 다녀요. 그리고 사실상 제가 파견된 여러 회사들의 남자들은 다들 결혼을 했고, 또 어느 곳에서든 미혼인 사람들과 알고 지낼 정도로 오래 머무른 적이 한 번도 없는걸요."

"학교에서는요? 학교에서 풋사랑 같은 건 해 본 적 없어요?" 소여 여사가 물었다.

그러자 헬렌은 골똘히 생각에 잠겼다. 잠시 뒤 그녀가 대답했다. "학창 시절에도 저는 늘 전학을 다녔어요. 아버지가 건설노동자라서 일자리를 따라 여기저기로 옮겨 다니셨기 때문에 저는 어떤 곳을 가든 언제나 만남의 인사나 작별의 인사만 하고 다녔을 뿐, 그 사이사이에 선생님이 말씀하신 그런 일은 없었어요."

"그렇군요." 소여 여사가 말했다.

"영화배우를 좋아한 것도 될까요?" 헬렌이 물었다. "실제로 영화배우와 사랑했다는 건 아니에요. 개인적으로 아는 영화배우는 전혀 없어요. 그냥 스크린에서 본 영화배우들 말이에요."

도리스 소여 여사는 나를 바라보며 눈을 굴렸다. "난 그런 것도 사랑의 한 종류라고 봐요." 소여 여사가 말했다.

그러자 헬렌은 조금 열정적이 되었다. "저는 영화를 몇 번이고 되풀이해서 끝까지 앉아서 보면서 제가 남자 배우가 연기하는 영화 속 인물과 결혼했다고 상상하고는 했어요. 그 영화배우들이 우리 가족과 함께하는 유일한 사람들이었어요. 우리가 어디로 이사를 가든 영화배우들은 늘 우리와 함께했어요."

"네, 그랬군요." 소여 여사가 말했다.

"자, 수고했어요, 쇼 양." 내가 말했다. "아래층으로 내려가서 나머지 사람들과 기다리고 있어요. 결과는 나중에 알려 드릴게요."

그래서 우리는 스텔라 역을 맡길 다른 사람을 찾으려 했다. 하지만 우리 극단에는 이슬처럼 순수한 느낌을 주는 여자는 단 한 사람도 없었다. "우리 극단에 소속된 여자들은 모두 블랑쉬 역에 어울리는 사람들뿐이에요." 나는 우리 극단의 여자들은 모두 스텔라의 퇴락한 언니인 블랑쉬 역할을 연기할 수 있는 시든 여인들이라는 뜻으로 말했다. "사는 게 다 그렇죠 뭐. 블랑쉬 역 후보는 스무 명인데 스텔라 역 후보는 단 한 명이라니."

"그리고 당신이 스텔라 역에 딱 맞는 여자를 찾았는데 알고 보니 그 여자는 사랑이 뭔지를 모르고요." 소여 여사가 맞장구쳤다.

도리스 소여 여사와 나는 우리가 시도해 볼 수 있는 건 이제 한 가지밖에 없다고 결론 내렸다. 그것은 바로 해리 내시에게 부탁해 한 장면을 헬렌과 같이 연기해 보도록 하는 것이었다. "해리가 그녀의 마음을 아주 조금이라도 들뜨게 할지도 모르죠." 내가 말했다.

"그 아가씨는 마음이 들떴던 적이 없는 것 같아요." 도리스 소여 여사가 말했다.

그리하여 우리는 계단 아래로 소리쳐 헬렌에게 다시 올라오라고 말하고 다른 사람을 시켜 해리를 찾아오라고 했다. 해리는 오디션에 온 다른 지원자들과 함께 앉아 있는 법이 절대 없었으며 리허설을 할 때도 마찬가지였다. 해리는 자기가 맡은 부분의 연기가 끝나면 곧바로 사람들이 자신을 부르는 소리는 들리지만 사람들에게 자신의 모습은 보이지 않는 은신처로 모습을 감추고는 했다. 도서관에서 오디션이 열릴 때면, 그는 대개 열람실에 숨어서 사전 맨 앞장의 여러 나라의 국기들을 보며 시간을 보내고는 했다.

헬렌이 위층으로 다시 올라왔을 때 우리는 그녀가 울고 있는 것을 보고는 무척 미안하고 놀랐다.

"아니, 아가씨," 도리스 소여 여사가 말했다. "오, 이런…… 도대체 무슨 일이에요, 아가씨?"

"제 연기가 너무 끔찍했죠? 그렇죠?" 헬렌이 고개를 떨군 채 말했다.

소여 여사는 누군가 울 때 아마추어 연극 단체에서 사람들이 해 줄 수 있는 유일한 말을 했다. "이런, 아니에요, 아가씨. 아가씨 연기는 훌륭했어요."

"아뇨, 그렇지 않았어요. 제가 걸어 다니는 아이스박스 같다는 건 저도 잘 알아요."

"아가씨를 보고 그렇게 말할 사람은 아무도 없어요." 소여 여사가 말했다.

"사람들이 저를 알게 되면 그렇게 말할 거예요." 헬렌이 말했다. "사람들이 저를 알게 되면 분명 바로 그렇게 말할 거라고요." 헬렌이 눈물을 더 펑펑 쏟았다. "전 지금 제 모습처럼 되고 싶지 않았어요. 하지만 평생을 이렇게 살아왔으니 어쩔 수가 없어요. 제가 한 연애라고는 영화배우들이 나오는 말도 안 되는 꿈속에서뿐이었죠. 실제 생활에서 근사한 사람을 만나면 저는 마치 제가 커다란 병 속에 있는 것 같은 기분이에요. 아무리 애써도 그 사람을 만질 수도 없는 그런 기분 말이에요." 그러면서 헬렌은 마치 자신이 커다란 병 속에 갇혀 있는 것처럼 손으로 허공을 미는 시늉을 했다.

"사랑에 빠져 본 적 있느냐고 물으셨지요." 헬렌이 소여 여사에게 말했다. "아뇨. 하지만 저도 사랑에 빠지고 싶어요. 저도 이 연극이 어떤 내용인지 알아요. 스텔라가 어떤 감정을 느껴야 하고 왜 그런 감정을 느끼는지 저도 알고 있어요. 저는……저는……저는……." 터져 나오는 눈물에 헬렌은 더 이상 말을 잇지 못했다.

"뭐라고 말하고 싶은 거예요, 아가씨?" 소여 여사가 다정하게 물었다.

"저는……," 헬렌은 상상의 병을 다시 미는 시늉을 했다. "정말 어떻게 시작해야 할지 모르겠어요." 헬렌이 말했다.

도서관 계단에서 육중하게 쿵쾅거리는 발소리가 났다. 심해 잠수부가 납 신발을 신고 위층으로 올라오는 소리 같았다. 그 소리의 주인공은 바로 말런 브랜도로 변신한 해리 내시였다. 실제로 그는 구두 굽을 바닥에 끌면서 왔다. 그리고 그는 완전히 그 인물로 돌변해 있었던 탓에 울고 있는 여자를 보자 냉소를 띠었다.

"해리," 내가 말했다. "이쪽은 헬렌 쇼예요. 헬렌, 이쪽은 해리 내시예요. 당신이 스텔라 역을 맡는다면, 그가 우리 연극에서 당신 남편 역을 맡을 거예요." 해리는 악수를 청하지 않았다. 그는 양쪽 호주머니에 두 손을 찔러 넣고 구부정하니 선 채 그녀를 아래위로 훑으며 그녀가 벌거벗은 기분이 들게 하는 시선을 던졌다. 그러자 곧바로 그녀가 눈물을 그쳤다.

"두 사람이 싸우는 장면을 연기해 볼래요? 그런 뒤에는 바로 화해하는 장면을 연기하고요." 내가 말했다.

"네, 알겠습니다." 이렇게 대답하면서도 해리의 시선은 계속 헬렌에게 고정되어 있었다. 마음속으로 그녀가 벗겨진 옷을 추슬러 입기도 전에 그의 눈빛에 그녀의 옷은 다 타 버렸다. "그러고말고요. 스텔이 그럴 용의가 있다면요." 그가 말했다.

"네?" 헬렌이 말했다. 그녀의 얼굴빛은 크랜베리 주스 색깔로 변해 있었다.

"스텔……아, 스텔라 말입니다. 그게 바로 당신 역이에요. 스텔은 극중에서 내 아내죠." 해리가 말했다.

나는 그 두 사람에게 대본을 건넸다. 해리는 고맙다는 말도 없이 내게서 자신의 대본을 낚아챘다. 헬렌은 머뭇거리며 손도 내밀지 못해서 내가 그녀의 손에 쥐여 줘야 했다.

"던질 수 있는 물건이 필요해요." 해리가 말했다.

"네?" 내가 말했다.

"내가 창밖으로 라디오를 던지는 부분이 있어요. 그때 뭔가를 던져야 하니까요." 해리가 대답했다.

그래서 나는 쇠 서진(書鎭)을 라디오로 생각하라고 말하고는 창문을 활짝 열었다. 헬렌 쇼는 무서워 죽을 것 같은 표정이었다.

"어느 부분부터 시작할까요?"라고 물으며 해리는 몸을 슬슬 푸는 프로 권투 선수처럼 어깨를 돌렸다.

"당신이 창밖으로 라디오를 던지는 부분의 몇 줄 앞 대사부터 시작해요." 내가 말했다.

"예, 알았어요." 해리는 시작하기 전 준비 작업에 들어갔다. 그는 지문을 훑어보았다. "어디 보자, 내가 라디오를 던진 뒤, 그녀는 무대에서 달아나고 나는 그녀를 뒤쫓아 가서 한 대 갈기면 되는군요." 해리가 말했다.

"맞아요." 내가 말했다.

"좋아요, 아가씨," 해리는 눈을 내리깔며 헬렌에게 말했다. 지금 연기하려는 장면은 영화 〈벤허〉에 나오는 전차 경주보다 더 격렬했다. "자, 아가씨, 제자리에, 준비, 땅!" 해리가 말했다.

그 장면의 연기가 끝났을 때, 헬렌 쇼는 벽돌 운반공처럼 얼굴이 뜨겁게 달아오르고 장어처럼 몸이 축 늘어졌다. 그녀는 입을 헤벌리고 고개를 한쪽으로 기울인 채 털썩 주저앉았다. 그녀는 더 이상 상상의 병 속에 있지 않았다. 그녀를 에워싸서 안전하고 깨끗하게 지켜 주던 병은 없었다. 이제 그 병은 사라졌다.

"내가 이 역을 맡는 겁니까, 아닙니까?" 해리가 나에게 으르렁거리듯 물었다.

"당신이 맡아야죠." 내가 대답했다.

"적절한 대답이로군요." 해리가 말했다. "이제 난 그만 가 봐야겠어요…… 다음에 봐요, 스텔라." 그는 헬렌에게 말하고는 자리를 떴다. 그가 문을 쾅 닫고 나갔다.

"헬렌? 쇼 양?" 내가 말을 걸었다.

"네에?" 그녀가 말했다.

"스텔라 역은 당신이 맡아 줘요. 당신 연기는 훌륭했어요!" 내가 말했다.

"정말요?" 그녀가 말했다.

"당신 안에 그런 불같은 열정이 있을 줄이야 짐작도 못 했어요, 아가씨." 도리스 소여 여사가 헬렌에게 말했다.

"불같다고요?" 그렇게 되묻는 헬렌은 자신이 지금 두 발로 서 있는지 말을 타고 있는지도 모를 정도로 어안이 벙벙했다.

"유성 불꽃! 회전 불꽃! 원통형 폭죽 같았어요!" 소여 여사가 말했다.

"네에." 헬렌이 한 말은 그게 다였다. 그녀는 입을 벌린 채 의자에 영원히 앉아 있을 것처럼 보였다.

"스텔라," 내가 말을 걸었다.

"네?" 그녀가 말했다.

"이제 그만 가 봐도 돼요."

그리하여 우리는 통합학교의 무대에서 일주일에 나흘 밤씩 연습하기 시작했다. 그리고 해리와 헬렌은 호흡이 무척 잘 맞아서 우리가 연습을 네 번도 하기 전에 우리 연극의 제작진은 모두 흥분하고 기진맥진해서 반쯤 미친 듯했다. 대개 연출가는 배우들에게 각자의 대사를 외우라고 애원해야 하지만 나는 그런 수고를 할 필요가 없었다. 해리와 헬렌이 함께 연기를 아주 잘 해 나가고 있는 덕분에 다른 배역을 맡은 배우들도 모두 그들을 뒷받침하는 역할을 맡은 것을 의무이자 영광이며 기쁨으로 여겼다.

나는 틀림없이 운이 좋았다. 아니 그런 줄로만 알았다. 일이 아주 초반부터 워낙 순조롭게 척척 진행되고 있어서 나는 해리와 헬렌이 사랑하는 장면의 연습이 끝난 뒤 그 둘에게 말해야 했다. "실제 공연할 때를 위해 지금은 감정을 살짝 눌러 둘래요? 실제 공연 전에 두 사람의 감정이 다 타 버리면 안 되니까요.”

나는 그 말을 네 번째인가 다섯 번째인가 연습에서 말했고, 퇴락한 언니 블랑쉬 역을 맡은 리디아 밀러가 내 옆의 객석에 앉아 있었다. 실제 생활에서는 그녀는 번 밀러의 아내였다. 번은 해리가 일하는 '밀러 철물점'의 주인이었다.

“리디아, 우리 연극이 잘 되어 가고 있는 것 같죠, 그죠?” 내가 리디아에게 말했다.

“네. 잘 되어 가고 있네요. 더할 나위 없이 잘요.”라고 대답하는 리디아의 말투는 마치 내가 무슨 범죄를 저질렀다는 투였다. 그것도 아주 끔찍한 범죄를. “감독님은 무척 흐뭇하겠군요.”

“그게 무슨 뜻이에요?” 내가 물었다.

리디아가 채 대답하기 전에 무대에서 해리가 내게 자기 연습 부분은 끝났는지, 이제 집으로 가도 되는지 소리쳐 물었다. 내가 그에게 가도 된다고 대답하자 여전히 말런 브랜도인 상태로 그는 발길에 걸리는 가구를 걷어차며 문을 쾅 닫고 떠났다. 헬렌은 오디션을 본 뒤 지었던 것과 똑같은 얼빠진 표정을 하고 소파에 앉은 채로 무대 위에 홀로 남아 있었다. 그 아가씨는 진이 다 빠져 있었다.

나는 다시 리디아 쪽을 보며 말했다. “음, 지금까지 나는 내가 충분히 행복하고 흐뭇해할 만하다고 생각했어요. 혹시 내가 모르는 일이 벌어지고 있는 건가요?”

“저 아가씨가 해리를 사랑하게 됐단 걸 모르세요?” 리디아가 물었다.

“우리 연극 속에서요?” 내가 말했다.

“연극이라니요?” 리디아가 대꾸했다. “지금은 연극 중이 아니잖아요. 저기 위에 있는 그녀를 봐요.” 리디아는 슬프게 말을 내뱉었다. “저건 당신이 연출하고 있는 연극이 아니에요."

"그럼 누가 연출하죠?" 내가 물었다.

"지금 상태가 최악인 창조주죠." 리디아가 말했다. "그리고 저 아가씨가 실제 해리가 어떤 사람인지 알게 되었을 때 저 아가씨에게 무슨 일이 일어날지 생각해 봐요." 리디아는 자신의 말을 바로잡았다. "아니 실제 해리가 어떤 사람이 아닌지를 알게 되었을 때요."

나는 그 일에 대해서는 아무런 조치도 취하지 않았다. 그건 내가 상관할 일이 아니라고 생각했기 때문이다. 리디아가 뭔가 조치를 취하려고 애쓴다는 말은 들었지만 별로 효과적이지 못했던 모양이었다.

"있잖아요," 어느 날 밤 리디아가 헬렌에게 말했다. "난 앤 러틀리지* 역을 맡았던 적이 있어요. 그때 해리가 에이브러햄 링컨 역을 맡았었죠."

헬렌이 박수를 치며 말했다. "어머, 천국에 있는 것 같았겠네요."

"어떤 면에서는 그랬죠." 리디아가 말했다. "가끔 나는 그 역에 푹 빠진 나머지 앤이 에이브러햄 링컨을 사랑하는 것처럼 나도 해리를 사랑하는 마음을 품고는 했어요. 나는 다시 현실로 돌아와 그는 노예를 해방시키게 될 사람이 아니라 그냥 내 남편의 철물점에서 일하는 점원일 뿐이라고 나 자신에게 상기시키고는 해야 했죠."

"해리는 내가 만나 본 가장 멋진 남자예요." 헬렌이 말했다.

"물론 그렇겠지만, 해리와 연극을 할 때는 마지막 공연이 끝난 뒤 일어날 일에 대해 마음의 준비가 필요하죠." 리디아가 말했다.

"그게 무슨 말씀이세요?" 헬렌이 물었다.

"일단 연극이 끝나면, 당신이 해리를 어떻게 생각했든 당신이 생각한 모습의 해리는 흔적도 없이 사라져 버린다는 거예요." 리디아가 말했다.

"그 말씀은 못 믿겠어요." 헬렌이 말했다.

---

*에이브러햄 링컨의 요절한 첫사랑이자 약혼녀.

"맞아요. 믿기 어려울 거예요." 리디아가 말했다.

그러자 헬렌은 살짝 속이 상했다. "그런데 나한테 그런 이야기를 왜 하는 거예요? 그게 사실이라 할지라도 나랑 무슨 상관이 있어요?"

"글쎄요…… 난," 리디아가 그 주제에서 한발 물러나며 말했다. "난…… 그냥 당신이 이 이야기를 흥미로워할지도 모른다고 생각했거든요."

"아뇨, 전혀요." 헬렌이 딱 잘라 말했다.

리디아는 그녀가 맡은 극 중 인물이 느끼기로 되어 있는 숨 막히고 사랑받지 못하는 기분을 느끼며 그 주제에서 슬그머니 물러났다. 그 후로는 어느 누구도 더 이상 헬렌에게 해리에 대해 경고하는 말을 하지 않았다. 헬렌이 전화 회사에 더 이상 이 지점 저 지점으로 옮겨 다니고 싶지 않고 노스크로퍼드에서 계속 일하고 싶다고 말했다는 소문이 나돌기 시작했을 때도 마찬가지였다.

마침내 연극을 상연하는 날이 왔다. 우리는 목요일, 금요일, 토요일, 이렇게 사흘 밤 동안 연극 공연을 했고 관객들의 반응은 열광적이었다. 관객들은 무대에서 배우들이 하는 모든 대사를 진짜라고 믿었으며, 무대의 밤색 막을 내렸을 때는 퇴락한 언니 블랑쉬를 따라 당장에라도 정신병원으로 갈 것 같은 태세였다.

목요일 밤에는 전화 회사의 여직원들이 헬렌에게 장미꽃 열두 송이를 보냈다. 헬렌과 해리가 함께 관객들의 커튼콜을 받고 인사하고 있을 때, 나는 그 장미꽃 다발을 무대 위의 헬렌에게 건넸다. 헬렌이 앞으로 다가와 꽃다발을 받고는 해리에게 주려고 꽃다발에서 장미 한 송이를 뽑았다. 하지만 장미꽃을 해리에게 주기 위해 모든 사람들 앞에서 해리 쪽으로 돌아섰을 때 해리는 무대를 떠나고 없었다. 그 아가씨가 아무도 서 있지 않은 텅 빈 곳을 향해 장미꽃 한 송이를 건네는 추가된 짧은 장면 위로 무대의 막이 내려왔다.

내가 무대 뒤로 가 보니, 그녀는 여전히 그 장미꽃 한 송이를 들고 서 있었다. 꽃다발은 한쪽으로 치워져 있었다. 그녀의 눈에는 눈물이 어려 있었다. "제가 뭘 잘못했죠?" 그녀가 내게 말했다. "혹시 제가 그를 모욕이라도 한 걸까요?"

"아뇨." 내가 말했다. "그는 공연이 끝난 뒤에는 늘 그래요. 공연이 끝나는 순간 곧바로 쏜살같이 어딘가로 사라져 버리죠."

"그럼 그는 내일도 또 사라질까요?"

"분장도 지우지 않고 가 버릴걸요."

"그럼 토요일에는요? 토요일에는 종연 축하 파티가 있으니까 남겠죠, 그죠?"

"해리는 절대 파티에 참석하지 않아요. 토요일 무대의 막이 내리면 월요일 철물점에 출근할 때까지 그는 누구의 눈에도 띄지 않을 겁니다."

"정말 애석하네요." 그녀가 말했다.

금요일 밤의 헬렌의 연기는 목요일 밤의 연기만큼 좋지 못했다. 그녀는 딴생각을 하고 있는 듯했다. 그녀는 커튼콜이 끝난 뒤 해리가 떠나는 모습을 지켜봤다. 그녀는 말을 한마디도 하지 않았다.

토요일 밤, 그녀는 그때까지의 연기 가운데 최고의 연기를 선보였다. 대개는 상대방을 압도하며 공연을 이끌고 나가는 쪽은 해리였었다. 하지만 토요일에는 해리가 열연을 펼치는 헬렌에게 이끌려 보조를 맞춰야 했다.

마지막 커튼콜 뒤에 무대의 막이 내려오자, 해리는 그곳을 빠져나가려 했지만 그럴 수 없었다. 헬렌이 잡고 있던 그의 손을 놓아주지 않았던 것이다. 나머지 출연진들과 무대 제작진들, 객석에서 올라온 많은 후원자들이 모두 해리와 헬렌 주위에 서 있었고, 해리는 헬렌에게서 손을 빼내려고 애쓰고 있었다.

"저기," 그가 말했다. "이제 난 그만 가 봐야겠어요."

"어디로요?" 그녀가 물었다.

"그게 저," 그가 말했다. "집으로요."

"종연 축하 파티에 가지 않을래요?" 그녀가 말했다.

그의 얼굴이 새빨개졌다. "난 파티를 별로 좋아하지 않아요."라고 답하는 그에게서는 말런 브랜도의 모습은 완전히 사라지고 없었다. 그는 말을 잘 못 하고 겁에 질리고 수줍어했다. 그는 연극을 하지 않을 때의 해리 모습으로 유명한 그의 본모습으로 완전히 돌아가 있었다.

"알았어요." 그녀가 말했다. "손을 놔드릴게요. 내게 한 가지만 약속해 준다면 말이죠."

"그게 뭔데요?"라고 그가 물었고, 나는 그녀가 그의 손을 놔주는 순간 그가 창문 밖으로 훌쩍 뛰어넘어 나갈 것이라고 생각했다.

"당신에게 줄 선물을 가져올 때까지 여기 있겠다고 약속해 줘요." 그녀가 말했다.

"선물이라고요?" 해리가 더욱 전전긍긍해 하며 말했다.

"약속하죠?" 그녀가 물었다.

그는 약속했다. 그것이 그가 그녀에게서 자신의 손을 빼낼 수 있는 유일한 방법이었기 때문이다. 그리고 헬렌이 선물을 가지러 여자 분장실로 내려간 동안 그는 그곳에 비참하게 서 있었다. 그가 기다리는 동안, 많은 사람들이 정말 멋진 배우라며 그에게 축하의 말을 건넸다. 하지만 축하의 말은 결코 그를 행복하게 하지 못했다. 그는 그저 그곳을 벗어나고 싶었다.

헬렌이 선물을 가지고 돌아왔다. 그것은 커다란 빨간 갈피끈이 달린 파란색 작은 책이었다. 그 책은 『로미오와 줄리엣』이었다. 해리는 무척 당황스러웠다. 그가 할 수 있는 것이라고는 "고마워요."라는 말뿐이었다.

"갈피끈을 끼워 둔 부분이 내가 가장 좋아하는 장면이에요." 헬렌이 말했다.

"음." 해리가 말했다.

"내가 가장 좋아하는 장면이 어떤 장면인지 알고 싶지 않아요?" 그녀가 물었다.

그래서 해리는 그 책의 빨간 갈피끈을 끼워 둔 부분을 펼쳐 볼 수밖에 없었다.

헬렌이 그에게로 가까이 다가가 줄리엣의 대사를 읽었다.

"어떻게, 그리고 어찌하여 여기로 오셨나요? 과수원 담은 높아서 오르기 힘들고, 당신의 가문 때문에 당신이 우리 집 식구에게 들키기라도 하는 날엔 이곳이 바로 죽음의 장소가 될 터인데." 그녀는 다음 대사를 가리키며 "자, 이제 로미오가 대사할 차례예요."라고 말했다.

"음." 해리가 말했다.

"로미오의 대사를 읽어요." 헬렌이 말했다.

해리는 목청을 가다듬었다. 그는 그 대사를 읽고 싶지 않았지만 어쩔 수 없었다. "사랑의 가벼운 날개로 담을 뛰어넘었지요." 그는 평소의 목소리로 크게 소리 내어 읽었다. 하지만 바로 뒤 갑자기 그에게 변화가 일어났다. "한낱 돌로 된 경계가 사랑을 막을 순 없답니다." 대사를 읽어 나가며 몸을 곧게 펴자 그는 자신의 나이보다 여덟 살 어린 용감하고 쾌활한 청년의 모습이 되었다. "그리고 사랑에 빠진 사내라면 사랑을 얻기 위해 어떤 시도든 할 용기가 있지요. 그러니 당신의 식구도 나를 막지는 못해요."

"하지만 우리 집 식구에게 들키면 당신은 죽음을 면치 못할 거예요." 헬렌은 대사를 읊으며 그를 이끌고 무대 옆쪽으로 걸어가기 시작했다.

"아아!" 해리가 외쳤다. "그들의 칼 스무 자루보다 당신의 눈동자가 내게는 더 위험한 것을." 헬렌은 그를 무대 뒤의 출구 쪽으로 이끌었다. "제발 나를 다정하게 바라봐 줘요. 그러면 나는 그들의 증오쯤은 얼마든 견뎌 낼 수 있으니." 해리가 대사를 읽었다.

"당신이 이곳에 있는 것을 식구들에게 절대 들켜서는 안 돼요."라는 헬렌의 대사를 끝으로 우리는 아무런 소리도 들을 수 없었다. 그들 두 사람은 문밖으로 나가고 없었다.

그 두 사람은 종연 축하 파티에 모습을 드러내지 않았다. 일주일 뒤에 그 두 사람은 결혼했다.

그들은 아주 행복해 보였다. 그들이 서로에게 읽어 주고 있는 희곡이 무엇이냐에 따라 때로는 다소 이상해 보이기도 했지만.

또다시 전화 요금 청구서 작성기가 바보 같은 오류를 범한 탓에 나는 며칠 전에 전화 회사의 사무실에 들렀다. 나는 그녀에게 그녀와 해리가 최근에는 어떤 희곡을 읽고 있느냐고 물었다.

"지난주에는요," 그녀가 말했다. "저는 오셀로와 결혼했다가 파우스트에게 사랑도 받았다가 파리스에게 납치도 당했어요. 어때요? 이쯤이면 제가 우리 마을에서 가장 운 좋은 여자 같지 않아요?"

나는 그런 것 같다고 대답하며 우리 마을의 여자들도 대부분 그렇게 생각할 거라고 덧붙였다.

"그들에게도 기회는 있었죠." 그녀가 말했다.

"그들 대부분은 그런 흥분을 감당할 수 없었을 겁니다."라고 대꾸한 뒤 나는 내가 또 다른 연극의 연출을 맡게 되었다고 말했다. 그러고는 그녀와 해리가 그 연극에 출연해 줄 수 있는지 물었다. 그녀는 함박웃음을 지으며 말했다. "이번에는 우리는 누구죠?"

(1961년)

몽키 하우스에 오신 것을 환영합니다

그리하여 케이프코드의 전체를 차지하는 반스터블 카운티의 보안관인 피트 크로커는 5월의 어느 날 오후 하이애니스에 있는 '연방 윤리 자살 센터'로 들어갔다. 그리고 그곳에 있는 키가 6피트인* 두 명의 도우미에게 너무 놀라지는 말라면서 '시인 빌리'라는 이름의 악명 높은 저항자가 여기 케이프코드로 오고 있는 것 같다는 소식을 전했다.

'저항자'란 하루 세 번 윤리적 피임약을 복용하기를 거부한 사람을 말한다. 그들은 만 달러의 벌금형과 십 년의 징역형에 처해졌다.

이 무렵 지구의 인구는 170억 명이었다. 이토록 작은 행성이 감당하기에는 큰 포유동물의 수가 너무 지나치게 많았다. 사람들은 사실상 소핵과(小核果)처럼 빽빽이 들어차 있었다.

'소핵과'란 산딸기 겉면을 둘러싼 작고 동글동글한 과육을 말한다.

그래서 세계 정부는 이 인구 과잉 문제에 대해 두 갈래의 공격을 하고 있다. 한 갈래는 윤리적 자살의 장려로, 그것은 가장 가까운 자살 센터로

---

*이 이야기가 펼쳐지는 미래에서 사용하고 있는 도량형이 피트이므로 그대로 사용하였다. 센티미터로 환산하면 약 183센티미터다.

가서 도우미에게 자신이 안락의자에 앉아 있는 동안 고통 없이 죽여 달라고 요청하라는 것이었다. 나머지 한 갈래는 윤리적 산아 제한의 강제적 실시였다.

보안관은 예쁘고 굳건하며 대단히 총명한 아가씨들인 그 두 도우미에게 시인 빌리를 잡기 위해 경찰이 도로를 봉쇄하고 집집마다 돌아다니며 수색을 벌이고 있다고 말했다. 가장 큰 어려움은 경찰이 그의 용모를 파악하지 못했다는 점이었다. 그를 봤거나 그의 모습을 알았던 몇 안 되는 사람들은 여자들이었는데 그의 키와 머리 색깔, 목소리, 몸무게, 피부색에 대한 그들의 진술은 터무니없을 정도로 일치하지 않았다.

"아가씨들에게 상기시킬 필요는 없겠지만," 보안관이 계속 말을 이어 나갔다. "저항자는 허리 아랫부분이 아주 민감합니다. 만약 시인 빌리가 어떻게든 이곳에 슬쩍 들어와 말썽을 일으키기 시작하면, 그곳을 정통으로 한 방 세게 걷어차면 아주 효과적일 겁니다."

그는 산아 제한의 유일한 합법적 수단인 윤리적 피임약이 사람들의 허리 아랫부분의 감각을 없어지게 만든다는 사실을 언급하고 있었다.

그 피임약을 먹으면 남자들은 대부분 자신의 아랫도리가 차가운 쇠나 가벼운 나무토막처럼 느껴졌다. 여자들은 대부분 자신의 아랫도리가 젖은 솜이나 김빠진 진저에일*처럼 느껴졌다. 그 피임약은 효과가 어찌나 강력하던지 그 약을 복용한 사람의 눈을 눈가리개로 가리고 링컨 대통령의 게티즈버그연설을 암송하라고 시킨 다음 그가 암송하는 동안 그의 급소를 걷어차도 토씨 하나 안 틀리고 암송할 수 있을 정도였다.

그 약이 사람의 생식 능력을 해친다면 비인간적이고 부도덕한 것이었을 테지만 그 약은 사람의 생식 능력을 해치지 않았기 때문에 윤리적이었다. 그 약은 그저 섹스의 즐거움을 송두리째 앗아 갈 뿐이었다.

---

*생강 맛의 탄산 청량음료.

이렇게 과학과 도덕은 손을 맞잡고 함께 나아갔다.

하이애니스의 연방 윤리 자살 센터에 있는 그 두 도우미는 낸시 매클루언과 메리 크래프트였다. 낸시는 불그스름한 금발의 아가씨였다. 메리는 윤기 나는 흑갈색 머리의 아가씨였다. 그들의 제복은 하얀색 립스틱에 짙은 눈 화장을 하고, 속에는 아무것도 입지 않은 채로 자주색 바디 스타킹만 입고, 검정 가죽 부츠를 신는 것이었다. 그 둘은 자살 부스가 여섯 개밖에 없는 작은 규모의 센터를 운영했다. 크리스마스 전 주 같은 벌이가 정말 좋은 주에는 그곳에서 60명의 사람을 안락사시킬 수도 있었다. 안락사는 피하주사기로 행해졌다.

"아가씨들에게 전하고 싶은 중요한 말은," 크로커 보안관이 말했다. "모든 것이 잘 통제되고 있다는 겁니다. 아가씨들은 여기에서 그냥 평소대로 아가씨들의 일을 열심히 하고 있으면 돼요."

"혹시 빼놓고 전하지 않은 중요한 말은 없나요?" 낸시가 그에게 물었다.

"무슨 소리인지 모르겠습니다만."

"그자가 곧장 우리 도우미들에게로 올지도 모른다는 말씀은 하지 않으셔서요."

그는 순진무구한 표정으로 어깨를 으쓱했지만 어색하기 짝이 없었다. "그건 확실히는 잘 몰라서요."

"누구나 다 알지 않나요? 시인 빌리가 윤리 자살 센터의 도우미들을 범하는 것 전문이라는 건." 낸시는 처녀였다. 자살 도우미들은 모두 처녀였다. 그들은 또한 심리학과 간호학에 있어서 석사 이상의 학위를 지니고 있어야 했다. 그들은 또한 풍만하고 혈색이 좋으며 키가 적어도 6피트*

---

*약 183센티미터.

는 되어야 했다.

미국은 여러 가지 면에서 변화가 있었지만 아직 미터법을 채택하고 있지 않았다.

낸시 매클루언은 마치 자신과 메리가 시인 빌리에 대한 이야기를 다 들으면 공포에 사로잡히기라도 할까 봐 자신들에게 그가 알고 있는 사실을 전부 다 털어놓지 않으려고 하는 보안관의 태도에 분통이 치밀었다. 그녀는 보안관에게 이렇게 말했다.

"그렇게 쉽게 겁먹는 여자가 윤리 자살 센터에서 얼마나 버틸 거라고 생각하죠?" 낸시 매클루언이 물었다.

보안관은 턱을 끌어당기며 한 걸음 뒤로 물러났다. "그리 오래 버티지는 못하겠지요."

"맞아요."라고 대꾸하며 낸시는 그들 사이의 거리를 좁히며 그에게로 다가가 가라테의 손날치기 동작을 할 자세를 취하며 그에게 자신의 손날 맛을 한번 보겠냐고 물었다. 도우미들은 모두 유도와 가라테 유단자들이었다. "우리 도우미가 얼마나 무기력한지 알아보고 싶다면, 당신이 시인 빌리라고 상상하고 나한테 한번 덤벼 봐요."

보안관은 생기 없는 미소를 지으며 고개를 가로저었다. "그러고 싶지는 않군요."

"오늘 하신 말씀 중 가장 현명한 말씀이네요." 자신의 말에 메리가 크게 웃자 낸시는 그에게서 등을 돌리며 말했다. "우리는 겁이 나는 게 아니라 '화'가 나는 거라고요. 아니 그 정도까지도 아니에요. 그자는 그럴 가치도 없어요. 우리는 지겨워요. 그렇게 먼 거리를 와서 이 모든 소동을 일으키다니 얼마나 지겨운지! 그따위 짓을 하자고……." 그녀는 거기에서 말꼬리를 흐렸다. "아무튼 그건 너무나도 터무니없는 일이에요."

"난 그자보다 아무런 저항 없이 그자가 그딴 짓을 하도록 내버려 둔 여자들에게 더 화가 나요." 메리가 말했다. "그딴 짓을 하도록 내버려 두고는 경찰에게 그자가 어떻게 생겼는지 진술조차 못 하는 여자들 말이에요. 그것도 자살 센터 도우미라는 여자들이!"

"가라테 수련을 계속하지 않은 여자가 있었던 거야." 낸시가 말했다.

윤리 자살 센터의 도우미들에게 끌린 것은 시인 빌리만이 아니었다. 저항자들은 모두 그랬다. 그 약을 복용하지 않자 머리통이 섹스에 대한 광기로 터져 버릴 지경이 된 저항자들에게는 도우미의 하얀색 립스틱과 커다란 눈, 바디 스타킹, 부츠가 모두 '섹스', '섹스', '섹스'로만 읽혔다.

사실 당연히 섹스는 도우미들이 전혀 마음에 두지 않는 것이었다.

"만약 빌리가 그의 통상적인 수법을 따른다면," 보안관이 말했다. "그자는 아가씨들의 습관과 주변을 살필 겁니다. 그런 뒤 당신 가운데 한 명을 골라 우편으로 외설스런 시를 보낼 겁니다."

"대단하군요." 낸시가 말했다.

"그자는 전화도 사용한다고 알려져 있어요."

"참으로 대담하군요."라고 말하는 낸시의 눈에 보안관의 어깨너머로 우체부가 오는 것이 보였다.

그 순간 낸시가 책임지고 있는 부스의 문 위로 파란색 불이 켜졌다. 그 부스 안에 있는 사람이 뭔가를 원하는 모양이었다. 그 부스는 현재 사람이 들어가 있는 유일한 부스였다.

보안관이 그녀에게 그 부스 안에 있는 사람이 시인 빌리일 가능성이 있느냐고 묻자 낸시는 "글쎄요, 만약 그렇다면 내 엄지와 검지만으로도 그자의 목을 부러뜨릴 수 있어요."라고 대답했다.

"저 부스에 있는 건 여우 같은 할아버지예요." 그 부스 안에 들어가 있는 사람을 낸시와 함께 보았던 메리가 말했다. '여우 같은 할아버지'란 도우미가 안락사시키기 전에 몇 시간이고 트집을 잡다가 농을 던졌다가 또 추억담을 늘어놓는, 약삭빠르나 노쇠한 노인을 말한다.

냰시가 끙 하는 신음 소리를 냈다. "저분은 지금 두 시간째 마지막 식사로 무엇을 먹을지 결정을 못 내리고 있답니다."

바로 그때 우체부가 편지 한 통을 갖고 들어왔다. 받는 사람 칸에 끈적거리는 연필로 낸시 앞이라고 쓰여 있었다. 빌리에게서 온 쓰레기 같은 편지임을 알아챈 그녀는 분노와 혐오감에 휩싸인 채 편지 봉투를 뜯었다.

그녀가 맞았다. 편지 봉투 안에는 시가 한 편 들어 있었다. 그것은 원래는 시가 아니었다. 그것은 윤리적 산아 제한으로 무감각함이 보편적이 된 이후로 새로운 뜻을 지니게 된 옛날 노래였다. 역시 끈적거리는 연필로 써 놓은 그 시는 다음과 같았다.

공원을 걸어가던 길, 우리는
어둠 속에서 야릇한 자세를 취하고 있는 조각상들을 보았네.
셔먼의 말[馬]이 그 짓을 할 수 있다면
당신도 그 짓을 할 수 있지.

부스의 노인이 원하는 것이 무엇인지 알아보기 위해 낸시가 자살 부스로 들어가 보니 그 여우 같은 할아버지는 여러 해에 걸쳐 수백 명의 사람들이 아주 편안하게 숨을 거둔 민트 그린색 안락의자에 누워 있었다. 그는 옆 건물의 '하워드 존슨 식당'의 메뉴를 살펴보면서 레몬색 벽에 달린 스피커에서 흘러나오는, 자살 센터에서 틀어 놓은 배경음악에 박자를 맞추고 있었다. 콘크리트블록으로 된 그 방은 페인트로 칠이 되어 있었다. 그리고 베니션 블라인드가 쳐진 격자창이 하나 있었다.

'윤리 자살 센터'가 있는 곳이라면 어디든 그 옆에는 '하워드 존슨 식당'

이 있었고, 반대로 '하워드 존슨 식당'이 있는 곳이라면 어디든 그 옆에는 '윤리 자살 센터'가 있었다. '하워드 존슨 식당'의 지붕은 오렌지색이었고 '윤리 자살 센터'의 지붕은 자주색이었지만 둘 다 정부 소유였다. 사실상 모든 것이 정부 소유였다.

또한 사실상 모든 것이 자동화되어 있기도 했다. 낸시와 메리, 그리고 그 보안관은 직업을 갖고 있었으니 운이 좋은 사람들이었다. 대부분의 사람들은 그렇지 못했다. 보통의 시민들은 집에서 맥없이 지내거나 텔레비전을 보았는데, 텔레비전 방송국 역시 정부 소유였다. 텔레비전에서는 15분마다 시청자에게 현명하게 투표하고 똑똑하게 소비하라, 자신이 선택한 교회에서 예배를 보라, 같은 인간을 사랑하라, 법을 준수하라, 그도 아니면 가장 가까운 윤리 자살 센터를 방문해서 도우미가 얼마나 친절하고 이해심이 깊은지 알아보라고 열심히 권했다.

그 여우 같은 할아버지는 좀처럼 보기 드문 사람이었다. 영락없는 노인의 모습에다 대머리에 몸도 떨고 손에는 검버섯이 피어 있었다. 대부분의 사람들은 1년에 2회 맞는 노화 방지 주사 덕택에 스물두 살로 보였다. 그 노인이 늙어 보이는 것은 그의 달콤한 청춘이 새처럼 날아간 뒤 노화 방지 주사가 발명되었다는 증거였다.

"마지막 저녁으로 무엇을 드실지 아직도 못 정하셨어요?" 낸시가 그에게 물었다. 그녀의 귀에도 자신의 목소리에 짜증이 묻어 있고 시인 빌리에 대한 분노와 그 노인에 대한 성가신 마음이 무심코 드러난 게 느껴졌다. 이는 전문가답지 못한 태도였으므로 그녀는 부끄러운 마음이 들었다. "빵가루를 입혀서 튀긴 송아지 커틀릿이 아주 좋답니다."

노인은 고개를 갸웃했다. 다시 어린 시절로 돌아가 버린 망령 난 노인의 탐욕스러운 교활함으로 그녀의 전문가답지 못하고 불친절한 태도를 퍼뜩 알아챈 그는 그것에 대해 그녀를 혼내고자 했다. "아가씨는 그리 친절하지 않은 것 같군. 도우미들은 모두 친절할 줄 알았는데. 또 이곳에 오면 기분도 좋을 줄 알았고."

"죄송합니다." 낸시가 말했다. "제가 불친절해 보였더라도 선생님과는 전혀 상관이 없는 일 때문에 그런 거예요."

"난 또 내가 아가씨를 짜증 나게 한 줄 알았지."

"아뇨, 아니에요." 그녀는 극구 부인했다. "전혀 아니에요. 선생님은 정말 재미있는 역사적인 일을 알고 계시는걸요." 무엇보다도 그 여우 같은 할아버지는 윤리적 산아 제한의 아버지인 그랜드래피즈*의 약제사인 J. 에드거 네이션을 안다고 주장한 바 있었다.

"그러면 아가씨는 내 얘기에 관심이 있는 모양이로군." 그가 그녀에게 말했다. 그는 이런 식으로 살짝 거만하게 굴며 그녀를 그만 혼내고 그냥 넘어갈 수 있었다. 실은 그는 원한다면 언제든 그곳을 박차고 나갈 수 있었다. 그가 주사를 놓아 달라고 요청하는 바로 그 순간까지 언제든 말이다. 그리고 그 주사는 반드시 그가 '요청'해야만 놓아 줄 수 있었다. 그것이 법이었다.

낸시를 비롯한 모든 도우미들은 요령껏 매 순간 끈기 있게 지원자들을 구슬리고 비위를 맞추고 아첨해서 지원자들이 그곳을 나가지 않도록 해야 했다.

그래서 낸시는 그 부스 안에 앉아서 그 노인이 늘어놓는 허풍 섞인 긴 이야기를 처음 듣는 것처럼 놀라는 척해야만 했다. 그것은 J. 에드거 네이션이 어쩌다 윤리적 산아 제한 실험을 하게 되었는지에 대한 누구나 다 아는 이야기였다.

"그는 자신이 만든 약을 언젠가 인류가 복용하게 될 것이라고는 꿈에도 생각지 못했어." 여우 같은 할아버지가 말했다. "그의 꿈은 그랜드래

*미시간주 서쪽에 있는 도시.

피즈 동물원에 있는 원숭이 우리에 도덕성을 부여하는 것이었지. 아가씨가 알고 있는 얘기인가?" 그가 엄숙하게 물었다.

"아뇨. 아니에요. 전 몰랐어요. 정말 재미있는 이야기네요."

"어느 부활절 날 그는 그의 아이들 열한 명을 데리고 교회에 갔지. 날씨도 참 좋고 부활절 예배도 얼마나 아름답고 고결하던지 그들은 동물원으로 산책을 가기로 했고 마치 구름 위를 걷는 것 같은 기분으로 산책을 했다네."

"음." 노인이 묘사한 그 장면은 매년 부활절마다 텔레비전에서 방송되는 드라마에 나오는 장면이었다.

여우 같은 할아버지는 자신도 그 장면 속에 들어가 네이션 가족이 원숭이 우리에 이르기 바로 직전 자신과 담소를 나누는 장면을 연출했다. "'네이션 씨, 잘 지내셨어요? 오늘 아침은 정말 날씨가 좋군요.' 하고 내가 그에게 인사를 건넸어. 그러자 그도 '하워드 씨도 잘 지내셨어요? 부활절 아침처럼 사람을 깨끗하고 다시 태어난 기분이 들게 만들고, 하느님의 목적과 하나가 되는 기분이 들게 만드는 때는 없지요.'라며 내게 인사를 건넸지."

"음." 낸시는 거의 방음이 되는 문을 통해 희미하지만 계속 성가시게 울리는 전화벨 소리를 들을 수 있었다.

"그래서 우리는 원숭이 우리로 함께 갔지. 우리가 거기서 뭘 봤는지 아나?"

"전 짐작도 못 하겠는데요." 밖에서 누군가가 전화를 받았다.

"글쎄, 원숭이가 자신의 은밀한 부위를 갖고 놀고 있지 뭔가!"

"설마요!"

"정말이야! 그 모습에 J. 에드거 네이션은 너무 화가 나서 곧장 집으로 돌아가 청춘기의 원숭이들을 기독교도 가족이 보기에 적절한 상태로 만들 알약을 개발하기 시작했지."

그때 누가 문을 노크했다.

"네?" 낸시가 노크 소리에 응답했다.

"낸시, 너를 찾는 전화야." 메리가 말했다.

낸시가 부스에서 나와 보니 보안관은 법을 집행하는 기쁨에 터져 나오려는 비명을 삼키느라 나지막이 끽끽거리고 있었다. 그 전화는 '하워드 존슨 식당'에 잠복한 요원들에게 도청되고 있었다. 그들은 전화를 건 상대방이 시인 빌리라고 믿는 모양이었다. 그의 전화는 위치 추적이 되었다. 경찰은 이미 출동해 그를 잡으러 가고 있었다.

"계속 통화하면서 시간을 길게 끌어요." 보안관이 낸시에게 속삭이며 순금덩이라도 되는 양 전화기를 건네주었다.

"여보세요?" 낸시가 전화를 받았다.

"낸시 매클루언?" 어떤 남자의 목소리가 들렸다. 그의 목소리는 변조되어 있었다. 피리 같은 물건에 대고 말하고 있는 것일지도 몰랐다. "저는 우리 둘 다 아는 어떤 친구의 부탁으로 전화 드린 겁니다."

"그래요?"

"그 친구가 제게 메시지를 전해 달라고 부탁했어요."

"그렇군요."

"그 메시지는 시예요."

"아, 네."

"들을 준비됐어요?"

"네, 준비됐어요." 낸시는 수화기 너머로 사이렌 소리가 울리는 것을 들을 수 있었다.

전화를 건 그 사람도 틀림없이 사이렌 소리를 들었을 테지만 아무런 동요 없이 그 시를 낭독했다. 그 시는 다음과 같았다.

"로션을 몸에 듬뿍 바르시오.
한 명의 인구가 갑작스레 늘어날 테니."

그들이 그를 잡았다. 낸시는 수화기 너머로 들려오는 쾅쾅 두드리는 소리와 쿵쾅거리는 발소리, 말다툼을 벌이는 소리와 고함치는 소리를 비롯한 모든 소리를 들었다.

전화를 끊으면서 그녀가 느낀 우울함은 육체적인 이유에서 비롯된 것이었다. 자신이 전사처럼 몸을 가꾸며 일어나지도 않을 싸움에 대비해 왔다는 생각에서 비롯된 우울함이었다.

보안관이 자신이 잡는 데 일조한 유명한 범죄자를 보기 위해 워낙 황급히 자살 센터 밖으로 뛰쳐나가는 바람에 트렌치코트 호주머니에서 종이 한 뭉치가 떨어졌다.

메리가 그 종이 뭉치를 줍고는 보안관을 소리쳐 불렀다. 그는 잠시 멈춰 서서 그 종이 뭉치는 이제 더 이상 중요하지 않다고 말하며 메리에게 혹시 함께 가고 싶지 않은지 물었다. 그러자 두 여자 사이에 한바탕 동요가 일었고, 결국 낸시가 자기는 빌리가 전혀 궁금하지 않다면서 메리에게 가 보라고 권했다. 그리하여 메리는 자기가 주운 종이 뭉치를 낸시에게 무심코 건네주고는 떠났다.

그 종이 뭉치는 빌리가 다른 자살 센터들의 도우미들에게 보낸 시들을 복사한 것이었다. 낸시는 맨 위에 있는 시를 읽어 보았다. 그것은 윤리적 피임약의 기이한 부작용에 대해 쓴 시였다. 그 부작용이란 그 약이 사람들의 감각을 잃게 만들 뿐만 아니라 소변 색상까지 파랗게 만든다는 것이었다. 그 시의 제목은 「어떤 저항자가 자살 도우미에게 하는 말」로, 시는 다음과 같았다.

나는 씨를 뿌리지도, 실을 자아내지도 않았다네.
그리고 알약 덕분에 죄도 짓지 않았다네.
나는 군중들을, 악취를, 소음을 사랑했다네.
그리고 소변을 보면 터키옥처럼 푸른 소변이 나왔다네.

나는 오렌지색 지붕 아래에서 식사를 했다네.
그러는 중에 나는 문의 경첩처럼 흔들렸다네.
오늘은 나의 하늘빛 삶을 날려 버리려고
자주색 지붕 아래로 왔다네.

처녀인 도우미여, 죽음의 모집인이여,
삶도 매력적이지만 그대는 더 매력적이라네.
나의 성기를 애도하라, 자주색 여인이여,
그곳을 지나가는 것은 하늘빛 물뿐이었으니.

"아가씨는 이 이야기를 들어본 적이 전혀 없나? J. 에드거 네이션이 어떻게 해서 윤리적 산아 제한 약을 발명하게 되었는가에 대한 이야기 말이야." 여우 같은 할아버지가 궁금해하며 갈라진 목소리로 물었다.

"네, 전혀 없어요." 낸시는 거짓말을 했다.

"누구나 다 아는 이야기인 줄 알았는데."

"저는 처음 듣는 얘기인걸요."

"J. 에드거 네이션이 원숭이 우리와 관련된 그 과제를 완수하자, 원숭이 우리가 무척 정숙해져서 사람들은 어느 곳이 원숭이 우리이고 어느 곳이 미시간 대법원인지 구분하지 못할 정도였지. 한편, 그때 유엔(UN)에 위기가 닥쳤어. 과학에 정통한 자들은 사람들이 너무 많이 번식하는 것을 그만둬야 한다고 주장했고, 도덕에 정통한 자들은 사람들이 오직 쾌락만을 위해서 섹스를 한다면 사회가 붕괴할 것이라고 주장했지."

여우 같은 할아버지는 안락의자에서 일어나 창가로 가더니 블라인드의 틈 사이로 바깥을 엿보았다. 바깥에는 별로 볼 것이 없었다. 도로 쪽을 향해 서 있는 20피트* 높이의 대형 온도계 뒷면에 시야가 막혔다. 그 온도계는 지구상에 살고 있는 수십억 명의 사람들을 0에서 20까지의 눈금으로 표시한 것이었다. 가상의 액체 기둥은 가늘고 긴 반투명의 빨간색 플라스틱으로 되어 있었다. 그 액체 기둥은 지구상에 얼마나 많은 사람들이 살고 있는지 보여 주었다. 그 액체 기둥의 바닥 가까이에 있는 검은색 화살표는 과학자들이 이상적으로 생각하는 인구수를 가리키고 있었다.

여우 같은 할아버지가 블라인드와 빨간색 플라스틱을 통해 석양을 바라보고 있었던 탓에 그의 얼굴에는 띠 모양 그림자가 붉게 드리워져 있었다.

"저기," 그가 말했다. "내가 죽으면 저 온도계의 눈금은 얼마나 내려갈까? 1피트**?"

"아뇨."

"1인치***?"

"아닐걸요."

"아가씨는 대답을 알고 있군, 안 그래?"라고 말하며 그가 그녀를 마주보았다. 그의 목소리와 눈빛에서 노쇠한 기운이 사라지고 없었다. "저 온도계에서 1인치는 83,333명을 가리키지. 아가씨도 그걸 알고 있지, 그렇지 않나?"

---

*약 6미터.

**약 30센티미터.

***2.54센티미터.

"그게……그럴지도 모르겠네요." 낸시가 말했다. "하지만 제 의견으로는 그런 식으로 보는 건 맞지 않는 것 같아요."

그는 그녀에게 그럼 그녀의 의견으로는 어떤 식으로 보는 것이 맞느냐고 묻지 않았다. 대신 그는 자신의 마음속 생각을 다 털어놓았다. "아가씨에게 말해 줄 진실이 있네. 내가 시인 빌리라는 것과 당신이 정말 아름다운 여자라는 거야."

한 손으로 그는 허리띠에서 총신이 짧은 연발 권총을 뽑았다. 나머지 한 손으로는 머리에 쓰고 있던 주름진 이마 부분까지 달려 있는 대머리 고무 가발을 벗었다. 이제 그는 스물두 살로 보였다.

"이 일이 모두 끝났을 때 경찰은 내가 어떻게 생겼는지 정확히 알고 싶어 할 거야." 그가 심술궂게 씩 웃으며 낸시에게 말했다. "당신이 사람들 인상착의를 잘 설명하지 못할지도 모르고, 또 놀랍게도 여자들은 인상착의 설명에 많이들 서툴더라고. 그래서 내가 내 인상착의를 미리 말해 주려고 해.

나는 키는 5피트 2인치,*
파란색 눈에,
어깨까지 내려오는 갈색 머리를 하고 있지.
남자다운 요정으로
자신감에 넘쳐.
그 아가씨들은 내가 울적해 보인다고들 하지."

빌리는 낸시보다 키가 10인치** 작았다. 낸시는 그보다 몸무게가 40파

---

*약 157센티미터.
**약 25센티미터.

운드* 더 나갔다. 그녀는 거에게 지금 승산 없는 짓을 벌이고 있다고 말했지만 그것은 낸시의 크나큰 오산이었다. 그는 전날 밤 미리 창문에 있는 빗장들을 풀어놓은 상태였다. 그는 낸시를 창문 밖으로 내보낸 다음 그 커다란 온도계에 가려 도로에서는 보이지 않는 맨홀 속으로 내려가게 했다.

그는 그녀를 하이애니스의 하수도 속으로 데리고 내려갔다. 그는 자신이 가고 있는 길을 잘 알았다. 그는 손전등과 지도를 가지고 있었다. 낸시는 자신의 그림자가 앞에서 조롱하듯 춤을 추는 가운데 그의 앞에서 좁은 통로를 걸어가야 했다. 그녀는 지상 세계에 대응시켜 지금 그들이 있는 곳을 짐작해 보려고 했다. '하워드 존슨 식당' 아래의 식당을 지나갈 때 그녀는 위에서 들려오는 소리로 그곳이 '하워드 존슨 식당' 아래라고 짐작했는데 그녀의 짐작이 맞았다. 그곳에서 음식을 가공하고 손님에게 내놓는 기계 장치는 조용했다. 하지만 그곳에서 식사할 때 사람들이 너무 외로움을 타지 않도록 설계자들이 그곳 주방에 음향 효과를 내는 장치를 설비해 뒀었다. 그 덕택에 낸시의 귀에 테이프에 녹음된 은(銀) 식기류가 쟁그랑거리는 소리와 흑인과 푸에르토리코 사람들의 웃음소리가 들렸던 것이다.

그런데 그 후 그녀는 방향 감각을 잃어버렸다. 빌리는 "오른쪽," "왼쪽," "허튼수작 부리지 마. 그랬다간 너의 빌어먹을 커다란 머리통을 날려 버릴 테니."라는 말 외에는 그녀에게 거의 말을 하지 않았다.

딱 한 번 그들은 대화 비슷한 것을 했다. 그 대화를 시작한 사람도 빌리, 끝낸 사람도 빌리였다. "너처럼 멋진 엉덩이를 가진 아가씨가 대체 왜 죽음을 파는 일을 하는 거지?" 그가 뒤에서 그녀에게 물었다.

그녀는 과감하게 멈춰 서서 말했다. "기꺼이 대답해 드리죠." 그녀는

---

*약 18킬로그램.

네이팜 폭탄처럼 그를 무력하게 만들 대답을 그에게 던질 수 있다고 자신했다.

하지만 그는 멈춰 선 그녀를 거칠게 떠밀며 그녀의 빌어먹을 머리통을 날려 버리겠다는 협박을 또 했다.

"당신은 내 대답을 듣고 싶지도 않군요. 내 대답을 듣는 게 겁나나 보죠." 그녀가 그를 조롱했다.

"난 피임약의 약효가 떨어질 때까지는 여자의 말 따위는 절대 듣지 않아." 빌리가 코웃음 치며 빈정거렸다. 그렇다면 그의 계획은 바로 적어도 여덟 시간 동안 그녀를 붙잡아 두는 것인 모양이었다. 피임약의 약효가 떨어지려면 그 정도의 시간이 걸리니까.

"그것참 바보 같은 원칙이네요."

"피임약의 약효가 떨어질 때까지는 여자는 여자가 아니거든."

"당신은 정말 어떻게든 여자가 사람이 아니라 물건처럼 느껴지게 만들려고 하는군요."

"그거야 피임약 때문이지." 빌리가 말했다.

인구 40만의 소핵과, 즉 40만 명인 대도시 하이애니스 아래에는 80마일*에 이르는 하수도가 있었다. 낸시는 그곳 하수도에서 시간의 흐름을 잊어버렸다. 빌리가 마침내 목적지에 도착했다고 선언했을 때 낸시는 마치 1년이란 시간이 흐른 것만 같은 느낌이었다.

그녀는 이 무시무시한 느낌이 진짜인지를, 자신의 몸에 남은 약물의 반응을 통해 시간이 얼마나 지났는지를 확인하려고 자신의 허벅지를 꼬집어 보았다. 허벅지에는 여전히 감각이 없었다.

빌리는 그녀에게 축축한 돌벽에 설치된 쇠 사다리를 올라가라고 명령

*약 129킬로미터.

했다. 위쪽으로 동그랗고 희미한 빛이 보였다. 그것은 거대한 돔형 구조물의 다각형 모양 플라스틱판들을 통해 스며들어 온 달빛이었다. 낸시는 인질들이 흔히 하는 "여기가 어디죠?"라는 질문을 할 필요가 없었다. 케이프코드에는 그런 돔이 하나밖에 없었기 때문이다. 그 돔은 하이애니스포트에 있는 것으로, 오래된 케네디 복합 단지를 덮고 있었다.

그것은 경제가 한층 팽창하던 시절의 삶이 어떠했는지를 보여 주는 박물관이었다. 그 박물관은 지금은 휴관 중이었다. 그 박물관은 여름에만 개관했다.

낸시에 이어 빌리가 나온 맨홀은 케네디가의 잔디밭이 있던 곳임을 알려 주는 광활한 녹색 시멘트 광장에 나 있는 것이었다. 옛 목조 가옥들 앞의 녹색 시멘트 광장에는 미국이나 세계의 대통령을 역임했던 열네 명의 케네디 동상들이 서 있었다. 그 동상들은 터치풋볼을 하고 있었다.

말이 나온 김에 덧붙여 말하자면 낸시가 납치된 이 시기 세계의 대통령은 '마*' 케네디라는 이름의 전직 자살 도우미였다. 그녀의 동상은 이 특별한 터치풋볼 시합에는 절대 합류하지 못할 것이다. 그녀는 성은 케네디가 맞지만 진짜 케네디가의 사람이 아니기 때문이다. 사람들은 그녀가 품격이 떨어진다고 불평했고 또 그녀가 천박하다는 사실도 알아차렸다. 그녀의 집무실 벽에는 '여기에서 일하고 싶어서 안달할 필요는 없지만 그러면 분명 도움은 된다.'라는 문구가 걸려 있었다. 그리고 '생각이란 것을 좀 하면서 생각하라!**'와 '언젠가 우리는 이곳을 정리해야만 할 것이다.'라는 문구도 걸려 있었다.

---

*Ma: 엄마라는 뜻.

**IBM의 유명한 슬로건 '생각하라(Think!)'를 패러디해서 조어한 'Thimk!'를 옮긴 것으로, 이는 'thimk'를 무심코 'think'로 읽으면서 무슨 생각을 하겠다는 것이냐, 정신 차리고 제대로 알고 생각하라는 뜻이다.

그녀의 집무실은 인도의 타지마할 안에 있었다.

케네디 박물관에 도착할 때까지만 해도 낸시 매클루언은 조만간 자신이 빌리의 작은 몸에 있는 뼈란 뼈는 모조리 부러뜨릴 기회가, 어쩌면 그의 총을 빼앗아 그를 쏠 기회까지도 올 것이라고 확신했다. 그녀는 그런 일쯤이야 아무 거리낌 없이 해치울 수 있었을 것이다. 그녀는 그가 피로 꽉 찬 진드기보다 더 역겹다고 생각했다.

그녀가 그런 마음을 접게 된 것은 연민 때문이 아니었다. 그것은 빌리에게 패거리가 있다는 사실을 알게 되었기 때문이다. 맨홀 주위에는 못해도 여덟 명은 되는 사람들이 대기해 있었는데 남자와 여자의 숫자가 같았고 다들 머리에 스타킹을 뒤집어쓰고 있었다. 여자들이 낸시를 손으로 단단히 붙잡고는 얌전히 있으라고 말했다. 그들은 모두 키가 적어도 낸시만큼 컸으며 그래야만 한다면 언제든 곧바로 낸시에게 치명상을 입힐 수 있도록 낸시의 몸 여기저기를 붙잡고 있었다.

낸시는 눈을 감았지만 그런다고 해서 '나쁜 길로 빠진 이 여자들이 윤리적 자살 센터에서 일하던 동료들'이라는 분명한 결론에서 벗어날 수는 없었다. 이 사실에 그녀는 너무나도 화가 치민 나머지 비통한 목소리로 소리쳤다. "당신들은 어떻게 이렇게 맹세를 어길 수가 있지?"

그 말과 동시에 곧바로 아주 심한 고통이 엄습해 그녀는 몸을 웅크리며 눈물을 터트렸다.

몸을 다시 바로 폈을 때 그녀는 하고 싶은 말은 정말 많았지만 그냥 입을 다물었다. 그녀는 아무 말 없이 도대체 무엇이 자살 도우미들로 하여금 인간의 품위로부터 완전히 등을 돌리게 만들었을까 골똘히 생각해 보았다. '저항심'만으로는 설명이 되지 않았다. 그들에게 약도 먹인 것이 틀림없었다.

냄시는 학교에서 배운 끔찍한 약들을 하나하나 전부 마음속으로 떠올려 보며 이 여자들은 그 가운데서도 가장 독한 약을 먹었을 것이라고 확신했다. 그 약은 아주 강력해서 단 한 잔만 마셔도 허리 아랫부분의 감각을 잃은 사람조차도 거듭해서 열정적으로 성교할 수 있다고 낸시의 선생님들이 말해 준 바 있었다. 그녀는 이제 답을 얻었다. 그러니까 이 여자들은, 그리고 아마 이 남자들도 '진'이라는 독한 술을 마신 게 틀림없었다.

그들은 낸시를 재촉해 가운데에 있는 목조 가옥 안으로 들어가게 했다. 그 목조 가옥은 나머지 가옥들처럼 어두웠다. 그곳에서 낸시는 그 남자들이 빌리에게 소식을 전하는 것을 들었다. 그 소식을 듣고 낸시는 희망의 빛을 감지했다. 도움의 손길이 오고 있을지도 몰랐다.

낸시에게 외설스럽게 전화를 걸었던 그자는 그들 패거리인데 자신을 시인 빌리라고 속여서 경찰이 시인 빌리를 잡았다고 믿게 만들었다는 것이다. 그것은 낸시에게는 안 좋은 소식이었다. 그리고 두 남자가 빌리에게 보고하기를 경찰은 아직 낸시가 실종된 사실을 알지 못하며, 낸시가 급한 집안일로 뉴욕시로 불려 갔다는 내용의 전보를 메리 크래프트 앞으로 보냈다고 했다.

바로 그 대목에서 낸시는 희망의 빛을 보았다. 메리는 그 전보를 믿지 않을 것이기 때문이다. 메리는 낸시가 뉴욕에 가족이 없다는 사실을 알고 있었다. 뉴욕에 사는 6천 3백만 명의 사람 가운데 낸시의 친척은 단 한 명도 없었다.

그들 패거리는 박물관의 도난 경보 장치를 이미 꺼 둔 상태였다. 그들은 또한 관람객들이 귀중한 전시품들을 만지지 못하도록 쳐 놓은 수많은 사슬과 밧줄들도 미리 잘라 놓은 상태였다. 그것을 자른 사람이 누구이며 무엇으로 잘랐는지는 누가 봐도 뻔했다. 남자 가운데 하나가 무지막지한 전지가위를 들고 있었다.

그들은 낸시를 위층에 있는 하인의 침실로 데려갔다. 전지가위를 든 남자가 좁다란 침대에 둘러쳐 놓은 밧줄을 잘랐다. 그들은 낸시를 침대에 눕힌 다음 남자 둘이 낸시를 잡고 있는 동안 여자 하나가 낸시에게 마취제를 주사했다.

시인 빌리는 어디론가 사라지고 없었다.

점점 의식을 잃어 가고 있는 낸시에게 주사를 놓은 여자가 나이가 몇 살이냐고 물었다.

낸시는 대답하지 않으려고 했지만 약 기운에 그냥 대답이 술술 나와 버렸다. "예순셋," 하고 그녀가 중얼거렸다.

"예순세 살에 처녀인 기분이 어때?"

낸시의 귀에 벨벳 같은 안개 속에서 자신이 대답하는 소리가 들렸다. 그녀는 그 대답에 놀라서 그것이 자신이 한 대답일 리가 없다고 항의하고 싶었다. 그녀가 "부질없어."라고 대답했던 것이다.

잠시 후 낸시는 탁한 목소리로 그 여자에게 물었다. "그 주사 안에 든 약은 뭐였지?"

"그 주사 안에 든 약이 뭐였냐고, 자기? 있지, 자기, 사람들은 그 주사약을 '진실의 약'이라고 불러."

낸시가 깨어났을 때 달은 지고 없었지만 바깥은 아직 밤이었다. 방 안에는 블라인드가 쳐진 채 촛불이 켜져 있었다. 낸시는 지금까지 한 번도 불이 켜진 양초를 본 적이 없었다.

낸시를 깨운 것은 모기 떼와 벌 떼가 나오는 꿈이었다. 사실 모기와 벌은 멸종된 상태였다. 새들도 마찬가지였다. 하지만 낸시는 수백만 마리의 모기와 벌이 허리 아랫부분에서 자기 주위로 몰려드는 꿈을 꾸었다. 그것들은 물거나 쏘지는 않았다. 그것들은 그녀에게 부채질을 해 주었다. 낸시는 이제 '저항자'가 된 것이다.

그녀는 다시 잠들었다. 다시 깨어났을 때는 아직도 머리에 스타킹을 뒤집어쓴 여자 세 명에게 이끌려 욕실로 가고 있었다. 욕실은 다른 누군가가 목욕을 해서 이미 김으로 가득 차 있었다. 욕실 바닥에는 다른 누군가의 젖은 발자국이 여기저기 찍혀 있었고 욕실 공기 중에는 솔잎 향이 풍겼다.

목욕을 하고 향수를 뿌리고 하얀 나이트가운을 입자 그녀의 의지력과 사고력이 되돌아왔다. 여자들이 뒤로 물러나 그녀를 감탄스럽게 바라볼 때, 그녀는 그 여자들에게 차분하게 말했다. "난 이제 저항자가 된 것 같아. 하지만 그렇다고 해서 저항자처럼 생각하거나 행동하지는 않을 거야."

아무도 그녀의 말에 반박하지 않았다.

그들은 낸시를 아래층으로 끌고 내려와 집 밖으로 데리고 나왔다. 낸시는 자기를 다시 맨홀로 데리고 내려갈 것이라고 확신했다. '맨홀 아래의 하수도', 그곳은 빌리가 자신을 범하기에 가장 완벽한 장소일 것이라고 그녀는 생각하고 있었다.

하지만 그들은 그녀를 데리고 한때 잔디밭이었던 녹색 시멘트 광장을 가로지르고, 이어서 한때 해변이었던 노란색 시멘트 구역을 지난 다음, 한때 항구였던 파란색 시멘트가 발라진 곳으로 갔다. 여러 명의 케네디들이 소유했던 스물여섯 척의 요트가 파란색 시멘트에 요트의 흘수선*까지 잠긴 채 박혀 있었다. 그들이 낸시를 데려간 곳은 바로 이들 요트 중 가장 오래된 요트로, 한때 조지프 P. 케네디의 소유였던 '청새치호'였다.

---

*배가 물 위에 떠 있을 때 배와 수면이 접하는 분계선.

이제 시간은 동이 틀 무렵이었다. 케네디 박물관을 에워싸고 있는 고층 아파트들 때문에 그 돔형 구조물 아래의 작은 세계에 햇빛이 직접 닿으려면 한 시간 정도는 있어야 할 것 같았다.

낸시는 청새치호의 앞쪽 선실로 가는 계단까지 호송되었다. 낸시를 호송해 온 여자들이 낸시에게 이제 혼자서 그 계단을 다섯 칸 내려가라는 손짓을 했다.

낸시는 잠시 얼어붙었고 그 여자들도 그랬다. 선교*에는 인상적인 장면을 재현한 실물 같은 조각상 두 개가 있었다. 타륜 앞에 서 있는 것은 한때 청새치호의 선장이었던 프랭크 워터넌의 조각상이었다. 그리고 그의 옆에는 그의 아들이자 일등항해사였던 칼리의 조각상이 서 있었다. 그들 부자는 불쌍한 낸시에게는 전혀 눈길도 주지 않았다. 그들 부자는 앞유리를 통해 파란색 시멘트 구역만 빤히 내다보고 있었다.

맨발에 얇은 하얀색 나이트가운 차림의 낸시는 앞쪽 선실로 용감하게 내려갔다. 그곳에는 촛불이 켜져 있었고 솔잎 향이 그윽하게 났다. 그녀의 뒤에서 계단 승강구가 닫히더니 잠겼다.

낸시의 감정도 선실 안의 고풍스런 가구들도 워낙 복잡하게 얽히고설킨 탓에 낸시는 처음에는 주위의 온갖 마호가니 가구들과 납땜 유리 제품 사이에 시인 빌리가 있는 줄 미처 알아채지 못했다. 그러다가 그녀는 선실 저쪽 끝에서 앞쪽 조타실로 들어가는 문에 등을 기댄 채 서 있는 그를 보았다. 그는 러시아식 옷깃의 자주색 실크 파자마를 입고 있었다. 그 파자마는 빨간색으로 가느다랗게 테두리가 둘러져 있었다. 빌리의 실크 파자마 가슴에는 황금빛 용이 몸을 비틀고 있었다. 그 용은 불을 내뿜고 있었다.

---

*배에서 선장이 항해나 통신 따위를 지휘하는 곳으로 일반적으로 배의 상갑판 맨 앞 한가운데에 높게 자리하고 있다.

그런데 그런 강렬한 모습과는 전혀 어울리지 않게 빌리는 안경을 끼고 있었다. 그리고 손에는 책을 들고 있었다.

낸시는 계단의 맨 아래 바로 위 칸에서 힘을 딱 주고 서서 계단의 손잡이를 꽉 잡았다. 그녀는 이를 드러내며 이 자리에서 자기를 들어 옮기려면 빌리 같은 몸집의 사내 열 명은 있어야 될 것이라고 계산했다.

그들 사이에는 커다란 탁자가 놓여 있었다. 낸시는 그 선실에 침대가 떡 하니 자리 잡고 있을 것이라고 예상했었다. 백조 모양으로 된 그런 침대 말이다. 하지만 청새치호는 침대 설비가 없는 소형선이었다. 그 선실은 전혀 처첩이 머무는 은밀한 내실 같지 않았다. 그 선실이 아무리 관능적인 분위기를 자아낸다고 해 봤자 1910년 무렵의 오하이오주 애크런에 살던 하위 중산층 식당 수준에 불과했다.

탁자 위에는 촛불이 하나 켜져 있었다. 탁자 위에는 얼음통 하나와 유리잔 두 개, 샴페인 한 병도 놓여 있었다. 샴페인은 헤로인만큼이나 불법이었다.

빌리는 안경을 벗고는 그녀에게 수줍고 어색한 듯한 미소를 지으며 말했다. “어서 와.”

“난 여기에서 한 발짝도 움직이지 않을 거야.”

그는 그 말을 받아들였다. “거기에 있어도 당신은 참으로 아름답군.”

“그러면 난 뭐라고 말해야 하는 거야? 당신도 참으로 잘생겼다고 말해야 하나? 당신의 남자다운 품속으로 뛰어들고 싶어 미치겠다고?”

“당신이 나를 행복하게 해 주고 싶다면 확실히 그것도 한 방법이겠군.” 그는 겸손하게 그 말을 했다.

“그러면 ‘나의’ 행복은?”

그 질문이 그를 난처하게 만든 것 같았다. “낸시…… 이 모든 일은 바로 그걸 위한 거야.”

"내가 생각하는 행복이 당신이 생각하는 행복과 일치하지 않는다면?"

"그러면 당신은 내가 생각하는 행복이 무엇이라고 생각해?"

"난 당신 품속으로 뛰어들지 않을 거야. 그 독약도 마시지 않을 거고 누가 강제로 그렇게 만들지 않는 한은 여기에서 꼼짝도 하지 않을 거야." 낸시가 말했다. "그러니까 내 생각에 당신이 생각하는 행복이란 당신 패거리 여덟이 나를 저 탁자에 붙들어 놓으면 당신이 용감하게 내 머리에 발사 준비를 마친 권총을 들이댄 다음……, 당신이 원하는 짓을 하는 것이겠지. 어쩔 수 없이 그렇게 되고 말 거야. 그러니 네 패거리들을 불러서 어서 일을 끝내 버려!"

그는 그렇게 했다.

그는 그녀를 아프게 하지 않았다. 그는 그녀의 순결을 빼앗았다. 냉정하고 노련하게 그녀를 범하는 모습에 그녀는 소름이 끼쳤다. 그 일이 모두 끝났을 때, 그는 젠체하지도 우쭐하지도 않는 것 같았다. 오히려 그 반대로 그는 너무나도 침울한 표정으로 낸시에게 말했다. "정말이지, 이것 말고 다른 방법이 있었더라면……."

그 말에 대한 그녀의 대답은 돌처럼 굳은 얼굴…… 그리고 소리 없이 흘러내리는 치욕의 눈물이었다.

그의 조력자들이 벽에서 접이식 침대를 내렸다. 그 침대는 폭이 책꽂이만큼 밖에 되지 않았으며 벽에 사슬로 매달려 있었다. 낸시는 그들이 자신을 침대에 눕히게 내버려 뒀다. 그런 뒤 그녀는 다시 시인 빌리와 단둘이 남겨졌다. 좁은 선반에 억지로 밀어 올려놓은 콘트라베이스처럼 그녀는 자신이 덩치만 큰 가련하고 보잘것없는 존재처럼 느껴졌다. 따끔따끔한 군용 담요가 그녀의 몸 위에 덮여 있었다. 그녀는 담요의 한쪽 귀퉁이를 끌어당겨 자신의 얼굴을 가렸다.

낸시는 소리로 빌리가 무엇을 하고 있는지 알아차렸는데 그는 별로 대단한 일을 하고 있지는 않았다. 그는 탁자에 앉아서 가끔 한숨을 내쉬었다가 또 가끔은 코를 훌쩍거리기도 하면서 책장을 넘기고 있었다. 그가 시가에 불을 붙이자 담요 아래로 시가 냄새가 스며들었다. 빌리는 시가를 빨아들이다가 연신 기침을 해 댔다.

기침이 가라앉자 낸시는 담요를 뒤집어쓴 채로 혐오스럽게 말했다. "당신은 강하고 능수능란하고 건강해서 퍽도 좋겠어. 그렇게 남자답다니 정말 경탄할 만한 일이야."

빌리는 그 말에 그냥 한숨만 쉬었다.

"나는 여느 저항자와는 달라." 낸시가 말했다. "난 그 짓이 싫어. 그 짓과 관련된 건 전부 다 싫다고."

빌리는 코를 훌쩍거리며 책장을 넘겼다.

"다른 여자들은 모두 그 짓을 대단히 좋아했겠지. ……아무리 해도 그 짓거리에 질리지 않았겠지."

"아냐."

그녀는 담요 밖으로 얼굴을 내밀었다. "'아니'라니 무슨 뜻이지?"

"그 여자들도 모두 당신 같았어."

그 말에 낸시는 벌떡 일어나 앉아 그를 빤히 쳐다봤다. "오늘 밤 당신을 도와준 그 여자들이……."

"그 여자들이 뭐?"

"당신은 그 여자들에게도 내게 한 짓을 한 거로군?"

그는 책에서 눈을 떼지 않았다. "그래, 맞아."

"그런데 그 여자들이 당신을 죽이기는커녕 오히려 당신을 돕는다고?"

"그 여자들은 이해했으니까." 그런 뒤 그는 온화하게 덧붙였다. "그들은 '고마워하고' 있지."

냅시는 침대에서 벌떡 일어나 탁자로 오더니 탁자 끝을 잡고 그에게로 몸을 바싹 기울였다. 그러고는 그에게 단호하게 말했다. "나는 전혀 고맙지 않아."

"당신도 그렇게 될 거야."

"대체 무엇이 그런 기적을 불러일으킬 수 있다는 거야?"

"시간." 빌리가 말했다.

빌리는 책을 덮고 일어섰다. 낸시는 자석처럼 사람을 끄는 그의 매력에 마음이 혼란스러웠다. 어쨌든 이 상황의 주도권이 다시 그에게로 다 넘어가 버린 것 같았다.

"낸시, 당신이 방금 겪은 일은," 그가 말했다. "모든 사람이 저항자였던 시절인 백 년 전 아주 엄격한 여자가 치르던 전형적인 결혼 첫날밤이었어. 그 당시에 신랑은 도와주는 사람들 없이 첫날밤을 치렀지. 그때는 그렇게 해도 통상적으로 신부가 그를 죽이려 들지 않았으니까. 그 밖의 점에서는 그때나 지금이나 첫날밤을 치르는 마음은 거의 똑같아. 이 파마자는 나의 고조부께서 나이아가라 폭포에서 맞은 결혼 첫날밤에 입으셨던 거야.

고조부께서 쓰신 일기에 따르면, 그분의 신부가 그날 밤 내내 울고 두 번이나 토했다고 해. 하지만 시간이 지나면서 그분의 신부는 잠자리하는 걸 열광적으로 좋아하게 되었대."

이번에는 낸시가 뭐라 대답할 말이 없었다. 그녀는 그 이야기를 이해했다. 섬뜩한 첫날밤을 치른 뒤 잠자리를 점점 열광적으로 좋아하게 될 수 있다는 그 말을 자신이 그렇게 쉽게 이해하다니 그녀는 깜짝 놀랐다.

"당신도 여느 저항자와 똑같아." 빌리가 말했다. "당신이 지금 용기를 내어 이 일에 대해 생각해 본다면, 내가 사랑에 무척 서툰 데다 우스꽝스런 생김새의 새우처럼 왜소한 녀석이라서 당신이 화가 났다는 사실을 깨달을 거야. 그리고 지금부터 당신은 여신 헤라 같은 당신에게 정말로 어울리는 짝을 어쩔 수 없이 꿈꾸게 될 거야.

당신은 당신 짝을 찾게 될 거야. ……키가 크고 강하면서도 온화한 짝을 말이지. 이런 저항의 움직임은 급속히 늘어나고 있어."

"하지만……." 낸시는 말을 하려다가 말았다. 그녀는 선실 현창을 통해 떠오르는 태양을 바라보았다.

"하지만 뭐?"

"세상이 오늘날처럼 엉망진창이 된 건 옛 시절의 저항심 때문이라고. 모르겠어?" 그녀는 힘없이 항변했다. "세상은 더 이상 섹스를 감당할 수 없어."

"아냐, 당연히 세상은 섹스를 감당할 수 있어. 세상이 더 이상 감당할 수 없는 건 번식이야." 빌리가 말했다.

"그렇다면 왜 그런 법이 존재하는 거야?"

"그건 악법이야." 빌리가 대답했다. "역사를 되돌아보면, 통치하고, 법을 제정하고, 법을 시행하고, 전능하신 하느님이 여기 지상에서 원하는 것이 정확히 무엇인지를 모두에게 전하는 데 가장 열심이었던 사람들…… 그 사람들이 자신과 자신의 친구들이 어떤 짓을 하고 무슨 죄를 지었건 용서해 왔다는 사실을 알 수 있을 거야. 하지만 그 사람들은 평범한 남녀의 자연스런 성생활은 극도로 혐오스러워하고 질겁했어.

왜 그런지는 나도 몰라. 그건 누군가 기계에 물어봐 줬으면 하는 수많은 질문 가운데 하나야. 내가 아는 건 말이야, 그런 종류의 혐오와 두려움이 완전한 승리를 거두었다는 거야. 지금은 거의 모든 남녀가 고양이가 물고 온 추레한 물건 같은 꼴과 기분을 하고 있어. 오늘날 평범한 인간이 볼 수 있는 유일한 성적 아름다움은 자신을 죽일 여자에게서나 볼 수 있지. 섹스는 죽음이야. 간단하고도 고약한 등식이지. '섹스=죽음. 이상 증

명 끝.'

그러니까, 낸시, 당신도 알겠지만, 나는 오늘 밤을, 그리고 오늘 밤과 같은 다른 수많은 밤들을, 필요 이상으로 즐거움이 부족한 세상에 얼마간의 순수한 즐거움이라도 되돌려 놓으려고 애쓰며 보냈어."

낸시는 조용히 자리에 앉으며 고개를 숙였다.

"나의 할아버지께서 결혼 첫날밤 새벽에 무엇을 했는지 말해 주지." 빌리가 말했다.

"듣고 싶지 않아."

"폭력적인 게 아냐. 그건…… 애정 어린 마음이 깃든 거야."

"아마 그래서 듣고 싶지 않아."

"나의 할아버지는 당신의 신부에게 시를 읽어 주셨어." 빌리는 탁자에 놓여 있던 책을 집어서 펼쳤다. "할아버지의 일기에 그 시가 쓰여 있어. 우리는 신랑 신부가 아니고, 오랜 세월 동안 다시는 만나지 못할지도 모르지만, 내가 당신을 사랑했다는 사실을 당신에게 알려 주기 위해 난 이 시를 당신에게 읽어 주고 싶어."

"제발…… 그러지 마. 못 듣겠으니까."

"좋아. 그럼 혹시 나중에라도 그 시를 읽어 보고 싶을지도 모르니까 그 시가 나오는 곳을 표시해서 이 책을 여기에 두고 나갈게. 그 시는 이렇게 시작해.

내가 그대를 얼마나 사랑하느냐고요? 얼마나 사랑하는지 헤아려 보죠.

존재와 거룩한 은총의 끝을 찾아 보이지 않는 먼 곳을 헤매는 기분일 때도

내 영혼이 닿을 수 있는 깊이와 너비와 높이만큼

나는 그대를 사랑합니다.”*

빌리는 책 위에 작은 병을 하나 올려놓았다. “이 약도 놔두고 갈게. 한 달에 한 알씩 복용하면 절대 아이가 생기지 않을 거야. 그러면서도 계속 저항자로 있을 수 있고.”

그리고 그는 떠났다. 그들 모두가 떠나고 낸시만 홀로 남겨졌다.

마침내 눈을 들어 책과 병을 바라보는 낸시의 눈에 그 병에 라벨이 붙어 있는 게 보였다. 그 라벨에는 이렇게 적혀 있었다. ‘몽키 하우스**에 오신 것을 환영합니다.’

(1968년)

---

*영국의 여류시인 엘리자베스 배럿 브라우닝(1806~1861)이 시인인 남편 로버트 브라우닝에게 바친 연시 「소네트 43」 중 첫 4행.

**‘Monkey House’는 ‘원숭이 우리’라는 뜻 외에도 속어로 ‘매음굴’을 뜻하는 이중적 의미를 지닌다.

영원으로의 긴 산책

그들은 들판과 숲, 과수원에 가까운 맹학교 소유의 아름다운 종탑이 보이는 도시 변두리에서 서로 이웃하며 자랐다.

이제 그들은 스무 살이었고 서로 못 본 지도 거의 1년이 되었다. 그들은 늘 잘 어울려 노는 편안하고 정다운 사이였지만 사랑에 대해 이야기한 적은 한 번도 없었다.

그의 이름은 뉴트, 그녀의 이름은 캐서린이었다. 어느 이른 오후, 뉴트가 캐서린네 현관문을 두드렸다.

캐서린이 문을 열었다. 그녀는 읽고 있던 광택지로 된 두툼한 잡지를 들고 있었다. 그 잡지는 전적으로 예비 신부를 위한 잡지였다. "뉴트!" 그를 보고 깜짝 놀란 그녀가 소리쳤다.

"산책 갈래?" 뉴트가 말했다. 그는 수줍음을 많이 타는 사람이었고 심지어 캐서린과 있을 때도 마찬가지였다. 그는 마치 자신의 진정한 관심사는 아득히 멀리에 있는 것처럼, 그러니까 마치 자신이 멋지지만 까마득하고 불길한 임무를 수행하다가 잠시 멈춘 비밀 요원인 것처럼, 무심히 말을 건넴으로써 자신의 수줍음을 감췄다. 뉴트의 말투는 늘 이랬고 심지어 자신이 가장 절박하게 관심이 있는 문제에 대해서 이야기할 때도 마찬가지였다.

"산책?" 캐서린이 말했다.

"한 발을 다른 발 앞으로 내디디며," 뉴트가 말했다. "낙엽을 밟고 다리도 건너고……."

"네가 마을에 있는 줄 몰랐어." 그녀가 말했다.

"방금 막 도착했어."

"아직 군대에 있지?" 그녀가 말했다.

"7개월 더 복무해야 해." 그가 말했다. 그는 포병대의 일등병이었다. 그의 군복은 구깃구깃했다. 그의 군화는 먼지투성이였다. 그는 면도를 해야 할 것 같았다. 그가 잡지 쪽으로 손을 뻗으며 말했다. "어디, 이 예쁜 책 좀 한번 볼까?"

그녀는 그에게 잡지를 건넸다. "나 결혼해, 뉴트." 그녀가 말했다.

"알아." 그가 말했다. "산책하러 가자니까."

"난 지금 정신없이 바빠, 뉴트. 결혼식이 일주일밖에 안 남았거든."

"산책을 하면," 그가 말했다. "넌 장미처럼 아름다워질 거야. 산책이 너를 아름다운 장밋빛 신부로 만들어 줄 거야." 그는 잡지의 책장을 넘겼다. "여기 이 모델 같은 장밋빛 신부 말이야. 여기 이 모델 같은…… 또 여기 이 모델 같기도 하고……." 그는 잡지 속의 장밋빛 신부들을 보여주며 말했다.

장밋빛 신부 생각에 캐서린의 얼굴이 장밋빛처럼 발그레해졌다.

"그게 헨리 스튜어트 체이슨스에게 주는 내 선물이 될 거야." 뉴트가 말했다. "너를 산책에 데려가서 그에게 아름다운 장밋빛 신부를 선사하는 것 말이지."

"그이의 이름을 아네?" 캐서린이 물었다.

“어머니가 편지로 알려 줬어. 피츠버그 출신이라고?”

“응. 너도 그이를 좋아하게 될 거야.”

“뭐 어쩌면.” 그가 말했다.

“저기…… 내 결혼식에 와 줄 수 있어, 뉴트?” 그녀가 물었다.

“그건 잘 모르겠어.”

“휴가가 그리 길지 않나 봐?” 그녀가 말했다.

“휴가?” 뉴트가 말했다. 그는 두 페이지에 걸친 은 식기 광고를 들여다보고 있었다. “난 휴가 중이 아냐.” 그가 말했다.

“그래?”

“나 같은 사람을 군대에서는 탈영병이라고 하지.”

“오, 뉴트! 네가 그럴 리가 없어!”

“아니, 맞아. 나 탈영했어.” 그는 계속 잡지를 보면서 말했다.

“왜 그런 거야, 뉴트?” 그녀가 물었다.

“네가 고른 은 식기 무늬가 어떤 건지 알아내야 했거든.” 그가 말했다. 그는 잡지에 나오는 은 식기 무늬의 종류를 소리 내어 읽었다. “화려한 나뭇잎과 깃털 무늬? 히스 꽃 무늬? 전설 무늬? 덩굴장미 무늬?” 그가 고개를 들고는 미소를 지었다. “너와 네 신랑에게 숟가락을 선물할 계획이라서 말이야.” 그가 말했다.

“뉴트, 뉴트…… 제발 사실대로 말해 줘.” 그녀가 말했다.

“산책하고 싶어.” 그가 말했다.

그녀는 친형제의 일인 양 괴로워하며 자신의 양손을 꽉 움켜잡았다. “오, 뉴트…… 너 지금 탈영병인 것처럼 굴면서 날 놀리는 거지?” 그녀가 말했다.

뉴트는 눈썹을 추켜세우며 경찰 사이렌 소리를 나지막이 흉내 냈다.

“어디서…… 어디서 탈영했어?” 그녀가 물었다.

"포트 브래그에서."

"노스캐롤라이나주에 있는?"

"그래, 맞아. 스칼릿 오하라가 학교를 다녔던 페이엣빌 근처야."

"여기까지는 어떻게 온 거야, 뉴트?"

그는 엄지손가락을 들어 올리더니 까닥 움직여 히치하이킹을 하는 동작을 취했다. "이틀 걸렸어." 그가 말했다.

"네 어머니는 아셔?" 그녀가 물었다.

"난 어머니를 보러 온 게 아니야." 그가 그녀에게 말했다.

"그러면 누굴 보러 온 거야?"

"너."

"나를 왜?"

"너를 사랑하니까." 그가 말했다. "이제 좀 산책하러 가면 안 돼?" 그가 말했다. "한 발을 다른 발 앞으로 내디디며, 낙엽을 밟고 다리도 건너고……."

산책길에 나선 그들은 이제 갈색 낙엽이 깔린 숲을 걷고 있었다.

캐서린은 화나고 당황한 나머지 금방이라도 눈물을 쏟을 것 같았다. "뉴트," 그녀가 말했다. "이건 정말 미친 짓이야."

"어째서?" 뉴트가 말했다.

"하필이면 지금 이 시점에서 나한테 사랑한다고 말하다니 정말 미친 짓 아냐? 전에는 그런 말을 한 적이 한 번도 없잖아." 그녀가 걸음을 멈췄다.

"계속 걷자." 그가 말했다.

"싫어. 이만큼 걸었으면 됐어. 더는 안 가. 너하고 나오는 게 아니었는데." 그녀가 말했다.

"이미 나와 놓고는."

"너를 데리고 집에서 나오려고 그랬지." 그녀가 말했다. "누가 집으로 들어오다가 네가 나한테 그런 말을 하는 것을 듣기라도 하면 어떡해? 그것도 결혼을 일주일 앞두고……."

"사람들이 뭐라고 생각할까?" 그가 물었다.

"네가 미쳤다고 생각하겠지." 그녀가 대답했다.

"왜?"

캐서린은 깊이 숨을 들이쉬고는 연설하듯 말했다. "먼저 네가 한 이 미친 짓에 대해 대단히 영광스럽게 생각해. 네가 정말 탈영병이라는 게 믿기지 않지만 어쩌면 그럴지도 모르지. 네가 정말 나를 사랑한다는 게 믿기지 않지만 그것도 어쩌면 그럴지도 모르고. 하지만……."

"정말이야." 뉴트가 말했다.

"이런, 무척 영광이네." 캐서린이 말했다. "그리고 난 너를 친구로서 무척 좋아해, 뉴트. 그것도 정말 많이. ……하지만 너무 늦었어." 그녀는 그에게서 한 발짝 뒤로 물러섰다. "넌 내게 키스한 적도 한 번도 없잖아." 라고 말하더니 그녀는 양손을 들어 그가 다가오지 못하게 막았다. "지금 키스하라는 말이 아니야. 난 그냥 이게 전혀 예기치 못한 일이란 뜻이야. 난 어떻게 반응해야 할지 도무지 모르겠어."

"그냥 조금 더 걷자." 그가 말했다. "좋은 시간을 보내자고."

그들은 다시 걷기 시작했다.

"넌 내가 어떤 반응을 보일 거라고 예상했어?" 그녀가 물었다.

"내가 무슨 수로 예상이란 걸 하겠어? 이런 일을 해 본 적이 한 번도 없는데."

"설마 내가 네 품속으로 뛰어들 줄 알았어?" 그녀가 물었다.

"어쩌면."

"실망시켜서 미안하네."

"실망하지 않았는걸." 그가 말했다. "그런 걸 기대하지는 않았어. 그냥 이렇게 걷는 것만으로도 정말 좋아."

캐서린이 다시 걸음을 멈췄다. "그다음엔 무슨 일이 벌어질지 알아?" 그녀가 말했다.

"아니."

"악수하자." 그녀가 말했다. "악수를 한 다음 친구로 헤어지는 것." 그녀가 말했다. "그게 그다음 벌어질 일이야."

뉴트는 고개를 끄덕였다. "알았어." 그가 말했다. "가끔 나를 떠올려줘. 내가 너를 얼마나 사랑했는지도 기억해 주고."

저도 모르게 캐서린은 눈물이 왈칵 쏟아졌다. 그녀는 뉴트에게서 등을 돌리고 숲속에 끝없이 늘어선 나무들을 바라보았다.

"왜 우는 거야?" 뉴트가 물었다.

"화가 치밀어서!" 캐서린이 말했다. 그녀는 주먹을 불끈 쥐었다. "너한테는 그럴 자격이 없어……."

"난 알아내야만 했어." 그가 말했다.

"내가 만약 너를 사랑했다면 난 일이 이렇게 되기 전 진즉 네가 내 마음을 알게 했을 거야."

"정말?"

"그래."라고 말한 뒤 돌아서서 그를 쳐다보는 그녀의 얼굴은 새빨갛게 상기되어 있었다. "넌 알게 됐을 거야." 그녀가 말했다.

"어떻게?" 그가 물었다.

"네 눈에 보였을 테니까." 그녀가 말했다. "여자들은 사랑을 잘 숨기지 못하거든."

뉴트는 이제 캐서린의 얼굴을 가만히 들여다보았다. 캐서린은 실망스럽게도 여자들은 사랑을 숨기지 못한다는 자신의 말이 사실임을 깨달았다.

이제 뉴트의 눈에 사랑이 보이고 있었다.

그리고 그는 자신이 해야만 하는 것을 했다. 그는 그녀에게 키스했다.

"넌 참 잘 지내기 힘든 인간이야!" 뉴트가 그녀를 놔주자 그녀가 말했다.

"내가?" 뉴트가 말했다.

"넌 그런 짓을 하지 말았어야 해." 그녀가 말했다.

"맘에 들지 않았어?" 그가 말했다.

"대체 뭘 기대한 건데?" 그녀가 말했다. "주체하기 힘들고 거리낌 없는 열정?"

"계속 말했다시피," 그가 말했다. "다음으로 무슨 일이 벌어질지 난 전혀 몰라."

"우리 그만 헤어져." 그녀가 말했다.

그는 살짝 얼굴을 찌푸렸다. "알았어." 그가 말했다.

그녀는 또다시 연설하듯 말했다. "난 우리가 키스한 건 유감스럽지 않아. 그건 달콤했어. 우린 아주 가까운 사이였을 때 키스했어야 했는데. 난 널 영원히 기억할 거야, 뉴트, 행운을 빌어."

"너도." 그가 말했다.

"그래, 고마워, 뉴트."

"30일이야." 그가 말했다.

"뭐가?"

"영창에서 30일이라고." 그가 말했다. "그게 한 번의 키스에 내가 치러야 할 대가야."

"미…… 미안해." 그녀가 말했다. "하지만 내가 너한테 탈영하라고 한 건 아니잖아."

"알아." 그가 말했다.

"그런 어리석은 짓을 저질러 놓고 영웅이 받는 보상을 기대할 수는 없는 법이야." 그녀가 말했다.

"영웅이 되는 건 틀림없이 멋진 일이겠지." 뉴트가 말했다. "헨리 스튜어트 체이슨스는 영웅이야?"

"그럴 기회가 있다면 영웅이 될 수도 있겠지." 캐서린이 말했다. 그녀는 그들이 다시 걷기 시작했다는 사실을 알아차리고는 거북했다. 조금 전의 작별 인사는 이미 잊혀져버린 것이다.

"넌 그 사람을 정말로 사랑해?" 그가 물었다.

"그럼 사랑하고말고!" 그녀가 열렬히 말했다. "사랑하지도 않으면서 그 사람과 결혼하겠어?"

"그 사람의 어떤 점이 좋은데?" 뉴트가 물었다.

"너 정말 이럴래?" 그녀가 다시 걸음을 멈추며 소리쳤다. "지금 네가 얼마나 불쾌하게 구는지 알기나 해? 헨리에게는 좋은 점이 진짜 정말 엄청나게 많아! 그래," 그녀는 말을 이어 갔다. "아마 나쁜 점도 진짜 정말 엄청나게 많겠지. 하지만 그건 네가 전혀 상관할 바가 아니야. 난 헨리를 사랑해. 그리고 난 너와 그이의 장점을 두고 실랑이를 벌이고 싶지 않아!"

"미안해." 뉴트가 말했다.

"정말이지!" 캐서린이 말했다.

뉴트는 다시 그녀에게 키스했다. 그녀가 원하는 것 같았기 때문에 그녀에게 다시 키스를 했던 것이다.

그들은 이제 커다란 과수원까지 와 있었다.

"어떻게 집에서 이렇게 멀리까지 온 거지, 뉴트?" 캐서린이 말했다.

"한 발을 다른 발 앞으로 내디디며…… 낙엽을 밟고 다리도 건너." 뉴트가 말했다.

"그러다 보니 발걸음이 늘어났지." 그녀가 말했다.

인근 맹학교의 종탑에서 종소리가 울렸다. "맹학교네." 뉴트가 말했다.

"그러게, 맹학교 부근까지 왔네." 캐서린이 말했다. 그녀는 졸린 듯한 모습으로 놀라며 고개를 가로저었다. "이제 그만 돌아가야겠어." 그녀가 말했다.

"작별 인사하자." 뉴트가 말했다.

"작별 인사를 할 때마다 키스를 당한 것 같은데." 그녀가 말했다.

뉴트는 사과나무 아래의 짧게 깎인 풀밭에 앉았다. "너도 앉아." 그가 말했다.

"싫어."

"너한테 손대지 않을게." 그가 말했다.

"못 믿겠어."

그녀는 그에게서 6미터 정도 떨어진 다른 나무 아래에 앉았다. 그녀는 눈을 감았다.

"헨리 스튜어트 체이슨스의 꿈을 꿔." 그가 말했다.

"뭐?"

"너의 멋진 예비 신랑 꿈을 꾸라고."

"그래, 그럴게." 그녀는 눈을 더 꽉 감아 자신의 예비 신랑의 모습을 언뜻이라도 보려 했다.

뉴트는 하품을 했다.

나무 사이에서 벌들이 윙윙거리는 가운데 캐서린은 깜빡 잠이 들 뻔했다. 눈을 떠 보니 뉴트는 정말로 잠이 들어 있었다.

그가 조용히 코를 골기 시작했다.

캐서린은 한 시간가량 뉴트가 잠을 자게 내버려 뒀다. 그리고 잠자는 그의 모습을 바라보는 캐서린의 눈에는 그를 진심으로 흠모하는 빛이 어려 있었다.

사과나무들의 그림자들이 동쪽으로 길어지고 있었다. 맹학교 종탑의 종소리가 다시 울렸다.

"찌륵 찌륵 찌르륵." 박새 한 마리가 날아갔다.

어딘가 먼 곳에서 자동차 시동을 걸려다가 실패하고 또다시 걸려다가 실패하는 소리가 들리더니 이내 조용해졌다.

캐서린은 그녀가 있던 나무 아래에서 나와 뉴트 옆에 무릎을 꿇고 앉았다.

"뉴트?" 그녀가 말을 걸었다.

"으음?" 그가 눈을 떴다.

"늦었어." 그녀가 말했다.

"안녕, 캐서린." 그가 말했다.

"안녕, 뉴트." 그녀가 말했다.

"사랑해." 그가 말했다.

"알아." 그녀가 말했다.

"너무 늦었지." 그가 말했다.

"그래, 너무 늦었어." 그녀가 말했다.

그는 일어서서 신음 소리를 내며 기지개를 켰다. "정말 멋진 산책이었어." 그가 말했다.

"나도 그렇게 생각해." 그녀가 말했다.

"여기에서 헤어질래?" 그가 말했다.

"어디로 갈 거야?" 그녀가 말했다.

"차를 얻어 타고 마을로 가서 자수하려고." 그가 말했다.

"행운을 빌어." 그녀가 말했다.

"너도." 그가 말했다. "나랑 결혼할래, 캐서린?"

"아니." 그녀가 대답했다.

그는 미소 지으며 잠시 그녀를 뚫어져라 응시한 다음 말없이 그곳을 떠났다.

캐서린은 저 멀리 보이는 기다란 그림자와 나무들의 경치 속에서 점점 작아져만 가는 그의 모습을 지켜보면서 만약 지금 그가 걸음을 멈추고 돌아서서 자기를 소리쳐 부른다면 자신이 바로 그에게로 달려갈 것임을 깨달았다. 자신에게는 달리 선택의 여지가 없음을 깨달았다.

그때 뉴트가 정말로 걸음을 멈췄다. 그가 정말로 돌아섰다. 그리고 정말로 소리쳤다. "캐서린" 하고 그가 소리쳤다.

그녀는 그에게로 달려가 그를 두 팔로 안고는 아무 말도 하지 못했다.

(1960년)

포스터의 포트폴리오

나는 부자들에게 유용한 조언을 파는 세일즈맨이다. 나는 투자 자문회사의 중개인이다. 내가 이 일을 갓 시작했을 때만 해도 이 회사는 존재하기는 해도 엄청나게 큰 회사는 아니었다. 아무튼 적어도 지금만큼 크지는 않았다. 이 일자리를 얻기 위해서 나는 홈부르크 모자* 하나, 짙은 감색 코트 한 벌, 은행원용 회색 더블 정장 한 벌, 검정 구두 한 켤레, 줄무늬 넥타이 하나, 흰 와이셔츠 여섯 벌, 검정 양말 여섯 켤레와 회색 장갑 한 켤레를 사야 했다.

나는 고객을 방문할 때는 택시를 타고 가며 말쑥하고 단정한 차림으로 듬직한 인상을 주려 한다. 나는 내가 주식 시장에서 조용히 한몫 잡고서도 다른 무엇보다 공공에 봉사하기 위해서 방문한 것처럼 행동한다. 내가 정련 양모 소재의 정장 차림으로 바스락거리는 증서들과 증권 분석 기밀자료가 든 빳빳한 마닐라지**로 된 서류철을 들고 도착할 때면, 고객들이 보이는 이상적이면서도 일반적인 반응은 장관이나 의사에게 보이는 반응

*챙이 좁은 신사용 중절모.

**목재 펄프에 마닐라삼을 섞어 만든 누런색의 질긴 판지.

과 똑같다. 내가 이 일을 맡길 만한 책임자이며 모든 것이 아주 잘될 것이라고 믿는 반응이다.

나의 주 고객은 노부인들로 무쇠 같은 체질 덕분에 상당한 몫의 땅을 물려받은 온순한 사람들이다. 나는 고객들의 유가 증권 목록을 휙휙 넘겨 보면서 그들의 포트폴리오*-즉 목돈이나 재산-를 성장시키고 증가시킬 방법에 대한 우리 전문가들의 제안을 전달한다. 나는 수만 달러도 막힘없이 술술 말할 수 있고, 신중하게 "음, 어허." 소리를 내는 것 외에는 야단을 피우지 않으면서 가치가 10만 달러 이상이 되는 유가 증권 목록을 볼 수 있다.

그런데 정작 나에게는 포트폴리오가 없었으므로 나의 일은 과자점에서 배달하는 배고픈 소년의 일과 약간 비슷했다. 그런데 사실 내가 이런 식으로 느끼게 된 것은 허버트 포스터가 자신의 재정 상태를 한번 봐 달라고 요청하고 나서였다.

허버트 포스터가 어느 날 저녁 전화를 해 어떤 친구가 나를 추천해 줬다면서 상담하러 와 줄 수 있느냐고 물었다. 나는 깨끗이 씻고 면도를 한 다음, 정장을 입고 구두의 먼지를 털고는 택시를 타고 위엄 있게 그의 집으로 갔다.

나와 같은 일을 하는 사람들은, 그리고 어쩌면 보통 사람들도 집이나 차, 옷을 보고 그 사람을 판단하고 그 사람의 연봉을 추정하는 좋지 못한 버릇이 있다. 허버트 포스터는 연봉이 6천 달러였고 나는 그런 사람을 고객으로 만난 적은 한 번도 없었다. 내가 말하고자 하는 바는 내가 벌이가 시원찮은 사람들에게 악감정이 있다는 게 아니라, 다만 그런 사람들이 내게는 돈벌이가 되지 않는다는 것이 내게 있어 중요한 사실이라는 것이다. 내 짐작에는 그가 굴릴 수 있는 돈은 최대치라고 해 봤자 몇백 달러뿐일

*금융 자산 목록.

테니 허버트 포스터에게 내 시간을 뺏길 것 같아서 나는 살짝 기분이 상했다. 가령 천 달러의 자산을 내가 관리하게 된다면, 내 몫은 기껏해야 일 달러나 이 달러일 것이다.

아무튼 나는 포스터 집 안으로 들어갔다. 그 집은 날림으로 지은 전후 식민지 시대풍의 건물로 언제든 손봐서 사용할 수 있는 지붕 밑 여유 공간이 딸려 있었다. 포스터는 마을 가구점에 세 들어 살고 있었는데, 재떨이와 휴미더* 하나와 벽에 걸린 그림들을 포함한 가구가 구비된 방 세 칸에 대해 총 199.99달러의 세를 냈다. 제기랄, 이런 곳에 오다니, 그래도 기왕에 왔으니까 그의 애처로운 문제를 한번 슬쩍 봐주고 얼른 끝내 버리는 편이 낫겠다고 나는 생각했다.

"포스터 씨, 집이 근사하네요." 내가 말했다. "이분은 당신의 매력적인 아내인가 보군요?"

깡마르고 성질이 더러워 보이는 여자가 나를 올려다보며 공허하게 미소를 지었다. 그녀는 여우 사냥 장면이 무늬로 들어간 색 바랜 실내복을 입고 있었다. 그 무늬에 그녀가 앉은 의자의 커버 무늬까지 더해져 마치 전쟁 통인 양 정신이 사나워진 탓에, 그녀의 얼굴을 그녀 주위와 따로 떼어 보기 위해선 눈을 가늘게 떠야만 했다. "만나서 반갑습니다, 포스터 부인." 나는 인사를 건넸다. 그녀는 수선해야 할 속옷과 양말에 둘러싸여 있었고, 허버트가 자기 부인의 이름은 알마라고 소개했다. 어찌 보면 그 이름이 그녀에게 딱 맞는 것도 같았다.**

"그리고 이쪽은 이 댁 도련님이로군요." 내가 말했다. "아이가 똑똑해 보이네요. 아빠를 닮은 것 같군요." 그 두 살배기는 더러운 손을 바지에

*궐련을 최적의 습도와 온도로 보관·숙성시키는 상자.

**'alma'에는 '이집트 무희'란 뜻이 있다.

닦더니 코를 훌쩍거리며 피아노 쪽으로 콩콩 걸어갔다. 아이는 피아노 건반 앞의 오른쪽 상단에 자리를 잡고는 가장 높은 음을 쾅쾅 쳤다. 그렇게 1분이 가고, 2분이 가고, 3분이 갔다.

"우리 아이는 음악에 재능이 많답니다. ……아빠를 닮아서요." 알마가 말했다.

"피아노를 치시나 보군요, 포스터 씨?"

"클래식을 치지요." 허버트가 말했다. 나는 그를 처음으로 유심히 보았다. 그는 약간 다부진 체격에, 주근깨투성이의 동그란 얼굴, 커다란 치아를 지니고 있었고, 그런 생김새를 볼 때면 나는 대개 과시하거나 약삭빠른 사람이 연상되었다. 그가 이토록 매력 없는 아내에게 만족했단 사실도 그가 가정생활을 정말 좋아하는 것처럼 보인다는 사실도 믿기 힘들었다. 나는 어쩌면 그의 눈에 조용한 절망의 빛이 어려 있을지도 모른다고 상상할 수밖에 없었다.

"회의를 하고 계셔야 하지 않나요?" 허버트가 물었다.

"막판에 취소되었습니다." 내가 대답했다.

"자, 그럼 이제 당신의 포트폴리오에 대해……." 나는 본론으로 들어가려 했다.

허버트는 어리둥절한 표정을 지었다. "그게 뭐죠?"

"당신의 포트폴리오요. ……유가 증권 말입니다."

"아, 예, 그거요. 그 이야기는 제 방에서 이야기하는 게 좋겠군요. 거기가 더 조용하니까요."

알마는 바느질하던 것을 내려놓았다. "여보, 유가 증권이 뭐야?"

"채권 말이야, 여보. 국채를 말하는 거야."

"그런데, 허버트, 당신, 그걸 현금으로 바꾸지 않을 거잖아."

"그래, 그러지는 않을 거야, 알마. 그냥 그것에 대해 얘기를 나눠 보려는 거야."

"그렇군요." 나는 머뭇거리며 끼어들었다. "어…… 국채에 대략 얼마나 투자하셨습니까?"

"350달러요." 알마가 자랑스럽게 말했다.

"그렇다면," 내가 말했다. "방으로 들어가서 이야기를 나눌 필요가 없겠군요. 저의 조언은, 아, 저의 조언은 무료입니다, 만기가 될 때까지 계속 보유하고 있으라는 것입니다. 자, 이제 그럼 제가 전화로 택시를 불러도……."

"아뇨, 잠깐만요." 방문 앞에 서서 허버트가 말했다. "상의하고 싶은 게 두어 가지 더 있어요."

"그게 뭔데?" 알마가 물었다.

"어, 장기적인 투자 계획에 대한 거야." 허버트가 모호하게 대답했다.

"다음 달 식료품비를 마련하기 위해선 단기적인 계획이 필요해."

"제발 부탁합니다." 허버트가 다시 내게 말했다.

나는 어깨를 으쓱하고는 그를 따라 방으로 들어갔다. 내가 들어서자 그는 방문을 닫았다. 나는 침대 끝에 걸터앉아 그가 벽에 있는 작은 문을 여는 것을 지켜봤다. 그 작은 문을 열자 벽 속에는 욕실로 들어가는 배관이 있었다. 그는 끙끙거리며 팔을 벽 속으로 슬며시 밀어 넣더니 봉투를 하나 끄집어냈다.

"오호," 나는 심드렁하게 말했다. "그러니까 그곳에 채권을 넣어 뒀던 거로군요? 아주 영리하네요. 하지만 그런 수고까지 할 필요는 없었어요, 포스터 씨. 저는 국채가 어떻게 생겼는지 잘 아니까요."

"여보!" 그가 소리쳐 아내를 불렀다.

"왜, 여보?"

"커피 준비 좀 해 줄래?"

"괜찮습니다. 저는 밤에는 커피를 마시지 않습니다." 내가 말했다.

"우리는 저녁 식사 후에는 커피를 조금 마시지요." 알마가 말했다.

"저는 저녁 식사 후에 커피를 입에 댔다가는 잠을 못 잡니다." 내가 말했다.

"그럼 뭐 시원한 거라도…… 여보, 시원한 음료를 좀 준비해 줄래?" 허버트가 말했다.

의자 스프링 삐걱거리는 소리가 나더니 그녀의 내키지 않는 발자국 소리가 부엌으로 멀어져 갔다.

"자, 여기 있습니다." 허버트가 내 무릎에 그 봉투를 놓으며 말했다. "나는 이런 일에 대해서는 아무것도 모르겠어요. 그래서 전문가의 도움을 받아야 할 것 같아요."

그래, 그럼 이 불쌍한 사내에게 그가 가진 국채 350달러에 대해 전문적인 조언을 해 주지 뭐. "국채에 투자하는 것은 당신이 할 수 있는 가장 보수적인 투자입니다. 국채는 다른 여러 유가 증권들과는 달리 성장적인 특징을 지니지 않아서 수익률이 높지는 않지만 아주 안전합니다. 그러니 아무쪼록 이 국채를 계속 보유하고 계십시오." 나는 일어섰다. "자, 이제 그럼 제가 전화로 택시를 불러도……."

"그걸 보지도 않고 가려 하는군요." 그가 말했다.

나는 한숨을 쉬고는 봉투를 봉하고 있는 빨간 끈을 풀었다. 그리고 봉투 안에 든 내용물을 감탄하여 바라보는 것 말고는 아무것도 할 수 없었다. 채권과 유가 증권 목록 한 부와 채권 여러 장이 내 무릎으로 쭈르륵 미끄러져 나왔다. 나는 채권을 빠르게 휙휙 넘겨 본 다음 유가 증권 목록을 천천히 읽었다.

"어때요?"

나는 그 목록을 색 바랜 침대보에 내려놓았다. 나는 마음을 진정시켰다. "음, 어허, 여기 이 상장 증권이 어디에서 났는지 말씀해 주실 수 있으십니까?"

"할아버지께서 2년 전에 내게 남겨 주신 거예요. 할아버지의 재산을 정리한 변호사들이 그 상장 증권들을 가지고 있고 그 목록을 내게 주었죠."

"그 증권들이 가치가 얼마나 되는지 알고 있습니까?"

"내가 상속받을 때 그 증권들의 가치를 평가받았었죠." 그는 나에게 그 숫자를 보여 주었고, 그가 멋쩍은 표정, 심지어는 살짝 불행한 표정이어서, 나는 당혹스러웠다.

"그때 이후로 가치가 조금 올랐어요."

"얼마나요?"

"오늘 주식 시장에서는…… 아마도 75만 달러 정도의 가치가 될 것 같습니다, 포스터 씨. 아니 선생님."

허버트는 표정의 변화가 없었다. 그에게 내가 전한 소식은 마치 겨울 날씨가 쌀쌀하다고 말을 건넸을 때 정도의 반응밖에 불러일으키지 못했다. 거실로 돌아오는 알마의 발자국 소리에 그가 눈썹을 추켜세웠다. "쉿!"

"부인은 모르는군요?"

"맙소사, 모르니까 말하면 안 돼요!" 그는 자신의 격한 반응에 스스로 놀란 듯했다. "내 말은 아직 때가 아니라는 겁니다."

"제가 이 상장 증권 목록을 가져가게 해 주신다면 우리 회사의 뉴욕 사무실에서 선생님께 완벽한 분석 및 권고서를 보내 드리도록 하겠습니다." 나는 속삭이다시피 말했다. "허버트라고 불러도 될까요, 선생님?"

나의 고객인 허버트 포스터는 3년 동안 새 정장 한 벌 갖지 못했었다.

한 번에 한 켤레 이상의 구두를 가진 적도 결코 없었다. 그는 자신의 중고차 대금을 걱정했으며 고기가 너무 비싸기 때문에 고기 대신 참치와 치즈를 먹었다. 그의 아내는 자신과 남편, 아들의 옷, 그리고 커튼과 덮개 따위를 손수 만들었다. 모두 할인가로 산 천 한 필을 잘라 만든 것들이었다. 포스터네는 자동차 타이어를 새 타이어로 갈아 끼울지 재생 타이어로 갈아 끼울지 선택하는 문제로 고심할 정도로 고달픈 시절을 보내고 있었다. 그들에게 텔레비전은 길 아래로 두 집 건너가야만 볼 수 있는 귀한 물건이었다. 그들은 허리띠를 졸라매고 허버트가 식료품 도매점의 경리 일을 하며 벌어 오는 적은 봉급만으로 살아갔다.

맹세코 그런 식으로 사는 것은 수치가 아니다. 오히려 그런 식으로 사는 것이 내가 사는 식보다 더 낫다. 하지만 허버트가 1년에 세후 2만 달러의 소득을 올린다는 사실을 알면서 그런 식으로 사는 모습을 지켜보는 것은 꽤나 심란한 일이었다.

나는 우리 회사의 증권 분석가들에게 포스터가 소유한 주식을 살펴본 다음, 그 주식의 성장 가능성, 장래 수익, 전시와 평화 시 그리고 인플레이션과 디플레이션이 일어났을 때 그 주식에 미치는 영향 등을 보고해 달라고 했다. 그 보고서는 20페이지에 달했으며, 그것은 내 고객 가운데 최고 기록이었다. 우리 회사의 보고서는 대개 겉장이 판지로 장정된다. 허버트의 보고서는 겉장이 빨간 인조 가죽으로 장정되어 있었다.

그 보고서는 토요일 오후 나의 집에 도착했고 나는 허버트에게 전화를 해 그 보고서를 갖고 가도 되는지 물었다. 나는 그에게 전해 줄 흥미진진한 소식을 지니고 있었다. 눈대중으로 내가 추산했던 가치는 실제 가치보다 낮았고, 현재 그의 포트폴리오 가치는 85만 달러에 가까웠다.

"분석 및 권고서가 나왔습니다." 내가 말했다. "그리고 상황이 좋아 보입니다, 포스터 씨. 그것도 굉장히 좋아 보입니다. 여기저기에 조금씩 분

산 투자할 필요가 있고, 조금 더 과감한 투자를 하실 수도 있지만……."

"그럼 그렇게 하세요. 뭐든 필요한 대로 하세요." 그가 말했다.

"이 일에 대해 언제 이야기 나눌 수 있을까요? 이건 반드시 우리가 함께 검토해야 할 중요한 일이라서요. 저는 오늘 밤도 괜찮습니다만."

"오늘 밤에는 일해야 해요."

"도매점에서 야근하나 보군요?"

"다른 일이에요. ……식당 일입니다. 금, 토, 일 밤에는 식당에서 일해요."

나는 얼굴을 찡그렸다. 증권으로 하루에 75달러 정도의 수익을 올리는 사내가 겨우 먹고 살 만큼 벌기 위해 일주일에 사흘 밤을 일하다니! "월요일은 어떠세요?"

"교회 성가대 연습에서 오르간 연주를 해야 해요."

"화요일은요?"

"의용소방대 훈련이 있어요."

"수요일은요?"

"교회에서 포크댄스 반을 위해 피아노를 쳐야 해요."

"목요일은요?"

"아내와 함께 영화를 보는 날이에요."

"그럼 언제가 좋으신가요?"

"그냥 알아서 해 주세요. 뭐든 필요한 대로 하시고요."

"제가 어떻게 할지 알고 싶지 않으세요?"

"꼭 그래야만 하나요?"

"그래 주시면 제 마음이 더 좋죠."

"알겠어요. 그럼 화요일 정오, 점심시간에 만나죠."

"좋습니다. 그런데 그날 만나기 전에 당신이 이 보고서를 자세히 검토해 보시는 게 좋을 것 같습니다만. 그러면 질문을 미리 준비해 둘 수 있을 테니까요."

그는 짜증이 난 목소리였다. "예, 그래요, 알겠어요. 오늘 밤 9시까지는 집에 있을 겁니다. 그 전에 보고서를 가져다주세요."

"한 가지만 더요, 허버트." 나는 깜짝 놀라게 할 소식을 마지막까지 아껴 두고 있었다. "제가 당신 주식의 가치를 완전히 잘못 평가했습니다. 당신의 주식은 이제 85만 달러까지 올랐습니다."

"음."

"당신이 생각한 것보다 10만 달러 정도 더 부유하다고요!"

"어허. 저, 그냥 알아서 해 주세요. 뭐든 필요한 대로 하시고요."

"예, 알겠습니다." 전화가 끊겼다.

다른 일로 늦어지는 바람에 나는 10시 15분이 되어서야 포스터 집으로 갔다. 허버트는 나가고 없었다. 알마가 문을 열어 주었는데 놀랍게도 그녀가 그 보고서를 달라고 했다. 나는 그 보고서를 내 코트 속에 감추고 있었다.

"허버트 말로는 그 보고서는 제가 봐서는 안 되는 거라더군요." 그녀가 말했다. "그러니 제가 그 보고서를 훔쳐볼까 봐 걱정하지 않으셔도 돼요."

"허버트가 이것에 대해 말하던가요?" 나는 조심스레 물었다.

"네. 그건 당신이 우리 그이에게 팔고 싶어 하는 주식에 관한 기밀 보고서라고 그이가 말해 줬어요."

"예. 어허…… 음, 그가 부인에게 이 보고서를 맡겨 두라고 했다니, 자 받으십시오."

"그이 말로는 절대 '어느 누구도' 이것을 못 보게 하겠다고 당신에게 약속해야만 했다더군요."

"음? 아, 예, 맞아요. 죄송합니다만 우리 회사 사규가 그래서요."

그녀는 약간 적대적이었다. "보고서를 보지는 않겠지만 한 가지 드릴 말씀이 있어요. 그건 바로 그이가 주식을 사기 위해 그 채권들을 현금화하지 않을 거라는 점이에요."

"저도 그렇게 하라고는 절대 권하지 않을 겁니다, 포스터 부인."

"그럼 왜 당신은 그이를 쫓아다니는 거예요?"

"그가 나중에 우수 고객이 될지도 모르니까요." 나는 내 손을 보다가 앞서 방문한 곳에서 손에 잉크 자국을 묻혀 왔다는 사실을 깨달았다. "손을 좀 씻어도 될까요?"

마지못해 그녀는 그리 넓지 않은 공간이 허용하는 만큼 내게서 멀찍이 떨어진 채 나를 들여보내 주었다. 손을 씻고 있으니 허버트가 석고 보드 벽 속에서 빼냈던 유가 증권 목록이 떠올랐다. 그 유가 증권들은 따뜻한 휴양지인 플로리다에서 보내는 겨울, 안심 스테이크와 12년산 버번위스키, 고급 스포츠카 재규어, 실크 속옷, 수제화, 세계 일주…… 기타 등등을 의미했다. 허버트 포스터는 이 모든 것들을 가질 수 있는데. 나는 한숨을 푹 쉬었다. 그 집 비누통에 담긴 비누는 얼룩덜룩하고 거무칙칙했다. 그 비누는 십여 개 남짓의 작은 비누 조각들을 축축하게 한 다음 눌러 뭉쳐서 새로운 비누 한 덩이로 만들어 놓은 것이었다.

나는 알마에게 고맙다고 인사를 하고는 포스터네 집에서 나가려고 발걸음을 옮겼다. 나가는 길에 벽난로 선반 앞에 멈춰 서 엷은 색조를 입힌 흑백 사진 한 장을 바라보았다. "부인 사진이 참 멋지네요." 내가 말했다. 홍보를 위한 미약한 노력의 일환이었다. "맘에 들어요."

"다들 그렇게 말하죠. 하지만 그건 제가 아니에요. 제 시어머니예요."

"놀랍도록 닮았군요." 그리고 그건 정말이었다. 허버트는 사랑하는 자기 아버지와 결혼한 여자와 꼭 닮은 여자와 결혼했던 것이다. "그럼 이 사진 속 인물은 시아버지인가 보군요?"

"아뇨. 제 친정아버지예요. 우리는 시아버지의 사진은 놔두지 않기로 했거든요."

이것은 유용한 정보가 될지도 모르는 그들 가족의 아픈 곳 같았다. "허버트가 정말로 멋진 사람인 걸 보면, 그의 아버지도 틀림없이 멋진 사람일 것 같군요. 그렇죠?"

"시아버지는 아내와 자식을 버렸어요. 퍽이나 멋지기도 하죠. 허버트 앞에서는 그에 대해 언급하지 않는 게 좋아요."

"애석한 일이로군요. 그럼 허버트의 좋은 점은 모두 어머니에게서 물려받은 것이로군요?"

"시어머니는 성인 같은 분이세요. 그분은 허버트에게 예의 바르고 품행이 단정하며 하느님을 독실하게 섬기라고 가르치셨어요." 그 말을 하는 알마의 말투는 단호했다.

"그분도 음악적 재능이 뛰어났나요?"

"아뇨. 그이의 음악적 재능은 아버지에게서 물려받았어요. 하지만 그 재능으로 그이가 하는 일은 상당히 달라요. 음악적 취향은 어머니의 취향과 같아서 클래식을 좋아하죠."

"그의 아버지는 재즈 연주자였나 보군요?" 내가 넌지시 물었다.

"그는 자신의 아내와 아이, 가정과 일보다 싸구려 술집에서 피아노를 치고 담배를 피우고 진을 마시는 것을 더 좋아했어요. 허버트의 어머니가 결국 그에게 두 가지 삶 가운데 하나를 선택하라고 선언했죠."

나는 공감하여 고개를 끄덕였다. 아마도 허버트는 그에게 상속된 재산이 친가 쪽에서 물려받은 것이기 때문에 그것을 불결하고 손대서는 안 되는 것으로 여기는 모양이었다. "그럼 2년 전에 돌아가셨다는 허버트의 할아버지는……?"

"그분은 당신 아들이 허버트와 저의 시어머니를 버린 뒤 두 사람을 부양했어요. 허버트는 그분을 존경해요." 그녀는 슬프게 고개를 가로저었다. "그분은 돌아가실 때 무일푼이셨어요."

"안됐군요."

"우리에게 조금이라도 뭔가를 남기셨더라면 얼마나 좋았을까요. 그럼 허버트가 주말에 일하지 않아도 되었을 텐데 말이에요."

우리는 허버트가 매일 식사를 하는 카페테리아의 달가닥, 쨍그랑, 탕탕거리는 소음 너머로 이야기하려 애쓰고 있었다. 점심값은 내가 -아니 우리 회사의 접대비로- 냈는데 그가 먹은 점심값은 87센트였다. "자, 허버트, 우리가 더 깊이 들어가기 전에 당신이 투자를 통해 원하는 바를 결정하는 것이 좋겠어요. 그러니까 재산 증가를 원하는지 고정적인 소득을 원하는지 말이죠." 이것은 상담 업무를 볼 때 하는 상투적인 질문이었다. 당사자인 '그'가 자신의 증권으로 원하는 바가 무엇인지는 오직 신만이 알 뿐이니까. 그것은 다른 모든 사람이 원하는 것, 즉 돈이 아닐 수도 있었다.

"당신 좋을 대로 해요." 허버트가 멍하니 말했다. 그는 뭔가 기분 상한 일이 있는지 내게 별로 주의를 기울이지 않았다.

"허버트…… 이봐요, 당신은 이 일을 직시해야 해요. 당신은 부자예요. 당신이 소유한 주식을 최대한 활용하는 데 집중해야 해요."

"그래서 당신에게 전화를 했던 겁니다. 바로 '당신'이 그 일에 집중해 주기를 바라니까요. 내가 예금이니 대리권이니 세금이니 하는 문제로 신경 쓰지 않아도 되도록 당신이 나 대신 주식을 운용해 주기를 바랍니다. 그런 일로 나를 절대 성가시게 하지 마세요."

"당신의 변호사들은 배당금을 은행에 맡겨 놓고 있겠죠?"

"대부분은요. 크리스마스를 위해 32달러, 그리고 교회에 기부하느라 100달러를 인출했어요."

"그럼 잔액은 얼마입니까?"

그는 내게 예금 통장을 건네주었다.

"나쁘지는 않군요." 내가 말했다. 크리스마스에 돈을 물 쓰듯 쓰고 교회에 아낌없이 기부를 했음에도 불구하고 그의 통장에는 용케 50,227달러 33센트나 저축되어 있었다. "이 정도 잔액을 지닌 사람이 무슨 일로 우울해 보이는지 물어도 될까요?"

"일하다가 또 호되게 야단을 맞았거든요."

"그냥 그곳을 사서 불태워 버려요." 내가 제안했다.

"내가요, 감히?" 그의 눈에 흥분한 눈빛이 어렸다가 이내 사라졌다.

"허버트, 당신은 당신 마음이 바라는 것은 뭐든 할 수 있어요."

"오, 그럴지도 모르겠군요. 하지만 그건 완전히 당신 입장에서나 그런 거죠."

나는 앞으로 몸을 기울였다. "그러면 당신의 입장은 어떤 건데요, 허버트?"

"나는 남자라면 모두 자기 자존심을 위해 먹고살 돈을 스스로 벌어야 한다고 생각해요."

"하지만 허버트……."

"내게는 멋진 아내와 아이, 그들을 위한 근사한 집, 차가 있어요. 그리고 이제까지 나는 모든 돈을 그런 마음가짐을 지닌 채 벌어 왔어요. 나는 내 책임에 최대한 부응하며 살아가고 있지요. 나는 내가 어머니께서 바라던 모습 그대로의 사람이 되었고 아버지와는 완전히 다른 모습의 사람이 되었다는 게 자랑스러워요."

"당신 아버지가 어떤 사람이었는지 물어봐도 될까요?"

"난 그에 대해 말하는 것을 좋아하지 않아요. 가정과 가족은 그에게는 아무 의미도 없는 것이었어요. 그가 진정으로 사랑한 것은 저급한 음악과 싸구려 술집, 그리고 그 술집 안에 있는 쓰레기 같은 것들이었죠."

"당신 아버지는 훌륭한 음악가였다고 생각하나요?"

"훌륭했냐고요?" 일순간 그의 목소리에 흥분이 깃들더니 마치 중요한 점을 짚고 넘어가려고 하는 것처럼 긴장했다. 하지만 다시 긴장을 풀었다. "훌륭했냐고요?" 그는 이번에는 그 말을 힘없이 되뇌었다. "예, 뭐, 상스러운 쪽으로는 그런대로 쓸 만했던 것 같아요. ……엄밀히 따지자면 그래요."

"그리고 당신은 그 부분만큼은 그에게서 물려받았고요."

"아마도 손목과 손은 물려받은 것 같아요. 내 안에 그의 모습이 그 이상 있다면 난 하느님께서 구원해야 할 가여운 인간이죠."

"음악에 대한 사랑도 그에게서 물려받았잖아요."

"나는 음악을 사랑하지만 결코 그게 내게 마약처럼 되게 놔두지 않을 겁니다!" 그가 필요 이상으로 힘주어 말했다.

"어허, 저어……."

"결코요!"

"죄송하지만 다시 한 번 말씀해 주시겠어요?"

그의 눈이 휘둥그레졌다. "결코 음악이 내게 마약처럼 되게 놔두지 않을 거라고 말했어요. 음악은 내게 중요해요. 하지만 내가 음악의 주인이지 음악이 나의 주인은 아니에요."

분명 그것은 언급을 피해야 할 위험한 화제였다. 그래서 나는 그의 재정 문제로 다시 화제를 돌렸다. "예, 그렇군요. 자, 다시 당신의 포트폴리오에 대해 이야기하도록 하지요. 그것을 어떻게 쓰고 싶으세요?"

"일부는 저희 부부의 노후를 위해 쓰고 대부분은 우리 아이에게 남겨주고 싶어요."

"최소한 이제 주말에는 그만 일하도록 돈을 좀 꺼내 쓰는 건 어떨까요."

그가 벌떡 일어섰다. "이봐요. 난 당신이 내 인생이 아니라, 내 유가 증권을 관리해 주기를 바랍니다. 내 인생에 참견하지 않고서는 그 일을 못하겠다면 난 다른 사람을 찾아볼 수밖에요."

"제발 그러지 마세요, 허버트, 아니 포스터 씨. 미안해요. 나는 다만 계획을 세우기 위해 전체적인 그림을 그리려던 거였어요."

그는 얼굴이 벌게진 채로 다시 자리에 앉았다. "좋아요. 그렇다면 나의 신념을 존중해 줘요. 나는 내 식대로 하고 싶어요. 내가 먹고 살 만큼 벌기 위해 부업을 해야 한다면 그것은 내가 짊어져야 할 십자가라고요."

"예, 그럼요, 그렇고말고요. 당신 말이 전적으로 옳아요, 허버트. 나는 그 점에 대해서는 당신을 존중해요." 나는 그 점에 대해서는 그가 미쳤다고 생각했다. "지금부터 제게 모든 것을 맡겨 두세요. 제가 배당금을 투자하고 전부 도맡아 관리하겠습니다." 나는 허버트에 대해 골똘히 생각하다가 지나가는 금발 여성을 흘끗 보았다. 허버트가 뭐라고 말했는데 나는 그 말을 놓쳤다. "뭐라고 했죠, 허버트?"

"'만일 네 오른 눈이 너로 실족케 하거든 빼어 내 버리라.'*라고 말했습니다."

나는 감탄하여 웃음을 터트렸다가 곧바로 웃음을 딱 멈췄다. 허버트가 굉장히 진지한 표정을 짓고 있었기 때문이다. "음, 이른 시일 내에 당신은 남은 자동차 대금을 다 지급하게 될 것이고, 그러면 주말에는 열심히

---

*마태복음 5장 29절.

일한 뒤 마땅히 누려야 할 휴식을 취할 수 있을 겁니다. 그리고 당신은 정말로 자랑스러워할 만한 귀한 물건을 가지게 되는 거겠죠? 땀 흘리며 열심히 번 돈으로 자동차를 엔진 배기관 끝부분까지 완전히 소유하게 되는 거죠."

"돈 쓸데가 한 군데 더 있어요."

"그런 뒤에 식당 일과 이별할 모양이로군요."

"아내에게 생일 선물을 하면 계속 갚아야 할 대금이 생길 테니까요. 아내에게 텔레비전을 사 주려고 하거든요."

"그것도 일해서 사 줄 모양이로군요?"

"내가 그렇게 한다면 그게 훨씬 더 의미 있는 선물이 되지 않겠어요?"

"예, 그렇겠군요. 그리고 그 선물을 받으면 당신 부인에게도 주말마다 할 일이 생기겠군요."

"내가 28개월 더 주말에 일을 해야 하더라도 그녀를 위한 선물로는 부족하다는 것을 하느님만은 아실 겁니다."

만약 주식 시장에서 지난 3년 동안과 같은 상황이 계속된다면, 허버트가 알마 생일 선물의 마지막 할부금을 낼 때쯤이면 백만장자가 되어 있을 것이다. "멋지네요."

"난 내 가족을 사랑해요." 허버트가 진지하게 말했다.

"정말 그런 것 같군요."

"그리고 나는 지금 내 삶을 어느 것과도 바꾸지 않을 거예요."

"왜 그런지 충분히 알 수 있어요." 내가 말했다. 나는 그가 지금 나와 벌인 논쟁 끝에 내가 설득당했다는 사실이 그에게 중요하다는 인상을 받았다.

"나의 아버지가 어떤 사람이었는지 떠올린 다음 내가 스스로 일궈 온 삶을 보면, 나는 모든 경험을 통틀어 최고의 전율을 느껴요."

아주 작은 전율이 허버트의 경험을 통틀어 최고의 전율이 될 수도 있군, 하고 나는 생각했다. "부럽군요. 정말 흐뭇했겠어요."

"흐뭇했지요." 그가 단호하게 되뇌었다. "예, 그럼요, 그랬고말고요."

우리 회사는 허버트의 포트폴리오를 관리하기 시작했다. 그의 재정을 이런저런 경제 변화에도 무사히 헤쳐 나갈 수 있는 더 좋은 상태로 만들기 위해 이익이 덜 나는 일부 증권을 수익성이 더 좋은 증권으로 전환하고, 적립된 배당금을 투자하고, 보유 자산을 다각화하는 등, 전반적으로 그의 자산을 아주 깔끔하게 정리했다. 견실한 포토폴리오는 그것의 현금 가액을 제쳐 놓더라도 그 나름대로 아름다운 것이다. 자산을 종합하는 것은 산업, 철도, 공익사업 같은 견실한 주요 부문과 전자, 냉동식품, 마법의 약, 기름, 가스, 항공 같은 더 가벼우면서 더 흥미로운 부문, 그리고 훨씬 투기성 짙은 다른 기타 항목별로 잘 해내기만 한다면 하나의 창조적인 행위가 된다. 허버트의 포트폴리오는 우리의 걸작이었다. 나는 우리 회사가 만들어 낸 결과물에 전율과 함께 자긍심을 느낀 나머지 그것을 심지어 그에게조차 과시할 수 없다는 사실에 기분이 울적했다.

결국 나는 도저히 견딜 수가 없어서 우연을 가장한 만남을 만들기로 결심했다. 허버트가 일하는 식당이 어디인지 알아낸 다음 다른 사람들처럼 식사를 하러 온 것처럼 행세할 것이다. 그때 완벽하게 정리된 그의 포트폴리오 보고서를 들고 있을 계획이었다.

나는 알마에게 전화를 걸었고, 그녀는 내게 한 번도 들어 본 적 없는 식당의 이름을 말해 주었다. 지난번에 허버트가 그 식당에 대해 말하고 싶어 하지 않았기 때문에 나는 그 식당이 굉장히 형편없는 곳일 것이라고 추측했다. 자신이 짊어져야 할 십자가라고 그가 표현했으니까 말이다.

그곳은 내가 예상한 것보다 나빴다. 불쾌하고 저속하며 어두컴컴하고 시끄러웠다. 허버트는 정말이지 지옥 같은 곳을 택했던 것이다. 그것은 제멋대로인 아버지에 대해 속죄하기 위한 것이거나 자신의 아내에게 감사하는 마음을 보여 주기 위한 것이거나 스스로 돈벌이를 함으로써 자신의 자존심을 지키기 위한 것일 수도 있었다. 아니 어쩌면 그가 그곳에서 하고 있는 일이 무엇이든 그 일을 하기 위한 것일 수도 있었다.

나는 지루한 표정의 여자들과 경마장에서나 볼 법한 유형의 사람들을 밀어젖히며 바 쪽으로 갔다. 바텐더에게 들리게 말하려면 소리쳐야 했다. 내가 외치는 소리를 들은 바텐더는 허버트 포스터라는 이름은 들어 본 적이 없다고 소리쳐 답했다. 그렇다면 허버트는 그 시설만큼이나 하찮은 종업원인 모양이었다. 그는 아마 주방이나 지하실에서 뭔가 기름이 덕지덕지 묻는 지저분한 일을 하고 있을 것 같았다. 하긴 그런 게 전형적이지.

주방에서는 한 쪼그랑할멈이 미심쩍어 보이는 햄버거를 만들면서 1리터들이 병맥주를 홀짝거리고 있었다.

"혹시 여기에 허버트 포스터가 있나요?"

"여기에는 빌어먹을 허버트 포스터라는 작자는 없어."

"지하실에도 없습니까?"

"빌어먹을 지하에도 없어."

"그럼 혹시 허버트 포스터에 대해 들어 보신 적도 없으세요?"

"빌어먹을 허버트 포스터에 대해서는 들어 본 적이 전혀 없어."

"예, 알겠습니다."

나는 칸막이 좌석에 앉아 곰곰이 생각해 봤다. 아무래도 허버트가 전화번호부에서 이 싸구려 술집을 골라 주말 저녁마다 자신이 일하는 곳이라고 둘러댄 모양이었다. 어떤 면에서는 오히려 그 편이 내 기분을 더 좋게 만들었는데, 어쩌면 허버트에게는 85만 달러를 곰팡이 슬게 놔두는 것에 대해 그가 내게 제시했던 이유보다 더 그럴듯한 이유가 있을 것처럼 보이기 시작했기 때문이다. 내가 그에게 주말 일을 그만두라고 언급할 때마다 그가 치과의사의 드릴 소리를 들은 사람처럼 반응했던 모습이 떠올랐다. 나는 이제야 그의 반응을 이해할 것 같았다. 그가 부자라는 사실을 알마가 알게 되는 순간, 그는 주말에 그녀에게서 벗어날 핑곗거리가 없어지게 되는 것이다.

그런데 허버트에게 85만 달러보다 더 가치 있는 것은 과연 무엇일까? 흥청망청 먹고 마시기? 마약? 약물? 나는 한숨을 쉬고는 나 혼자서 되지도 않는 억측을 하고 있을 뿐 그 어느 때보다도 대답에 근접하지 못했다고 인정했다. 부도덕한 허버트는 상상하기 힘들었다. 그의 속셈이 무엇이든 틀림없이 그럴싸한 대의명분이 있을 것이다. 어머니에게서 그토록 철저한 가르침을 받은 데다 아버지의 결점을 극도로 부끄러워하기까지 하므로 그가 옳지 않은 다른 어떤 수를 쓰지 못할 것이라고 나는 확신했다. 나는 골치 아픈 생각을 접고 술을 한 잔 주문했다.

바로 그때 생기 없고 쫓기는 듯한 표정의 허버트 포스터가 사람들 속을 헤치며 조심조심 걷고 있는 모습이 보였다. 그의 표정은 바빌론의 성자와 같은 못마땅한 표정이었다. 그는 기묘하게도 목이 뻣뻣했으며 누구와 살짝 스치거나 자신을 향하는 어떤 시선과도 마주치지 않으려고 신경을 곤두세운 채 팔을 옆구리에 딱 붙이고 있었다. 그곳에 있는 것이 그에게는 절대적이고 치욕적인 지옥에 있는 상황과 같을 것이라는 데 의문의 여지가 없었다.

내가 소리쳐 그를 불렀지만 그는 내 쪽을 쳐다보지 않았다. 그와 소통하는 사람은 아무도 없었다. 허버트는 나쁜 것은 보지도 말하지도 듣지도 못하는 혼수상태에 빠진 듯했다.

뒤쪽에 있던 사람들이 그를 위해 길을 내줘서 나는 허버트가 빗자루나 대걸레를 가지러 어두운 구석으로 가는 모습을 보게 될 것이라고 예상했다. 하지만 사람들이 그를 위해 내준 통로 저쪽 끝에서 조명이 번쩍 켜졌고 그곳에는 하얀색 작은 피아노 한 대가 보석처럼 반짝거리고 있었다. 바텐더가 피아노 위에 술 한 잔을 올려놓고는 자기 자리로 돌아갔다.

허버트는 손수건으로 피아노 의자의 먼지를 털고는 조심스럽게 앉았다. 그는 가슴 호주머니에서 담배를 꺼내 불을 붙였다. 그런 뒤 담배를 입술 사이로 지그시 꺾어 물었다. 그리고 그렇게 담배를 문 채로 허버트는 피아노 건반 위로 등을 둥글게 구부리고 마치 머나먼 지평선에 있는 뭔가 아름다운 것에 집중하듯이 눈을 가늘게 떴다.

놀랍게도 허버트 포스터는 사라지고 없었다. 대신 그 자리에는 신이 난 낯선 자가 갈고리발톱처럼 손을 구부린 채 앉아 있었다. 갑자기 그가 피아노를 치기 시작하자 상스러우나 감정적이고 멋들어진 재즈 선율이 격정적으로 터져 나와 1920년대의 강렬하고 쨍쨍 울려 퍼지는 망령처럼 대기를 뒤흔들었다.

그날 밤늦게 나는 나의 걸작 '허버트 포스터의 포트폴리오'를 검토했다. 술집에서 허버트 포스터는 '파이어하우스 해리스'*라는 가명을 쓰고 있었다. 나는 그에게 아는 척을 하거나 포트폴리오를 들이밀어 성가시게 하지 않고 그냥 돌아왔다.

일주일쯤 지나면 그가 주식을 소유한 철강 회사 가운데 한 곳에서 특별 배당이 있을 것이다. 기름 회사 세 곳에서는 특별 배당금을 지급할 것이다. 그가 5천 주를 소유하고 있는 농기계 회사에서는 그에게 한 주당 3달러의 가치가 있는 신주인수권을 제공할 것이다.

나와 나의 회사, 그리고 경제가 완전히 호황기인 덕택에 허버트의 재산은 한 달 전보다 수천 달러나 늘어났다. 나는 자랑할 만한 자격이 있었

*'firehouse'는 '소방서'라는 뜻이다.

지만 수수료를 제외하고는 나의 실적을 드러낼 수 없으니 속이 쓰라렸다.

누구도 허버트를 위해 할 수 있는 일이 아무것도 없었다. 허버트는 이미 자신이 원하는 것을 가지고 있었다. 내가 개입하기 훨씬 이전에, 아니 어쩌면 상속받기 훨씬 이전에 그는 이미 그것을 가지고 있었던 것이다. 그는 그의 어머니가 그에게 주입시킨 훌륭한 인품을 지니고 있었다. 하지만 그것 못지않게 무척 귀중한 것은 살림을 꾸려 나가기에 그리 넉넉하지 않은 소득이었다. 그래야 그는 별도리 없이 –아내와 자식과 가정이라는 신성한 핑계를 대며– 일곱 밤 가운데 사흘 밤을 싸구려 술집에서 피아노를 치고 담배를 피우고 진을 마시며 자기 아버지를 쏙 빼닮은 파이어하우스 해리스가 될 수 있었던 것이다.

(1951년)

유혹하는 아가씨

청교도주의의 기세가 엄청나게 꺾인 나머지 가장 늙은 노처녀조차도 수재너를 물고문 의자*에 앉힐 생각을 하지 않았으며, 가장 늙은 농부조차도 수재너의 악마 같은 아름다움이 자신의 젖소의 젖을 마르게 만들었다는 의심을 품지 않았다.

수재너는 마을 근처에 있는 여름 극장의 단역 배우로 소방서 건너편의 방 한 칸에 세 들어 살았다. 그녀는 여름 내내 마을 생활의 한 부분이었지만 마을 사람들은 결코 그녀에게 익숙해지지 않았다. 그녀는 언제나 대도시의 소방 기구만큼이나 놀랍고 탐나는 여자였다.

수재너의 깃털 같은 머리카락과 쟁반같이 둥근 눈은 한밤중만큼이나 까만 칠흑빛이었다. 그녀의 피부는 크림색이었다. 그녀의 엉덩이는 리라** 같았고, 그녀의 가슴은 남자들에게 늘 평화와 풍요로움을 꿈꾸게 했다. 진주색을 띤 분홍빛 귀에는 조잡한 금색 귀걸이를 하고 있었고 발목

---

*옛날에 부정한 여자를 징계하기 위해 장대 끝에 의자를 매달고 그 의자에 사람을 앉혀 물속에 처넣는 형구.

**하프와 비슷한 고대 그리스의 작은 현악기.

에는 작은 종들이 달린 발찌를 차고 있었다.

그녀는 늘 맨발로 다녔으며 매일 정오까지 잠을 잤다. 그리고 정오가 다 되어 갈 무렵이면 마을 중심가 사람들은 길 가던 도중에 뇌우를 만난 비글만큼이나 가만히 있지 못하고 좌불안석이 되고는 했다.

정오가 되면 수재너는 자기 방 바깥의 현관에 나타나고는 했다. 그녀는 늘어지게 기지개를 켜고는 자신의 검정고양이에게 우유 한 그릇을 부어 주고 뽀뽀를 한 다음, 머리를 풍성하게 부풀리고 귀걸이를 하고 문을 잠근 뒤 문 열쇠를 가슴에 숨기고는 했다.

그런 뒤 그녀는 맨발로 위풍당당하고 출렁이는 듯하며 사람의 마음을 들뜨게 하는 딸랑거리는 걸음을 내딛기 시작해, 계단을 내려와 주류 판매점, 보험대리점, 부동산 중개 사무소, 간이식당, 재향군인회 지부, 교회를 지나 사람들로 붐비는 약국으로 가고는 했다. 그리고 그곳에서 뉴욕의 신문들을 사고는 했다.

그녀는 마치 여왕처럼 온 세상 사람들에게 살짝 고개를 까닥이는 것처럼 보였다. 하지만 매일 그렇게 걷는 동안 그녀와 이야기를 나누는 사람은 일흔두 살의 약사인 벌스 힝클리뿐이었다.

그 노인은 늘 그녀를 위해 신문들을 준비해 뒀다.

"고마워요, 힝클리 씨. 당신은 천사예요." 그녀는 신문의 아무 쪽이나 펼치며 말하고는 했다. "자, 그럼 문명사회로 돌아가 그곳에서는 무슨 일이 벌어지고 있는지 볼까요." 그 노인이 그녀의 향수 냄새에 취한 채로 그녀를 지켜보는 동안 수재너는 신문에 실린 기사를 보며 웃거나 헉하고 놀라거나 얼굴을 찡그리거나 하고는 했다. 하지만 그 기사가 어떤 내용인지 말해 준 적은 한 번도 없었다.

그런 뒤 그녀는 그 신문들을 챙겨 소방서 건너편의 자신의 보금자리로 돌아가고는 했다. 그녀는 자기 방 밖의 현관에 멈춰 서서 가슴에 손을 넣어 열쇠를 꺼내 문을 연 다음, 검정고양이를 들어 올려 다시 입을 맞추고는 방 안으로 사라졌다.

이런 식으로 한 아가씨의 가장행렬은 의식처럼 매일 똑같이 치러졌다. 그러던 여름 끝자락의 어느 날, 약국의 공기가 소다수 판매대 회전의자에 달린 윤활제를 바르지 않은 베어링에서 나는 끔찍하고 길게 이어지는 '끼익' 소리에 확 바뀌었다.

끼익하는 그 소리는 힝클리 씨에게 천사라고 말하는 수재너의 목소리 바로 뒤에 끼어들었다. 그 소리는 사람들의 머리 가죽을 얼얼하게 하고, 치통도 오게 만들었다. 수재너는 끼익 소리를 낸 사람을 용서한다는 듯한 너그러운 표정으로 소리가 난 쪽을 바라보았다. 그녀는 그 소리를 낸 사람은 너그럽게 대할 수 있는 사람이 아니라는 사실을 알아챘다.

끼익 소리는 노먼 풀러 하사가 앉은 의자에서 나는 소리였다. 그는 한국에서 암울한 18개월을 보낸 뒤 바로 전날 밤 고향으로 돌아왔다. 전쟁 없는 18개월이었지만 생기 없는 18개월이기도 했다. 분노한 풀러는 수재너를 보기 위해 의자에 앉은 채로 천천히 몸을 돌렸다. 끼익하는 소리가 멎자 약국은 쥐 죽은 듯이 고요해졌다.

풀러는 여름 해변에 와 있는 듯한 환상에 빠진 약국 안 사람들의 마법을 깨어 버렸다. 풀러가 낸 '끼익' 하는 의자 소리에 약국에 있던 모든 사람들은 마법에서 깨어나 흔히 삶의 원동력인 어둡고 불가사의한 열정 때문에 빚어진 일로 그가 이곳으로 찾아온 것이 아닐까 생각하게 되었다.

그는 자신의 바보 같은 여동생을 환락가에서 구하러 온 오빠일지도 몰랐다. 아니 어쩌면 자신의 아내에게 채찍을 휘둘러 원래 그녀가 속한 곳으로 돌아가게 하기 위해 아기를 데리고 술집에 온 성난 남편일지도 몰랐다. 하지만 사실 풀러 하사는 수재너를 본 적이 한 번도 없었다.

그는 의식적으로 이런 장면을 연출하려던 것은 아니었다. 자기 의자에서 끼익 소리가 날 줄이야 누가 어떻게 알겠는가. 그는 자신의 분노를 소극적으로 드러낼 생각이었다. 수재너의 가장행렬의 배경에서 눈에 띄지 않게 자신의 분노를 조금 지엽적으로-그러니까 인간미 넘치는 희극 전문가 한 두 사람만 알아챌 정도로 조금만 슬쩍- 드러낼 작정이었다.

하지만 '끼익' 소리에 그 약국에 있는 모두의 시선이, 특히 수재너의 시선이 태양계의 중심으로 향하듯 그에게로 쏠리는 바람에 그의 분노는 모두에게 다 드러나고 말았다. 순간 시간이 멈춰 버렸고, 풀러의 화강암처럼 완강한 표정을 풀러 스스로 설명할 때까지 시간은 다시 흐를 것 같지 않았다.

풀러는 자신의 얼굴이 뜨거운 황동처럼 타오르고 있는 게 느껴졌다. 그는 자신의 운명을 깨닫고 있었다. 운명의 여신이 갑자기 그에게 관객을 선사하고 그가 관객 앞에서 말해야 하는 쓰라린 상황에 처하게 한 것이다.

풀러는 입술이 움직이는 느낌이 들면서 자신이 내뱉는 말이 들렸다. "당신은 자신이 누구라고 생각해요?" 그가 수재너에게 말했다.

"뭐라고요?" 수재너가 말했다. 그녀는 보호하려는 듯 자신의 몸 쪽으로 신문을 끌어당겼다.

"당신이 서커스 행렬의 일원인 것처럼 길을 걸어오는 모습을 보고 난 그저 당신이 자신을 누구라고 생각하는지 궁금했어요." 풀러가 말했다.

수재너는 기분 좋은 표정으로 얼굴을 붉혔다. "저…… 저는 배우예요." 그녀가 말했다.

"내 말이 그 말이에요." 풀러가 말했다. "세상에서 가장 훌륭한 여배우들이죠. 미국 여자들은요."

"그렇게 말씀해 주셔서 정말 고마워요." 수재너가 거북하게 말했다.

풀러의 얼굴이 더욱 밝고 뜨겁게 달아올랐다. 그의 마음속에서 적절하고 복잡한 말들이 샘솟았다. "나는 객석이 있는 극장을 이야기하는 게 아니에요. 나는 인생이라는 무대를 이야기하고 있는 거예요. 미국 여자들은 남자에게 세상을 줄 것처럼 행동하고 옷을 입지요. 그러다가는 남자가 손을 내밀면 그 손에 얼음덩이를 올려놓지요."

"여자들이 그런다고요?" 수재너가 멍하게 말했다.

"그럼요." 풀러가 말했다. "그리고 누군가가 그렇게 말할 때가 된 것 같군요." 그는 도전적으로 구경꾼들을 둘러보다가 멍한 격려를 보내는 시선을 느꼈다. "그건 공정하지 않아요." 그가 말했다.

"뭐가 공정하지 않다는 거죠?" 수재너가 어리둥절한 표정으로 물었다.

"당신이 발목에 종을 달고서 여기로 들어오면 내 시선이 저절로 당신의 발목으로 향해 당신의 예쁜 분홍빛 발을 볼 수밖에 없어요." 풀러가 말했다. "당신이 고양이에게 입을 맞추면 나는 어쩔 수 없이 내가 그 고양이라면 어떨까 하고 생각할 수밖에 없고요. 당신이 노인을 천사라고 부르면 나는 어쩔 수 없이 당신에게 천사라고 불리면 어떨까 하고 생각할 수밖에 없지요. 당신이 모든 사람 앞에서 당신의 열쇠를 숨기면 나는 어쩔 수 없이 그 열쇠가 있는 곳에 대해 생각할 수밖에 없다고요."

그가 일어섰다. "아가씨," 그가 고통으로 가득 찬 목소리로 말했다. "당신은 나처럼 외롭고 평범한 사람들에게 소화 불량을 일으키게 하고 안절부절못하게 하기 위해 할 수 있는 모든 것을 다 해 놓고는 벼랑에서 떨어지지 않도록 내 손을 잡아 주려고도 하지 않겠죠."

그는 문 쪽으로 성큼성큼 걸어갔다. 모든 시선이 그를 향했다. 그의 비난에 조금 전까지의 수재너의 모습이 재가 되어 사라져 버렸다는 사실을 알아챈 사람은 거의 없었다. 이제 수재너는 진짜 자신의 모습–한 귀퉁이에 조그맣게 겨우 붙어 있는 얕은 교양에 매달리는, 머릿속이 뒤죽박죽인 열아홉 살 아가씨–처럼 보였다.

"그건 공정하지 않아요." 풀러가 말했다. "여자들이 당신처럼 행동하고 옷을 입지 못하도록 하는 법이 있어야 해요. 당신처럼 행동하고 옷을 입는 여자들로 인해 행복해지는 사람보다는 불행해지는 사람이 더 많으니까요. 여기저기 돌아다니며 모든 사내가 키스하고 싶게 만드는 당신에게 내가 뭐라고 말할지 알아요?"

"아뇨." 수재너가 신경질적으로 분통을 터트리며 날카롭게 대꾸했다.

"내가 당신에게 키스하려 했다면 당신이 내게 했을 말을 당신에게 할 겁니다." 풀러는 당당하게 말했다. 그는 두 팔을 휘둘러 '아웃'을 뜻하는 심판의 동작을 했다. "꺼져."라고 말하고는 그는 망으로 된 문을 탁, 하고 닫고 나갔다.

잠시 후 문소리가 다시 나면서 맨발로 타닥타닥 달리는 소리와 작은 종들이 소란스럽게 딸랑거리는 소리가 소방서 쪽으로 사라져 갔지만 그는 뒤돌아보지 않았다.

그날 저녁, 풀러 하사의 홀어머니는 식탁에 양초를 켜 놓고 아들이 고향에 돌아온 것을 축하하며 그에게 등심 스테이크와 딸기 쇼트케이크를 차려 주었다. 풀러는 어머니가 차려 준 식사를 마치 젖은 압지인 것처럼 먹으며 어머니의 유쾌한 질문들에 생기 없는 목소리로 대답했다.

"집에 와서 기쁘지 않니?" 그들이 커피를 다 마셨을 때 그의 어머니가 물었다.

"기쁘고말고요." 풀러가 대답했다.

"오늘은 무얼 했니?"

"걸었어요."

"옛 친구들도 모두 만나고?"

"이젠 친구가 하나도 없는걸요."

그의 어머니는 양손을 번쩍 들었다. "친구가 없다니? 네가?"

"시대가 변했어요, 엄마." 풀러가 침울하게 말했다. "18개월은 긴 시간이에요. 그 사이 마을을 떠난 친구도 있고, 결혼한 친구도 있고……."

"결혼한다고 사람이 없어지진 않잖아, 안 그래?"

풀러는 미소 짓지 않았다. "뭐 그렇진 않겠죠. 하지만 결혼을 하면 옛 친구들과 어울릴 장소를 찾기가 되게 힘들어지죠."

"더기는 결혼하지 않았잖아, 안 그래?"

"더기는 서부에 있어요, 엄마. 공군전략사령부 소속으로요." 풀러가 말했다. 작은 식당에 앉아 있기가 얇고 차가운 성층권에 있는 폭격기에 앉아 있는 것만큼이나 외로워졌다.

"오, 그렇구나. 그래도 분명 남아 있는 친구가 있을 텐데."

"없어요." 풀러가 말했다. "난 아침 내내 전화를 붙들고 있었어요, 엄마. 차라리 한국으로 돌아가는 편이 낫겠어요. 여기 있는 친구는 아무도 없어요."

"세상에, 그럴 리가." 그의 어머니가 말했다. "아니, 예전엔 친구들을 하도 많이 마주치는 바람에 마을 중심가를 못 걸어 다닐 정도였잖아."

"엄마," 풀러가 힘없이 말했다. "더 이상 전화할 데가 없어졌을 때 내가 뭘 한지 알아요? 약국에 가서 소다수 판매대 옆에 그냥 앉아 누군가 걸어 들어오기를 기다렸어요. 내가 조금이라도 아는 누군가가 말이에요. 엄마," 그는 괴로워하며 말을 이어 갔다. "그런데 내가 아는 사람이라고는 가엾은 노인 벌스 힝클리뿐이었어요. 전혀 농담이 아니에요." 그는 냅킨을 공처럼 구기며 일어났다. "엄마, 그만 실례해도 될까요?"

"그래, 그러렴." 그의 어머니가 말했다. "이제 어디로 갈 거니?" 그녀가 활짝 웃었다. "혹시 근사한 여자애를 만나러 가니?"

풀러는 공처럼 만 냅킨을 패대기쳤다. "담배 사러 갈 거예요! 난 아는 여자애가 하나도 없어요. 여자애들도 다 결혼했다고요."

그의 어머니의 얼굴이 창백해졌다. "그…… 그렇구나. 나…… 나는 네가 담배를 피우는 줄도 몰랐어."

"엄마," 풀러가 딱딱하게 말했다. "이해 못하시겠어요? 나는 18개월을 떠나 있었어요, 엄마. 18개월이나요!"

"그건 정말 긴 시간이야, 그렇지 않니?" 그의 어머니가 격분한 그를 달래려는 듯 말했다. "자, 그럼, 담배를 사러 가렴." 그녀는 아들의 팔에 손을 올렸다. "그리고 너무 그렇게 외로워하지는 마. 그냥 기다리렴. 너의 삶은 다시 사람들로 가득할 거고 어떤 길로 향하게 될지는 모르는 거란다. 그리고 네가 그것을 알기 전에, 너는 아주 예쁜 아가씨를 만날 거고 결혼도 하게 될 거야."

"당분간은 결혼하고 싶지 않아요, 어머니." 풀러는 부루퉁하니 대꾸했다. "신학교를 마칠 때까지는 그러고 싶지 않아요."

"신학교라니! 너, 언제 신학교에 가기로 결정했니?"

"오늘 낮에요." 풀러가 대답했다.

"오늘 낮에 무슨 일이 있었니?"

"일종의 종교적인 체험을 했어요, 엄마. 뭔가에 이끌려 그냥 내가 사람들 앞에서 거리낌 없이 말하게 되었거든요."

"무엇에 대해?" 그의 어머니가 당혹스러운 표정으로 물었다.

풀러의 윙윙거리는 머릿속에서 수재너들의 랩소디가 빙빙 맴돌았다. 한국에서 그를 괴롭혔던, 유혹하는 일이 직업인 모든 여자들이 그의 눈앞에 다시 어른거렸다. 그 여자들은 침대 시트로 만든 임시 영화 스크린에서, 눅눅한 천막 막사 안에 울퉁불퉁하게 붙어 있는 미인 사진에서, 그리고 모래주머니를 쌓아 올린 참호 속에서 봤던 너덜너덜한 잡지에서 유혹의 손짓을 했었다. 그 수재너들은 도처에서 외로운 풀러 하사들에게 유혹의 손짓을 해서 -기막히게 아름다운 모습으로 풀러들에게 어딘지도 모르는 곳으로 오라고 유혹의 손짓을 해서- 큰돈을 벌었다.

검정색 옷차림을 하고 목에 빳빳하게 힘을 준 청교도주의 선조의 망령이 풀러의 혀를 손아귀에 넣었다. 풀러는 몇 세기를 건너온 목소리로, 즉 마녀의 교수형을 집행하던 자의 목소리이자 좌절과 독선, 그리고 파멸을 연상시키는 목소리로 말했다.

"내가 무엇에 대해 거리낌 없이 반대의 목소리를 높였느냐고요?" 그가 말했다. "바로 '유혹'이에요."

한밤중에 풀러가 피우는 담배는 근심 걱정이 없고 경솔한 사람들에게 접근하지 말라고 경고하는 신호였다. 그것은 분명히 화가 나서 피우는 담배였다. 나방조차도 그것에 접근하지 않을 정도의 감각은 있었다. 풀러가 피우는 담배는 끊임없이 움직이고 탐색하는 빨간 눈동자처럼 마을의 거리 곳곳을 누비고 다니다가 마침내 소방서 앞에 이를 때쯤 눅눅하고 불꺼진 담배꽁초 상태가 되었다.

늙은 약사인 벌스 힝클리가 향수 어린 눈빛을 한 채 펌프 소방차의 운전석에 앉아 있었다. 그가 운전할 수 있을 정도로 젊었던 시절에 대한 향수가 어린 눈빛이었다. 그리고 그의 얼굴에는 젊은이들이 다 떠나 버리는 바람에 노인이나 보잘것없는 사람이 펌프 소방차를 다시 한 번 몰게 되는 영광스런 기회를 갖게 되었을 때 일어날 한 가지 이상의 참사가 꿈꾸듯 드리워져 있었다. 그가 그렇게 그 차의 운전석에서 따뜻한 밤들을 보내 온 지도 벌써 여러 해째였다.

"담뱃불 빌려줄까?" 풀러 하사가 입에 불이 꺼진 담배를 물고 있는 것을 보고는 그가 말을 건넸다.

"아뇨, 괜찮아요, 힝클리 씨." 풀러가 대답했다. "이건 모든 즐거움이 사라진 담배예요."

"사람들이 처음에 담배에서 어떻게 즐거움을 찾는지 난 도통 모르겠어." 노인이 말했다.

"취향의 문제죠. 취향은 가지가지니까요." 풀러가 말했다.

"맞아, 어떤 사람에게는 독이 어떤 사람에게는 약이 되는 법이지." 힝클리가 말했다. "내가 늘 하는 말이지만 서로 자기 방식대로 살아가는 법이지." 그는 소방차의 천장 쪽을 힐끗 보았다. 그 위로는 수재너와 그녀의 검정고양이의 향기로운 보금자리가 있었다. "나? 나의 모든 즐거움은 한때 즐거움이었던 것을 바라보는 것이지."

풀러도 소방차의 천장 쪽을 쳐다보며 언급되지 않은 주제에 똑바로 맞섰다.

"어르신이 젊었다면 제가 오늘 낮에 그녀에게 왜 그런 말을 했는지 아실 거예요. 아름답고 도도한 여자들은 제게 큰 고통을 주죠."

"아, 그거라면 나도 기억하고 있어." 힝클리가 말했다. "난 그 큰 고통을 기억하지 못할 정도로 늙지는 않았다고."

"저한테 딸이 있다면 안 예뻤으면 좋겠어요." 풀러가 말했다. "고등학교에서 예쁜 여자애들은…… 믿을 수 없겠지만 자기네들이 엄청 대단한 존재라고 생각한다니까요."

"믿을 수 없겠지만 나도 그렇게 생각하는걸." 힝클리가 말했다.

"그 여자애들은 남자가 차도 없고 자기들에게 쓸, 일주일에 20달러의 용돈도 없다면 그 남자한테 아예 눈길조차 주지 않을걸요." 풀러가 말했다.

"왜 그 여자애들이 눈길을 줘야 하지?" 노인이 쾌활하게 말했다. "내가 아름다운 여자애라면 나도 눈길조차 안 줄 거야." 노인은 자신의 말에 동의한다는 듯 고개를 끄덕였다. "음…… 아무튼 자네는 전쟁터에서 집으로 돌아와 보복을 한 셈이로군. 자네가 그 아가씨한테 호되게 비난을 퍼부었으니."

"아하, 어르신은 그 여자애들에게 아무런 인상도 남기지 못하시지요."

"글쎄, 그건 모르겠네." 힝클리가 말했다. "극장에는 훌륭한 오랜 전통이 있지. 바로 쇼는 계속되어야 한다는 거야. 그러니까 자네가 폐렴에 걸리거나 자네 아이가 죽더라도 자네는 계속 쇼를 상연해야 한다는 거네."

"전 괜찮아요. 누가 불평한대요? 저는 좋아요."

깜짝 놀란 듯 노인의 하얀 눈썹이 올라갔다. "누가 자네 이야기를 한다고 그러나? 난 그 아가씨 이야기를 하는 거야."

풀러는 너무 자기 위주로 생각한 것이 민망해 얼굴을 붉히며 말했다. "그녀는 괜찮을 거예요."

"그럴까? 어쩌면 그럴지도 모르지. 아무튼 내가 아는 건 지금 극장에서 쇼가 시작됐다는 거야. 그녀는 그 쇼에 나오기로 되어 있지만 아직도 저기 위층에 있지."

"그녀가 지금 저기에 있다고요?" 풀러가 깜짝 놀라서 물었다.

"계속 저기에 있었네. 자네가 그녀를 공격해 집으로 쫓아 버린 뒤로 계속 쭉."

풀러는 아이러니하게도 히죽 웃으려 했다. "그렇다면 그게 그리 나쁘지는 않은 거죠?" 그가 말했다. 그가 히죽 웃는 모습은 역겹고 맥이 빠지는 기분이 들게 했다. "그럼, 저는 이만 가 볼게요, 힝클리 씨."

"잘 가게, 어린 병사여, 잘 가게나." 힝클리가 말했다.

다음 날 정오가 가까워지자, 마을 중심가에 늘어선 사람들은 바보가 되어 가는 듯했다. 뉴잉글랜드의 가게 주인들은 마치 더 이상 돈이 중요하지 않다는 듯이 수심에 가득 찬 얼굴로 멍하니 잔돈을 거슬러 주었다.

모두의 머릿속에는 커다란 뻐꾸기시계가 되어 주었던 소방서 건너편의 그녀 생각뿐이었다. '풀러 하사의 비난에 그 시계가 고장 나지는 않았을까? 아니면 평소처럼 정오가 되면 꼭대기의 작은 문이 확 열리면서 수재너가 나타날까?' 하는 질문이 그들의 머릿속에서 계속 맴돌았다.

약국에서는 늙은 벌스 힝클리가 수재너를 위한 뉴욕의 신문들을 매력적으로 보이게 하려고, 신물을 구겨 보는 등 수선을 피우고 있었다. 수재너를 낚기 위한 미끼였다.

정오가 되기 직전, '예술품 파괴자'인 풀러 하사가 약국 안으로 들어왔다. 그의 얼굴에는 죄의식과 짜증이 묘하게 뒤섞여 있었다. 그는 간밤의 대부분을 아름다운 여자들에 대한 자신의 불만들을 곰곰이 생각하며 뜬눈으로 지새웠다. '그 여자들은 자신이 얼마나 아름답냐 하는 생각뿐이야. 그 여자들은 너를 거들떠보려고도 하지 않을 거야.' 하고 그는 새벽녘에 마음속으로 생각했다.

그는 소다수 판매대 앞에 줄지어 놓인 의자들을 따라 걸어가며 비어 있는 의자 하나하나를 남들이 보기에는 이유 없이 돌려 보았다. 그는 전날 굉장히 요란하게 끼익하는 소리를 냈던 의자를 찾아냈다. 그는 정의의 기념물인 그 의자에 앉았다. 아무도 그에게 말을 걸지 않았다.

소방서에서 화재 경보가 의례적으로 울리며 정오를 알렸다. 바로 그때 영구차 같은 운송회사 트럭 한 대가 소방서 쪽으로 올라왔다. 남자 둘이 그 트럭에서 내려 수재너가 세 든 집의 계단을 올라갔다. 그 운송업자들이 수재너의 방으로 모습을 감추자 수재너의 굶주린 검정고양이가 앙칼진 울음소리와 함께 등을 활처럼 휘며 현관으로 훌쩍 뛰어들었다. 그 고양이는 그 남자들이 비틀거리면서 수재너의 트렁크를 가지고 나오자 날카롭게 야옹거렸다.

풀러는 충격을 받았다. 그가 벌스 힝클리를 흘끗 보았더니 열망으로 가득했던 노인의 표정이 어느새 폐렴에 걸린 표정으로 변해 있었다. 어질어질하고 멍하고 좌절한 표정이었다.

"이제 만족하나, 하사?" 노인이 말했다.

"저는 그녀에게 떠나라고는 하지 않았어요." 풀러가 말했다.

"자네는 그녀에게 별다른 선택의 여지를 주지 않았어."

"내가 뭐라고 생각하는지 그녀가 뭣 하러 신경 쓰겠어요? 난 그녀가 그렇게 마음이 여린 사람인 줄 몰랐어요."

노인은 풀러의 팔에 가볍게 손을 올렸다. "우리 모두가 그래, 하사. ……우리 모두가 다 마음 여린 사람들이지." 노인이 말했다. "나는 그게 소년을 군대에 보내는 몇 안 되는 좋은 점 가운데 하나라고 생각했어. 소년이 군대를 가면 이 세상에서 자기가 마음 여린 유일한 사람이 아니라는 사실을 확실히 깨닫게 될 거라고 생각했는데. 자네는 그걸 깨닫지 못했나 보군?"

"저는 제가 마음 여린 사람이라고 생각한 적이 전혀 없어요." 풀러가 말했다. "일이 이런 식으로 돌아가게 돼서 유감이지만 다 그녀가 자초한 일이라고요." 그가 고개를 떨구었다. 그의 귀가 새빨개져 있었다.

"그녀가 정말이지 자네를 기겁시켜 뻣뻣해져 버렸나 보군?" 힝클리가 말했다.

이런저런 구실을 대며 그들 가까이 와 있던 얼마 안 되는 구경꾼들의 얼굴에 미소가 피어올랐다. 풀러는 그 미소들을 살펴보다가 그 노인이 자신에게 단 하나의 무기를 남겨 놓았다는 사실을 깨달았다. 그것은 바로 유머 감각이라고는 전혀 없는 선량한 시민 의식이었다.

"누가 겁난대요?" 그가 부루퉁하니 말했다. "난 겁나지 않아요. 난 그건 누군가가 꺼내서 토론해야 하는 문제라고 생각할 뿐이에요."

"그건 분명 아무도 질리지 않는 유일한 주제이기는 하지." 힝클리가 말했다.

무척 찔린 데가 많은 듯한 눈빛이었던 풀러의 시선이 잡지 선반 쪽으로 향했다. 잡지 선반에는 미소를 띤 촉촉한 입술과 검댕 같은 마스카라를 칠한 눈, 그리고 크림색 같은 피부를 한 여러 수재너들이 층층이 세워져 90제곱미터 남짓 되는 공간을 차지하고 있었다. 그는 자신의 마음속을 샅샅이 뒤져 자신의 대의명분에 위엄을 부여할 강력한 표현을 찾았다.

"저는 청소년 범죄에 대해 생각하고 있어요!" 그가 그 잡지들을 가리키며 말했다. "아이들이 미치는 것도 놀랄 일이 아니에요."

"나도 해 봐서 잘 알아." 노인이 조용히 말했다. "나도 과거에는 지금 자네만큼 두려웠었지."

"그녀를 두려워하지 않는다고 분명히 말씀드렸을 텐데요." 풀러가 말했다.

"좋아!" 힝클리가 말했다. "그렇다면 자네가 그녀에게 신문들을 가져다 줄 적임자로군. 신문값은 이미 다 치렀네." 그는 그 신문들을 풀러의 무릎에 툭 던졌다.

풀러는 응수하려고 입을 열었다. 하지만 다시 닫아 버렸다. 목구멍이 꽉 조여 말을 했다가는 오리처럼 꽥꽥거릴 것 같았기 때문이다.

"자네가 정말로 두려워하지 않는다면, 하사," 노인이 말했다. "이 일을 하는 것이 아주 좋지 않을까? 이거야말로 기독교도가 할 일 아닌가 말일세."

수재너의 보금자리로 향하는 계단을 올라가면서 무심한 척 보이려 애쓰는 풀러의 모습은 거의 경련 마비 환자 같았다.

수재너의 방문은 잠겨 있지 않았다. 풀러가 수재너의 방문을 두드리자 방문이 휙 열렸다. 풀러의 상상 속에서 그녀의 보금자리는 어둡고 고요하며, 향기가 풍기고, 벽에 거는 이런저런 무거운 장식들과 거울들이 미로처럼 복잡하게 자리 잡고 있고, 한쪽 구석은 터키풍으로 꾸며져 있고, 다른 쪽에는 큰 물결처럼 굽이치는 백조 모양의 침대가 놓여 있었다.

그는 이제 수재너와 그녀가 실제로 사는 방을 보게 되었다. 실제로 그녀가 사는 방은 헐값에 세 든 뉴잉글랜드 지역 여름 방의 을씨년스러운 모습을 하고 있었다. 아무것도 걸려 있지 않은 나무 벽, 외투 거는 고리 셋, 장판 깔개 하나. 가스버너 둘, 간이 철제 침대 하나, 아이스박스 하나. 배관이 다 드러난 작은 싱크대 하나, 플라스틱 컵 하나, 접시 둘, 흐린 거울 하나. 프라이팬 하나, 스튜 냄비 하나, 가루비누 한 통.

여자의 방이라는 느낌을 들게 하는 유일한 물건은 흐린 거울 앞에 놓인 화장용 분이 든 하얀색 원통뿐이었다. 그 원통의 한가운데에는 한 쌍의 맨발 무늬가 찍혀 있었다. 발가락 자국은 진주알만 했다.

풀러는 진주알 같은 발가락에서 진짜 수재너에게로 시선을 옮겼다. 그녀는 그를 등지고 있었다. 그녀는 마지막 물건을 여행 가방에 넣고 있었다.

그녀는 이제 여행에 적합한 옷차림을, 그러니까 선교사의 아내만큼이나 단정한 옷차림을 하고 있었다.

"신문이에요." 풀러가 쉰 목소리로 말했다. "힝클리 씨가 가져다주라고 했어요."

"힝클리 씨는 어쩜 그렇게 친절하실까."라고 말하며 수재너가 뒤를 돌아보았다. "그분께 전해……." 그녀의 입에서 더 이상 말이 나오지 않았다. 그녀가 그를 알아봤던 것이다. 그녀는 입술을 오므렸고 그녀의 작은 코가 빨개졌다.

"신문이에요." 풀러는 공허하게 말했다. "힝클리 씨가 보낸."

"들었어요. 방금 말했잖아요. 당신이 할 말은 그게 다예요?"

풀러는 양손을 허리에 힘없이 툭 올렸다. "저…… 나…… 나는 당신을 떠나게 하려던 게 아니었어요. 그럴 의도가 아니었다고요."

"지금 내게 이곳에 머무르라고 말하는 건가요?" 수재너가 무척 괘씸하다는 듯 쏘아붙였다. "사람들 앞에서 나를 부정한 여자로, 창녀로, 음탕한 여자로 맹렬히 비난해 놓고선?"

"이런, 난 절대로 당신을 그런 명칭으로 부르지 않았어요!" 풀러가 말했다.

"나처럼 취급받으면 어떨지 곰곰이 생각해 본 적 없죠?"라고 말하고는 그녀는 자신의 가슴을 톡톡 쳤다. "여기 안에도 누군가가 살고 있단 말이에요."

"알아요." 풀러가 말했다. 사실 그는 그때까지 알지 못했다.

"내게도 영혼이 있어요." 그녀가 말했다.

"당연히 그렇죠." 풀러가 몸을 떨면서 말했다. 그가 몸을 떤 이유는 그 방 안의 모든 것이 너무나도 친밀하게 느껴졌기 때문이었다. 지독히도 고통스러운 수천 번의 백일몽 속의 인기 있는 아가씨인 수재너가 지금 외로운 풀러, 못생긴 풀러, 암울한 풀러와 영혼에 대해 격렬하게 논하고 있었다.

"간밤에는 당신 때문에 한숨도 못 잤어요." 수재너가 말했다.

"나 때문에요?" 그는 그녀가 다시 그의 인생에서 나갔으면 하고 바랐다. 그는 그녀가 인쇄물 속에, 즉 1/1,000센티미터 두께의 잡지 페이지 속에 있었으면 하고 바랐다. 그는 그가 그 페이지를 얼른 넘겨 야구나 외교 문제에 대한 기사를 읽을 수 있었으면 하고 바랐다.

"그럼 뭘 기대했어요?" 수재너가 말했다. "난 밤새도록 당신에게 말했어요. 내가 당신에게 뭐라고 말했는지 알아요?"

"아뇨."라고 말하며 풀러는 뒷걸음질 쳤다. 그러자 그녀가 한 발 다가

섰다. 그녀가 열을 내뿜는 모습이 꼭 커다란 방열기 같았다. 하지만 그녀는 분명코 인간이 맞았다.

"난 옐로스톤 공원이 아니에요!" 그녀가 말했다. "난 세금으로 지원받고 있지 않아요! 나는 모든 사람의 소유가 아니에요! 당신에게는 내 겉모습만 보고 이러쿵저러쿵 말할 권리가 없다고요!"

"맙소사!" 풀러가 말했다.

"난 당신 같은 머저리들이 정말 진절머리가 나요." 그 말을 하며 발을 쿵쿵 구르던 수재너의 표정이 갑자기 매서워졌다. "당신이 내게 키스를 하고 싶다고 해도 그건 나도 어쩔 수 없는 일이라고요! 그건 누구의 잘못이죠?"

풀러는 해저에서 태양을 언뜻 본 잠수부처럼 이제야 그 문제를 그의 입장에서 어렴풋이 겨우 볼 수 있었다. "난 그냥 당신이 조금 더 조신했으면 좋겠다는 말을 하려 했을 뿐이에요."

수재너가 두 팔을 벌리며 말했다. "자, 그럼, 지금은 충분히 조신한가요? 이제 당신 맘에 들어요?"

사랑스러운 아가씨의 호소에 풀러는 뼛속까지 아팠다. 그의 가슴속 깊은 곳에서 잃어버린 화음 같은 한숨이 새어 나왔다. "예."라고 대답한 뒤 그가 중얼거렸다. "나에 대해서는 잊어요."

수재너가 머리를 홱 치켜들더니 따져 물었다. "트럭에 치인 것 같은 일을 잊으라니, 당신이란 사람은 어떻게 그렇게 비열할 수 있죠?"

"난 그냥 내 생각을 말하는 것뿐이에요." 풀러가 말했다.

"그렇다면 당신은 정말 비열한 생각만 하는군요." 수재너가 당혹스러워하며 말했다. 그녀의 눈이 휘둥그레졌다. "고등학교 시절 내내, 당신 같은 애들이 마치 내가 급사하기를 바라는 듯한 눈빛으로 나를 바라보고는 했어요. 그 애들은 절대 나와 춤을 추지도, 내게 말을 걸지도, 내 미소에 미소로 답하지도 않았죠." 그녀는 몸을 떨었다. "그 애들은 그냥 소도시의 경찰관들처럼 주위에서 나를 몰래 살피고는 했어요. 그 애들은 당신이 나를 보던 식으로 나를 쳐다보고는 했어요. 내가 마치 뭔가 끔찍한 짓을 한 것처럼 말이죠."

비난을 통해 알게 된 진실에 풀러는 온몸이 가려웠다. "아마 뭔가 다른 일에 대해 생각하고 있었겠죠." 그가 말했다.

"난 그렇게 생각하지 않아요." 수재너가 말했다. "당신도 분명 그렇지 않았어요. 갑자기 당신은 약국에서 내게 고함을 치기 시작했어요. 나하고는 전혀 일면식도 없으면서 말이죠." 그녀는 왈칵 눈물을 쏟았다. "대체 왜 그런 거예요?"

풀러는 시선을 바닥으로 떨구었다. "당신 같은 여자를 만날 가망이 전혀 없었으니까요. ……그게 다예요. 그건 마음 아픈 일이죠."

수재너는 의아하다는 듯이 그를 쳐다보았다. "당신은 가망이 뭔지 모르는군요."

"가망이란 최신형 오픈카와 새 양복, 그리고 20달러가 있을 때나 꿈꿀 수 있는 것이죠." 풀러가 말했다.

수재너는 그에게서 등을 돌리고 여행 가방을 닫았다. "가망이란 여자가 있으면 꿈꿀 수 있는 것이죠. 당신이 그녀에게 미소를 보내고 다정하게 대하고 고맙게 여기면 그녀는 당신의 여자가 될 가망이 있는 거라고요." 그녀는 돌아서서 다시 두 팔을 벌렸다. "난 여자예요. 여자들은 이런 식으로 만들어졌어요. 남자들이 내게 잘해 주고 나를 행복하게 해 준다면, 나는 가끔은 그들에게 키스를 해 주죠. 그런 건 괜찮나요?"

"예." 풀러가 겸허하게 대답했다. 그녀는 우주를 지배하는 달콤한 이유로 그의 코를 문질렀다. 그는 어깨를 으쓱했다. "나는 이만 가 보는 게 좋겠어요. 그럼 잘 가요."

"잠깐만요!" 그녀가 말했다. "그러면 안 되죠. 내 기분을 엄청 불쾌하게 해 놓고선 당신은 그냥 걸어 나간다고요?" 그녀는 고개를 저었다. "내가 왜 기분이 불쾌해야 해요?"

"그럼 내가 어떻게 해야 할까요?" 풀러가 무력하게 말했다.

"나를 데리고 산책을 나가 마을 사람들 앞에서 보란 듯이 중심가를 걸으면 돼요." 수재너가 말했다. "나를 다시 인류로 기쁘게 맞아 주는 거죠." 그녀는 자신의 말에 동의한다는 듯 고개를 끄덕였다. "당신은 내게 신세를 졌잖아요."

한국에서 암울한 18개월을 보낸 뒤 그저께 밤에 집으로 돌아온 노먼 풀러 하사는 마을 사람들 모두가 지켜보는 가운데 수재너의 보금자리 밖의 현관에서 기다렸다.

수재너는 옷을 갈아입는 동안, 그러니까 자신이 인류로 복귀하기에 알맞은 옷으로 갈아입는 동안, 그에게 밖에서 기다리라고 지시했던 것이다. 그녀는 또한 운송회사에 전화를 걸어 자신의 짐 가방을 다시 가져오라고 부탁도 해 놓았다.

풀러는 수재너의 고양이를 쓰다듬으며 시간을 때웠다. "안녕, 야옹아, 야옹아, 야옹아, 야옹아." 그는 반복해서 말했다. "야옹아, 야옹아, 야옹아, 야옹아."라고 계속 말하니 자비로운 약을 먹은 것처럼 그는 감각이 마비되는 듯했다.

그는 수재너가 보금자리에서 나올 때도 그 말을 계속하고 있었다. 그가 그 말을 도무지 멈추지 못할 것 같았기 때문에 그녀는 그가 자신을 바라보게 하고 그녀가 잡도록 그가 팔을 내밀게 하기 위해서는 먼저 확실하게 고양이를 그에게서 멀리 떼어 놓아야 했다.

"안녕, 야옹아, 야옹아, 야옹아, 야옹아, 야옹아, 야옹아." 풀러가 말했다.

수재너는 맨발 상태였고, 조잡한 링 귀걸이를 하고 발목에는 종이 달린 발찌를 차고 있었다. 풀러의 팔을 가볍게 잡고서 그녀는 그를 이끌고 계단을 내려가서 위풍당당하고 출렁이는 듯하며 사람의 마음을 들뜨게 하는 딸랑거리는 걸음을 내딛기 시작해, 주류 판매점, 보험대리점, 부동산 중개 사무소, 간이식당, 재향군인회 지부, 교회를 지나 사람들로 붐비는 약국으로 걸어갔다.

"자, 이제 미소를 짓고 다정하게 굴어요." 수재너가 말했다. "당신이 나를 부끄러워하지 않는다는 것을 보여 줘요."

"담배를 피워도 될까요?" 풀러가 물었다.

"그런 것을 물어보다니 당신은 참으로 사려 깊군요." 수재너가 말했다. "그럼요, 난 전혀 상관없어요."

풀러 하사는 왼손으로 오른손을 받치고 간신히 담뱃불을 붙였다.

(1956년)

모두 왕의 말들

브라이언 켈리 대령은 좁은 복도에서 새어 나오는 빛을 거대한 몸집으로 가린 채 극심한 불안과 억누를 수 없는 분노를 느끼며 잠긴 문에 잠시 몸을 기댔다. 덩치가 작은 동양인 경비병이 열쇠 꾸러미를 뒤지며 그 문을 열 열쇠를 찾고 있었다. 켈리 대령은 그 방 안에서 들려오는 목소리들에 귀를 기울였다.

"중사님, 저들이 미국인들한테 감히 어떤 짓도 못 하겠지요, 그렇겠지요?" 젊고 자신 없는 목소리가 말했다. "제 말뜻은 만약 저들이 우리를 다치게 한다면 후환이 있을 거라는……."

"닥쳐. 켈리 대령님의 애들을 깨워서 그런 식으로 네 입에서 흘러나오는 소리를 듣게 하고 싶나?" 걸걸하고 피곤한 목소리가 말했다.

"저들은 곧 우리를 풀어 줄 겁니다. 내기할까요, 중사님?" 젊은 목소리가 강력히 주장했다.

"오, 그럼, 물론이지. 여기에 있는 녀석들은 미국인들을 무척 좋아해. 그게 아마도 저들이 켈리 대령님에게 말하고자 하는 바였을 거고, 저들은 지금 우리를 위해 맥주와 햄 샌드위치를 넣은 도시락을 싸고 있을 거야.

일이 지연되고 있는 이유라고 해 봤자 저들이 겨자를 넣은 것과 겨자를 넣지 않은 것을 몇 개씩 싸야 하는지를 몰라서겠지. 넌 어떤 걸로 먹고 싶어?"

"저는 그냥……."

"닥쳐."

"알았어요, 전 그냥……."

"닥치라니까."

"전 그냥 일이 어떻게 돌아가고 있는지 알고 싶을 뿐이에요. 그게 다예요." 젊은 하사가 기침을 하면서 말했다.

"입 다물고 담배꽁초나 돌려." 짜증스런 세 번째 목소리가 끼어들었다. "족히 열 번은 빨 수 있겠어. 혼자 독차지하지 마, 애송이." 다른 몇몇 목소리들이 동의를 표하며 투덜거렸다.

켈리 대령은 그 문 뒤에 있는 열다섯 명의 사람들에게 피 잉과의 면담과 그들이 견뎌야 할 어이없는 시련에 대해 어떻게 얘기할까 고민하며 초조하게 손을 쥐었다 폈다 했다. 피 잉은 죽음에 맞선 그들의 싸움은 켈리의 아내와 아이들을 제외한 그들 모두가 전쟁터에서 알게 된 싸움과 철학적으로 다를 바가 없을 것이라고 말했다. 냉정하게 보면 '철학적으로 다를 바가 없다'는 그 말이 맞았다. 하지만 켈리 대령은 전쟁터에 있을 때보다 더 충격을 받았다.

켈리 대령과 그 문 너머에 있는 열다섯 명은 갑작스레 폭풍이 불어닥쳐 비행기가 항로를 이탈하고 무선통신마저 두절되는 바람에 이틀 전 아시아 본토에 불시착했다. 켈리 대령은 인도에 있는 대사관의 육군 무관으로 임명되어 가족들과 함께 가는 길이었다. 그들이 탄 육군수송기에는 한 무리의 사병들, 그러니까 중동에 필요한 기술 특기병들도 함께 타고 있었다. 그 수송기는 공산 게릴라 두목인 피 잉이 장악한 영토에 불시착했다.

불시착 사고에서 모두—켈리와 그의 아내 마거릿, 그들 부부의 열 살짜리 쌍둥이 아들들, 조종사와 부조종사, 그리고 열 명의 사병—가 무사히 살아남았다. 하지만 그들이 수송기에서 기어 나왔을 때 피 잉의 누더기를 걸친 소총수 십여 명이 그들을 기다리고 있었다. 그 미국인들은 자신들을 붙잡은 자들과 의사소통도 하지 못한 채 하루 동안 논과 밀림 비슷한 곳을 행군하듯 걸어 해 질 녘에 허물어져 가는 궁전에 도착했다. 그들은 자신들의 운명이 어떻게 될지 전혀 모른 채로 그곳의 지하실에 갇혔다.

지금 켈리 대령은 피 잉과 면담을 하고 돌아오는 길로, 피 잉은 열여섯 명의 미국인 인질들이 어떻게 될 것인지 그에게 말해 주었다. '열여섯…….' 그 숫자가 자꾸만 머릿속에 떠올라서 켈리는 그 숫자를 떨쳐 버리려는 듯 머리를 흔들었다.

경비병이 그를 권총으로 쿡 찔러 한쪽으로 몬 뒤 자물쇠에 열쇠를 꽂자 문이 활짝 열렸다. 켈리는 조용히 문간에 섰다.

담배 한 개비가 손에서 손으로 건네지고 있었다. 차례대로 기대감에 찬 얼굴 하나하나에 잠깐씩 담뱃불 빛이 드리웠다. 이제 담뱃불은 미니애폴리스 출신의 수다스러운 젊은 하사의 불그레한 얼굴을 비췄고, 곧바로 솔트레이크 출신 조종사의 눈과 진한 눈썹에 울퉁불퉁한 그림자를 드리우더니, 이어서 중사의 얇은 입술에서 빨갛게 빛났다.

켈리는 사병들에게서 시선을 옮겨 어스름 속에서 작은 언덕처럼 보이는 것이 있는 문 옆을 바라보았다. 그곳에는 그의 아내인 마거릿이 앉아 있었고, 금발의 두 아들이 그녀의 무릎을 베고 잠들어 있었다. 그녀는 수심 가득한 창백한 얼굴로 그를 올려다보며 미소 지었다. "여보, 괜찮아요?" 마거릿이 조용히 물었다.

"그럼, 난 괜찮아요."

"중사님," 하사가 말했다. "대령님께 피 잉이 뭐라고 했는지 물어봐 주세요."

"닥쳐." 중사는 잠시 말을 멈췄다. "어떻게 됐습니까, 대령님……? 좋은 소식입니까? 나쁜 소식입니까?"

켈리는 적당한 말을 –아무래도 자신에게는 없는 것 같은 용기를 불러일으킬 말을– 찾으려 애쓰며 아내의 어깨를 쓰다듬었다. "나쁜 소식이네." 마침내 그가 말했다. "그야말로 끔찍한 소식이지."

"자, 일단 들어나 봅시다." 수송기 조종사가 큰 목소리로 말했다. 켈리는 그 조종사가 일부러 목소리를 우렁차게 내고 무뚝뚝한 척하며 스스로를 안심시키려고 애쓰고 있다고 생각했다. "놈이 할 수 있는 최악의 일이라면 우리를 죽이는 것이겠죠. 안 그렇습니까?" 조종사가 일어나서 호주머니에 두 손을 찔러 넣었다.

"놈은 감히 그러지 못할걸요!" 젊은 하사가 위협적인 목소리로 말했다. 마치 자기가 손가락을 탁 튕기기만 하면 미국 육군의 복수가 피 잉에게 가해질 수 있다는 듯한 목소리였다.

켈리 대령은 그 젊은 군사를 호기심 가득하면서도 낙담한 표정으로 바라보았다. "싫더라도 현실을 직시해야지. 위층의 작은 사내는 으뜸 패를 다 가지고 있네." 으뜸 패라, 다른 게임에서 빌린 표현이로군, 하고 그는 지금 대화와는 무관한 생각을 했다. "그자는 무법자야. 미국이 그자에게 화를 내 봤자 그자는 잃을 게 하나도 없어."

"놈이 우리를 죽이려 한다면, 그렇다고 말해 주십시오!" 조종사가 폭발하듯 말했다. "그래서 놈이 우리에게 차갑게 대했군요! 이제 놈이 어떻게 할 거랍니까?"

"그자는 우리를 전쟁 포로로 여기네." 켈리는 계속 차분한 목소리로 말하려고 애썼다. "그자는 우리 모두를 총살하고 싶어 해." 그는 어깨를 으쓱했다. "나는 자네들을 마음 졸이게 하려고 잠시 시간을 끈 게 아니라 적당한 말을 찾고 있었네. ……하지만 적당한 말은 하나도 떠오르지 않아. 피 잉은 우리를 총살해 얻는 즐거움보다 더 커다란 즐거움을 우리에게서 얻고 싶어 하네. 그자는 자기가 거래에서 우리보다 더 뛰어나다는 것을 증명하고 싶어 해."

"어떻게요?" 마거릿이 물었다. 그녀의 눈이 휘둥그레졌다. 두 아이는 잠에서 깨어나고 있었다.

"조금 있으면 피 잉과 나는 자네들의 목숨을 걸고 체스*를 할 거네." 그는 아내의 축 늘어진 손을 꼭 쥐었다. "그리고 우리 네 식구의 목숨도 걸고. 그것이 피 잉이 우리에게 주는 유일한 기회네." 그는 어깨를 으쓱하며 쓴웃음을 지었다. "난 체스 실력이 보통보다는 뛰어나. ……보통보다 조금만."

"미친놈 아닙니까?" 중사가 말했다.

"자네들도 직접 보게 될 걸세." 켈리 대령이 간단히 대답했다. "체스 게임이 시작되면 자네들도 그자를 보게 될 거야. 피 잉과 그자의 동지인 바조프 소령을 말이지." 그는 눈썹을 추켜세웠다. "소령은 러시아 군대의 감시 장교인 자신의 능력으로는 우리 편에서 전혀 개입할 수 없어서 유감이라고 주장했네. 소령은 또한 우리를 동정한다고도 말했네. 난 그 두 가지 말 모두 분명 거짓말이라고 생각해. 피 잉이 몸이 뻣뻣해질 정도로 소령한테 겁을 먹고 있었거든."

"우리도 그 게임을 지켜보게 됩니까?" 하사가 긴장해서 속삭이듯 물었다.

"병사, 우리 열여섯 명이 내가 하는 체스 게임의 말이 될 거라네."

---

*각자 백색 말과 흑색 말 16개씩을 가지고 가로세로 여덟 칸씩 그려진 체스판에서 서로 말을 놀리며 하는 게임으로 상대방의 왕을 움직이지 못하게 하는 쪽이 이긴다.

바로 그때 문이 활짝 열리면서…….

“거기 아래에서는 전체 체스판이 다 보이시오, 하얀 왕이여?” 피 잉이 하늘색 돔 모양 방이 내려다보이는 발코니에서 쾌활하게 소리쳤다. 그는 브라이언 켈리 대령과 그의 가족, 그리고 그의 부하들을 내려다보며 미소 짓고 있었다. “대령이 하얀 왕이 되어야겠소. 그렇지 않으면 이 게임이 다 끝날 때까지 대령이 살아남으리라는 보장을 못 하니까 말이오.” 게릴라 두목의 얼굴이 상기되었다. 그의 미소는 짐짓 염려하는 척하는 거짓된 미소였다. “당신들 모두를 보게 돼서 기쁘오!”

피 잉의 오른쪽에는 어둠 속에 있어서 뚜렷이 보이지는 않지만 과묵한 러시아 군대 감시 장교인 바조프 소령이 서 있었다. 그는 켈리의 응시에 천천히 묵례해 알은척했다. 켈리는 그를 계속 뚫어져라 응시했다. 오만하고 머리털이 빳빳한 소령은 팔짱을 꼈다 풀었다 하고 검정 장화를 신은 채 앞뒤로 되풀이해서 몸을 흔들며 안절부절못하는 상태가 되었다. “내가 당신을 도울 수 있으면 정말 좋으련만.” 마침내 소령이 말했다. 그것은 진심에서 우러난 말이 아니라 경멸적인 조롱이었다. “난 여기에서는 일개 참관인일 뿐이오.” 바조프는 그 말을 힘주어 했다. “행운을 빌겠소, 대령.” 하고 덧붙이고는 그는 등을 돌렸다.

피 잉의 왼쪽에는 우아하고 젊은 동양 여자가 앉아 있었다. 그녀는 미국인들의 머리 너머의 벽을 무표정하게 응시하고 있었다. 그녀와 바조프는 피 잉이 켈리 대령에게 게임을 하고 싶다는 얘기를 처음 꺼냈을 때 함께 참석했었다. 켈리가 피 잉에게 자기 아내와 아이들은 게임에서 빼달라고 애원했을 때, 그는 그녀의 눈에서 한 가닥 동정의 빛을 보았다고 생각했다. 하지만 지금 꼼짝 않고 앉아 있는 장식에 불과한 그 아가씨를 올려다보고는 그는 그때 자신이 잘못 생각한 것임을 알게 되었다.

"이 방은 수 세대에 걸쳐 인민을 노예로 착취해 왔던 내 전임자들의 변덕스런 취향이 고스란히 반영된 방이오." 피 잉이 무게를 잡고 말했다. "이 방은 공식 알현실로 멋지게 쓰였소. 그런데 바닥에는 예순네 개의 네모 칸들이 아로새겨져 있소. ……바로 그 바닥이 '체스판'이란 걸 알겠소? 당신들을 체스 말로 세우기 전 앞서 이곳에 살던 내 전임자들은 사람 크기의 멋진 체스 말들을 가지고 있었기 때문에 그들은 친구들과 함께 여기 위에 앉아서 하인들에게 그 체스 말들을 이리저리 옮기라고 명령하면 됐소." 그는 손가락에 낀 반지를 돌렸다. "그 방식도 창의적이기는 하지만 결국 우리는 새로운 방식을 떠올리게 됐소. 물론, 오늘 우리 편에서는 검은 말만을 사용할 것이오. 그러니까 나의 체스 말은 검은색이오." 그는 안절부절못하는 바조프 소령 쪽으로 몸을 돌렸다. "저 미국인들은 직접 자신들의 체스 말을 마련해 왔답니다. 대단히 재미있는 발상이지요." 바조프 소령이 자신의 말에 함께 미소 짓지 않는 것을 보고는 피 잉의 미소도 싹 사라졌다. 피 잉은 그 러시아인을 즐겁게 해 주려고 열심인 듯했다. 하지만 바조프는 피 잉의 말을 귀담아들을 만한 가치가 없는 것으로 여기는 듯했다.

열두 명의 미국 군인은 삼엄한 경비 속에서 벽을 등지고 서 있었다. 본능적으로 그들은 생색내는 주최자를 부루퉁하니 노려보았다. "진정하게!" 켈리 대령이 말했다. "그렇지 않으면 우리는 우리에게 주어진 단 한 번의 기회를 잃게 되네." 그는 자신의 쌍둥이 아들인 제리와 폴을 재빨리 보았다. 그 둘은 망연자실해 있는 엄마 옆에서 졸린 듯이 눈을 깜박이며 흥미로운 눈길로 침착하게 그 방을 둘러보고 있었다. 켈리는 자신의 가족이 죽음에 직면해 있는 것을 지켜보면서도 왜 그리 별일 아닌 일처럼 느껴지는지 의아했다. 어두운 감옥에서 기다리고 있는 동안 그가 느꼈던 두려움은 사라지고 없었다. 이제 그는 차가운 기계 같은 기지와 감각만이 살아남은 오싹한 평온을 느꼈다. 오싹한 평온은 그야말로 전쟁터의 오랜 친구와 같았다. 그것은 지휘관의 마약이었다. 또한 전쟁의 진수였다.

"자, 친구들, 주목!" 피 잉이 거드름을 피우며 말했다. 그가 일어서더니 말을 이어 갔다. "게임의 규칙은 기억하기 쉬워. 너희 모두는 켈리 대령이 지시하는 대로 행동하기만 하면 돼. 여러분 가운데 불운하게도 나의 체스 말에 잡히는 말은 재빨리 고통 없이 즉각 처형될 거야." 바조프 소령은 마치 피 잉이 하는 말 전부를 마음속으로 비판하고 있는 것처럼 천장을 쳐다보고 있었다.

하사가 갑자기 신랄한 욕설을 퍼부었는데 반은 악담, 반은 자기 연민이었다. 그러자 중사가 그 젊은 군사의 입을 손으로 급히 막았다.

피 잉은 난간 너머로 몸을 내밀더니 버둥거리는 그 군사에게 손가락질을 했다. "체스판에서 달아나거나 시끄럽게 구는 자에게는 특별한 죽음이 마련되어 있지." 그가 날카롭게 말했다. "켈리 대령과 내가 게임에 집중하려면 완전한 침묵이 필요해. 대령이 영리해서 이 게임에서 이긴다면, 내가 체크메이트를 당할 때까지* 살아남은 자들은 모두 내 영토 밖으로 안전하게 수송될 거야. 만약 대령이 진다면……." 피 잉은 어깨를 으쓱했다. 그는 뒤의 방석 더미 위에 다시 앉았다. "자, 너희 모두는 정정당당하게 게임에 임해야 해." 그는 기운차게 말했다. "미국인들은 정정당당하게 게임하는 것으로 유명하다고 하더군. 켈리 대령이 너희에게 얘기해 줄 수도 있겠지만 희생 없이 체스 게임에서 이기기란…… 전쟁에서 이기는 것

---

*체스 경기에서 '체크'란 상대의 왕을 잡을 수 있는 위협적인 수를 말한다. 체크를 당한 상대는 자신의 왕을 살려 체크에서 벗어나는 수를 둬야 하는데, 다음 수에서 어떻게 해도 왕이 잡히는 것을 피할 수 없게 된 것을 '체크메이트'라고 한다. 따라서 '체크메이트'를 만든 쪽이 이기고, '체크메이트'를 당한 쪽이 지게 된다. '체크'는 장기에서 '장군', '체크메이트'는 '외통수'와 같은 개념이다.

만큼이나 정말 드문 일이야. 그렇지 않소, 대령?"

켈리 대령은 기계적으로 고개를 끄덕였다. 그는 앞서 피 잉이 했던 말을, 즉 그가 하려는 게임이 그가 전쟁터에서 알게 된 싸움과 철학적으로 다를 바가 없다는 말을 상기하고 있었다.

"어떻게 아이들에게 이런 짓을 할 수가 있어요!" 하고 마거릿이 불쑥 외치더니 경비병을 뿌리치며 네모 칸들을 성큼성큼 가로질러 피 잉이 있는 발코니 바로 아래에 섰다. "제발, 신과 같은 사랑을 베풀어……." 그녀가 다시 말하려 했다.

피 잉이 화가 나서 그녀의 말허리를 자르고 끼어들었다. "미국인들이 폭탄과 제트기, 탱크를 만드는 것도 신과 같은 사랑을 베푼 것이오?" 그는 참지 못하고 그녀에게 저리로 가라는 손짓을 했다. "그녀를 다시 끌고 가." 그는 눈을 가렸다. "어디까지 얘기했더라? 희생에 대해 이야기하고 있었던 것 같은데, 그렇지 않나? 너희 왕의 졸*로 누구를 골랐는지 물으려던 참이었어." 피 잉이 말했다. "대령, 아직 졸을 고르지 않았다면 저기 아래의 시끄러운 젊은이를 추천하고 싶소만. 중사가 붙잡고 있는 저 젊은이 말이오. 까다로운 자리인 왕의 졸로."

하사는 새롭게 분노하며 발길질을 하고 몸을 비틀기 시작했다. 중사는 두 팔로 그를 단단히 붙들었다. "이 친구는 곧 진정될 거요." 그는 작은 소리로 말했다. 그는 켈리 대령 쪽으로 얼굴을 돌렸다. "왕의 졸이 뭐든지 간에 제가 그걸 맡겠습니다. 제가 어디에 서면 됩니까, 대령님?" 젊은 군사가 진정되는 것 같자 중사는 그를 놓아줬다.

켈리는 거대한 체스판의 두 번째 줄 네 번째 네모 칸을 가리켰다. 중사

*체스의 졸은 8개이며 둘째 줄에 세우는데 '왕의 졸'이란 8개의 졸 가운데 왕 앞에 세우는 졸을 말한다. 체스 말의 총 개수는 16개로, 첫째 줄에 세우는 왕 1개, 왕비 1개, 룩 2개, 주교 2개, 기사 2개와 둘째 줄에 세우는 졸 8개로 이루어진다.

는 그 네모 칸으로 성큼성큼 걸어가서 넓은 어깨를 움츠렸다. 하사는 잘 알아들을 수 없는 말을 뭐라 중얼거리더니 중사 옆의 네모 칸으로 가서 자리를 잡아 '믿음직한 두 번째 졸'이 되었다. 나머지 사람들은 여전히 망설이고 있었다.

"대령님, 우리에게 어디로 갈지 말씀해 주십시오." 호리호리한 4급 기술병이 머뭇거리며 말했다. "우리가 체스에 대해 뭘 알겠습니까? 대령님이 우리를 원하는 곳에 배치해 주십시오." 그의 목젖이 꿀렁하고 움직였다. "편한 자리는 대령님 부인과 아이들을 위해 남겨 두시고요. 중요한 사람들이니까요. 대령님께서 우리에게 어떻게 해야 할지 말씀해 주십시오."

"편한 자리는 없어." 조종사가 냉소적으로 말했다. "어느 누구에게도 편한 자리는 없어. 그냥 칸을 하나 골라. 아무 칸이나." 그는 체스판 위로 올라섰다. "이 칸에 서면 제가 무슨 말이 되는 겁니까, 대령님?"

"중위, 자네는 주교네. 왕 쪽 주교*." 켈리가 말했다.

켈리는 자신이 중위를 체스 게임에 나오는 용어로 생각하고 있다는 사실을 깨달았다. 그러니까 더 이상 인간이 아니라 체스판에서 대각선으로 움직일 수 있는 하나의 체스 말로, 왕비와 함께 공격할 때 검은 말들에게 끔찍한 해를 가할 수 있는 하나의 체스 말로 생각하고 있다는 사실을 깨달았다.

"저는 교회를 평생 딱 두 번밖에 못 가봤지요. 이봐, 피 잉," 조종사가 건방지게 소리쳤다. "주교는 무슨 가치가 있지?"

피 잉은 무척 놀랐다. "이런, 주교는 기사와 졸의 가치가 있지. 기사와 졸."

'중위에게는 다행이야.' 하고 켈리는 생각했다. 미국 군인들 가운데 한

---

*체스의 주교는 2개로, 왕 옆에 하나, 왕비 옆에 하나를 세운다.

사람이 씨익 웃었다. 그들은 벽에 기댄 채 함께 딱 붙어 서 있는 상태였다. 이제 그들은 자기들끼리 이야기를 나누기 시작했고, 그 모습은 꼭 준비 운동을 하는 야구팀 같았다. 그들은 자신들의 행동이 뜻하는 바를 거의 알지 못하는 듯했지만 아무튼 켈리의 지시에 따라 체스판으로 가서 자리를 채웠다.

피 잉이 다시 말하기 시작했다. “대령, 기사들과 왕비를 제외한 대령 팀의 말 모두가 이제 제자리에 놓였소. 그리고 물론 대령이 왕이지. 자, 어서. 저녁 식사 시간 전에 게임을 끝내야 하오.”

조용히 켈리는 긴 팔로 자신의 아내와 제리와 폴을 안내해 각자의 칸으로 이끌었다. 그는 가족을 체스판으로 이끌면서도 평온하고 초연한 자신이 못 견디게 싫었다. 그는 마거릿의 눈에서 공포와 비난을 보았다. 그녀는 그가 이런 식으로 행동해야만 하는 것을, 즉 그의 냉정함이 자신들이 살아남을 수 있는 유일한 희망이라는 것을 이해할 수 없었다. 그는 마거릿에게서 눈길을 돌렸다.

피 잉은 손뼉을 쳐서 모두를 조용히 시켰다. “자, 좋아. 이제 시작할 수 있겠군.” 그는 생각에 잠겨 자신의 귀를 잡아당겼다. “나는 이것이 동양과 서양의 정신을 한데 모으는 훌륭한 방법이라고 생각하오, 안 그렇소, 대령? 이제 우리는 도박에 대한 미국인들의 사랑과 심오한 희곡과 철학에 대한 우리 동양인의 감상을 마음껏 누릴 테니 말이오.” 바조프 소령이 조바심 내며 피 잉에게 뭐라고 속삭였다. “오, 알겠어요.” 피 잉이 말했다. “규칙이 두 가지 더 있소. 말을 한 번 움직이는 데는 10분이 허용되오. 그리고…… 이건 말할 필요도 없겠지만…… 한 번 놓은 수를 물릴 수는 없소. 그럼,” 그는 스톱워치의 버튼을 눌러 난간에 올려놓았다. “첫수를 두는 영광은 대령의 하얀 편에 주겠소.” 그가 싱긋 웃었다. “그게 오랜 전통이니 말이오.”

"중사," 켈리 대령이 긴장한 목소리로 말했다. "앞으로 두 칸 움직이게." 대령은 자신의 손을 내려다봤다. 손이 덜덜 떨리기 시작하고 있었다.

"난 틀에 박히지 않은 조금 색다른 방식으로 게임을 해 볼까 하오." 피 잉은 마치 그의 옆에 앉은 젊은 여자가 그의 즐거움을 함께하고 있다는 것을 확인이라도 하려는 듯이 얼굴을 그녀 쪽으로 반쯤 돌리며 말했다. "나의 왕비 앞의 졸을 두 칸 앞으로 움직여라." 그는 하인에게 지시했다.

켈리 대령은 피 잉의 하인이 거대한 조각물을 미끄러지듯 앞으로–중사를 위협하는 지점으로– 움직이는 모습을 지켜봤다. 중사는 의심쩍은 시선으로 켈리를 쳐다봤다. "괜찮은 거죠, 대령님?" 중사는 희미하게 미소 지었다.

"그러기를 바라네." 켈리가 말했다. "여기 자네를 보호할 말이 있네. ……거기 병사," 그는 젊은 하사에게 명령했다. "한 칸 앞으로 나가게." 거기까지였다. 그것이 그가 할 수 있는 전부였다. 이제 피 잉이 그가 위협한 졸–중사–을 잡아 봤자 이득이 될 것이 없었다. 전략적으로 졸로 졸을 잡아 봤자 무의미한 맞교환이었기 때문이다. 훌륭한 체스 게임에서라면 그래 봤자 이득이 될 것이 전혀 없었다.

"이건 아주 나쁜 형태란 걸 잘 알겠소." 피 잉이 온화하게 말하고는 잠시 멈췄다. "음, 하지만 잘 생각해 보면, 맞교환이 현명한 것인지 잘 모르겠소. 아주 뛰어난 맞수와 겨룰 때는 흠 하나 없는 완벽한 체스 게임을 하면서 여러 유혹들을 무시하는 편이 좋을 것이오." 바조프 소령이 그에게 뭐라고 속삭였다. "하지만 그러면 우리는 곧바로 게임에 열심히 참여하게 될 거요, 안 그렇소?"

"저자가 무슨 소리를 하고 있는 것입니까, 대령님?" 중사가 불안한 목소리로 물었다.

켈리가 생각을 정리하기도 전에 피 잉이 명령을 내렸다. "상대 왕의 졸을 잡아라."

"대령님! 이제 어떻게 할 겁니까?" 중사가 소리쳤다. 경비병 둘이 중사를 체스판에서 끌어내 방 밖으로 끌고 나갔다. 금속 조각으로 장식된 문이 그들이 나가며 쾅 하고 닫혔다.

"차라리 나를 죽여!"라고 외치며 켈리는 그들을 쫓아 자신의 칸에서 나가려고 했다. 하지만 여섯 개의 총검이 꼼짝 못 하게 그를 둘러쌌다.

무표정하게 피 잉의 하인이 조금 전까지 중사가 서 있었던 칸으로 피 잉의 나무로 된 졸을 밀어 넣었다. 두꺼운 문 너머에서 한 발의 총성이 울려 퍼지더니 곧이어 경비병 둘이 다시 들어왔다. 피 잉은 더 이상 미소 짓고 있지 않았다. "당신 차례요, 대령. 자, 자…… 벌써 5분이 지났소."

켈리의 평온이 산산이 깨지자 그와 동시에 그 게임에 대한 환상도 사라졌다. 그의 수중에 있는 체스 말들은 다시 인간이 되어 있었다. 소중하고 비상한 지휘관의 역량은 켈리 대령에게서 사라지고 없었다. 이제 갓 들어온 신병과 마찬가지로 그도 더 이상 생사가 걸린 결정을 하기에는 적합하지 않았다. 머리가 어질어질한 가운데 그는 피 잉의 목적이 게임에서 빨리 이기는 것이 아니라 참혹하고 이득 없는 급습을 통해 미국인들의 수를 줄여 나가는 것이라는 사실을 깨달았다. 그가 억지로라도 정신을 가다듬으려고 애쓰는 가운데 2분이 더 지나갔다. "난 못하겠소." 그가 마침내 기어들어 가는 목소리로 말했다. 그는 이제 몸을 축 늘어뜨리고 서 있었다.

"지금 당장 당신 편 모두를 총살하기를 바라는 거요?" 피 잉이 물었다. "정말이지 당신은 무척 한심한 대령인 것 같소. 미국 장교들은 다 이렇게 쉽게 항복하오?"

"저자의 말을 주의해서 들으십시오, 대령님." 조종사가 말했다. "어서요. 힘내세요. 다시 해 보자고요!"

"자네는 이제 더 이상 위험하지 않네." 켈리는 하사에게 말했다. "저자의 졸을 잡게."

"대령님이 거짓말을 하고 있지 않은지 제가 어떻게 압니까?" 그 젊은 군사가 신랄하게 말했다. "이제 제가 당할 차례로군요!"

"저기로 가!" 수송기 조종사가 날카롭게 말했다.

"싫어요!"

중사의 사형을 집행한 두 경비병이 양쪽에서 하사의 팔을 잡아 꼼짝 못 하게 옆구리에 갖다 붙였다. 그들은 명령을 기대하며 피 잉을 올려다봤다.

"젊은이," 피 잉이 세심히 배려하는 투로 말했다. "고문당해 죽고 싶나, 아니면 켈리 대령이 시키는 대로 하고 싶나?"

하사가 휙 돌아서자 양옆의 경비병들이 나가떨어졌다. 그는 조금 전 중사를 잡았던 졸이 차지하고 있는 네모 칸으로 가더니 그 졸 말을 발로 차서 넘어뜨려 버리고는 그곳에 다리를 딱 벌리고 섰다.

바조프 소령이 너털웃음을 터트렸다. "저자는 이제 졸이 어떤 것인지 배우겠군." 그가 외쳤다. "그건 미국인들이 앞날을 위해 배워 두는 것이 온당한 동양의 기술 아니겠어, 응?"

피 잉은 바조프와 함께 소리 내어 웃으며 자기 옆에 무표정하게 앉아 있는 젊은 여자의 무릎을 쓰다듬었다. "음, 서로 졸을 하나씩 내주었으니 지금까지는 완벽하게 막상막하로군. 이제 본격적으로 공격을 시작해 볼까." 그는 손가락을 탁 튕겨 아래에서 체스 말을 옮기는 하인의 주목을 끌었다. "왕 앞의 졸을 한 칸 앞으로 옮겨라." 하고 그가 명령했다. "좋아! 이제 나의 왕비와 주교가 하얀 말들의 영도로 원정을 떠날 준비가 되었군.” 그는 스톱워치의 버튼을 눌렀다. “당신 차례요, 대령.”

브라이언 켈리 대령이 연민과 용기를 구하기 위해 자기 부인을 바라본 것은 오래전부터 해 오던 반사적인 반응이었다. 그는 다시 눈길을 돌렸다. 마거릿은 겁먹고 비통한 모습이었고 그는 이기는 것 말고는 그녀를 위해 할 수 있는 일이 아무것도 없었다. 정말 아무것도 없었다. 그녀의 시선은 거의 백치처럼 멍했다. 그녀는 들리지도 보이지도 느껴지지도 않는 충격 속에 대피해 있는 상태였다.

켈리는 체스판에 아직 살아남아 있는 인물들을 세어 보았다. 이제 게임을 시작한 지 한 시간이 지나 있었다. 졸 다섯이 아직 살아 있었고 그 가운데는 젊은 하사도 있었다. 대담한 조종사가 맡은 주교 하나, 룩 둘, 공포에 질린 열 살짜리 기사 둘, 멍한 시선의 뻣뻣하게 굳어 버린 왕비인 마거릿, 그리고 왕인 자신이 아직 살아남아 있었다. 그러면 없어진 넷은? 도살당했다. ……그것도 피 잉은 겨우 나무토막들만 잃었을 뿐인 무의미한 교환에서 도살당했다. 다른 병사들은 각각 자신만의 세계에서 시무룩하니 침묵에 잠겨 있었다.

“이제 대령이 패배를 인정해야 할 때가 온 것 같소.” 피 잉이 말했다. “유감스럽게도 거의 다 끝난 것 같소만. 패배를 인정하겠소, 대령?” 바조프 소령은 체스 말들을 보며 사려 깊게 이맛살을 찌푸리며 고개를 천천히 저으며 하품했다.

켈리 대령은 정신과 주의를 다시 집중시키려고 애썼다. 그는 뜨거운 모래 산을 파고, 파고, 또 파며 길을 헤쳐 나가고 있는 듯한 기분이, 숨이 턱턱 막히고 앞도 보이지 않는 가운데 쉬지 않고 계속해서 길을 가다가 또 모래를 파고, 꿈틀거리며 나아가야만 하는 듯한 기분이 들었다. “제기랄.” 그가 투덜댔다. 그는 체스 말들이 놓인 양식에 집중했다. 이 섬뜩한 게임은 체스 게임으로 보기에는 터무니없었다. 피 잉은 하얀 체스 말들을 없애 버리는 것 외에는 다른 어떤 전략도 없이 움직였다. 켈리는 어떻게 해서든 자신의 체스 말 하나하나를 지키기 위해 말을 움직였지 자신의 어느 체스 말로도 공격하는 위험을 무릅쓰지는 않았다. 자신의 강력한 왕비와 기사들, 그리고 룩들은 사용되지 않은 채로 비교적 안전한 후방 네모 칸 두 줄에 서 있었다. 그는 좌절감에 주먹을 쥐었다 폈다 했다. 되는대로 수를 둔 상대방 진영은 훤히 트인 무방비 상태였다. 검은 기사가 체스판의 중앙을 지배하고 있지만 않다면 피 잉의 왕을 체크메이트로 잡는 것도 가능할 것 같았다.

"당신 차례요, 대령. 2분 남았소." 피 잉이 구슬리듯 말했다.

바로 그때 켈리의 눈에 들어온 것은 바로 양심을 저주한 것에 대해 자신이 치르게 될 대가, 아니 그들 모두가 치르게 될 대가였다. 피 잉이 자신의 왕비를 왼쪽 대각선 방향으로 세 칸 움직이기만 하면 켈리의 왕을 잡을 수 있는 위협적인 수를 놓으며 '체크'를 외칠 수 있었다. 그런 다음 피 잉은 한 수만 -피할 수도 막을 수도 없는 한 수만- 더 두면 '체크메이트'로 왕을 잡고 게임을 끝내게 될 것이었다. 그리고 이제 피 잉은 자신의 왕비를 움직일 것이다. 그는 이 게임이 더 이상 짜릿하지 않은 모양인지, 다른 데서 흥밋거리를 찾고 싶은 사람 티가 났다.

게릴라 두목은 이제 자리에서 일어나 난간에 기대서 있었다. 바조프 소령은 그의 뒤에 서서 궐련을 화려한 장식의 상아 물부리*에 끼우고 있었다. "체스에서 무척 괴로운 점은," 바조프는 물부리를 이리저리 돌려가며 감탄스럽게 바라보며 말했다. "체스 게임에는 행운이 티끌만큼도 없다는 거요. 패자에게는 변명의 여지가 없는 법이오." 그의 말투는 현학적이었다. 심오한 진리를 이해하기에는 너무 미숙한 학생들에게 그 진리를 전

*담배를 끼워서 빠는 물건.

해 주면서 잘난 척하는 선생님 같은 말투였다.

피 잉이 어깨를 으쓱했다. "이 게임에서 이겨 봤자 그다지 만족스럽지 않겠군요. 켈리 대령은 실망스러운 자로군요. 그가 아무런 위험도 무릅쓰지 않다 보니 이 게임의 묘미와 기지가 없어져 버렸어요. 차라리 내 요리사가 더 뛰어난 재기를 발휘했을 겁니다."

켈리의 뺨이 분노로 시뻘겋게 불타올라 귀까지 새빨개졌다. 복부의 근육이 뭉치고 다리가 벌어졌다. 피 잉이 자신의 왕비를 움직이면 안 되었다. 만약 피 잉이 자신의 왕비를 움직인다면 켈리는 지게 될 것이다. 하지만 만약 피 잉이 자신의 기사를 켈리의 공격선에서 움직인다면 켈리는 이기게 될 것이다. 오직 한 가지 방법만이 피 잉을 꾀어 그의 기사를 움직이게 할 수 있을 것 같았다. 그것은 바로 '가학증을 자극할 참신하고 통렬한 기회'였다.

"패배를 인정하시오, 대령. 내 시간은 귀하오." 피 잉이 말했다.

"이제 틀린 겁니까?" 젊은 하사가 불평 가득한 목소리로 물었다.

"입 닥치고 거기 그대로 있어." 켈리가 말했다. 그는 살아 있는 체스 말들 가운데에 서 있는 피 잉의 기사를 실눈을 뜨고 날카롭게 응시했다. 나무 조각으로 된 그 말*의 목은 아치 모양을 이루고 있었다. 그 말의 콧구멍이 벌름거리는 듯했다.

하얀 체스 말들의 운명이 걸린 순수 기하학이 켈리의 머릿속에 갑자기 떠올랐다. 그것의 단순함은 상쾌한 찬바람을 쐰 것과 같은 효과를 냈다. 그의 머릿속에 '피 잉의 기사에게 제물을 바쳐야 한다.'는 생각이 퍼뜩 떠올랐던 것이다. 피 잉이 그 제물을 덥석 물면, 켈리는 이 게임을 이기게 될 것이다. 그 덫은 완벽하고 치명적이었지만 단 한 가지 없는 것이 있었다. 그것은 바로 '미끼'였다.

---

*기사를 상징하는 체스 말은 기사가 타고 다니는 말 모양으로 되어 있다.

"1분 남았소, 대령." 피 잉이 말했다.

켈리는 저마다의 눈빛에 깃든 적의나 불신이나 공포에 마음이 흔들리지 않은 채로 사람들의 얼굴을 재빨리 훑어보았다. 그러면서 죽음의 후보자에서 한 사람씩 탈락시켜 나갔다. '이 네 사람은 불시의 치명적인 공격을 하려면 꼭 있어야 하니까 안 되고, 이들은 왕을 지켜야 하니까 안 돼.' 원을 그리고 서서 '어느 사람을 고를까요, 알아맞혀 보세요, 딩동댕.' 하고 외치는 아이처럼 결국 필요에 의해 제물이 될 단 하나의 체스 말을 손가락으로 가리키게 되었다. 그곳에는 제물로 쓸 만한 사람이 단 한 사람 있었다.

켈리는 그 체스 말을 딱딱한 수학 명제에 나오는 하나의 부호로만 생각하려고 애썼다. 그러니까 '만약 부호 χ가 죽는다면 나머지는 살아남게 된다.'라고만 생각하려고 애썼다. 그는 비극을 느끼는 사람으로서가 아니라 비극의 정의를 아는 사람으로서만 자신이 내린 결정이 어떤 비극을 초래할지 인지했다.

"20초 남았소!" 바조프 소령이 말했다. 그는 피 잉에게서 스톱워치를 빼앗아 손에 들고 있었다.

냉철한 결의가 순간적으로 켈리에게서 달아나 버렸다. 그러자 그는 자신의 처지에 대한 극도의 비애감을 느끼며, 인류만큼이나 오래되었지만 동양과 서양의 싸움만큼이나 새로운 딜레마에 빠졌다. 인간들이 공격받으면, 수백이나 수천으로 늘어난 χ가 죽어야 한다는 점이었다. 그것도 χ를 가장 사랑하는 사람에 의해 χ가 죽음으로 내몰린다는 점이었다. 켈리의 일은 바로 χ를 선택하는 것이었다.

"10초 남았소." 바조프 소령이 말했다.

"제리," 켈리는 크고 확고한 목소리로 말했다. "앞으로 한 칸, 왼쪽으로 두 칸 움직여라." 신뢰 가득한 눈빛으로 켈리의 아들은 맨 뒷줄에서 걸어 나와 검은 기사의 그늘 속으로 들어갔다. 마거릿의 눈을 보니 주위의 상황을 다시 서서히 자각하고 있는 듯했다. 남편의 말에 그녀는 남편 쪽으로 고개를 돌렸다.

피 잉은 당혹스러워하며 눈을 동그랗게 뜨고 체스판을 빤히 내려다봤다. "지금 제정신이오, 대령?" 그가 마침내 물었다. "방금 당신이 무슨 짓을 했는지 아는 거요?"

희미한 미소가 바조프의 얼굴에 스쳤다. 그는 피 잉에게 귓속말을 하려는 것처럼 몸을 앞으로 숙였지만 아무래도 그렇게 하지 않기로 다시 생각을 바꾼 모양이었다. 그는 다시 몸을 바로 세우고 기둥에 기댄 채 옅은 안개 같은 담배 연기 사이로 켈리의 모든 움직임을 낱낱이 지켜봤다.

켈리는 피 잉의 말에 어리둥절한 척했다. 그러고는 두 손에 얼굴을 묻고 고통에 찬 비명을 질렀다. "오, 하느님 맙소사, 안 돼!"

"절묘한 실수임이 틀림없군." 하고 말하고는 피 잉은 흥분해서 자기 옆의 젊은 여자에게 그 실수를 설명했다. 그녀는 고개를 돌렸다. 그녀의 그런 몸짓에 그는 격노한 듯했다.

"제발 한 수만 물러 주시오." 켈리가 더듬거리며 애원했다.

피 잉은 손가락 마디로 난간을 톡톡 두드렸다. "친구, 규칙이 없다면 게임은 무의미해지는 법이오. 한 번 놓은 수는 물릴 수 없다고 동의했으니 수를 물릴 수는 없소." 그는 밑의 하인에게 손짓하며 지시했다. "왕의 기사*를 왕의 주교 앞 여섯 번째 칸으로 옮겨라." 하인이 그 체스 말을 제리가 서 있는 칸으로 옮겼다. 상대가 미끼를 물었으니 이제부터 이 게임은 켈리의 것이었다.

"저자가 무슨 말을 하고 있는 거예요?" 마거릿이 나지막이 물었다.

"왜 당신 부인을 애태우게 하는 거요, 대령?" 피 잉이 말했다. "좋은 남

---

*체스의 기사는 2개로, 왕 쪽에 하나, 왕비 쪽에 하나를 세운다.

편이 돼서 부인 질문에 대답해 주시오. 아니면 내가 대신 해 드리리까?"

"당신 남편은 기사를 희생시켰소." 바조프의 목소리가 피 잉의 목소리를 압도하며 끼어들었다. "부인은 지금 막 아들을 잃은 거요." 바조프의 표정은 열정적이면서도 기대감에 차고 도취된 실험자의 표정이었다.

목구멍에서 숨 막히는 소리를 내며 쓰러지는 마거릿을 켈리가 얼른 붙잡았다. 그는 그녀의 손목을 문질렀다. "여보, 제발…… 내 말 좀 들어 봐요!" 그는 의도했던 것보다 더욱 거칠게 그녀를 흔들었다. 그녀의 반응은 폭발적이었다. 그녀에게서 말이 폭포처럼 쏟아져 나오며 히스테리 상태에서 그를 비난하는 말을 횡설수설 지껄여 댔다. 켈리는 그녀의 손목을 꽉 잡은 채 뭐라고 하는지 알아듣기 힘든 욕설을 잠자코 듣기만 했다.

피 잉의 툭 튀어나온 눈은 자기 뒤의 젊은 여인이 격분해 눈물을 흘리고 있는 것도 알아채지 못한 채 아래에서 펼쳐지는 환상적인 연극에 못박혀 있었다. 그녀는 애원하듯 피 잉의 웃옷을 잡아당겼다. 하지만 그는 체스판에서 눈을 떼지 않은 채 그녀를 밀쳐 냈다.

키가 큰 4급 기술병이 갑자기 가장 가까이에 있는 경비병에게 달려들어 어깨로 경비병의 가슴을 들이받고 배에 주먹을 날렸다. 피 잉의 병사들이 모여들어 기술병을 바닥에 때려눕힌 다음 다시 원래 그가 있던 칸으로 끌고 갔다.

대소동의 한가운데에서 제리는 울음을 터트리며 겁에 질려 엄마 아빠에게로 달려왔다. 켈리가 마거릿을 놓아주자 마거릿은 털썩 무릎을 꿇고 떨고 있는 아이를 안았다. 제리의 쌍둥이인 폴은 자기 자리에서 꿈쩍도 않고 선 채로 몸을 덜덜 떨면서 바닥을 멍하니 응시하고 있었다.

"우리, 게임을 계속해 나갈까요, 대령?" 피 잉이 목청을 높여 말했다. 바조프는 다음 단계를 막기도 싫지만 아무래도 다음 단계를 지켜보는 것도 꺼려지는 모양인지 체스판에서 등을 돌렸다.

켈리는 눈을 감고 피잉이 사형 집행 명령을 내리기를 기다렸다. 그는 차마 마거릿과 제리를 바라볼 수가 없었다. 피 잉은 손을 저어 모두를 조용히 시켰다. "심히 유감스럽게도……."라고 그가 말을 시작했지만 이내 입을 다물었다. 갑자기 그의 얼굴에서 위협하는 표정이 사라지더니 놀랍고 멍한 표정만이 남았다. 그 작은 사내는 난간에 푹 쓰러지더니 난간 너머로 주르르 미끄러져 아래에 있는 그의 병사들 사이로 쿵 하고 떨어졌다.

바조프 소령은 그 중국 여자와 몸싸움을 벌이고 있었다. 소령에게 아직 잡히지 않은 그녀의 작은 손에는 가느다란 칼이 들려 있었다. 그녀는 그 칼로 자신의 가슴을 찔렀고 소령 쪽으로 쓰러졌다. 바조프는 그녀가 쓰러지게 그냥 놔뒀다. 그는 난간 쪽으로 성큼성큼 걸어갔다. "포로들을 지금 있는 자리에서 꼼짝도 못 하게 해!" 그가 경비병들에게 소리쳤다. "피 잉은 살아 있나?" 바조프의 목소리에는 분노도 슬픔도 깃들어 있지 않았다. 그의 목소리에는 불편하게 된 데 대한 짜증과 분노만이 있을 뿐이었다. 하인 하나가 올려다보며 고개를 저었다.

바조프는 하인들과 병사들에게 피 잉과 여자의 시신을 치우라고 명령했다. 그것은 경건한 애도자라기보다는 오히려 꼼꼼한 주택 관리인 같은 행동이었다. 그가 기세등등하게 권한을 행사해도 아무도 이의를 제기하지 않았다.

"그러니까 결국 이것은 당신의 파티가 되었군요." 켈리가 말했다.

"아시아인들은 아주 위대한 지도자를 잃었소." 바조프는 엄격하게 말했다. 그는 켈리에게 기묘한 미소를 지어 보였다. "비록 그가 약점이 없었던 것은 아니지만 말이오, 안 그렇소, 대령?" 바조프는 어깨를 으쓱했다. "하지만 당신은 선제공격에서만 이겼을 뿐 전체 게임에서 이긴 건 아니오. 그리고 이제 당신은 피 잉 대신 나를 상대해야 하오. 지금 그 자리에 그대로 있으시오, 대령. 내 곧 돌아올 테니."

그는 화려한 장식의 난간에 궐련을 비벼 끄고는 과장된 몸짓으로 물부리를 호주머니에 다시 넣고 커튼 사이로 사라졌다.

"제리는 괜찮겠죠?" 마거릿이 속삭였다. 그것은 질문이 아니라 간청으로 마치 자비를 베풀지 말지 하는 결정이 켈리에게 달린 것 같은 말투였다.

"그건 바조프만이 알겠지요." 그가 말했다. 그는 그녀에게 조금 전 놓은 수들에 대해 설명하고 싶어서 미칠 지경이었다. 왜 자기가 그렇게밖에 할 수 없었는지 그녀에게 이해시키고 싶어서 미칠 지경이었다. 하지만 그는 설명을 해 봤자 그녀에게 이 비극적인 일은 훨씬 더 잔인한 일이 될 뿐이라는 사실을 알고 있었다. 실수로 맞이하게 된 죽음은 그녀도 이해할 수 있을지 모르지만 논리적 단계인 냉철한 이성의 산물로 맞이하게 된 죽음은 그녀가 절대 받아들이지 못할 것이었다. 그녀는 그것을 받아들이느니 차라리 그들 모두가 죽는 쪽을 택할 것이다.

"그건 바조프만이 알겠지요." 그는 지친 듯한 목소리로 그 말을 되풀이했다. 게임을 시작하며 맺은 거래는 아직 유효했고, 게임에서 승리하면 어떤 대가를 받게 될지도 합의되어 있었다. 바조프는 켈리가 목숨 하나를 희생시켜 얻고자 하는 것이 무엇인지를 분명 아직 알아채지 못한 듯했다.

"우리가 이긴다고 해도 바조프 그자가 우리를 풀어 줄지 어떻게 압니까?" 4급 기술병이 말했다.

"그거야 우리도 모르지, 병사. 그건 우리도 모르는 거야." 바로 그 순간 또 다른 의심이 그의 의식 속으로 살살 파고들기 시작했다. 어쩌면 자신이 잠깐 동안의 집행 유예를 얻어 냈을 뿐이라는…….

켈리 대령은 그들이 그곳 체스판 위에서 바조프가 돌아오기를 얼마나 기다렸는지 잊어버렸다. 그의 신경은 자꾸만 밀려드는 자책감과 끊임없이 짓누르는 지독한 책임감으로 둔해져 있었다. 그의 의식은 어슴푸레한 상태에 빠져 있었다. 마거릿은 아직 목숨을 뺏기지 않은 제리를 품에 안은 채 완전히 탈진해서 잠들어 있었다. 폴은 젊은 하사의 야전잠바를 걸친 채 자신의 칸에서 몸을 웅크리고 앉아 있었다. 조금 전까지 제리가 서 있었던 칸에는 마치 콧구멍에서 불을 뿜어낼 것처럼 포효하는 표정의 말머리 모양으로 조각된 체스 말이 피 잉의 검은 기사로 서 있었다.

켈리는 발코니에서 들려오는 목소리를 겨우 인지했지만 악몽 속에서 들려오는 귀에 거슬리는 또 하나의 단편적인 소리일 뿐이라고 착각했다. 들려오는 말의 뜻은 전혀 그의 머릿속에 들어오지 않고 그냥 귀에 그 말소리만 들렸다. 잠시 뒤 눈을 뜨자 바조프 소령의 입술이 움직이는 것이 보였다. 그는 소령에게서 오만한 도전의 눈빛을 보고서야 그 말뜻을 이해하게 되었다. "이 게임에서 너무 많은 피를 흘렸으니 승패를 가리지 않고 이대로 이 게임을 끝내는 것은 비참한 낭비가 될 것이오."

바조프는 피 잉의 방석 더미 위에 검정 장화를 신은 다리를 꼬고 제왕처럼 앉았다. "나는 당신을 이길 작정이오, 대령, 그리고 당신이 내게 호락호락하게 지지 않는다면 난 무척 놀랄 것이오. 피 잉을 속인 속이 뻔히 들여다보이는 그런 책략으로 당신이 이기게 된다면 무척 속상할 것이오. 더 이상 그리 쉽지는 않을 거요. 이제 나를 상대로 게임하는 거요, 대령. 당신은 아까 잠깐 선제공격에서 이겼소. 이제 게임을 그 상태 그대로 이어받아 더 이상 지체 않고 계속하고자 하오."

켈리가 일어섰다. 그러자 그의 거대한 체격이 주위 칸들에 앉아 있는 하얀 체스 말들 위로 기념비처럼 우뚝 솟았다. 바조프 소령은 피 잉이 무척 즐거워했던 그런 종류의 오락을 그리 꺼리는 사람이 아니었다. 하지만 켈리는 소령의 태도와 그 게릴라 두목의 태도의 차이점을 깨달았다. 소령이 이 게임을 다시 시작하는 이유는 그가 이 게임을 좋아하기 때문이 아니라 자신이 굉장히 똑똑한 사람이며 미국인들은 티끌처럼 무가치한 존재라는 사실을 증명하고 싶었기 때문이다. 아무래도 그는 피 잉이 이미 이 게임에서 졌다는 사실을 깨닫지 못한 듯했다. 그게 아니라면 켈리가 오판한 것일 수도 있었다.

켈리는 만약 자신의 계획에 결함이 있다면 어떤 결함인지, 그리고 그 결함으로 인해 무척이나 가슴 찢어지는 그 희생이 헛되이 되어 버리는 것은 아닌지 살펴보기 위해 상상력을 동원해 체스판에 있는 모든 말들을 마음속에서 이리저리 움직여 보았다. 나무 조각 말고는 걸려 있는 것이 아무것도 없는 평범한 게임이었다면 그는 상대방에게 패배를 인정하라고 요구하며 거기에서 게임을 끝냈을 것이다. 하지만 살아 있는 사람을 걸고 게임을 하고 있는 지금은 가슴 아리고 거둘 수 없는 의심이 그림자를 드리워 그 결과를 명확하고 논리적으로 보기 어렵게 만들었다. 켈리는 공격을 가해 세 수 만에 이기려는 자신의 계획을 감히 드러낼 수 없었다. 아무튼 그 세 번의 수를 다 놓을 때까지는, 자신의 계획에 어떤 결함이 있다면 바조프가 그 결함을 써먹을 기회를 모두 잃을 때까지는 그랬다.

"제리는 어떻게 되는 거죠?" 마거릿이 외쳤다.

"제리? 아, 그래, 그 꼬마. 글쎄, 제리는 어떻게 하겠소, 대령?" 바조프가 물었다. "당신이 원한다면 내 특별히 한 수 양보해 주리다. 한 수 물러 드리리까?" 소령은 졸렬하게도 점잖고 기분 좋게 환대하는 척했다.

"소령, 규칙이 없다면 게임은 무의미해지는 법이오." 켈리는 딱 잘라 말했다. "난 절대로 당신에게 규칙을 깨 달라고 부탁하지 않을 것이오."

바조프의 표정이 깊이 동정하는 표정이 되었다. "부인, 당신 남편이 결정한 것이오. 내가 아니라." 그는 스톱워치의 버튼을 눌렀다. "대령이 체스 말을 서툴게 다루다가 당신들 모두의 목숨을 날려 버릴 때까지 부인은 그 아이를 데리고 있어도 좋소. 당신 차례요, 대령. 10분 남았소."

"저자의 졸을 잡아요." 켈리가 마거릿에게 지시했다. 그녀는 움직이지 않았다. "마거릿! 내 말 안 들려요?"

"부인을 부축해 줘요, 대령. 부축도 안 해 주고 뭐 합니까." 바조프가 꾸짖었다.

켈리는 마거릿의 팔꿈치를 잡고 저항하지 않는 그녀를 검은 졸이 서 있는 칸으로 데리고 갔다. 제리는 엄마를 가운데 두고 아빠의 맞은편에서 엄마에게 바짝 붙어서 졸졸 따라왔다. 켈리는 자신의 칸으로 돌아와서 호주머니에 두 손을 찔러 넣고는 하인이 체스판에서 그 검은 졸을 치우는 모습을 지켜봤다. "체크요, 소령. 이제 당신의 왕은 잡힐 위기에 처했소."

바조프는 눈썹을 추켜세웠다. "체크라고 했소? 이 짜증 나는 상황을 내가 어떻게 다룰 것 같소? 내가 어떻게 당신을 체스판의 더 흥미로운 문제들로 돌아가게 할 수 있을 것 같소?" 그는 하인에게 손짓을 했다. "나의 왕을 왼쪽으로 한 칸 옮겨라."

"내 쪽으로 대각선으로 한 칸 옮겨 오게, 중위." 켈리는 조종사에게 명령을 내렸다. 조종사는 망설였다. "움직이라니까! 내 말 안 들려?"

"예, 예, 그러지요, 대령님." 중위의 말투는 조롱하는 듯했다. "후퇴하는 것입니까, 대령님?" 중위는 구부정한 자세로 천천히 무례하게 그 칸으로 들어갔다.

"또 체크요, 소령." 켈리가 차분하게 말했다. 그는 중위에게 손짓으로 신호했다. "그러니까 지금 나의 주교한테 당신의 왕이 잡힐 위기에 처했소." 그는 눈을 감고는 자신이 잘못 계산하지 않았다고, 자기 아들을 희생시켰기에 이 게임에서 결국 이기게 된 것이라고, 바조프에게는 여기서 빠져나갈 구멍이 전혀 없을 것이라고 마음속으로 되뇌었다. 다 됐다! 이제 마지막 세 번째 수만 두면 되었다.

"으음," 바조프가 말했다. "그게 당신이 놓을 수 있는 최고의 수요? 나는 왕비를 왕 앞으로 옮기기만 하면 간단히 막을 수 있는데 말이오." 하인이 그 체스 말을 바조프가 말한 대로 옮겼다. "자, 이러면 이야기가 달라지지 않겠소?"

"저자의 왕비를 잡게." 켈리가 가장 멀리까지 전진해서 지친 모습으로 서 있는 졸인 4급 기술병에게 말했다.

바조프가 벌떡 일어섰다. "잠깐!"

"아니, 그걸 못 봤소? 한 수 물러 드리리까?" 켈리가 조롱했다.

바조프는 씩씩거리며 발코니에서 이리저리 왔다 갔다 했다. "물론 봤소!"

"그게 당신 왕을 구하기 위해 당신이 할 수 있는 유일한 일이었소." 켈리가 말했다. "당신이 원한다면 한 수 물러도 좋소. 하지만 그래 봤자 그것이 당신이 둘 수 있는 유일한 수였단 걸 알게 될 거요."

"그 왕비 말을 치우고 게임을 계속하라." 바조프가 외쳤다. "왕비 말을 치워라!"

"왕비 말을 치워라." 켈리가 그 말을 그대로 따라 하자 하인이 거대한 왕비 말을 굴려서 옆쪽으로 뺐다. 4급 기술병은 이제 바조프의 왕을 바로 코앞에서 눈을 깜박거리고 보며 서 있었다. 켈리 대령이 이번에는 아주 부드럽게 말했다. "체크요."

바조프는 격분하여 숨을 내뿜었다. "정말 체크로군." 그의 목소리가 점점 더 커졌다. "하지만 당신이 잘해서 그렇게 된 게 아니라 피 잉이 어처구니없을 정도로 멍청해서 그렇게 된 것이오, 켈리 대령."

"그리고 바로 그런 것이 게임이 아니겠소, 소령."

4급 기술병이 헤헤거리며 백치처럼 웃음을 터트렸다. 하사는 자리에 주저앉았고, 중위는 켈리 대령을 힘껏 끌어안았다. 두 아이는 환호성을 질렀다. 오직 마거릿만이 여전히 겁에 질려 뻣뻣하게 굳은 채로 꼼짝 않고 서 있었다.

"물론 당신이 승리하는 과정에서 치러야 할 대가가 아직 치러지지 않았소." 바조프가 신랄하게 말했다. "이제 대가를 치를 준비가 되었으리라 보오만?"

켈리의 얼굴이 창백해졌다. "만약 내게 그 약속을 지키게 하는 것이 당신에게 만족을 선사한다면 그렇게 해야겠지요."

바조프는 상아 물부리에 궐련을 다시 하나 끼우느라 얼굴을 찡그린 채 잠시 말이 없었다. 다시 말을 시작했을 때 그의 말투는 다시 한 번 현학자 같은 말투가, 심오한 진리를 설파하는 사람 같은 말투가 되어 있었다. "아니, 난 당신 아이를 처형하지 않을 것이오. 당신들에 대해서는 나 역시 피 잉이 당신들에게 품었던 감정과 같은 감정을 품고 있소. 그러니까 미국인인 당신들은 우리와 공식적인 전쟁 상태이건 아니건 우리의 적이라는 거요. 나는 당신들을 전쟁 포로들로 여기오.

하지만 공식적인 전쟁 상태가 아닌 한, 나는 나의 정부의 대표로서 당신들 모두가 무사히 국경선을 벗어날 수 있도록 보살필 수밖에 없소. 이것이 바로 피 잉이 중단한 지점에서 내가 이 게임을 다시 시작했을 때의 내 계획이었소. 당신들이 풀려나는 것은 나의 개인적인 감정과도 이 게임의 결과와도 아무런 관련이 없소. 내가 이겼다면 나는 기쁨을, 당신은 값진 교훈을 얻었을 테지만 그렇더라도 당신들의 운명은 전혀 달라지지 않았을 거요." 바조프는 궐련에 불을 붙이고는 그들을 엄격하게 계속 바라보았다.

"기사도 정신을 발휘해 줘서 참으로 고맙소, 소령." 켈리가 말했다.

"실용적인 정치 문제라서 그런 것이오. 지금 우리 두 나라 사이에 분쟁을 일으키는 것은 도움이 되지 않을 것이오. 러시아인이 미국인에게 기사도 정신을 발휘하는 것은 정신적으로는 불가능한 일이오. 그야말로 모순된 일이 아닐 수 없소. 유구하고 쓰라린 역사에서 우리 러시아인은 우리의 기사도 정신을 러시아인을 위해 써야 한다고 철저히 배우고 또 배워 왔소." 그의 표정은 완전히 경멸하는 듯한 표정이 되어 있었다. "게임을 한 판 더 하고 싶지 않소, 대령? 나무로 된 체스 말을 갖고 하고 피 잉이 바꾼 부분도 없는 평범한 체스 게임 말이오. 난 당신이 나보다 게임을 더 잘한다는 생각을 안은 채 이곳을 떠나게 하고 싶지는 않소."

"말씀은 고맙지만 오늘 저녁에는 사양하겠소."

"그래요, 그렇다면, 다음을 기약하겠소." 바조프 소령은 경비병들에게 공식 알현실의 문을 열라고 손짓했다. "다음을 기약하겠소." 소령이 다시 말했다. "살아 있는 사람들을 체스 말 삼아 당신과 게임하고 싶어 하는 피 잉과 같은 사람들이 또 나타날 거요. 그리고 그때 내가 다시 참관인이 되는 영광을 누릴 수 있었으면 좋겠소." 그는 환하게 웃었다. "언제, 어디에서가 좋겠소?"

"불행히도 시간과 장소는 당신에게 달렸소." 켈리 대령이 지친 듯이 대꾸했다. "당신이 게임을 또 한 판 꼭 주선해야겠거든 초대장을 보내시오, 소령. 그럼 내가 그곳으로 갈 테니."

(1953년)

톰 에디슨의 털북숭이 개*

두 노인이 어느 날 아침 플로리다주 탬파의 햇살 속에서 공원 벤치에 앉아 있었다. 한 노인은 그가 즐기고 있는 것이 분명한 책을 끈덕지게 읽으려고 하고 있었고, 다른 노인 해럴드 K. 불러드는 옆의 노인에게 확성장치로 말하는 것처럼 깊고 우렁차며 머리에서 울리는 듯한 목소리로 자신의 인생 이야기를 들려주고 있었다. 두 노인의 발밑에는 불러드의 래브라도 레트리버 개 한 마리가 엎드려 있었다. 그 개는 자기 주인의 이야기를 듣고 있는 노인의 발목에 크고 축축한 코를 대고 킁킁거려 그 노인을 더욱 귀찮게 했다.

은퇴하기 전 여러 분야에서 성공을 거둔 바 있는 불러드는 자신의 중요한 과거를 되새겨 보는 것을 좋아했다. 하지만 그는 동족을 잡아먹는 동물의 삶을 곤란하게 만드는 바로 그 문제, 즉 희생자 하나를 여러 번 되풀이해서 이용할 수 없다는 문제에 직면했다. 그와 그의 개와 짧게나마 시간을 보내 본 사람이라면 누구라도 다시 그들과 벤치에 함께 앉으려고

*'shaggy dog'은 '털북숭이 개'를, 'shaggy-dog story'란 '엉뚱한 결말의 황당한 이야기'란 뜻이다. 여기에서 'shaggy dog'은 두 가지 의미를 동시에 내포한 제목이다.

하지 않았다.

그래서 불러드는 개를 데리고 매일 공원을 돌아다니며 새로운 얼굴들을 찾아 나섰다. 두툼한 모직으로 된 옷의 단추를 계속 단단히 채우고, 옷깃을 빳빳하게 세우고, 넥타이를 맨 것으로 보아 플로리다에 갓 도착한 사람이 분명하고 책 읽는 것 말고는 달리 더 나은 소일거리가 없어 보이는 이 낯선 노인을 곧바로 발견했으니 불러드와 개는 오늘 아침에 운이 좋았다.

"그래요." 불러드가 자신의 강의의 첫 한 시간을 마무리 치으며 말했다. "전 평생 다섯 번 재산을 모았다 잃었다 했어요."

"그 말씀은 벌써 하셨어요." 불러드가 깜박하고 이름을 물어보지 않은 낯선 노인이 말했다. "진정해. 안 돼, 그만, 그만." 그는 개에게 말했다. 지금 그 개는 노인의 발목에 점점 더 저돌적으로 달려들고 있었다.

"네? 제가 그걸 벌써 말했다고요?" 불러드가 말했다.

"두 번 말씀하셨죠."

"부동산으로 두 번, 고철로 한 번, 기름으로 한 번, 그리고 트럭 운송으로 한 번이었죠."

"그 말씀도 벌써 하셨어요."

"제가요? 예, 그랬을지도 모르겠군요. 부동산으로 두 번, 고철로 한 번, 기름으로 한 번, 그리고 트럭 운송으로 한 번이었죠. 그 시절로 돌아가고 싶지는 않아요."

"예, 그러실 것 같네요." 낯선 노인이 말했다. "죄송하지만 당신 개 좀 다른 데로 옮겨 주시면 안 될까요? 당신 개가 계속……."

"요 녀석이요?" 불러드는 애정 어린 목소리로 말했다. "요 녀석은 세상에서 가장 착한 개지요. 요 녀석을 두려워할 필요는 없어요."

"저는 당신 개를 두려워하는 게 아니에요. 당신 개가 내 발목에 대고 킁킁거려서 미칠 것 같아서 그래요."

"플라스틱." 불러드가 싱긋 웃으며 말했다.

"네?"

"플라스틱. 당신의 양말대님에 플라스틱이 들어 있는 게 틀림없어요. 이런, 장담컨대 양말대님의 작은 단추들 때문인가 봅니다. 우리가 여기에 앉아 있다는 사실만큼이나 확실히 그 단추들은 틀림없이 플라스틱으로 된 단추일 겁니다. 우리 개는 플라스틱에 푹 빠져 있어요. 왜 그런지는 모르지만 우리 개는 주위에 티끌만 한 플라스틱이라도 한 점 있다면 냄새를 맡아 그 플라스틱을 찾아낼 겁니다. 요 녀석이 먹는 음식의 영양이 부족해서 그런 것일지도 모르겠지만, 어휴, 그런데 녀석은 저보다 더 잘 먹는답니다. 한 번은 녀석이 플라스틱 휴미더를 통째로 다 물어뜯어 놓은 적도 있어요. 참, 휴미더에 대해 들어본 적 있으세요? 에잇, 의사가 제게 일손을 놓고 늙은 심장에 휴식을 주라고 권하지 않았다면 저는 지금쯤 '휴미더' 사업을 시작했을 겁니다."

"당신 개를 저기 나무에다 묶어 두면 안 될까요?" 낯선 노인이 말했다.

"요즘 젊은 것들을 보면 어찌나 화가 나는지!" 불러드가 말했다. "요즘 젊은이들은 다들 미개척 분야가 아닌 곳 주위에만 얼쩡거린다니까요. 오늘날만큼 미개척 분야가 많았던 적은 결코 없었는데 말입니다. 호러스 그릴리*가 오늘날 살았더라면 뭐라고 말했을까요?"

"개의 코가 축축해요." 낯선 노인이 말하며 자신의 발목을 개에게서 먼 곳으로 옮겨 봤지만 개는 끈질기게 노인의 발목을 쫓아 앞으로 돌진했다. "요 녀석, 그만 못 해!"

"코가 축축한 것을 보면 요 녀석이 건강한 걸 알 수 있지요." 불러드가

*19세기 미국의 저명한 언론인이자 진보적인 사회 개혁가이자 정치인.

말했다. "그릴리는 아마도 '젊은이여, 플라스틱으로 눈을 돌려라!'*라고 말했을 겁니다. '젊은이여, 원자로 눈을 돌려라!'라고 말했을 겁니다."

그 개가 낯선 노인의 양말대님에 있는 플라스틱 단추들을 찾아낸 모양인지 그 별미를 자신의 이로 물 방법을 생각해 내느라 고개를 갸웃거리고 있었다.

"저리 가!" 낯선 노인이 말했다.

"'젊은이여, 전자로 눈을 돌려라!'" 불러드가 말했다. "더 이상 기회가 없다는 따위의 말을 하지 마세요. 기회가 이 나라의 문이란 문은 다 두들기며 안으로 들어가려고 애쓰고 있어요. 제가 어렸을 때는 밖으로 나가 기회를 찾아 귓불을 잡고 집으로 끌고 들어와야 했지요. 요즘에는……."

"죄송합니다." 낯선 노인이 차분하게 말했다. 그는 책을 탁 덮고 일어나 그 개에게서 멀리 발목을 홱 치웠다. "저는 이만 가 봐야겠습니다. 그럼 좋은 하루 보내세요, 선생님."

그는 공원을 유유히 가로질러 다른 벤치를 찾아 한숨을 쉬며 벤치에 앉아 책을 읽기 시작했다. 호흡이 막 정상으로 돌아온 순간 또다시 자신의 발목에 축축한 스펀지 같은 개 코가 닿는 게 느껴졌다.

"오, 이런…… 당신이로군요!" 불러드가 그의 옆에 앉으며 말했다. "요 녀석이 당신을 뒤쫓아 왔군요. 녀석이 뭔가의 냄새를 맡아 추적에 나서면 저는 그냥 요 녀석이 하고 싶은 대로 하게 놔두죠. 플라스틱에 대해서는 제가 뭐라고 말씀드렸었죠?" 그는 만족스럽게 주위를 둘러보았다. "자리를 옮겼다고 당신을 탓하지 마십시오. 조금 전 그 자리는 후덥지근했어

---

*그릴리는 젊은이들에게 그 당시 미개척지인 서부로 관심을 돌려 서부를 개척하러 가라는 취지의 사설 속에서 'Go west, young man!(젊은이여, 서부로 눈을 돌려라!)'라는 유명한 문구를 남겼다. 불러드는 그 문구를 변형해서 말하고 있다.

요. 이렇다 할 만한 그늘도 없고 산들바람 한 점 안 불었잖아요."

"제가 당신 개에게 휴미더를 하나 사 주면 당신 개가 제게서 떨어질까요?" 낯선 노인이 물었다.

"참 재미있는 농담이네요. 정말 재미있는 농담이에요." 불러드가 다정하게 말했다. 갑자기 그는 낯선 노인의 무릎을 가볍게 툭 쳤다. "이봐요, 당신은 별로 플라스틱 얘기를 하고 싶지 않죠, 그죠? 여기에서 제가 플라스틱에 대해서 떠들어 댔지만 아마도 그것은 당신의 직업과 관련된 것일지도 모르겠군요."

"저의 직업이라고요?" 낯선 노인이 책을 내려놓으며 딱딱하게 말했다. "유감스럽지만…… 제게는 직업이 있었던 적이 한 번도 없어요. 저는 아홉 살 때 이후로는, 그러니까 에디슨이 우리 집 옆에 연구소를 세우고 지능 분석기를 내게 보여 줬던 때 이후로는, 그냥 떠돌이 생활만 했어요."

"에디슨?" 불러드가 말했다. "발명가 토마스 에디슨 말입니까?"

"그를 그렇게 부르고 싶다면 그렇게 하세요." 낯선 노인이 말했다.

"제가 그를 그렇게 부르고 '싶다면' 이라고 하셨나요?" 불러드는 껄껄대며 웃었다. "저는 꼭 그럴 겁니다! 에디슨은 전구를 비롯한 여러 가지 것들의 아버지잖아요."

"당신이 에디슨이 전구를 발명했다고 생각하고 싶다면 그렇게 하세요.* 그런다고 해가 될 건 없으니까요." 낯선 노인은 다시 책을 읽기 시작했다.

"이봐요, 지금 뭐하는 거죠?" 불러드는 수상쩍다는 듯이 말했다. "지금 저를 놀리는 겁니까? 지능 분석기인지 뭔지 하는 건 뭡니까? 전 그런 건 한 번도 못 들어 봤습니다만."

---

*실제로는 에디슨이 전구를 발명한 것이 아니라 이미 발명되어 있던 전구의 필라멘트를 보완해서 전구의 상용화를 이끌었다.

"물론 못 들어 보셨겠지요." 낯선 노인이 말했다. "에디슨 씨와 나는 그것을 비밀로 하기로 약속했으니까요. 저는 그것에 대해서는 누구에게도 발설하지 않았어요. 그런데 에디슨 씨는 약속을 깨고 헨리 포드에게 말했죠. 하지만 포드는 에디슨 씨에게서 어느 누구에게도 이야기하지 않겠다는 약속을 받아 냈어요. ……인류를 위해서요."

불러드는 그 이야기에 매료되었다. "어, 그 지능 분석기라는 거, 그게 지능을 분석하는 기계였나 보군요, 그렇죠?"

"그것은 전기 버터 제조기였어요." 낯선 노인이 말했다.

"자자, 농담은 그만두고 좀 진지하게 말해 봐요." 불러드가 구슬렸다.

"아무래도 그것에 대해서는 이야기하지 않는 편이 더 나을 것 같군요." 낯선 노인이 말했다. "그 이야기를 여러 해가 흘러도 계속 마음속에 묻어 두는 건 끔찍한 일이에요. 하지만 그 이야기가 더 번져 나가지 않을 거라고 제가 어떻게 확신할 수 있겠어요?"

"신사의 명예를 걸고 약속하지요." 불러드는 그에게 확신을 심어 주려 했다.

"그것보다 더 확실한 보증은 없을 것 같군요, 그렇죠?" 낯선 노인은 분별력 있게 말했다.

"그럼요, 그것보다 더 확실한 보증은 없지요." 불러드가 자랑스럽게 말했다. "가슴에 십자를 긋고 진실임을 맹세해요!"

"좋아요." 낯선 노인은 시간을 거슬러 올라가는 것처럼 상체를 뒤로 젖히고 눈을 감았다. 그는 꼬박 1분 동안 아무 말이 없었고 그 1분 동안 불러드는 경이롭게 그를 지켜봤다.

"때는 1879년 가을," 낯선 노인이 마침내 조용히 말했다. "뉴저지주 멘로파크 마을*에서 있었던 일입니다. 그때 저는 아홉 살 소년이었죠. 우리

---

*에디슨(1847~1931)은 1876년 멘로파크에 세계 최초의 민간 연구소를 세웠다.

모두가 마법사라고 생각한 젊은 남자가 우리 집 옆에 연구소를 지었어요. 그 안에서는 불빛이 번쩍번쩍하고 쿵쾅거리는 굉음이 났으며 온갖 종류의 무시무시한 일들이 벌어졌어요. 이웃 아이들은 연구원 가까이 가지 말 것이며 쓸데없이 떠들어서 그 마법사를 신경 쓰이게 하지 말라는 경고를 받았어요.

저는 처음에는 에디슨과 알고 지내지 않았지만 그의 개 '스파키'*와 저는 한결같은 친구 사이가 되었어요. 스파키는 당신 개와 많이 닮은 개였어요. 우리는 장난을 치며 온 동네를 쏘다니곤 했어요. 와, 선생님, 정말 당신 개는 스파키를 쏙 빼닮았네요."

"그래요?" 불러드는 우쭐해 하며 말했다.

"그렇고말고요." 낯선 노인이 대답했다. "그러던 어느 날, 저는 스파키와 장난치며 돌아다니다가 에디슨의 연구실 문 앞까지 가게 됐어요. 바로 그다음 순간 스파키가 저를 문으로 밀어 넣어 버렸고 쿵! 하는 소리와 함께 저는 연구실 바닥에 앉아 에디슨 씨를 올려다보고 있었지 뭡니까."

"장담하건대 그가 화가 났겠군요." 불러드는 아주 즐거워하며 말했다.

"제가 겁에 질렸다는 것도 장담하실 수 있을 거예요." 낯선 노인이 말했다. "저는 사탄 그 자체와 직접 대면하고 있다고 생각했어요. 에디슨의 양쪽 귀에는 전선이 걸려 있었고, 그 전선은 그의 무릎에 놓인 작은 검정 상자까지 이어져 있었거든요! 저는 서둘러 달아나려고 했지만 그가 내 멱살을 잡고 자리에 앉혔어요.

'꼬마,' 에디슨이 말했죠. '언제나 동트기 전이 가장 어두운 법이지. 네가 그 사실을 기억하기를 바란다.'

'예, 아저씨.' 하고 저는 대답했어요.

---

*'sparky'는 형용사로는 '재기 넘치는'이란 뜻을, 명사로는 '전기 기사'라는 뜻을 지닌다.

'꼬마, 1년 넘게,' 에디슨이 제게 말했어요. '나는 백열전구 안에서 오래 갈 수 있는 필라멘트*를 찾으려고 노력해 왔어. 털, 줄, 조각들……이런 것들을 다 시도해 봤지만 아무것도 효과가 없었지. 그래서 뭔가 다른 것으로 또 시도해 볼 생각을 하는 동안, 나는 그냥 열이나 식힐 겸 머릿속에 생각해 둔 다른 아이디어를 구현해 이걸 만들었어.' 그는 작은 검정 상자를 저한테 보여 주며 말을 이어 갔어요. '나는 어쩌면 지능이 일종의 전류일지도 모른다고 생각했어. 그래서 나는 여기 이 지능 분석기를 만들었지. 그런데 이게 작동이 되더라니까! 꼬마, 이 기계에 대해 아는 사람은 네가 처음이야. 하지만 네가 이걸 처음으로 아는 사람이면 뭐 어때? 너희 세대는 사람의 등급을 오렌지처럼 쉽게 나눌 수 있는 찬란한 새 시대에서 자라게 될 텐데.'"

"난 당신 얘기 못 믿겠어요!" 불러드가 말했다.

"이게 거짓말이면 지금 당장 벼락을 맞아도 좋아요!" 낯선 노인이 말했다. "그 기계는 정말로 작동했어요. 에디슨은 무슨 시험인지 말해 주지 않고 그 분석기를 자기 연구소 직원들에게 시험적으로 사용해 봤다고 했어요. 더 똑똑한 사람일수록, 세상에, 그 작은 검정 상자에 있는 계기판의 바늘이 오른쪽으로 더 많이 휙 돌아갔어요. 저는 그가 그 기계를 저한테 시험해 보도록 놔뒀는데, 글쎄, 계기판의 바늘은 그냥 원래 있던 곳에 그대로 있더니 가볍게 흔들리기만 하더군요. 그 기계에 따르면 제가 멍청하기는 했지만 제가 세상에 유일한 공헌을 한 것이 바로 그때예요. 제가 앞서 말했듯, 저는 그 후로는 손가락도 하나 까딱하지 않고 살아왔으니까요."

"공헌이라니, 뭘 하셨는데요?" 불러드가 무척 궁금한 표정으로 물었다.

---

*백열전구 안에서 전류를 통하여 열전자를 방출하는 실처럼 가는 금속 선.

"저는 '에디슨 아저씨, 그걸 이 개한테 시험해 봐요.'라고 말했어요. 제가 그 말을 했을 때 그 개가 지은 표정을 당신도 봐야 하는데! 늙은 스파키는 왈왈 짖어 댔다가 길게 울부짖기도 하며 밖으로 나가려고 문을 긁었어요. 스파키는 우리가 진심이며 자기가 밖으로 나갈 수 없다는 사실을 알아채고는 곧장 지능 분석기 쪽으로 돌진해 그것을 들이받아 에디슨의 손에서 떨어뜨렸지요. 하지만 우리는 스파키가 불안해 보여도 어쩔 수 없었어요. 그냥 에디슨이 스파키를 꼭 잡고 있는 동안 제가 스파키의 양쪽 귀에 전선을 갖다 댔죠. 그런데 말이죠, 믿기지 않겠지만, 세상에, 분석기의 계기판 바늘이 눈금반의 오른쪽으로 힘차게 죽 나아가더니 빨간 연필로 작게 표시해 둔 지점을 훨씬 지나서까지 돌아가는 게 아닙니까!"

"그 개가 그 기계를 망가뜨린 거로군요." 불러드가 말했다.

"저는 '에디슨 아저씨, 그 빨간 표시는 뭐예요?' 하고 물었어요.

'꼬마,' 에디슨이 말했어요. '그건 이 기계가 망가졌다는 뜻이야. 왜냐하면 그 빨간 표시는 내 지능을 표시해 둔 거니까.'"

"거 봐요, 그 기계가 망가졌을 줄 알았다니까요." 불러드가 말했다.

낯선 노인은 진지하게 말했다. "하지만 그 기계는 망가지지 않았어요. 안 망가졌더라고요, 선생님. 에디슨이 그 기계를 통째로 점검했는데 그 기계는 말끔한 상태였어요. 에디슨이 저한테 그 말을 하는 바로 그때, 미친 듯이 밖으로 나가고 싶었던 스파키가 자신의 정체를 드러냈어요."

"어떻게요?" 불러드가 미심쩍은 듯이 말했다.

"스파키가 집 안에 갇혀 꼼짝 못 하게 된 신세가 되어 있었단 건 아시죠? 그리고 연구실 문에는 자물쇠가 세 개 달려 있었어요. 걸쇠와 고리 세트 하나, 빗장 하나, 보통의 둥근 손잡이와 자물쇠 세트 하나, 이렇게 말이죠. 에디슨이 그 개를 막자 그 개가 일어서더니 걸쇠를 풀고, 빗장을 밀어젖히고, 이빨로 손잡이를 물었어요."

"설마!" 불러드가 말했다.

"정말이에요!" 낯선 노인이 눈을 반짝거리며 말했다. "그리고 바로 그때 에디슨이 제게 그가 얼마나 위대한 과학자인지 보여 주었어요. 그는 기꺼이 진실을 직시하려 했어요. 그 진실이 아무리 불쾌한 것일지라도 말이죠.

'그래!' 에디슨이 스파키에게 말했어요. '네가 사람의 가장 친한 친구라고, 응? 네가 멍청한 동물이라고, 응?'

스파키는 여간내기가 아니었어요. 녀석은 들리지 않는 척했어요. 녀석은 몸을 긁적거리고 벼룩을 잡는가 싶더니 쥐구멍에 대고 으르렁거리며 돌아다니더군요. ……에디슨의 눈을 똑바로 쳐다보지 않기 위해서 할 수 있는 일은 뭐든 다 하더라고요.

'머리가 꽤 나쁘다고, 응, 스파키?' 에디슨이 말했어요. '음식을 구하고, 집을 짓고, 따뜻하게 하는 일은 다른 사람이 걱정하게 맡겨 두고 너는 난로 앞에서 잠이나 자고 여자애들 꽁무니나 쫓아다니거나 남자애들과 소동을 벌이고 다니는구나. 대출도, 정치도, 전쟁도, 일도, 걱정도 없고. 그냥 늙은 꼬리나 흔들면서 손이나 핥아 주기만 해도 넌 극진한 보살핌을 받지.'

'에디슨 아저씨,' 제가 말했죠. '개가 사람보다 더 똑똑하다는 말씀이세요?'

'더 똑똑하냐고?' 에디슨이 말했어요. '난 세상에 대고 그렇다고 말할 거야! 그런데 내가 지난 1년 동안 무엇을 해 왔는지 알아? 개들이 밤에 놀 수 있도록 백열전구를 만들기 위해 노예처럼 뼈 빠지게 일했다고!'

'이봐요, 에디슨 씨,' 스파키가 말했어요. '이…….'"

"잠깐만요!" 불러드가 고함쳤다.

"조용히 해요!" 낯선 노인이 의기양양하게 외쳤다. "'이봐요, 에디슨 씨,' 스파키가 말했어요. '이 일에 대해서는 비밀로 하는 게 어때요? 이 일은 수십만 년 동안 모두가 만족스럽게 비밀로 잘 유지되어 왔어요. 잠자는 개는 건드리지 말고 내버려 둬요. 그냥 이 일에 대한 건 모두 잊고 그 지능 분석기는 부숴 버려요. 그러면 내가 당신에게 전구의 필라멘트로 무엇을 사용할지 알려 줄게요.'"

"말도 안 되는 소리!" 불러드는 얼굴이 붉으락푸르락해진 채 외쳤다.

낯선 노인은 일어났다. "신사의 명예를 걸고 엄숙하게 약속드리지요. 그 개는 제가 입을 다무는 데 대한 대가로 '저한테는' 제가 남은 평생 동안 일하지 않고도 살아갈 정도로 부자로 만들어 줄 주식 시장의 내부 정보를 알려 주었어요. 그리고 스파키가 한 마지막 말은 토마스 에디슨에게 한 말이었어요. '탄화 무명실로 시도해 보세요.'라고 스파키가 말했죠. 나중에 스파키는 문밖에 모여 엿듣고 있던 한 떼의 개에 의해 갈기갈기 찢겨 죽었어요."

낯선 노인은 자신의 양말대님을 풀어 불러드의 개에게 건넸다. "선생님, 말을 하는 바람에 죽음에 이른 당신의 조상에게 바치는 존경의 작은 표시입니다. 그럼 좋은 하루 보내십시오." 그는 책을 겨드랑이에 끼고 그곳을 떠났다.

(1953년)

새 사전

어니스트 헤밍웨이가 철자도 쉽고 누구나 다 아는 멋진 단어들로 너무나도 글을 잘 썼기 때문에 나는 어니스트 헤밍웨이의 사전은 어떤 모습이었을지 궁금하다. 호치너 씨, 그의 사전은 너덜너덜한 난파선 같은 모습이었을까? 나의 사전은 인도지*에 인스턴트커피와 담배 부스러기가 버무려진 토스트 샐러드 같아서 내 사전을 본 사람이라면 누구든 내가 아널드 J. 토인비**가 쓰는 것 같은 난해한 어휘를 찾기 위해 사전을 끊임없이 뒤졌다고 그럴듯하게 결론을 내릴지 모른다. 그런데 사실 내 사전이 그런 꼴인 것은 내가 'principle'과 'principal'의 차이점과 'cashmere'의 철자를 찾아보느라고 사전의 책등을 부러뜨려 놓았기 때문이다. 내 사전은 1890년과 1900년의 『국제 영어 사전』을 바탕으로 한 『웹스터의 새 국제 영어 사전』으로, 아버지가 내게 남겨 주신 소중한 리바이어던***이다.

---

*사전 등에 쓰는 얇고 고급스런 인쇄용지.

**영국의 역사가이자 문명비평가.

***성서에 나오는 바닷속 괴물로, 아주 거대하고 강력해 다루기 힘들며 무시무시한 것을 비유적으로 나타내기도 한다.

그 사전에는 'radar(레이더),' 'Wernher von Braun(베르헤르 폰 브라운)*,' 'sulfathiazole(술파디아졸)**' 같은 단어가 없지만 나는 그 단어들을 잘 알고 있다. 한 번은 나는 실제로 술파디아졸을 복용한 적도 있다.

그리고 지금 나는 랜덤하우스에서 나온 거대하고 아름다운 새로운 폭탄을 가지고 있다. 나는 '폭탄'이란 단어를 경멸적인 의미***로도, 그런 식의 어떤 사전적 의미로도 쓴 것이 아니다. 그 사전이 무겁고 풍요로우며 생각을 하게 만든다는 뜻으로 쓴 것이다. 그 사전을 보면 드는 생각 가운데 하나는 돈이 엄청나게 많은 명석한 사람들 무리는 미국의 완본 대사전 업계에서 간담을 서늘케 하는 경쟁자들이 될 수 있다는 것이다. 그들은 기존의 다른 사전들에 등재된 모든 단어들을 자신들이 출판하는 사전에 확실히 실은 다음, 기존의 다른 사전들이 출판된 뒤 그 언어에 새로 생겨난 단어들을 추가하고, 기존의 다른 사전들에서는 정말 힘겹고 꼼꼼하게 잡아낸 실수들도 피할 수 있다.

랜덤하우스 사전에는 컬러 세계 지도도 집어넣고 간단한 프랑스어, 스페인어, 독일어, 이탈리아어 사전도 덧붙여 놓았다. 그러면 이 사전의 가격은 얼마일까? 헉, 크리스마스가 다가오나 보다.

마리오 페이가 1961년 〈타임스〉지에서 『메리엄 웹스터 영어사전』의 싹 바뀐 세 번째 개정판에 대해 비평했을 때, 그는 '비속어들이 화장실 벽뿐만 아니라 현대 '문학'의 수많은 작품 속에도 숱하게 나옴에도 불구하고' 여전히 비속어들을 제외시킨 '쓸데없는 점잔 빼기'에 대해 불평한 바 있었다. 랜덤하우스에서는 어느 정도 그 불평에 수긍했다. 랜덤하우스

---

*1912~1977, 독일 태생의 미국 로켓 공학자.

**폐렴 치료약.

***'bomb'은 '폭탄'이란 뜻 외에도 '대실패'나 '돌발사건,' '큰돈'이란 뜻도 있다.

의 사전에는 파키스탄 사람이 『브루클린으로 가는 마지막 비상구』*나 『율리시스』**를 읽고 이해할 수 있을 정도로 충분한 비속어가 실리지는 않았다. 하지만 내 생각에는 랜덤하우스에서 현명하게 몸과 관련 있는 단어의 비속어를 등재함으로써 용감한 시작을 했다. 내가 랜덤하우스의 사전에서 발견한 것은 여자와 성교하는 것을 뜻하는 뜻밖의 동사 하나뿐이었지만, 우리는 분명 그 동사가 통용된 데 대해 에드워드 올비***에게 감사해야 한다. 비록 올비가 그 공로를 인정받지는 못하겠지만. 그 동사는 'hump the hostes****할 때의 바로 그 'hump'다.*****

이 비평에서 내가 너무 앞부분부터 음란한 단어를 강조한 것이 유치해 보인다면, 나는 오직 어린 시절 완본 대사전에 어른들만 찾기로 되어 있는 음란한 단어들이 숨겨져 있다고 생각하지 않았더라면 사전을 뒤져 보게 되지 않았을 것이라고만 대답할 수 있다. 나는 늘 덥고 답답한 기분으로 '타원형 컴퍼스,' '석궁,' '듀공'이란 단어 밑에 그려진 기묘한 삽화를 보면서 사전 뒤지기를 끝냈다.

물론 대부분의 사람들에게는 사전이 하나 있든 둘 있든 그 쓸모는 비슷하다. 이런 사람들은 십자말풀이와 단어 조합 게임을 할 때 철자 확인용이나 내기 확인용, 또는 장식용으로 사전을 사용한다. 하지만 어떤 사람들은 그런 용도 이상으로 사전을 활용한다. 아니 '의도적으로' 활용하

---

*휴버트 셀비 주니어가 1964년 발표한 소설. 1950년대 미국 하층민의 처절한 삶을 사실적으로 그려 출간 당시 외설 논란이 일었던 문제작.

**제임스 조이스가 1922년 발표한 소설. 영문학사에 길이 남을 작품이지만 난해하고 함축적이고 은유로 가득해 읽기 힘들어 독자를 괴롭히는 책으로 유명하며, 직설적이고 적나라한 묘사와 비속어와 은어가 많이 나온다.

***『누가 버지니아 울프를 두려워하랴』(1962)를 쓴 미국의 극작가.

****『누가 버지니아 울프를 두려워하랴』에 나오는 구절로 '여주인과 성교하다'는 뜻.

*****'hump'는 본래 '혹'이나 '등을 둥글게 하다'란 뜻인데 속어로 '성교하다'라는 뜻이 있다. 랜덤하우스 사전에 처음으로 'hump'가 속어로 쓰였을 때의 뜻이 실린 것이다.

고자 한다. 이런 생각은 요전 날 저녁에서야 겨우 통절히 깨닫게 된 것인데, 그때 나는 소설가인 리처드 예이츠와 존 바스의 『염소 소년 자일스』의 유명한 찬양자인 로버트 숄스 교수와 저녁 식사를 하고 있었다. 예이츠가 숄스에게 내가 볼 때는 염려스런 표정으로 어떤 완본 대사전을 사야 하느냐고 물었다. 그는 얼마 전 연방정부로부터 받은 근사한 창작 보조금으로 가장 먼저 하드커버로 된 완전무결한 언어 사전을 사고자 했다. 그는 자신이 쓸모없는 것(clunker)을 살지도 모른다고 걱정했다. 그런데 'clunker'는 이 랜덤하우스 사전에는 없는 단어다.

숄스는 예이츠에게 '서술적'이라기보다는 '지시적'인 『메리엄 웹스터 영어사전』의 제2판을 사라고 신중하게 대답했다. 면밀하게 살펴봤을 때, 지시적인 것은 정직한 경찰관과 같고, 서술적인 것은 앨라배마주의 모빌에서 온 술에 잔뜩 취한 전우와 같다. 예이츠는 숄스 교수가 추천해 준 그 멋진 사전을 살 것이라고 말했다. 하지만 어이쿠, 정작 예이츠야말로 그의 자전거에 보조 바퀴가 필요 없는 것과 마찬가지로 영어에 있어서도 공식적인 지침서가 필요 없는 사람이 아닌가. 숄스가 나중에 말했듯, 예이츠는 사전 편찬자들이 우리 언어에 어떤 굉장히 참신한 단어들이 생겼는지 발견하기 위해서 읽는 그런 책을 쓰는 사람이니까.

어떤 사전이 지시적인지 서술적인지 재빨리 알아내기 위해서는 그 사전에서 'ain't'와 'like'를 찾아보면 된다. 단어를 두고 벌이는 문득 떠오른 이 논쟁을 해결할 묘책은 『메리엄 웹스터 영어사전』 제3판에 대한 비평을 보고 깨달은 것이다. 사전에 실린 'ain't'*에 대한 설명은 다음과 같다. 『메리엄 웹스터 영어사전』 제1판에는 그것은 구어에서 또는 교양이

*'am not,' 'is not,' 'are not' 등의 축약형으로 비문법적으로 여겨지지만 구어체에서 일반적으로 널리 쓰인다.

없는 사람들이 쓰는 단어이라고 적혀 있다. 제2판에는 그것은 방언에서 또는 교양이 없는 사람들이 쓰는 단어라고 되어 있다. 그리고 제3판에서는 'ain't'는 '비록 많은 사람들이 쓰면 안 되는 표현이라고 생각하지만 교육 수준이 낮은 사람들이 말할 때 더 일반적으로 쓰인다. ……교양 있는 화자들도 특히 'ain't I'* 같은 구절로 구어체로 많이 사용한다.'고 적혀 있다. 내 생각에는 이 나라에는 안절부절못하는 벼락부자들이 워낙 여기저기 고르게 살고 있는 탓에 'ain't I'라는 구절은 암탉이 짝짓기하며 울부짖는 소리만큼이나 빈번하게 들리는 것 같다.

랜덤하우스 사전에는 'ain't'에 대해 다음과 같이 적혀 있다. 'ain't'는 굉장히 전통적으로 그리고 널리 표준에 맞지 않는 형태로 여겨지므로 교양 없는 사람으로 여겨지는 것을 피하고 싶은 사람들은 모두 이 단어를 멀리해야 한다. 'ain't'는 교육 수준이 높은 화자들의 격식 없는 구어체에서도 가끔 나타난다. 특히 이목을 의식하거나 [원문대로 인용한 것임] 또는 서민적이거나 유머러스한 문맥에서(Ain't it the truth! She ain't what she used to be!)**가끔 쓰인다. 하지만 'ain't'는 격식을 차린 글과 말에서는 전혀 용납되지 않는다. 비록 'ain't I'라는 표현은 사용해도 괜찮다고 인정되지만 –그리고 'ain't I?'는 'aren't I?'보다 더 논리적으로 여겨지고 'amn't I?'보다 더 듣기 좋다고 여겨진다.– 분별 있는 사람이라면 'ain't'를 절대 사용하지 않을 것이다.' 벼락부자들에게 이 말을 충고로 들려주면 어떨까?

나의 모친에 대해 이야기하려는 것은 아니지만 나의 모친은 내게 'ain't I?'나 'aren't I?', 'amn't I?' 같은 축약형 대신에 'am I not?'이라고 줄이지 않은 제대로 된 형태로 말하라고 가르쳤다. 속도가 다가 아닌 법이니

---

*부가의문문의 문미에 쓰여 '안 그래?'란 뜻으로 쓰임.

**'그건 사실이 아냐! 그녀는 예전 그녀가 아닌걸!'이란 뜻.

까. 그래서 나는 여기저기에서 백만 분의 1초를 잃는다. 중요한 것은 '우아한' 벼락부자가 되는 것이다.

'like'*의 쓰임새에 대해 말하자면, 'like'는 'as'와 서로 바꾸어 쓸 수 있지만 다음의 사전들에는 이렇게 적혀 있다. 『메리엄 웹스터 영어사전』 제1판에는 'as를 뜻하는 접속사로 like를 쓰는 것은('Do like I do'에서처럼), 비록 훌륭한 작가들의 글에서도 가끔 발견되지만, 고루하며 표준 어법에 반한다.'라고 적혀 있다. 『메리엄 웹스터 영어사전』 제2판에서는 'like'를 '교양 없는 사람들의 말에서만 자유롭게 사용되며 현재 틀린 표현으로 여겨진다.'라고 설명되어 있다. 『메리엄 웹스터 영어사전』 제3판에서는 어떠한 주의도 없이 플로리다주의 〈세인트피터즈버그 인디펜던트〉지에 실린 'wore his clothes like he was…… afraid of getting dirt on them.**이라는 구절과 아트 링클레터***의 'impromptu programs where they ask questions much like I do on the air.****'라는 구절을 인용하며 현재 사용해도 괜찮은 용법들을 자랑스럽게 보여 주고 있다. 우연히도 『메리엄 웹스터 영어사전』 제3판은 그야말로 '모든 사람들이' 아트 링클레터처럼 말하던 때인 아이젠하워 정권*****의 말기 동안에 나왔다******.

마지막에 설명하게 돼서 유리한 입장이었던 랜덤하우스에서는 1966년 다음과 같이 밝혔다. 'as 대신 like를 쓰는 것은 특히 광고 문구에서 널리 통용되고 있음에도 불구하고 교사들과 편집자들에게서 보편적으로 비난

*이 경우에는 '~처럼,' '~대로'라는 뜻의 접속사로 쓰인 like를 말한다.

**'그는 ……옷에 더러운 것이 묻을까 봐 걱정하는 사람처럼 옷을 입었다.'는 뜻.

***미국의 유명한 방송 진행자.

****'내가 방송 중에 질문을 하는 것처럼 사람들이 질문을 하는 즉흥 프로그램'이라는 뜻.

*****아이젠하워는 1953년~1961년 미국 대통령으로 재임.

******1961년 출간.

을 받는다. 'Do as I say, not as I do.' * 같은 문장에서는 as 대신 like를 인정하지 않는다. 가끔 관용구에서는 as if로 대체되어도 약간 덜 거슬리지만(He raced down the street like crazy.)**, 이 예는 분명 구어이며, 글에서는 가장 격식을 차리지 않는 문맥을 제외하고는 어디에서도 발견될 것 같지 않다.' 나는 랜덤하우스 사전의 이러한 설명이 훌륭하다고 생각한다. 심지어 이 설명은 만약 당신이 실수한다면 누가 당신의 감정을 상하게 할지 알려 주기까지 하며, 암과 돈의 친구들, 즉 방과 후 우리 아이들에게 'Winston tastes good like a cigarette should.***'라고 말하는 것을 가르치는 우리 언어의 탐욕스런 적들로부터 도움과 위안을 받는 것을 허락하지 않는다.

랜덤하우스에서는 위의 슬로건을 절대 활자로 조판할 리가 없다.

속된 마음에 의해 누그러뜨려진 외설스런 단어들과 고루한 여교사가 쓸 법한 단어들을 찾아 이 새로운 사전을 구겨질 정도로 뒤지다 보면 여러분은 '욕망이라는 이름의 전차,' '랠프 엘리슨****,' '모나리자,' '키셀렙스크*****'와 같은 유명인들과 주요 지명들, 그리고 유명한 예술품 명들이 그런 범주에 속하는 어휘와 통합되어 있다는 사실을 발견할 것이다. 나는 유명인들과 예술품들이 활자의 자모 속에 어쩌면 영원히 짜 맞춰진 잡낭 같아 걱정스럽다. 예를 들면, 미국의 작가 가운데서도 '노먼 메일러'는 사전에 올라 있지만, '윌리엄 스타이런'이나 '제임스 존스', '밴스 보제일리', '에드워드 루이스 월런트' 같은 작가는 사전에 올라 있지 않다. 그리고 우리는

*'내가 한 대로가 아니라 말한 대로 하라.'는 뜻.

**'그는 미친 듯이 거리를 질주했다.'는 뜻.

***'윈스턴 담배는 마땅히 담배가 그래야만 하는 것처럼 맛이 좋다.'는 뜻.

****미국의 소설가.

*****러시아의 도시.

영원토록 이런 것들과 '앨저 히스'에 대해서는 '1904년 태어난 미국 관료' 이상의 정보는* 알지 못하게 되는 것인가? 그리고 왜 '휘태커 체임버스'** 는 이 사전에 들어가지 않은 것인가? 그리고 퍼레스는 누가 사전에 올렸는가?

사실 이 사전을 모든 사람의 크리스마스 선물 목록에서 편집광을 위한 이상적인 선물로 만드는 것은 이 사전에 새롭게 실리기도 하고 빠지기도 한 유명인들의 이름이다. 편집광은 이 사전의 맨 첫 페이지인 i쪽과 끝 페이지인 2,059쪽 사이에서 끝없이 비밀스러운 오락거리를 발견할 것이다. 왜 우리가 테디 케네디나 재클린 케네디에 대해서가 아니라 조 케네디 시니어와 잭 케네디와 보비 케네디에 대해 알아야 하는가? T. S. 엘리엇은 '영국' 시인이고 W. H. 오든은 '영어권' 시인이라고 되어 있는 설명을 통해 사전이 우리에게 말하고자 하는 바는 무엇인가? (아마도 그렇게 구분한 이유는 오든이 영국인이지만 미국 시민권을 얻었다는 사실을 설명하기 위한 것 같다.) 그리고 로버트 웰치 주니어에게 '미국의 은퇴한 사탕 제조업자'라는 꼬리표를 붙인 것은 그를 우스꽝스럽게 만들려는 의도일까? 그리고 왜 존 딜린저***에 대한 기억은 기록으로 영원히 남기면서 아돌프 아이히만****에 대한 기억은 털끝만큼도 남기지 않는가?

완본 대사전 발행 게임에 다음으로 뛰어들기로 결심한 자가 누구든 - 어쩌면 제너럴 모터스사나 포드사가 될지도 모르겠다.-, 그자는 지금 내가 이야기하고 있는 이 랜덤하우스 사전을 인정사정없이 정밀하게 분석

---

*앨저 히스는 미국의 고위 관료이지만 소련의 스파이 용의자로 고소된 바 있다.

**〈타임〉지의 편집인이자 한때 공산주의자였던 그는 앨저 히스를 비롯한 미 국무부 관료들의 일부가 소련의 스파이라고 고발했다. 이 사건은 20세기 중반 미국 국민에게 충격을 안긴 역사적 간첩 사건이다.

***미국의 유명한 은행 강도 살인범으로 1934년 FBI에게 사살되었다.

****독일 나치스의 친위대 중령.

해서 실수를 추려 낼 것이다. 그래도 이 사전에는 실수가 많지는 않을 것이다. 랜덤하우스에서 앞서 출간된 훌륭한 사전들을 정밀하게 분석한 뒤 만들어 냈기 때문이다. 내가 볼 때 이 사전의 큰 실수는 별로 돈을 들이지 않고 수정하거나 삭제하거나 추가할 수 있는 부록에 유명인들과 예술품들을 넣지 않은 점이다.

내가 이 사전이 아름답다고 분명히 밝혔었나? 지금은 내용에서도 가격에서도 이 사전을 능가할 사전은 없다. 물론 머잖아 내용에서도 가격에서도 이 사전을 능가할 사전이 나올 것이다. 이는 우리가 상당히 오래된 자유 기업 체제 하에 있기 때문으로, 이 체제에서는 유쾌한 초록 거인 같은 회사들끼리의 싸움에서 소비자가 득을 보게 되어 있다.

그리고 내가 말했듯, 대부분의 사람들에게는 사전이 하나 있든 둘 있든 그 쓸모는 비슷하다. 미국인은 자신이 무슨 사전을 지니고 있든 자신이 늘 말하고 써 온 방식대로 계속 말하고 쓸 것이다. 최근에 존슨 대통령이 중요 연설에서 'cool it'*이란 속어를 사용한 것에 대해 어떻게 생각하느냐는 질문을 받은 시민이 뭐라고 대답했는지 살펴보자.

"그런 표현을 써도 저는 괜찮습니다." 그 시민은 대답했다. "지금은 미국 대통령이 표준 영어를 쓰는 일을 걱정할 때가 아니지 않습니까. 결국 우리는 격식에 얽매이지 않는 시대에 살고 있으니까요. 정치인들은 이제 더 이상 중산모를 쓰고 돌아다니지 않습니다. 영어가 운동복을 입어서는 안 될 이유도 없고요. 그렇다고 제가 대통령이 교양 없는 사람처럼 말해야 한다고 주장하는 건 아니에요. 하지만 'cool it'은 서민적인 말이고, 대통령은 인간미 있게 들리도록 말해도 된다고 생각합니다. 미국 사람들에게는 아무리 진부하게 들려도 지나치지 않아요. 삶에서 모든 온당한 감정

---

*공식적인 자리에서 '진정하라'는 뜻으로 쓰는 'calm down' 대신 일반 시민들 사이에서 널리 쓰이는 표현이다. '열 내지 마라' 정도로 해석할 수 있다.

들은 진부하니까 말이에요. 하지만 언어학적으로 말해서 디즈레일리*는 몹시 지루한 사람이에요."

그런데 위의 말은 『랜덤하우스 영어 사전』의 발행인인 베넷 서프가 한 말이다.

교훈: 새로운 사전과 관련된 모든 사람이 반드시 새로운 새뮤얼 존슨**은 아니다.

(1967년)

---

*1870년대 영국의 수상을 역임했다.

**영국의 작가이자 사전 편찬자로 1755년 최초로 영어사전을 편찬했다.

옆집

그 낡은 집은 얇은 벽을 사이에 두고 거주 공간이 둘로 나뉘었다. 그리고 그 얇은 벽을 통해 양쪽의 소리가 원음 그대로 고스란히 전해졌다. 북쪽 공간에는 레너드 가족이 살았다. 남쪽 공간에는 하거 가족이 살았다.

남편과 아내, 그리고 여덟 살짜리 아들로 구성된 레너드 가족은 그곳으로 이제 막 이사 왔다. 그리고 그 벽에 대해 잘 알고 있었으므로 그들은 아들 폴을 저녁에 혼자 놔둬도 될 나이가 됐는지에 대해 다정하게 의견을 나눌 때도 목소리를 낮췄다.

"쉬이잇!" 폴의 아버지가 말했다.

"내 목소리가 컸어?" 폴의 어머니가 말했다. "난 그냥 보통 목소리로 말했는데."

"내 귀에 옆집 하거가 코르크 마개를 따는 소리가 들린다면, 하거의 귀에도 분명 당신의 목소리가 들릴 거야." 폴의 아버지가 말했다.

"난 누가 듣더라도 부끄러울 말은 하나도 하지 않았어." 레너드 부인이 말했다.

"당신은 폴을 아가라고 불렀어." 레너드 씨가 말했다. "그건 틀림없이 폴을 당황스럽게 만들었어. 나도 당황스럽게 만들었고."

"그건 그냥 말버릇이잖아." 그녀가 말했다.

"우리가 그만둬야 할 말버릇이지." 그가 말했다. "그리고 우리는 폴을 아기처럼 취급하는 것도 그만둬야 해. '오늘 밤'에는 특히. 그냥 폴과 인사하고 집을 나가서 영화를 보러 가는 거야." 그는 폴 쪽으로 몸을 돌렸다. "무섭지 않지, 그렇지, 애야?"

"난 괜찮을 거예요." 폴이 말했다. 폴은 자기 나이에 비해 무척 키가 컸다. 그리고 말랐으며 어머니를 닮아 부드럽고 조용하면서도 눈부신 다정한 성격을 지니고 있었다. "엄마 아빠, 난 괜찮아요."

"거봐! 괜찮다니까!" 폴의 아버지가 폴의 등을 탁 치며 말했다. "멋진 모험이 될 거야."

"아이를 봐 줄 사람을 구했더라면 이 모험이 한결 기분 좋게 느껴질 텐데." 폴의 어머니가 말했다.

"당신이 정 마음이 내키지 않는다면 폴도 함께 데리고 가지."

레너드 부인은 깜짝 놀랐다. "오, 여보, 그 영화는 어린이용이 아니야."

"난 상관없어요." 폴이 붙임성 있게 끼어들었다. 부모님이 왜 어떤 영화나 잡지, 책, 텔레비전 쇼를 자기는 못 보게 하는지 폴에게 그 이유는 도무지 알 수 없는 수수께끼였다. 심지어 자기는 그런 것들을 조금 즐기기도 하는데.

"그걸 본다고 아이가 죽지는 않아." 그의 아버지가 말했다.

"그게 무슨 내용인지 잘 알면서 그래." 그녀가 말했다.

"무슨 내용인데요?" 폴이 천진난만하게 물었다.

레너드 부인은 남편에게 도움을 청하는 눈길을 보냈지만 아무런 도움도 얻지 못했다. "그건 친구들을 무분별하게 사귀는 여자애에 대한 영화야."

"오," 폴이 말했다. "별로 재미있을 것 같지 않네요."

"우리 가는 거야, 마는 거야?" 레너드 씨가 조바심내며 물었다. "10분 만 있으면 영화가 시작한다고."

레너드 부인은 입술을 깨물었다. "좋아!" 그녀는 용감하게 말했다. "여보, 당신은 창문과 뒷문을 잠가. 난 경찰서와 소방서, 극장, 의사 페일리 선생님의 전화번호를 적어 놓을 테니." 그녀는 폴 쪽으로 얼굴을 돌렸다. "전화는 걸 수 있지? 그렇지, 우리 아들?"

"얘가 전화 건 지가 몇 년째인데!" 레너드 씨가 외쳤다.

"쉬잇!" 레너드 부인이 말했다.

"죄송합니다." 레너드 씨가 벽 쪽을 향해 고개를 숙였다. "사과드립니다."

"폴, 우리 아들," 레너드 부인이 말했다. "엄마 아빠가 나가고 없는 동안 뭘 할 거니?"

"어, 현미경을 들여다보며 놀려고요." 폴이 대답했다.

"세균을 보고 있지는 않을 거지, 응?" 그녀가 말했다.

"예, 안 그럴 거예요. 그냥 머리카락이나 설탕, 후추 같은 그런 것들을 볼 거예요." 폴이 말했다.

폴의 어머니는 신중한 표정으로 얼굴을 찡그렸다. "그건 괜찮을 것 같지, 여보?" 그녀는 남편에게 물었다.

"좋지!" 레너드 씨가 말했다. "얘가 후추 때문에 재채기만 하지 않는다면!"

"조심할게요." 폴이 말했다.

레너드 씨가 움찔하더니 말했다. "쉬이잇!"

폴의 부모님이 떠난 직후 하거의 집에서 라디오를 켰다. 처음에 라디오 소리는 조용했다. 얼마나 조용하던지 거실의 소형 탁자에 현미경을 올려놓고 들여다보고 있던 폴은 라디오 방송 진행자의 말을 알아들을 수 없었다. 음악 소리도 약하고 불협화음을 이룬 탓에 어떤 곡인지 알 수 없었다.

폴은 투지 있게 한창 싸우고 있는 옆집 남자와 여자의 목소리보다는 라디오 음악 소리에 귀를 기울이려고 애썼다.

폴은 눈을 가늘게 뜨고 현미경의 접안렌즈를 통해 밑에 놓인 자신의 머리카락 몇 올을 들여다보며 머리카락에 렌즈의 초점을 맞추려고 현미경 조절 나사를 돌렸다. 그의 머리카락은 반짝거리는 갈색 장어 같은 모습으로, 빛이 정확히 머리카락에 부딪히는 곳에는 아주 작은 스펙트럼으로 여기저기 얼룩덜룩했다.

바로 그 순간, 옆집 남자와 여자의 목소리가 다시 점점 커지더니 라디오 소리가 묻혀 버렸다. 폴은 현미경 조절 나사를 신경질적으로 돌렸고, 그러다 보니 대물렌즈가 머리카락이 놓여 있는 유리 슬라이드에 끼익 소리를 내며 닿고 말았다.

옆집 여자는 이제 소리를 질러 대고 있었다.

폴은 렌즈를 풀어서 빼낸 다음 렌즈가 상하지 않았는지 살펴보았다.

이제 옆집 남자는 맞받아 소리를 질러 대고 있었다. 그야말로 끔찍하고 믿기 어려운 소리였다.

폴은 자기 방에서 렌즈 닦는 천을 가져와 렌즈에 묻은 뿌연 점 같은 먼지를 닦아 냈다. 그는 렌즈를 다시 제자리에 돌려 끼웠다.

옆집은 다시 완전히 조용해져서 이제 라디오 소리만 들렸다.

폴은 안개처럼 희뿌옇게 손상된 렌즈를 통해 현미경을 들여다보았다.

지금 옆집에서 또다시 싸움이 시작되고 있었다. 싸움은 점점 더 소란스럽고 잔혹하며 미친 듯이 되어 갔다.

폴은 떨리는 손으로 새 슬라이드에 소금 알갱이들을 뿌린 다음 현미경 밑에 놓았다.

옆집 여자가 다시 고함을 쳤다. 높고 귀에 거슬리는 독살스러운 고함이었다.

폴이 현미경 조절 나사를 너무 세게 돌리는 바람에 새 슬라이드가 삼각형 모양으로 깨지며 바닥에 떨어졌다. 몸을 덜덜 떨면서 자리에서 벌떡 일어난 폴은 자기도 고함치고 싶었다. 공포와 당혹감에 터져 나오는 고함을. 하지만 지금은 이 상황을 멈춰야 했다. 어떤 상황인지는 몰라도 결단코 멈춰야만 했다!

"고함치려거든 라디오 음량을 높여!" 옆집 남자가 소리쳤다.

폴의 귀에 옆집 여자가 또각또각 구두 굽 소리를 내며 바닥을 걸어가는 소리가 들렸다. 그러더니 최저음의 둥둥 울리는 소리가 마치 폴이 드럼 속에 갇힌 것 같은 기분을 들게 만들 정도로까지 높아졌다.

"자, 이제!" 라디오에서 우렁찬 소리가 들려왔다. "프레드가 케이티를 위해! 밥이 정말 멋진 여자라고 생각하는 낸시를 위해! 6주 동안 아주 멀리에서 아서를 흠모해 온 어떤 분이 아서를 위해! 신청한 곡입니다. 그리운 '글렌 밀러 밴드'*의 불후의 명곡 「스타더스트」입니다. 기억하십시오! 사연을 보내고 싶다면 밀턴** 9-3000번으로 전화를 주십시오! 여러분의 '밤샘지기 샘'을 찾으십시오!"

그 곡이 떠나갈 듯이 울려 퍼지자 집이 들썩거리는 듯했다.

옆집에서 문이 쾅쾅거리는 소리가 났다. 이제 누군가가 문을 쾅쾅 두드리고 있었다.

폴은 관찰할 것을 아무것도 올려놓지 않은 현미경을 그냥 한 번 더 들

---

*글렌 밀러는 1930년대와 40년대 인기를 끈 미국의 유명 재즈 트롬본 연주자이다.

**기억하기 좋게 전화번호를 알파벳으로 표기한 것으로 'Milton'은 '645866'번이다.

여다보았다. 그러는 동안 따끔거리는 느낌이 온몸으로 번졌다. 폴은 현실을 직시했다. '자기가 옆집 아저씨와 아줌마를 말리지 않는다면 그들은 서로를 죽일 것이다.'

폴은 주먹으로 벽을 세게 두드렸다. "하거 아저씨! 그만 하세요!" 폴은 소리쳤다. "하거 아줌마! 그만 하세요!"

"라비나가 올리를 위해!" 밤샘지기 샘이 다시 외쳤다. "지난 화요일을 절대 잊지 않을 것이라는 칼이 루스를 위해! 오늘 밤 외로운 메리가 월버를 위해! 신청한 곡입니다. '사우터 피니건 밴드'가 묻습니다. 「사랑하는 그대여, 내 마음에 무슨 짓을 하신 건가요?」"

옆집에서 그릇이 박살 나는 소리가 나며 라디오에서 잠깐 아무 소리도 나오지 않는 찰나의 순간을 채웠다. 그런 뒤 곧바로 음악이 해일처럼 밀려들어 다시 모든 소리를 삼켜 버렸다.

폴은 무력함에 빠진 채 몸을 덜덜 떨며 벽 앞에 서 있었다. "하거 아저씨! 하거 아줌마! 제발요!"

"전화번호를 기억하세요!" 밤샘지기 샘이 말했다. "밀턴 9-3000번입니다!"

멍한 상태로 폴은 전화기 있는 곳으로 가서 그 전화번호를 돌렸다.

"WJCD 방송국입니다." 전화 교환원이 말했다.

"밤샘지기 샘에게 전화 연결 좀 해 주시겠어요?" 폴이 말했다.

"여보세요!" 밤샘지기 샘이 전화를 받았다. 샘은 입에 음식을 잔뜩 넣은 채로 음식을 먹으면서 말했다. 폴은 배경으로 깔린 감미롭고 구슬픈 음악 소리를 들을 수 있었다. 옆집 라디오에서 라디오를 찢어 버릴 것처럼 흘러나오고 있는 바로 그 곡이었다.

"저도 사연을 전할 수 있을까요?" 폴이 물었다.

"왜 안 되겠어?" 샘이 말했다. "혹시 법무부 장관실에 의해 불온한 것으로 분류된 단체에 가입한 적 있니?"

폴은 잠시 생각했다. "아뇨. 음, 그런 적은 없어요." 폴이 대답했다.

"그럼 말해 보렴." 샘이 말했다.

"레뮤얼 K. 하거 씨가 하거 부인에게 보내는 거예요." 폴이 말했다.

"전할 사연은?" 샘이 물었다.

"사랑한다고." 폴이 말했다. "우리 화해하고 처음부터 다시 시작해 보자고 전해 주세요."

옆집 여자의 목소리가 격앙된 나머지 어찌나 새되던지 라디오의 시끄러운 소리를 뚫고 벽 너머로 들려왔고 샘에게까지 그 소리가 들렸다.

"꼬마야, 혹시 너 지금 곤란한 상황에 처했니?" 샘이 물었다. "네 가족들이 지금 싸우고 있니?"

폴은 자신이 하거 아저씨 부부와 가족이 아니라는 사실을 샘이 알게 되면 샘이 전화를 끊어 버릴까 봐 두려웠다. "예, 그래요." 폴이 말했다.

"그리고 넌 이렇게 사연을 보내 부모님의 사이가 다시 좋아지게 만들려고 애쓰는 거고?" 샘이 물었다.

"예, 그래요." 폴이 대답했다.

샘은 무척 감정적이 되었다. "좋아, 꼬마야." 그는 쉰 목소리로 말했다. "내가 할 수 있는 최선을 다해 보마. 아마 효과가 있을 거야. 한 번은 그렇게 해서 총으로 자살하려는 사람을 구한 적도 있단다."

"어떻게 그렇게 하신 거예요?" 그 말에 매료된 폴이 물었다.

"그 남자가 내게 전화를 걸어와 자신의 머리통을 날려 버릴 거라고 말하더구나." 샘이 말했다. "그래서 나는 「행복의 파랑새」를 틀었단다." 샘이 전화를 끊었다.

폴은 수화기를 수화기 받침에 탈칵 내려놓았다. 음악이 멈추었고 폴은 머리카락이 쭈뼛 섰다. 처음으로 폴은 현대 통신 수단의 환상적인 속도를 실감하며 간담이 서늘해졌다.

"청취자 여러분!" 샘이 말했다. "누구나 때로는 잠깐 멈춰 본인이 위대한 하느님이 주신 생명으로 도대체 무엇을 하고 있는 것일까 고민해 볼 것입니다! 제 기분이 어떻든 제가 늘 겉으로는 짐짓 쾌활한 척하기 때문에 저 또한 때로는 그런 고민을 한다고 말하면 여러분에게는 우스워 보일지도 모르겠군요! 그런데 마치 어떤 천사가 제게 '계속해, 샘. 계속하라고.'라고 말하려고 애쓰고 있는 것 같은 그런 일이 생겼습니다."

"여러분!" 샘이 말했다. "저는 라디오의 기적으로 어떤 부부를 화해시켜 달라는 부탁을 받았습니다! 결혼에 대해 안이하게 생각하는 것은 분별없는 짓이 아닐까요? 결혼 생활은 절대로 체리가 가득 담긴 그릇처럼 즐겁고 쉽기만 한 것이 아닙니다! 결혼 생활에는 이런저런 부침이 있고 때로는 사람들은 어떻게 결혼 생활을 계속해 나갈 수 있을지 모르기도 하죠!"

폴은 샘의 지혜와 권위에 깊은 인상을 받았다. 라디오의 음량이 높여져 있었던 것이 이제 효력을 발휘했다. 샘이 하느님의 오른팔처럼 말하고 있었기 때문이다.

샘이 효과를 노리고 잠깐 말을 멈추었을 때 옆집도 완전히 조용했다. 벌써 기적이 일어나고 있었다.

"그런데 말입니다," 샘이 말했다. "저 같은 일을 하는 사람은 반은 음악가, 반은 철학자, 반은 정신과 의사, 반은 전기 기술자가 되어야 합니다! 그리고! 제가 멋진 청취자 여러분들과 함께하면서 한 가지 배운 점이 있다면 바로 이겁니다. 만약 사람들이 자부심과 자존심을 굽힌다면 더 이상 이혼은 없을 거라는 사실을요!"

옆집에서 애정 어린 달콤한 속삭임이 들려왔다. 폴은 자신과 샘이 함께 이뤄 낸 이 아름다운 결과를 생각하자 목이 메어 왔다.

"청취자 여러분!" 샘이 말했다. "사랑과 결혼에 대해서 제가 하고 싶은 말은 이게 다입니다! 그것은 누구나 알아야 할 필요가 있는 전부이기도 하지요! 자, 그럼, 사연을 하나 소개해 볼까요. 하거 씨가 레뮤얼 K. 하거 부인에게 전하는 말입니다. '사랑해. 우리 화해하고 처음부터 다시 시작해 보자!'" 샘은 감정에 겨워 목이 메었다. "'어사 키트'가 부릅니다. 「어떤 나쁜 인간이 결혼식 종을 훔쳐 가 버렸어!」"

옆집 라디오가 꺼졌다.

세상이 고요해졌다.

자줏빛 야한 감정이 폴의 마음으로 물밀 듯이 밀려들었다. 유년기가 가 버리고 그는 풍요롭고 격정적이며 보람 있는 삶의 직전에 아찔하게 걸쳐 있었다.

옆집에서 움직임이 있었다. 천천히 발을 질질 끄는 움직임이었다.

"그랬구나." 옆집 여자가 말했다.

"샬럿……," 옆집 남자가 불안한 목소리로 말했다. "자기…… 맹세할게."

"'사랑해'라니." 그녀가 씁쓸하게 말했다. "'우리 화해하고 처음부터 다시 시작해 보자'라니."

"자기," 옆집 남자가 절박한 목소리로 말했다. "그 사람은 다른 레뮤얼 K. 하거야. 그래, 틀림없이 그럴 거야!"

"당신은 당신 부인이 돌아오길 바란다고?" 그녀가 말했다. "좋아. 이 걸림돌은 비켜 주지 뭐. 당신 부인이 당신을 가지라 그래, 레뮤얼…… 당신은 값을 따질 수 없을 만큼 귀중한 보석 같은 사람이야."

"그 여편네가 방송국에 전화한 게 틀림없어." 옆집 남자가 말했다.

"당신 부인이 가지라 그래, 바람둥이 양다리 순 날라리 같은 당신 따위는." 그녀가 말했다. "그래도 성한 상태로는 못 보내 줘."

"샬럿…… 제발 그 총을 내려놔." 옆집 남자가 말했다. "후회할 할 일은 하지 마."

"후회 따윈 안 해, 이 벌레 같은 놈아." 그녀가 말했다.

세 발의 총성이 울렸다.

폴은 복도로 뛰어나갔다가 하거네 집에서 뛰쳐나오는 여자와 부딪쳤다. 덩치가 큰 그 금발 여자는 완전히 정신이 나가고 정돈되지 않은 침대처럼 엉망인 상태였다.

그 여자와 폴은 동시에 비명을 질렀고 곧바로 그 여자가 내달리기 시작한 폴을 붙잡았다.

"사탕 줄까?" 그 여자가 거칠게 말했다. "자전거는 어때?"

"아뇨, 괜찮아요." 폴은 새된 목소리로 대답했다. "지금은 싫어요."

"넌 아무것도 보지도 듣지도 못한 거야!" 그녀가 말했다. "고자질쟁이는 어떻게 되는지 알지?"

"예!" 폴이 외쳤다.

그녀는 핸드백을 뒤져 향기 나는 화장지와 머리핀과 현금 뭉치를 꺼냈다. "자, 받아!" 그녀가 헐떡이며 말했다. "네 거야! 그리고 입 다물고 있으면 더 줄게." 그녀는 폴의 바지 주머니에 그것을 찔러 넣었다.

그녀는 폴을 매섭게 쏘아보더니 거리로 달아났다.

폴은 다시 자기 집으로 달려 들어가 침대로 뛰어들어 이불을 머리끝까지 푹 뒤집어썼다. 침대의 덥고 어두운 이불 동굴 속에서 폴은 자신과 밤샘지기 샘 때문에 한 남자가 죽게 되었다는 생각에 흐느껴 울었다.

얼마 지나지 않아 경찰관 한 명이 쿵쿵거리며 그 집으로 걸어 들어와 양쪽 집의 문을 곤봉으로 두드렸다.

멍한 상태로 폴은 덥고 어두운 동굴에서 기어 나와 문을 열었다. 폴이 문을 여는 순간, 복도 맞은편 문도 열렸다. 그런데 그곳에 하거 씨가 서 있는 게 아닌가. 초췌하기는 해도 멀쩡한 모습으로!

"예, 경찰관님?" 하거가 말했다. 그는 몸집이 작고 머리가 벗겨지기 시작했으며 가느다란 콧수염을 지닌 사내였다. "무슨 일이신지요?"

"이웃에서 총소리를 들었다고 해서요." 경찰관이 말했다.

"그래요?" 하거는 점잖게 말했다. 그는 새끼손가락 끝으로 콧수염을 살짝 눌렀다. "참으로 기이하군요. 전 아무 소리도 못 들었는데요." 그는 폴을 날카롭게 바라보았다. "얘, 혹시 네가 너희 아버지 총을 또 갖고 놀았던 것 아냐?"

"아, 아니에요, 아저씨!" 폴이 기겁하며 말했다.

"네 부모님은 어디 계시니?" 경찰관이 폴에게 물었다.

"영화관에요." 폴이 대답했다.

"집에 너 혼자 있니?" 경찰관이 물었다.

"예." 폴이 대답했다. "이건 모험 같은 거예요."

"아저씨가 총 얘기를 그렇게 해서 미안하구나." 하거가 말했다. "이 집에서 총소리가 났으면 아저씨가 분명 들었을 텐데. 벽이 종잇장처럼 얇은데도 아무 소리도 안 들렸는데 말이야."

폴은 그를 고마운 표정으로 쳐다봤다.

"꼬마야, 너도 총소리를 전혀 못 들은 거니?" 경찰관이 물었다.

폴이 대답할 말을 찾기도 전에 바깥 거리에서 소동이 일어났다. 어떤 덩치 큰 아줌마가 택시에서 내리며 목청껏 소리를 질렀다. "렘! 렘! 자기!"

그녀는 현관으로 밀치고 들어가다가 여행 가방에 다리를 부딪쳐 스타킹이 찢어졌다. 그녀는 여행 가방을 내던지고 하거에게로 달려가 두 팔로 그를 와락 껴안았다.

"여보, 당신이 보낸 사연을 들었어." 그녀가 말했다. "그리고 난 밤샘지기 샘이 하라는 대로 했어. 난 나의 자존심을 굽히고 우리 집으로 돌아왔어!"

"로즈, 로즈, 로즈. 내 사랑 로즈." 하거가 말했다. "절대로 두 번 다시는 나를 떠나지 마." 두 사람은 서로 다정하게 꼭 껴안고 비틀거리며 자신들의 집으로 들어갔다.

"집안 꼴이 이게 뭐람!" 하거 부인이 말했다. "남자는 여자가 없으면 아무것도 못 한다니까!" 그녀가 문을 닫을 때 폴은 그녀가 난장판이 된 집안 꼴에 무척 기뻐하는 모습을 볼 수 있었다.

"너도 총소리를 전혀 못 들은 게 확실하니?" 경찰관이 폴에게 물었다.

폴의 호주머니에 든 돈뭉치가 수박 크기로 부풀어 오르는 것 같았다. "예, 경찰관님." 폴이 기어들어 가는 목소리로 말했다.

경찰관이 떠났다.

폴은 현관문을 닫고 발을 끌며 자기 방으로 들어가 침대에 맥없이 쓰러졌다.

폴이 들은 다음 목소리들은 벽을 기준으로 폴이 사는 쪽에서 났다. 그 목소리들은 햇살처럼 밝았다. 그 목소리의 주인공은 바로 그의 어머니와 아버지였다. 그의 어머니는 자장가를 부르고 있었고 그의 아버지는 폴의 옷을 벗기고 있었다.

"자장, 자장, 잘도 자네, 우리 아들 존," 그의 어머니가 카랑카랑한 목소리로 노래했다. "양말을 신은 채 잠들었네. 신발 한 짝은 신고, 한 짝은 벗은 채로. 자장, 자장, 잘도 자네, 우리 아들 존."

폴이 눈을 떴다.

"안녕, 우리 아들." 그의 아버지가 말했다. "옷을 다 입은 채로 잠들었더구나."

"오늘 모험은 어땠니?" 그의 어머니가 물었다.

"좋았어요." 폴이 졸린 듯이 말했다. "영화는 어땠어요?"

"어린이용 영화가 아니었단다, 얘야." 그의 어머니가 말했다. "그래도 넌 그 단편 영화를 좋아했을 것 같아. 곰에 대한 영화였거든. 귀여운 아기 곰에 대한 영화였어."

폴의 아버지는 폴의 바지를 그녀에게 건넸고, 그녀는 바지를 털어 침대 옆에 놓인 의자 등받이에 깔끔하게 걸어 놓았다. 그녀는 바지를 반듯하게 펴려고 톡톡 두드리다가 돈뭉치가 들어 있어서 볼록한 호주머니를 만지게 되었다. "꼬마들의 호주머니란!" 그녀는 아주 즐거워하며 말했다. "어린 시절의 신비로운 물건들로 가득하지. 마법에 걸린 개구리가 들어 있을까? 동화 속 공주에게서 받은 마법의 주머니칼이 들어 있을까?" 그녀는 볼록 튀어나온 호주머니를 어루만졌다.

"얘는 꼬마가 아냐. 이제 다 큰 소년이라고." 폴의 아버지가 말했다. "그리고 얘는 이제 동화 속 공주를 생각할 나이는 지났어."

폴의 어머니는 두 손을 들었다. "너무 서두르지 마. 재촉하지 말라고. 얘가 저기에서 잠들어 있는 것을 본 순간 어린 시절이 얼마나 순식간에 지나가 버리는지 또다시 깨달아서 그랬어." 그녀는 호주머니에 손을 넣으며 애석한 듯 한숨을 쉬었다. "어린 남자애들은 옷을 정말 거칠게 다룬다니까. 호주머니는 특히 더."

그녀는 호주머니에 든 뭉치를 꺼내 폴의 코앞에 들이댔다. "자, 이게 뭔지 엄마한테 얘기해 주지 않을래?" 그녀는 쾌활하게 말했다.

그 뭉치는 지저분한 국화꽃처럼 펼쳐지며 1달러짜리, 5달러짜리, 10달러짜리, 20달러짜리 지폐들과 립스틱 자국이 난 크리넥스 화장지로 된 꽃잎을 드러냈다. 그리고 거기에서 피어올라 폴의 어린 마음을 현혹하고 있는 것은 몹시 자극적인 사향 향수 냄새였다.

폴의 아버지는 코를 킁킁거리며 냄새를 맡았다. "이 냄새는 뭐지?" 그가 물었다.

폴의 어머니는 눈을 굴렸다. "금기시되는 것." 그녀가 말했다.

(1955년)

한결 위풍당당한 저택

우리가 그레이스와 조지 매클렐런 부부와 알고 지낸 지는 이제 약 2년째다. 매클렐런 부부는 우리를 방문해 우리가 이 마을에 온 것을 환영해 준 첫 번째 이웃이었다.

나는 그들과의 첫 대화가 의례적인 인사말을 몇 마디 주고받은 뒤에 불편하고 느릿느릿 이어질 줄 알았지만 전혀 아니었다. 참새만큼이나 재빠르고 밝은 눈을 지닌 그레이스는 몇 시간이고 대화를 계속 이어 나갈 수 있는 충분한 이야깃거리를 찾아냈다.

"있잖아요," 그녀가 흥분해서 말했다. "두 분의 거실은 더할 나위 없이 멋진 곳이 될 수도 있어요! 안 그래요, 여보? 그 거실 모습이 당신 눈에도 훤히 보이지 않아요?"

"그럼." 그녀의 남편이 말했다. "맞아요, 그래요."

"여기 하얗게 칠한 목조 부분을 다 뜯어내세요." 그레이스는 눈살을 찌푸리며 말했다. "그런 다음 엄버*가 약간 첨가된 아마인유로 닦은 마디가 많은 송판을 그 자리에 다 붙이세요. 소파 커버는 립스틱처럼 빨간색이

*천연 갈색 안료.

좋겠군요. 그것도 완전히 새빨간 색으로요. 무슨 말인지 아시죠?"

"빨간색이라고요?" 내 아내 앤이 말했다.

"네, 빨간색이요! 화려한 색상을 겁내지 말아요."

"겁내지 않도록 해 볼게요." 앤이 말했다.

"그리고 저기 벽 전체와 저쪽의 보기 흉한 작은 창문 두 개도 진녹색 커튼으로 가려요. 그 모습이 부인 눈에도 훤히 보이지 않아요? 안 그럼 〈더 멋진 집과 정원〉 2월 호에 실린 문제의 그 거실과 거의 똑같이 될 거예요. 물론 부인은 그 거실을 기억하고 있겠죠?"

"제가 그 부분은 못 보고 지나쳤나 보네요." 앤이 말했다. 지금은 8월이었다.

"아니면 〈훌륭한 가정생활〉이었나요, 여보?" 그레이스가 말했다.

"지금 당장은 기억이 잘 안 나요." 조지가 말했다.

"그렇다면 내 파일에서 그걸 찾아서 내 손으로 직접 알아보죠 뭐." 그레이스가 갑자기 일어서더니 주인이 청하지도 않았는데 그 집의 나머지 공간을 돌아보기 시작했다.

그녀는 이 방 저 방을 돌아다니며 가구 한 점을 구세군에 보내 버리고, 가짜 골동품을 한 점 찾아내고, 어깨를 으쓱해 칸막이를 치워 버리라는 몸짓을 하고, 우리가 다른 물건을 주문하기 전에 바닥을 완전히 덮는 연녹색 카펫부터 먼저 주문해야 한다며 카펫의 치수를 걸음짐작했다. "카펫부터 시작해요." 그녀가 단호하게 말했다. "그것부터 깔아요. 카펫부터 깔면 이 집의 아래층 전체에 통일감을 줄 거예요."

"음." 앤이 말했다.

"부인이 〈아름다운 집〉 6월 호에서 '흔히 하는 카펫 관련 실수 열아홉 가지'를 보셨는지 모르겠네요."

"아, 예. 그건 봤어요." 앤이 말했다.

"좋아요. 그렇다면 카펫부터 깔지 않는다면 전체 인테리어가 얼마나 엉망이 되어 버릴 수 있는지 부인에게 말할 필요가 없겠네요. 여보!…… 오, 제 남편이 아직 거실에 있군요."

나는 거실 소파에 앉은 채 골똘히 생각에 잠겨 있는 조지를 흘끗 보았다. 그러자 그는 자세를 바로 하며 미소 지었다.

나는 그레이스를 뒤따라가며 화제를 바꾸려고 했다. "어디 보자, 부인 댁은 우리의 북쪽에 있지요. 그럼 우리의 남쪽에는 누가 살죠?"

그레이스는 두 손을 들었다. "오! 그 집 사람들을 아직 안 만나 보셨군요. 거기에는 젱킨스 부부가 살아요. 여보!" 그녀가 소리쳤다. "이분들이 젱킨스 부부에 대해 알고 싶대요." 그녀의 목소리로 추정컨대 우리의 남쪽 이웃은 뭐랄까 사랑스러운 부랑자들인 모양이었다.

"저기, 여보, 그들은 진짜 좋은 사람들이에요." 조지가 말했다.

"에이, 여보," 그레이스가 말했다. "당신은 젱킨스 부부가 어떤지 잘 알잖아요. 맞아요, 그들은 좋은 사람들이에요. 하지만……." 그녀가 웃음을 터트리며 고개를 절레절레 흔들었다.

"하지만 뭐요?" 내가 물었다. 여러 가능성들이 내 머릿속을 쏜살같이 스쳐 지나갔다. 나체주의자들? 마약중독자들? 무정부주의자들? 햄스터 키우는 사람들?

"그들은 1945년에 이사 왔어요." 그레이스가 말했다. "그리고 곧바로 영화감독 히치콕의 멋진 의자 두 개를 샀어요. 그리고……." 이번에 그녀는 한숨을 쉬며 어깨를 으쓱했다.

"그리고요?" 내가 물었다. 그리고 그 의자들에 먹물이라도 쏟았나? 그리고 속이 비어 있는 의자 다리에서 돌돌 말아 놓은 천 달러짜리 지폐 뭉치라도 찾았나?

"그리고 그게 다예요." 그레이스가 말했다. "그들은 바로 거기에서 딱 멈췄어요."

"어쩌다가요?" 앤이 말했다.

"훤하지 않아요? 그러니까 그들은 그 의자 둘로 멋지게 시작했지만, 그런 다음 그냥 가세가 기울었어요."

"오," 앤이 천천히 말했다. "알겠어요.……반짝 성공이었던 거로군요. 그러니까 그게 바로 젱킨스 부부가 지닌 문제로군요. 아하!"

"젱킨스 부부가 참 안됐군요." 내가 말했다.

그레이스에게는 내 말이 들리지 않았다. 그녀는 거실과 식당 사이를 왔다 갔다 하며 순찰을 돌고 있었고 나는 그녀가 거실로 들어왔다 나갔다 할 때마다 매번 정확히 똑같은 지점에서 도중에 갑자기 확 방향을 튼다는 사실을 알아챘다. 호기심에 차서 나는 그녀가 피해 가는 지점으로 가서 바닥의 그 지점이 견고하지 못한지 뭔지 알아보려고 두어 번 폴짝폴짝 뛰어 보았다.

다시 거실로 들어온 그녀가 나를 놀란 눈으로 쳐다보았다. "오!"

"혹시 제가 무슨 잘못이라도 한 건가요?" 내가 물었다.

"그냥 '당신'이 여기에 계실 줄 몰랐거든요."

"죄송합니다."

"여기는 구두수선공의 작업대가 놓여 있는 곳이니까 말이에요."

나는 옆으로 비켜서 그녀가 가상의 구두수선공 작업대 위로 몸을 굽히는 모습을 불편하게 지켜보았다. 그녀가 처음으로 나를 놀라게 하고, 내가 웃고 싶지 않은 기분이 살짝 들게 만들었던 때가 바로 그때였던 것 같다.

"못이 든 서랍이 한두 개 열려 있고 담쟁이덩굴이 그 서랍에서 자라나고 있어요." 그녀가 설명했다. "귀엽죠?" 그녀는 정강이가 까이지 않게 조심스럽게 그 주위를 빙 돌아 2층으로 올라가는 계단으로 갔다. "2층을 한번 둘러봐도 될까요?" 그녀가 쾌활하게 물었다.

"그러세요." 앤이 말했다.

조지는 소파에서 일어나 있었다. 그는 선 채로 잠시 동안 계단을 올려다보았다. 그러고는 빈 유리잔을 치켜들었다. "한 잔 더 마셔도 될까요?"

"이런, 죄송해요, 조지. 당신한테 별로 신경을 쓰지 못했군요. 물론이죠. 마음껏 드세요. 위스키 병은 저기 식당에 있어요."

그는 곧바로 식당으로 가서 큰 유리잔에 위스키를 4센티미터 가량 따랐다.

"여기 욕실 타일과 댁의 수건은 전혀 어울리지 않아요." 그레이스가 2층에서 말했다.

가정부처럼 그레이스 뒤를 따라다니고 있던 앤이 침울한 목소리로 동의했다. "그렇네요."

조지는 윙크를 하며 자신의 잔을 들어 쭉 들이켰다. "제 아내의 터무니없는 말에 현혹되지 마십시오." 그가 말했다. "그냥 제 아내의 말하는 습관이 그러려니 하세요. 이 집 정말 근사하군요. 제 맘에 쏙 들어요. 제 아내도 그럴 거고요."

"고마워요, 조지. 그렇게 말씀해 주셔서 감사해요."

앤과 그레이스는 다시 아래층으로 내려왔고 앤은 지친 기색이 역력했다. "오, 남자분들!" 그레이스가 말했다. "두 분은 우리가 어리석다고 생각했죠, 그렇죠?" 그녀는 앤에게 같은 편이라는 듯 미소를 지어 보였다. "남자들은 여자들의 관심을 끄는 게 뭔지 모른다니까요. 우리 둘이 무척 즐거운 시간을 보내고 있을 동안 당신 두 사람은 무슨 얘기를 하고 있었어요?"

"목재 부분에 벽지를 바르고 열쇠구멍용 면 가리개를 만들어야 한다고 그에게 말해 주고 있었어요." 조지가 말했다.

"으으음," 그레이스가 말했다. "이제 그만 집에 갈 시간이에요, 여보."

그녀는 현관문 밖에서 멈춰 섰다. "이 문에는 기본적인 선 모양이 좋겠군요." 그녀가 말했다. "저 싸구려 장식은 끌만 갖다 대도 바로 떨어지겠어요. 그리고 흰색 페인트를 칠했다가 다시 곧바로 닦아 내면 저 장식은 환해질 거예요. 부인의 환한 모습과 더 비슷해질 거예요."

"정말 도움이 많이 됐어요." 앤이 말했다.

"그런데 이 집은 지금 이대로도 멋진 집이에요." 조지가 말했다.

"맹세컨대," 그레이스가 말했다. "난 예술가들 가운데 남자들이 그렇게 많은 걸 절대로 이해 못하겠어요. 난 예술적 기질을 티끌만큼이라도 지닌 남자를 만난 적이 한 번도 없거든요."

"실없는 소리." 조지가 조용히 말했다. 그 순간 나는 그에게 놀랐다. 그가 그레이스에게 흘끗 던진 눈길에서 넘치는 애정과 강한 소유욕이 느껴졌기 때문이다.

"이제는 우리 집이 멋없고 초라한 쓰레기장 같아요." 매클렐런 부부가 가고 난 뒤 앤이 우울하게 말했다.

"오, 이런, 여보…… 우리 집은 아주 멋진 집이에요."

"나도 그렇게 생각하지만 우리 집은 손봐야 할 데가 아주 많아요. 그전에는 미처 깨닫지 못했는데. 어쩜, 매클렐런 부부의 집은 틀림없이 멋질 거예요. 매클렐런 부인 말로는 그 집에 산 지 5년째래요. 5년간 그녀가 집을 어떻게 꾸몄을지 상상해 봐요. 모든 것이 흠잡을 데 없고 마지막 못대가리 하나까지도 완벽할 것 같지 않아요?"

"그 집은 밖에서 보면 대단해 보이지 않던데. 아무튼, 여보, 이러는 건 당신답지 않아요."

그녀는 마치 정신을 차리려는 듯 고개를 흔들었다. "나답지 않죠, 그죠? 난 살면서 지금까지 이웃에 뒤처지지 않으려고 애쓰는 데는 털끝만큼도 관심이 없었는데 말이에요. 하지만 그 여자한테는 뭔가 특별한 게 있어요."

"그 여자야 어찌 되든 말든! 우린 그냥 젱킨스 부부와 운명을 같이합시다."

앤이 소리 내어 웃었다. 그레이스의 마법이 점점 약해지고 있었다. "당신 미쳤어요? 달랑 의자 두 개만 가진 그 사람들과 친구가 되라고요? 그렇게 쉽게 포기해 버리는 사람들과요?"

"음, 그럼 우리는 그들이 그 의자 둘과 어울리는 새로운 소파를 갖는다는 조건으로 그들과 친구가 되는 거요."

"아무 소파가 아니라 '흠잡을 데 없는' 소파를요."

"그들이 우리 친구의 친구가 되고 싶다면 화려한 색상을 두려워해서는 안 되고 카펫부터 까는 게 좋을 거예요."

"그거야 두말하면 잔소리죠." 앤이 활기차게 말했다.

하지만 우리 부부가 젱킨스 부부에게 묵례 이상의 것을 하기 위한 틈을 내기까지는 시간이 오래 걸렸다. 그레이스 매클렐런은 깨어 있는 시간의 대부분을 우리 집에서 보냈다. 거의 매일 아침, 내가 일하러 나갈 때쯤, 그녀는 집안 꾸미는 것에 관한 잡지들을 가득 안고 비틀거리면서 우리 집으로 와서는 앤에게 문제투성이 우리 집에 딱 맞는 해결책을 찾아 자신과 함께 그 잡지책들을 열심히 봐야 한다고 주장하고는 했다.

"매클렐런 부부는 무척 부자인가 봐요." 어느 날 밤 저녁 식사를 하다가 앤이 말했다.

"그렇지 않은 것 같던데." 내가 말했다. "조지는 자그마한 가죽 제품 가게를 하는데 사람들은 그 가게에 손님이 있는 걸 거의 본 적이 없대요."

"음, 그럼 버는 돈을 몽땅 집에다 쏟아붓나 보네요."

"그럴 수도 있겠군요. 그런데 당신은 왜 그들 부부가 부자라고 생각해요?"

"그 여자가 말하는 것을 들으면 돈이 아무것도 아니란 생각이 들거든요! 눈 하나 깜빡하지 않고 그녀는 1미터당 10달러씩이나 하는 천장에서 바닥까지 닿는 긴 커튼 얘기를 하고 부엌을 수리하는 데는 단돈 1,500달러 이상은 들지 않을 거라고 말해요. 그것도 자연석 벽난로는 빼고 말이에요."

"자연석 벽난로가 없다면 그게 무슨 부엌이람?"

"그리고 원형 소파도요."

"그 여자를 멀리할 방법이 없을까요, 앤? 당신이 그 여자 때문에 너무 지쳐 가는 것 같아요. 그냥 당신이 너무 바빠서 못 만난다고 하면 안 될까요?"

"그럴 용기가 안 나요. 그녀가 나한테 얼마나 친절하고 다정한데요. 거기다 그녀는 무척 외로운 사람이기도 하고요." 앤은 어쩔 수 없다는 투로 말했다. "게다가 그녀에게는 말이 통하지 않아요. 그녀는 내가 하는 말은 듣지도 않아요. 그녀의 머릿속은 온통 청사진이니 천이니 가구니 벽지니 페인트니 하는 것들로 꽉 차 있거든요."

"그럼 화제를 바꿔 봐요."

"미시시피강의 흐름을 바꾸는 게 훨씬 쉬울걸요! 정치 얘기로 화제를 바꾸면 그녀는 백악관을 리모델링하는 것에 대해 얘기를 해요. 개 얘기로 화제를 바꾸면 그녀는 개집에 대해 이야기를 하고요."

전화벨이 울려서 내가 전화를 받았다. 그레이스 매클렐런이었다. "네, 그레이스?"

"당신은 사무용 가구 사업을 하시죠, 그렇죠?"

"예, 맞습니다만."

"혹시 중고 서류장도 취급하시나요?"

"예. 그건 별로 취급하고 싶지는 않지만 가끔 어쩔 수 없이 들여놓죠."

"제가 하나 구할 수 있을까요?"

나는 잠시 생각에 잠겼다. 쓰레기 폐기장으로 끌고 가려던 참인 파손된 중고 원목 서류장이 하나 있었다. 나는 그녀에게 그 서류장에 대해 말했다.

"오, 참 멋진 물건일 것 같네요! 〈더 멋진 집〉 지난달 호에 중고 서류장을 어떻게 활용해야 할지에 대한 기사가 실려 있었어요. 서류장에 벽지를 바른 다음 그 위에 투명 니스를 덧바르면 사랑스럽게 변신시킬 수 있대요. 그 모습이 당신 눈에도 훤히 보이지 않아요?"

"알겠습니다. 사랑스럽게 변신시킨다니, 좋죠. 제가 내일 밤에 가져다 드리겠습니다."

"정말 고마워요. 그럼 그때 앤과 함께 우리 집에 잠시 들러 차 한잔하고 가시지 않으실래요?"

나는 초대에 응하고 전화를 끊었다. "자, 드디어 때가 왔어요." 내가 말했다. "마리 앙투아네트가 마침내 베르사유 궁전을 한번 보러 오라고 우리를 초대했어요."

"걱정스럽네요." 앤이 말했다. "거기 갔다 오면 우리 집이 너무 형편없어 보일까 봐 말이죠."

"인생에는 집 꾸미는 일 말고도 더 많은 일이 있어요."

"알아요. 나도 잘 알아요. 난 그냥 당신이 낮에 집에 있으면서 그녀가 여기에 있는 동안 그런 말을 나한테 계속해 줬으면 좋겠어요."

다음 날 저녁, 나는 승용차 대신 픽업트럭을 집으로 몰고 와서 매클렐런 부부의 집으로 중고 서류장을 싣고 갔다. 앤은 이미 매클렐런 부부의 집에 와 있었고 조지가 나와서 나를 도와주었다.

그 서류장은 오크나무로 된 구식 서류장으로 엄청나게 컸다. 그래서 나는 땀을 뻘뻘 흘리고 끙끙 앓으면서 서류장을 옮기느라 현관홀에 조지와 함께 우리의 짐을 내려놓을 때까지 사실은 별로 그 집에 주의를 기울이지 못했다.

가장 먼저 내 눈에 띈 것은 현관의 홀에 아직 벽지나 투명 니스의 은총을 받지는 못했지만 낡아 빠진 서류장이 이미 두 개나 있다는 사실이었다. 나는 거실을 들여다보았다. 앤이 얼굴에 묘한 미소를 띤 채 소파에 앉아 있었다. 소파 스프링들이 소파 밑으로 툭 튀어나와 그대로 노출된 채 바닥에 닿아 있었다. 거실을 밝히는 주된 불빛은 전구 소켓이 여섯 개 달린 거미줄투성이 샹들리에에 꽂힌 단 하나의 전구에서 나오고 있었다. 절연용 테이프로 때운 전기 연장 코드가 그 소켓 가운데 다른 하나에 매달린 채 거실 한가운데에 놓인 다리미판 위의 다리미에 연결되어 있었다.

바닥의 깔개라고는 욕실에서 일반적으로 볼 수 있는 형태의 작은 깔개 하나가 다였고, 바닥의 널빤지는 오래 방치한 탓에 흠집도 많고 색도 칙칙했다. 온통 먼지와 거미줄투성이에 창문도 더럽기 짝이 없었다. 질서나 부의 유일한 흔적은 소파 탁자 위에 있었는데 탁자 위에는 두껍고 반들반들한 수십 권의 인테리어 잡지가 부채처럼 펼쳐져 있었다.

초조해하고 평소보다 말수가 적은 조지의 모습으로 미루어 보아 그는 우리를 집 안에 들인 것이 불안한 모양이었다. 우리에게 마실 것을 만들어 준 뒤, 그는 자리에 앉아 안절부절못하며 계속 말이 없었다.

하지만 그레이스는 그렇지 않았다. 그녀는 엄청나게 흥분한 상태로 겉으로 보기에는 억누를 길 없는 자부심으로 가득했다. 앉았다 일어났다 또 다시 앉기를 1분 동안에만 십여 차례 반복하더니 발레를 하듯 거실을 돌아다니며 그 공간 전체를 정확히 어떻게 할 것인지 설명했다. 그녀는 상상의 직물을 손가락으로 쓰다듬으며 언젠가는 다리를 뻗을 수 있는 긴 자두색 의자가 될지도 모르는 등의자에 기분 좋게 몸을 쭉 뻗고 누웠다. 그러고는 한쪽 벽에 기대 세워 놓을 예정인 회반죽을 칠한 오크나무로 만든 텔레비전과 라디오, 그리고 축음기를 올려놓는 콘솔의 폭을 보여 주기 위해 두 손을 최대한 멀찍이 뻗었다.

그녀는 손뼉을 치며 눈을 감았다. "당신도 보이죠? 아주 훤히 보이죠?"

"정말 사랑스럽네요." 앤이 말했다.

"그리고 매일 밤, 조지가 저만치에서 집으로 걸어오는 모습이 보이면, 나는 얼른 차가운 백랍 주전자에 마티니를 준비해 놓고 축음기로 음반을 틀어 놓을 거예요." 그레이스는 텅 빈 공간 앞에 마치 콘솔이 놓여 있다는 듯 무릎을 꿇더니 아무것도 없는 데서 음반을 하나 골라 상상의 턴테이블에 그 음반을 올리고는 존재하지도 않는 버튼을 누른 다음 등의자로 다시 물러났다. 놀랍게도 그녀는 상상 속 음악에 박자를 맞춰 머리를 이리저리 흔들기 시작했다.

그런 상태가 1분 정도 지나자 조지 역시 마음이 산란해진 모양이었다. "여보! 잘 거면 들어가서 자요." 그는 밝은 목소리로 말하려고 애썼지만 정말로 걱정하는 기색이 목소리에 내비쳤다.

그레이스는 고개를 저으며 나른하게 눈을 떴다. "잠든 게 아니었어요. 음악을 듣고 있었는걸요."

"여기는 틀림없이 매력적인 공간이 될 거예요." 앤이 걱정스런 눈빛으로 나를 보며 말했다.

새롭게 에너지를 충전한 그레이스가 다시 벌떡 일어났다. "그리고 식당!" 조바심을 내며 그녀가 잡지를 한 권 집어 들고는 휙휙 넘겼다. "저기, 잠깐만, 어디더라? 그게 어디 있더라? 아냐, 이게 아닌데." 그녀는 그 잡지책을 내던졌다. "참, 그렇지! 어젯밤에 그걸 오려서 파일에 넣어 놨었지. 기억하죠, 여보? 상판은 유리로 되어 있고 아래쪽에는 꽃을 심은 화분을 놓는 공간이 있는 그 식탁 기억 안 나요?"

"으응."

"바로 그 식탁을 우리 식당에 놓는 거예요." 그레이스가 행복하게 말했다. "당신도 그 모습이 훤히 보이죠? 유리를 통해 식탁 아래가 그대로 다 보이니까, 식탁 밑에 제라늄이든 아프리카 제비꽃이든 당신이 원하는 건 뭐든 갖다 놓는 거예요. 재미있죠?" 그녀는 부리나케 서류장들이 있는 곳으로 갔다. "당신들이 컬러로 된 그 식탁 사진을 봐야 하는데, 정말이지."

앤과 나는 공손하게 그녀를 뒤따라가서 그녀가 여러 서랍의 칸막이들을 손가락으로 훑을 동안 기다렸다. 내가 보니 그 서랍들은 천 샘플과 벽지 샘플, 페인트 색표, 잡지에서 뜯어낸 페이지들로 꽉 차 있었다. 그녀는 이미 서류장 두 개를 가득 채워 놓은 상태였고 내가 가져온 세 번째 서류장도 넘치게 할 준비가 되어 있었다. 그 서랍들에는 간단히 '거실,' '부엌,' '식당' 등의 라벨이 붙어 있었다.

"정말 정리를 잘 해 두셨네요." 나는 손에 신선한 음료를 들고서 막 옆을 스쳐 지나가던 조지에게 말했다.

그가 나를 뚫어져라 쳐다보았는데, 마치 내가 자신에게 건넨 말이 농담인지 아닌지 알아내려고 애쓰는 것 같았다. "그렇죠." 그가 마침내 말했다. "거기에는 심지어 내 아내가 나를 위해 지하실에 마련해 주고 싶어하는 작업장에 대한 칸도 있답니다." 그는 한숨을 쉬었다. "언젠가는 말이죠."

그레이스는 작은 네모 모양의 투명한 파란색 비닐 조각을 들어 올렸다. "그리고 이건 개수대와 자동 식기세척기 위쪽에 달 부엌 커튼을 위한 거예요. 방수가 되고 깨끗하게 닦이죠."

"멋지네요." 앤이 말했다. "댁에 자동 식기세척기가 있나 봐요?"

"으음?" 그레이스가 저 멀리 지평선을 바라보는 듯한 시선으로 빙긋 웃었다. "오…… 식기세척기요? 아뇨, 없어요. 하지만 나는 우리가 원하는 식기세척기를 정확히 알아요. 우리는 마음속으로 정해 둔 식기세척기가 있어요. 그렇지 않아요, 여보?"

"그럼, 여보."

"그리고 언젠가는……." 그레이스는 파일 서랍의 내용물을 손가락으로 훑으며 행복하게 말했다.

"언젠가는……." 조지가 말했다.

앞서 말했듯 우리가 매클렐런 부부와 처음 만난 이후로 2년이 지났다. 동정심 많고 다정다감한 앤은 그레이스가 자신의 잡지책들을 들고 와 우리 집에서 온종일 시간을 보내는 것을 피할 수 있는 무해한 방법을 찾아냈다. 하지만 우리는 매클렐런 부부와 이웃끼리 한 달에 한두 번 만나 같이 술을 한 잔 마시는 시간을 정기적으로 가졌다.

나는 조지를 좋아했고, 조지는 이웃의 거의 모든 이들이 즐겨 하는 짓인 실내 인테리어로 자신의 아내를 굶리는 짓을 우리가 하지 않을 것이라고 확신할 때면 다정하고 말수도 많아졌다. 그는 그레이스를 열렬히 사랑했고 우리가 처음 만났을 때 그랬던 것처럼 그녀의 집착을 가볍게 여겼다. 다만 그때 그는 자기 부인이 이웃들 앞에서 그런 행동을 하는지는 알지 못했다. 그는 지인들과 같이 있을 때 그녀가 꿈꾸는 것을 좌절시키거나 폄하하는 말이나 행동은 일절 하지 않았다.

앤은 오직 한 가지 주제에 대해서만 말하는 그레이스와의 대화를 기독교도로서의 일종의 봉사활동으로 여기고 요령껏 참을성 있게 경청했다.

조지와 나는 두 여자를 무시한 채 실내 장식을 제외한 모든 것에 대해 이야기를 나누며 무척 즐거운 시간을 보냈다.

이렇게 이야기를 나누던 중에 조지가 수년간 재정적으로 무척 힘든 상황에 처해 있으며 형편이 나아질 기미가 보이지 않는다는 사실이 조금씩 드러났다. 조지의 말로는 그레이스가 5년 동안 꿈꿔 왔던 그 '언젠가'는 인테리어 잡지가 가판대에 한 권씩 새로 나올 때마다 한 달씩 미뤄지는 듯했다. 그레이스 때문이 아니라 바로 그 사실 때문에 그가 늘 술을 추가로 더 많이 마시는 모양이라고 나는 결론 내렸다.

그리고 서류장들이 점점 더 꽉 차 갈수록 매클렐런 부부의 집은 점점 더 볼품없어져만 갔다. 하지만 자신들의 집이 어떤 모습일지 설명하는 그레이스의 흥분이 시든 적은 단 한 번도 없었다. 오히려 그녀의 흥분은 커져만 갔고, 우리는 몇 번이고 그녀를 따라 집 안 곳곳을 돌아다니며 그 집이 완전히 어떤 모습이 될지 들어야만 하고는 했다.

그러던 어느 날 무척 슬픈 일과 정말 근사한 일이 매클렐런 부부에게 일어났다. 슬픈 일은 그레이스가 바이러스에 감염되어 병원에 두 달 동안 입원해야 한 일이었다. 근사한 일은 조지가 한 번도 만나 보지 못한 어떤 친척에게서 돈을 조금 상속받은 일이었다.

그레이스가 입원해 있는 동안 조지는 종종 우리와 저녁 식사를 같이했다. 그리고 그가 유산을 받은 날, 그의 과묵함은 완전히 사라져 버렸다. 다름 아닌 바로 그가 다른 모든 화제를 제쳐 두고 실내 장식에 대해 열변을 토하는 바람에 우리 부부는 깜짝 놀랐다.

"당신도 이제 거기에 중독됐나 보군요." 앤이 소리 내어 웃으며 말했다.

"중독은 무슨! 상속받은 돈이 들어왔거든요! 난 우리 집을 내 아내가 원하는 모습 그대로 바꿔서 그녀가 집으로 돌아왔을 때 깜짝 놀라게 해 줄 겁니다.”

“정말요, 조지?”

“정말이고말고요!”

그리고 앤과 나는 그를 돕기 위해 기꺼이 징집되었다. 우리는 그레이스의 파일을 자세히 살펴보며 북엔드와 비누받침에 이르기까지 모든 공간에 대해 그레이스가 원하는 것들을 세세하게 찾았다. 모든 항목을 다 찾아내는 것은 힘든 일이었지만 조지는 지칠 줄 몰랐고 앤도 그랬으며 돈은 문제가 되지 않았다.

시간이 가장 중요했지 돈은 전혀 중요하지 않았다. 전기 기술자들, 미장공들, 석공들, 목수들이 추가 수당을 받기 위해 밤낮으로 쉬지 않고 계속 일했다. 그리고 앤은 전혀 보수도 받지 않으면서도 자신이 주문한 집안 가득 들일 가구들을 재촉하며 백화점을 성가시게 했다.

그레이스가 집으로 오기 이틀 전, 상속받은 재산은 다 써 버렸고, 그들 부부의 집은 참으로 멋진 집이 되었다. 조지는 의심할 나위 없이 이 세상에서 가장 행복하고 가장 득의양양한 사내였다. 그 작업은 나무랄 데 없이 완벽했지만 언급할 만한 가치도 없는 아주 작은 세부 사항 한 가지만이 부족했다. 그것은 바로 앤이 그레이스가 거실 커튼과 소파 커버로 원했던 노란색 네모 천 샘플과 정확히 맞아떨어지는 천을 구하지 못했다는 것이었다. 앤이 불만스럽지만 받아들여야 했던 커튼과 커버는 그레이스가 원한 것보다는 살짝 밝은색이었다. 조지와 나는 그 차이점을 전혀 알아채지 못했지만 아무튼 그랬다.

드디어 그레이스가 조지의 팔에 기댄 채 밝지만 약한 모습으로 집으로 돌아왔다. 시간은 늦은 오후였고, 앤과 나는 완전히 흥분해서 떨리는 마음으로 거실에서 기다리고 있었다. 조지가 그레이스를 부축해 산책로로 걸어올 때, 앤은 선물로 가져와 커다란 유리 꽃병에 꽂아 소파 탁자 중앙에 놓아둔 빨간 장미 다발을 초조하게 만지작거렸다.

조지의 손이 걸쇠에 닿는 소리가 들리더니 문이 활짝 열리며 매클렐런 부부가 그들이 꿈꾸던 집의 문지방에 서 있었다.

"오, 여보," 그레이스가 나직한 목소리로 말했다. 그녀는 조지의 팔을 놓고는 마치 그녀 주변의 것들에서 기적적으로 기운을 얻고 있는 것처럼 우리가 예전에 천 번은 봤었던 그 모습 그대로 이 방 저 방을 걸어 다니며 전부 둘러보았다. 하지만 그녀는 아무 말이 없었다.

그녀는 마침내 거실로 돌아와 다리를 뻗을 수 있는 긴 자두색 의자에 털썩 주저앉았다.

조지는 축음기의 음량을 달콤하게 속삭이는 소리 정도로 낮췄다. "어때요?"

그레이스는 한숨을 쉬었다. "재촉하지 말아요." 그녀가 말했다. "난 지금 말을 찾고 있어요. 지금 상황에 딱 맞는 말을요."

"여보, 맘에 들어요?" 조지가 물었다.

그레이스는 그를 보며 못 믿겠다는 듯이 소리 내어 웃었다. "오, 여보, 조지, 물론 맘에 들어요! 자기, 정말 좋아요! 난 집에 있어요. 마침내 집에 있다고요." 그녀의 입술이 떨렸고 우리 모두는 얼굴이 어두워지기 시작했다.

"뭐 잘못된 거라도?" 조지가 쉰 목소리로 물었다.

"아뇨, 당신은 우리 집을 정말 잘 돌봤군요. 모든 것이 굉장히 깨끗하고 아름다워요."

"음, 물건들이 깨끗하지 '않다면' 그거야말로 정말이지 놀라운 일일 거요." 조지가 말했다. 그는 손뼉을 쳤다. "자, 그럼, 여보, 이제 술 한 잔쯤은 마셔도 괜찮겠죠?"

"술도 한 잔 못 마시다니, 내가 죽기라도 했어요?"

"조지, 우리는 빠질게요." 내가 말했다. "우린 갈게요. 우리는 그냥 부인이 걸어 들어올 때 표정만 보고 가려고 했거든요. 그러니 이제 그만 가볼게요."

"아니, 그러지 말고……." 조지가 말했다.

"아뇨. 정말이에요. 우리는 그만 가 볼게요. 두 분만 오붓하게 계셔야죠. 아니, '셋'이, 이 집까지 포함해서요."

"여기 꼼짝 말고 있어요." 조지가 말했다. 그는 마실 것을 준비하러 눈부시게 하얀 부엌으로 급하게 갔다.

"저기, 우리는 그냥 슬쩍 나갈게요." 앤이 말했다. 우리는 현관문으로 향했다. "일어나지 말아요, 그레이스."

"뭐, 정 두 분이 가셔야겠다면 어쩔 수 없죠. 안녕히 가세요." 그레이스가 긴 의자에 앉은 채로 말했다. "두 분께 어떻게 감사 인사를 드려야 할지 잘 모르겠어요."

"이건 지난 몇 년간 제게 있었던 일 가운데 가장 재미있는 일이었는걸요." 앤이 말했다. 그녀는 뿌듯하게 그곳을 둘러보고는 소파 탁자로 가서 장미꽃을 다시 살짝 매만졌다. "딱 한 가지 걱정스러운 게 있는데 그건 바로 소파 커버와 커튼의 색이에요. 커버랑 커튼은 괜찮나요?"

"어머, 앤, 당신도 그걸 알아챘어요? 내가 언급조차 안 했는데 말이에요. 그런 사소한 것 하나가 내 귀가를 망치게 놔두는 것은 틀림없이 어리석은 일일 거예요." 그녀는 살짝 눈살을 찌푸렸다.

앤은 풀이 죽었다. "오, 저런, 그게 부인의 귀가를 망치지 않기를 바랐는데."

"아뇨, 아뇨, 물론 그게 내 귀가를 망치지는 않았어요." 그레이스가 말했다. "나는 그게 그다지 이해는 잘 안 되지만 조금도 문제가 되지는 않아요."

"저기, 그건 제가 설명 드릴게요." 앤이 말했다.

"공기가 뭔가 달라진 모양이네요."

"공기가요?" 앤이 말했다.

"그럼, 당신이 이걸 달리 어떻게 설명할 수 있겠어요? 소파와 커버의 천이 수년간 아주 완벽하게 그 색상을 유지해 오다가 갑자기, 펑, 몇 주 만에 이렇게 색이 바래 버린걸요."

조지가 차가운 백랍 주전자를 들고 거실로 돌아왔다. "자, 아무리 그래도 한 잔씩들은 하고 가야죠, 안 그래요?"

앤과 나는 허기진 듯 감사히 그리고 말없이 각자의 잔을 들었다.

"오늘 〈아름다운 집〉 신간이 왔어요, 내 사랑." 조지가 말했다.

그레이스는 어깨를 으쓱했다. "당신 먼저 봐요. 당신도 잡지책들을 전부 다 봐 왔잖아요." 그녀는 자신의 잔을 들어 올렸다. "행복한 나날들이었어요. 그리고 소중한 두 분, 장미 정말 고마워요."

(1951년)

하이애니스포트 이야기

내가 방풍창을 판 곳 가운데 집에서 가장 멀리 떨어진 곳은 매사추세츠주 하이애니스포트에, 더 정확히는 케네디 대통령의 여름 별장 바로 앞에 있었다. 나의 작업 현장은 대개 뉴햄프셔주 노스크로퍼드에 있는 나의 집에서 약 40킬로미터 이내이다.

하이애니스포트 건은 어떤 사람이 내가 한 말을 오해해 내가 골드워터*를 지지하는 열렬한 공화당원이라고 생각하는 바람에 일어나게 되었다. 사실 그때 나는 골드워터에 대해 어느 쪽으로도 마음을 정하지 못한 상태였다.

그때 일어난 일은 다음과 같다. 노스크로퍼드 라이온스 클럽의 프로그램 의장이 골드워터의 지지자였고, 그가 로버트 태프트 럼퍼오드라는 이름의 대학생을 어느 날 모임에 참석시켜 워싱턴과 하이애니스포트에

---

*미국의 정치인 배리 골드워터. 보수주의자이자 강력한 반공주의자로 공화당 소속 상원의원을 역임했으며 1964년 대통령 선거에 공화당 대통령 후보로 나섰으나 민주당의 린든 존슨에게 참패했다. 이 소설이 쓰일 당시 공화당 대통령 후보로 나섰던 것으로 보인다.

서 민주당이 엉망진창이라는 내용의 강연을 하게 했다. 그 대학생은 그가 '주요 원칙들'이라고 부르는 것을 이 나라에 되돌리려고 애쓰는 어떤 학생 단체의 전국 대표였다. 내가 기억하기로 그 주요 원칙들 가운데 하나는 소득세를 없애는 것이었다. 여러분도 그때 쏟아져 나온 박수 소리를 들었어야 하는데.

나는 그 대학생이 나만큼도 정치에 관심이 없는 것 같다는 기묘한 기분이 들었다. 그는 눈 밑에 다크서클이 있었으며 차라리 어딘가 다른 곳에 있었으면 하는 것처럼 보였다. 그는 강한 주장을 하고는 했지만 그의 입에서 흘러나오는 주장은 장난감 피리로 연주하는 음악처럼 들렸다. 그 대학생이 정말로 흥미를 지닌 것처럼 보인 유일한 순간은 자신이 케네디 일가의 사람들이나 그들의 친구들과 요트 경주를 벌이거나 골프나 테니스 시합을 했던 일에 대해서 말할 때였다. 그는 보비 케네디*가 골프를 잘 친다는 선전 활동이 숱하게 있지만 실제로 보비는 골프에 서투르다고 말했다. 그는 피어 샐린저**는 세상에서 가장 골프를 못 치는 사람이며 요트 항해나 테니스를 전혀 좋아하지 않는다고 말했다.

로버트 태프트 럼퍼오드 군의 부모도 그의 강연을 듣기 위해 그곳에 와 있었다. 그들은 하이애니스포트에서 먼 길을 온 것이었다. 그들은 모두 자기 아들을 무척 자랑스럽게 여겼다. 아니 적어도 그의 아버지는 그랬다. 그의 아버지는 땅에 눈이 쌓여 있었지만 하얀색 플란넬 바지에 흰 구두를 신고 놋쇠 단추가 두 줄로 달린 파란색 코트를 입고 있었다. 그 대

---

*로버트 케네디의 애칭. 존 F. 케네디 대통령의 동생으로 상원의원과 법무부 장관을 지냈다. 1968년 민주당의 미국 대선 후보로 나서지만 암살당했다. 이 소설이 쓰인 1963년 당시는 로버트가 법무부 장관, 1963년 11월 22일 암살당하게 되는 존 F. 케네디가 대통령이었다.

**미국의 언론인이자 정치인. 존 F. 케네디 대통령(1961~1963) 시절 백악관 대변인을 지냈다.

학생은 그를 윌리엄 럼퍼오드 '제독'이라고 소개했다. 제독은 무척 짙은 눈썹에 연한 파란색 눈을 지닌 키 작은 사내였다. 그는 우락부락하지만 푸근한 곰 인형처럼 보였고 그의 아들도 마찬가지였다. 나는 케네디 일가가 럼퍼오드 가족이 어린이 책『곰돌이 푸』에 나오는 곰과 꼭 닮았기 때문에 때로는 그들을 '푸 가족'으로 부른다는 사실을 비밀 경호국 요원*에게 들어서 나중에 알게 되었다.

하지만 제독의 아내는 푸를 닮지 않았다. 그녀는 마르고 민첩했으며 키가 제독보다 5센티미터 정도 컸다. 곰들은 흔히 모든 것에 엄청나게 만족하는 것처럼 보이기 마련이다. 하지만 제독의 부인은 그런 표정이 아니었다. 나는 그녀가 많은 것들에 대해 안절부절못한다는 사실을 알 수 있었다.

그 대학생이 케네디 일가에 대해 지옥의 유황불을 연상시키는 험한 말들을 다 쏟아내자 그의 아버지는 그가 한 모든 말에 박수갈채를 보냈다. 바로 그 순간 건물 이사업자인 헤이 보이든이 자리에서 일어났다. 케네디를 지지하는 민주당원인 그는 그 대학생에게 조금 심한 말을 퍼부었다. 내가 유일하게 기억하는 말은 그가 처음 했던 말이었다. "학생, 보이 스카우트 단원 시절에 이렇게 노여움을 계속 발산시키면 학생은 투표할 나이가 되었을 때 압박감이라고는 눈곱만큼도 남아 있지 않을 거야." 그때부터 상황은 더욱 악화되었다.

그 대학생은 화를 내지 않았다. 그는 단지 당황해서는 더욱 장난감 피리 음악 소리 같은 목소리로 말대답을 했다. 정작 보이든의 말이 신경 쓰였던 사람은 바로 제독이었다. 제독의 얼굴이 토마토주스 색으로 바뀌었다. 그는 자리에서 벌떡 일어나 반박했다. 반박하는 솜씨가 아주 뛰어났

---

*미국 연방 정부의 법 집행 기관으로 대통령과 국가 요인 경호 업무, 위조지폐 방지와 수사 업무 등을 담당한다.

지만 그러는 내내 그의 아내는 그의 놋쇠 단추 코트의 맨 아랫부분을 잡아당기고 있었다. 그녀는 그가 그런 소란을 일으키는 것을 막으려 애쓰고 있었지만 제독은 오히려 그 소란을 즐겼다.

그 모임은 사실상 모든 사람을 당황시키면서 끝났고 나는 헤이 보이든에게로 가서 케네디나 골드워터와 아무런 관련이 없는 어떤 일에 대해 애기했다. 그것은 내가 그에게 판매한 욕조 부스에 대한 이야기였다. 그는 그것을 사가면서 7달러 50센트를 아끼려고 자신이 직접 설치하겠다고 고집을 피웠었다. 하지만 그가 설치한 욕조 부스에 물이 새서 그의 집 식당 천장이 무너져 내렸고, 그러자 헤이는 그것은 제품이 하자가 있어서 그런 것이지 자신이 설치를 잘못해서 그런 것이 아니라고 주장했다. 헤이 보이든은 그 대학생과의 논쟁에서 못다 쓴 독이 속에 남아 있던 터라 그것을 내게 다 쏟아부었다. 나는 그에게 사실로 맞받아치며 말다툼을 벌인 뒤 그에게서 멀리 발걸음을 옮겼는데 그런 나의 손을 럼퍼오드 제독이 덥석 잡더니 흔들었다. 그는 내가 자기 아들과 배리 골드워터의 편을 들어 헤이 보이든과 말다툼을 벌였다고 생각했던 것이다.

"댁은 어떤 일을 하시오?" 제독이 내게 물었다.

내가 그에게 대답을 했고, 어느 틈엔가 나는 하이애니스포트에 있는 4층짜리 집의 방풍창 전부를 주문을 받아 놓은 상태였다. 제독은 그 엄청나게 커다란 저택을 그저 오두막이라고 불렀다.

"제독이시라면 해군 제독이세요?" 나는 그에게 물었다.

"아니오." 그가 말했다. "하지만 내 부친께서 윌리엄 하워드 태프트 대통령* 시절 해군 장관을 역임하셨소. 그래서 내 완전한 이름은 '윌리엄 하워드 태프트 럼퍼오드 제독'이오."

---

*1909년에서 1913년까지 재임한 미국의 27대 대통령.

"그럼 제독님은 연안 경비대 제독이신가요?" 내가 물었다.

"'케네디 개인 함대' 말이오?" 그가 말했다.

"네?" 내가 말했다.

"요즘은 '연안 경비대'를 그렇게 불러야 하지 않겠소?" 그가 말했다. "연안 경비대의 임무라고는 고성능 모터보트 나부랭이 뒤에서 수상스키나 타는 케네디 일가를 보호하는 것뿐인 것 같으니 말이오."

"그럼 연안 경비대 제독은 아니신 모양이로군요?"라고만 말했다. 나로서는 해군도 연안 경비대도 아니라면 뭐가 더 남아 있는지 전혀 알 수 없었다.

"나는 1946년 하이애니스포트 요트 클럽의 제독*이었소." 그가 말했다.

그는 웃지 않았고 나도 웃지 않았으며 그의 부인도 마찬가지였다. 그의 부인의 이름은 클래리스였다. 하지만 클래리스는 비 오는 아침 저 멀리서 들려오는 화물 열차 기적 소리처럼 들리는 한숨을 나지막이 쉬었다.

당시에 나는 그 한숨의 이유를 몰랐지만 클래리스가 그렇게 한숨을 쉰 것은 제독이 1946년 이후로 이렇다 할 어떤 직업도 없었기 때문이었다. 1946년 이후로 제독은 아이젠하워 대통령**을 비롯해 미국의 대통령이 누구든 그 대통령에 대해 열을 올리는 일을 전업으로 삼고 있었다.

아이젠하워 대통령에 대해서는 특히 더.

그리하여 나는 6월 말에 제독의 집 창문 크기를 재기 위해 하이애니스포트로 트럭을 몰고 갔다. 제독의 집 진입로는 어빙가에 있었다. 케네디

*실제 군대 사령관인 '제독'이 아니라 요트 클럽의 회장을 가리키는 존칭으로 '제독'을 쓰기도 한다.

**1953년에서 1961년까지 재임한 미국의 34대 대통령. 공화당 소속.

일가의 집 진입로도 그곳에 있었다. 그리고 케네디 대통령과 나는 바로 그날 똑같이 케이프코드를 찾았다.

하이애니스포트로 가려면 지나야 하는 세 마을의 도로 모두 차가 막혔다. 도로에는 전국의 모든 주에서 온 자동차 번호판들로 넘쳐 났다. 차량의 행렬은 시속 6킬로미터 남짓의 속도로 움직이고 있었다. 80킬로미터 걷기에 도전 중인 사람들* 네댓 무리가 내 트럭을 앞지르며 스쳐 지나갔다. 내 트럭의 냉각 장치는 네 번이나 끓어올랐다.

나는 일개 평범한 시민에 불과한데 이런 차량의 행렬에 갇혀 있다는 생각에 나 자신이 무척 안쓰럽다는 기분이 들었다. 그런데 바로 그 순간 내 앞의 리무진에 탄 사내를 알아보았다. 그 사람은 바로 아들라이 스티븐슨**이었다. 그의 리무진도 내 트럭과 비슷한 속도로 움직이고 있었으며 그의 리무진의 냉각 장치 또한 끓어오르고 있었다.

한 지점에서 차량이 굉장히 오랫동안 꼼짝도 못하게 되자 스티븐슨 씨도 나도 각자의 차에서 잠시 내려 주위를 조금 걸었다. 나는 그 기회를 포착해 그에게 UN은 어떻게 돌아가고 있는지 물어봤다. 그는 UN은 예상했던 만큼 잘 돌아가고 있다고 대답했다. 그것은 내가 미처 알지 못했던 사실은 아니었다.

마침내 하이애니스포트에 도착했지만 어빙가는 경찰들과 비밀 경호국 요원들에 의해 봉쇄되어 있었다. 아들라이 스티븐슨이 탄 차는 그곳을 그냥 통과했지만 내 차는 그렇지 못했다. 경찰은 나에게 관광객들의 차량

---

*케네디 대통령은 국민 건강 증진을 위해 50마일(=80킬로미터) 장거리 걷기 운동 캠페인을 실시했다.

**미국의 외교관 겸 정치인. 1945년 UN 창설을 위한 샌프란시스코 회의에서 미국 대표단 고문으로 활동했으며, 1946년과 47년에는 UN 미국 대사를 지냈다. 1952년과 1956년 두 차례 민주당 대통령 후보로 지명되어 선거에 나섰지만 공화당 후보인 아이젠하워에게 패배하였다.

행렬로 돌아가라고 했다. 관광객들의 차량은 그곳에서 우회해 어빙가에서 한 블록 너머에 있는 도로로 보내지고 있었다.

어느 틈엔가 나는 하이애니스에 도착해 〈대통령 모텔〉, 〈대통령 일가 와플 가게〉, 〈PT-109호 칵테일 바〉*, 그리고 〈뉴프런티어 미니골프장〉**을 지나가고 있었다.

나는 와플 가게로 들어가 어떻게 하면 일개 평범한 방풍창 영업사원이 빗발치는 탄환 속에서 죽지 않고 어빙가로 갈 수 있는지 알아내기 위해 럼퍼오드 집에 전화를 했다. 전화를 받은 사람은 집사였다. 그가 내 자동차 번호를 받아 적고, 내 키가 얼마이며 내 눈동자 색은 무슨 색인지 따위를 물어보았다. 그는 자기가 비밀 경호국에 말해 두면 다음번에는 비밀 경호국 요원들이 나를 통과시켜 줄 것이라고 말했다.

늦은 오후였고 점심을 놓쳤던 나는 와플을 먹기로 했다. 그 가게에 있는 온갖 종류의 와플들은 모두 케네디 일가나 그들의 친구나 친척들의 이름을 따서 이름을 붙여 놓았다. 딸기와 크림을 올린 와플은 '재키'***였다. 아이스크림을 한 덩이 올린 와플은 '캐럴라인'****이었다. 그 가게에는 심지어 '아서 슐레진저 주니어'*****라는 이름의 와플도 있었다.

나는 '테디'******라는 이름의 와플 하나와 '조'******* 한 잔을 시켰다.

---

*'PT-109호'는 존 F. 케네디 대통령이 제2차 세계대전 때 지휘한 초계 어뢰정이다.

**'뉴프런티어(New Frontier, 신개척자 정신)'는 1960년 미국 대통령 선거에서 존 F. 케네디가 새로운 개혁 정책을 내세우며 내건 구호이다.

***케네디 대통령의 부인 재클린 케네디의 애칭.

****케네디 대통령 부부의 장녀.

*****케네디 대통령의 특별보좌관.

******케네디 대통령의 막냇동생인 에드워드 케네디의 애칭.

*******케네디 대통령의 아버지 조지프 케네디의 애칭.

나는 다음번에는 도로의 봉쇄된 지점을 무사히 통과해 파키스탄의 국방부 장관의 뒤에서 어빙가로 곧장 갔다. 그 차와 내 차를 제외하면 그 도로는 쭉 뻗은 사하라 사막만큼이나 조용했다.

출입문이 달린 높이 2.5미터, 길이 60미터 정도의 껍질 벗긴 삼나무새 울타리를 제외하고는 케네디 대통령의 별장 쪽에는 아무것도 보이는 것이 없었다. 럼퍼오드의 오두막은 길 건너편에서 그 출입문을 마주 보고 있었다. 럼퍼오드의 오두막은 그 마을에서 가장 크고 가장 오래된 집이었다. 그것은 치장 벽토를 바른 집이었다. 그 집에는 탑과 발코니가 여럿 있었고, 사방으로 트인 베란다가 하나 있었다.

2층 발코니에는 배리 골드워터의 대형 초상화가 걸려 있었다. 그 초상화의 눈동자에는 자전거 반사경이 들어가 있었다. 그 눈동자는 케네디 별장의 출입문을 똑바로 쏘아보고 있었다. 그 초상화 주위를 빙 둘러 투광 조명등들이 설치되어 있는 것으로 보아 밤에는 그 초상화에 조명이 환하게 비춰진다는 것을 알 수 있었다. 그리고 그 투광 조명등들에는 점멸등들이 내장되어 있었다.

방풍창을 파는 사람은 사실 자신이 어느 계급에 속하는지 절대 확신할 수 없기 마련이다. 특히 그가 창문까지 설치한다면 더욱 그러하다. 그래서 나는 나와 상관없는 일에는 관여하지 않고 창문 크기를 재는 나의 할 일만 할 준비가 되어 있었다. 하지만 제독이 나를 굉장히 중요한 손님처럼 환대했다. 그는 나에게 칵테일과 식사를 함께 하며 그날 밤을 보내자고 초대했다. 그러면서 창문을 재는 일은 다음 날 시작해도 된다고 말했다.

그래서 우리는 바깥 베란다에서 마티니를 마셨다. 다만 우리는 요트클럽 선착장과 항구가 내다보이는 가장 기분 좋은 쪽에 앉지 않았다. 우리는 우회해서 하이애니스를 향하고 있는 모든 불쌍한 관광객들이 내다보이는 쪽에 앉았다. 제독은 저 멀리 보이는 그 모든 바보 같은 사람들에 대해 이야기하고 싶어 했다.

"저 사람들 좀 보시오!" 그가 말했다. "저들은 뭔가 멋진 일을 기대하고 왔겠지만 지금쯤 자신들에게 그런 일은 벌어지지 않을 것이라는 사실을 깨달았을 거요. 저들은 정말은 유니스 케네디*와 프랭크 시나트라**, 보건복지부 장관과 함께하는 터치풋볼 시합에 초대될 것이라고 기대했을 거요. 저들은 멋진 일을 바라고 투표를 했지만 지금 저들의 꼴 좀 보시오. 저들은 심지어 저 나무 위의 케네디가의 굴뚝도 못 보지 않소. 저들이 지금 행정부에게서 받아 낼 수 있는 멋진 일이라고는 '캐럴라인'이라는 이름의 값을 과하게 매긴 와플이 다요."

헬리콥터 한 대가 아주 낮게 날아와 케네디가의 별장 울타리 안쪽 어딘가에 착륙했다. 클래리스가 누가 타고 있을까 궁금해했다.

"교황 요한 바오로 6세요." 제독이 말했다.

이름이 존***인 집사가 커다란 그릇을 하나 들고 나왔다. 나는 그 그릇에 땅콩이나 팝콘이 담겨 있겠거니 생각했지만 알고 보니 그 그릇에는 골드워터를 홍보하기 위한 배지가 가득 담겨 있었다. 제독은 존에게 그 그릇을 거리로 가지고 나가 차를 타고 있는 사람들에게 배지를 나눠 주라고 시켰다. 많은 사람들이 그 배지를 받았다. 그 사람들은 실망했다. 그들은 화가 났다.

80킬로미터 걷기에 도전 중인 –실제로는 보스턴에서부터 줄곧 100킬

---

*케네디 대통령의 여동생.

**미국의 가수이자 영화배우. 케네디 대통령의 후원 파티를 열 정도로 케네디 대통령과 각별한 사이였다.

***'요한'을 영어식으로 발음하면 '존'이다.

로미터를 넘게 걸어온- 사람들 몇 명이 럼퍼오드 집의 잔디밭에서 잠시 쉬었다 가도 되느냐고 물었다. 그들도 화가 잔뜩 난 상태였다. 그들은 자기들이 그 먼 길을 걸어왔는데 대통령*이 안 되면 법무부 장관**이라도 나와서 자기들에게 감사 인사쯤은 해야 마땅하지 않느냐고 생각했다. 제독은 그들에게 골드워터 배지만 단다면 자신의 잔디밭에서 쉬었다 가도 좋으며 레모네이드도 대접할 것이라고 말했다. 그들은 기꺼이 그렇게 했다.

"제독님," 내가 말했다. "제독님 아드님 가운데 그때 뉴햄프셔에 와서 강연을 했던 그 멋진 청년은 어디에 있습니까?"

"그때 강연을 했던 애가 내 유일한 자식이오." 그가 말했다.

"아드님이 강연을 정말 잘하던걸요." 내가 말했다.

"날 쏙 빼닮았거든." 그가 말했다.

클래리스가 또다시 저 멀리서 들려오는 화물 열차 기적 소리처럼 들리는 한숨을 내쉬었다.

"그 아이는 댁이 여기에 도착하기 바로 전에 수영하러 갔소." 제독이 말했다. "그 아이는 수상 스키를 탄 아일랜드계 마피아***의 일원에게 참수되지만 않는다면 어느 때건 돌아올 거요."

우리는 수영하고 있는 로버트 태프트 럼퍼오드의 모습이 보일까 해서 베란다에서 바다가 보이는 쪽으로 돌아가 보았다. 저 멀리 연안 경비정 한 척이 관광객들을 태운 모터보트들을 케네디 해변에서 쫓아내고 있었다. 우리 쪽을 얼빠진 듯 바라보고 있는 사람들로 가득한 유람선도 한 척 있었다. 그 유람선의 관광 안내원은 아주 소리가 큰 확성기를 들고 있어

---

*존 F. 케네디.

**로버트 케네디.

***존 F. 케네디를 지지해 대통령 당선에 기여하고 케네디 행정부에서 일한 보스턴 지역의 결속력이 강한 아일랜드계 인사들의 그룹을 가리킨다.

서 우리는 사실상 그가 하는 모든 말을 들을 수 있었다.

"저기 있는 흰색 보트는 대통령 전용 요트인 '허니피츠호'입니다." 안내원이 말했다. "그 옆에 있는 것은 '청새치호'로 케네디 대통령의 아버지이자 전 주영 미국 대사인 조지프 C. 케네디가 소유한 요트입니다."

"대통령의 모터보트 나부랭이와 대통령 아버지의 모터보트 나부랭이." 제독이 말했다. 그는 꼭 모터보트 뒤에는 나부랭이를 붙여 말했다. "이곳은 전적으로 배다운 배들이 다녀야 하는 항구인 것을."

베란다 벽에는 그 항구의 해도가 걸려 있었다. 그 해도를 자세히 보니 '럼퍼오드 갑,' '럼퍼오드 암초,' '럼퍼오드 모래톱'이 보였다. 제독은 내게 그의 가문은 1884년 이후로 하이애니스포트에서 살았다고 말해 주었다.

"케네디 가문의 이름을 따서 이름 지은 것은 하나도 없는 모양이군요." 내가 말했다.

"왜 거기에 그딴 것이 있어야 하지?" 그가 말했다. "그자들은 겨우 엊그저께 여기에 왔을 뿐인데."

"엊그저께라고요?" 내가 말했다.

그러자 그가 내게 되물었다. "그럼 댁은 1921년을 뭐라 부르겠소?"

"아뇨, 선생님." 관광 안내원이 배의 승객 가운데 한 사람에게 말했다. "저 집은 대통령의 집이 아닙니다. 다들 그 질문은 꼭 하는데 아니에요. 여러분, 저기 있는 엄청나게 크고 추한 치장 벽토 집은 '럼퍼오드 오두막' 입니다. 오두막이라고 부르기에는 너무나도 크다는 여러분 의견에 저도 동의합니다. 하지만 부자들이 어떤지는 여러분도 잘 아시지 않습니까?"

"고율 과세에 당황하고 파산하지." 제독이 말했다. "있잖소, 케네디가 하이애니스포트에 온 첫 번째 대통령은 아니오. 태프트*, 하딩**, 쿨리지

---

*미국 제27대 대통령.

**미국 제29대 대통령.

*, 후버** 모두 다 바로 여기 이 집에 나의 부친의 손님으로 왔었소. 케네디는 그저 이곳을 동부의 '디즈니랜드' 같은 곳으로 변신시키는 것이 좋겠다고 제멋대로 생각한 첫 번째 대통령일 뿐이오."

"아뇨, 부인." 관광 안내원이 말했다. "저는 럼퍼오드 일가가 어디에서 돈을 버는지는 모르지만 그들이 전혀 일할 필요가 없다는 것만큼은 알고 있습니다. 그들은 그냥 저기 저 베란다에 앉아서 마티니나 마시고 있으면 돈이 그냥 저절로 굴러들어 온다더군요."

제독은 폭발했다. 그는 유람선 소유주들에게 고액 소송을 제기할 것이라고 소리쳤다. 그의 아내는 그를 진정시키려고 했지만 그는 자신의 변호사들에게 전화를 걸러 서재에 들어가면서 나도 함께 서재로 데리고 들어갔다.

"댁은 증인이오." 그가 말했다.

하지만 그가 변호사들에게 전화를 걸기도 전에 전화벨이 울렸다. 전화를 건 사람은 '레이먼드 보일'이라는 비밀 경호국 요원이었다. 나중에 알게 된 사실인데 보일은 케네디 집안에서는 '럼퍼오드 전문가'나 '럼퍼오드가 전담 특사'로 알려져 있었다. 럼포오드 집안과 관련된 어떤 일이 일어날 때마다 보일은 그 일을 도맡아 처리해야 했다.

제독이 내게 2층으로 올라가 홀에 있는 내선 전화로 엿들으라고 했다. "그러면 요즘 공무원이 얼마나 오만한지 알게 될 거요." 그가 말했다.

그래서 나는 2층으로 올라갔다.

"비밀 경호국은 내가 접해 본 가장 형편없는 첩보 기관이오." 내가 수화기를 들었을 때 제독이 말하고 있었다. "군악대가 차라리 당신네들보다

*미국 제30대 대통령.

**미국 제31대 대통령.

눈에 덜 띄겠소. 캘빈 쿨리지가, 아, 공교롭게도 그 역시 대통령이었지, 나의 부친과 나와 함께 도미를 잡으러 요트 클럽 선착장 끝에서 나갔을 때에 대한 얘기를 내가 당신한테 했었소?"

"예, 제독님. 여러 번 하셨습니다." 보일이 말했다. "그건 재미있는 이야기지요. 언젠가 다시 또 듣고 싶습니다. 하지만 지금 당장은 제독님의 아드님 때문에 전화를 드린 겁니다."

그래도 제독은 그대로 하던 이야기를 계속해 나갔다. "쿨리지 대통령은 자기가 갖고 온 낚싯바늘에 미끼를 달아야 한다고 고집했소. 그때만 해도 대서양과 태평양 연합 함대가 앞바다에 정박해 있지도 않았고, 하늘도 비행기들로 시커멓게 덮이지 않았고, 비밀 경호국 요원들 여단들이 이웃들의 화단을 짓밟아 퓌레*처럼 만들지도 않았었소."

"저기, 제독님……," 보일이 참을성 있게 말했다. "제독님의 아드님 로버트 군이 대통령 부친의 배인 '청새치호'에 무단으로 승선했다가 현장에서 체포되었습니다."

"과거 쿨리지 시절에는 이 마을에 그런 배 나부랭이는 단 한 척도 없었소. 기름을 줄줄 흘리고 매연을 내뿜고 물고기를 죽이고 해변을 진득진득한 검은 해변으로 만드는 그따위 배 나부랭이는 말이오."

"럼퍼오드 제독님," 보일이 말했다. "제가 방금 제독님 아드님에 대해 드린 말씀 들으셨습니까?"

"물론이지." 제독이 말했다. "하이애니스포트 요트 클럽의 회원인 로버트가 클럽의 다른 회원 소유의 선박에 손댔다가 붙잡혔다고 말하지 않았소. 그게 당신 같은 육지 사람에게는 아주 끔찍한 범죄처럼 여겨질지 모르겠지만, 보일 씨, 그건 바다에서는 오랫동안 이어져 내려오는 관습이오. 수영을 하다 순간적으로 지친 사람이 연안 경비대에게 총격을 받거나

*야채나 고기를 갈거나 으깨서 체로 걸러 걸쭉하게 만든 음식.

비밀 경호국 요원들의 손에 손가락이 부러질지 모른다는 두려움 없이 자기 소유가 아닌 선박으로 다가가 그 선박을 잡고 쉬는 일은 말이외다. 그리고 난 비밀 경호국 요원들이라고 부르기보다는 '케네디 궁전 용기병들'이라고 부르기 좋아하오만."

"충격이나 폭력은 없었습니다, 제독님." 보일이 말했다. "또한 수영을 하던 사람이 지쳤다는 증거도 없었습니다. 제독님의 아드님 로버트는 침팬지처럼 청새치호의 닻줄을 타고 올라왔습니다. 제독님의 아드님이 밧줄을 타고 '승선'했다고요, 제독님. 그게 올바른 해양 용어로 알고 있습니다만. 그리고 아드님께 상기시켜 드렸듯, 제독님께도 상기시켜 드리자면, 우리는 대통령 근처에서 그토록 빠른 속도로 의도를 갖고 초대받지 않거나 미리 알리지 않고 움직이는 자는 오래된 방침에 따라 무슨 수를 써서라도 저지해야 합니다. 그러니까 필요하다면 '폭력'을 써서라도 그자를 저지해야 한다는 거죠."

"배에 올라탄 자를 물리치라는 명령을 내린 자는 케네디 집안사람이오?" 제독이 알고 싶어 했다.

"케네디가 사람은 그 배에 타고 있지 않았습니다, 제독님."

"그 배 나부랭이가 비어 있었다고?"

"아들라이 스티븐슨과 월터 루더*, 그리고 저희 요원 한 명이 타고 있었습니다, 제독님." 보일이 말했다. "그들은 모두 밑의 선실에 있다가 갑판에서 나는 로버트의 발자국 소리를 들었습니다."

"스티븐슨과 루더?" 제독이 말했다. "난 다시는 내 아들이 이에 단검을 물지 않고는 수영을 하러 가게 하지 않을 것이오. 내 아들이 경찰봉에 두들겨 맞아 의식을 잃을 때 해수 밸브를 열어 버렸으면 좋으련만."

"퍽이나 재미있군요, 제독님." 보일의 목소리가 조금씩 날카로워지고

---

*케네디 대통령 재임 당시의 미국 자동차노조 위원장.

있었다.

“붙잡힌 게 정말 내 아들 로버트가 확실하오?” 제독이 물었다.

“수영복에 골드워터 배지를 단 사람이 제독님 아들 로버트 말고 또 누가 있겠습니까?” 보일이 반문했다.

“당신은 내 아들의 정치적 견해에 반대하는 모양이로군?” 제독이 물었다.

“저는 신원확인용 수단으로 그 배지를 언급했을 뿐입니다. 제독님 아드님의 정치적 견해는 저희 비밀 경호국의 관심사가 아닙니다. 참고로, 저는 공화당 대통령의 생명을 지키며 7년, 민주당 대통령의 생명을 지키며 3년을 보냈습니다.” 보일이 말했다.

“참고로, 보일 씨,” 제독이 말했다. “드와이트 데이비드 아이젠하워는 공화당원이 아니었소.*”

“그분이 어느 당 소속이었건 저는 그분을 지켰습니다.” 보일이 말했다. “그분은 의외로 조로아스터교도였을지도 모르죠. 그리고 다음 대통령이 어떤 사람이든 저는 그분도 지킬 겁니다. 저는 또한 대통령의 안위와 관련된 상황에서 지나치게 격식을 차리지 않는 행동의 결과로 제독님 아드님 같은 사람들이 목숨을 잃게 되지 않도록 지키기도 합니다.” 이제 보일의 목소리는 실제로 칼날처럼 날카로워지기 시작했다. 그의 목소리는 아연도금 깡통을 켜는 띠톱 소리처럼 들렸다. “이제 공식적으로 그리고 웃음기 싹 빼고 부탁 말씀드리겠습니다. 아드님이 케네디 집안의 보트를 밀회 장소로 사용하는 것을 당장 그만두게 해 주십시오.”

그 말은 제독에게 바로 와 닿아 그를 당황케 했다. “밀회 장소라니?”

*아이젠하워는 공화당 소속 대통령이기는 했으나 원래부터 공화당에 몸담았던 것이 아니라 전쟁 영웅이었던 그를 공화당에서 영입해서 대선에 나선 것이었으며 보수적인 공화당원들과는 달리 여러 분야에서 진보적인 성향을 보였다.

그가 말했다.

"로버트 군이 온 항구의 보트를 다 돌아다니며 어떤 아가씨를 만나 왔습니다." 보일이 말했다. "아드님은 오늘은 청새치호에서 그 아가씨를 만나기로 해 놓았었죠. 아드님은 청새치호가 비어 있을 거라고 확신했어요. 아들라이 스티븐슨과 월터 루더가 있을 줄은 전혀 몰랐던 거죠."

제독은 잠시 아무 말도 않다가 말했다. "보일 씨, 당신의 억측은 참으로 불쾌하오. 당신이 다른 누군가에게 내 아들에 대해 그런 터무니없는 억측을 하는 것을 내가 듣게 된다면, 당신은 당신의 권총과 어깨걸이 권총집을 당신 아내 명의로 바꿔 놓는 게 좋을 거요. 내가 당신이 가진 모든 것을 요구하는 소송을 제기할 테니 말이오. 내 아들 로버트는 부모에게 소개시키기 부끄러운 여자애와 연애한 적이 결코 없고 앞으로도 결코 없을 것이오."

"제독님은 이제 곧 그 아가씨를 만나게 될 겁니다." 보일이 말했다. "로버트 군이 그 아가씨와 함께 댁으로 가고 있으니까요."

제독은 이제 전혀 완고하지 않았다. 불안하고 겸손한 목소리로 그가 말했다. "혹시 그 아가씨의 이름을 말해 주실 수 있으시겠소?"

"케네디입니다, 제독님." 보일이 말했다. "실라 케네디라고, 미국 대통령과 10촌인 아일랜드에서 갓 건너온 아가씨입니다."

그 말이 끝나자마자 로버트 태프트 럼퍼오드가 그 아가씨와 함께 들어와서 그들이 약혼했다고 선언했다.

럼퍼오드 오두막에서 한 그날 밤의 저녁 식사는 슬프면서도 아름답고 행복한 동시에 기묘했다. 그 자리에는 로버트와 그의 연인, 나, 그리고 제독과 그의 부인이 있었다.

그 아가씨가 얼마나 똑똑하고 따뜻하며 아름답던지 나는 그 아가씨를 바라볼 때마다 마음이 찢어지듯 아렸다. 그런 까닭에 그 저녁 식사가 무척 기묘했던 것 같다. 그 아가씨는 정말 탐나도록 매력적이었고, 그녀와 로버트 사이의 사랑이 너무나도 달콤하고 순수했기에 어느 누구도 바보 같은 사소한 말 말고는 할 말이 아무것도 떠오르지 않았다. 우리는 주로 조용히 먹기만 했다.

제독이 딱 한 번 정치 이야기를 꺼냈다. 그는 로버트에게 말했다. "음…… 어…… 계속 전국을 돌며 연설을 할 거니? 아니면…… 저……."

"저는 당분간 정치에서 손을 뗄까 해요." 로버트가 말했다.

제독이 무슨 말을 하다가 다소 목이 멘 바람에 우리 가운데 누구도 그 말을 알아듣지 못했다.

"네?" 로버트가 말했다.

"내가 한 말은," 제독이 말했다. "'나도 네가 그럴 줄 알았다'는 거였어."

나는 제독의 부인 클래리스를 쳐다보았다. 그녀의 얼굴에서 주름이 모두 사라져 있었다. 그녀도 젊고 아름다워 보였다. 몇 년 만인지는 아무도 모르지만 아무튼 몇 년 만에 처음으로 그녀는 완전히 편안해 보였다.

그날 저녁 식사를 하며 내가 느낀 감정 가운데 하나는 '슬픔'이었다. 슬픈 감정이 느껴졌던 이유는 제독이 저녁 식사 내내 공허해 보이고 조용한 상태로 있었기 때문이다.

두 연인은 달빛 아래 뱃놀이를 하러 갔다. 제독과 그의 부인과 나는 베란다에서 바다 쪽을 바라보며 앉아 브랜디를 마셨다. 해가 저물었다. 관광객들의 차량이 줄어들어 있었다. 그날 오후 럼퍼오드 집의 잔디밭에서 쉬어 가도 되냐고 물었던 80킬로미터 걷기에 도전한 사람들은 아직 모두 그곳에 있었다. 그들은 기타를 치는 한 소년만 빼고 다들 깊이 잠들어 있었다. 그 소년은 기타를 천천히 쳤다. 때로는 한 줄을 퉁기는 시간과 다음 한 줄을 퉁기는 시간 사이의 간격이 1분처럼 느껴지기도 했다.

집사 존이 베란다로 나와 제독에게 상원 의원 골드워터 초상화를 비추는 투광 조명등을 켤지 물었다.

"오늘 밤은 그냥 꺼두는 게 좋겠네, 존." 제독이 말했다.

"예, 알겠습니다." 존이 말했다.

"난 여전히 그를 지지해, 존." 제독이 말했다. "누구도 나를 오해 말게. 난 그냥 그에게 오늘 밤 휴식을 좀 줘야 한다고 생각할 뿐이니까."

"예, 알겠습니다."라고 말하고는 존은 물러갔다.

베란다가 어두웠기 때문에 제독의 얼굴이 잘 보이지는 않았다. 어둠, 브랜디, 그리고 느린 기타 소리에 이끌려 제독은 큰 고통 없이 자신의 진심을 털어놓기 시작했다.

"애리조나주의 상원 의원*은 좀 쉬게 놔두자고." 제독이 말했다. "다들 그가 누군지는 잘 아니까. 문제는 말이야. 과연 '나는 누구인가?' 하는 것이지."

"사랑스러운 사람이죠." 어둠 속에서 클래리스가 말했다.

"골드워터의 초상화를 비추는 투광 조명등도 꺼 놓고, 내 아들은 케네디가의 아가씨와 약혼했는데, 아까 그 유람선의 안내원이 말한 대로 '여기 베란다에 앉아서 마티니나 마시고 있으면 돈이 그냥 저절로 굴러들어오는 사람'이란 것을 빼면 나는 과연 뭐란 말이오?"

"당신은 지적이고 매력적이고 교양 있는 사람이에요. 그리고 아직 꽤 젊고요." 클래리스가 말했다.

"나도 뭔가 일거리를 찾아야겠소." 제독이 말했다.

"그럼 우리 둘 다 훨씬 행복해질 거예요." 그녀가 말했다. "난 무슨 일

---

*당시 공화당 대선 후보로 나선 골드워터는 애리조나주의 상원 의원이었다.

이 있더라도 당신을 사랑할 거예요. 하지만 이제야 말하는 건데 말이죠, 여보, 여자가 사실상 아무것도 하지 않는 남자를 '사모'하는 것은 정말로 힘든 일이에요."

우리는 케네디 집의 진입로에서 나오는 차 두 대의 전조등 불빛에 눈이 부셨다. 그 차 두 대는 럼퍼오드 오두막 바로 앞에서 멈춰 섰다. 그 안에 타고 있는 사람이 누구든 럼퍼오드 오두막을 철저히 살피고 있는 듯했다.

제독은 무슨 일이 벌어지고 있는지 알아보려고 베란다에서 그곳이 잘 보이는 쪽으로 갔다. 그리고 나는 앞에 선 차에서 나오는 미국 대통령의 목소리를 들었다.

"럼퍼오드 제독," 대통령이 말했다. "제독의 골드워터 표지판에 무슨 문제라도 있는지 여쭤봐도 되겠습니까?"

"아무 일도 없습니다, 대통령 각하." 제독이 공손하게 대답했다.

"그런데 왜 골드워터 표지판에 불이 켜져 있지 않습니까?" 대통령이 물었다.

"오늘 밤은 그냥 불을 켜놓고 싶지 않아서입니다, 각하." 제독이 말했다.

"흐루쇼프 서기장*의 사위가 저와 함께 계십니다." 대통령이 말했다. "그분이 골드워터 표지판을 무척 보고 싶다는군요."

"예, 알겠습니다, 각하." 제독이 말했다. 그는 바로 그 스위치 옆에 있었다. 그는 그 스위치를 켰다. 그곳 인근 전체가 번쩍거리는 불빛으로 뒤덮였다.

"감사합니다." 대통령이 말했다. "그리고 그 표지판을 켜진 상태 그대로 놔둬 주시겠습니까?"

---

*케네디 대통령 집권 당시 소련의 국가 원수 겸 공산당 서기장.

"네?" 제독이 말했다.

그 차 두 대가 천천히 움직이기 시작했다. "그 상태로 두면," 대통령이 말했다. "제 집으로 가는 길이 잘 보이거든요."

(1963년)

난민

여든한 개의 작은 생명의 불꽃이 라인강이 내려다보이는 넓은 토지 위에 지어진 한때는 사냥터지기의 집이었던 곳에 가톨릭 수녀들이 세운 고아원에서 보호받고 있었다. 그 고아원은 미국 점령 지역인 '카를스발트'라는 독일 마을에 있었다. 그 아이들이 그곳에서 보호받고 있지 않았더라면, 그 아이들에게 절실히 필요한 온기와 음식과 옷이 주어지지 않았더라면, 그 아이들은 이미 오래전에 그들을 찾는 것을 멈춘 부모를 찾아 세상의 끝까지 헤매고 다녔을지 모른다.

포근한 오후마다 수녀들은 아이들을 둘씩 줄지어 맑은 공기를 마실 수 있도록 숲속을 지나 마을로 갔다가 다시 돌아오는 행진을 시켰다. 그 마을의 목수는 자신의 연장들을 손보는 사이사이 곧잘 사색에 잠겨 휴식에 빠지곤 하는 노인이었다. 그는 늘 자신의 가게 밖으로 나와 까닥거리고 재잘거리며 발랄하고 장난치며 지나가는 아이들의 행렬을 지켜보며 그 아이들의 부모의 국적에 대해 그 가게에 들러 빈둥거리던 사람들과 함께 추측하고는 했다.

"저 프랑스 꼬마 소녀를 보게나." 어느 날 오후 목수가 말했다. "저 반짝거리는 눈동자 좀 봐!"

"그리고 팔을 흔드는 저 폴란드 꼬마 소년을 보세요. 그들은 행진하는 것을 무척 좋아하죠. 폴란드 사람들 말이에요." 젊은 정비공이 말했다.

"폴란드라니? 폴란드 아이가 어디 있는데?" 목수가 반문했다.

"저기요. 앞에 있는 마르고 얌전해 보이는 아이요." 정비공이 대답했다.

"아하, 저 아이. 그런데 저 아이는 폴란드 아이라기에는 키가 너무 큰걸." 목수가 말했다. "그리고 무슨 폴란드 사람의 머리카락이 저런 아마빛 금색이란 말인가? 저 아이는 독일인일세."

정비공이 어깨를 으쓱했다. "지금은 저 아이들 모두 독일인이에요. 그러니 폴란드 사람이면 어떻고 독일 사람이면 또 어떻겠어요?" 정비공이 말했다. "저 아이들의 부모가 어느 나라 사람인지 누가 증명할 수 있겠어요? 어르신이 폴란드에서 싸워 봤다면 저 아이가 아주 흔한 유형의 폴란드 사람인 것을 아실 거예요."

"저길 봐…… 이제 누가 오고 있나 보라고." 목수가 씩 웃으며 말했다. "아무리 자네가 논쟁을 좋아한다 한들, 저기 오는 '저 아이'에 대해서는 나와 논쟁하지 않겠지. 저기 미국 아이가 오네!" 그는 그 아이를 소리쳐 불렀다. "조! 언제 챔피언 자리에 다시 오를 거니?"

"조!" 정비공이 소리쳤다. "갈색 폭격기, 오늘은 잘 지냈어?"

행렬의 맨 마지막에서 짝 없이 혼자 따라가던 여섯 살짜리 푸른 눈동자의 소년이 돌아서서 매일 그를 소리쳐 부르는 사람들에게 달콤하지만 어색하게 웃어 보였다. 그 아이는 자신이 아는 유일한 언어인 독일어로 인사말을 웅얼거리며 예의 바르게 고개를 끄덕여 인사했다.

그 아이의 진짜 이름은 수녀들이 임의로 고른 카를 하이츠였다. 하지만 목수는 그 아이에게 딱 맞는 이름을 지어 주었다. 그 이름은 바로 마을 사람들의 마음속에 깊은 인상을 남긴 유일한 흑인인 전 헤비급 세계 챔피언의 이름과 같은 '조 루이스'*였다.

"조!" 목수가 소리쳤다. "힘내! 그 뽀얀 치아가 반짝이는 것 좀 보자고, 조."

조는 수줍게 호의를 표시했다.

목수는 정비공의 등을 탁 쳤다. "그리고 저 아이가 독일 핏줄이 아니면 또 어떤가! 아마도 그게 우리가 헤비급 챔피언을 얻을 수 있는 유일한 방법일 텐데."

행렬의 후미를 책임지는 수녀가 어서 오라고 손짓하자 조는 모퉁이를 돌아 목수의 시야에서 사라졌다. 조를 행렬 어디에 세우든 조는 언제나 뒤로 처졌기 때문에 그녀와 조는 상당히 많은 시간을 함께 보냈다.

"조," 그녀가 말했다. "넌 꿈꾸는 일이 참 많은 아이야. 너와 비슷하게 생긴 사람들은 모두 그렇게 꿈꾸는 일이 많니?"

"죄송해요, 수녀님." 조가 말했다. "생각하고 있었어요."

"꿈꾸고 있었겠지."

"수녀님, 저는 미국 군인의 아들인가요?"

"누가 그런 말을 하던?"

"페터 형이요. 페터 형이 나의 엄마는 독일인이고 나의 아빠는 미국 군인인데 떠나 버렸다고 했어요. 페터 형 말로는 엄마가 나를 수녀님한테 맡기고는 엄마 역시 떠나 버렸대요." 조의 목소리에 깃든 감정은 슬픔이 아니었다. 그건 그냥 당혹감이었다.

페터는 고아원에서 가장 나이가 많은 소년이었다. 적의를 품은 열네 살짜리 애늙은이였으며, 자신의 부모와 형제자매, 집, 전쟁, 그리고 조가

---

*무려 12년 동안 헤비급 챔피언 자리를 지켰던 1940년대 미국의 대표적인 복싱 선수로 별명이 '갈색 폭격기'이다.

상상조차 할 수 없는 온갖 음식을 기억하는 독일 소년이었다. 페터는 조에게는 초인 같았으며, 천국과 지옥에도 가 본 적이 있었고 여러 번 다시 돌아와도 봤기에 그들이 현재 있는 이곳에 왜 있게 된 것인지, 어떻게 그들이 이곳으로 오게 되었는지, 이곳이 아니었다면 어디에 있었을지 정확히 아는 사람처럼 보였다.

"그 일에 대해서는 걱정 마렴, 조." 수녀가 말했다. "네 엄마와 아빠가 누구인지 아는 사람은 아무도 없단다. 하지만 네 엄마 아빠는 틀림없이 무척 좋은 분이었을 거야. 네가 이렇게도 착한 아이인 것을 보면 말이지."

"수녀님, 미국이 뭐예요?" 조가 물었다.

"여기 말고 어떤 다른 나라란다."

"여기에서 가까워요?"

"미국에서 온 사람들이 여기에서 가까운 곳에 조금 있기는 하지만 그 사람들의 고향인 미국은 정말 정말 먼 곳이란다. 음, 그러니까, 물이 굉장히 많은 곳을 건너가야 해."

"강 같은 곳 말이에요?"

"그것보다 더 물이 많은 곳을 건너가야 한단다, 조. 네가 이제껏 본 물보다 더 많은 물이 있는 곳을. 얼마나 물이 많은지 그 물의 건너편도 보이지 않지. 배를 타고 몇 날 며칠을 가도 건너편에 도착할 수도 없고. 내가 언젠가 지도를 보여 줄게. 하지만 페터 말은 그냥 귓전으로 듣고 넘겨, 조. 페터는 이야기를 잘 지어내. 그 애는 사실 너에 대해 아무것도 알지 못한단다. 자, 우리 일행을 따라잡자꾸나."

조는 서둘러 행렬 끝을 따라잡은 뒤, 몇 분 동안은 단호히 한눈팔지 않고 행진했다. 하지만 다시 또 꾸물거리기 시작하며 작은 마음속에서는 허깨비 같은 낱말들을 뒤쫓았다. 군인…… 독일…… 미국…… 너와 비슷하게 생긴 사람들…… 챔피언…… 갈색 폭격기…… 네가 이제껏 본 물보다 더 많은 물.

"수녀님," 조가 말했다. "미국 사람들은 저처럼 생겼나요? 피부가 갈색이에요?"

"어떤 사람은 그렇고, 어떤 사람은 그렇지 않단다, 조."

"저랑 닮은 사람이 많나요?"

"그래. 아주 많단다."

"그런데 왜 난 미국 사람들을 못 봤죠?"

"그들 가운데 어느 누구도 마을에 오지 않으니까. 그들에게는 그들만의 장소가 있거든."

"거기로 가고 싶어요."

"여기에서는 행복하지 않니, 조?"

"아뇨, 행복해요. 하지만 페터 형 말로는 난 여기에 속하지 않는대요. 난 독일인이 아니고 또 절대로 그렇게 될 수도 없대요."

"또 페터로구나! 페터 말은 그냥 귓전으로 듣고 넘기라니까."

"왜 사람들은 나를 볼 때마다 씨익 웃고, 나한테 노래랑 말을 시키려고 하죠? 그래 놓고선 왜 내가 사람들이 시키는 대로 하면 웃음을 터트려요?"

"조! 조! 얼른 저길 보렴." 수녀가 말했다. "저길 봐. 저기 위의 나무를 봐. 다리가 부러진 저 작은 참새를 좀 봐. 오, 가엾지만 용감하기도 해라. 그래도 아주 잘 돌아다니네. 저 참새 봤지, 조? 폴짝, 폴짝, 포올짝."

어느 무더운 여름날, 고아원 아이들의 행렬이 목수의 가게 앞을 지나갈 때, 목수가 밖으로 나와 조에게 뭔가 새로운 말을 외쳤다. 그 말에 조는 흥분과 두려움을 동시에 느꼈다.

"조! 어이, 조! 네 아빠가 시내에 있어. 혹시 네 아빠를 벌써 만났니?"

"아뇨, 할아버지……. 아뇨, 아직 못 만났어요." 조가 말했다. "우리 아빠는 어디 있어요?"

"할아버지가 놀리는 거야." 수녀가 날카롭게 말했다.

"내가 놀리는 건지 아닌지 네가 직접 확인해 보면 되잖아, 조." 목수가 말했다. "그 학교를 지나갈 때 눈을 크게 뜨고 잘 살펴봐. 서둘러 어서 비탈을 올라 숲속으로 가 봐. 그러면 내 말이 진짜인지 아닌지 알게 될 거야, 조."

"우리의 작은 참새 친구는 오늘은 어디에 있을까?" 수녀가 명랑하게 말했다. "제발 참새의 다리가 점점 낫고 있으면 좋겠는데, 너도 그랬으면 좋겠지, 조?"

"예, 그럼요, 수녀님."

수녀는 조와 함께 그 학교로 다가가는 길에 참새 친구와 구름, 그리고 꽃에 대해 쉴 새 없이 재잘거렸고 조는 수녀의 말에 대답하기를 포기했다.

학교보다 위쪽에 있는 숲은 고요하고 텅 빈 것 같았다.

하지만 바로 그때 조는 덩치가 엄청나게 크고 피부가 갈색인 남자가 허리 위로는 아무것도 걸치지 않고 권총을 찬 채 나무 사이에서 걸어 나오는 모습을 보았다. 그 남자는 수통에 입을 대고 물을 마신 뒤 손등으로 입술을 훔치고는 아래의 세상을 향해 멋지지만 경멸 가득한 웃음을 씨익 지어 보이더니 다시 황혼 녘의 숲속으로 사라졌다.

"수녀님!" 조가 숨을 헉하고 쉬며 말했다. "우리 아빠…… 방금 막 우리 아빠를 봤어요!"

"아냐, 조. 그렇지 않아."

“아빠가 저기 위쪽 숲속에 있어요. 내가 봤어요. 저기 위쪽으로 가고 싶어요, 수녀님.”

“그 사람은 네 아빠가 아냐, 조. 그 사람은 너를 알지도 못해. 너를 보고 싶어 하지도 않을 거야.”

“나와 비슷하게 생긴 사람이었다고요, 수녀님!”

“넌 저기로 올라갈 수 없단다, 조. 그리고 여기에 계속 머무를 수도 없어.” 그녀는 조를 움직이게 하려고 조의 팔을 잡고 끌어당겼다. “조…… 넌 지금 못된 아이처럼 굴고 있어, 조.”

조는 멍하니 수녀를 따랐다. 그는 그렇게 걸어가는 나머지 시간 동안 다시는 말을 하지 않았고, 수녀는 조를 데리고 그 학교에서 먼 다른 길로 돌아 고아원으로 돌아갔다. 다른 사람은 어느 누구도 조의 멋진 아빠를 보지 못했으며 조가 그를 봤다고도 믿지 않았다.

그날 밤 기도를 올리면서 급기야 조는 울음을 터트리고 말았다.

10시에 젊은 수녀는 조의 침대가 텅 빈 것을 발견했다.

넝마를 엮어서 만든 큼직하고 널찍한 그물망 아래, 시커멓고 기름칠한 대포 한 문이 포구를 밤하늘로 향한 채 숲속에 자리 잡고 있었다. 포차와 나머지 포대는 더 높은 비탈에 숨겨져 있었다.

조는 벌벌 떨면서 엉성한 관목 뒤에 몸을 숨긴 채 그 관목 틈 사이로 어둠 속에 있어서 식별하기 힘든 군인들이 대포 주위로 참호를 파는 모습을 지켜보며 귀를 기울였다. 하지만 조는 자신이 엿듣는 말을 전혀 알아들을 수 없었다.

“병장님, 아침이 되면 이동할 테고 어차피 그냥 기동 훈련에 불과한데 참호는 뭣하러 팝니까? 상식이 얼마간이라도 있다면 조금이나마 힘을 아끼게 그냥 참호를 판 것처럼 주위의 땅만 살짝 긁어 놓으면 되지 않습니

까?"

"이봐, 상식이니 뭐니 따질 시간에," 병장이 말했다. "잔말 말고 땅이나 파. 10분 줄 테니 중국인의 변발을 내게 갖다 줄 수 있도록 중국까지 닿게 땅을 판다. 알겠나?"

병장은 발길을 옮겨 달빛이 비추는 곳으로 갔다. 허리께에 두 손을 올리고 떡 벌어진 어깨를 편 모습이 황제 같은 인상을 주었다. 조는 그 사람이 자신이 오후에 보고 깜짝 놀란 바로 그 사람임을 알아보았다. 병장이 참호 파는 소리를 만족스럽게 듣고 있다가 잠시 후 조가 숨어 있는 쪽으로 성큼성큼 걸어오는 바람에 조는 소스라치게 놀랐다.

조는 미동도 않고 있었지만 결국 커다란 군화에 옆구리를 차이고 말았다. "아얏!"

"이건 뭐야?" 병장이 조를 땅바닥에서 낚아채서 똑바로 세웠다. "이런, 꼬마, 여기에서 뭘 하는 거지? 어서 가! 집으로 가! 여기는 어린애가 놀 곳이 못 돼." 병장은 조의 얼굴에 손전등을 비췄다. "빌어먹을," 병장이 투덜댔다. "넌 어디에서 왔지?" 그는 팔을 쭉 뻗어 조를 잡고는 봉제 인형처럼 살살 흔들었다. "꼬마, 어떻게 여기에 왔지? 헤엄쳐서?"

조는 아빠를 찾고 있다고 독일어로 더듬거리며 말했다.

"이봐…… 어떻게 여기에 왔느냐니까? 뭘 하고 있었어? 엄마는 어디 있어?"

"병장님, 거기 뭐가 있습니까?" 어둠 속에서 어떤 목소리가 물었다.

"얘를 뭐라고 불러야 할지 잘 모르겠군." 병장이 말했다. "독일 놈처럼 말하고 독일 놈처럼 옷을 입긴 했는데. 그냥 잠시 이리로 와서 직접 봐봐."

곧 여남은 사람들이 조를 빙 둘러선 채로 마치 어조 때문에 조와 말이 통하지 않는다고 생각하는 것처럼 조에게 큰 소리로 말을 걸었다가 다시 부드럽게 말을 걸었다 했다.

조가 자신의 임무에 대해 설명할 때마다 그들은 당황해하며 껄껄 웃었다.

"얘가 독일어를 어떻게 배웠을까? 얘야, 독일어를 해 보렴."

"꼬마야, 네 아빠는 어디 있니?"

"꼬마야, 네 엄마는 어디 있니?"

"꼬마야, 슈페신 지 도이치?* 저것 봐. 얘가 고개를 끄덕여. 얘가 독일어를 하는 게 맞아."

"오, 자네, 독일어가 유창한데. 정말 유창해. 얘한테 좀 더 물어봐."

"가서 중위님을 모셔 와." 병장이 말했다. "중위님은 이 애하고 얘기를 나누고 얘가 무슨 말을 하려는지 이해할 수 있을 거야. 얘가 몸을 떠는 것 좀 봐. 무서워 죽겠나 봐. 이리 온, 아가. 자, 겁내지 말고." 병장은 커다란 두 팔로 조를 감싸 안았다. "자자, 맘 편히 가지렴. 다 잘 될 거야. 이게 뭔지 아니? 저런, 이 아이는 초콜릿을 본 적이 없는 모양이군. 자, 어서 맛보렴. 우리는 널 해치지 않을 거야."

뼈와 근육의 요새 안에서 안전해진 조는 어둠 속에서 빛나는 눈들에 둘러싸인 채 판 초콜릿을 먹기 시작했다. 조의 분홍빛 입술 안쪽이, 이어서 조의 전체 영혼이 따뜻하고 진한 즐거움으로 넘쳐나자 조가 활짝 웃었다.

"얘가 웃었어!"

"환하게 웃는 모습 좀 봐!"

"이런, 발을 헛디뎌 천국에 들어가지 못하는 바람에 난민 신세가 된 모양이야! 틀림없어!"

---

*독일 말을 발음만 대충 비슷하게 한 것으로 '독일어를 할 줄 아니?'란 뜻.

"살던 곳에서 쫓겨난 난민에 대한 이야기라면," 병장이 조를 꼭 안으며 말했다. "여기 있는 이 아이는 내가 여태껏 본 가장 어린 난민이야. 거꾸로 보고, 뒤집어 보고, 어느 모로 봐도 말이지."

"자, 꼬마야, 여기 초콜릿이 좀 더 있어."

"애한테 초콜릿을 더 주지 마." 병장이 비난조로 말했다. "애를 탈 나게 할 셈이야?"

"아뇨, 병장님, 아니에요. 애를 탈 나게 하고 싶지 않아요. 아닙니다, 병장님."

"무슨 일인가?" 작은 몸집에 우아한 흑인 중위가 자기 앞을 손전등 불빛을 춤추듯 비추면서 부하들이 모여 있는 곳으로 다가왔다.

"중위님, 여기에 꼬마가 있습니다." 병장이 말했다. "그냥 이리저리 헤매 다니다가 우리 포대로 오게 된 모양입니다. 기어서 보초병들을 지난 게 틀림없습니다."

"그렇군. 아이를 집으로 돌려보내게, 병장."

"예, 중위님. 그럴 계획이었습니다." 병장은 헛기침을 했다. "하지만 이 아이는 평범한 꼬마가 아닙니다, 중위님." 병장이 팔을 벌리자 손전등 불빛이 병장의 품에 있던 조의 얼굴을 비췄다.

중위는 믿을 수 없다는 듯 큰 소리로 웃더니 조 앞에 무릎을 꿇고 앉았다. "넌 여기까지 어떻게 왔니?"

"이 아이는 독일어밖에 못합니다, 중위님." 병장이 말했다.

"너의 집은 어디니?" 중위가 독일어로 물었다.

"아저씨가 이제껏 본 물보다 더 많은 물 너머에 있어요." 조가 대답했다.

"넌 어디에서 왔니?"

"난 신이 만들었어요." 조가 말했다.

"이 아이는 자라서 변호사가 될 것 같군." 중위는 영어로 말했다. "자, 내 말을 잘 들으렴." 중위는 조에게 말했다. "네 이름은 뭐니? 그리고 너와 비슷하게 생긴 네 가족들은 어디에 있니?"

"난 조 루이스예요." 조가 말했다. "그리고 아저씨들이 나랑 비슷하게 생긴 사람들이에요. 나는 고아원에서 도망쳐 나왔어요. 내가 여기에 속하는 아이 같아서요."

중위는 고개를 절레절레 흔들며 서서 조가 한 말을 통역했다.

숲에 그 소리가 기쁘게 울려 퍼졌다.

"조 루이스라니! 난 조 루이스가 굉장히 크고 강해 보이게 생겼을 줄 알았는데!"

"그냥 왼쪽에서 들어오는 공격만 피하면 돼. ……그것으로 끝이야."

"이 애가 조라면, 그의 가족을 찾아 줘야지. 이 애가 우리를 안내할 거야!"

"닥쳐!" 병장이 갑자기 명령했다. "다들 입 닥쳐. 이건 장난이 아니야! 재미있는 일이 전혀 아니라고! 이 아이는 이 세상에서 완전히 혼자야. 이건 장난이 아니란 말이야."

침묵이 뒤따랐고 그 엄숙한 침묵을 작은 목소리가 마침내 깼다. "맞아. 이건 전혀 장난이 아니야."

"지프차를 타고 아이를 마을로 다시 돌려보내는 게 좋겠네, 병장." 중위가 말했다. "잭슨 상병, 상병이 여길 맡게."

"조가 '착한' 아이라고 그들에게 말해 주십시오." 잭슨이 말했다.

"자, 그럼, 조," 중위가 독일어로 부드럽게 말했다. "넌 병장과 나와 함께 가자꾸나. 우리가 너를 집으로 데려다주마."

조는 병장의 팔뚝을 손가락이 파고들 정도로 꽉 붙잡았다. "아빠! 싫어요, 아빠! 난 아빠랑 있고 싶어요."

"얘, 꼬마야, 난 네 아빠가 아니란다." 병장이 난처해하며 말했다. "난 네 아빠가 정말 아니야."

"아빠!"

"이런, 얘가 병장님한테 딱 붙어 떨어지지 않는군요. 안 그래요, 병장님?" 한 병사가 말했다. "병장님은 절대 얘를 떼어 놓지 못할 것 같아 보이네요. 병장님에게는 아이가 생겼고 이 아이에게는 아빠가 생겼군요."

병장은 조를 안은 채 지프차 쪽으로 걸어갔다. "제발, 조," 병장이 말했다. "이제 그만 나를 놔주겠니, 조? 그래야 내가 운전을 하지. 네가 이렇게 매달려 있으면 운전을 할 수 없단다, 조. 중위님이 바로 내 옆에 앉으실 테니 넌 중위님 무릎에 앉으렴."

병사들도 지프차 주위로 모여들어 이제는 진지한 표정으로 병장이 조를 구슬려 떼놓으려고 애쓰는 모습을 지켜봤다.

"난 엄하게 굴고 싶지 않아, 조. 제발…… 진정해, 조. 자, 내가 운전할 수 있도록 이제 날 놔주겠니? 이것 봐, 네가 이렇게 매달려 있으면 운전도 못하고 아무것도 할 수가 없어."

"아빠!"

"자, 내 무릎으로 오너라, 조." 중위가 독일어로 말했다.

"아빠!"

"조, 조, 이것 좀 보렴!" 한 병사가 말했다. "초콜릿이야! 초콜릿 더 먹고 싶지 않아, 조? 보이지? 손도 안 댄 판 초콜릿이 통째로 있어, 조. 다 네 거야. 그만 병장님을 놔 주고 중위님 무릎으로 옮기기만 하렴."

하지만 조는 병장을 붙잡고 있는 손을 더 꽉 쥐었다.

"이봐, 그 초콜릿을 다시 네 호주머니에 넣지 마! 어쨌든 그 초콜릿은 조한테 줘!" 한 병사가 화를 내며 말했다. "누가 트럭에 가서 군용 초콜릿

한 상자를 갖고 와서 조를 위해 여기 뒤에다 실어 줘. 애한테 앞으로 20년은 족히 먹을 만큼 초콜릿을 주라고."

"이봐, 조," 다른 병사도 나섰다. "손목시계 본 적 있니? 이 손목시계 좀 봐 봐, 조. 이 시계가 빛나는 거 보이지, 응? 중위님 무릎으로 옮기지 않을래? 그럼 내가 이 시계가 가는 소리를 들려줄게. 똑딱 똑딱 똑딱 소리를 말이야, 조. 어서, 듣고 싶지 않아?"

조는 꼼짝도 하지 않았다.

그 병사가 조에게 손목시계를 건넸다. "여기 있어, 조, 아무튼 이 시계를 받아. 네 거야." 그 병사는 빠른 걸음으로 그곳을 떠났다.

"이봐," 누군가 그 병사의 뒤에 대고 외쳤다. "미쳤어? 이 시계를 사느라 50달러나 지불했잖아. 꼬마 애한테 50달러나 하는 시계가 뭐 하러 필요하겠어?"

"아니, 난 안 미쳤어. 자넨 미쳤어?"

"아니, 나도 안 미쳤어. 우리 가운데 어느 누구도 미치지 않았다고 생각해. 조…… 칼 줄까? 그럼 칼을 조심스럽게 다루겠다고 약속해야 해. 늘 칼에 안 베이게 조심해야 하고. 알았지? 중위님, 아이를 데려다주고 돌아오실 때 이 아이한테 안 베이게 조심해야 한다고 다시 한 번 당부해 주십시오."

"난 안 돌아갈래요. 아빠랑 있을래요." 조가 울먹이며 말했다.

"군인은 아이를 데리고 다닐 수 없단다, 조." 중위가 독일어로 말했다. "그리고 우리는 아침 일찍 여길 떠날 거야."

"날 위해 다시 돌아올 거예요?" 조가 물었다.

"그럴 수 있다면 우리는 돌아올 거야, 조. 군인은 하루하루 자기가 어디에 있게 될지 절대 알지 못한단다. 우리는 그럴 수만 있다면 너를 보러 돌아올 거야."

"우리 조에게 군용 초콜릿 한 상자를 줘도 될까요, 중위님?" 판 초콜릿이 든 커다란 상자 하나를 들고 온 병사가 말했다.

"그걸 왜 나한테 묻나." 중위가 말했다. "그건 난 전혀 모르는 일이네. 난 군용 초콜릿 상자 따위는 본 적도 없고 들은 적도 없네."

"예, 알겠습니다, 중위님." 그 병사가 들고 있던 상자를 지프차의 뒷자리에 내려놓았다.

"아무래도 애는 저를 놔주지 않을 모양입니다." 병장이 비참하게 말했다. "중위님, 중위님께서 운전하셔야겠습니다. 저는 조와 함께 중위님 자리에 앉아 가야 할 것 같습니다."

중위와 병장은 자리를 바꿨고 지프차가 움직이기 시작했다.

"안녕, 조!"

"착한 아이가 돼야 한다, 조!"

"그 초콜릿을 한번에 몽땅 다 먹으면 안 돼, 알겠지?"

"울지 마, 조. 우리에게 웃음을 보여 주렴."

"무럭무럭 자라라, 얘야……. 그게 가장 중요해!"

"조, 조, 일어나, 조." 그 목소리의 주인공은 고아원에서 가장 나이 많은 아이인 페터였다. 페터의 목소리는 돌벽에 부딪혀 반향이 되어 울렸다.

조가 깜짝 놀라 일어나 앉았다. 다른 고아들이 그의 침대를 빙 에워싸고 조와 조의 머리맡에 놓인 보물들을 잠깐이라도 보려고 서로 밀치고 있었다.

"그 모자는 어디서 난 거야, 조……? 그리고 그 시계랑 칼은 어디서 났어?" 페터가 물었다. "그리고 네 침대 밑의 상자에는 뭐가 들었지?"

조가 자신의 머리를 만져 보니 양모 군모를 쓰고 있었다. "아빠가 줬어." 조가 아직 잠이 덜 깬 상태로 중얼거렸다.

"아빠 좋아하시네!" 페터가 깔깔대며 비웃었다.

"진짜야." 조가 말했다. "어젯밤 난 아빠를 만나러 갔었어, 페터 형."

"네 아빠가 독일 말을 할 줄 알았어, 조?" 어린 소녀가 의아한 표정으로 물었다.

"아니, 하지만 아빠의 친구가 할 줄 알았어." 조가 말했다.

"얘는 자기 아빠를 만나지 않았어." 페터가 말했다. "네 아빠는 멀리, 그것도 아주 멀리 있고 절대로 돌아오지 않을 거야. 네 아빠는 아마 네가 살아 있는 것도 모를걸."

"네 아빠는 어떻게 생겼어?" 어린 소녀가 또 물었다.

조는 생각에 잠긴 채 그 방 안을 둘러봤다. "아빠는 이 방 천장만큼이나 키가 컸어." 마침내 조가 입을 열었다. "어깨는 저 문보다 더 널찍했어." 의기양양하게 조는 베개 밑에서 초콜릿을 하나 꺼냈다. "그리고 피부는 이 초콜릿만큼 갈색이었어!" 그는 그 초콜릿을 아이들에게 내밀었다. "자, 너희도 좀 먹어 봐. 더 많이 있으니까."

"얘 아빠는 전혀 그렇게 생기지 않았을걸." 페터가 말했다. "조, 넌 지금 사실대로 말하고 있지 않아."

"우리 아빠는 거의 이 침대만큼이나 큰 권총을 갖고 있어, 페터 형." 조가 행복하게 말했다. "그리고 이 집만큼이나 큰 대포도 갖고 있어. 그리고 거기에는 우리 아빠랑 닮은 사람들도 정말 많았어."

"누가 너한테 못된 장난을 친 거야, 조." 페터가 말했다. "그 사람은 네 아빠가 아냐. 그 사람이 너를 놀린 게 아니란 걸 네가 어떻게 알아?"

"그 사람이 나를 떠날 때 울었으니까." 조가 간단히 대답했다. "그리고 최대한 빨리 물을 건너 나를 집으로 데려간다고 약속했으니까." 조는 들뜬 표정으로 빙긋 웃었다. “강 같은 곳이 아니야, 페터 형. 형이 이제껏 본 물보다 더 많은 물을 건너가야 해. 아빠가 약속했어. 그런 다음에야 내가 아빠를 놔줬어.”

(1953년)

반하우스 효과에 관한 보고서

먼저 말해 두지만, 나 역시 다른 사람들처럼 아서 반하우스 교수가 지금 어디에 숨어 있는지 모른다. 크리스마스이브에 내 우편함에 남겨진 수수께끼 같은 짧은 서신을 제외하고는 나는 1년 반 전에 그가 사라진 이후로 그에게서 아무런 소식도 듣지 못했다.

더욱이 이 논문의 독자들 가운데 이른바 '반하우스 효과'를 어떻게 일으킬 수 있는지 알게 되기를 기대하는 사람이 있다면 실망하게 될 것이다. 만약 내가 그 비밀을 알고 있어서 누설할 수 있고 또 기꺼이 그러고자 한다면 나는 분명 심리학 강사보다 더 대단한 존재가 되어 있을 것이다.

내가 이 보고서를 쓰라는 강요를 받아 온 이유는 내가 반하우스 교수의 지도 아래서 연구를 했으며 그의 놀라운 발견에 대해 처음으로 알게 된 사람이기 때문이다. 하지만 그의 지도를 받는 학생이었던 동안 나는 어떻게 정신력이 발산되고 작동되는지에 관한 지식에 대해서는 전혀 들은 바가 없었다. 그는 어느 누구에게도 그 정보는 털어놓으려 하지 않았다.

'반하우스 효과'란 용어는 대중지에서 만들어 낸 용어이지 반하우스 교수가 사용한 적은 전혀 없다는 사실을 지적하고 싶다. 그 현상에 대해 그가 선택한 용어는 '정신동력,' 즉 '염력'이었다.

모든 국민 자본에 발휘되는 그 힘의 파괴적인 효과 때문에 그런 힘이 존재한다고 아직도 확신하지 않는 문명인은 없을 것이다. 인류는 이런 종류의 힘이 존재한다는 사실을 늘 어렴풋이 알아채 왔다고 생각한다. 주사위 같은 무생물로 하는 게임에서는 다른 사람보다 더 운이 좋은 사람이 있기 마련이라는 것은 누구나 알고 있는 사실이 아닌가. 반하우스 교수가 한 일은 그러한 '운'이 측정 가능한 힘이며, 특히 그의 경우에는 그 힘이 아주 막대할 수 있다는 사실을 증명해 보여 준 것이었다.

내 계산으로는 종적을 감출 당시 반하우스 교수는 나가사키에 투하한 원자 폭탄보다 55배 정도 더 강력한 힘을 지니고 있었다. '두뇌 폭풍 작전' 전날 밤에 그가 호너스 바커 장군에게 했던 말은 전혀 허세를 부리는 말이 아니었다. 그는 바커 장군에게 이렇게 말했다. "내 장담하는데, 나는 여기 식탁에 가만히 앉은 채로 이 세상에 있는 어떤 것이든 납작하게 만들 수 있소. 조 루이스부터 만리장성까지 다 말이오."

반하우스 교수를 이 세상에 강림한 초자연적인 존재로 여기는 움직임이 생겨난 것도 이해할 만하다. 로스앤젤레스에 생긴 최초의 반하우스 교회에는 신도의 수가 수천 명에 이른다. 사실 그는 외모 면에서도 지적 능력 면에서도 신 같지는 않다. 세상을 무장 해제시킨 그 사내는 독신으로 키가 미국 남성 평균에도 못 미치고 뚱뚱하며 운동을 싫어한다. 그의 지능 지수는 143으로 좋기는 하지만 세상을 놀라게 할 정도는 아니다. 그도 언젠가는 죽게 마련인 인간이며 이제 곧 마흔 번째 생일을 맞을 것이며 건강 상태도 좋다. 그가 지금 혼자 있다 할지라도 그에게는 그렇게 고립된 상태로 있는 것이 그리 괴롭지는 않을 것이다. 내가 그와 알고 지낼 때, 그는 조용하고 수줍음을 많이 탔으며 대학의 동료 교수들보다는 책과 음악을 벗하는 것을 더 좋아하는 사람 같았기 때문이다.

그도 그의 힘도 자연의 영역 밖에 있는 것은 아니다. 그의 정신동력이 방사(放射)되어도 무선통신 분야에 적용되는 여러 유명 물리 법칙들은 그대로 적용된다. 자신의 집 텔레비전에서 으르렁거리는 듯한 '반하우스 잡음'을 들어 보지 못한 사람은 이제는 거의 없다. 그의 정신동력의 방사는 태양의 흑점과 전리층*의 변화에 영향을 받는다.

그렇지만 방사된 정신동력은 몇 가지 중요한 면에서 보통의 방송파와는 다르다. 방사된 정신동력의 전체 에너지는 반하우스 교수가 선택하는 어떤 단일한 지점에 가해질 수 있으며 그 에너지는 거리가 멀어져도 약해지지 않는다. 그렇기 때문에 무기로서 정신동력은 그것을 사용하는 데 비용이 전혀 들지 않는다는 사실을 제외하더라도 생물학 무기나 원자 폭탄보다 뛰어난 인상적인 이점을 지닌다. 즉 반하우스 교수의 정신동력은 국제균형을 유지하는 과정에서 분쟁지의 전체 주민을 대량 학살하는 대신 위험인물과 대상만을 선별적으로 공격하는 것이 가능하다.

호너스 바커 장군이 하원 군사 위원회에서 말했듯, "누군가 반하우스 교수를 찾아내기 전까지는 반하우스 효과를 막을 방도는 없다." 방사된 정신동력을 주파수가 비슷한 다른 전파로 방해하거나 막으려는 노력은 모두 수포로 돌아갔다. 슬레자크 수상은 '반하우스가 정신동력으로 뚫지 못하는' 방공호의 천문학적인 비용을 아낄 수 있었는데 괜히 그 비용만 날려 버린 셈이다. 그 방공호의 납으로 된 방호벽은 두께가 4미터 가까이 되었지만 슬레자크 수상은 그 안에 대피해 있는 동안에도 두 번이나 꼼짝 못하고 당하고 말았다.

전 국민을 심사해서 정신동력 면에서 반하우스 교수만큼이나 강력한 잠재력을 지닌 사람들을 골라내자는 이야기가 있다. 워런 파우스트 상원

---

*지구 대기 상층부의 이온 밀도가 큰 영역으로 지상에서 발사한 전파를 반사하므로 장거리 무선 통신에 이용된다.

의원은 지난달 이 목적을 위한 자금을 요청하면서 열성적으로 다음과 같이 선언했다. "반하우스 효과를 지배하는 자가 세계를 지배한다!" 소련의 크로포트니크 인민 위원도 거의 똑같은 말을 했고, 그리하여 비용이 많이 드는 또 다른 군비 경쟁이 새로운 전환을 맞으며 시작되었다.

적어도 이 군비 경쟁에는 웃기는 측면이 있다. 세계 최고의 도박꾼들이 수많은 핵물리학자들만큼이나 각국 정부에 의해 애지중지되고 있다는 것이다. 아마 세상에는 나를 포함해 정신동력을 쓸 수 있는 능력을 지닌 사람들이 수천 명은 있을 것이다. 하지만 정신동력을 자유자재로 부리는 반하우스 교수의 기술을 알지 못하면 그들은 주사위 테이블 위의 폭군 이상의 존재는 절대 될 수 없다. 반하우스 교수의 비결만 손에 넣으면 아마 10년 정도의 수련을 통해 그들은 위험한 인간 병기로 거듭날 것이다. 반하우스 교수도 그 정도의 시간이 걸렸다. 현재 반하우스 효과를 지배하는 자는 반하우스 교수뿐이며 앞으로도 당분간은 그럴 것이다.

세간에서는 '반하우스의 시대'는 1년 반 전, 그러니까 두뇌 폭풍 작전이 개시된 날에 시작되었다고들 한다. 그때가 바로 정신동력이 정치적으로 중요하게 여겨진 때이다. 사실 그 현상은 반하우스 교수가 장교로 군에 직접 임용되는 것을 거절하고 포병대의 사병으로 입대한 직후인 1942년 5월 발견되었다. 엑스선과 가황 고무*처럼 정신동력도 우연히 발견되었다.

가끔 반하우스 이등병은 막사 동료들에게서 운이 좌우하는 게임들을 같이 하자는 권유를 받았다. 그는 그런 게임들에 대해서는 아무것도 몰랐으므로 대개는 이리저리 둘러대며 거절했다. 하지만 어느 날 저녁, 친목

---

*생고무에 유황을 넣고 가열하여 탄력성 있게 만든 고무.

차원에서 크랩스 게임*을 같이 하겠다고 했다. 지금 이 세상의 모습이 맘에 드는 사람에게는 그가 그 게임을 하게 된 것이 아주 멋진 일일 것이고, 맘에 들지 않는 사람에게는 그가 그 게임을 하게 된 것이 끔찍한 일일 것이다.

"합이 7이 나오게 던져, 형씨." 누군가가 말했다.

그래서 '형씨'는 7이 나오게 던졌다. 그것도 열 번 연속으로 7이 나와 막사 병사들의 주머니를 탈탈 털었다. 그는 자신의 침상으로 물러나 수학 연습 삼아 세탁 신청서 뒷면에 자신이 게임에서 조금 전과 같은 그런 위업을 달성할 확률을 계산해 보았다. 그런데 그 확률이 1천만 분의 1이 아닌가! 얼떨떨해진 그는 자기 옆 침상의 동료에게 주사위 한 쌍을 빌렸다. 그는 다시 합이 7이 나오도록 주사위를 던져 보았지만 이런저런 흔한 숫자 조합이 나올 뿐이었다. 그는 잠시 반듯이 누웠다가 다시 주사위를 던져 보기 시작했다. 이번에는 또 7이 연달아 열 번 나왔다.

그는 나지막이 휘파람을 불며 그 경이로운 일을 그냥 깨끗이 잊어버렸을 수도 있었다. 하지만 그러는 대신 반하우스 교수는 두 번이나 연속해서 이어진 자신의 행운을 둘러싼 상황에 대해 곰곰이 생각해 보았다. 두 번의 행운에는 공통된 요소가 딱 하나 있었다. 두 경우 모두 '주사위를 던지기 직전에 똑같은 일련의 생각이 불현듯 뇌리를 스쳤다'는 점이었다. 바로 그 일련의 생각이 반하우스 교수의 뇌세포를 정렬시켜 그런 행운을 가져왔고 이후 그것은 지구상에서 가장 강력한 무기로 재탄생했다.

옆 침상의 군인은 자신은 몰랐겠지만 처음으로 정신동력에 경의를 표한 사람이었다. 세상의 낙담한 선동가들 얼굴에 쓴웃음을 짓게 만들 것이

---

*주사위 두 개를 던져 주사위 합이 7이나 11이 먼저 나온 쪽이 이기고 2나 3, 12가 나온 쪽이 지는 게임.

확실한 절제된 표현으로 그 군인은 "형씨, 형씨가 2달러짜리 권총보다 훨씬 더 낫소."라고 말했다. 반하우스 교수만 있으면 되는 것이었다. 그의 명령에 따라 움직인 그 주사위는 무게가 몇 그램밖에 나가지 않았으므로 주사위에 반영된 힘은 극히 미미했다. 하지만 그 힘이 있었다는 것만큼은 오해의 여지가 없는 사실로 극히 중요했다.

전문가답게 신중했던 그는 자신의 발견을 즉각 사람들에게 알리지 않았다. 그는 자신의 발견을 입증할 수 있는 더 많은 사실들과 그 사실들을 뒷받침할 일련의 이론들을 필요로 했다. 나중에 히로시마에 원자 폭탄이 투하되자 두려움에 사로잡힌 그는 그냥 잠자코 있었다. 그의 실험은 한 번도 공개되지 않았고, 그러자 슬레자크 수상은 이를 두고 '세계의 진정한 민주주의 국가들에 족쇄를 채우려는 부르주아의 음모'라고 했다. 반하우스 교수는 자신의 실험이 어떤 결과를 초래하게 될지 몰랐다.

얼마 지나지 않아 그는 정신동력의 또 다른 놀라운 특성을 인지하게 되었다. 바로 '정신동력의 힘은 사용할수록 커진다'는 것이었다. 6개월도 지나지 않아 그는 저 멀리 막사 끝에 있는 사람들이 던진 주사위를 제어할 수 있게 되었다. 1945년 제대할 즈음에 그는 5킬로미터 가량 떨어진 굴뚝에서 벽돌을 빼낼 수 있게 되었다.

반하우스 교수가 그의 힘을 썼더라면 제대 전 마지막 전쟁에서 금방 승리를 거둘 수 있었을 텐데 그가 그렇게 하고 싶어 하지 않았다고 비난하는 것은 완전히 무의미하다. 그 전쟁이 끝날 무렵이 되어서야 아마도 그는 37밀리미터 대포와 같은 사정거리와 위력을 지니게 되었을 뿐이지 틀림없이 그 이상의 힘은 지니지 못했다. 그의 정신동력의 힘은 그가 제대해서 와이언도트 대학으로 돌아간 후에야 소형 무기 수준에서 벗어났다.

나는 반하우스 교수가 와이언도트 대학 교수로 다시 돌아온 2년 뒤 와

이언도트 대학원에 들어갔다. 우연히 그가 내 논문 지도 교수로 배정되었다. 반하우스 교수는 동료 교수와 학생 모두의 눈에는 다소 우스꽝스런 인물로 비춰졌기 때문에 나는 그가 지도 교수로 배정된 것이 못마땅했다. 그는 걸핏하면 수업을 빼먹고 강의하는 도중에도 기억을 착오하거나 망각하는 일이 잦았다. 나의 지도 교수로 배정되었을 무렵 그의 결점은 우스꽝스러운 정도에서 참을 수 없는 정도로 넘어가 있었다.

"자네 지도 교수로 반하우스 교수를 배정한 것은 임시적인 일이라네." 라고 사회학과 학과장이 내게 말했다. 그는 미안하고 난처한 표정이었다. "반하우스 교수는 훌륭한 분이라고 난 생각하네. 그가 군대에서 돌아온 뒤로는 알기 힘들지만 전쟁 전까지만 해도 그의 연구는 작은 우리 학교에 상당한 명성을 안겨다 주었지."

내가 반하우스 교수의 연구실에 처음 인사하러 갔을 때, 내가 보게 된 광경은 소문으로 들었던 이상으로 비참했다. 연구실은 온통 먼지로 뒤덮여 있었다. 책과 연구 장비들은 몇 달 동안 손도 안 댄 것 같았다. 내가 들어갔을 때 반하우스 교수는 책상 앞에 앉아 졸고 있었다. 최근에 활동한 유일한 흔적이라고는 꽁초로 넘치는 재떨이 셋, 가위 하나, 그리고 1면에서 기사 몇 꼭지를 오려 낸 조간신문 하나가 다였다.

그가 고개를 들어 나를 쳐다보았을 때, 그의 눈은 피로로 흐리멍덩해 보였다. "어서 오게." 그가 말을 건넸다. "간밤에 잠을 좀 설친 것 같군." 담뱃불을 붙이는 그의 두 손이 가늘게 떨렸다. "자네가 내가 논문 지도를 해야 할 학생인가?"

"예, 교수님." 나는 대답했다. 몇 분 만에 그는 나의 불안감을 놀라움으로 바꿔 놓았다.

"자네도 해외에서 참전했다 돌아온 군인인가?" 그가 물었다.

"예, 교수님."

"그곳은 초토화되었지, 안 그런가?" 그는 눈살을 찌푸렸다. "마지막 전쟁은 즐거웠나?"

"아닙니다, 교수님."

"자네가 보기에는 전쟁이 또 일어날 것 같나?"

"어쩌면요."

"그러면 어떤 조치를 취해야 할까?"

나는 어깨를 으쓱했다. "어쩔 도리가 없지 않을까요."

그는 나를 뚫어져라 빤히 쳐다봤다. "국제법이니 유엔이니 하는 그런 것들에 대해 아는 것이 좀 있나?"

"신문에서 읽은 것밖에 모릅니다."

"나도 마찬가지네." 그가 한숨을 쉬었다. 그는 신문에서 오려 낸 기사들로 꽉 차서 불룩해진 스크랩북을 내게 보여 주었다. "난 국제 정치에는 전혀 관심을 갖지 않았었지. 그런데 지금 나는 미로 속의 쥐를 연구하던 것처럼 열심히 국제 정치를 연구하고 있네. 다들 똑같은 말만 하더군. '어쩔 도리가 없지 않냐'고."

"기적과 다름없는 일이 일어나지 않고서야……." 내가 말을 시작했다.

"마법을 믿나?" 그가 날카롭게 물었다. 반하우스 교수는 조끼 호주머니에서 주사위 두 개를 꺼냈다. "주사위 두 개를 던져 합이 2가 나오도록 해 보겠네." 그가 말했다. 그가 던진 주사위는 연달아 세 번 합이 2가 나왔다. "이런 일이 일어날 확률은 47,000분의 1이네. 자네에겐 기적과 다름없는 일이겠지." 그는 잠시 활짝 웃더니 자신이 10분 전에 시작한 수업이 있다고 말하며 나와의 면담을 끝냈다.

그는 내게 속내를 쉽사리 털어놓지 않았으며 그 주사위 속임수에 대해서도 더 이상 말을 꺼내지 않았다. 나는 그냥 그 주사위들이 납을 박아 특정한 숫자가 나오게 한 부정 주사위였을 거라 추측하고는 그것에 대해서는 잊어버렸다. 그는 나에게 수컷 쥐들이 전기가 통하는 금속판을 건너 먹이나 암컷 쥐들에게 가는 모습을 지켜보는 과제를 내주었다. 그런데 그것은 이미 1930년대에 행해져 모두가 만족할 만한 결과를 거둔 실험이었다. 마치 내게 무의미한 과제를 맡긴 것만으로는 부족하다는 듯 반하우스 교수는 엉뚱한 질문들로 나를 성가시게 했다. 그가 즐겨 하는 질문은 "과연 우리가 히로시마에 원자 폭탄을 꼭 투하해야만 했을까?"나 "새로운 과학 정보가 인류 모두에게 좋을 것일까?" 같은 것들이었다.

그래도 나는 혹사당하는 듯한 기분을 그리 오래 느끼지는 않았다. "그 불쌍한 동물들에게 오늘 하루 휴가를 주게." 그와 함께 한 지 불과 한 달밖에 되지 않았던 어느 날 아침 그가 말했다. "오늘은 내가 좀 더 흥미로운 문제를 조사하려고 하는데 자네가 나를 좀 도와줬으면 좋겠네. 그러니까 내 정신 상태가 온전한지 하는 문제네."

나는 쥐들을 우리에 다시 집어넣었다.

"자네가 해야 할 일은 간단하네." 그가 부드럽게 말했다. "내 책상의 잉크병*을 그냥 지켜보기만 하면 돼. 만약 잉크병에 아무 일도 일어나지 않는다면 그렇다고 말해 줘. 그럼 나는 조용히 가장 가까운 요양원으로 갈 것이네. 덧붙이자면 안도하면서 말이지."

나는 애매모호하게 고개를 끄덕였다.

그가 연구실 문을 잠그고 창문 블라인드를 내리자 우리는 잠시 어스름 속에 있게 되었다. "내가 괴짜라는 건 나도 알아." 그가 말했다. "나를 괴짜로 만드는 건 바로 나 자신에 대한 두려움이지."

"교수님이 다소 별나다고는 생각하지만 그래도 그렇게까지……."

"만약 잉크병에 아무 일도 일어나지 않는다면, '미치광이'가 나를 묘사

*과거에는 책상에 구멍을 뚫어 잉크병을 넣어 고정시켜 놓았다.

하기에 족할 유일한 표현이네." 그가 내 말허리를 자르고 끼어들어 말하며 책상 등을 켰다. 그가 실눈을 떴다. "내가 어느 정도 미쳤는지 자네가 감이 안 잡힐 것 같으니 미리 대략 알 수 있도록 내가 자고 있어야 하지만 뜬눈으로 지새우는 시간에 내 머릿속을 스치는 생각을 말해 주겠네. 나는 어쩌면 내가 세상을 구할 수 있다고 생각해. 어쩌면 내가 모든 나라를 부유한 나라로 만들 수 있고 전쟁을 영원히 없앨 수 있다고 생각하지. 어쩌면 내가 정글에 길을 내고 사막에 물을 대고 밤사이 댐을 만들 수도 있다고도 생각한다네."

"아, 네, 그렇군요."

"잉크병을 잘 지켜보게!"

나는 의무감과 두려움을 동시에 안고 잉크병을 지켜봤다. 잉크병에서 새된 윙윙 소리가 나는 것 같았다. 그러더니 잉크병이 놀랄 만큼 흔들리기 시작했다. 그러다가 마침내 시끄럽게 두 바퀴를 돌며 책상 위로 튀어 올랐다. 그런 다음 딱 멈춰 다시 윙윙 소리를 내면서 빨갛게 되더니 펑 하는 소리와 함께 청록색 불빛이 번쩍하면서 산산조각이 났다.

나는 머리끝이 쭈뼛 곤두서는 것 같았다. 반하우스 교수가 살짝 웃었다. "자석으로 한 건가요?" 내가 마침내 간신히 입을 뗐다.

"자석으로 한 거라면 얼마나 좋을까." 그가 중얼거렸다. 바로 그때였다. 그가 내게 정신동력에 대해 말해 준 것은. 하지만 그때도 그는 그런 힘이 있다는 사실만 알고 있었지 그 힘에 대해서 설명하지는 못했다. "나뿐이네. 세상에 오직 나 혼자뿐이야. 그리고 그건 끔찍한 일이지."

"저라면 놀랍고 멋진 일이라고 할 텐데요." 내가 외쳤다.

"내가 할 수 있는 일이 잉크병을 춤추게 만드는 것이 다라면 나도 이 모든 일에 신나서 법석을 피울 걸세." 그는 암담한 얼굴로 어깨를 으쓱했다. "이보게, 하지만 난 장난감이 아니라네. 자네가 원한다면 함께 차를 타고 나가서 여기 인근을 둘러보면서 내 말이 무슨 뜻인지 자네에게 보여 주겠네." 그는 내게 우리 대학 캠퍼스에서 반경 80킬로미터 내의 지역에 있는 가루가 된 바위, 산산이 부서진 참나무, 무너지는 바람에 버려진 농장 건물에 대해 들려주었다. "그 모든 일을 내가 바로 여기에 앉아서 했다네. 그냥 생각만으로 말이야. 그것도 열심히 생각하지도 않고서 말이지."

그는 신경질적으로 머리를 긁적였다. "나는 최대로 열심히 생각에 집중한 적이 없다네. 내가 해를 가하게 될까 봐 두려웠거든. 지금은 내가 문득 떠올린 생각 하나도 초대형 폭탄과 같은 지경에 이르렀어." 잠시 침울한 침묵이 흘렀다. "며칠 전까지만 해도 나는 이 힘이 어떻게 사용될지 모른다는 두려움에 나 혼자만의 비밀로 하는 것이 최선이라고 생각했네." 그가 계속 말을 이어 갔다. "하지만 지금 나는 한낱 개인이 원자 폭탄을 소유할 권리가 없듯 내게도 이 힘에 대한 권리가 없다는 사실을 깨달았어."

그는 서류 더미를 더듬어 뭔가를 찾았다. "여기에 필요하다고 생각되는 말을 전부 적어 놓았네." 그는 국무장관에게 보내는 편지의 초안을 내게 건넸다.

장관님 귀하,

저는 사용하는 데 전혀 비용이 들지 않고 원자력보다 더 중요하다고 생각되는 새로운 힘을 발견했습니다. 그 힘이 평화를 위해 가장 효과적으로 사용되기를 바라는 마음에서 그렇게 하려면 어떻게 하는 것이 가장 좋을지에 대해 장관님의 조언을 구하는 바입니다.

아서 반하우스 올림

"이제 앞으로 무슨 일이 벌어질지 전혀 모르겠네." 반하우스 교수가 말했다.

그 뒤로 끊임없이 반복되는 악몽과도 같은 3개월이 뒤따랐다. 그 3개월 동안 우리나라의 정치계와 군부의 거물들이 시도 때도 없이 찾아와 반하우스 교수의 재주를 지켜봤다.

그 편지를 보내고 나서 닷새 뒤, 우리는 느닷없이 버지니아주 샬러츠빌 근교의 오래된 저택으로 끌려가 그곳에서 머물게 되었다. 가시철조망과 스무 명의 보초에 둘러싸인 채 우리는 '소원의 우물 프로젝트'라는 꼬리표가 붙여지고 일급비밀로 분류되었다.

우리의 담당자로 호너스 바커 장군과 국무부의 윌리엄 K. 커트럴이 파견되었다. 반하우스 교수가 평화에서부터 풍요로움까지 열변을 토할 때면 그 두 사람은 그저 사람 좋은 미소만 띠며 듣고 있다가 실제적 조치와 현실적인 생각을 이야기할 때면 말이 많아졌다. 그런 식으로 다루어지다 보니 처음에는 거의 온순했던 반하우스 교수는 몇 주가 지나자 완고한 모습으로 변해 버렸다.

반하우스 교수는 자신의 마음을 조정해 스스로 정신동력의 발신기가 되는 생각의 과정을 그들에게 알려 주기로 동의한 상태였다. 하지만 커트럴과 바커가 그렇게 해 달라고 자꾸 성가시게 들볶아 대자 그는 모호한 태도를 취하기 시작했다. 처음에 그는 그 정보는 그냥 몇 마디 말로 전달될 수 있다고 단언했었다. 하지만 좀 더 뒤에는 장문의 보고서로 작성해야 한다고 말했다. 그러다가 마침내 어느 날 밤 저녁 식사 자리에서 바커 장군이 두뇌 폭풍 작전을 위한 비밀 명령서를 읽어 준 직후, 반하우스 교수는 "그 보고서를 쓰는 데는 5년 정도 걸릴 것 같군요."라고 선언했다. 그는 장군을 사납게 쳐다봤다. "어쩌면 20년이 걸릴지도 모르겠군요."

이 단호한 선언에 그들은 낭패감을 맛봤지만 두뇌 폭풍 작전에 대한 기대감으로 들뜬 마음에 묻혀 어느덧 잊혀졌다. 바커 장군은 축제 기분에 젖어 있었다. "표적함들은 지금 이 순간 서태평양의 캐롤라인 제도로 향하는 길이오." 장군이 황홀해 하며 선언했다. "무려 120척이오! 동시에 탄도미사일 V-2호 10기가 뉴멕시코주를 향해 발사 대기 중이고, 무선 조종 제트 폭격기 50대가 알래스카주의 알류샨열도에 모의 공격할 채비를 갖추고 있소. 이것들을 머릿속에 넣어 놓으시오!" 그는 자신의 명령서를 재검토했다. "다음 수요일 11시 정각에 나는 당신에게 '집중하라'는 명령을 내릴 것이오. 그러면 교수, 당신은 생각을 한껏 열심히 집중해서 표적함들을 가라앉히고, 땅에 닿기 전에 V-2호들을 폭파시키고, 알류샨열도에 도달하기 전에 폭격기들을 격추하는 거요! 당신이 이 모든 일을 다 처리할 수 있겠소?"

반하우스 교수는 얼굴이 납빛으로 변하며 눈을 감았다. "장군님, 전에 말씀드렸듯, 내가 무엇을 할 수 있는지는 나도 모릅니다." 그는 씁쓸하게 덧붙였다. "이 두뇌 폭풍 작전에 대해서 나는 상의 요청을 받은 적이 전혀 없습니다. 그리고 이 작전은 유치하고 돈만 미친 듯이 많이 들어간 느낌이 드는군요."

바커 장군이 기분 나쁜 듯 고개를 치켜들고는 말했다. "교수님, 당신의 전문 분야가 심리학이니 나는 그 분야에 대해서는 주제넘게 당신에게 조언하려고 하지 않소이다. 나의 전문 분야는 국방이오. 나는 국방 분야에서 30년 동안 경력과 성과를 쌓아 왔소, 교수 양반. 그러니 내 전문 분야에 대한 내 판단을 비난하지 말아 줬으면 하오."

그러자 반하우스 교수는 커트럴에게 호소했다. "이보십시오," 그는 간청하듯 말했다. "우리가 지금 기를 쓰고 없애려 하고 있는 것은 전쟁과 군사 문제 아닙니까? 내가 가진 힘으로 구름 덩어리를 가뭄 지역으로 이동시키는 것과 같은 그런 일들을 시도하는 편이 훨씬 더 의미 있고 돈도 더 적게 들지 않겠습니까? 그래요, 나는 국제 정치에 대해서는 거의 아무 것도 모릅니다. 하지만 세상 사람들이 모든 것을 골고루 나눌 수 있다면 전쟁을 벌이고 싶어 하는 사람은 아무도 없을 것이라고 생각하는 것이 타당하지 않을까요? 커트럴 씨, 나는 화력이나 수력 발전소가 없는 곳에서 발전기를 돌리거나 사막에 물을 대거나 하는 그런 일을 하고 싶습니다. 그러니까 당신이 각 나라에서 그들이 가진 자원을 최대한 활용하기 위해서 무엇을 필요로 하는지 알아내면, 내가 그들에게 그것을 주는 거지요. 우리 미국 납세자들의 돈은 한 푼도 들이지 않고 말입니다."

"자유를 누리기 위해서는 부단히 경계해야 하는 법이오." 바커 장군이 목소리에 힘을 실어 말했다.

커트럴 씨가 바커 장군에게 살짝 싫은 표정을 지어 보였다. "불행히도 바커 장군의 말이 그 나름으로 맞습니다." 커트럴 씨가 말했다. "세상이 교수님처럼 이상적인 분들의 생각을 받아들일 준비가 되어 있으면 얼마나 좋겠습니까마는 세상은 전혀 그렇지 않아요. 우리는 형제들에게 둘러싸여 있는 게 아니라 적들에게 둘러싸여 있습니다. 우리가 전쟁 위기에 처한 건 식량이나 자원의 부족 때문이 아니에요. 전쟁은 권력을 두고 벌이는 다툼이란 말입니다. 누가 세계를 책임지게 될까요? 우리? 아니면 저들?"

반하우스 교수는 마지못해 동의한다는 듯 고개를 끄덕이며 식탁에서 일어났다. "두 분께 실례가 많았습니다. 결국 우리나라를 위해 최선이 무엇인지를 판단할 자격은 두 분이 더 잘 갖추고 계시지요. 저는 뭐든 두 분이 시키는 대로 하겠습니다." 그는 내 쪽으로 몸을 돌렸다. "기밀 괘종시계 태엽 감는 것과 비밀 고양이 내보내는 것 잊지 말게." 그는 침울하게 말하고는 계단을 올라 자신의 침실로 갔다.

국가 안보상의 이유로 두뇌 폭풍 작전은 그 비용을 치르는 미국 국민들에게는 알리지 않고 실행되었다. 그 작전에 관련된 관찰자들과 기술자들, 군인들은 어떤 실험이 진행 중이라는 사실만 알았지 정확히 어떤 실험인지는 전혀 알지 못했다. 나 자신을 포함한 37명의 핵심 인물들만이 진행 중인 일이 무엇인지를 알았다.

두뇌 폭풍 작전 당일, 버지니아주의 날씨는 계절에 맞지 않게 쌀쌀했다. 실내 벽난로에서는 통장작이 탁탁 소리를 내며 타고 있었고 그 불꽃이 거실에 늘어선 번쩍번쩍 광이 나는 금속제 캐비닛들에 비쳤다. 거실에 남은 멋진 고가구라고는 빅토리아풍 2인용 소파 하나가 다였는데, 그 소파는 거실 바닥 한가운데에 텔레비전 세 대와 마주 놓여 있었다. 또 거실에는 작전이 진행되는 것을 지켜보도록 특별히 허가된 우리 10명을 위해 긴 의자 하나가 놓여 있었다. 왼쪽부터 오른쪽까지 차례대로 세 대의 텔레비전 화면에는 로켓 추진 미사일의 표적인 뉴멕시코주의 광활한 사막, 서태평양의 실험 대상용 함대, 무선 조종 폭격기 편대가 굉음을 내며 날아갈 알류샨열도의 하늘이 보였다.

작전 개시 시각 90분 전, 세 곳에서 각각 무전으로 로켓 추진 미사일들의 발사 준비가 완료됐고, 관측선들은 안전거리로 물러났고, 폭격기들은 목표 지점을 향해 날아가고 있는 중이라고 알려 왔다. 버지니아 저택의 소규모 관중은 계급순으로 긴 의자에 도열해 앉아 담배만 푹푹 피워 댈 뿐 거의 말이 없었다. 반하우스 교수는 자신의 침실에 있었다. 바커 장군은 20인분의 추수감사절 만찬을 준비하는 여자처럼 집 안을 분주히 이리저리 돌아다녔다.

작전 개시 시각 10분 전, 바커 장군이 반하우스 교수를 앞세우고 거실로 들어왔다. 반하우스 교수는 운동화를 신고, 회색 플란넬 바지에 파란색 스웨터와 목 부분은 단추를 채우지 않은 채 흰색 셔츠를 입은 편안한 차림이었다. 장군과 교수는 2인용 소파에 나란히 앉았다. 장군은 빳빳하게 굳은 채 땀을 흘리고 있었지만 교수는 쾌활했다. 교수는 텔레비전 화면 각각을 보면서 담뱃불을 붙이고 소파에 편히 기댔다.

"폭격기들이 보입니다!" 알류샨열도의 관찰자들이 외쳤다.

"로켓 추진 미사일들이 저 멀리에서 포착됐습니다!" 뉴멕시코주의 무전병이 소리쳤다.

우리는 모두 재빨리 벽난로 선반 위의 커다란 전기 시계를 쳐다봤지만 반하우스 교수는 얼굴에 반쯤 미소를 띤 채 텔레비전 화면만 계속 주시했다. 공허한 목소리로 바커 장군이 남아 있는 초를 세어 나가기 시작했다.

"5……4……3……2……1…… 집중하시오!"

반하우스 교수는 눈을 감고 입을 꾹 다문 채 관자놀이를 쓰다듬었다. 그는 잠시 그 자세를 그대로 유지했다. 텔레비전 화면 영상이 뒤죽박죽이 되었고 무전 통신은 '반하우스 잡음'이라고 불리는 소음에 묻혀 들리지 않게 되었다. 반하우스 교수는 한숨을 쉬며 눈을 뜨고는 확신에 찬 미소를 지었다.

"당신이 지닌 모든 힘을 다 쏟은 거요?" 바커 장군이 미심쩍은 표정으로 물었다.

"온 힘을 쏟았습니다." 교수가 대답했다.

텔레비전 영상이 다시 원상 복구되고, 작전 현장 관찰자들에게 맞춰진 무전을 통해 그들이 놀라서 외치는 소리가 뒤섞여 들려왔다. 알류샨열도의 하늘에는 불길에 휩싸여 굉음을 내며 추락하는 폭격기들이 길게 내뿜는 연기로 줄무늬가 그려져 있었다. 동시에 다른 텔레비전의 화면에서는 로켓 추진 미사일 표적 위의 하늘 높이에 하얗고 불룩한 구름 같은 덩어리가 보이더니 뒤이어 희미한 천둥 같은 폭발음이 들렸다.

바커 장군은 행복하게 고개를 흔들었다. "세상에!" 그가 환성을 질렀다. "와아, 교수님, 이런! 세상에! 맙소사!"

"저길 보십시오!" 내 옆에 앉은 해군 제독이 외쳤다. "저기 저 함대……! 하나도 손상되지 않았어요!"

"그런데 함포들의 포구가 아래로 꺾여 있는 것 같군요." 커트럴이 말했다.

우리는 자리에서 일어나 그 화면이 나오고 있는 텔레비전 주위로 모여들어 피해 상황을 더 자세히 살펴봤다. 커트럴의 말이 맞았다. 그 함대 배들의 함포가 모두 아래쪽으로 휘어져 포구가 강철 갑판에 닿아 있었다. 버지니아주에 있는 우리 사이에 왁자지껄 소란이 일어난 탓에 우리 귀에는 무전 보고도 들리지 않았다. 거기에 사실상 완전히 마음을 뺏겨 버린 탓에 우리는 두 번에 걸쳐 짧게 으르렁거리는 듯한 반하우스 잡음에 깜짝 놀라 갑작스레 조용해지기 전까지는 반하우스 교수가 없어진 것을 알아채지 못했다. 무전은 끊겨 있었다.

우리는 걱정스레 주위를 둘러봤다. 반하우스 교수는 사라지고 없었다. 초조한 표정의 보초 하나가 바깥에서 현관문을 확 열어젖히며 교수가 달아났다고 소리쳤다. 보초가 권총을 대문 쪽을 향해 휘둘러서 보니, 대문은 활짝 열린 채 처지고 휘어진 모습으로 매달려 있었다. 저 멀리에서 관용차 한 대가 질주해 산마루를 넘어 그 너머의 골짜기로 사라지며 모습을 감췄다. 대기는 숨 막히는 연기로 가득했는데, 그곳에 있는 모든 차들이 불길에 휩싸여 있었기 때문이었다. 추적은 불가능했다.

"대체 저자가 왜 저러는 거야?" 바커 장군이 으르렁거렸다.

앞 현관으로 급히 뛰쳐나갔던 커트럴은 이제 구부정한 자세로 연필로 쓴 쪽지를 읽으며 다시 거실로 돌아왔다. 그는 내 손에 그 쪽지를 쥐여 주었다. "참으로 훌륭한 그분께서 친히 이 연서를 현관문 손잡이 밑에 남겨 놓았더군요." 아마도 여기 있는 우리의 젊은 친구가 친절하게 여러분께

이 쪽지를 읽어드릴 겁니다. 그동안 나는 숲으로 조용히 산책 좀 다녀오겠습니다."

나는 큰 소리로 그 쪽지를 읽었다. "여러분, 양심을 지닌 첫 번째 초강력 인간 병기로서 나는 여러분의 국방 비축 무기 목록에서 나 자신을 삭제하고자 합니다. 군수품 작동에 새로운 선례를 만들면서 나는 인도적인 이유로 이곳을 떠납니다. 아서 반하우스 드림."

그날 이후, 당연히 반하우스 교수는 전 세계의 무기를 체계적으로 파괴해 오고 있고 급기야 지금은 돌멩이나 뾰족한 막대기 외에는 군대를 무장할 만한 것이 거의 없다. 그의 활약이 정확히 평화로 귀결되지는 않았고 오히려 '폭로 전쟁'이라 불릴 수 있는 무혈의 재미있는 전쟁을 촉발시켰다. 모든 나라는 적국의 간첩들로 넘쳐 나고 있으며 이 간첩들의 유일한 임무는 군사 장비의 정확한 위치를 찾아내는 것이다. 그런 뒤 그 군사 장비를 언론에 보도해 반하우스 교수의 주의를 끌기만 하면 그 군사 장비는 즉각 파괴되었다.

매일같이 정신동력에 의해 격파되는 무기에 대한 뉴스가 더 많이 전해지는 것 못지않게 교수의 행방에 대한 각종 뜬소문도 전해지고 있다. 지난 한 주 동안만 해도 세 군데 잡지에 반하우스 교수가 안데스산맥의 잉카 유적지에, 파리의 하수구에, 칼즈배드 캐번스의 탐사되지 않은 더 깊숙한 동굴에 숨어 있다고 다양하게 증명하는 기사가 실렸다. 그가 어떤 사람인지 알기에 나는 그런 은신처들은 그가 있기에는 쓸데없이 낭만적이고 불편한 곳이 아닌가 하는 생각이 든다. 교수를 죽이고 싶어 하는 사람들도 많지만 그를 좋아하고 숨겨 주려고 하는 사람 또한 분명 수백만 명에 이를 것이다. 나는 그가 그런 사람의 집에 있다고 믿고 싶다.

한 가지 확실한 것은 이 글을 쓰고 있는 현시점까지 반하우스 교수는 죽지 않았다는 사실이다. 반하우스 잡음이 방송을 방해한 지 10분도 지나지 않았다. 그가 사라진 뒤 18개월 동안 그가 사망했다는 보도가 대여섯 번이나 있었다. 반하우스 잡음이 들리지 않던 기간 동안 교수와 닮은 신원 미상 남자의 시체가 발견될 때마다 매번 그런 기사가 나왔다. 처음 세 번의 사망 보도가 나왔을 때는 즉각 재무장과 전쟁에 의지하는 것에 대한 논의를 재개해야 한다는 주장이 뒤따랐다. 그런 주장을 한 무모한 군국주의자들은 반하우스 교수의 사망을 조급히 축하한 것이 얼마나 경솔한 짓인지 알게 되었다.

반하우스의 장난스런 전제 정치가 끝났다는 선언을 한 직후, 많은 용감한 애국자들은 저도 모르게 뒤죽박죽 박살 난 사열대의 장식용 깃발과 목재 속에 애통해하며 엎드렸다. 하지만 전 세계 각국에서 할 수만 있다면 전쟁을 일으키려는 자들은 침울한 침묵 속에서 꼭 일어났으면 하는 일을 기다렸다. 바로 반하우스 교수의 죽음을.

반하우스 교수가 얼마나 더 살 것 같으냐고 묻는 것은 또다시 세계 대전이 벌어지려면 우리가 얼마나 더 기다려야 하느냐고 묻는 것과 같다. 그는 단명한 집안 출신이다. 그의 모친은 53세까지, 그의 부친은 49세까지 살았고, 친가와 외가의 조부모들 수명도 이와 비슷했다. 그렇기 때문에 그가 적들에게 들키지 않고 숨은 채로 지낼 수 있다면 아마도 15년쯤 더 살 것으로 예상된다. 하지만 적들의 숫자와 기세를 고려해 보면 15년이란 세월은 굉장히 긴 시간 같으므로 15일이나 15시간, 또는 15분으로 수정하는 편이 더 나을지도 모르겠다.

반하우스 교수는 자신이 그리 오래 살지 못할 것임을 알고 있다. 내가 이렇게 말하는 것은 크리스마스이브에 내 우편함에 남겨진 서신 때문이다. 서명도 하지 않은 채, 더러운 종잇조각에 타자기로 친 그 편지는 열

개의 문장으로 이루어져 있었다. 앞의 아홉 문장은 하나같이 심리학 용어 투성이에 모호한 부분에는 참조 글까지 달려 갈피도 못 잡게 뒤얽혀 있었던 탓에, 처음 읽었을 때는 무슨 말인지 이해가 되지 않았다. 열 번째 문장은 앞의 아홉 문장과 달리 문장 구조가 단순하고 많은 단어가 포함되어 있지 않았다. 하지만 그 문장은 비합리적인 내용으로 인해 모든 문장 가운데서 가장 종잡을 수 없고 기괴한 문장이었다. 나는 그것이 내 대학원 동료의 비뚤어진 짓궂은 장난이라 생각해 그 편지를 하마터면 버려 버릴 뻔했다. 그렇지만 어떤 이유에선지 나는 그것을 내 책상 위의 잡동사니 사이에 같이 놔뒀다. 거기에 놔둔 다른 추억거리들 사이에는 반하우스 교수의 주사위도 있었다.

여러 주가 지난 뒤에야 나는 그 편지가 정말로 뭔가 의미하는 바가 있다는 사실을, 즉 앞의 아홉 문장은 이리저리 뒤얽힌 것을 풀면 뭔가를 지시하는 문장으로 볼 수도 있다는 사실을 깨달았다. 하지만 열 번째 문장은 여전히 무슨 말인지 알 수가 없었다. 그런데 바로 어젯밤에야 비로소 나는 그 문장이 나머지 아홉 문장들과 어떻게 맞춰지는지를 알아냈다. 어젯밤 아무 생각 없이 교수의 주사위를 만지작거리고 있던 중에 그 문장의 의미가 내 머릿속에 딱 떠올랐던 것이다.

나는 이 보고서를 오늘 출판사에 보내기로 약속한 상태였다. 하지만 앞서 일어난 일을 고려했을 때 나는 부득이하게 그 약속을 깨거나 미완성인 상태로 이 보고서를 발표해야만 할 것 같다. 그래도 보고서 발표가 그리 오래 지연되지는 않을 것이다. 나 같은 총각한테 부여된 얼마 안 되는 축복 가운데 하나가 재빨리 거처를 옮기고 생활 방식도 바꿀 수 있다는 점이다. 내가 챙겨 가고 싶은 자산이 뭐든 간에 몇 시간이면 다 꾸릴 수 있다. 내게도 주식 배당금 같은 상당한 불로 소득이 없는 것은 아니지만, 다행스럽게도 그것을 유동성 있는 형태나 익명으로 거래할 수 있는 형태로 현금화하는 데는 일주일이면 된다. 이 일들을 모두 마친 뒤 나는 이 보고서를 우편으로 부칠 것이다.

방금 막 내 주치의를 만나고 돌아온 길이다. 주치의 말로는 내 건강 상태는 아주 좋다고 한다. 나는 젊고, 나의 친가도 외가도 장수하는 집안으로 유명하기 때문에 운이 좋으면 정말 고령까지 살 것이다.

간단히 말해 나는 사라질 작정이다.

결국 언젠가 반하우스 교수는 죽을 것이다. 하지만 그렇게 되기 훨씬 전에 나는 준비를 마칠 것이다. 그러므로 오늘날의 무모한 군국주의자들에게, 그리고 바라건대 내일의 그들에게도 전하는 바는 '충고를 들어라. 반하우스 교수는 죽을 것이다. 하지만 반하우스 효과는 아니다.'라는 것이다.

어젯밤 나는 다시 한 번 그 종잇조각 편지에 적힌 애매모호한 지시사항들을 따라 해 봤다. 나는 반하우스 교수의 주사위를 손에 쥔 채 악몽 같았던 그 마지막 문장을 마음속에 떠올리면서 주사위를 굴렸고 50번 연속으로 합이 7이 나왔다.

그럼 이만 안녕.

(1950년)

유피오의 문제

연방 통신 위원회의 신사 숙녀 여러분, 여러분 앞에서 이 문제에 대해 진술할 기회를 주셔서 감사합니다.

그것에 대한 소식이 유출돼서 유감스럽군요. 아니, 어쩌면 유감스럽다기보다는 '마음이 아프다'고 하는 게 더 맞는 표현일 것입니다. 하지만 소문이 퍼지고 있고 여러분에게도 공식적으로 알려지게 되었으므로 저는 그 이야기를 솔직하게 들려준 다음 미국에는 우리가 발견한 것이 필요하지 않다고 제가 여러분에게 납득시킬 수 있게 해 달라고 하느님에게 기도하는 편이 나을 것 같습니다.

라디오 아나운서인 루 해리슨과 물리학자인 프레드 보크먼 박사, 그리고 사회학 교수인 저, 이렇게 우리 세 사람이 마음의 평화를 발견했다는 사실은 부인하지 않겠습니다. 우리가 그런 건 맞으니까요. 그리고 사람들이 마음의 평화를 찾는 것이 잘못이라는 말도 하지 않겠습니다. 하지만 만약 어떤 사람이 우리가 찾은 방식대로 마음의 평화를 구하고자 한다면 그 사람은 그렇게 하는 대신 관상 동맥 혈전을 찾는 것이 한결 현명할 것입니다.

루와 프레드와 저는 안락의자에 앉아 탁자용 텔레비전 크기의 어떤 기계장치를 켜서 마음의 평화를 찾았습니다. 약초라든가 황금률이라든가 근육 조절이라든가 다른 사람의 문제에 우리의 코를 박아 우리 자신의 문제를 잊는다든가 하는 그런 방법을 통해서가 아니라 말입니다. 취미를 갖거나 도교에 심취하거나 팔굽혀펴기를 하거나 로터스*를 떠올리거나 하는 그런 것도 하지 않고 말입니다. 제 생각에 그 기계장치는 많은 사람들이 문명사회의 최고의 성과로 막연히 예견하는 것입니다. 그것은 값싸고 대량 생산이 용이하며 스위치만 딸깍하면 평온함을 제공할 수 있는 전자기기이지요. 여기 계신 여러분 앞에도 그 기기가 하나 놓여 있는 게 보이는군요.

제가 인위적인 마음의 평화를 처음으로 가볍게 접하게 된 것은 6개월 전이었습니다. 유감스럽기 짝이 없지만 루 해리슨을 알게 된 시기도 바로 그때입니다. 루는 우리 마을의 유일한 라디오 방송국의 최고 아나운서입니다. 그가 이런저런 소리를 지껄여 생계를 꾸려 나가는 사람인지라 이 문제에 여러분의 주의를 끈 사람이 그 말고 다른 누군가가 있다면 저는 놀랄 것입니다.

루는 서른 개 정도의 다른 프로그램과 함께 주 1회 하는 과학 프로그램도 하나 맡고 있습니다. 매주 그는 와이언도트 대학의 어떤 교수를 초대해 그 교수의 전문 분야에 대해 대담을 나눕니다. 음, 6개월 전 루는 젊은 몽상가이자 저의 동료 교수인 프레드 보크먼 박사를 중심으로 한 프로그램을 준비했습니다. 저는 프레드를 라디오 방송국으로 태워다 줬고 프레드는 저도 함께 들어가서 구경하고 가라고 권했습니다. 그냥 재미 삼아 저는 그렇게 했고요.

프레드 보크먼은 실제로는 서른 살이지만 열여덟 살처럼 보입니다. 그

---

*먹으면 황홀경에 빠진다는 그리스 신화 속 상상의 열매.

가 삶에 그다지 신경을 쓰지 않았기 때문에 삶은 그에게 아무런 흔적도 남기지 않은 것이지요. 그가 주로 신경을 쓰는 것은, 그리고 루 해리슨이 그와 이야기하고 싶어 했던 것은 그가 별들의 소리를 듣기 위해 만든 8톤짜리 우산 모양 기기였습니다. 그것은 망원경 가대에 설치된 커다란 무선 안테나입니다. 제가 이해한 바에 따르면, 그것은 망원경으로 별들을 관측하는 대신 우주 바깥 어딘가를 겨냥해 다른 천체에서 오는 전파 신호를 잡는 기기입니다.

물론, 다른 천체에서 라디오 방송국을 운영하는 사람들은 없습니다. 그냥 여러 천체들이 많은 에너지를 뿜어내는데 그 에너지 가운데 일부가 고주파대에 잡히기도 하는 것뿐입니다. 프레드의 장치가 지닌 한 가지 좋은 점은 커다란 우주 먼지 구름에 가려 망원경으로는 보이지 않는 별들을 찾아낼 수 있다는 것입니다. 별들이 보내는 전파 신호는 우주먼지 구름을 뚫고 프레드의 안테나에 닿으니까요.

그 장비가 할 수 있는 것은 그게 전부가 아닙니다. 루 해리슨은 프레드와 이야기를 나누며 가장 흥미로운 질문을 프로그램 마지막까지 아껴 뒀습니다.

"보크먼 박사님, 그것참 흥미롭군요." 루가 말했습니다. "그런데 말입니다, 박사님의 전파 망원경이 일반 광학 망원경으로는 밝혀내지 못했던 우주에 대해 다른 사실도 발견했습니까?"

이것이 요점이었습니다. "예, 그렇습니다." 프레드가 대답했습니다. "우리는 우주에서 '우주먼지에 가려지지 않은 채' 강력한 전파 신호를 내보내는 지점을 50군데 발견했습니다. 하지만 그곳에 천체는 전혀 없는 것으로 보입니다."

"그렇군요!" 루는 짐짓 놀란 척하며 말했습니다. "정말 대단하다고 말씀드려야겠군요. 신사 숙녀 여러분, 라디오 역사상 최초로 저희가 보크먼 박사의 신비로운 우주 공간에서 들려오는 소리를 들려드리겠습니다." 그들은 이미 캠퍼스에 있는 프레드가 만든 장치의 안테나에 선을 달아 밖으로 연결해 놓은 상태였습니다. 루가 엔지니어에게 그 장치에서 나오는 신호음이 들리도록 스위치를 올리라는 손짓을 했습니다. "청취자 여러분, 무(無)의 공간에서 들려오는 소리입니다!"

그 소리는 별로 들을 것이 없었습니다. 떨리는 쉭쉭거리는 소리였는데 꼭 타이어에서 바람 빠지는 소리 같았어요. 그 소리는 원래 5초 동안 방송되기로 되어 있었습니다. 엔지니어가 스위치를 내릴 때 프레드와 저는 왜 그런지 설명할 길은 없지만 바보처럼 히죽거리고 있었습니다. 저는 긴장이 풀리고 들뜬 기분이었어요. 루 해리슨은 마치 코파카바나*의 탈의실로 비틀거리며 들어가고 있는 사람처럼 보였고요. 그가 스튜디오의 시계를 힐끗 쳐다봤다가 소스라치게 놀라더군요. 쉭쉭거리는 단조로운 소리가 5분이나 방송되었던 겁니다! 엔지니어의 소맷부리가 우연히 스위치에 걸리지 않았더라면 그때까지 계속 그 소리가 방송되고 있었을 겁니다.

프레드는 신경질적으로 소리 내 웃었고 루는 얼른 대본에서 지금 읽어야 할 부분을 찾았습니다. "미지의 장소에서 온 쉭쉭거리는 소리로군요." 루가 말했습니다. "보크먼 박사님, 박사님이 발견한 그 흥미로운 우주 공간들에 이름을 제안한 사람이 있습니까?"

"아뇨." 프레드가 대답했습니다. "현재로서는 그 우주 공간들에는 이름도 설명도 없습니다."

쉭쉭거리는 소리가 나온 그 우주 공간들에 대해서는 여전히 설명이 필요하지만 저는 그 우주 공간에서 나온 소리가 제 마음에 남긴 느낌을 대략적으로 보여 주는 이름을 그 우주 공간의 이름으로 제안했습니다. 그것은 바로 '보크먼 유포리아'입니다. 우리는 그 우주 공간들이 무엇인지는

*대서양을 접하고 있는 브라질의 관광 도시.

모르지만 그 우주 공간들이 무엇을 하는지는 알고 있습니다. 그러므로 그 이름이 적절한 이름 같았습니다. '유포리아'는 붕 뜨는 느낌과 행복감을 뜻하므로 정말이지 딱 들어맞는 유일한 단어입니다.

방송이 끝난 뒤, 프레드와 루와 저는 감상적이 될 정도로까지 서로에게 다정다감하게 대했습니다.

"방송이 이렇게 즐거웠던 적이 언제였는지 기억도 안 납니다." 루가 말했습니다. 그는 정직한 편은 아니었지만 그 말만큼은 진심이었습니다.

"내 평생 가장 인상적인 경험 가운데 하나였습니다." 얼떨떨한 표정으로 프레드가 말했습니다. "엄청나게 기분이 좋았어요."

우리가 느낀 기분에 무척 당황한 나머지 우리는 곤혹스러워하며 서둘러 헤어졌습니다. 저는 한잔할 생각으로 급히 집으로 갔지만 그냥 또 다른 심란한 경험의 한가운데로 걸어 들어가게 되었을 뿐이었습니다.

저의 집은 조용했습니다. 집을 두 번이나 둘러본 뒤에야 저는 집에 저 혼자만 있는 것이 아니라는 사실을 알게 되었어요. 제때 자기 식구를 잘 챙겨 먹이는 것을 자랑으로 여기는 착하고 사랑스런 여자인 제 아내 수전이 꿈을 꾸듯 천장을 응시한 채 소파에 누워 있었습니다. "여보," 저는 머뭇거리며 아내에게 말을 걸었습니다. "나 왔어. 저녁 식사 시간이야."

"프레드 보크먼이 오늘 라디오에 나왔어." 제 아내가 꿈결인 듯 아득한 목소리로 말했습니다.

"나도 알아. 스튜디오에 그와 함께 있었거든."

"그는 이 세상의 사람이라 생각되지 않을 만큼 훌륭했어." 그녀가 한숨을 쉬었습니다. "그야말로 너무나도 훌륭했지. 우주에서 온 그 소리…… 그가 그 소리를 틀었을 때 그냥 모든 것이 내게서 빠져나가는 것 같았어. 여기에 누워서 그걸 극복하려고 하는 중이야."

"으응." 저는 입술을 깨물며 말했어요. "그래, 그럼 내가 에디를 데려오는 게 낫겠군." 에디는 열 살짜리 제 아들로 듣기로는 천하무적인 마을 야구팀의 주장입니다.

"힘 아끼세요, 아빠." 컴컴한 곳에서 작은 목소리가 들렸습니다.

"벌써 집에 와 있었니? 무슨 일 있어? 야구 시합이 원자 폭탄 공격 때문에 취소라도 된 거야?"

"아니에요. 시합은 8회까지 마쳤어요."

"점수 차이가 너무 많이 나서 상대 팀에서 그냥 포기해 버린 모양이로구나?"

"아뇨, 상대 팀은 아주 잘하고 있었어요. 동점이었고 상대 팀 공격으로 투 아웃에 주자가 두 명이 나가 있는 상황이었죠." 제 아들은 마치 꿈꾼 일을 들려주는 것처럼 말하더군요. "그런데 그때," 에디가 눈이 휘둥그레지며 말했습니다. "다들 흥미를 잃고 그냥 야구장을 벗어나 어딘가로 가 버렸어요. 집에 왔더니 엄마가 여기에 뻗어 있었어요. 그래서 저는 바닥에 드러누웠죠."

"왜?" 제가 못 믿겠다는 듯 물었어요.

"아빠," 에디가 생각에 잠긴 채 말했어요. "난들 그걸 어떻게 알겠어요?"

"에디!" 아이 엄마가 나무라는 투로 외쳤습니다.

"엄마," 에디가 말했습니다. "마찬가지로 엄만들 그걸 어떻게 알겠어요?"

사실 누군들 그걸 설명할 수 있었겠습니까? 하지만 제게 어떤 직감이 떠올랐는데 누그러지지 않고 계속 머릿속을 맴돌았어요. 저는 프레드 보크먼의 집으로 전화를 했습니다. "프레드, 저녁 식사 자리에서 그만 일어날 수 있겠나?"

"그러면 얼마나 좋겠나." 프레드가 말했습니다. "우리 집에는 먹을 게 하나도 없어. 오늘은 매리언에게 장을 보라고 차를 맡겼었다네. 그런데 그녀는 지금에야 식료품점이 문을 열었는지 알아보는 중이야."

"차에 시동이 안 걸린 거 아닌가?"

"내 아내가 차에 시동을 걸었던 건 확실해." 프레드가 말했습니다. "시장에도 갔었고. 그런데 기분이 너무나도 좋아서 그냥 다시 시장에서 바로 걸어 나와 버렸대." 프레드는 의기소침한 목소리였습니다. "마음을 바꾸는 건 여자의 특권인 것 같아. 하지만 거짓말은 마음을 아프게 해."

"매리언이 거짓말을 했어? 설마, 그럴 리가!"

"내 아내가 그곳의 모든 사람이 자기와 함께 시장 밖으로 멍하니 걸어 나왔다 그러더라고. 글쎄, 점원을 비롯한 모두가 말이야."

"프레드," 제가 말했습니다. "자네한테 들려줄 소식이 있네. 저녁 식사 후 내가 차를 몰고 그리로 갈까?"

제가 프레드 보크먼의 농장에 도착했을 때, 그는 어안이 벙벙한 표정으로 석간신문을 뚫어져라 쳐다보고 있었습니다.

"마을 전체가 미쳤었군!" 프레드가 말했습니다. "아무 이유 없이 모두 길가에 차를 세웠어. 마치 사다리 소방차가 지나가고 있는 것처럼 말이야. 이 신문 기사에 따르면 사람들이 말을 하다가 말고 5분 동안 그대로 있었대. 수백 명의 사람들이 치약 광고에 나오는 사람들처럼 활짝 웃으면서 차가운 날씨에 셔츠 바람으로 이리저리 헤매어 돌아다녔고." 그는 그 신문 기사를 줄줄 읽었습니다. "이게 바로 자네가 내게 말하고 싶은 건가?"

저는 고개를 끄덕였습니다. "그 모든 일이 그 소리가 방송될 때 일어났네. 내 생각엔 아마도……."

"아마도 그런 일이 일어날 확률은 약 100만 분의 1이네." 프레드가 말했습니다. "시간은 초 단위까지 확인했네."

"하지만 대부분의 사람들은 그 라디오 프로그램을 듣고 있지 않았어."

"내 이론이 맞다면 사람들은 그 프로그램을 꼭 듣지 않아도 됐다네. 우리는 우주에서 온 그 희미한 신호를 잡아서 천 배 정도 증폭시켜 재전송했어. 송신기가 미치는 범위 안에 있는 사람은 누구든 자신이 원하든 원치 않든 증폭되어 발산된 신호를 충분히 들었을 거야." 그는 어깨를 으쓱했습니다. "분명히 그건 불타는 마리화나 밭을 걸어서 지나가고 있는 기분일 거야."

"그런데 자네는 어째서 평소 일할 때는 그 효과를 느낀 적이 한 번도 없는 건가?"

"나는 그 신호를 증폭해서 재전송한 적이 한 번도 없으니까. 사람들이 말을 하다가 중단하게 만든 것은 라디오 방송국의 송신기가 한 일이야."

"그래서 이제 뭘 할 건데?"

프레드는 놀란 것처럼 보였다. "뭘 할 거냐고? 적합한 학술지에 이것에 대해 발표하는 것 말고 뭘 할 수 있단 말이야?"

노크도 없이 현관문이 벌컥 열리며 루 해리슨이 발그레한 얼굴로 헐레벌떡 뛰어 들어오더니 투우사처럼 과장된 몸짓으로 근사한 폴로 코트를 벗었습니다. "당신도 한몫 차지하려는 거로군요?" 루가 저를 가리키며 묻더군요.

프레드가 깜짝 놀라 루를 보며 눈을 깜박거렸습니다. "한몫이라뇨?"

"수백만 달러가 될 수도 있고," 루가 말했습니다. "수십억 달러가 될 수도 있죠."

"대단하군요." 프레드가 말했습니다. "그런데 그게 대체 무슨 소리입니까?"

"별에서 온 소리 말입니다! 사람들이 그 소리를 무척 맘에 들어 해요. 사람들이 그 소리에 열광하고 있어요. 신문 봤습니까?" 루는 잠시 침착해졌습니다. "그런데 그런 일을 일어나게 한 건 정말 그 소음이 맞죠? 그렇죠, 박사님?"

"예, 우리 생각에는 그래요." 프레드가 대답했습니다. 그는 걱정스런 표정이었습니다. "정확히 어떻게 우리가 수백만 달러나 수십억 달러를 손에 넣을 수 있다는 겁니까?"

"부동산으로요!" 루가 황홀한 표정으로 대답했습니다. 저는 마음속으로 생각했지요. '루, 당신이 우주에 대한 독점권을 지닌 것도 아니면서 그 속임수로 어떻게 돈을 벌겠다는 겁니까? 그리고 루,' 나는 속으로 물었습니다. '당신이 그 소리를 방송에서 틀면 누구나 그 소리를 공짜로 들을 수 있는데 어떻게 그것을 팔겠다는 겁니까?'

"그런 것을 이용해서 돈을 벌어서는 안 될 것 같습니다." 제가 넌지시 말을 꺼냈습니다. "그러니까 제 말뜻은 우리는 별로 잘 알지 못……."

"행복이 나쁜 것입니까?" 루가 제 말을 가로막고 끼어들었습니다.

"아뇨." 저는 인정할 수밖에 없었지요.

"좋아요. 그리고 우리가 별에서 온 그 소리로 하려는 일은 사람들을 행복하게 하는 것입니다. 자, 그래도 당신은 그게 나쁜 일이라고 말할 겁니까?"

"사람들은 마땅히 행복해야 하지요." 프레드가 말했습니다.

"그럼요, 그렇고말고요." 루가 도도하게 말했습니다. "그것이 바로 우리가 사람들을 위해 하고자 하는 일이에요. 그리고 사람들은 감사의 마음을 부동산을 통해 보여 주는 거지요." 루는 창밖을 내다봤습니다. "좋아요. 헛간이 있네요. 바로 저 헛간에서 시작하는 겁니다. 저 헛간에 송신기를 설치한 다음, 박사님, 당신이 만든 기기의 안테나에 선을 연결해 밖으로 빼내는 겁니다. 그럼 우리는 부동산 개발을 시작한 셈이 되는 거죠."

"미안하지만," 프레드가 말했습니다. "당신 말을 이해하지 못하겠어요. 이곳은 개발할 만한 곳이 못 돼요. 도로 사정도 안 좋고 버스도 안 다니고 쇼핑센터도 없어요. 경관도 형편없고 땅은 바위투성이죠."

루는 프레드를 팔꿈치로 몇 번 쿡쿡 찔렀습니다. "박사님, 박사님, 박사님…… 맞아요. 이곳에는 문제점들이 있어요. 하지만 저 헛간에 송신기를 설치하면 박사님은 사람들에게 온 우주에서 가장 소중한 것을 줄 수 있어요. 바로 '행복'을 말이에요."

"'유포리아 하이츠'로군요*." 제가 말했습니다.

"그것 좋군요!" 루가 말했습니다. "박사님, 저는 우리의 고객이 될 만한 사람들을 모아 오겠습니다. 그리고 박사님은 저기 헛간에서 스위치에 손을 올리고 앉아 있는 겁니다. 일단 고객이 될 만한 사람이 유포리아 하이츠에 발을 들여놓고 난 뒤 박사님이 그 사람에게 행복을 쏘아 주면, 그 사람은 토지 한 구획을 분양 받기 위해 뭐든지 할 겁니다."

"그 힘이 발휘되는 한은 빈 토지마다 집이 다 들어서겠군요." 제가 말했습니다.

"그런 다음," 루가 눈을 반짝거리며 말했습니다. "여기 부지를 모두 팔고 나면 송신기를 옮겨 다른 곳에서 부동산 개발을 시작하는 거지요. 어쩌면 우리는 송신기를 여러 대 돌릴 수도 있을 겁니다." 루는 손가락을 탁 튕겼습니다. "그래요! 송신기를 차에 탑재하는 겁니다."

"어쩐지 경찰이 우리를 좋게 생각하지 않을 것 같은데요." 프레드가 말했습니다.

---

*'heights'는 '주택단지,' '절정,' '최고조'라는 뜻을 동시에 지니므로 '유포리아 하이츠'는 '행복감의 단지'와 '행복감의 최고조'란 이중적인 의미를 지닌다.

"좋아요. 그럼 경찰이 조사를 하러 오면 박사님이 그 낡은 스위치를 눌러 경찰들에게도 행복을 한 모금을 맛보게 해 주는 겁니다." 루는 어깨를 으쓱했습니다. "뭐, 통 크게 경찰들에게 모퉁이 부지를 하나 줘도 되고요."

"안 돼요." 프레드가 조용히 말했습니다. "제가 교회에 다니게 된다면 목사님 얼굴도 제대로 쳐다보지 못할 겁니다."

"그렇다면 그분께도 한 모금 맛보여 드리면 되죠." 루가 밝게 말했습니다.

"미안하지만," 프레드가 말했습니다. "싫습니다."

"알았어요."라고 말하고는 루는 자리에서 일어나 왔다 갔다 하더군요. "이건 이미 각오했던 바입니다. 제게 대안이 있는데, 그 대안은 절대적으로 적법합니다. 우리는 송신기와 안테나가 달린 작은 증폭기를 만드는 겁니다. 제작비가 50달러가 넘지 않게 해서 보통 사람도 살 수 있는 범위 내에서 값을 매기는 거예요. 이를테면 500달러로요. 우리는 전화 회사와 계약을 맺어 박사님의 안테나에서 나오는 신호를 그 증폭기를 구입한 사람들의 집으로 바로 송신해 주는 거죠. 그 증폭기가 전화선을 통해 신호를 받아서 증폭시켜 그 집 전체에 내보내 집에 있는 사람들 모두 행복하게 만드는 겁니다. 알겠습니까? 모든 사람은 라디오나 텔레비전을 켜는 것 대신 그 행복의 기계를 켜고 싶어 할 거예요. 출연자도 무대 장치도 비싼 카메라도 없이, 그 쉭쉭거리는 소리 말고는 아무것도 없이 말입니다."

"그 증폭기를 '유포리아 폰'이라고 부르면 되겠군요." 제가 제안했습니다. "아니면 줄여서 '유피오'라고 불러도 되고요."

"좋은데요, 아주 좋아요!" 루가 말했습니다. "박사님, 박사님 생각은 어때요?"

"잘 모르겠어요." 프레드는 난처한 표정이었습니다. "이런 종류의 일은 제 전문 분야가 아니라서요."

"우리 모두는 자신의 한계를 알아야 하죠, 박사님." 루가 툭 터놓고 말했습니다. "제가 영업부문을 맡을 테니 박사님은 기술부문을 맡으세요." 그는 코트를 걸치려는 듯한 몸짓을 했습니다. "아니면 혹시 박사님은 백만장자가 되고 싶지 않으신 거예요?"

"오, 아니에요. 저도 백만장자가 되고 싶어요." 프레드가 재빨리 대답했습니다. "정말이에요."

"알겠습니다." 루는 손바닥의 먼지를 털며 말했습니다. "우리가 맨 먼저 해야 할 일은 그 기계를 하나 만들어 시험하는 것입니다."

그 부분은 프레드의 장기였기 때문에 프레드는 그 과제에 흥미를 느낀 것 같았습니다. "그건 정말이지 무척 간단한 장치입니다." 프레드가 말했습니다. "서둘러 하나 만들어 다음 주 여기에서 시험하도록 하죠."

유포리아 폰, 즉 '유피오'의 첫 시험은 세상을 떠들썩하게 한 프레드와 루의 라디오 방송이 있고 닷새 후인 토요일 오후에 프레드 보크먼의 거실에서 행해졌습니다.

그곳에 모인 실험 대상은 여섯 명으로, 루, 프레드와 그의 아내 매리언, 저와 제 아내 수전, 그리고 제 아들 에디였습니다. 보크먼 부부는 카드놀이용 탁자 앞에 의자를 원형으로 배치해 놓은 상태였고, 그 탁자 위에는 회색의 강철 상자가 하나 놓여 있더군요.

그 상자에는 자동차용 긴 안테나가 달려 있었고, 그 안테나는 천장까지 닿게 뽑아 올려져 있었어요. 프레드가 그 상자를 가지고 호들갑을 떠는 동안, 우리 나머지 사람들은 샌드위치와 맥주를 앞에 두고 초조하게 한담을 나눴습니다. 당연히 제 아들 에디는 맥주를 마시지 않았어요. 하지만 그 아이에게도 진정제 같은 것이 무척 필요하기는 했습니다. 그 애는 야구 시합에 가는 대신 그 농장으로 끌려오게 돼서 짜증이 난 상태였는데 그 짜증을 보크먼 부부의 미국 초기 양식의 가구들에 풀려는 조짐을 보이고 있었으니까요. 에디는 유리문 가까이에서 잘 튀지 않는 테니스공과 부지깽이를 이용해 뜬공이나 땅볼을 만들며 혼자서 열심히 게임을 하고 있었습니다.

"에디," 수전이 열 번째로 말했습니다. "제발 그만두지 못하겠니?"

"제가 알아서 하고 있어요. 문제 안 일으키게 잘 조절하면서 말이죠." 에디는 테니스공을 사방의 벽에 튀겼다가 한 손으로 받는 놀이를 하면서 짜증스레 대꾸했습니다.

자신의 티 하나 없이 깔끔한 가구들에 대해 모성 본능을 지닌 매리언은 에디가 자신의 집을 체육관으로 만드는 것에 대한 괴로움을 숨기지 못했습니다. 루는 그 나름대로 매리언을 진정시키려 애쓰고 있었지요. "저 애가 이 초라한 집을 망가뜨리게 그냥 놔두세요. 부인은 조만간 궁전 같은 집으로 이사 가게 될 테니까요."라고 루가 말했지요.

"자, 준비됐습니다." 프레드가 상냥하게 말했습니다.

우리는 불안한 가운데서도 용감하게 그를 쳐다봤습니다. 프레드는 전화선의 잭 두 개를 회색 상자에 연결시켰습니다. 이것은 캠퍼스에 있는 그의 안테나와 직통으로 연결되는 선이었고, 태엽 장치는 그 안테나를 하늘의 신비로운 우주 공간 가운데 하나에-가장 강력한 보크먼 유포리아에- 계속 고정하기 위한 것이었습니다. 그는 그 상자에 달린 코드를 벽 아래쪽 전기 콘센트에 꽂은 다음 스위치에 손을 올렸습니다. "준비됐습니까?"

"하지 말아요, 프레드!" 제가 말했습니다. 저는 겁에 질려 뻣뻣하게 굳어 있었죠.

"어서 켜요. 켜라고요." 루가 말했습니다. "전화를 발명한 벨이 최초로 누군가에게 전화를 걸 용기를 내지 않았더라면 오늘날 전화는 없었을 겁니다."

"뭔가 잘못 돌아갈 경우에 바로 스위치를 끌 수 있도록 저는 바로 여기 스위치 옆에 서 있겠습니다." 프레드가 우리를 안심시키려는 듯 말했습니다. 탈칵 소리에 이어 윙윙거리는 소리가 들리더니 드디어 유피오가 켜졌습니다.

모두 일제히 내뱉은 깊은 한숨이 거실을 가득 채웠습니다. 에디의 손이 스르르 풀리며 부지깽이가 바닥으로 떨어졌어요. 에디는 우아하게 왈츠 비슷한 춤을 추며 거실을 가로질러 엄마 옆으로 가더니 무릎을 꿇고 앉아 엄마의 무릎에 머리를 기댔습니다. 프레드는 콧노래를 흥얼거리며 눈을 반쯤 감은 채 자기 자리에서 벗어나 버렸고요.

처음으로 입을 연 사람은 루 해리슨이었는데, 그는 매리언과 계속 대화를 나눴습니다. "하지만 물질적인 풍요를 누가 좋아한답니까?" 그가 진지하게 물었습니다. 그는 확인을 바라는 듯 수전 쪽을 바라보았습니다.

"으음, 그러게요." 수전은 꿈꾸듯 고개를 흔들며 말했습니다. 그녀는 루에게 두 팔을 두르더니 5분 동안 그에게 키스를 했습니다.

"이야," 저는 제 아내인 수전의 등을 쓰다듬으며 말했습니다. "당신들은 멋지게 즐기고 있군, 안 그래? 프레드, 근사하지 않나?"

"에디," 매리언이 세심히 배려하듯 말했습니다. "홀의 벽장에 진짜 야구공이 하나 있는 것 같더구나. '딱딱한' 공이 말이야. 그 낡은 테니스공보다 그걸로 노는 게 더 재미있지 않겠니?" 하지만 에디는 꿈쩍도 하지 않았습니다.

프레드는 이제 눈을 완전히 다 감은 채 미소 띤 얼굴로 계속 거실을 돌아다니고 있었어요. 그는 발뒤꿈치가 전등선에 걸리는 바람에 벽난로로 나자빠지며 머리가 잿더미에 처박혔습니다. "다들 안녕, 아이고," 그는 여전히 눈을 감은 채 말했어요. "벽난로 장작 받침쇠에 머리를 부딪쳤어." 그는 거기에 그대로 드러누운 채 가끔 킥킥거렸어요.

"현관 초인종이 한동안 울리고 있어요." 수전이 말했습니다. "별일 아닐 거예요."

"들어와요, 들어와." 내가 소리쳤습니다. 내가 그렇게 한 게 다들 어쩐지 굉장히 웃겼던 모양이었어요. 프레드를 포함한 우리 모두는 요절복통을 하며 웃었습니다. 프레드의 너털웃음에 벽난로의 재 빠지는 구멍에서 작은 잿빛 구름이 뭉게뭉게 피어올랐습니다.

흰옷 차림의 몸집이 작고 아주 심각한 표정을 한 노인이 집 안으로 들어와 이제 현관홀에 선 채로 깜짝 놀라 우리를 쳐다보고 있었습니다. "저어, 우유 배달원인데요." 그가 머뭇거리며 말했습니다. 그는 매리언에게 전표 한 장을 내밀었습니다. "부인의 주문서 마지막 줄을 읽기가 어려워서요. 거기 적힌 게 정확히 코티지치즈, 치즈, 치즈, 치즈……." 목소리가 차츰 잦아들더니 노인은 매리언 옆의 바닥에 책상다리를 하고 앉더군요. 45분 정도를 아무 말 없이 앉아 있던 그의 얼굴에 걱정스런 표정이 스쳤습니다. "아 참," 노인이 심드렁하니 말했습니다. "난 여기에 1분밖에 못 있어요. 트럭이 갓길에 주차되어 있어서 통행에 방해가 되거든요." 노인은 몸을 일으키려 했습니다. 그때 루가 유피오의 음량 손잡이를 돌렸습니다. 우유 배달원은 다시 바닥에 털썩 주저앉았습니다.

모두가 "아아아아아." 하는 소리를 냈습니다.

"오늘은 실내에 머무는 게 좋겠군요." 우유 배달원이 말했습니다. "라디오에서 대서양 허리케인의 꼬리 끝에 우리 지역이 들 것이라고 예보하네요."

"올 테면 오라죠." 제가 말했습니다. "제 차는 커다란 고사목 아래에 주차해 뒀는걸요." 그 말은 말이 되는 것 같았어요. 아무도 그 말에 이의를 제기하지 않더군요. 하여간 저는 텅 빈 침묵과 생각의 따뜻한 안개 속으로 다시 빠져들었습니다. 누가 새로 찾아와 말을 걸어 방해하기 전까지 그런 상태로 있은 건 단 몇 초밖에 되지 않은 것 같았습니다. 그런데 되돌아보니 그때 시간이 자그마치 여섯 시간이나 흘렀었단 걸 이제야 알겠습니다.

초인종을 반복해서 누르는 소리에 제가 정신을 차렸던 게 기억나는군요. "들어오라고 했잖아요."라고 제가 중얼거렸습니다.

"그래서 들어왔잖아요." 우유 배달원이 중얼거렸습니다.

현관문이 휙 열리며 주 경찰관 한 사람이 들어와 집 안에 있는 우리를 노려봤습니다. "대체 누가 우유 트럭을 저기다 세워서 길을 막은 겁니까?" 경찰관이 물었습니다. 그는 우유 배달원을 발견했습니다. "아하, 당신이로군! 누군가 앞이 잘 안 보이는 커브 길을 돌다가 당신 트럭을 박아 죽을 수도 있단 걸 모릅니까?" 그 말과 함께 경찰관이 하품을 하더니 사나운 표정이 다정한 미소로 바뀌었습니다. "하지만 그건 정말 있을 법하지 않은 일이지요." 경찰관이 말했습니다. "제가 그 말을 왜 꺼냈는지 모르겠군요." 그는 에디 옆에 앉았습니다. "어이, 꼬마…… 총 좋아해?" 경찰관은 총집에서 연발 권총을 꺼냈습니다. "이거 봐…… 호피의 총하고 똑같은 거야."

에디가 그 총을 받아 매리언이 수집해 놓은 병들을 겨냥해 발사했습니다. 커다란 파란 병이 퍽 터지면서 가루가 됐고 병들 뒤의 유리창이 깨졌지요. 유리창이 깨진 틈으로 찬바람이 윙윙거리며 들어왔습니다.

"얘가 이제 경찰관이 되려는 모양이네." 매리언이 깔깔대고 웃으며 말했습니다.

"하느님, 저는 행복해요." 살짝 눈물이 날 것 같은 기분으로 제가 말했습니다. "저에게는 세상에서 가장 끝내주는 아들과 가장 멋진 친구들, 그리고 가장 훌륭한 아내가 있어요." 총이 발사되는 소리를 두 번 더 들은 뒤, 저는 천국 같은 망각 상태로 빠져들었습니다.

또다시 저는 초인종 소리에 그 상태에서 깨고 말았습니다. "몇 번이나 얘기해야 하는 겁니까? ……제발 들어오라니까요." 저는 눈도 뜨지 않고 말했습니다.

"들어왔다니까요." 우유 배달원이 말했습니다.

터벅터벅 걷는 발자국 소리가 여럿 들렸지만 저는 그 발자국 소리의 주인공들이 누구인지 호기심이 일지 않았습니다. 잠시 뒤, 저는 숨쉬기가 괴로웠습니다. 살펴보니 저는 바닥으로 미끄러져 누워 있는 상태였고 보이 스카우트 단원 몇 명이 제 가슴과 배에서 야영이라도 하는 듯 널브러져 있었습니다.

"뭘 구하러 왔니?" 저는 제 얼굴에 대고 뜨겁고 고르게 숨을 토해 내고 있는 보이 스카우트 신입 대원에게 물었습니다.

"우리 비버 반 대원들은 헌 신문지를 구하러 왔지만 신경 쓰지 마세요." 그 소년이 말했습니다. "우리가 어딘가에서 구해 가면 되니까요."

"너희 부모님은 너희가 어디 있는지 아시니?"

"오, 그럼요. 우리 부모님은 걱정이 돼서 우리를 뒤따라오셨는걸요." 그 소년은 엄지손가락을 까딱여 부부 몇 명을 가리켰습니다. 그들은 벽에 줄줄이 기대앉은 채 깨진 유리창을 통해 그들에게로 몰아치는 바람과 비를 정면으로 맞으며 미소 짓고 있더군요.

"엄마, 배가 좀 고파요." 에디가 말했습니다.

"오, 에디…… 우리가 이렇게 멋진 시간을 보내고 있는데 엄마한테 요리를 시키면 안 되지." 수전이 말했습니다.

루 해리슨이 유피오의 음량 손잡이를 다시 한 번 돌렸습니다. "자, 꼬마, 이건 어때?"

그러자 모두가 "아아아아아." 하는 소리를 냈습니다.

의식이 다시 망각을 침해했을 때, 저는 주위를 더듬어 비버 반 대원들을 찾았지만 그 아이들이 없었습니다. 눈을 떠 보니 그 아이들과 에디, 우유 배달원, 루, 경찰관이 전망창 옆에 서서 환호하고 있었습니다. 바깥에는 바람이 노호하고 사납게 휘몰아치며 마치 공기총에서 발사된 것처럼 빗방울이 깨진 유리창을 통해 후두두 쏟아져 들어오고 있었습니다. 저는 수전을 살살 흔들어 깨워 다들 뭐가 그렇게 즐거운지 보려고 수전과 함께 유리창 쪽으로 갔습니다.

"그녀가 오고 있어. 그녀가 오고 있어. 그녀가 오고 있다!" 우유 배달원이 무아지경에 빠져 외쳤습니다.

수전과 저는 커다란 느릅나무 한 그루가 쓰러지며 우리의 자동차를 덮치는 순간에 딱 맞춰 유리창 앞에 도착해 사람들과 함께 환호성을 질렀습니다.

"콰아앙!" 수전이 그 소리를 흉내 내자 저는 깔깔대고 웃느라 배가 아플 지경이었습니다.

"얼른 프레드를 데려와요." 루가 다급하게 말했습니다. "그가 헛간이 무너지는 광경을 놓치겠어요!"

"으흠?" 프레드가 벽난로에서 소리를 냈습니다.

"에이, 여보, 당신은 대단한 구경거리를 놓쳐 버렸어요." 매리언이 말했습니다.

"이제 우리는 정말로 대단한 걸 보게 될 거예요." 에디가 소리쳤습니다. "이번에는 송전선이 당할 차례예요. 저 포플러 나무가 기울어지는 걸 보세요!"

포플러 나무가 송전선 쪽으로 점점 더 가까이 기울고 있는데 한바탕 돌풍이 불어와 나무가 쓰러지며 송전선을 덮치자 빗발치듯 불꽃이 튀며 전선이 뒤엉켰습니다. 집 안의 불이 모두 나가 버렸습니다.

이제 그곳에는 바람 소리만이 들렸습니다. "어째서 아무도 환호를 하지 않죠?" 루가 힘없이 말했습니다. "유피오…… 그게 꺼졌군요!"

벽난로에서 끔찍한 신음이 났습니다. "맙소사, 난 뇌진탕을 일으킨 것 같아."

매리언이 남편 옆에 무릎을 꿇고 흐느꼈습니다. "여보, 불쌍한 우리 자기, 대체 무슨 일이 있었던 거야?"

저는 제 품에 안긴 여인을 쳐다봤습니다. 시뻘겋게 충혈된 눈이 우묵하게 푹 들어가고 머리카락은 메두사의 머리카락 같은 무시무시하고 지저분한 쭈그렁 할멈이 거기 있었습니다.

"웩." 하는 소리를 내뱉으며 저는 혐오감에 고개를 돌렸습니다.

"자기," 그 마녀가 훌쩍거렸습니다. "나야. 수전이라고."

신음이 대기를 가득 채웠고 먹을 것과 물을 찾는 가련한 외침들이 들렸습니다. 갑자기 그곳이 지독히도 추웠습니다. 방금 전까지만 해도 열대 지방에 있는 느낌이었는데 말입니다.

"누가 내 권총을 갖고 있는 거지?" 경찰관이 침울하게 말했습니다.

그때까지도 있는 줄도 몰랐던 웨스턴 유니언 전보 회사의 직원 한 명이 한쪽 구석에 앉아 비참한 표정으로 전보 뭉치를 훑어보며 혀를 차는 소리를 내고 있었습니다.

저는 몸을 떨었습니다. "장담컨대 오늘은 일요일 아침일 겁니다." 제가 말했습니다. "우리는 여기에서 열두 시간 있었으니까요!" 하지만 사실 그날은 월요일 아침이었지요.

웨스턴 유니언 전보 회사의 직원이 벼락을 맞은 것처럼 깜짝 놀랐습니다. "일요일 아침이라뇨? 저는 여기에 일요일 밤에 걸어 들어왔는데요." 그는 그곳을 두리번거렸습니다. "여긴 마치 부헨발트*에 대한 뉴스영화에 나오는 곳처럼 보이는군요. 안 그런가요?"

믿기 어려울 만큼 엄청난 젊은 체력을 지닌 보이 스카우트 비버 반의 대장이 그날의 영웅이었습니다. 비버 반 대장은 대원들을 2열로 정렬시키고는 산전수전 다 겪은 군대 선임하사관처럼 열변을 토했습니다. 우리 나머지 사람들이 거실 여기저기에 널브러진 채 배고프다, 춥다, 목마르다며 우는소리를 해 대는 동안 비버 반 대원들은 다시 난로의 불을 지피고, 담요를 갖다 주고, 프레드의 머리에 압박붕대를 감아 주고 여러 사람의 까진 정강이에 습포를 대 주고, 깨진 유리창을 막고, 코코아와 커피를 여러 양동이 끓여 내왔습니다.

전기와 유피오가 나가고 두 시간이 지나지 않아 집 안은 따뜻해졌고 우리는 요기를 마쳤습니다. 심각한 호흡기 환자들–24시간 동안 깨진 유리창 가까이 앉아 있던 부모들–은 페니실린이 잔뜩 투여되어 병원으로 실려 갔습니다. 우유 배달원과 웨스턴 유니언 직원과 경찰관은 치료를 거부하고 집으로 돌아갔고요. 비버 반 대원들은 멋지게 거수경례를 하고 떠났습니다. 바깥에서는 수리공들이 송전선을 고치고 있었습니다. 그리고 프레드의 집에는 원래 모여 있던 사람들인 루, 프레드와 매리언, 수전과 저, 그리고 에디만이 남게 되었지요. 프레드는 꽤 심해 보이는 타박상과 찰과상은 좀 입었지만 뇌진탕을 일으키지는 않은 것으로 밝혀졌습니다.

식사를 한 직후 잠들었던 수전이 이제 눈을 떴습니다. "여보, 무슨 일이 일어난 거야?"

"행복." 제가 그녀에게 말했습니다. "비할 데도 없고 계속되는 행

*나치 강제 수용소가 있었던 독일 마을.

복…… 킬로와트 단위의 행복."

빨갛게 충혈된 눈과 거친 검정 턱수염 탓에 무정부주의자처럼 보이는 루 해리슨이 거실의 한쪽 구석에서 미친 듯이 뭔가를 쓰더군요. "그것 좋은데요? '킬로와트 단위의 행복'이라." 루가 말했습니다. "빛을 사는 식으로 행복을 사십시오."

"독감에 걸리는 식으로 행복에 걸리십시오." 프레드가 말했습니다. 프레드는 재채기를 했습니다.

루는 프레드의 말을 못 들은 척했습니다. "그걸로 광고 캠페인을 벌이는 겁니다, 아시겠어요? 첫 번째 광고는 히피족을 대상으로 '실망을 안길지도 모르는 책 한 권 값이면 유피오의 60시간을 살 수 있습니다. 유피오는 절대 실망을 안기지 않습니다.'라고 내는 겁니다. 그런 뒤 다음 광고로는 중산층을 강타해……."

"그들의 사타구니를요?" 프레드가 끼어들었습니다.

"당신들 대체 왜 이러는 겁니까?" 루가 말했습니다. "당신들은 마치 이 실험이 실패한 것처럼 행동하는군요."

"그럼 폐렴과 영양 부족이 우리가 '진정으로 바랐던' 것인가요?" 매리언이 따져 물었습니다.

"우리는 이곳에서 미국을 대표하는 각양각색의 사람들을 상대로 시험했고 한 사람도 빠짐없이 행복하게 만들었다고요." 루가 말했습니다. "단 한 시간, 단 하루가 아니라 쉼 없이 연달아 이틀 동안을요." 그는 자리에서 경건하게 일어났습니다. "그러니까 유피오 때문에 유피오에 열광하는 사람들이 죽는 것을 막기 위해 우리가 해야 할 일은 그 기계를 태엽 장치로 켰다 껐다 할 수 있게 만드는 것으로 보이는데요? 유피오의 주인은 자신이 퇴근해서 집으로 오는 시간에 딱 맞춰 유피오가 켜졌다가 저녁 식사를 하는 동안에는 다시 꺼지도록 유피오를 맞추는 겁니다. 저녁 식사를 마친 뒤에는 다시 켜졌다가 취침 시간이 되면 다시 꺼지고, 또 다음 날에는 아침 식사를 마친 뒤에 다시 켜졌다가 출근할 시간이 되면 꺼지고, 그런 뒤에는 아내와 아이들을 위해 다시 켜지도록 설정하는 거지요."

루는 머리카락을 쓸어 넘기며 눈을 굴렸습니다. "그리고 판매할 때 강조할 점은…… 그렇죠! 판매할 때 강조할 점은요! 아이들에게 비싼 장난감을 사줄 필요가 없다는 점. 영화 한 번 볼 돈으로 유피오의 30시간을 살 수 있다는 점. 위스키 0.75리터들이 한 병 값이면 사람들은 유피오의 60시간을 살 수 있다는 점입니다!"

"그게 아니라 온 가족이 마실 수 있는 청산가리 큰 병을 하나 사는 셈이지요." 프레드가 말했습니다.

"정말 모르겠습니까?" 루는 믿기지 않는다는 듯 말했습니다. "유피오는 가족을 다시 하나로 뭉치게 해 줄 겁니다. 미국 가정의 구세주가 될 거라고요. 어떤 TV 프로그램을 볼지, 어떤 라디오 프로그램을 들을지를 놓고 더 이상 다툴 필요가 없단 말입니다. 유피오는 모든 사람을 기쁘게 해 줄 겁니다. 그거야 우리가 이미 증명했잖습니까. 그리고 유피오에는 따분한 프로그램 같은 것도 없을 거고요."

현관문 노크 소리에 루가 말을 중단했습니다. 수리공 한 사람이 머리를 쑥 들이밀고 한 2분쯤 있으면 다시 전기가 들어올 것이라고 알려 주었습니다.

"이봐요, 루," 프레드가 말했습니다. "이 작은 괴물은 로마를 다 태워 버리는데 걸린 시간보다 더 짧은 시간에 문명사회를 끝장내 버릴 겁니다. 우리는 사람들의 정신을 멍하게 만드는 사업을 시작하지 않을 거예요. 그러니 이 일에 대해서는 더 이상 언급하지 말아요."

"설마, 농담이겠죠!" 루가 혼비백산하며 외쳤습니다. 그는 매리언 쪽으로 고개를 돌렸습니다. "부인은 남편이 백만 달러를 벌기를 원치 않습니

까?"

"전기 아편굴을 운영해서 버는 건 원치 않아요." 매리언이 쌀쌀맞게 대꾸했습니다.

루는 자신의 이마를 탁 쳤습니다. "그건 대중이 원하는 거라고요. 지금 이러는 건 우유 저온 살균법을 개발한 루이 파스퇴르가 우유를 저온 살균하는 것을 거부하는 것과 같단 말입니다."

"다시 전기가 들어오면 좋을 거예요."라고 말하며 매리언이 화제를 바꿨습니다. "전등, 온수기, 펌프, 또…… 오, 주여!"

매리언이 그 말을 한 순간 불이 들어왔고 프레드와 제가 그 회색 상자로 몸을 날려 우리의 몸은 이미 반공중에 떠 있었습니다. 우리는 동시에 그 상자에 쿵하고 부딪쳤습니다. 카드놀이용 탁자가 찌그러지고 플러그가 벽의 콘센트에서 확 뽑혔어요. 유피오의 진공관이 잠시 빨갛게 빛을 내다가 완전히 나가 버렸습니다.

무표정하게 프레드는 호주머니에서 드라이버를 꺼내 그 상자의 뚜껑을 떼어 냈습니다.

"진보된 발명품을 실컷 두들겨 부수고 싶지 않나?"

프레드가 에디가 떨어뜨렸던 부지깽이를 제게 건네며 말했습니다.

저는 광분해서 유피오의 핵심 장치인 유리와 전선을 부지깽이로 찌르고 내려쳤습니다. 그러는 동안 왼손으로는 프레드의 도움을 받아 부지깽이와 그 기계 사이로 몸을 던지려는 루를 막았습니다.

"당신은 내 편인 줄 알았는데." 루가 말했습니다.

"유피오에 대해 누군가에게 한 마디라도 발설했다간," 제가 말했습니다. "내가 방금 유피오에게 했던 짓을 당신에게도 기꺼이 그대로 할 줄 알아."

연방 통신 위원회의 신사 숙녀 여러분, 그것으로 저는 그 문제가 끝났다고 생각했습니다. 거기서 끝나는 것이 마땅했으니까요. 그런데 루 해리슨의 수다스런 입을 통해서 말이 새나갔습니다. 그는 여러분에게 유피오를 상업적으로 이용할 수 있도록 허가해 달라고 청원해 놓았습니다. 자신의 후원자들과 함께 그는 그들만의 전파 망원경도 만들어 놨고요.

다시 말씀드리지만 루의 주장은 모두 사실입니다. 유피오는 루가 말한 모든 기능을 다 할 것입니다. 유피오가 주는 행복은 완벽하며 믿기 힘들 정도의 역경이 닥쳐도 중단되지 않습니다. 첫 번째 실험처럼 거의 비극으로 치달을 뻔한 일은 그 기계를 켰다 껐다 할 수 있는 태엽 장치로 피할 수 있을 것입니다. 여러분 앞의 탁자에 놓인 기계에는 실제로 태엽 장치가 장착되어 있는 게 보이는군요.

문제는 유피오가 작동하느냐 마느냐 하는 것이 아닙니다. 유피오는 정말로 작동하니까요. 문제는 오히려 미국이 사람들이 더 이상 행복을 추구하지 않고 구매하는 새롭고 고통스러운 역사의 국면으로 들어갈 것이냐 말 것이냐 하는 것입니다. 지금은 전 국민이 유피오에 열광하도록 손 놓고 있을 때가 아닙니다. 우리가 유피오에서 얻을 수 있는 유일한 이점은 어쨌든 우리가 우리의 국민을 그것으로부터 보호하는 동안 우리의 적들에게는 '마음의 평화'라는 일제 엄호 사격을 가할 수 있다는 점일 것입니다.

마지막으로 저는 유피오의 황제가 되고자 하는 루 해리슨이 대중의 신뢰를 받을 만한 가치가 없는 파렴치한이라고 지적하고 싶습니다. 예를 들어, 그가 여러분이 이 사안에 대해 결정을 내리려고 할 때 여러분의 판단을 흐리게 하기 위해 이 샘플 유피오 기계가 몰래 소리를 내보내도록 태엽 장치를 맞춰 놓았다고 해도 저는 놀라지 않을 것입니다. 실은 바로 지금 이 순간에도 저는 이 기계가 윙윙 돌아가고 있는 듯한 의심이 들고 얼마나 행복한지 눈물이 날 것만 같으니까요. 저에게는 세상에서 가장 끝내주는 아들과 가장 멋진 친구들, 그리고 가장 훌륭한 아내가 있습니다. 그리고 굉장히 훌륭한 루 해리슨은 세상의 소금과 같은 우러러볼 만한 분입니다. 정말이에요, 제 말을 믿으세요. 그리고 저는 그의 새로운 사업에 많은 행운이 있기를 간절히 바랍니다.

(1951년)

당신의 소중한 아내와 아들에게로 돌아가

글로리아 힐턴과 그녀의 다섯 번째 남편은 뉴햄프셔에서 그리 오래 살지 않았다. 하지만 그들은 내가 그들에게 욕조 부스를 팔 정도로는 충분히 오래 그곳에서 살았다. 나의 주된 업무는 일체형 알루미늄 덧창과 덧문의 판매와 설치이다. 하지만 덧창의 전문가라면 누구든 사실상 자동적으로 욕조 부스의 전문가이기도 하다.

그들이 주문한 욕조 부스는 글로리아 힐턴의 개인 욕조를 위한 것이었다. 그 일은 내 경력의 절정이었던 것 같다. 어떤 사람들은 거대한 댐이나 웅장한 초고층빌딩을 건설해 달라거나 끔찍한 전염병을 정복해 달라거나 대부대를 이끌고 참전해 달라는 요청을 받는다.

나는?

나는 세상에서 가장 유명한 몸에 외풍이 닿지 않게 막아 달라는 요청을 받았다.

사람들은 내게 글로리아 힐턴과 내가 얼마나 잘 아는 사이였냐고 묻는다. 그러면 나는 대개 "그 여자의 실물은 딱 한 번, 열풍 조절 장치 사이로 봤습니다."라고 대답한다. 그들이 욕조 부스를 설치하기 원했던 욕실의 난방 방식은 '바닥의 열풍 조절 장치'를 통한 난방이었다. 그 장치는 보일러와 연결되어 있지는 않았다. 그 장치는 그냥 바로 아래에 있는 방의 천장에서 열을 빼앗을 뿐이었다. 글로리아 힐턴이 자신의 욕실이 춥다고 느꼈던 게 당연하다.

내가 한창 욕실 부스를 설치하고 있는데 그 열풍 조절 장치를 통해 고성이 들려오기 시작했다. 나는 욕조 테두리에 방수 패킹을 합성 접착제로 빙 둘러 붙이는 아주 까다로운 단계의 작업을 하는 중이었기 때문에 그 열풍 조절 장치를 닫을 수가 없었다. 그래서 나는 내가 원하든 원하지 않든 나와는 전혀 상관없는 이야기를 들어야만 했다.

"나한테 사랑에 대해 이러쿵저러쿵하지 마." 글로리아 힐턴이 그녀의 다섯 번째 남편에게 말했다. "사랑에 대해서는 쥐뿔도 모르면서. 당신은 사랑의 의미도 모르잖아."

나는 아직 그 열풍 조절 장치를 통해 아래를 내려다보지 못했으므로 그 목소리를 들으며 내가 떠올릴 수 있는 유일한 얼굴은 영화에서 본 그녀의 얼굴이었다.

"그래, 어쩌면 당신 말이 맞을지도 몰라, 글로리아." 그녀의 다섯 번째 남편이 말했다.

"내 명예를 걸고 맹세컨대 내 말이 맞아." 그녀가 말했다.

"그렇다면……," 그가 말했다. "우리가 지금 나누는 모든 이야기를 딱 여기서 끝낼 수밖에 없잖아. 글로리아 힐턴이 신성한 명예를 건다는데 내가 어떻게 더 반박할 수 있겠어?"

나는 그가 어떻게 생겼는지 알고 있었다. 나와 욕조 부스와 관련한 모든 사항을 협의했던 사람이 그였기 때문이었다. 나는 또한 그 욕실의 창문 두 개를 위한 플리트우드 사의 트립엘트랙 덧창 두 개도 그에게 팔았다. 그 덧창들은 자체 방호 덧문 기능도 지니고 있었다. 우리가 욕조 부스와 관련해서 협의하던 내내 그는 자기 아내를 '힐턴 양'이라고 불렀다. 그는 "힐턴 양이 이것을 원한다, 힐턴 양이 저것을 원한다."라는 식으로 말했다. 그는 겨우 서른다섯 살밖에 되지 않았지만 눈 밑의 다크서클 때문에 예순 살로 보였다.

"난 당신이 불쌍해." 글로리아 힐턴이 그에게 말했다. "사랑할 줄 모르는 사람은 누구든 불쌍해. 세상에서 가장 가엾은 사람들이야."

"당신이 말하면 말할수록," 그가 말했다. "내가 그런 사람들 가운데 한 사람이란 확신이 더 들어."

그는 내 아내에게서 이름을 들어 본 적이 있는 작가였다. 내 아내는 할리우드에서 일어나는 수많은 일들을 머릿속에 넣어 두고 있었는데 내 아내 말로는 글로리아 힐턴은 오토바이 경찰관과 결혼했다가 설탕 사업을 하는 백만장자, 또 그다음에는 타잔 역을 맡았던 배우, 또 그다음에는 자신의 에이전트와 결혼을 했었다. 그런 뒤에는 그 작가와 결혼했다. '조지 머라'라는 그 작가는 내가 아는 작가였다.

"사람들은 세상에 무슨 문제가 있는지 계속 궁금해해." 글로리아가 말했다. "난 뭐가 문제인지 알아. 그건 간단해. 대부분의 남자들은 사랑이란 말의 의미를 모른다는 거야."

"어쨌든 내가 사랑의 의미를 알아내려고 애쓰고 있는 점만큼은 높이 사 줘." 머라가 말했다. "지금까지 꼬박 1년을 나는 욕조 부스 하나를 주문하고 사랑이 무엇을 뜻하는지 알아내려고 애쓴 것 말고는 일을 단 하나도 못 했으니까."

"당신은 그것에 대해서도 날 탓하겠지." 그녀가 말했다.

"그것이라니?" 그가 물었다.

"당신이 우리가 결혼한 뒤로 글을 하나도 못 쓴 것 말이야. 그런데 그건 왠지 내 탓 같기도 해."

"난 그 정도로 얄팍한 사람은 아냐." 그가 말했다. "난 보통의 평범한 우연의 일치를 보면 그게 우연의 일치인 줄 아는 사람이라고. 우리가 밤새도록 한 싸움, 우리가 온종일 만난 사진작가, 기자, 소위 친구들…… 그런 것들은 내가 글을 하나도 쓰지 못한 것과는 아무런 상관이 없어."

"당신은 고통을 즐기는 사람이야." 그녀가 말했다.

"그런 사람이 되는 것도 괜찮아." 그가 말했다.

"솔직히 말할게." 그녀가 말했다. "난 당신한테 실망했어."

"조만간 당신이 대놓고 그렇게 말할 줄 알았어." 그가 말했다.

"이 어리석은 짓을 끝내기로 결심했다는 말도 지금 하는 편이 낫겠어." 그녀가 말했다.

"나한테 먼저 알려 줘서 고맙군." 그가 말했다. "로엘라 파슨스에게는 내가 알릴까? 아님 벌써 이 일을 처리 중인가?"

이제 욕조 테두리에 패킹 붙이는 작업이 끝나서 나는 그 열풍 조절 장치를 자유로이 닫을 수 있게 됐다. 나는 그 장치의 격자모양 틀 사이로 바로 아래를 내려다봤는데 그곳에 글로리아 힐턴이 있었다. 그녀는 머리를 헤어롤로 말아 올린 상태였다. 얼굴에 화장은 전혀 하고 있지 않았다. 성가시게 눈썹도 그리고 있지 않고 있었다. 슬립 같은 것과 훤히 벌어진 목욕가운을 걸치고 있었다. 맹세코 그 여자는 중고 침대 겸용 소파보다 조금도 더 예쁘지 않았다.

"당신은 별로 재미없는 사람 같아." 그녀가 말했다.

"나하고 결혼했을 때 내가 진지한 작가라는 것 알았잖아." 그가 말했다.

그녀는 일어섰다. 그녀는 약속의 땅이 바로 저 다음 언덕 너머에 있다고 유대인들에게 말하는 모세처럼 두 팔을 벌렸다. "당신의 소중한 아내와 아들에게로 돌아가." 그녀가 말했다. "절대 당신이 가는 길을 막지는 않을 테니."

나는 열풍 조절 장치를 닫았다.

5분 뒤, 머라가 위층으로 올라와서 나에게 나가라고 말했다. "힐턴 양이 욕실을 쓰고 싶어 합니다." 그가 말했다. 나는 남자의 얼굴에서 그런 기이한 표정을 본 적이 한 번도 없었다. 얼굴은 완전히 시뻘겋고 눈에는 눈물이 그렁그렁했다. 하지만 입에서는 가슴 찢어지는 미친 듯한 웃음이 새어 나오고 있었다.

"아직 일을 다 마치지 못했는데요." 내가 말했다.

"힐턴 양은 준비를 다 마쳤어요. 그러니 어서 나가요!" 그가 말했다.

그래서 나는 바깥으로 나와 내 트럭을 몰고 시내로 가서 커피를 한 잔 마셨다. 그 욕실 부스의 문이 내 트럭 뒤의 덮개 없는 짐칸의 나무 선반에 실려 있어서 밖으로 다 드러나 보였다. 그래서 그 문은 확실히 사람들의 이목을 많이 끌었다.

대부분의 사람들은 욕실 부스 문을 주문할 때 홍학이나 해마가 아닌 한은 그 문에 어떤 그림도 들어가기를 원하지 않는다. 저 멀리 매사추세츠주 로렌스에 있는 공장은 추가로 6달러만 내면 욕실 부스 문에 모래분사로 홍학이나 해마를 그려 주기 위해 설립되었다. 하지만 글로리아 힐턴은 폭이 60센티미터인 커다란 'G'자를 그려 넣어 주기를 원했다. 그리고 'G'자 한가운데에는 실물 크기로 자신의 얼굴을 그려 넣어 달라고 했다. 그리고 자신의 얼굴에 있는 눈은 정확히 욕조의 바닥에서 위로 157센티미터 지점에 있어야 한다고 요구했는데, 그 지점이 그녀가 욕조 안에 맨발로 섰을 때 자신의 진짜 눈이 위치한 곳이었기 때문이다.

저 멀리 로렌스 공장 사람들은 미친 듯이 짜증을 냈다.

나와 같이 커피를 마시고 있는 사람들 가운데 한 사람은 배관공 해리 크로커였다. "당신이 직접 그녀의 치수를 재겠다고 고집을 피우지 그랬소?" 그가 말했습니다. "그래야 그 수치가 완전히 정확할 것 아니겠소."

"그건 그녀의 남편이 잿습니다." 내가 말했다.

"누구는 정말 운도 좋지." 그가 말했다.

나는 공중전화로 가서 내가 다시 돌아가서 일을 마쳐도 괜찮을지 알아보기 위해 머라의 집으로 전화를 걸었다. 전화는 통화 중이었다.

다시 커피를 마시러 돌아오자 해리 크로커가 내게 말했다. "당신은 이 마을에서 두 번 다시는 보기 힘들 것 같은 광경을 놓쳤소."

"무슨 광경을요?" 내가 물었다.

"글로리아 힐턴이 하녀를 데리고 시속 300킬로미터를 훌쩍 뛰어넘는 속도로 마을을 통과하는 광경을 말이오." 그가 대답했다.

"그들이 어느 쪽으로 가던가요?"

"서쪽이오."

그래서 나는 머라에게 다시 전화를 걸어 봤다. 글로리아가 집을 나갔으니 계속 통화 중이었던 전화가 이제는 연결될 것이라고 생각했다. 하지만 그 집의 전화는 한 시간 동안 계속 통화 중이었다. 나는 어쩌면 누군가가 아예 전화기를 내려놓은 게 아닌가 생각했지만 전화 교환원은 그 집 전화기는 정상으로 작동하고 있다고 했다.

"그럼 그 번호로 다시 연결해 주세요." 나는 교환원에게 말했다.

이번에는 통화가 되었다.

머라가 전화를 받았다. 내가 그에게 한 말은 "여보세요."가 다였는데 그가 엄청나게 흥분해 있었기 때문이다. 그는 욕조 부스 작업을 마치지 않는 일로 흥분한 것은 아니었다. 나를 '존'이라는 사람으로 오해했기 때문에 흥분한 것이었다.

“존, 존,” 그가 내게 말했다. “전화해 줘서 정말 고마워!”

“존,” 그가 내게 말했다. “네가 나에 대해 어떻게 생각하는지 알아. 그리고 난 네가 그렇게 생각한다고 해서 너를 탓하지는 않아. 하지만 제발 전화 끊지 말고 내 말 좀 들어줘. 그녀가 나를 떠났어, 존. 내 인생의 한 부분이 끝났어. 그것도 완전히! 이제 난 정상으로 돌아가려고 노력할 거야. 존,” 그가 말했다. “제발 자비를 베풀어, 여기로 와 줘. 제발, 존, 부탁해, 존, 제발.”

“머라 씨?” 내가 말했다.

“네?” 그가 말했다. 그의 목소리가 수화기에서 멀어지는 것으로 보아 내가 그 방 안으로 지금 막 걸어 들어왔다고 생각했던 것 같다.

“접니다, 머라 씨.” 내가 말했다.

“누구신지요?” 그가 말했다.

“욕조 부스를 설치하러 갔던 사람입니다.” 내가 말했다.

“아주 중요한 장거리 전화를 기다리는 중이었습니다. 그러니 이만 전화를 끊어 주세요.”

“죄송합니다만, 저는 그냥 제가 언제 댁으로 가서 일을 끝내면 될지 알고 싶을 뿐이에요.”

“됐어요! 그건 그냥 잊어버려요! 아무래도 상관없으니까!”

“머라 씨, 신용 거래를 한 것이라 그 욕조 부스 문을 반납할 수가 없어요.”

“그럼 나한테 청구서를 보내요. 그 문은 선물로 그냥 당신이 갖고.”

“말씀하신 대로 하죠.” 내가 말했다. “자, 그럼, 플리트우드 사의 트립 엘트랙 덧창 두 개는 어떡할까요?”

“그건 쓰레기장에 던져 버려요!”

"머라 씨," 내가 말했다. "뭔가에 기분이 상하신 것 같습니다만……."

"제길, 건방지기 짝이 없는 양반이로군!"

"그 욕조 부스 문을 버리는 것은 충분히 그럴 수 있다고 쳐요. 하지만 덧창 때문에 다친 사람은 절대로 없어요. 그러니 저를 다시 불러 덧창을 달게 해 주시는 게 어떨까요? 제가 거기 있는 줄도 절대 모르게 바깥에서 일만 하고 가겠습니다."

"좋아요, 좋아, 알았어요!"라고 말하고는 그는 전화를 끊었다.

플리트우드 사의 트립엘트랙 덧창은 우리 가게의 최고급 창이다. 그래서 우리 가게에서 그 창을 달 때는 약식으로 대충하지 않는다. 욕조 부스에 패킹을 빙 둘러 접착시키는 것과 꼭 마찬가지로 우리 가게에서는 덧창 주위에 패킹을 빙 둘러 접착시키는 식으로 작업을 한다. 그래서 나는 머라의 집에서 작업을 할 때도 그냥 접착제가 마르기를 기다리며 우두커니 좀 서 있었다. 누구든 플리트우드 사의 덧창을 설치한 방에 물을 채우기 시작하면 천장까지 꽉 채울 수 있을 것이다. 물이 한 방울도 새지 않을 테니까. 아무튼 창문을 통해서는 절대 새지 않을 테니까 말이다.

접착제가 마르기를 기다리고 있는 동안 머라가 밖으로 나와서 한잔하겠느냐고 물었다.

"네?" 내가 말했다.

"욕조 부스 설비업자들은 근무 중에는 술을 마시지 않는 모양이로군요." 그가 말했다.

"텔레비전에서만 그렇죠."

그래서 그는 나를 데리고 부엌으로 가서 술병과 얼음, 잔 두 개를 꺼냈다.

"정말 친절하시군요." 내가 말했다.

"난 사랑이 무엇인지 모를지도 몰라요." 그가 말했다. "하지만, 하느님께 맹세코, 적어도 나는 절대 혼자서 술에 취했던 적은 없어요."

"그게 지금 우리가 하려는 건가요?" 내가 말했다.

"당신이 다른 제안을 하지 않는다면요." 그가 말했다.

"잠깐 생각해 봐야겠는걸요." 내가 말했다.

"그게 바로 잘못된 거예요." 그가 말했다. "당신네는 그런 식으로 엄청나게 많은 삶의 순간을 놓치죠. 그래서 당신네 뉴잉글랜드 사람들이 그토록 차가운 겁니다." 그가 말했다. "당신네는 생각을 너무 많이 해요. 그래서 당신네들은 좀처럼 결혼도 하지 않는 겁니다."

"적어도 결혼하지 않는 이유 가운데 하나는 그냥 돈이 부족해서죠."

"아뇨, 아니에요." 그가 말했다. "그것보다 더 심각한 문제가 있어요. 이 근방 사람들은 가시 있는 엉겅퀴를 꽉 잡으려 하지 않아요.*" 그는 내게 엉겅퀴를 정말 빠르게 힘껏 움켜잡으면 엉겅퀴 가시에 찔리지 않는다는 설명을 해 줘야 했다.

"그 엉겅퀴 얘기는 못 믿겠는데요." 내가 말했다.

"보수적 성향의 전형적인 뉴잉글랜드 사람답군요." 그가 말했다.

"제 추측으로는 당신은 이 근방 사람이 아닌 모양이군요." 내가 말했다.

"난 그런 행운은 차지하지 못했죠." 그가 말했다. 그는 내게 자신은 로스앤젤레스 출신이라고 말해 주었다.

"그것도 근사한 것 같은데요." 내가 말했다.

"그곳 사람들은 모두 사기꾼이에요." 그가 말했다.

"그런 줄은 몰랐어요." 내가 말했다.

"그래서 우리가 여기에서 살기로 했던 겁니다." 그가 말했다. "내 아내

---

*'엉겅퀴를 꽉 잡는다.'는 표현은 관용적으로 '용기를 내어 난국에 맞선다.'는 뜻이다.

가, 그러니까 내 두 번째 아내가, 우리 결혼식에 온 모든 기자들에게 '우리는 모든 사기꾼들로부터 벗어나려 해요. 우리는 사람들이 정말 사람다운 그런 곳에서 살 거예요. 우리는 뉴햄프셔에서 살려고 해요. 제 남편과 저는 우리 자신을 찾으려 해요. 이이는 끊임없이 글을 쓰고 또 쓸 거예요. 이이는 저를 위해 문학 역사상 가장 아름다운 시나리오를 쓸 거예요.' 라고 말했듯이 말이죠."

"근사한데요." 내가 말했다.

"신문이나 잡지에서 그 기사를 읽은 적이 없어요?" 그가 말했다.

"없어요. 〈필름 펀〉을 구독했던 여자와 사귀었던 적이 있지만 그건 아주 오래전 일이에요. 지금은 그녀의 소식도 모르죠."

이런 대화를 나누는 중에 산성 맥아즙으로 발효한 0.75리터들이 고급 올드 히키 버번위스키 한 병이 증발하는지 누가 훔쳐 가는지 몰라도 빠른 속도로 사라지고 있었다.

그리고 나는 그 대화를 바로 접지는 못했는데, 대화를 나누던 중에 머라가 나에게 자신이 겨우 열여덟 살이었을 때 결혼을 했었다고 말했기 때문이다. 그리고 아까 내가 전화를 걸었을 때 나를 존이라고 오해했던 그가 그 존이 누구인지 말해 주었기 때문이다.

존에 대해 이야기하면서 머라는 무척 마음 아파했다. "존은 나의 유일한 자식이에요. 이제 열다섯 살이지요." 머라는 잔뜩 흐린 얼굴로 남동쪽을 가리켰다. "그 애는 여기에서 겨우 35킬로미터 떨어진 곳에 있어요. 가깝고도 먼 곳이지요." 그가 말했다.

"로스앤젤레스에서 엄마랑 살지 않나 보군요?"

"엄마 집이 그 애의 집이 맞아요. 하지만 그 애는 마운트헨리에 있는 학교에 다녀요." 마운트헨리 고등학교는 이 부근에 있는 명문 사립 남자 고등학교이다. "내가 뉴햄프셔에 온 이유 가운데 하나는 그 애와 가까이 있으려는 것이었죠." 머라는 고개를 저었다. "그러면 분명 얼마 안 가 그 애가 저와 연락하고 지낼 줄 알았어요. 전화를 걸면 답례 전화도 걸어 주고 편지를 보내면 답장도 보내 줄 줄 알았죠."

"하지만 아드님이 절대 그러지 않았나 보군요?"

"네, 절대로요." 머라가 말했다. "그 애가 나한테 마지막으로 한 말이 뭔 줄 압니까?"

"글쎄요."

"내가 그 애 엄마와 이혼하고 글로리아 힐턴과 결혼했을 때, 그 애가 나한테 마지막으로 한 말은 '아버지, 당신은 정말 경멸스러워요. 살아 있는 동안은 아버지에게서 더는 단 한 마디도 듣고 싶지 않아요.'였어요."

"그건…… 그건 세군요."

"친구……," 머라가 쉰 목소리로 말했다. "그건 정말이지 센 말이었지요." 그는 고개를 푹 숙였다, "그게 그 애가 쓴 단어였죠. '경멸스럽다.' 그 애는 어렸지만 확실히 맞는 단어를 사용했어요."

"오늘 마침내 아드님과 연락이 된 겁니까?" 내가 물었다.

"아이 학교 교장 선생님에게 전화를 걸어서 집에 무척 안 좋은 일이 생겼다고 말했어요. 그랬더니 교장 선생님이 존을 시켜 곧장 내게 전화를 걸게 했죠." 머라가 말했다.

"그 방법이 통해서 정말 다행이었어요." 머라가 계속 말했다. "그리고 내가 분명히 경멸스럽기는 해도 그 애는 내일 나를 보러 오겠다고 약속했어요."

그 대화를 나누던 도중, 머라는 내게 가끔은 통계를 보라고 말했다. 나는 그러겠노라고 그에게 약속했다. "전반적인 통계요? 아니면 어떤 특정 통계요?" 나는 그에게 물었다.

"결혼에 대한 통계요." 그가 말했다.

"나는 당연히 알아야 할 일이지만 그것에 대해 생각하는 것이 무서울 때가 있어요."

"통계를 봐요." 머라가 말했다. "그러면 사람들이 겨우 열여덟 살에 결혼할 때, 내 첫 번째 아내와 내가 그랬듯이 말이죠, 결혼이 완전히 잘못될 가능성은 반반이라는 사실을 발견할 겁니다."

"나도 열여덟 살에 결혼했어요." 내가 말했다.

"첫 번째 아내와 아직 살고 있어요?" 그가 물었다.

"20년째 같이 살고 있죠."

"당신은 총각 시절이나 한창 놀던 시절, 대단한 사랑꾼으로 지내던 시절에서 속아서 끌려 나온 것 같은 기분이 든 적 없어요?"

"글쎄요. 뉴햄프셔에서는 그런 시절은 대개 열네 살에서 열일곱 살 사이에 오죠."

"이런 식으로 설명하면 어떨까 해요." 그가 말했다. "가령 당신이 결혼 기간 내내 결혼한 사람들이 주로 다투고는 하는 멍청한 일들에 대해 걸핏하면 다투고 그 결혼 기간의 대부분을 빈털터리로 지내고 숱한 걱정을 해왔다고 칩시다."

"무슨 말인지 알겠어요."

"그런데 그때 영화사에서 당신이 쓴 책의 판권을 사서 영화 대본으로 각색하도록 당신을 고용하고 거기에다 글로리아 힐턴이 그 영화의 주연을 맡을 거라고 하면 기분이 어떨지 상상해 봐요."

"그건 상상이 잘 안 되네요."

"알겠어요……." 그가 말했다. "음, 그럼 당신이 일하는 분야에서 일어날 수 있는 가장 대단한 일은 뭐죠?"

나는 잠시 생각해야 했다. "그건 코너스 호텔의 모든 창에 플리트우드사의 덧창을 다는 일을 수주하는 일 같군요. 거기 창문은 분명 5백 개가 넘을 겁니다." 내가 말했다.

"좋아요!" 그가 말했다. "당신이 방금 그걸 수주한 거예요. 처음으로 당신 주머니에 거금이 들어온 거죠. 그런데 당신은 방금 막 아내와 싸운 탓에 아내에게 감정이 안 좋고 당신의 신세를 한탄하고 있어요. 그리고 그 호텔의 경영자는 글로리아 힐턴이에요. 글로리아 힐턴의 모습은 영화 속 모습 그대로고요."

"계속 말씀하세요."

"당신이 그 5백 개의 플리트우드 사의 덧창을 달기 시작했다고 칩시다." 그가 말했다. "그리고 덧창을 하나 달 때마다 글로리아 힐턴이 유리창 너머에서 마치 당신이 신과도 같은 존재인 것처럼 당신을 바라보며 미소를 짓고 있다고 생각해 봐요."

"집에 마실 게 이제 없나요?" 내가 물었다.

"그런 상태가 3개월 동안 계속된다고 생각해 봐요." 그가 말했다. "그리고 매일 밤 당신이 집으로 가면 집에는 워낙 오랫동안 알아서 사실상 거의 남매 같은 여자인 당신 아내가 있어요. 그리고 그녀는 어떤 사소한 일에 대해 투덜거리고는 하죠……."

"여기는 아주 따뜻하군요. 덧창이 없는데도 말이에요." 내가 말했다.

"그런데 글로리아 힐턴이 불쑥 당신에게 말하는 겁니다." 그가 말했다. "'행복해지기 위해 용기를 내요, 가여운 내 사랑! 우리는 하늘이 맺어 준 인연이에요! 나와 함께 행복해지기 위해 용기를 내요! 당신이 덧창을 달고 있는 모습을 보노라면 난 기운이 빠져요! 당신이 그렇게 불행한 모습을 더는 못 보겠어요. 당신이 다른 여자의 남자라는 사실을 참을 수가 없어요. 당신이 내 남자가 되기만 한다면 내가 당신을 얼마나 행복하게 해 줄 수 있는지 알면서 말이에요!'라고 말이죠."

그 후, 머라와 내가 엉겅퀴를 찾으러 밖으로 나갔던 게 기억난다. 그는 내게 찔리지 않고 엉겅퀴를 잡는 법을 보여 주려고 했다.

우리는 엉겅퀴를 하나도 찾지 못했던 것 같다. 여러 풀을 뽑았다가 집에다 대고 던져 버리며 많이 웃었던 게 기억난다. 하지만 그 풀 가운데 어느 것도 엉겅퀴는 아니었던 것 같다.

그런 뒤 우리는 확 트인 야외에서 서로를 잃어버렸다. 나는 잠시 그를 소리쳐 불렀지만 그의 대답은 점점 더 희미해져 갔고 결국 나는 집으로 왔다.

그날 귀가 풍경이 어땠는지 나는 기억나지 않지만 나의 아내는 기억한다. 아내 말로는 내가 그녀에게 막되고 무례하게 말했다고 한다. 내가 코너스 호텔에 플리트우드 사의 덧창을 5백 개를 팔았다고 아내에게 말했다고 한다. 또한 가끔은 십 대끼리의 결혼에 대한 통계를 찾아봐야 한다고도 말했다고 한다.

그런 뒤 나는 위층으로 올라가 우리 집 욕조 부스 문을 떼어 냈다. 나는 머라와 욕조 부스 문을 바꿀 것이라고 아내에게 말했다.

나는 그 문을 치운 다음 욕조에서 잠이 들었다.

아내가 나를 깨우자 나는 그녀에게 꺼지라고 소리쳤다. 나는 아내에게 글로리아 힐턴이 이제 막 코너스 호텔을 샀는데 내가 그녀와 결혼할 것이라고 말했다.

나는 아내에게 엉겅퀴에 대한 아주 중요한 뭔가를 말하려고 했지만 엉겅퀴를 제대로 발음할 수가 없어서 그냥 다시 잠들었다.

그래서 내 아내는 내 온몸에다 거품 목욕용 가루비누를 뿌리고 욕조의 냉수 꼭지를 틀어 놓고는 손님용 방으로 자러 갔다.

이튿날 오후 3시쯤, 나는 덧창 다는 작업을 마무리 짓고 혹시라도 우리가 욕조 부스 문에 대해 합의한 게 있다면 어떻게 하기로 합의했는지 알아내기 위해 머라의 집으로 갔다. 내 트럭의 짐칸에는 홍학 그림이 있는 우리 집 부스 문과 글로리아 힐턴 그림이 있는 그의 집 부스 문, 이렇게 욕조 부스 문이 두 개 실려 있었다.

나는 머라의 집 초인종을 울리기 시작했지만 바로 그 순간 누가 위층 유리창을 두드리는 소리를 들었다. 위를 올려다봤더니 머라가 글로리아 힐턴의 욕실 유리창 안쪽에 서 있었다. 내 사다리는 이미 그 창턱에 기대어져 있었다. 그래서 나는 그 사다리를 타고 올라가 머라에게 무슨 일이냐고 물었다.

그가 창문을 열고 내게 들어오라고 말했다. 그는 무척 창백했고 몸을 벌벌 떨고 있었다.

"아드님이 벌써 왔습니까?" 내가 물었다.

"예." 그가 말했다. "내 아들이 아래층에 있어요. 내가 한 시간 전에 버스 터미널에 가서 태워 왔어요."

"아드님과는 잘해 나가고 있죠?" 내가 물었다.

머라는 고개를 저었다. "그 애는 여전히 적의로 가득 차 있어요." 그가 말했다. "그 애는 이제 겨우 열다섯 살이지만 내게 말할 때는 마치 내 고조할아버지라도 되는 것처럼 굴어요. 난 잠깐만 여기 올라와 있는 건데 이제 다시 내려갈 용기가 나지 않아요."

그가 내 팔을 잡았다. "이봐요……." 그가 말했다. "당신이 내려가서 분위기를 좀 좋게 만들어 줘요."

"나한테 그런 능력이 남았다면, 아껴 뒀다 나중에 집에 가서 쓰고 싶네요." 나는 지금 집에서 내가 처한 상황을 그에게 자세히 알려 주었고, 그것은 결코 이상적이지 않은 상황이었다.

"어떤 일이 있어도," 그가 말했다. "나와 똑같은 실수는 저지르지 말아요. 무슨 일이 있어도 당신 가정을 지켜요. 때로는 틀림없이 상황이 아주 안 좋을 때도 있겠지만, 내 말을 믿어요, 만 배 더 안 좋은 삶의 방식도 있으니까 말이죠."

"그렇다면," 내가 말했다. "훌륭하신 주께 한 가지 일에 대해서는 감사드려야겠군요."

"그게 뭔가요?"

"글로리아 힐턴이 날 사랑한다고 아직 솔직히 털어놓지 않은 것이요." 내가 말했다.

나는 머라의 아들을 만나기 위해 아래층으로 내려갔다.

어린 존은 남성용 정장을 입고 있었다. 조끼까지 갖춰 입고 커다란 검정 테 안경을 쓰고 있었다. 그 애의 모습은 꼭 대학교수 같았다.

"존, 난 네 아버지의 오랜 친구란다." 내가 말을 건넸다.

"그래요?"라고 말하고는 존은 아래위로 나를 훑어봤다. 존은 나와 악수하려 하지 않았다.

"넌 정말 성숙해 보이는구나." 내가 말했다.

"어쩔 수 없이 '그래야만' 했거든요." 그 애가 말했다. "아버지가 어머니와 저를 버렸을 때, 저는 가장이 되어야만 했어요. 아시겠어요?"

"으음, 그렇구나. 그런데 존," 내가 말했다. "네 아버지도 그리 행복하지는 않았단다."

"그것참 대단히 실망스런 소식이네요." 그 애가 말했다. "글로리아 힐턴이 남자를 최고로 행복하게 해 주는 줄 알았는데 말이죠."

"존, 네가 나이가 들면, 지금 이해하지 못하는 많은 것들을 이해하게 될 거란다."

"핵물리학을 말씀하시는 모양이로군요." 그 애가 대꾸했다. "어서 빨리 알고 싶어서 못 기다리겠네요." 그러고는 그 애는 내게서 등을 돌리고 창 밖을 바라보았다. "아버지는 어디 계시죠?"

"여기." 머라가 계단 꼭대기에서 말했다. "그 불쌍한 바보는 여기에 있단다." 그는 삐걱거리며 계단을 내려왔다.

"저는 이만 학교로 돌아가는 게 낫겠어요, 아버지." 그 아이가 말했다.

"이렇게 빨리?" 머라가 말했다.

"집에 급한 일이 생겼다고 해서 온 거예요. 그렇지 않았다면 여기 오지 않았을 거예요." 그 아이가 말했다. "그런데 급한 일은 없는 것 같네요. 그러니 괜찮다면 이제 그만 돌아가고 싶어요."

"괜찮다면?" 머라가 말했다. 그는 두 팔을 내밀었다. "존……," 그가 말했다. "난 가슴이 찢어질 거야. 네가 지금 떠나면…… 그것을 해 주지 않고……."

"그것이라뇨, 아버지?" 그 아이가 물었다. 그 아이는 얼음장같이 차가웠다.

"나를 용서하는 것 말이다." 머라가 말했다.

"그런 일은 절대 없을 거예요." 그 아이가 말했다. "미안하지만…… 제가 절대로 하지 않을 일이 한 가지 있다면 바로 그거예요." 그 아이는 고개를 까닥했다. "아버지, 준비가 되시면 나오세요. 저는 차에서 기다리고 있을게요."

그러고는 그 아이는 집 밖으로 걸어 나갔다.

머라는 두 손으로 머리를 감싼 채 의자에 앉았다. "이제 뭘 해야 하죠?" 그가 말했다. "아마도 이건 내가 받아 마땅한 벌이겠죠. 이제 내가 할 일은 그저 이를 악물고 이 상황을 감수하는 것이겠죠."

"내 생각엔 그것 말고 한 가지 더 할 수 있을 것 같은데요."

"그게 뭡니까?"

"아드님을 발로 한 번 걷어차 버리는 겁니다."

그래서 머라는 그렇게 했다.

그는 완전히 침통하고 우울한 표정으로 바깥의 차로 갔다.

그는 존에게 앞 좌석에 문제가 있어서 손을 좀 봐야 한다며 존을 차에서 내리게 했다.

그런 뒤 머라는 아이의 엉덩이를 발의 측면으로 걷어찼다. 발길에 차인 고통이 어느 정도인지는 모르지만 아이는 펄쩍 뛰어올랐다.

그 아이는 지난밤에 자기 아버지와 내가 엉겅퀴를 찾아 헤맸던 관목들을 향해 폴카 춤을 추듯 달려 내려갔다. 그러다 겨우 멈추고 돌아보는 모습이 영락없이 놀란 표정을 한 아이의 모습이었다.

"존," 머라가 아이에게 말했다. "너를 차서 미안해. 하지만 그것 말고는 달리 할 수 있는 게 생각나지 않았어."

그 아이는 딱딱한 말대꾸를 하지 않았다.

"난 태어나서 지금까지 심각한 실수를 많이 했어." 머라가 말했다. "하지만 내가 너를 걷어찬 게 그런 실수 가운데 하나라고는 생각하지 않아. 난 널 사랑해. 네 엄마도 사랑하고. 그리고 난 네가 나한테 기회를 한 번 더 줄 마음이 내킬 때까지 널 계속 걷어찰 거야."

그 아이는 아직도 할 말이 떠오르지 않는 모양이었지만 나는 그 아이가 다시 걷어차이는 데는 관심이 없다는 건 확실히 알 수 있었다.

"자, 이제 집으로 다시 들어가자." 머라가 말했다. "이 일에 대해서 문명인처럼 얘기를 나눠 보자꾸나."

집으로 다시 들어가자 머라는 아이에게 로스앤젤레스에 있는 엄마에게 전화를 하게 했다.

"너와 내가 좋은 시간을 보내고 있으며 아빠가 지독히도 불행하고 글로리아 힐턴과는 끝났다고 엄마한테 말하려무나. 그리고 아빠는 엄마가 무슨 일이 있어도 아빠가 돌아오길 바랐으면 한다고도 전하렴." 머라가 말했다.

아이가 엄마에게 그렇게 전하자 그녀가 울었다. 그러자 아이도, 머라도, 나도 울었다.

그런 뒤 머라의 첫 번째 부인은 머라가 원한다면 언제든 집으로 돌아오라고 말했다. 그리고 그것으로 끝이었다.

우리가 욕조 부스 문을 해결한 방식은 이러했다. 내가 머라의 부스 문을, 그가 내 부스 문을 가지기로 했다. 사실은 나는 22달러짜리 문을 글로리아 힐턴의 그림 값은 빼고 48달러짜리인 문과 교환한 것이었다.

집으로 돌아가니 내 아내는 외출하고 없었다. 나는 새 욕조 부스 문을 달았다. 내 아들이 올라와 나를 쳐다봤다. 그 애는 무슨 일인지 코가 빨갰다.

"엄마는 어디 있니?" 나는 내 아들에게 물었다.

"엄마는 나갔어요."

"언제쯤 돌아올까?"

"엄마는 절대 다시는 돌아오지 않을 거라고 말했어요." 아이가 말했다.

나는 속이 상했지만 아이에게 내색하지는 않았다. "그건 엄마가 하는 농담 가운데 하나잖니. 엄마는 걸핏하면 그 말을 하잖아."

"난 엄마가 그런 말을 하는 걸 전에는 한 번도 못 들었는걸요."

저녁 식사 시간이 다 되어 가는데도 아직 아내가 돌아오지 않자 나는 겁이 덜컥 났다. 나는 대범하게 굴려고 애썼다. 나는 아들과 내가 먹을 저녁을 준비하면서 말했다. "음, 엄마가 어딘가에서 좀 늦는 모양이구나."

"아빠……." 아이가 말했다.

"왜?"

"대체 어젯밤 엄마에게 무슨 짓을 하신 거예요?" 아이가 아주 높고 힘이 들어간 목소리로 물었다.

"쓸데없는 참견 마. 안 그럼 바로 걷어차일 줄 알아."

그 말에 내 아들은 바로 조용해졌다.

정말 다행스럽게도 내 아내는 9시에 집으로 왔다.

그녀는 기분이 좋았다. 그녀는 그냥 혼자서-혼자 쇼핑하고, 식당에서 혼자 식사하고, 혼자 영화를 보러 가서- 아주 멋진 시간을 보냈다고 말했다.

그녀는 내게 키스를 하고는 위층으로 올라갔다.

샤워하는 소리가 들리자 문득 나는 욕조 부스 문에 있는 글로리아 힐턴의 그림이 떠올랐다.

"하느님 맙소사!"라고 외치며 나는 그녀에게 문에 그 그림이 왜 있으며 내일 아침 맨 먼저 그 그림부터 바로 지워 버리겠다고 말하려고 허겁지겁 계단을 뛰어 올라갔다.

나는 욕실로 들어갔다.

아내는 서서 샤워를 하고 있었다.

그녀는 글로리아 힐턴과 키가 비슷했다. 그래서 문의 그 그림이 그녀를 위한 일종의 가면처럼 보였다.

내 아내의 몸에 글로리아 힐턴의 얼굴이 달려 있는 것 같았다.

내 아내는 화가 나 있지 않았다. 오히려 소리 내어 깔깔 웃었다. 그녀는 그게 재미있는 모양이었다. "누군지 맞혀 볼래?" 그녀가 말했다.

(1962년)

공장의 사슴

연방 기구 법인의 일리움 공장의 커다랗고 시커먼 굴뚝들이 붉은 벽돌로 지은 고용 사무소 앞에 줄 서 있는 수백 명의 남자와 여자들 위로 산성가스와 매연을 내뿜었다. 계절은 여름이었다. 이미 미국에서 두 번째로 큰 산업 공장이 된 '일리움 공장'은 무기 계약의 납기를 맞추기 위해 직원의 3분의 1을 늘리고 있었다. 10여 분마다 회사 청원경찰이 고용 사무소의 문을 열어 냉방장치가 틀어진 실내에서 찬 바람이 나오는 가운데 지원자를 세 명씩 더 들여보냈다.

"다음 세 사람." 청원경찰이 말했다.

어려 보이는 얼굴을 콧수염과 안경으로 감춘 20대 후반의 보통 몸집의 남자 한 명이 4시간의 기다림 끝에 안으로 들어갔다. 그의 기분도 이 일을 위해 새로 장만한 양복도 공장의 매연과 8월의 햇볕에 살짝 시들시들해져 있었고, 그는 그 줄에서 자기 자리를 지키기 위해 점심도 거른 상태였다. 하지만 그의 태도만큼은 계속 활기찼다. 함께 들어간 세 사람 가운데 그는 접수 담당자를 마지막 순서로 만났다.

"저는 나사절삭기 기술자입니다, 부인." 첫 번째 남자가 말했다.

"7번 부스로 가서 코모디 씨를 만나세요." 접수 담당자가 말했다.

"저는 플라스틱 압출 성형 기술자입니다, 아가씨." 그다음 남자가 말했다.

"2번 부스로 가서 호이트 씨를 만나세요." 그녀가 말했다. "댁의 기술은요?" 그녀가 살짝 시들시들해진 양복을 입은 세련된 그 젊은이에게 물었다. "금속 절삭기? 천공기?"

"글쓰기입니다. 어떤 종류의 글이든 다 씁니다." 그가 대답했다.

"광고나 판촉물의 글을 말하는 겁니까?"

"예…… 뭐, 그런 걸 말하는 겁니다."

그녀는 미심쩍은 표정이었다. "글쎄요, 잘 모르겠네요. 우리는 그런 종류의 사람들을 모집한다고 공고한 적이 없는데요. 그러니까 당신은 다룰 줄 아는 기계는 없는 거로군요?"

"타자기는 다룰 줄 알아요." 그는 농담으로 말했다.

접수 담당자는 진지한 젊은 여자였다. "우리 회사는 남자 속기사는 쓰지 않아요. 26번 부스로 가서 딜링 씨를 만나세요. 딜링 씨라면 광고나 판촉물과 관련된 일에 대해서 알지도 모르니까요."

그는 넥타이와 코트를 매만져 바로 한 다음 그 공장에 있는 일자리를 조금은 장난삼아 구하러 온 사람 같은 인상을 풍기는 미소를 억지로 지었다. 그는 26번 부스로 들어가 그의 또래로 보이는 딜링 씨에게 손을 내밀었다. "딜링 씨, 저는 데이비드 포터라고 합니다. 광고나 판촉 관련 부서에 빈자리가 있는지 알고 싶은 마음에 이야기나 나눌까 해서 그냥 잠깐 들러 봤습니다."

일자리에 대한 간절함을 숨기려고 애쓰는 젊은이들을 대하는 데 선수인 딜링 씨는 공손했지만 표정은 그리 탐탁지 않았다. "글쎄요, 유감스럽지만 당신은 좋지 않은 때에 오셨습니다, 포터 씨. 아마 당신도 알겠지만, 그런 종류의 일에 대한 경쟁은 무척 치열하고 지금 당장은 빈자리도 별로 없습니다."

데이비드는 고개를 끄덕였다. "알겠습니다." 그는 큰 조직에 일자리를 구하는 데 경험이 없었고 딜링 씨는 그에게 그런 경험을 쌓는 것이 얼마나 훌륭한 기술인지 일깨워 주고 있었다. 특히나 다룰 줄 아는 기계가 하나도 없는 사람에게는 말이다. 두 사람의 은근한 신경전이 펼쳐지고 있었다.

"그래도 어쨌든 앉으십시오, 포터 씨."

"고맙습니다." 그는 손목시계를 봤다. "그런데 곧 제 신문사로 돌아가 봐야 해요."

"이 근처의 신문사에서 일하세요?"

"예, 저는 일리움에서 15킬로미터쯤 떨어진 도싯에서 주간 신문사를 소유하고 있어요."

"오, 설마! 그곳은 사랑스런 작은 마을이지요. 신문사를 접으려나 보군요?"

"으음, 아뇨. 정확히는 아니에요. 그럴 가능성이 있기는 하지만요. 저는 전쟁이 끝난 직후 그 신문사를 사서 8년째 운영해 오고 있는데 진부해지고 싶지 않아요. 어쩌면 더 좋은 일자리로 옮기는 게 현명할지도 모르고요. 그건 모두 앞으로 어떤 일이 생기느냐에 달려 있어요."

"가족이 있습니까?" 딜링 씨가 상냥하게 물었다.

"예. 아내와 아들 둘, 딸 둘이 있습니다."

"균형이 잘 잡힌 멋진 대가족이로군요." 딜링 씨가 말했다. "그리고 당신은 무척 젊기도 하고요."

"스물아홉입니다." 데이비드가 말했다. 그는 미소 지었다. "우리는 대가족을 이루려고 계획했던 건 아니에요. 그런데 쌍둥이가 태어나는 덕분에 그렇게 됐어요. 아들 쌍둥이에, 며칠 전에는 딸 쌍둥이까지 태어났죠."

"설마!" 딜링 씨가 말했다. 그는 윙크를 했다. "그런 가족이 딸린 젊은 사람이라면 틀림없이 어떻게 하면 좀 더 재정적으로 안정이 될까 하는 문제에 대해 고민하기 시작했겠군요?"

가정적인 두 남자 사이에 오고가는 사교적인 말에 불과한 것처럼 두 사람 다 가볍게 대화를 주고받았다. "딸 둘 아들 둘, 사실 그게 우리 부부가 원래 바라던 거였어요." 데이비드가 말했다. "이렇게 빨리 딸 둘 아들 둘을 얻게 될 줄은 예상 못했지만 우리는 지금 정말 기뻐요. 안정적인 생활에 대해서라면, 음, 어쩌면 제가 자만하는 건지도 모르겠지만 제가 신문사를 경영하면서 관리하고 글 쓴 경험이 제 신문사에 어떤 일이 일어나서 적임자만 만난다면 그 사람에게는 상당히 가치 있을 거라고 생각해요."

"이 나라에 부족한 것 중 하나가," 딜링이 담뱃불을 붙이는 데 집중하며 철학적으로 말했다. "어떻게 일 처리를 해야 할지, 어떻게 책임을 지고 마무리해야 할지 아는 사람이지요. 저는 우리 회사에 있는 것보다 세상에 광고와 판촉 분야에 더 좋은 빈자리가 있기만을 바랄 뿐입니다. 그건 중요하고도 흥미로운 직업이란 걸 알지만 그 직업의 초봉에 대해 당신이 어떻게 생각할지 모르겠군요."

"글쎄요, 저는 이제 형세를 파악하려 하고 있을 뿐인걸요. 그러니까 상황이 어떻게 돌아가는지를 파악하려 하고 있을 뿐이에요. 저는 저 같은 경력을 지닌 사람에게 업계에서 월급을 얼마를 줄지 전혀 모르겠습니다."

"당신 같은 경력을 지닌 사람이 대개 하는 질문은 '제가 얼마나 높은 자리까지 그리고 얼마나 빨리 승진할 수 있습니까?'라는 것이죠. 그리고 그 질문에 대한 대답은 '추진력과 창조적 야망을 지닌 사람에게 한계란 없다.'라는 것이죠. 그리고 그 사람은 기꺼이 뭔가를 하고자 하는 의지와 그 일을 수행할 능력이 있느냐에 따라서 승진이 빠를 수도 느릴 수도 있습니다. 우리는 아마 당신 같은 사람의 초봉으로는, 음, 그러니까, 주당 100달러부터 시작할 겁니다. 하지만 2년 또는 2달 동안 그 임금 수준에 그대로 머물러 있다는 말은 아니에요."

"본격적으로 일하게 될 때까지 그걸로 가족을 먹여 살릴 수 있을 것 같은데요." 데이비드가 말했다.

"당신이 지금 하고 있는 일과 거의 똑같은 일을 홍보 부문에서 찾을 수 있을 겁니다. 우리 회사의 홍보팀 직원들은 글을 작성, 편집, 보도하는 데 대한 기준이 높고 우리의 홍보팀이 외부에 돌리는 글은 신문 편집자들의 휴지통에 들어가는 신세가 되는 법이 없지요. 우리 홍보팀 직원들은 전문적인 일을 하고 있고 기자로 존중받습니다." 그가 일어섰다. "제가 처리해야 할 작은 문제가 하나 있는데, 한 10분 정도 걸릴 겁니다. 어디 가지 말고 여기 있어 주시겠습니까? 우리 대화가 즐거워 좀 더 이야기를 나누고 싶군요."

데이비드는 자신의 손목시계를 보았다. "오, 10분이나 15분 정도 더 시간을 낼 수 있을 것 같군요."

딜링은 어떤 사사로운 농담을 하고 왔는지 킬킬거리면서 3분 만에 부스로 돌아왔다. "홍보팀 감독관인 루 플래머와 방금 전화 통화를 하고 왔습니다. 새로운 속기사가 필요하다는군요. 루는 괴짜예요. 여기 사람들은 모두 루에게 열광하지요. 그도 오래전에 주간 신문사를 운영했다는데 제 짐작으로는 그가 사람들과 그토록 쉽게 잘 어울리는 건 그곳에서 배운 것 같아요. 그냥 한번 장난삼아 그의 의향을 넌지시 떠보기 위해서 제가 그에게 당신에 대해 말했어요. 저는 당신에 대해 어떤 언질도 주지 않고 그냥 당신이 내게 했던 말만 그대로 전했죠. 당신이 우리 회사를 눈여겨 지켜보고 있다고 말입니다. 그런데 루가 뭐라고 말했는지 짐작이 되세요?"

"짐작해 봐, 낸." 데이비드 포터가 아내에게 전화로 말했다. 그는 짧은 반바지만 입은 채 그 회사의 병원에서 전화를 하고 있었다. "당신은 내일 퇴원하면, 주당, 그러니까 '매주' 110달러를 벌어들이는 견실한 시민이 있는 집으로 오는 거야. 방금 회사 배지를 받았고 건강검진도 통과했어!"

"그래?" 낸이 깜짝 놀라며 말했다. "일이 정말 빠르게 진행되네, 그렇지 않아? 당신이 그렇게 맹렬히 덜컥 뛰어들 줄 몰랐는데."

"기다릴 게 뭐 있어?"

"그게, 저, 난 잘 모르겠어. 내 말은, 당신이 지금 하려고 하는 일이 뭔지 어떻게 알아? 당신은 자신 말고는 어느 누구를 위해서 일해 본 적도 전혀 없고 거대한 조직에서 어떻게 처신하고 어울려야 하는지에 대해서도 아무것도 모르잖아. 당신이 일리움 사람들과 일자리에 대해 이야기를 나눌 줄은 알았지만 그래도 아무튼 난 당신이 1년 더 신문사를 계속 운영할 계획이라고 생각했거든."

"1년 더 있으면 난 서른 살이야, 낸."

"그래서?"

"서른은 업계에서 일을 시작하기에는 꽤 많은 나이야. 이 업계에서는 내 또래인 사람들이 벌써 일을 10년 동안 하면서 승진해 나가고 있다고. 경쟁이 무척 치열해. 그리고 지금부터 1년이 지나면 경쟁은 더욱 치열해질 거야. 그리고 제이슨이 1년 뒤에도 계속 우리 신문사를 인수하고 싶어 할지 우리가 어떻게 알아?" 에드 제이슨은 데이비드의 조수로 최근 대학을 졸업했는데 그의 아버지가 그를 위해 그 신문사를 사 주고 싶어 했다. "그리고 오늘 홍보팀에 공석이 난 이 일자리는 앞으로 1년 동안은 사람을 구하지 않을 자리래, 낸. 그 순간이 내가 전직할 절호의 기회였다고. 바로 오늘 오후가 말이야!"

낸은 한숨을 쉬었다. "알았어. 하지만 그건 당신답지 않아. 그 공장은 어떤 사람들에게는 좋은 직장이겠지. 그 사람들은 그런 직장 생활을 즐기는 것 같아 보여. 하지만 당신은 늘 무척 자유로웠어. 그리고 당신 신문사를 사랑하잖아. 당신도 자신이 그렇다는 걸 알고."

"맞아." 데이비드가 말했다. "그리고 신문사를 넘기게 되면 내 가슴이 미어지겠지. 신문사 일은 우리가 아이가 없을 때는 멋진 일이었어. 하지만 지금 그건 불안정한 생계 수단이야. 애들을 교육시키고 이런저런 뒷바라지를 하기에는 말이지."

"하지만 여보," 낸이 말했다. "당신 신문사로 돈을 벌고 있잖아."

"하지만 신문사가 이렇게 꺾여 버릴 수도 있잖아." 데이비드는 손가락으로 딱 소리를 내며 말했다. "그러다 보면 일간지는 도싯 소식을 실은 한 쪽짜리로밖에 못 나올 수도 있고. 아니면……."

"도싯 사람들은 도싯 소식을 실은 작은 신문을 굉장히 좋아하니까 그래도 상관 안 할 거야. 그들이 당신과 당신이 하고 있는 일을 얼마나 좋아하는데."

데이비드는 고개를 끄덕였다. "하지만 앞으로 10년 뒤에는 어떨까?"

"그럼 공장에서는 앞으로 10년 뒤에는 어떨 것 같은데? 어딘가 다른 곳에서는 앞으로 10년 뒤에는 어떨 것 같아?"

"그때도 그 공장은 계속 여기에 있을 가능성이 더 커. 내게는 더 이상 이런 모험을 할 기회가 찾아오기 힘들어. 낸, 건사해야 할 대가족을 거느린 나한테는 좀처럼 오지 않을 기회라고."

"여보, 당신이 하고 싶은 일을 하지 않는다면 우린 행복한 대가족이 아닐 거야. 난 당신이 여태까지 그랬던 방식처럼 계속 행복했으면 좋겠어. 차를 몰고 시골 여기저기를 돌아다니면서 뉴스를 얻고 사람들과 얘기를 나누고 광고를 팔면서 말이야. 그런 뒤에는 집으로 와서 당신이 쓰고 싶은 글, 당신이 믿는 글을 쓰고. 그런데 당신이 그 공장에 들어간다니!"

"난 그렇게 해야만 해."

"당신이 정 그렇게 말한다면, 그래, 알았어. 아무튼 난 내 뜻을 밝혔으니까."

"그 일도 언론계 일에 속해. 그것도 고급스런 언론계 일." 데이비드가 말했다.

"그래도 당신 신문사를 제이슨한테 당장 팔지는 마. 제이슨에게 책임만 맡겨 놓고 한 달 정도 기다려 보자, 응?"

"기다려 봤자 아무 의미 없어. 하지만 당신이 정말 그러길 바란다면 알겠어." 데이비드는 건강검진을 마친 뒤 건네받은 안내 책자를 집어 들었다. "이것 좀 들어봐, 낸. 이 회사의 직원 복지 프로그램에 따르면, 내가 병이 날 경우 병원비로 하루 10달러, 26주 동안 전액 유급 병가, 전문 병원비로 100달러를 준대. 외부에서 드는 비용의 절반 정도로 생명보험도 들 수 있고. 급여 저축 제도하에서 어떤 종류의 국채를 매입하든, 회사에서 나에게 지금부터 12년 동안 회사 주식으로 5퍼센트 보너스를 줄 거야. 해마다 2주 동안 유급 휴가가 주어지고 15년이 지나면 유급 휴가 기간이 3주로 늘어나. 회사의 컨트리클럽도 자유롭게 이용할 수 있어. 25년 뒤에 나는 매달 적어도 125달러의 연금을 받을 수 있어. 그리고 내가 승진해서 25년 이상 근속하면 훨씬 더 많은 혜택을 누릴 수 있어!"

"세상에!" 낸이 소리쳤다.

"이 기회를 놓치면 난 정말 지독한 바보인 셈이야, 낸."

"그래도 내가 우리의 딸 쌍둥이 아기들을 데리고 집에 가서 당신이 이 아이들에게 익숙해질 때까지는 기다려 줬으면 좋겠어. 난 당신이 이 일에 너무 광분해서 허둥지둥하는 느낌이야."

"아냐, 아니라고. 이게 바로 내가 찾던 일이야, 낸. 우리 쌍둥이 딸들에게 나 대신 키스를 해 줘. 이제 그만 가서 나의 새로운 감독관에게 보고해야 해."

"당신의 뭐?"

"감독관."

"오, 당신이 그렇게 말한 것 같기는 했는데 확실치가 않아서 물어봤어."

"안녕, 낸."

"안녕, 데이비드."

데이비드는 배지를 옷깃에 달고 병원에서 나가 공장 울타리 안 세계의 뜨거운 아스팔트 바닥으로 발걸음을 옮겼다. 그의 주위 건물들에서 둔탁한 천둥 같은 소리가 났고 트럭 한 대가 그에게 경적을 울렸으며 재가 날려 그의 눈에 들어갔다. 그는 손수건 모서리로 눈을 살살 눌러 마침내 재를 닦아 냈다.

앞이 잘 보이자 그는 주위를 둘러보며 자신의 새로운 사무실과 감독관이 있는 31동 건물을 찾았다. 그가 서 있는 곳 앞에는 붐비는 사거리가 펼쳐져 있었고, 그 거리 하나하나가 끝없이 뻗어 있는 것 같았다.

그는 황급히 서둘러 지나가는 사람들 가운데 그나마 덜 서두르는 행인을 멈춰 세웠다. "실례하지만, 플래머 씨의 사무실이 있는 31동 건물로 가는 길 좀 알려 주시겠어요?"

데이비드가 길을 물은 사람은 눈이 반짝거리는 노인으로, 아무래도 데이비드가 파리의 4월에서 얻을지도 모르는 것만큼이나 공장의 쨍그랑거리는 소리와 냄새, 그리고 힘찬 움직임에서 기쁨을 얻는 것 같았다. 그는 눈을 가늘게 뜨고 데이비드의 배지를 보더니 이어서 얼굴도 쳐다봤다.

"이제 막 일을 시작한 모양이로군요?"

"예, 선생님. 오늘이 첫날입니다."

"이런 놀라운 일이!" 노인이 경탄스러운 듯이 고개를 흔들며 윙크를 했다. "이제 막 일을 시작했고, 31동 건물이라? 음, 젊은 양반, 1899년 내가 처음 여기에 일하러 왔을 때만 해도 지금 우리가 서 있는 곳과 31동 건물 사이에는 진흙 말고는 아무것도 없었기 때문에 여기에서 31동 건물이 보였소. 이제는 이곳 부지에 건물들이 다 들어섰다오. 400미터쯤 떨어진 저 위에 있는 물탱크가 보이시오? 음, 17번가는 저기에서 갈라진다오. 그리고 당신은 거의 끝까지 그 길을 따라가다가 길을 가로지르면…… 이제 막 일을 시작했다고 했소? 그렇다면 그냥 내가 당신과 함께 거기까지 걸어가면서 길 안내를 해 주는 게 낫겠소. 난 여기에 연금 담당 직원들과 이야기를 하러 잠깐 온 거지만 그건 좀 기다렸다 해도 되오. 또 난 걷는 것도 좋아하고 말이오."

"고맙습니다."

"난 50년 근속자였다오." 노인이 자랑스럽게 말하고는 데이비드를 이끌고 대로와 골목길을 지나고 선로를 건너고 비탈을 넘어 터널을 지난 뒤, 지글거리고 윙윙거리고 으르렁거리는 기계들로 가득 찬 건물들을 통과한 다음, 초록색 벽과 번호가 붙은 검정 문들이 있는 복도로 내려갔다.

"이제 더 이상 50년 근속자가 나올 수가 없다오." 노인이 측은하다는 듯 말했다. "요즘은 18세가 되기 전에는 일할 수가 없는 데다 65세가 되면 퇴직해야만 하니까 말이오." 그는 자신의 옷깃 밑으로 엄지손가락을 밀어 넣어 황금 배지를 잘 보이게 했다. 그 배지에는 회사 상표 위에 '50'이란 숫자가 새겨져 있었다. "당신 같은 젊은 직원은 아무리 이걸 갖고 싶다고 할지라도 언젠가 달 수 있으리라고 기대조차 할 수 없는 것이오."

"정말 근사한 배지로군요." 데이비드가 말했다.

노인이 이떤 문을 가리켰다. "여기가 플래머의 사무실이오. 누가 누구이며 '그들'이 무슨 생각을 하는지 알아내기 전까지는 입을 다물고 있으시오. 그럼 행운을 빌겠소."

루 플래머의 비서가 자리를 비우고 없어서 데이비드는 안쪽 사무실의 문으로 그냥 걸어가서 노크를 했다.

"네?" 어떤 남자가 상냥한 목소리로 말했다. "들어오세요."

데이비드는 문을 열었다. "플래머 씨?"

루 플래머는 키가 작고 뚱뚱한 30대 초반의 남자였다. 그는 데이비드를 보고 활짝 웃었다. "무슨 일로 오셨습니까?"

"저는 데이비드 포터라고 합니다, 플래머 씨."

플래머의 얼굴에서 산타클로스 같은 표정이 싹 사라졌다. 그는 상체를 뒤로 젖히며 책상 위에 발을 탁 올리고는 오므린 손에 숨기고 있던 담배를 커다란 입에 물었다. "제기랄, 당신이 보이 스카우트 단장인 줄 알았잖아요." 그는 탁상시계를 보았다. 그 시계는 그 회사의 최신형 자동 식기 세척기의 축소 모형에 박혀 있었다. "보이 스카우트들이 우리 공장을 견학하는 중입니다. 스카우트 활동과 산업에 관한 나의 이야기를 들으러 여기에 15분 전에 잠시 들르기로 되어 있었고요. 연방 기구 법인의 경영진의 56퍼센트가 이글 스카우트 단원* 출신이지요."

데이비드는 큰 소리로 웃기 시작했지만 자기 혼자만 그러고 있는 줄 알고는 얼른 웃음을 멈췄다. "놀라운 수치네요." 그가 말했다.

"그렇습니다." 플래머는 신중하게 말했다. "스카우트 활동과 산업에 대해 뭔가를 말해 주는 수치죠. 자, 당신에게 당신 책상이 어딘지 알려 주기 전에 등급표 제도에 대해 설명해 줘야겠군요. 우리 회사 지침에 그렇게 해야 한다고 되어 있거든요. 혹시 딜링이 그것에 대해 말해 줬습니까?"

---

*21개 이상의 공훈 배지를 탄 최우수 보이 스카우트 단원.

"제 기억엔 안 해 준 것 같습니다. 갑자기 한꺼번에 너무 많은 정보가 쏟아졌거든요."

"음, 그 제도에 뭐 그리 대단한 건 없어요." 플래머가 말했다. "6개월마다 당신에 대한 등급표가 작성될 겁니다. 현재 당신의 상황과 당신이 어떤 종류의 진전을 이루어 오고 있는지를 당신이, 그리고 우리가 알 수 있도록 말이지요. 당신의 업무와 밀접한 세 사람이 당신에 대해 각각 점수를 매긴 다음, 그 정보를 모두 하나의 문서로 취합해서, 당신, 나, 그리고 인사과에는 그 문서의 사본을, 광고 판촉부의 부장에게는 원본을 전달할 거예요. 그것은 모두에게, 무엇보다도 당신에게 아주 유용해요. 당신이 그것을 제대로만 받아들인다면 말이지요." 그는 등급표 한 장을 데이비드 앞에 흔들었다. "보입니까? 여기 빈칸들이. 출근율, 성실성, 민첩성, 진취성, 협동심, 뭐 대충 이런 항목들이요. 당신도 다른 직원들의 등급표를 작성하게 될 것이고 작성자는 익명으로 처리되지요."

"알겠습니다." 데이비드는 분개심에 자신의 얼굴이 시뻘게지고 있는 게 느껴졌다. 그는 그런 감정과 싸우며 이런 자신의 반응은 편협한 사내나 하는 반응이며, 훌륭하고 능률적인 팀의 일원으로서 생각하는 법을 배우면 자신에게 도움이 될 것이라고 속으로 되뇌었다.

"그럼 이제 임금에 대해서 말하죠, 포터 씨." 플래머가 말했다. "나한테 임금 인상을 요구하러 와 봤자 아무 소용없을 겁니다. 그건 완전히 등급표와 임금표를 기반으로 정해지니까 말이에요." 그는 서랍들을 뒤져 표를 하나 찾아 책상 위에 펼쳤다. "자, 이 표가 보여요? 그러니까 이게 우리 회사 대졸 남자 직원들의 평균 임금표입니다. 자, 봐요, 당신은 여기까지 올라갈 수 있어요. 서른 살의 남자 직원은 평균 이만큼 벌고, 마흔 살에는 이만큼 벌고, 이런 식으로 표시가 되어 있죠. 그리고 이 위의 곡선은 실질적 성장 가능성을 지닌 남자 직원은 얼마를 벌 수 있는지 보여 줍니다. 보이죠? 이 곡선은 조금 더 높고 조금 더 빠르게 위로 올라가고 있지요. 당신은 나이가 얼마입니까?"

"스물아홉입니다." 데이비드가 대답하면서 그 그래프의 한쪽 면에 표시된 임금 액수를 보려고 애썼다. 플래머가 그 모습을 보고는 노골적으로 팔뚝으로 그 액수를 가렸다.

"으음." 플래머가 연필심에 침을 묻혀 그 그래프의 남자 직원 평균 임금 곡선의 한 지점에 똑바로 걸치게 작게 'x'자를 그렸다. "여기가 바로 '당신'의 위치입니다!"

데이비드는 그 표시를 본 다음 눈으로 종이 위의 그 곡선을 좇았다. 그 곡선은 살짝 볼록한 부분을 지나고 완만한 경사를 올라 고원처럼 평평하게 죽 이어지다가 65세를 나타내는 가장자리에서 갑자기 끝났다. 그 그래프는 질문의 여지도 논쟁의 소지도 없었다. 데이비드는 그 그래프에서 자신이 또한 지금 상대하고 있는 사람에게로 눈길을 돌렸다.

"당신도 한때는 주간 신문사를 소유했었다면서요, 플래머 씨?"

플래머는 웃음을 터트렸다. "포터 씨, 순진무구하고 이상주의적인 청년 시절에는 나는 사료가게에 광고를 팔고, 기삿거리를 모으고, 활자로 조판하고, 세상을 구할 사설을 썼지요, 세상에나 말입니다."

데이비드는 감탄스런 표정으로 빙긋 웃었다. "정말 유쾌하고 시끌벅적한 서커스 같은 일이죠, 안 그래요?"

"서커스라고요?" 플래머가 말했다. "오히려 기형 쇼 같다고 할 수 있겠죠. 그래도 그 일 덕택에 빨리 철들었어요. 내가 쥐꼬리만큼 벌면서 죽도록 열심히 일하고 있고, 하찮은 사내는 세 블록 정도밖에 안 되는 마을 하나도 구할 수 없으며, 아무튼 세상은 구할 만한 가치가 없다는 사실을 깨닫기까지 6개월 정도가 걸렸죠. 그래서 나는 나 자신만의 이익을 생각하기 시작했어요. 신문사는 어떤 가맹점에 넘기고 이곳으로 들어와 지금 이

자리에 있게 된 거죠."

전화벨이 울렸다. "네?" 플래머가 친절한 목소리로 전화를 받았다. "홍보팀입니다." 그의 얼굴에서 상냥한 미소가 싹 사라졌다. "저런. 설마, 농담이죠? 어디요? 정말이라고요? 농담이 아니라? 알았어요. 알았다고요. 맙소사! 하필이면 이럴 때 그런 일이. 여기에는 보낼 만한 사람이 없고, 나는 그놈의 보이 스카우트 때문에 자리를 비울 수 없어요." 그는 전화를 끊었다. "포터 씨, 당신에게 첫 번째 임무가 생겼어요. 공장에 사슴 한 마리가 돌아다닌다는군요."

"사슴이요?"

"사슴이 어떻게 들어왔는지는 모르지만 공장 안에 있다는군요. 배관공이 217동 건물 바로 맞은편의 소프트볼 운동장에 있는 음수대를 고치러 갔는데 그곳 관람석 밑에서 사슴 한 마리가 튀어나왔다고 하는군요. 지금 사람들이 그 사슴을 금속공학 연구실 주위로 몰아넣어 놨다고 하고요." 그는 일어나서 책상을 탕탕 쳤다. "살생! 이 이야기는 전국에 보도될 것입니다, 포터 씨. 이건 사람의 흥미를 유발하는 이야기예요. 1면 기삿감이에요! 알 타핀이 애슈터뷸라 공장 밖에서 그곳 사람들이 즉흥적으로 만들어 낸 새로운 점도계의 사진을 찍은 것이 역대 기사 가운데 가장 흥미를 끌었죠! 좋아요, 내가 시내의 프리랜서 사진작가에게 전화를 해서 금속공학 연구실 옆 바깥에서 당신과 만나도록 조치를 취해 놓겠습니다. 당신은 그 이야기의 전모를 파악하고 그가 사진을 제대로 찍는지 확인해요. 알겠어요?"

그는 데이비드를 복도 쪽으로 이끌었다. "그냥 아까 왔던 길 그대로 돌아간 다음 분수 마력 전동기 앞에서 오른쪽 대신 왼쪽으로 돌아요. 그런 다음 수력공학 연구실을 지나 9번가에서 11번 버스를 타면 곧장 그리로 갈 수 있어요. 당신이 그 이야기의 전모를 알아내고 사진을 확보한 뒤, 우리는 그 이야기와 사진들을 우리 법률 팀, 공장 보안 요원, 우리 부서 책임자에게 보여 줘서 써도 된다는 승인을 받고, 정말 우리 건물과 구내에서 벌어진 일이 맞는지 확인을 받은 다음에 바로 기사화시킬 거예요. 자, 이제 어서 가 봐요. 그 사슴은 우리 공장에 고용된 녀석이 아니니까, 놈은 당신을 기다리지 않을 겁니다. 우리가 그 기사의 승인을 받을 수만 있다면 내일 당신이 쓴 기사가 전국의 모든 신문 1면에 실릴 겁니다. 당신이 만날 사진작가의 이름은 맥가비입니다. 알겠어요? 당신은 최고 수준의 기자예요, 포터 씨. 우리가 모두 지켜보고 있을 겁니다." 그는 데이비드를 내보낸 뒤 문을 닫았다.

데이비드는 빠른 걸음으로 복도를 지나고 계단을 내려가 어느새 골목길로 접어들어 시간이 촉박한 나머지 사람들 옆을 거칠게 스치고 지나갔다. 많은 사람들이 몸을 돌려 결의에 찬 젊은이를 감탄스럽게 쳐다봤다.

계속 성큼성큼 걸어가는 그의 마음은 여러 정보로 들끓고 있었다. '31동 건물의 플래머, 금속공학 연구실의 사슴, 사진작가 알 타핀. 아니, 애슈터뷸라의 알 타핀. 프리랜서 사진작가 플레니. 아니, 매캐머. 아냐, 매캐머는 새 감독관이야. 이글 스카우트 단원이 56퍼센트. 점도계 연구실 옆의 사슴. 아냐, 점도계는 애슈터뷸라에 있어. 새 감독관 대너에게 전화해서 바로 지시를 받을 것. 15년 뒤에는 3주의 휴가. 대너는 새 감독관이 아니야. 아무튼 새 감독관은 319동 건물에 있어. 아냐, 39981983319동 건물에 있는 패너야.'

데이비드는 막다른 골목 끝에서 그을음으로 더럽혀진 창문에 막혀 멈췄다. 그가 아는 것이라고는 자신이 전에 그곳에 와 본 적이 전혀 없고, 자신의 기억이 뒤죽박죽이 되어 버렸으며, 그 사슴은 우리 공장에 고용된 녀석이 아니라는 사실뿐이었다. 골목의 대기는 탱고 음악과 탄 절연재의 악취로 가득 차 있었다. 데이비드는 상황을 파악할 뭔가를 흘끗이라도 볼 수 있기를 간절히 바라며 손수건으로 창문의 묵은 검댕을 닦아 냈다.

창문 안에는 긴 의자들에 여자들이 줄지어 앉아 음악에 박자를 맞춰 고개를 까닥거리며 끝없이 돌아가는 벨트컨베이어에서 그들 앞을 천천히 지나가는 컬러 전선 뭉치에 납땜용 인두를 잠깐씩 갖다 대고 있었다. 한 여자가 고개를 들어 데이비드를 보고는 탱고 리듬에 맞춰 윙크를 했다. 데이비드는 달아났다.

골목 어귀에서 그는 한 남자를 멈춰 세워 공장에 들어온 사슴에 대해 뭔가 들은 것이 없는지 물었다. 그 남자는 고개를 저으며 데이비드를 이상하다는 듯 쳐다봤고, 그 모습에 데이비드는 자신이 얼마나 제정신이 아닌 사람처럼 보이는지 인식하게 되었다. “사슴이 연구실 옆의 바깥에 있다고 해서요.” 데이비드는 한결 차분하게 말했다.

“어느 연구실이요?” 그 남자가 물었다.

“그건 잘 모르겠어요. 연구실이 하나 넘게 있나요?” 데이비드가 말했다.

“화학 연구실이요? 재료시험 연구실이요? 페인트 연구실이요? 아님 절연재 연구실이요?” 그 남자가 말했다.

“아뇨…… 그런 연구실은 아니었던 것 같아요.” 데이비드가 말했다.

“그럼 제가 여기에 서서 오후 내내 연구실들 이름을 대도 당신이 찾는 그 연구실을 맞히지 못할 수도 있어요. 미안하지만 저는 가 봐야 해요. 혹시 미분 해석기가 어느 건물에 있는지 아세요?”

“죄송합니다.” 데이비드가 말했다. 그는 다른 사람을 몇 명 더 붙잡고 물어봤지만 아무도 그 사슴에 대해 알지 못했다. 그래서 그는 발길을 돌려 자신의 감독관의 이름이 뭐든 아무튼 감독관의 사무실로 왔던 길을 돌아가려고 했다. 공장의 흐름에 이리저리 휩쓸려 후미에서 오도 가도 못하게 되었다가 다시 주된 흐름 속으로 밀려들어 갔다 하는 가운데 그의 마음은 점점 더 방연자실해져만 갔으며 자신을 보호하고자 하는 단순한 반사적인 반응이 갈수록 더 커져 갔다.

그는 아무 건물이나 하나 골라 여름 더위를 잠시 피하기 위해 안으로 들어갔는데, 강판을 자르고 세게 치고 연기와 먼지 자욱한 위에서 떨어지는 커다란 망치들로 강타해 이상한 형태로 만드는 과정에서 나는 쨍그랑대는 소리에 귀가 먹먹했다. 울퉁불퉁한 근육의 털북숭이 사내가 문에서 가까운 나무 의자에 앉아서 거대한 선반이 사일로*만 한 크기의 강철 막대기를 돌리는 것을 지켜보고 있었다.

데이비드는 이제 회사 전화번호부를 뒤져 자신의 감독관의 이름을 찾아보자는 생각을 했다. 그는 몇 발짝 떨어진 곳에 있는 그 기계공을 소리쳐 불렀지만 그의 목소리는 소음 속에 묻혀 버렸다. 그는 그 사내의 어깨를 톡톡 쳤다. "여기 주위에 전화가 있습니까?"

그 사내는 고개를 끄덕였다. 그는 두 손을 모아 데이비드의 귀에 대고 소리쳤다. "저 위로 가서……." 망치가 요란한 소리를 내며 아래를 강타했다. "왼쪽으로 돈 다음 계속 가다 보면……." 천장 크레인이 강판 더미를 떨어뜨렸다. "그곳에서부터 네 번째 문이 있는 곳에 있어요. 바로 보일 겁니다."

귀가 울리고 머리가 아픈 가운데 데이비드는 거리로 나가 다른 건물의 문을 골랐다. 그곳은 평온하고 에어컨이 틀어져 있었다. 그곳은 강당 로비였는데 한 무리의 남자들이 회전 무대 위에서 집중 조명되고 있는, 다이얼과 스위치들이 점점이 박힌 어떤 상자를 살피고 있었다.

"실례합니다만, 아가씨." 그는 문 옆의 접수원에게 말했다. "전화기가 어디 있는지 알려 주시겠습니까?"

"모퉁이를 돌면 바로 있어요." 그녀가 말했다. "그런데 유감스럽게도

---

*큰 탑 모양 곡식 저장고.

결정학자들 말고는 오늘 여기에 아무도 들어오지 못하게 되어 있어요. 그 분들과 함께 오셨나요?"

"예." 데이비드가 말했다.

"오, 그럼, 들어오세요. 성함이?"

그는 그녀에게 이름을 말했고 그녀 옆에 앉아 있는 남자가 배지에 그의 이름을 적었다. 그 배지를 가슴에 달고 데이비드는 전화기 쪽으로 향했다. '영업부 스탠 던컬'라고 적힌 배지를 단, 대머리에다 큼지막한 치아를 드러내고 웃고 있는 사내가 그를 잡고는 전시품 쪽으로 데리고 갔다.

"포터 박사님," 던컬이 말했다. "박사님께 묻겠는데 저것이 X선 분광 각도계를 만드는 방법입니까? 정말 저것이 X선 분광 각도계를 만드는 방법 맞아요?"

"예, 바로 그겁니다, 맞아요."

"마티니 드시겠습니까, 포터 씨?" 쟁반을 내밀며 아가씨가 물었다.

데이비드는 얼얼하고 톡 쏘는 마티니 한 잔을 단숨에 비웠다.

"X선 분광 각도계에서 어떤 특성을 원하십니까, 박사님?" 던컬이 물었다.

"견고해야 합니다, 던컬 씨."라고 대답한 뒤 데이비드는 이 세상에서는 더 견고한 것이 없다고 그의 명성을 걸고 맹세하면서 던컬 옆을 떠났다.

공중전화 부스에서 전화번호부의 A란을 다 뒤졌을 때쯤 곧바로 데이비드의 머릿속에 자신의 감독관의 이름이 기적적으로 떠올랐다. '플래머!' 그는 플래머의 전화번호를 찾아 다이얼을 돌렸다.

"플래머 씨의 사무실입니다." 여자가 전화를 받았다.

"플래머 씨와 통화할 수 있을까요? 저는 데이비드 포터라고 합니다."

"오…… 포터 씨. 저기, 플래머 씨는 지금 공장 어딘가에 나가 계시지만 당신에게 메시지를 남기셨어요. 사슴 이야기에 추가된 내용이 있다고 플래머 씨가 전해 달라네요. 사슴을 잡아서 그 사슴의 고기를 '사반세기 클럽' 야유회에서 쓸 것이라고요."

"사반세기 클럽이라고요?" 데이비드가 말했다.

"오, 그건 정말 대단한 클럽이에요, 포터 씨." 우리 회사에서 25년 이상 근무한 사람들을 위한 클럽이죠. 무료 음료와 담배, 그리고 최상의 것은 뭐든 다 제공돼요. 그 클럽 회원들은 즐거운 시간을 보내고 있어요."

"사슴에 대해 다른 말은 없어요?"

"이미 당신에게 한 말 말고는 없어요."라고 말하고는 그녀는 전화를 끊었다.

데이비드 포터는 빈속에 마티니를 석 잔째 마시며 강당 앞에 서서 사슴을 찾아 좌우를 살폈다.

"하지만 우리의 X선 분광 각도계는 정말로 견고합니다, 포터 박사님." 스탠 던컬이 강당 계단에서 그에게 소리쳤다.

길 건너에는 울타리로 둘러싸인 조그마한 풀밭이 있었다. 데이비드는 그 울타리를 통과해 소프트볼 운동장의 외야로 갔다. 그러고는 외야를 가로질러 관람석 뒤로 갔다. 그곳은 서늘한 그늘이 있어서 그는 공장의 한쪽 끝을 깊은 소나무 숲과 나누는 철망 펜스에 등을 기대고 앉았다. 펜스에는 문이 두 개 있었지만 둘 다 철사로 묶인 채 닫혀 있었다.

데이비드는 다시 용기를 되찾고 상황을 파악할 수 있을 정도로 잠깐만 그곳에 앉아 있으려고 했다. 아마도 그는 플래머에게 갑자기 몸이 아프다는 메시지를 남길 수 있었을지도 모른다. 그리고 그건 정말 사실이었고…….

"저기로 간다!" 소프트볼 운동장의 반대편에서 누군가가 소리쳤다. 신이 난 외침 소리와 명령을 내리는 고함 소리, 그리고 사람들이 달리는 소리가 났다.

뿔이 부러진 사슴이 관람석 아래에서 휙 뛰어나왔다가 데이비드를 보고는 다시 펜스를 따라 공터로 미친 듯이 달려갔다. 사슴은 절뚝거리며 달렸으며 적갈색 털에는 검댕과 기름 자국이 길게 나 있었다.

"이제 진정해! 사슴에게 달려들지 마! 그냥 녀석을 저기에 그대로 놔둬. 공장이 아니라 숲 쪽으로 쏘아서 맞혀."

데이비드가 관람석 아래에서 나가니 사람들이 여러 겹으로 줄지어 서서 커다랗게 반원을 그리며 사슴이 궁지에 몰려 있는 펜스 구석 쪽으로 포위하듯 천천히 다가오고 있었다. 맨 앞줄에는 십여 명의 회사 청원경찰들이 권총을 빼 들고 있었다. 그 무리의 다른 일원들은 막대기와 돌멩이, 철사로 급히 만든 올가미를 들고 있었다.

사슴이 풀밭을 차고 날뛰며 그 패거리 쪽으로 부러진 뿔을 휙휙 휘둘렀다.

"기다려요!" 귀에 익은 목소리가 외쳤다. 회사 리무진이 우르릉거리며 그 패거리 뒤쪽에서 소프트볼 운동장을 가로질러 왔다. 리무진의 창밖으로 몸을 내밀고 있는 사람은 데이비드의 감독관인 루 플래머였다. "우리가 살아 있는 녀석의 사진을 찍을 때까지 쏘지 말아요." 플래머가 지시했다. 그는 사진작가가 리무진에서 내려 그 무리의 맨 앞줄로 들어가게 했다.

플래머는 데이비드가 문에 등을 대고 펜스 옆에 혼자 서 있는 것을 보았다. "잘했어요, 포터." 플래머가 외쳤다. "아주 유능하군요! 사진작가가 길을 잃는 바람에 내가 직접 그를 이리로 데려와야 했습니다."

사진작가가 플래시 전구를 터트렸다. 사슴은 날뛰며 펜스를 따라 데이비드 쪽을 향해 전력으로 질주했다. 데이비드는 문의 철사를 풀어 문을 활짝 열었다. 잠시 후, 사슴의 하얀색 꼬리가 휙 스치며 숲속으로 사라졌다.

깊은 침묵이 처음에는 구내 기관차의 기적 소리에, 그런 뒤에는 걸쇠가 딸깍하는 소리에 깨졌다. 그 소리와 함께 데이비드는 숲으로 발길을 옮겨 그곳에서 나온 다음 문을 닫았다. 그는 뒤돌아보지 않았다.

(1955년)

거짓말

이른 봄철이었다. 약한 햇살이 오래된 잿빛 서리에 차갑게 내려앉았다. 버드나무 잔가지들은 하늘을 배경으로 이제 막 피어나려는 황금빛 연무 같은 꽃차례를 드러내고 있었다. 까만 롤스로이스 한 대가 뉴욕시에서 코네티컷 유료 고속도로를 전속력으로 질주했다. 운전하고 있는 사람은 흑인 기사 벤 바클리였다.

"벤, 제한 속도를 지키게." 리멘젤 박사가 말했다. "제한 속도가 얼마나 터무니없냐 하는 것에는 난 신경 안 써. 그냥 제한 속도를 지켜. 서두를 이유가 없어. 시간은 넉넉하니까."

벤은 속도를 낮췄다. "봄철에는 이 차도 깨어나 달리고 싶어 하는 것 같아요." 벤이 말했다.

"그럼 이 차를 진정시키기 위해 자네가 할 수 있는 일을 하게. 알겠나?" 박사가 말했다.

"예, 박사님!" 벤이 말했다. 그는 자기 옆에 타고 있는 열세 살짜리 소년 엘리 리멘젤에게 더 나지막한 목소리로 말했다. 엘리는 리멘젤 박사의 아들이었다. "봄철에는 사람들과 동물들만 기분이 좋아지는 게 아니란다. 자동차도 기분이 좋아지지."

"음." 엘리가 말했다.

"모든 것이 기분이 좋아지지." 벤이 말했다. "너도 기분이 좋지 않니?"

"그럼요. 저도 기분이 정말 좋아요." 엘리는 건성으로 대답했다.

"당연히 기분이 좋겠지. 그렇게 멋진 학교에 가는데." 벤이 말했다.

그 멋진 학교란 매사추세츠주의 노스마스턴에 있는 명문 사립 고등학교인 '화이트힐 남자 고등학교'였다. 그곳이 지금 이 롤스로이스가 향하고 있는 곳이었다. 그들의 계획은 엘리가 올해 가을 학기에 입학하기 위한 절차를 밟고, 그러는 사이 1939년 졸업생인 그의 아버지가 그 학교의 감독 위원회 모임에 참석하는 것이었다.

"박사님, 기분이 정말 좋다는 이 아이의 말을 믿지 마십시오." 벤이 말했다. 이것은 그가 딱히 진지하게 한 말은 아니었다. 오히려 봄철에 건네는 정다운 실없는 소리에 가까웠다.

"무슨 일 있어, 엘리?" 박사는 무심코 물었다. 그는 청사진을, 즉 그의 고조부를 기리기 위하여 고조부의 이름을 딴 '엘리 리멘젤 기념 기숙사'에 방을 30개 늘리기 위한 설계도를 검토하고 있었다. 리멘젤 박사는 앞좌석의 등받이에 달린 호두나무 탁자를 펼쳐서 그 위에 그 설계도를 펼쳐 놓고 있었다. 박사는 이란의 왕만큼이나 부자로 태어났기 때문에 건장하고 품위 있는 남자였으며, 내과 의사이자 마음을 치유하는 치료사였다. "무슨 걱정이라도 있어?" 그는 설계도에서 눈을 떼지 않은 채로 엘리에게 물었다.

"아뇨." 엘리가 대답했다.

엘리의 사랑스러운 어머니인 실비아는 남편 옆에 앉아 화이트힐 학교의 안내서를 읽고 있었다. "엘리, 내가 너라면 너무나도 흥분돼서 참기 힘들 거야. 네 인생에서 가장 멋진 4년이 이제 막 시작되려고 하니까."

"맞아요." 엘리가 말했다. 그는 어머니에게 자신의 얼굴을 보여 주지 않았다. 그의 어머니는 빳빳한 하얀 깃 위의 바람개비 같은 굵은 갈색 머리를 한, 그의 뒤통수에 대고 말해야 했다.

"우리 리멘젤 가문에서 화이트힐 학교를 거쳐 간 사람이 몇 명인지 궁금하네요." 실비아가 말했다.

"그건 묘지에 죽은 사람이 몇 명 있냐고 묻는 것과 같아요." 박사가 말했다. 그는 자신이 건넨 이 진부한 농담과 실비아의 질문에 대한 대답을 동시에 했다. "모두지요."

"만약 화이트힐 학교를 다닌 리멘젤가 사람들을 모두 번호를 매긴다면 엘리는 몇 번일까요?" 실비아가 말했다. "그게 바로 내가 알고 싶은 거예요."

그 질문에 리멘젤 박사는 살짝 짜증이 났다. 그다지 품위 있는 질문 같지 않았기 때문이다. "그건 당신이 점수를 매길 그런 종류의 일이 아니에요." 그가 말했다.

"그래도 한번 추측해 봐요." 그의 아내가 말했다.

"휴," 그가 말했다. "그걸 조금이라도 추측하려면 18세기 말까지 거슬러 올라가서 모든 기록을 다 살펴봐야 해요. 그리고 스코필드가, 헤일리가, 매클렐런가도 리멘젤가로 간주해야 할지도 결정해야 하고요."

"그래도 한번 추측해 봐요……." 실비아가 말했다. "그냥 성이 리멘젤인 사람들만 넣어서요."

"음……." 박사가 설계도를 부스럭거리며 어깨를 으쓱했다. "한 서른 명쯤 되겠군요."

"그렇다면 엘리는 31번이로군요!" 실비아가 그 숫자에 기뻐하며 말했다. "엘리, 넌 31번이란다." 그녀는 엘리의 뒤통수에 대고 말했다.

리멘젤 박사가 다시 설계도를 부스럭거렸다. "난 우리 애가 '나는 31번'

이라는 따위의 우둔한 소리를 하면서 돌아다니길 원치 않아요."

"엘리도 그 정도는 알아요." 실비아가 말했다. 그녀는 자기 앞으로 된 돈은 한 푼도 없었지만 투지만만하고 야심 많은 여성이었다. 남편과 결혼한 지도 16년째였지만 그녀는 여러 세대 동안 부유했던 가문의 내력에 대해 아직도 공공연하게 호기심과 열의를 드러냈다.

"그냥 나의 호기심을 채우기 위한 거였어요. 엘리가 자신이 몇 번인지 말하고 돌아다니게 하기 위한 것이 아니고요." 실비아가 말했다. "나는 그 기록이 보관되어 있는 곳을 찾아가서 우리 애가 몇 번인지 알아낼 거예요. 당신은 모임에 참석하고 엘리는 입학 사무실에서 자기 볼 일을 볼 동안, 나는 그 일을 하려고 해요."

"알았어요." 리멘젤 박사가 말했다. "그렇게 하도록 해요."

"네, 그럴 거예요." 실비아가 말했다. "난 그런 일이 재미있어요. 당신은 그렇지 않다 할지라도 말이죠." 그녀는 그 말에 남편이 발끈하며 반박하기를 기다렸지만 반박은 없었다. 실비아는 자신은 신중함이 부족하고 그는 신중함이 지나치다며 남편과 서로 언쟁을 벌이는 것을 좋아했다. 그리고 언쟁 막바지에는 "글쎄요, 나 같은 단세포 시골 여자가 뭘 알겠어요. 하지만 난 앞으로도 계속 그럴 거예요. 안됐지만 뭐 어쩌겠어요. 당신이 거기에 익숙해지는 수밖에."라는 말을 즐겨 하고는 했다.

하지만 리멘젤 박사는 아내와 그런 게임을 하고 싶지 않았다. 그에게는 기숙사 설계도가 더 재미있었다.

"이번에 새로 늘리는 방에 벽난로가 들어가요?" 실비아가 물었다. 그곳 기숙사에서 가장 오래된 몇몇 방에는 멋진 벽난로가 있었다.

"그러면 공사비가 거의 두 배가 들어갈 거예요." 박사가 말했다.

"가능하다면 우리 엘리에게 벽난로 있는 방이 배정되면 좋겠어요." 실비아가 말했다.

"벽난로가 있는 방은 상급생용이에요."

"요행수로 가능할지도 모른다고 생각했거든요." 실비아가 말했다.

"요행수라니, 당신 지금 무슨 생각을 하고 있는 거예요?" 박사가 말했다. "당신 말뜻은 내가 학교 측에 엘리에게 벽난로가 달린 방을 배정해 달라고 요구해야 한다는 말이에요?"

"요구가 아니라……." 실비아가 말했다.

"그럼 단호하게 요청하란 거예요?" 박사가 말했다.

"나 같은 단세포 시골 여자가 뭘 알겠어요." 실비아가 말했다. "하지만 이 안내서를 훑어보니 모든 건물이 다 우리 리멘젤가의 이름을 땄더라고요. 뒷면을 보니 리멘젤가에서 낸 장학금이 수십만 달러고요. 그러니 그냥 리멘젤이란 성을 지닌 사람이라면 뭔가 추가로 조금 더 요구할 권리가 있겠단 생각이 들 수밖에요."

"당신에게 분명히 말해 둬야겠군요." 리멘젤 박사가 말했다. "당신은 학교 측에 엘리에게 어떤 특별한 대우를 해 달라고 요구해서는 안 돼요. 그 어떤 것도요."

"물론 안 그럴 거예요." 실비아가 말했다. "왜 당신은 늘 내가 당신을 난처하게 만들 거라고 생각하는 거죠?"

"난 그런 적 없어요." 그가 말했다.

"하지만 내 생각이야 내 맘대로 할 수 있잖아요?"

"뭐 그렇긴 하죠." 그가 말했다.

"맞아요." 그녀는 뉘우침이라고는 전혀 없이 쾌활하게 말했다. 그녀는 설계도 위로 몸을 기울였다. "그 학생들이 이 방들을 좋아할 것 같아요?"

"그 학생들이라뇨?"

"아프리카 학생들 말이에요." 그녀가 말했다. 그녀는 국무부의 요청으로 다가오는 학기에 화이트힐 학교에 입학할 서른 명의 아프리카 학생들에 대해 말하고 있었다. 바로 그들 때문에 기숙사 확장이 진행 중이었다.

"그 방은 그 아이들을 위한 것이 아니에요." 그가 말했다. "그 아이들은 차별하여 분리되지 않을 거예요."

"아, 그렇군요." 실비아가 말했다. 그녀는 잠시 그 문제에 대해 생각해 본 뒤 말했다. "혹시 엘리가 그 애들 가운데 한 명과 룸메이트가 될 가능성이 있나요?"

"1학년은 제비를 뽑아 룸메이트를 결정해요." 박사가 말했다. "그런 정보는 그 안내서에도 나와 있어요."

"엘리?" 실비아가 앞자리에 앉은 아들을 불렀다.

"네?" 엘리가 말했다.

"아프리카 애들 가운데 한 명과 방을 같이 써야 한다면 넌 기분이 어떨 것 같니?"

엘리는 그냥 대수롭지 않다는 듯 어깨를 으쓱했다.

"그래도 괜찮니?" 실비아가 말했다.

엘리는 이번에도 어깨를 으쓱했다.

"내 생각엔 괜찮을 것 같아." 실비아가 말했다.

"좋을 것 같은데." 박사가 말했다.

그들이 탄 롤스로이스가 낡은 쉐보레 바로 옆에 섰다. 그 차는 상태가 워낙 안 좋아서 뒷문을 빨랫줄로 단단히 묶어 닫아 놓은 상태였다. 리멘젤 박사는 그 차의 운전수를 무심코 흘끗 봤다가 갑작스레 흥분하고 반가워하며 벤 바클리에게 그 차와 나란히 선 채로 그대로 있으라고 말했다.

박사는 실비아 쪽으로 몸을 기울여 창문을 내리고는 그 낡은 쉐보레 차의 운전수에게 고함을 쳤다. "톰! 톰!"

그 남자는 박사의 화이트힐 학교 동창이었다. 화이트힐 학교의 넥타이를 맨 그는 리멘젤 박사를 알아보고는 반갑게 그 넥타이를 흔들었다. 그런 뒤 그는 자기 옆에 앉은 멋진 어린 아들을 가리키며 득의양양한 미소와 고갯짓으로 그 아이가 화이트힐에 입학할 것임을 알렸다.

리멘젤 박사는 엉망진창인 엘리의 뒤통수를 가리키며 활짝 웃어 자신의 아들도 마찬가지임을 알렸다. 두 차 사이에 바람이 사납게 몰아치는 가운데 그들은 노스마스턴에 있는 〈홀리 하우스〉에서 점심 식사를 하기로 약속을 잡았다. 그곳은 주로 화이트힐을 방문한 사람들을 상대로 장사하는 자그마한 여관 겸 식당이었다.

"자, 됐으니까," 리멘젤 박사는 벤 바클리에게 말했다. "이제 다시 출발하게."

"있잖아요," 실비아가 말했다. "누군가가 정말로 신문기사를 써야 해요……." 그녀는 고개를 돌려 뒤 유리창을 통해 이제 한참 뒤에서 털털거리며 따라오고 있는 그 낡은 차를 쳐다봤다. "누군가는 정말로 알아야 해요."

"무엇에 대해?" 박사가 물었다. 그는 엘리가 앞 좌석에 축 처져 앉아 있다는 사실을 알아챘다. "엘리!" 그는 날카롭게 말했다. "똑바로 앉아!" 그는 다시 실비아에게로 주의를 돌렸다.

"대부분의 사람들은 사립 고등학교가 돈 있는 사람들만을 위한 엄청나게 속물적인 곳이라고 생각해요." 실비아가 말했다. "하지만 사실은 그렇지가 않아요." 그녀는 학교 안내서를 휙휙 넘겨 원하는 인용문을 찾아내 읽었다.

"화이트힐 학교는 어떤 소년도 그의 가족이 우리 학교의 학비 전액을 댈 수 없기 때문에 우리 학교에 지원하는 것을 단념해서는 안 된다는 가정하에 운영됩니다. 이 사실을 염두에 두고, 입학 위원회에서는 학부모가 2천 2백 달러의 등록금 전액을 낼 능력이 있느냐 하는 것은 상관하지 않고 매해 대략 3천 명의 지원자 가운데서 150명의 가장 전도유망하고 자격 있는 소년들을 최종 입학생으로 선발합니다. 그리고 학자금 지원이 필요한 학생들에게는 필요로 하는 만큼 최대한 지원이 이루어집니다. 경우에 따라서는 우리 학교에서는 학생의 의복비와 교통비도 지불할 것입니다."

실비아는 고개를 흔들었다. "이건 정말 놀랍다고 생각해요. 이건 대부분의 사람들은 전혀 알아차리지도 못하는 내용이에요. 트럭 운전수의 아들도 화이트힐에 올 수 있다고요."

"그 아이가 똑똑하기만 하다면요." 그가 말했다.

"그게 다 리멘젤 가문 덕분이죠." 실비아가 자랑스럽게 말했다.

"우리 가문 말고도 도와주는 사람이 많아요." 박사가 말했다.

실비아는 다시 큰 소리로 읽었다. "1799년, 엘리 리멘젤이 보스턴에 있는 약 16만 제곱미터의 땅을 우리 학교에 기부함으로써 현재의 장학 기금을 위한 토대를 마련하였습니다. 우리 학교는 아직도 그가 기부한 땅 가운데 약 5만 제곱미터의 땅을 소유하고 있으며 현재 그 가치는 3백만 달러인 것으로 평가됩니다."

"엘리!" 박사가 말했다. "똑바로 앉으래도! 대체 왜 그래?"

엘리는 다시 똑바로 앉았지만 지옥에 있는 눈사람처럼 거의 곧바로 다시 축 처지기 시작했다. 엘리가 자꾸만 그렇게 축 처져 앉는 데는, 아니 사실은 죽거나 사라지기를 바라는 데는 그럴 만한 이유가 있었다. 그는 그 이유가 무엇인지 도저히 말할 수가 없었다. 그는 자신이 화이트힐에 입학을 거부당한 사실을 알고 있었기 때문에 기운 없이 축 처져 앉아 있었던 것이다. 엘리는 입학시험에 떨어졌다. 하지만 엘리가 우편함에서 그 끔찍한 불합격 통지서를 발견하고는 찢어 버렸기 때문에 엘리의 부모는 그 사실을 알지 못했다.

리멘젤 박사와 그의 아내는 자신들의 아들이 화이트힐 학교에 들어간

다는 사실에 전혀 의심을 품지 않았다. 엘리가 그곳에 입학하지 못한다는 것은 그들에게는 상상조차 할 수 없는 일이었다. 그래서 그들은 엘리가 입학시험을 어떻게 봤는지에 대해서는 호기심도 없었고 입학시험 성적표가 오지 않아도 의아해하지 않았던 것이다.

"우리 엘리의 전체 입학 절차는 어떻게 되죠?" 그들의 검정색 롤스로이스가 로드아일랜드 경계를 넘어갈 때 실비아가 물었다.

"나도 몰라요." 박사가 말했다. "4통씩 작성해야 하는 서류들에 천공기로도 뭔가 작업을 해야 한다고 하고, 또 관료들도 만나야 하고 요즘은 아주 복합한 것 같아요. 입학시험 업무도 완전히 새로워졌더라고요. 내가 입학했을 당시에는 그냥 교장 선생님과 면접만 하면 됐거든요. 교장 선생님이 학생을 살펴보고 몇 가지 질문을 한 다음, '넌 이제 화이트힐의 학생이란다.'라고 말하고는 했어요."

"그때는 교장 선생님이 '넌 화이트힐 학생은 못 되겠구나.'라고 말한 적은 없었어요?" 실비아가 물었다.

"오, 당연히 있었죠." 리멘젤 박사가 말했다. "어떤 학생이 어처구니없을 정도로 멍청하거나 할 경우에요. 거기에는 기준이 있을 거예요. 늘 기준이 있어 왔으니까요. 그 아프리카 소년들도 다른 아이들처럼 그 기준에 맞아야 하고요. 오직 국무부에서 그 애들이 친구를 사귀게 만들고 싶어 한다는 이유만으로 학교에서 그 애들을 입학시키지는 않아요. 우리는 그 점을 분명히 했어요. 그 아프리카 소년들도 기준을 충족시켜야만 했어요."

"그 애들은 그 기준을 충족시켰나요?" 실비아가 물었다.

"그랬겠죠." 리멘젤 박사가 말했다. "그 애들 모두 합격했다고 들었으니까요. 그 애들 모두 엘리가 치른 시험을 치렀다고 하더군요."

"엘리, 입학시험이 어려웠니?" 실비아가 엘리에게 물었다. 그녀가 그 시험에 대해 물어볼 생각을 한 것은 이번이 처음이었다.

"음." 엘리가 말했다.

"뭐라고?" 실비아가 말했다.

"예." 엘리가 말했다.

"학교의 기준이 높았으면 좋겠어요." 실비아가 말하고는 이내 그것이 상당히 어리석은 말이라는 사실을 깨달았다. "당연히 학교의 기준은 높겠지요. 그러니까 명문 고등학교 아니겠어요. 그러니까 이 학교를 나오는 사람들이 나중에 무척 잘 풀리는 거고요."

실비아는 안내서를 다시 읽기 시작해 화이트힐 학교 캠퍼스를 전통적으로 부르는 명칭인 '초록 세상'의 접힌 지도를 펼쳤다. 그녀는 그 지도에서 리멘젤가를 기념하여 붙인 장소의 명칭들을 줄줄 읽어 나갔다. 샌퍼드 리멘젤 조류 보호 구역, 조지 매클렐런 리멘젤 스케이트장, 엘리 리멘젤 기념 기숙사. 그런 뒤 그녀는 그 지도의 한쪽 구석에 인쇄된 4행시를 큰 소리로 읽었다.

"푸르른 초록 세상에
밤이 부드럽게 내릴 때
우리의 생각이 일제히 향하는 곳은
바로 화이트힐, 소중한 화이트힐이라네."

"있잖아요," 실비아가 말했다. "교가는 가사를 그냥 읽어 보면 참 진부해요. 하지만 학생 합창단이 교가를 부르는 것을 들을 때면 세상에서 가장 아름다운 낱말로 쓴 시처럼 들려서 울고 싶어져요."

"음." 리멘젤 박사가 말했다.

"혹시 리멘젤가의 사람이 이 교가의 가사를 썼을까요?"

"아닐걸요." 리멘젤 박사가 말했다. 그러더니 "아니, 잠깐만요. 그게 바로 그때 새로 만들었던 교가로군요. 그 가사는 우리 리멘젤가의 사람이 쓰지 않았어요. 그건 톰 힐리어가 썼어요."

"우리가 지나쳤던 그 낡은 차를 탄 남자요?"

"그래요." 리멘젤 박사가 말했다. "톰이 그 가사를 썼어요. 그가 그것을 썼던 때가 기억이 나는군요."

"장학생이 교가 가사를 썼다고요?" 실비아가 말했다. "정말 근사한 것 같아요. 그 사람이 장학생이었단 말이죠?"

"톰의 아버지는 노스마스턴의 평범한 자동차 정비공이었어요."

"엘리, 네가 다닐 학교가 얼마나 사회적 평등을 존중하는 민주적인 학교인지 들었지?" 실비아가 말했다.

반 시간 뒤, 벤 바클리가 그들의 리무진을 공화당이 생기기 20년 전에 아무렇게나 들어선 시골 여관 겸 식당인 〈홀리 하우스〉 앞에 세웠다. 그 식당은 화이트힐 초록 세상의 가장자리에 위치해 있어서 샌퍼드 리멘젤 조류 보호 구역의 텅 빈 황무지 너머로 그 학교의 지붕들과 뾰족탑들이 언뜻 보였다.

벤 바클리에게 한 시간 반 뒤에 다시 차로 데리러 오라고 지시한 뒤, 리멘젤 박사는 실비아와 엘리를 안내해 백랍, 시계들, 사랑스런 오래된 목재, 사근사근한 종업원들, 훌륭한 음식과 음료가 있는, 낮은 천장의 친숙한 세계로 들어갔다.

앞으로 닥칠 게 분명한 일 때문에 겁에 질린 나머지 넋이 나간 엘리가 대형 괘종시계 옆을 지나가다가 팔꿈치로 시계를 치는 바람에 그 시계에서 소리가 났다.

실비아는 잠시 자리를 떴다. 리멘젤 박사와 엘리는 식당 입구로 갔다. 그곳에서 여주인이 그들의 성을 부르며 두 사람을 맞이했다. 리멘젤 부자는 나중에 미국의 대통령이 된 화이트힐 출신 학생 세 사람 가운데 한 사람의 유화 초상화 아래의 테이블로 안내되었다.

식당은 가족들로 빠르게 채워지고 있었다. 가족마다 엘리 또래의 소년이 적어도 한 명씩은 끼여 있었다. 대부분의 소년들은 검정색 바탕에 연파란 테두리가 둘러지고 가슴 호주머니에는 화이트힐 문장이 박혀 있는 화이트힐 교복 상의를 입고 있었다. 엘리처럼 몇 명만이 아직 교복을 입을 자격을 부여받지 못한 채 그 학교에 들어갈 수 있기만을 바라고 있었다.

박사는 마티니를 주문한 뒤 아들 쪽을 보며 말했다. "네 어머니는 네가 이 학교에서 특권을 받을 자격이 있다고 생각하더구나. 너까지 그런 생각을 하지 않았으면 해."

"예, 알겠습니다." 엘리가 말했다.

"마치 네가 리멘젤이라는 성이 특별한 뭐라도 되는 양 네가 리멘젤이라는 성을 이용했다는 말이 내 귀에 들린다면," 리멘젤 박사가 굉장히 장엄하게 말했다. "그건 내게 가장 난처한 일이 될 거야."

"저도 알아요." 엘리는 불쌍하게 말했다.

"그럼 그 문제는 해결된 거다." 박사가 말했다. 그는 그것에 대해서는 더 이상 할 말이 없었다. 그는 그 식당 안에 있는 몇몇 아는 사람들에게 간단히 경례를 하면서 한쪽 벽을 따라 설치된 연회용 긴 테이블은 어떤 일행이 예약했을까 짐작해 보았다. 그는 그 테이블을 예약한 것은 원정팀 운동부라고 결론 내렸다. 실비아가 그들 자리로 오자 엘리는 여자가 테이블로 올 때는 일어서야 한다는 소리를 날카로운 귓속말로 들어야 했다.

실비아는 새로운 소식을 가득 물고 왔다. 그녀는 그 긴 테이블은 아프리카에서 온 소년 서른 명을 위한 자리라는 얘기를 들려주었다. "장담컨대 이곳이 생긴 이후로 여기에서 가장 많은 흑인이 식사하는 날일 거예요.” 그녀는 조용히 말했다. “요즘에는 정말 상황이 얼마나 빠르게 변하는지!”

“상황이 정말 빠르게 변한다는 당신 말은 맞아요.” 리멘젤 박사가 말했다. “하지만 여기에서 식사한 흑인에 대한 당신 말은 틀렸어요. 이곳은 한때는 노예 탈출을 도운 비밀 조직원들로 붐비던 곳이었어요.”

“정말요?” 실비아가 말했다. “무척 흥미진진하네요.” 그녀는 새처럼 날래게 사방을 둘러보았다. “이곳은 모든 게 흥미로워 보여요. 엘리도 교복 상의를 입었으면 정말 좋았을 텐데.”

리멘젤 박사는 얼굴을 붉혔다. “엘리는 아직 그럴 자격을 얻지 못했어요.” 그가 말했다.

“그건 나도 알아요.” 실비아가 말했다.

“난 또 당신이 누군가에게 지금 당장 엘리도 교복 상의를 입을 수 있도록 허가해 달라고 요구할 줄 알았어요.” 박사가 말했다.

“난 그러지 않을 거예요.” 이제 살짝 기분이 상한 실비아가 말했다. “당신은 왜 늘 내가 당신을 난처하게 할까 봐 걱정하는 거예요?”

“신경 쓰지 마요. 미안해요. 그건 그냥 잊어버려요.” 리멘젤 박사가 말했다.

실비아는 다시 얼굴이 밝아져서 엘리의 팔에 손을 올리고는 식당 출입구에 있는 어떤 남자를 환한 얼굴로 쳐다봤다. “저기에 내가 세상에서 우리 아들과 남편 다음으로 가장 좋아하는 사람이 있네.” 하고 그녀가 말했다. 그녀가 말한 사람은 화이트힐 학교의 교장인 도널드 워런 박사였다. 60대 초반의 마른 신사인 워런 박사는 식당 지배인과 출입구에 서서 아프리카 아이들을 위해 마련된 자리를 살펴보고 있었다.

그런데 바로 그 순간, 엘리가 벌떡 일어나 식당에서 달아났다. 앞으로 닥치게 될 악몽 같은 일은 내버려 둔 채 그대로 달아나 버렸다. 엘리는 워런 박사와 잘 아는 사이이고 워런 박사가 그의 이름을 불렀지만 워런 박사 옆을 예의 없이 그냥 스치고 지나갔다. 워런 박사는 슬픈 표정으로 엘리의 뒤를 눈으로 좇았다.

"아니, 뭐야!" 리멘젤 박사가 말했다. "쟤 왜 저러는 거야?"

"엘리가 정말로 속이 불편한 거 아닐까요." 실비아가 말했다.

리멘젤 부부는 더 세세하게 반응할 겨를이 없었다. 워런 박사가 그들을 발견하고는 그들의 테이블로 빠르게 건너왔기 때문이다. 그들에게 인사를 건네는 워런 박사의 표정에 엘리 때문에 당혹스러운 마음이 살짝 드러났다. 워런 박사는 자리에 앉아도 될지 물었다.

"그럼요, 물론이지요." 리멘젤 박사가 대범하게 말했다. "그러신다면 우리가 영광이지요."

"같이 식사를 하려는 건 아닙니다." 워런 박사가 말했다. "식사는 새로 온 소년들과 긴 테이블에서 해야 하거든요. 그냥 잠깐 얘기나 나눌까 해서요." 워런 박사는 그 테이블에 자리가 다섯 개 마련되어 있는 것을 보았다. "누가 더 올 건가 보군요?"

"오는 길에 톰 힐리어와 그의 아들을 만났어요." 리멘젤 박사가 말했다. "금방 올 겁니다."

"아, 그렇군요." 워런 박사가 멍하니 말했다. 그는 안절부절못하며 엘리가 사라진 쪽을 다시 바라보았다.

"톰의 아들이 가을에 화이트힐에 입학하나 보죠?" 리멘젤 박사가 말했다.

"네?" 워런 박사가 말했다. "아, 네, 맞아요. 예, 그럴 거예요."

"그 애도 자기 아버지처럼 장학생이에요?" 실비아가 물었다.

"여보, 그건 예의 바른 질문이 아니에요." 리멘젤 박사가 엄하게 말했다.

"죄송해요." 실비아가 말했다.

"아뇨, 아니에요. 그건 요즘에는 아주 적절한 질문이에요." 워런 박사가 말했다. "우리 학교에서는 더 이상 그런 정보를 비밀로 하지 않아요. 우리 학교는 우리의 장학생들을 자랑스러워하며 장학생들은 스스로를 자랑스러워할 만한 충분한 이유가 있습니다. 톰의 아들은 입학시험에서 가장 높은 점수를 받았어요. 우리는 그 아이를 받게 돼서 영광스럽게 생각해요."

"저희 부부는 엘리의 점수를 전혀 못 봤습니다만." 리멘젤 박사가 말했다. 그는 엘리가 시험을 특별히 잘 봤을 것이라고는 기대하지 않고 그냥 기분 좋게 체념한 듯 그 말을 했다.

"딱 중간이 아니었을까 생각되네요." 실비아가 말했다. 그녀는 중간에서 바닥까지 나왔던 초등학교 시절의 엘리의 성적을 토대로 이 말을 했다.

교장은 놀란 표정이었다. "제가 두 분께 아드님 점수를 말씀드리지 않았던가요?"

"저희 아들이 입학시험을 치른 뒤로 저희는 교장 선생님을 만난 적이 없습니다만." 리멘젤 박사가 말했다.

"제가 두 분께 쓴 편지를……." 워런 박사가 말하려 했다.

"무슨 편지 말입니까?" 리멘젤 박사가 말했다. "여보, 우리가 편지를 받았어요?"

"제가 보낸 편지 말입니다." 워런 박사가 점점 믿기지 않는다는 표정을 지으며 말했다. "그 편지는 제가 어쩔 수 없이 써야만 했던 가장 힘든 편지였어요."

실비아는 고개를 저었다. "저희는 교장 선생님에게서 어떤 편지도 못 받았어요."

워런 박사는 무척 안 좋은 안색으로 뒤로 기대앉았다.

"그 편지는 제가 직접 부쳤습니다. 분명히 부쳤어요. 2주 전에요."

리멘젤 박사는 어깨를 으쓱했다. "미국 우체국은 우편물을 별로 분실하지 않지만 가끔은 배달이 잘못되기도 하는 모양이군요."

워런 박사는 두 손으로 머리를 감싸 쥐었다. "오, 세상에, 오, 이런, 오, 맙소사, 저는 엘리가 여기에 있는 것을 보고 깜짝 놀랐습니다. 그래도 그냥 엘리가 박사님을 따라오고 싶었나 보다고 생각했는데."

"우리 애는 풍경이나 감상하자고 따라온 게 아니에요." 리멘젤 박사가 말했다. "등록하러 왔어요."

"그 편지의 내용을 알고 싶어요." 실비아가 말했다.

워런 박사는 고개를 들고 두 손을 깍지 꼈다. "그 편지의 내용보다 말씀드리기 더 어려운 것은 없지만 그 편지에 적힌 내용을 말씀 드리자면 이렇습니다. '초등학교 성적과 입학시험 점수에 근거해, 댁의 아드님이자 저의 좋은 친구인 엘리는 저희 화이트힐에서 학생들에게 요구되는 학업을 수행할 수 없다는 말씀을 전합니다.'" 워런 박사의 목소리는 흔들리지 않았고 그의 시선도 마찬가지였다. "'엘리를 화이트힐에 입학시키는 것과 엘리가 화이트힐의 학업을 수행할 수 있다고 기대하는 것은 비현실적일 뿐만 아니라 잔인한 일일 것입니다.'"

그때 아프리카 소년 서른 명이 교직원 몇 명과 국무부 직원들, 그리고 그들 나라의 외교관들의 안내를 받아 줄지어 식당으로 들어왔다.

그리고 리멘젤 부부에게 방금 막 엄청나게 안 좋은 일이 일어났다는 사실을 전혀 모르는 톰 힐리어와 그의 아들도 들어와서 마치 인생이 이보다 더 좋을 수는 없다는 듯 유쾌하게 리멘젤 부부와 워런 박사에게 인사했다.

"원하신다면 이 일에 대해서는 나중에 더 자세히 말씀드리도록 하지요." 워런 박사가 자리에서 일어나며 리멘젤 부부에게 말했다. "저는 이만 가 봐야 합니다. 하지만 나중에…….” 그는 서둘러 그곳을 떠났다.

“머릿속이 텅 빈 것 같아요.” 실비아가 말했다. “머릿속이 완전히 텅 비어서 멍해요.”

톰 힐리어와 그의 아들은 자리에 앉았다. 힐리어는 그의 앞에 놓인 메뉴판을 보고는 손뼉을 치며 말했다. “뭐가 맛있을까? 배가 고픈데.” 그런 뒤 말했다. “그런데 네 아들은 어디 있어?”

“우리 애는 잠깐 밖에 나갔어.” 리멘젤 박사가 차분하게 말했다.

“여보, 우리, 애를 찾으러 나가요.” 실비아가 남편에게 말했다.

“좀 있다, 때가 되면.” 리멘젤 박사가 말했다.

“그 편지.” 실비아가 말했다. “엘리가 그 편지에 대해서 알았나 봐요. 그 애가 그 편지를 보고 찢어 버렸나 봐요. 당연히 그 애가 그랬겠죠!” 그녀는 자신이 놓은 끔찍한 덫에 스스로 걸려 버린 엘리를 생각하며 울음을 터트렸다.

“난 엘리가 한 짓에는 지금 당장은 관심이 없어요.” 리멘젤 박사가 말했다. “지금 당장은 다른 사람들이 어떻게 할지에 훨씬 더 관심이 많아요.”

“무슨 말이에요?” 실비아가 말했다.

리멘젤 박사는 화난 동시에 단호한 표정으로 장엄하게 자리에서 일어났다. “내 말은 여기 주위에 있는 사람들이 얼마나 빨리 마음을 바꿀 수 있는지 알아보려고 한다는 겁니다.”

“제발,” 실비아가 그를 붙잡고 진정시키려 애쓰며 말했다. “우리는 엘리를 찾아야 해요. 그게 가장 먼저 해야 할 일이라고요.”

“가장 먼저 해야 할 일은,” 리멘젤 박사가 아주 큰 목소리로 말했다. “엘리의 화이트힐 입학허가를 받아 내는 것이에요. 그런 뒤 우리는 그 애를 찾아서 집으로 데리고 돌아갈 거예요.”

"하지만 여보……." 실비아가 말했다.

"이 일에 대해서는 '하지만'이라며 토를 달지 말아요." 리멘젤 박사가 말했다. "지금 이 순간 이곳에는 감독 위원회 위원들의 과반수가 있어요. 그들 모두가 나 아니면 나의 부친의 막역한 친구예요. 그들이 워런 박사에게 엘리를 입학시키라고 말하기만 하면 돼요. 그럼 엘리는 여기에 입학하는 거라고요! 여기 있는 다른 모든 아이들을 위한 자리가 있다면, 당연히 엘리를 위한 자리도 있어야죠."

그는 가까운 테이블로 빠르게 성큼성큼 걸어가서 그 테이블에 천천히 앉더니 그곳에서 식사 중인 사나운 표정의 멋진 노신사에게 말하기 시작했다. 그 노신사는 감독 위원회의 의장이었다.

실비아는 당혹스러워하는 힐리어 부자에게 양해를 구하고는 엘리를 찾으러 갔다.

이 사람 저 사람에게 물어본 끝에 실비아는 엘리를 찾았다. 엘리는 바깥에 있었다. 이제 막 봉우리 지기 시작한 라일락 나무 그늘 속 의자에 혼자 앉아 있었다.

엘리는 어머니가 자갈길을 걸어오는 소리를 들었지만 체념하고 그냥 그 자리에 그대로 있었다. "이제 다 아시는 거예요?" 엘리가 말했다. "아니면 제가 말씀드려야만 하나요?"

"너에 대한 얘기 말이니?" 그녀는 다정하게 말했다. "그 학교에 들어가지 못하게 됐단 얘기? 워런 박사가 우리에게 말해 줬어."

"제가 교장 선생님의 편지를 찢어 버렸어요." 엘리가 말했다.

"난 충분히 이해한단다." 그녀가 말했다. "네 아버지와 내가 늘 네가 꼭 화이트힐에 가야만 한다고, 다른 일은 어떤 것도 쓸모없다고 느끼게 만들었잖니."

"기분이 나아졌어요." 엘리가 말했다. 엘리는 웃어 보이려 했고 그게 쉽다는 사실을 알게 되었다. "이제 다 끝나서 기분이 한결 좋아졌어요. 몇 번 말씀 드리려고 했지만 그러지 못했어요. 어떻게 해야 할지 모르겠더라고요."

"그건 네 잘못이 아니라 내 잘못이란다." 그녀가 말했다.

"아버지는 뭐하고 계세요?" 엘리가 물었다.

실비아는 엘리를 달래는 데 열중한 나머지 남편이 꾸미고 있는 일을 그만 잊어버리고 있었다. 이제야 그녀는 자신의 남편이 끔찍한 실수를 저지르고 있다는 사실을 깨달았다. 그녀는 엘리가 화이트힐에 입학하기를 원치 않았으며 그것이 얼마나 잔인한 일이 될지 알 수 있었다.

그녀는 아이에게 아버지가 무엇을 하고 있는지 도저히 말해 줄 수가 없었다. 그래서 그녀는 "얘야, 아버지는 금방 오실 거란다. 아버지도 널 이해하셔."라고만 말했다. 그런 뒤 그녀는 "여기서 기다리고 있으렴. 내가 가서 아버지를 데리고 곧바로 돌아올 테니."라고 말했다.

하지만 그녀는 리멘젤 박사를 찾으러 갈 필요가 없었다. 바로 그 순간 커다란 덩치의 그가 식당에서 나와 자신의 아내와 아들을 발견했다. 그는 그녀와 엘리에게로 왔다. 그는 멍한 표정이었다.

"어떻게 됐어요?" 그녀가 물었다.

"그들이…… 그들이 모두 싫다고 말했어요." 리멘젤 박사가 착 가라앉은 목소리로 말했다.

"결국에는 그게 잘된 일이에요." 실비아가 말했다. "마음이 놓이네요. 정말 마음이 놓여요."

"그들이 누군데요?" 엘리가 물었다. "뭐가 싫다고 했는데요?"

"감독 위원회 위원들." 리멘젤 박사가 어느 누구의 눈도 바라보지 않고 말했다. "내가 그들에게 너의 경우는 예외를 허락해 달라고 요청했어. 그러니까 결정을 뒤집어 너를 받아들여 달라고."

엘리는 즉각적으로 믿기지 않는다는 표정과 수치심으로 가득한 얼굴을 한 채 벌떡 일어났다. "뭘 하셨다고요?"라고 말하는 엘리의 태도에는 어린애 같은 모습은 없었다. 다음으로 분노가 몰아닥쳤다. "그런 짓을 하시면 안 되죠!" 그는 아버지에게 소리쳤다.

리멘젤 박사는 고개를 끄덕였다. "그 말은 이미 들었어."

"그런 짓은 용납할 수 없어요!" 엘리가 말했다. "정말 끔찍해요! 그런 짓은 하시지 말았어야 해요."

"네 말이 맞아." 리멘젤 박사가 아들의 질책을 마지못해 받아들였다.

"지금 저는 정말 창피해요." 엘리가 말하며 정말로 자신이 그렇다는 것을 보여 주었다.

비참한 기분의 리멘젤 박사는 뭔가 그럴듯한 말이 떠오르지 않았다. "두 사람 모두에게 사과할게." 그가 마침내 말했다. "그런 시도를 하다니 정말 나빴어."

"이제 드디어 리멘젤 가문의 사람이 뭔가를 요구하고 말았네요." 엘리가 말했다.

"벤이 아직 차를 갖고 돌아오지 않았지?" 리멘젤 박사가 말했다. 벤은 아직 오지 않은 게 분명했다. "우리 여기 밖에서 벤을 기다리자. 난 지금 저기 안으로 돌아가고 싶지 않아."

"리멘젤 가문의 사람이 뭔가를 요구했어요. 마치 리멘젤 가문의 사람이 특별한 뭐라도 되는 양 말이죠." 엘리가 말했다.

"아무래도……." 리멘젤 박사가 말을 하다 말고 말끝을 흐렸다.

"아무래도 뭐요?" 그의 아내가 어리둥절한 얼굴로 물었다.

"아무래도," 리멘젤 박사가 말했다. "이제 우린 더 이상 여기에 오지 못할 것 같아요."

(1962년)

입을 준비가 되지 않은

나는 그것으로 태어나지 않았던 우리 늙은이들이 양서인(兩棲人)이 되는 것에 별로 편한 마음을 갖지 못할 것이라고 생각한다. '양서인'이란 양서류처럼 탈피하는 사람을 가리키는 새로운 뜻을 지닌 단어이다. 그것은 더 이상 문제가 되지 않는 일이지만 나는 아직도 울적한 기분이 든다.

예를 들면, 나는 나의 사업에 대해 걱정하지 않을 수가 없다. 아니, 정확히는 한때 내가 했던 사업이라고 해야 맞겠다. 어쨌든 나는 맨손으로 시작해 30년에 걸쳐 그것을 일구어 냈지만 지금 그 장비는 녹슬고 먼지가 쌓여 잘 돌아가지도 않는다. 내가 그 사업에 일어난 일에 신경 쓰는 것이 바보 같다는 사실을 잘 알지만 그래도 나는 종종 보관소에서 몸을 하나 빌려 입고는 옛 고향을 돌아다니고 내가 할 수 있는 한 많이 그 장비를 닦고 기름칠한다.

물론 그 장비가 필요한 세상의 모든 이들은 돈을 벌고 있으며, 아무렇게나 굴러다니는 그 장비가 많다는 것은 하늘만 안다. 그것은 과거만큼 많지는 않는데, 처음에는 어떤 사람들이 기운이 넘쳐 그것을 사방으로 던졌고 바람에 날려 사방으로 날아갔기 때문이다. 그리고 많은 수완가들이 그것을 무더기로 주워 모아서 어딘가에 숨겼다. 인정하기 싫지만 나 자신도 그것을 오십만 개 가까이 주워 모아서 어딘가에 넣어 놓았다. 나는 가끔 그것을 꺼내서 세어 보고는 했지만 그것은 벌써 여러 해 전의 일이었다. 지금 당장은 그것이 어디에 있는지 말하기가 아주 어렵다.

하지만 나의 옛 사업에 대해 내가 하는 걱정은 내 아내 매지가 우리의 낡은 집에 대해 하는 걱정에 비하면 마이너리그 수준의 시시한 걱정이다. 바로 그 집이 내가 사업을 일구는 동안 내 아내가 30년의 세월을 바친 대상이었다. 그런데 우리가 용기를 내서 그곳을 짓고 꾸미려 하자마자 우리가 조금이라도 신경 쓰는 모든 사람이 양서인이 되었다. 매지는 한 달에 한 번 몸을 하나 빌려 입고서 그곳의 먼지를 닦는다. 비록 그 집이 좋은 유일한 이유는 흰개미와 쥐가 폐렴에 걸리는 걸 막아 준다는 것뿐이지만 말이다.

내가 어떤 몸 하나에 들어가서 마을 보관소의 종업원으로 일할 차례가 될 때마다 나는 남자보다 여자가 양서인이 되는 것에 익숙해지기가 한결 더 힘든 일이라는 사실을 또다시 깨닫고는 한다.

내 아내 매지는 나보다 몸을 훨씬 더 자주 빌리고 그것은 일반적인 다른 여자들도 마찬가지다. 우리 보관소에서는 수요를 충족하기 위해서 여자들의 몸을 남자들의 몸보다 3배 더 재고로 갖추고 있어야 한다. 흔히 여자는 몸을 하나 입수해 옷으로 그 몸을 곱게 치장하고 거울 속에 비친 자신의 모습을 봐야만 하는 것 같다. 그리고 매지는, 어이쿠, 지구상의 모든 보관소에서 몸이란 몸은 다 입어 봐야 성에 찰 모양이다.

그래도 그건 매지에게는 좋은 일이다. 나는 그것에 대해 그녀를 놀린 적은 절대 없는데 그것이 그녀의 성격에 무척 큰 기여를 하기 때문이다. 사실 솔직히 터놓고 말하자면, 그녀의 늙은 몸은 어떤 일에도 흥분하지 않았으며 옛날에는 그 몸을 억지로 이리저리 끌고 다녀야 하다 보니 그녀는 많은 시간을 침울해했다. 가엾게도 그녀는 태어날 때 지녔던 몸을 어찌지 못하는 다른 어떤 사람들보다 더 자기 몸을 어찌할 수가 없었다. 그리고 나는 그럼에도 불구하고 그녀를 사랑했다.

그런데 우리가 양서인이 되는 것을 배우고 보관소를 지어 몸 상품을 사들여 대중에게 개방한 뒤, 매지는 몹시 흥분해서 야단법석을 떨었다. 그녀는 백금색 머리를 한 여자의 몸을 빌렸다. 그 몸은 풍자극의 여왕이 기증한 것으로 우리는 그 여왕이 그 몸을 벗어 버리게 할 수 있을 줄은 몰랐다. 내가 말했듯 그것은 내 아내가 자신감을 갖는데 놀랍도록 큰 기여를 했다.

나는 대부분의 남자들과 마찬가지로 내가 어떤 몸을 가지는가는 별로 관심이 없다. 그냥 강하고 보기 좋고 건강한 몸들만 입고되어 있으면 된다. 그러면 이번에 입는 몸이나 다음번에 입는 몸이나 다 좋다. 가끔 매지와 내가 함께 몸을 취득할 때면 옛정을 생각해서 나는 그녀에게 나를 위해 그녀가 입은 몸과 어울리는 몸을 하나 골라 달라고 한다. 그러면 재미있게도 그녀는 늘 키가 큰 금발 남자의 몸을 고른다.

내 아내가 3분의 1세기 동안 사랑했다고 주장하는 나의 늙은 몸은 검은색 머리카락에 키도 작고 배도 불뚝하게 나와 마지막 순간을 향해 가고 있었다. 나는 사람이다. 그래서 내가 늙은 내 원래 몸을 떠난 뒤 그들이 내 몸을 보관하는 대신 폐기할 때 내가 다치지 않을 수 없었다. 늙은 내 원래 몸은 제집처럼 편안하고 안락한 좋은 몸이었다. 내 몸은 조금도 빠르거나 화려하지는 않았지만 믿을 만했다. 하지만 보관소에서 그런 종류의 몸을 찾는 사람은 별로 없는 것 같다. 어쨌든 나는 절대 그런 몸은 요구하지 않는다.

몸으로 겪은 최악의 경험은 내가 속아서 엘리스 코그니즈와서 박사의 것이었던 몸에 들어가게 되었을 때였다. 그 몸은 '양서인 개척자 협회'의 소유로 오직 1년에 한 번 코그니즈와서의 발견 기념일에 펼쳐지는 성대한 개척자의 날 퍼레이드를 위해서만 이용할 수 있다. 모든 사람들이 내가 코그니즈와서의 몸을 입고 퍼레이드를 이끌도록 선택받은 것은 대단한 영광이라고 말했다.

지독한 바보 천치처럼 나는 그 말을 믿었다.

그들이 내게 그 몸을 다시 입히려면 영원토록 고전을 면치 못할 것이다. 완전히 망가진 그 몸을 입어 보니 왜 코그니즈와서가 사람들이 자신의 몸 없이도 살 수 있는 법을 발견했는지 확실히 알 수 있었다. 코그니즈와서의 그 늙은 몸은 그 몸을 입은 사람을 거의 몰아내 버린다. 그 몸은 궤양과 두통, 관절염, 평발에다가 가지치기용 낫 같은 코, 돼지처럼 작은 눈, 선실용 중고 트렁크 같은 안색을 지닌 몸이었다. 그 몸을 입은 사람은 과거에도 그리고 지금도 계속 당신이 알고 싶은 가장 멋진 사람이지만 그가 그 몸에 갇혔던 때는 아무도 그 사실을 알아낼 수 있을 정도로 그에게 가까이 다가가지 않았다.

처음 개척자의 날 퍼레이드를 하기 시작했을 때는 코그니즈와서 본인이 직접 우리를 이끌도록 우리는 그가 자신의 늙은 몸 안으로 다시 돌아가게 하려고 애썼다. 하지만 그 몸으로 돌아간 그는 어떤 것도 하려고 하지 않았고, 그래서 우리는 늘 어떤 가엾은 얼간이를 내세워서 그 일을 대신 떠맡게 해야만 했다. 코그니즈와서는 행진을 괜찮게 하고 맥주 캔을 엄지와 중지에 끼워 반으로 접을 수 있는 180센티미터가 조금 넘는 카우보이의 몸으로 들어가 행진한다.

카우보이의 몸을 입은 코그니즈와서는 꼭 어린애 같다. 그는 그 몸을 입고 있으면 결코 맥주 캔을 접는 것에 질리지 않아 한다. 우리 모두는 그 행진이 끝난 뒤 각자의 몸을 입은 채 우두커니 서서 마치 우리가 아주 깊은 인상을 받은 것처럼 지켜봐야만 한다.

나는 그가 옛날에는 어떤 것이든 많이 접을 수 있었다고는 생각하지 않는다.

그가 양서인 시대의 원로이기 때문에 아무도 그 사실을 그에게 언급하지 않는다. 하지만 그는 몸들을 엉망으로 만든다. 그는 몸 하나를 입을 때마다 과시하고 다니다가 그 몸을 망가뜨린다. 그러면 누군가가 외과의의 몸으로 들어가 그가 망가뜨린 몸을 다시 꿰매야 한다.

나는 코그니즈와서에게 무례하게 굴려는 것이 아니다. 사실 어떤 면에서 어린애 같다고 말하는 것은 경의를 표하는 일이다. 왜냐하면 크고도 엉뚱한 모든 생각을 품는 사람은 바로 그런 사람들이기 때문이다.

역사 협회에는 옛 시절 그의 사진이 한 장 있는데, 그 사진을 보면 그가 자신의 겉모습을 계속 그대로 지녔더라면 절대로 성장하지 못했을 것이라는 사실을 누구나 알 수 있다. 조물주가 그에게 준 덜컹거리는 낡은 마차 같은 몸으로는 할 수 있는 일이 거의 없었던 것이다.

그의 머리카락은 옷깃 아래까지 내려왔고, 바지를 워낙 내려 입어서 다리를 다 덮은 바짓단 뒤쪽이 해져 있었으며, 코트의 안감이 바닥에 빙 두른 장식용 줄 부분까지 늘어뜨려져 있었다. 그리고 그는 식사도 거르고 옷을 입지 않은 채 춥거나 비 오는 바깥으로 나가고는 했으며, 병이 들어 거의 죽을 지경이 될 때까지도 자기가 아픈 줄도 전혀 알아채지 못했다. 그는 우리가 넋을 놓았다고 부르는 상태였다. 물론, 이제 되돌아보니, 그는 양서인이 되기 시작하고 있었다고 말할 수 있다.

코그니즈와서는 수학자였고 그는 마음을 써서 자신의 모든 생계를 꾸렸다. 그가 그 훌륭한 마음과 함께 힘겹게 끌고 다녀야 하는 몸은 그에게는 고철 무개화차만큼이나 쓸모없는 것이었다. 병에 걸려서 자신의 몸에 많이 신경을 써야만 할 때마다 그는 혼자 큰 소리로 이렇게 투덜대고는 했다.

"마음은 인간이 지닌 것 가운데 조금이라도 가치가 있는 유일한 것이야. 왜 마음이 피부와 혈액, 머리카락, 살덩이와 뼈, 혈관이 들어간 자루에 묶여야 하지? 사람들이 늘 음식으로 속을 꽉꽉 채워 줘야 하고 날씨와 세균으로부터 보호해 줘야 하는 기생충 같은 몸에 평생 갇힌 채 어떤 일도 이루어 내지 못하는 것이 조금도 놀랍지 않아. 그리고 아무튼 그 바보 같은 몸은 닳아서 못쓰게 되어 버리기까지 하잖아. 아무리 채워 주고 보호해 줘도 말이야!"

"누가," 그는 알고 싶어 했다. "정말 이딴 몸을 원한단 말이야? 우리가 가는 곳마다 어디든 짊어지고 다녀야 하는 이 빌어먹게 무거운 원형질에 대체 좋은 점이 뭐가 있단 말이야?"

"이 세상의 문제는," 코그니즈와서는 말했다. "사람이 너무 많은 게 아니라, 몸이 너무 많은 거야."

치아가 상해서 모두 뽑아야만 했지만 그나마 편한 틀니도 할 수 없게 되었을 때, 그는 일기에 이렇게 썼다. "생물이 정말로 살기 좋은 곳인 바다에서 나올 정도로 진화할 수 있었다면, 생물은 이제 거기에서 한 발 더 나아가 생각을 멈추는 순간 완전히 골칫거리로 전락하는 몸에서 나올 수 있어야만 한다."

그는 몸에 대해서 고상한 척하는 사람이 아니었던 것으로 알고 있다. 그리고 그는 자신보다 더 좋은 몸을 지닌 사람들을 시기하지 않았다. 그는 그저 몸은 그것이 지닌 가치보다 훨씬 더 많은 문제를 지니고 있다고 생각했을 뿐이다.

그는 자신이 살아 있는 동안 사람들이 정말로 자신들의 몸 밖으로 나오는 진화를 할 것이라는 대망을 품지는 않았다. 그것은 그저 그의 바람일 뿐이었다. 그것에 대해 골똘히 생각에 잠긴 채, 그는 셔츠 바람으로 공원을 걷다가 동물원에 잠시 들러 먹이를 공급받는 사자를 지켜보았다. 그러다가 폭풍우가 진눈깨비로 바뀌었을 때 그는 다시 집으로 향했고, 그렇게 집으로 돌아가던 길에 석호 가에 소방관들이 있는 것을 보고 흥미를 가졌다. 그곳에서 소방관들은 어떤 익사한 사람에게 인공호흡기를 사용하고 있었다.

목격자들은 익사한 그 노인이 곧장 물로 걸어 들어가 표정 변화 없이 계속 물속으로 나아가다가 결국은 사라졌다고 말했다. 코그니즈와서는 희생자의 얼굴을 한번 보고는 정말이지 누가 봐도 자살 이유가 충분히 되고도 남을 만한 얼굴이라고 단언했다. 그는 다시 집으로 향했고 거의 집에 도착한 순간에야 그곳에 누워 있던 그것은 다름 아닌 바로 자신의 몸이라는 사실을 깨달았다.

그곳으로 다시 돌아간 그는 소방관들이 그 몸에 다시 호흡을 불어 넣는 바로 그 순간 다시 그 몸 안으로 들어갔다. 그는 다른 어떤 것보다 그 도시에 더욱 호의를 품고서 다시 그 몸으로 집으로 걸어갔다. 그는 앞쪽 벽장으로 그 몸을 한 채 걸어 들어가 다시 그 몸에서 나온 다음 그 몸을 그곳에 두었다.

그는 글을 쓰거나 책의 페이지를 넘기고 싶을 때, 또는 몇 가지 이상한 일을 수행할 수 있을 정도의 에너지를 공급하기 위해 그 몸에 뭔가를 먹여야 할 때만 그 몸을 꺼내서 입었다. 그 외의 나머지 시간에 그 몸은 멍한 표정으로 거의 에너지를 소모하지 않은 채 벽장 속에 꼼짝 않고 우두커니 앉아 있게 내버려 뒀다. 코그니즈와서는 요전 날 내게 그가 그 물건을 정말로 필요로 할 때 꺼내 입고서 움직이는 데는 1주일에 1달러 정도의 비용이 들었다고 말했다.

하지만 무엇보다 가장 좋은 부분은 잠을 필요로 했던 것은 '그의 몸'이었기 때문에 코그니즈와서는 더 이상 잠잘 필요가 없었다는 점이었다. 또 다칠지도 몰라 두려웠던 것은 '그의 몸'이었기 때문에 그는 더 이상 두려워할 필요도 없었다. 또한 몸에 필요하다고 생각되는 물건들을 구하러 다닐 필요도 없었다. 그리고 몸이 좋지 않을 때는 코그니즈와서는 몸이 좋아질 때까지 그냥 그 몸에서 나와 있으면 되었다. 거기에다가 몸을 편안하게 하는 데 큰돈을 쓸 필요도 없었다.

글을 쓰기 위해 자신의 몸을 벽장에서 꺼내 입었을 때, 그는 사람이 자신의 몸에서 나오는 법에 대한 책을 썼고, 그 책은 스물세 곳의 출판사에서 어떤 논평도 없이 거절당했다. 스물네 번째 출판사는 그 책을 2백만 부 팔았으며, 그 책은 불이나 숫자, 알파벳, 농업, 차의 발명 이상으로 인간의 삶을 바꿨다. 누군가가 코그니즈와서에게 그 말을 했을 때, 그는 사람들이 그의 책을 슬쩍 치켜세우는 척하면서 깎아내리고 있다고 콧방귀를 꼈다. 내 생각에는 그의 말이 일리가 있는 것 같다.

2년 정도 코그니즈와서의 책에 적힌 지시를 따라 하자, 거의 누구든 자신이 원할 때면 언제나 자신의 몸에서 나올 수 있게 되었다. 첫 단계는 몸이 대부분의 시간 동안 기생 동물과 독재자처럼 군다는 사실을 이해한 다음, 몸이 원하는 것과 원하지 않는 것을 자신이-즉, 자신의 마음이- 원하는 것과 원하지 않는 것과 분리하는 것이었다. 그런 뒤 자신이 원하는 것에 집중하고, 그저 단순한 몸의 기능을 유지하는 것 말고는 몸이 원하는 것은 최대한 무시함으로써, 자신의 마음이 마음의 권리를 요구하고 자립할 수 있게 만드는 것이었다.

그것이 바로 그때 그 공원에서 코그니즈와서가 마음과 몸이 분리될 때까지 본인도 알아채지 못한 채로 했던 일이었다. 그런 식으로 그때 그는 사자가 먹이를 먹는 모습을 보러 간 그의 마음과 통제 불능으로 헤매고 돌아다니다 석호로 들어가게 된 그의 몸으로 분리되었다.

몸을 분리하는 마지막 비결은 일단 마음이 충분히 독립하면 몸을 어떤 방향으로 걷기 시작하게 한 다음, 갑자기 마음은 다른 방향으로 출발하게 하는 것이었다. 어떤 이유에서인지는 몰라도 가만히 선 채로는 그것을 할 수 없었다. 그것을 하기 위해서는 반드시 걸어야만 했다.

처음에 매지의 마음과 나의 마음은 우리 몸 밖에서 살아가는 데 서툴렀다. 그때 우리 부부는 꼭 수백만 년 전에 육지로 처음 올라오게 되어 진흙에서 어기적거리고 꿈틀거리면서 숨을 헐떡거리는 것밖에 못 했던 바다 동물 같았다. 하지만 마음이 당연히 몸보다 훨씬 더 빨리 적응할 수 있기 마련이므로 우리는 시간이 지남에 따라 그것에 점점 더 익숙해졌다.

매지와 나는 몸에서 빠져나오고 싶어 하는 그럴 만한 이유가 있었다. 처음에 몸에서 나오려고 시도할 정도로 미쳤던 사람들에게는 모두 타당한 이유가 있었다. 내 아내 매지의 몸은 병이 들었고 그 상태로 더 오래 버티기 힘들었다. 머잖아 그녀가 간다는 생각에 나도 세상에 더 오래 머무르고 싶은 열의가 나지 않았다. 그래서 우리는 코그니즈와서의 책을 연구해 매지의 몸이 죽기 전에 매지를 몸에서 나오게 하려고 노력했다. 나는 우리 둘 가운데 한 사람이 외로워지지 않도록 그녀에게 동조했다. 그리고 그녀의 몸이 허물어져 내리기 6주 전, 우리는 간신히 성공했다.

그런 이유로 우리는 해마다 개척자의 날 퍼레이드에서 행진하게 되었다. 모든 사람이 행진에 참석하지는 않고 양서인으로 변한 사람 가운데 처음 5천 명만 행진한다. 우리는 이러나저러나 별로 잃을 것이 없는 실험 대상이었다. 우리는 나머지 사람들에게 그것이 얼마나 즐겁고 안전한지

를-계속해서 몸 하나 안에서 위험을 무릅쓰고 있는 것보다 훨씬 더 안전하다는 것을- 증명하는 사람들이었다.

얼마 안 가 거의 모든 사람에게 그것을 시도해 볼 타당한 이유가 생겼다. 보이지 않고 실체가 없으며 파괴할 수 없는 데다가, 세상에나, 자기에게 충실하며 어느 누구에게도 문제가 되지 않고 어떤 것도 두려워하지 않는, 우리 같은 사람들이 수백만 명으로 늘어나다가 마침내는 수십억 명으로 늘어난 것이다.

몸 안에 들어가 있지 않을 때면 우리 양서인 개척자들은 어디에서든 자유롭게 만날 수 있다. 개척자의 날 퍼레이드를 위해 몸 안으로 들어갈 때 우리는 4천 제곱미터가 훨씬 넘는 공간을 차지하고, 행진할 수 있는 충분한 에너지를 얻기 위해 3톤이 넘는 음식을 먹어 치워야 한다. 그런 뒤 행진에 나서면 우리 가운데 많은 이들이 감기나 심한 병에 걸리거나 누군가의 몸이 우연히 다른 누군가의 몸의 뒤에서 움직이기 때문에 속상해한다. 그리고 어떤 몸들은 앞에서 이끌고 다른 몸들은 열을 지어 따라가야 하기 때문에 질투하게 되는 따위의 이런저런 일들이 일어난다.

나는 그 퍼레이드에 열광하지 않는다. 그곳에서 우리 모두가 몸 안에 들어가 서로 바짝 붙은 채로 있는 것은, 음, 우리의 마음이 얼마나 훌륭하든 우리로 하여금 최악의 모습을 보이게 했다. 예를 들어, 작년 개척자의 날은 찌는 듯이 더운 날이었다. 사람들은 몇 시간 동안 더위에 지치고 목마른 몸 안에 갇혀 불편하지 않을 수가 없었다.

그러다 보니 일이 자꾸만 꼬여 갔고 퍼레이드 진행 요원은 만약 내가 들어간 몸에서 다시 나와 버린다면 그의 몸으로 내 몸을 여지없이 박살 낼 것이라고 으름장을 놓았다. 퍼레이드 진행 요원이기 때문에 당연히 그는 그해 코그니즈와서의 카우보이 몸을 제외하고는 가장 좋은 몸을 입고 있었다. 하지만 아무튼 나는 그에게 네 멍청한 머리나 어떻게 좀 하라고 쏘아붙였다. 그가 주먹을 휘둘렀고 나는 바로 그곳에서 내 몸을 버리고는 그가 그 몸에 타격을 가하는지 보지도 않고 곧장 그곳을 떠나 버렸다. 그는 보관소로 직접 그 몸을 힘겹게 끌고 돌아가야만 했다.

내가 그 몸에서 나오는 순간 그에 대한 분노는 멈췄다. 여러분도 알다시피 나는 이해했다. 성인을 제외하고는 어느 누구도 한 몸에서 한 번에 몇 분 이상 동안 정말로 공감하거나 이해력을 지닐 수 없었다. 또한 찰나의 순간을 제외하고는 행복할 수도 없었다. 몸 밖에 있는 한은 쾌활하고 흥미로우며 잘해 나가는 것이 쉽지 않은 양서인을 나는 아직 만나지 못했다. 그리고 나는 아직 어떤 몸에 들어갔을 때 살짝 언짢아지지 않는 양서인도 만나지 못했다.

여러분이 몸에 들어가는 순간, 화학 반응이 커진다. 즉, 여러분을 흥분시키거나 싸울 준비가 되게 만들거나 배고프거나 화나거나 애정 넘치게 만드는 분비샘의 작용이 활발해지는 것이다. 그래서 다음으로 과연 무슨 일이 일어날지 여러분은 절대 알지 못한다.

이런 이유로 나는 적들에게, 즉 양서인들에게 반대하는 사람들에게 화를 낼 수가 없다. 그들은 절대 자신의 몸에서 나오지 않으며 그렇게 하는 것을 아예 배우려고도 하지 않는다. 그들은 다른 사람도 그렇게 하지 않기를 바라며, 그들은 양서인들을 다시 원래 자신의 몸으로 돌아가 그 안에서 머물게 만들고 싶어 한다.

내가 퍼레이드 진행 요원과 격투를 벌인 뒤, 매지가 그 낌새를 채고 한창 부인회를 하던 도중에 곧바로 그녀의 몸을 떠났다. 그러고는 우리 둘은 몸과 퍼레이드에서 빠져나온 뒤 기운이 넘치는 가운데 적들을 살펴보러 갔다.

나는 적들을 살펴보러 가는 것을 결코 좋아하지 않는다. 하지만 매지는 그 여자들이 입고 있는 몸을 보는 것을 좋아한다. 그 여자 적들은 내내 자신들의 몸에 붙어 지내다 보니 우리가 보관소에 있는 여자 몸들에 하는 것보다 훨씬 더 자주 옷을 갈아입고 머리 모양새를 바꾸고 화장법을 바꾼다.

나는 패션에서 별로 큰 기쁨을 얻지 못한다. 그리고 적지에서 보고 듣는 다른 모든 것은 거의 다 석고상에 구멍을 뚫어 치우는 모습뿐이다.

대개 적들은 옛날 식으로 재생하는 것에 대해 이야기한다. 그것은 양서인들이 그 방면에서 지니는 태도와 비교해 보면 누가 상상하든 가장 어설프고 우스꽝스러우며 불편한 것이다. 적들은 그 이야기를 하고 있지 않을 때면 음식, 즉 그들이 몸속에 채워 넣어야만 하는 수많은 화학 물질을 이야기한다. 아니면 그들은 우리가 예전에 일자리 정치, 사회 정치, 정부 정치 등을 포함한 '정치'라고 불렀던 두려움에 대해 이야기할 것이다.

적들은 우리가 몸 안에 들어가 있지 않으면 자기들은 우리를 전혀 볼 수 없는데 우리는 원하는 때면 언제든 자신들을 엿볼 수 있는 것을 무척 싫어했다. 비록 우리 양서인을 두려워하는 것은 일출을 두려워하는 것만큼 어처구니가 없는 일이지만 그들은 우리가 죽을 만큼 무서운 모양이다. 모든 양서인들은 보관소에만 관심이 있기 때문에 그들은 보관소들을 제외한 전 세계를 차지할 수 있었을 것이다. 하지만 그들은 마치 우리가 언제 어느 때나 하늘에서 함성을 지르며 쳐들어와서 그들에게 끔찍한 짓을 저지를 것처럼 무리 지어 지낸다.

그들은 우리 양서인들을 감지하기 위해 사방에 기묘한 장치들을 설치해 놓았다. 그 장치들은 전혀 아무런 가치도 없지만 그들은 그 장치들이 있으면 마음이 놓이는 모양이다. 마치 그 장치들이 커다란 힘에 맞서 일렬로 서서 용기를 내 중요하고 숙련된 일들을 하고 있다고 믿는 것 같다. 그들은 비결에 대해서도 이야기를 한다. 자신들이 정말로 많은 비결을 지니고 있는 데 비해 우리는 전혀 비결을 지니지 못하고 있다며 서로를 토닥이고 있는 것이다. 만약 비결이 무기를 뜻한다면, 그들이 전적으로 옳다.

나는 그들과 우리 사이에 전쟁이 진행 중이라고 생각한다. 하지만 우리는 우리의 퍼레이드 장소와 보관소들을 비밀로 유지하고 적들의 공습이 있거나 적들이 로켓을 발사하거나 하는 일이 있을 때마다 몸에서 나오는 것 외에는 그 전쟁에서 우리 편을 위해 어떤 일도 절대 하지 않는다.

그런데 그것은 적들을 더욱 화나게 만들 뿐이다. 공습과 로켓 같은 것은 비용이 많이 드는데 아무튼 아무도 필요로 하지 않는 몸들을 날려 버리는 일은 납세자가 내는 돈에 대한 초라한 보답이기 때문이다. 우리는 언제나 적들이 다음으로 무엇을 할지를, 언제 어디에서 할지까지도 안다. 그래서 그들을 피하는 데는 어떤 혼란스러움도 없다.

하지만 그들이 생각만 하면 되는 것이 아니라 돌봐야 하는 몸까지 지닌 것을 감안하면 그들은 무척 영리하다. 그래서 나는 그들을 살피러 갈 때면 늘 조심하려고 애쓴다. 그래서 나는 매지와 내가 그들의 지역 한가운데에서 보관소를 하나 보았을 때 그곳을 급히 떠나고 싶었다. 우리는 적들이 무엇을 계획하는지에 대해 최근 들어 다른 사람과 이야기를 나눴던 적이 없었으며 그 보관소는 무척 의심스러워 보였다.

풍자극의 여왕의 몸을 빌렸던 이후로는 매사 낙관적인 매지는 그 보관소는 적들도 마침내 양서인이 되는 것을 받아들여 이제 양서인이 될 준비를 하고 있다는 사실을 알려 주는 확실한 징표라고 말했다.

음, 그런 것 같기도 했다. 그곳에 들어선 새로운 보관소는 몸들을 갖춰 놓고 영업 중이었는데 전혀 해를 끼칠 것 같지 않아 보였다. 우리는 그 보관소를 몇 바퀴 빙빙 돌았다. 여자들 몸 제품 코너에 갖추고 있는 것을 자세히 보려고 애쓰다 보니 매지는 그곳을 점점 더 작게 빙빙 돌았다.

"여보, 이제 그만 갑시다." 내가 말했다.

"그냥 구경만 하는 거예요. 구경한다고 해서 해가 될 건 없잖아요." 매지가 말했다.

바로 그 순간 그녀의 눈에 가장 큰 진열장에 들어 있는 몸이 들어왔고, 그녀는 자신이 지금 어디에 있으며 어디에서 왔는지를 까마득히 잊어버렸다.

내가 본 가장 빼어난 여자의 몸이 그 진열장 안에 있었다. 그 몸은 180센티미터가 넘는 키에 여신 같은 몸매를 지니고 있었다. 하지만 그것이 다가 아니었다. 그 몸은 구릿빛 피부에 밝은 황록색 머리카락과 손톱을 하고 금색 비단 야회복을 입고 있었다. 그 몸 옆에는 금발 남자의 거대한 몸이 있었는데 진홍색 가두리 장식이 달리고 번쩍거리는 훈장들을 박아 놓은 담청색 육군 원수 군복 차림이었다.

나는 적들이 우리의 외딴 보관소들 가운데 한 곳을 습격해 그 몸들을 훔쳐 와서 멋지게 손보고 염색을 하고 잘 차려 입힌 것이 틀림없다고 생각했다.

"매지, 우리 이제 그만 돌아가요!" 내가 말했다.

그런데 그때 밝은 황록색 머리카락에 구릿빛 피부를 지닌 그 여자가 움직였다. 사이렌이 날카롭게 울리며 군인들이 은신처에서 튀어나와 매지가 들어가 있는 그 몸을 붙잡았다.

그 보관소는 양서인들을 잡기 위한 덫이었던 것이다!

매지가 참지 못하고 들어가 버린 그 몸에서 다시 빠져나오려면 몇 발자국을 걸어야 했지만 그 몸의 발목이 묶여 있는 탓에 매지는 그 몇 발자국을 걸을 수가 없었다.

군인들은 그녀를 전쟁 포로로 의기양양하게 끌고 갔다. 나는 그녀를 돕기 위해 내가 들어갈 수 있는 유일한 몸인 의장에 공들인 육군 원수의 몸으로 들어갔다. 하지만 그 육군 원수의 몸 역시 발목을 묶어 놓은 미끼였기 때문에 오히려 절망적인 상황에 처하고 말았다. 군인들은 매지 뒤에 나를 끌고 갔다.

그 군인들의 책임자인 자만심 강한 젊은 소령은 갓길을 따라 빠르고 경쾌하게 춤을 추듯 걸어갔다. 그는 무척 득의양양했다. 양서인을 잡은 건 그가 최초였고, 그 일은 적들의 관점에서 봤을 때 실로 대단한 일이었다. 그들은 우리와 수년간 전쟁 중이었으며 얼마인지는 오직 신만이 아는 액수의 큰돈을 쏟아부었지만 우리를 잡아서 양서인들이 그들에게 주의를 많이 끌게 만든 것은 처음 있는 일이었다.

우리가 그들의 마을에 도착했을 때, 사람들은 창밖으로 몸을 내밀고 자신들의 깃발을 흔들며 군인들에게는 환호하고 매지와 내게는 야유를 퍼부었다. 그곳에는 양서인이 되고 싶지 않은 사람들이, 양서인이 되는 것을 아주 끔찍하게 생각하는 사람들이 모두 모여 있었다. 모든 인종, 모습, 크기, 국적의 사람들이 양서인들과 싸우기 위해 함께 모여 있었다.

매지와 나는 큰 재판을 받게 될 것으로 밝혀졌다. 우리는 밤새 감옥에서 사방팔방으로 단단히 묶여 갇혀 있다가 법정으로 끌려갔고, 그곳에는 텔레비전 카메라들이 우리를 향해 설치되어 있었다.

매지와 나는 둘 다 언제 이후로인지는 모르겠지만 그렇게 오랫동안 몸 하나 안에 틀어박혀 있었던 적은 없었기 때문에 완전히 기진맥진한 상태였다. 우리가 재판을 받으러 가기 전에 감옥에서 이제껏 했던 것보다 더 생각을 많이 할 필요가 있었던 바로 그때, 하필이면 우리의 몸들은 공복통을 일으켰고, 우리가 아무리 애써도 감옥의 간이침대에서 몸을 편안하게 할 수가 없었다. 그리고 물론 몸들은 잠도 8시간 자야만 했다.

우리는 적들의 법전에 따라 사형에 처해질 중범죄–'몸을 버린 죄'–로 기소되었다. 적들이 볼 때 양서인들은 자신들의 몸이 인류를 위해 용감하고 중요한 일들을 하기 위해 필요했던 바로 그 순간에 모두 누렇게 얼굴이 떠서 몸에서 떠나 버린 셈이었다.

우리가 무죄 선고를 받을 가망은 없었다. 아무튼 재판이 열린 유일한 이유는 왜 그들이 그토록 옳고 왜 우리가 그토록 그른지에 대해 큰소리로 의견을 밝힐 기회를 갖기 위한 것이었다. 법정은 그들의 고급 관료들로 꽉 찼는데, 다들 화가 난 가운데서도 용감하고 고결해 보였다.

"남자 양서인," 검사가 심문했다. "당신은 모든 사람들이 자신의 몸에서 평생을 살며 자신이 믿는 것을 위해 일하고 싸웠던 때를 기억할 정도로 충분히 나이가 들었습니까?"

"저는 몸들이 늘 싸움을 하면서도 어느 누구도 싸우는 이유도 싸움을 멈추는 방법도 모르던 때를 기억합니다." 나는 정중하게 말했다. "모든 사람들이 유일하게 믿는 것 같았던 것은 그들이 싸우는 것을 좋아하지 않는다는 사실이었습니다."

"당신은 총격전 와중에 달아난 군인에 대해 뭐라고 말할 겁니까?" 검사는 알고 싶어 했다.

"그 군인이 겁에 질려 어리석게 굴었다고 말할 겁니다."

"그 군인은 그 전투에서 지는 데 일조를 한 것이겠지요? 안 그렇습니까?"

"네, 그럼요." 그 문제에 대해서는 논쟁의 여지가 없었다.

"그것이 양서인들이 한 짓이 아닙니까? 인생이라는 전투 와중에 인류를 저버린 것 아닙니까?"

"그 덕택에 우리 대부분은 아직 살아 있습니다. 그것이 당신이 뜻하는 바라면요." 내가 말했다.

그것은 사실이었다. 우리는 죽음을 이기지 못했고 우리가 그러기를 원하는지도 확신하지 못했지만 보통 사람들이 몸 하나로 살아갈 때 기대할 수 있는 수명에 비하면 대단히 놀랄 정도로 우리의 수명이 연장된 것만큼은 분명했다.

"당신은 당신의 책임에서 달아난 것입니다!" 검사가 주장했다.

"그건 당신이 불타는 건물에서 달아나는 것과 같은 일이에요, 검사님." 내가 말했다.

"다른 사람들은 모두 혼자 계속 고투하도록 내버려 두고 말입니다!"

"그들도 모두 우리가 나온 그 문으로 나올 수 있어요. 당신들 모두 원하면 언제든 나올 수 있어요. 당신들은 그저 자신의 마음이 원하는 것과 자신의 몸이 원하는 것을 알아낸 다음, 정신을 집중해서……."

판사가 어찌나 세게 판사봉을 두드리던지 나는 저러다 판사봉이 쪼개질 것 같다는 생각이 들었다. 여기에서 그들은 코그니즈와서의 책을 발견하는 족족 모조리 다 태워 왔다. 그런데 지금 거기에서 내가 텔레비전 방송국을 통해 몸에서 빠져나오는 법에 대해 강의를 하고 있었다.

"당신 양서인들이 계속 그런 식으로 당신들 맘대로 한다면," 검사가 말했다. "모든 사람들이 자신의 책임에서 달아날 것이며, 우리가 알고 있는 것과 같은 삶과 진보는 완전히 사라지게 될 겁니다."

"그야 물론이죠. 그럼요." 나는 동의했다. "그게 바로 요점입니다."

"사람들은 더 이상 자신이 믿는 것을 위해 일할 수 없게 될 텐데요?" 그가 이의를 제기했다.

"예전에 내게는 공장에서 17년 동안 조그맣고 네모 난 어떤 물건에 드릴로 구멍을 뚫던 친구가 한 명 있었습니다. 그리고 그 친구는 그 물건이 무엇에 쓰는 것인지는 전혀 잘 알지 못했습니다. 내가 아는 또 다른 친구는 유리그릇 제조 회사를 위해 건포도를 재배했는데 그 건포도는 누가 먹기 위한 것도 아니었고 그 친구는 그 회사가 왜 그것을 샀는지도 결코 알아내지 못했습니다. 그런 일들은 나를 구역질 나게 만듭니다. –물론, 구역질 나는 건 내가 지금은 몸 안에 있어서 그런 것이지요.– 그리고 내가 예전에 생계를 위해 했던 일은 나를 훨씬 더 구역질 나게 만듭니다."

"그럼 당신은 인간과 인간이 하는 모든 일을 경멸하나 보군요." 그가 말했다.

"난 인간도 인간이 하는 모든 일도 무척 좋아해요. 오히려 예전보다도 훨씬 더 좋아하죠. 난 단지 인간이 자신의 몸을 돌보기 위해 해야만 하는 일이 극히 유감스러울 뿐이에요. 당신이 양서인이 되어 봐야 해요. 그래서 사람들이 자신들의 몸에게 먹일 다음 식사를 어떻게 마련할지에 대해, 겨울철에는 어떻게 하면 자신들의 몸이 얼지 않을지에 대해, 또는 자신들의 몸이 그 쓸모를 다하게 되었을 때 자신에게 무슨 일이 일어날 것인지에 대해 걱정할 필요가 없을 때 사람들이 얼마나 행복할 수 있는지를 느껴 봐야 해요."

"양서인 선생, 그것은 야망의 끝, 위대함의 끝을 뜻합니다!"

"오, 저는 그것에 대해서는 모르겠습니다." 내가 말했다. "우리 편에는 상당히 훌륭한 사람들이 있습니다. 그들은 몸 안에 있건 밖에 있건 훌륭합니다. 그것은 '두려움의 끝,' 바로 그것을 뜻합니다." 나는 가장 가까운 텔레비전 방송 카메라의 렌즈를 똑바로 바라보았다. "그리고 바로 그것이 사람들에게 일어난 가장 멋진 일입니다."

판사가 판사봉을 다시 두드렸고 고급 관료들은 내 말소리가 묻힐 정도로 큰 소리로 고함치기 시작했다. 방송사 카메라맨들은 카메라를 꺼 버렸고, 가장 덩치가 큰 고급 관료 한 명을 제외한 모든 방청객들이 쫓겨났다. 나는 내가 정말로 중요한 말을 했다는 것을 알았다. 지금 어떤 이가 자신의 텔레비전에서 접할 수 있는 전부는 오르간 음악뿐이었다.

혼란이 잦아들자 판사는 재판이 끝났다면서 매지와 내가 '몸을 버린 죄'로 유죄라고 선고했다.

내가 뭘 하든지 상황이 이보다 더 악화될 수는 없었으므로 나는 말대꾸를 했다.

"이제 보니 당신들은 참으로 가엾은 족속들이로군. 당신들은 두려움 없이는 살 수가 없었던 거야. 자신과 다른 사람들을 겁주어 어떤 일을 하게 만드는 것, 그것이 바로 당신들이 가진 유일한 기술이로군. 자신들의 몸에 무슨 짓을 할까 봐 두려워서 사람들이 화들짝 놀라거나 그들의 몸에서 벗어나는 것을 지켜보는 것, 그것이 바로 당신들이 지닌 유일한 즐거움이고 말이야."

매지도 한마디 거들었다. "당신들이 누군가로부터 반응을 이끌어 낼 수 있는 유일한 방법은 그들을 겁주는 것이고 말이야."

"법정 모독이다!" 판사가 말했다.

"당신들이 사람들을 겁줄 수 있는 유일한 방법은 사람들을 계속 몸 안에 있게 해야만 통하지." 내가 그에게 말했다.

군인들이 매지와 나를 붙잡고 우리를 법정에서 끌어내기 시작했다.

"이건 전쟁을 뜻해!" 내가 소리쳤다.

모든 것이 딱 멈췄고 그곳에는 정적이 감돌았다.

"우리는 이미 전쟁 중이야." 장군이 불쾌하게 말했다.

"아니, '우리'는 아니야." 내가 대꾸했다. "하지만 이제는 우리도 그럴 거야. 지금 당장 내 아내와 나를 풀어 주지 않는다면 말이야." 나는 그 육군 원수의 몸 안에서 사납고 당당했다.

"당신들은 무기가 없어." 판사가 말했다. "비결도 없고. 몸 바깥에서 양서인들은 아무것도 아니야."

"내가 열을 셀 때까지 우리를 풀어 주지 않으면," 나는 판사에게 경고했다. "양서인들이 당신들 하나하나의 몸 전부에 들어가서 가장 가까운 절벽으로 곧장 행진해 갈 거야. 그곳은 포위되어 있을 거고." 물론 그것은 헛소리였다. 한 사람은 한 번에 한 몸에만 들어갈 수 있지만 적들은 그 사실을 잘 알지 못했다. "하나! 둘! 셋!"

장군이 마른침을 삼키며 얼굴이 하얗게 질리더니 손을 약하게 흔들었다.

"저자들을 풀어 줘." 그가 힘없이 말했다.

마찬가지로 겁에 질려 있던 군인들은 기꺼이 시키는 대로 했다. 매지와 나는 자유롭게 되었다.

나는 두어 발자국 걸어갔고 내 정신은 다른 방향으로 향했다. 그러자 훈장까지 포함해 그 아름다운 육군 원수의 몸은 대형 괘종시계처럼 계단에서 굴러 넘어졌다.

그런데 매지가 내 옆에 없었다. 그녀는 아직도 밝은 황록색 머리카락과 손톱을 지닌 그 구릿빛 몸 안에 있었다.

"한 가지 더 해 줘야 될 게 있어." 그녀가 말하는 소리가 들렸다. "당신들이 우리에게 저지른 이 모든 문제에 대한 대가로 이 몸을 다음 월요일까지 좋은 상태로 뉴욕의 내 앞으로 보내도록 해."

"예, 알겠습니다, 부인." 판사가 말했다.

우리가 집에 도착했을 때, 개척자의 날 퍼레이드 참석자들은 마을 보관소에서 이제 막 해산하는 중이었다. 퍼레이드 진행 요원이 그의 몸에서 나와서 아까 그런 식으로 행동한 것에 대해 내게 사과를 했다.

"젠장, 허브," 내가 말했다. "자네는 사과할 필요가 없어. 그때는 자네 자신이 아니었어. 그냥 어떤 몸 안에 들어가서 행진하면서 돌아다닌 거잖아."

누군가 몸에 들어가서 어떤 어리석은 짓을 저지르든 용서해 준다는 것, 그것이 바로 두려워하지 않아도 된다는 점 다음으로 양서인이 되는 것의 가장 좋은 점이다.

아, 물론, 모든 것에 결점이 있듯이 양서인이 되는 것에도 결점이 있다고 생각한다. 보관소를 유지하고 우리가 공유하는 몸들이 계속 견딜 수 있도록 음식을 구하느라 우리는 아직도 이따금씩 일을 해야 한다. 하지만 그것은 작은 결점이고, 내가 들은 적이 있는 큰 결점들은 모두 실제적인 것들은 아니다. 그것은 그냥 사람들이 양서인으로 바뀌기 전에 걱정하곤 했던 일들에 대해 걱정하는 것을 멈출 수 없는 사람들의 케케묵은 생각 속에서나 존재하는 결점들이다.

내가 말했듯 늙은이들은 아마도 결코 양서인이 되는 것에 익숙해지지 않을지도 모른다. 이따금 나는 내가 30년에 걸쳐 일궜던 유료 화장실 사업에 일어난 일을 생각하면 울적해지고는 한다.

하지만 젊은이들은 과거로부터 그런 잔존물을 지니고 있지 않다. 그들은 우리 늙은이들처럼 보관소에 일어나고 있는 일에 대해서도 별로 걱정하지 않는다.

그래서 나는 아마도 다음 단계로 진화가 있을 것이라고 생각한다. 진흙에서 기어서 빠져나와 햇빛 속으로 들어간 다음 결코 다시는 바다로 돌아가지 않았던 첫 번째 양서인들처럼 몸과 깨끗이 단절하는 단계로의 진화가.

(1953년)

아무도 다룰 수 없던 아이

아침 7시 30분이었다. 흔들흔들 철컹거리며 나아가는 진흙투성이 기계들이 식당 뒤 언덕을 싹 밀어 버리고 있었고, 트럭들은 그 과정에서 나온 흙이나 돌 따위를 실어 가고 있었다. 식당 안에서는 선반의 접시들이 달그락거렸다. 테이블들이 마구 흔들렸고, 머리에 음악 생각으로 가득한 아주 친절한 뚱뚱한 남자가 자신의 아침 식사로 나온 달걀노른자가 흔들거리는 모습을 내려다보았다. 그의 아내는 시골의 친척을 방문하러 가고 없어서 그는 혼자였다.

친절하고 뚱뚱한 그 남자는 링컨 고등학교의 음악부 부장 선생이자 악단 단장인 마흔 살의 조지 M. 헬름홀츠였다. 그는 순탄한 삶을 살아왔다. 매해 그는 같은 큰 꿈을 꾸었다. 그는 지구상에 있는 다른 밴드만큼 훌륭한 밴드를 이끄는 것을 꿈꾸었다. 그리고 매해 그 꿈은 이루어졌다.

그 꿈이 이루어졌던 것은 헬름홀츠가 어떤 사람도 자신의 꿈보다 더 나은 꿈을 가질 수 없다고 확신했기 때문이다. 이런 심한 확신에 직면한 키와니스 클럽이나 로터리 클럽, 라이온스 클럽 같은 자선 봉사 단체의 회원들은 자신들의 가장 좋은 정장보다 두 배나 비싼 악단의 제복값을 지불했다. 학교 관리자들은 헬름홀츠가 비싼 소품들을 사느라 갑자기 학교 예산을 털어 가도 가만히 놔뒀다. 그리고 학생들은 그를 위해 끝까지 해냈다. 학생들이 재능이 없을 때도 헬름홀츠는 학생들이 용기만으로도 연주할 수 있게 만들었다.

헬름홀츠의 인생은 모든 것이 좋았지만 재정 상태만은 예외였다. 그는 자신의 큰 꿈에 현혹된 나머지 경제 방면으로는 애송이에 불과했다. 10년 전 그는 식당 뒤에 있는 그 언덕을 천 달러에 식당 주인인 버트 퀸에게 팔았다. 그 언덕이 이제 헬름홀츠의 것이 아니라는 사실은 명백했으며 심지어 헬름홀츠도 그 사실을 잘 알고 있었다.

퀸은 악장 헬름홀츠와 칸막이 자리에 앉아 있었다. 퀸은 키가 작고 피부가 가무잡잡하고 유머감각 없는 총각이었다. 그는 건강한 사내가 아니었다. 그는 잠도 잘 못 자고, 쉴 새 없이 일만 하고, 푸근한 미소도 지을 줄 몰랐다. 그에게는 오직 두 가지 기분만이 있었다. 하나는 의심하고 자기 연민에 빠진 기분이었고, 다른 하나는 오만하고 뽐내는 기분이었다. 첫 번째 기분은 그가 돈을 잃고 있을 때 드는 기분이었고, 두 번째 기분은 그가 돈을 벌고 있을 때 드는 기분이었다.

지금 헬름홀츠와 앉아 있는 퀸은 오만하고 뽐내는 기분이었다. 그는 휘파람을 불면서 이쑤시개를 물고 비전에 대해 이야기했다. 자기 자신의 비전에 대해.

"저보다 먼저 저 언덕을 눈여겨본 눈은 얼마나 될까요?" 퀸이 말했다. "틀림없이 셀 수 없이 많은 눈들이 봤을 겁니다. 하지만 저처럼 저 언덕의 가치를 본 눈은 하나도 없어요. 저 언덕을 본 눈은 얼마나 될까요?"

"적어도 내 눈은 봤어요." 헬름홀츠가 말했다. 그 언덕이 그에게 지녔던 의미는 헐떡거리며 올라가야 하는 오르막길, 공짜 블랙베리, 세금, 악단의 소풍지가 다였다.

"선생님은 저 언덕을 부친에게서 상속받았지만 선생님에게 저 언덕은 그저 골칫거리에 불과했죠." 퀸이 말했다. "그래서 선생님은 저 언덕을 저한테 터무니없는 가격에 떠안겨 버리겠다고 생각한 거고요."

"당신한테 터무니없는 가격에 떠안길 생각이었다니요?" 헬름홀츠가 반박했다. "맹세코 그 가격이면 거의 헐값에 넘긴 셈이에요."

"이제야 가격 얘기를 꺼내는군요." 퀸이 신이 나서 말했다. "그럼요, 헬름홀츠 선생님, 이제야 솔직히 말하는군요. 이제 선생님 눈에도 상가가 올라가는 게 보이겠죠. 이제 선생님 눈에도 제가 본 저 언덕의 가치가 보이겠죠?"

"그럼요." 헬름홀츠가 말했다. "너무 늦었어요. 너무 늦었어." 그는 다른 화젯거리를 찾아 주위를 둘러보다가 칸막이 사이의 통로를 대걸레로 닦으며 자기 쪽으로 오고 있는 열다섯 살짜리 소년을 보았다.

그 소년은 몸집이 작았지만 단단하고 힘줄이 불거진 근육이 목과 팔뚝에 튀어나와 있었다. 얼굴에는 아직 어린애 같은 앳된 모습이 남아 있기는 했지만 잠시 멈춰 쉴 때 손가락이 기대감을 안고 이제 막 나기 시작한 보송보송한 구레나룻과 코밑수염으로 향했다. 그는 로봇처럼 덜컥덜컥 아무 생각 없이 마구 대걸레질을 했지만 자신의 검정 부츠 코에 비누거품이 튀지 않도록 하느라고 애를 썼다.

"그러면 제가 저 언덕을 손에 넣고는 어떻게 해야 하죠?" 퀸이 말했다. "제가 저 언덕을 싹 밀어 버리니 언덕은 마치 누군가 댐을 헐어 버렸을 때와 같은 모습이에요. 갑자기 사람들이 너도 나도 언덕이 있던 자리에 가게를 짓고 싶어 해요."

"음." 헬름홀츠가 말했다. 그는 그 소년에게 상냥하게 미소를 지었다. 그 소년은 전혀 알은척도 하지 않고 그를 무시했다.

"우리 둘 다 뭔가를 얻었어요." 퀸이 말했다. "선생님은 음악을 얻었고 저는 비전을 얻었죠." 그러면서 그는 씩 웃었는데 돈이 잠자고 있는 곳을 두 사람 다 아주 확실히 알았기 때문이다. "크게 생각하세요!" 퀸이 말했다. "크게 꿈을 꾸세요! 그것이 바로 비전이란 것이죠. 다른 누구보다 눈을 더 크게 뜨고 있어요."

"저 아이," 헬름홀츠가 말했다. "난 저 아이를 학교에서 본 적이 있지만 이름은 전혀 모르겠군요."

퀸이 유쾌하게 소리 내어 웃었다. "빌리 더 키드*라고 할까요? 아니면 독일 나치의 돌격대원? 루돌프 발렌티노**? 플래시 고든?***" 그는 그 소년을 불렀다. "어이, 짐! 잠깐 이리로 와 봐."

헬름홀츠는 그 소년의 눈이 입을 꽉 다문 굴만큼이나 무표정한 것을 보고 간담이 서늘해졌다.

"얘는 저의 매부가 다른 여자와 결혼했을 때 낳은 아들이에요. 그러니까 저의 누이와 결혼하기 전에 전 부인과의 사이에서 낳은 아이죠." 퀸이 말했다. "이 아이의 이름은 짐 돈니니예요. 시카고 남쪽 지역에서 왔고 무척 거칠어요."

짐 돈니니의 손은 대걸레 손잡이를 꽉 쥐고 있었다.

"안녕?" 헬름홀츠가 말했다.

"안녕하세요?" 짐이 건성으로 인사했다.

"지금은 저와 함께 살고 있어요." 퀸이 말했다. "지금은 제가 데리고 있죠."

"짐, 학교에 태워다 줄까?" 헬름홀츠가 물었다.

"예, 이 아이를 학교에 태워다 주세요." 퀸이 대신 대답했다. "선생님

---

*19세기 말 서부의 무법자로 권총의 명수.

**20세기 초 이탈리아 출신의 꽃미남 미국 배우.

***SF 만화의 주인공.

은 이 아이를 어떻게 생각할지 모르겠군요. 이 아이는 저한테는 말도 하려고 하지 않아요." 그는 짐을 돌아보며 말했다. "가서 씻고 면도해."

로봇처럼 짐은 그곳을 떠났다.

"저 아이의 부모는 어디에 있습니까?"

"저 애의 엄마는 죽었어요. 저 애 아빠는 저의 누이와 결혼한 뒤 저 애를 제 누이에게 떠맡기고는 그녀를 떠나 버렸고요. 그런데 법원에서는 제 누이가 저 애를 양육하는 방식이 맘에 안 든다고 잠시 동안 저 애를 위탁 가정에 맡겼지요. 그런 뒤에 법원에서는 저 애에게 시카고에서 떠나라는 판결을 내리면서 제게 저 애를 떠맡겼습니다." 그는 고개를 저었다. "인생은 참 웃기는 것 같아요, 헬름홀츠 선생님."

"때로는 그다지 웃기지 않기도 하지요." 헬름홀츠가 말했다. 그는 자신의 달걀들을 한쪽으로 치웠다.

"완전히 새로운 종족이 온 것 같아요." 퀸이 이상한 듯이 말했다. "저 애는 여기 주위에서 돌아다니는 아이들과는 전혀 달라요. 그 부츠에다 검정 재킷하며…… 게다가 도통 말도 하려고 하지 않아요. 저 애는 다른 애들과 어울려 다니려고도 하지 않아요. 공부도 하려 하지 않고요. 저는 저 애가 잘 읽고 쓸 수 있는지도 잘 모르겠어요."

"저 애는 음악은 좀 좋아해요? 아니면 그림은요? 아니면 동물은요?" 헬름홀츠가 물었다. "뭔가 수집하는 거라도 있어요?"

"글쎄, 선생님, 저 애가 뭘 좋아하는지 아세요?" 퀸이 말했다. "저 애는 자기 부츠 닦는 걸 좋아해요. 혼자 쉴 때면 부츠를 윤이 나도록 닦아요. 그리고 저 애가 천국에 있는 것처럼 정말로 행복해할 때는 혼자 쉬면서 만화책을 바닥 여기저기에 펼쳐 놓고 부츠를 닦거나 텔레비전을 볼 때예요." 그는 침울하게 미소를 지었다. "예, 저 애도 수집하는 게 있었어요. 그런데 제가 그것을 빼앗아서 강에다 던져 버렸어요."

"강에다 던져 버렸다고요?" 헬름홀츠가 말했다.

"예. 칼 여덟 자루였어요. 어떤 칼은 칼날이 선생님 팔만큼 길더군요."

헬름홀츠는 얼굴이 창백해졌다. "오." 그는 목 뒤의 머리털이 쭈뼛 곤두서는 것 같았다. "그건 링컨 고등학교의 새로운 문제예요. 난 그걸 어떻게 생각해야 할지 모르겠어요." 그는 쏟아진 소금을 손으로 쓸어 모아 깔끔하게 조그만 더미로 만들었는데, 꼭 자신의 흩어진 생각을 쓸어 모으는 것 같았다. "그건 일종의 병이 아닐까요? 그건 그렇게 보면 되겠지요?"

"병이요?" 퀸이 말했다. 그는 테이블을 탁 쳤다. "맞아요, 바로 그거예요!" 그는 자신의 가슴을 톡톡 두드렸다. "이 몸이야말로 저 애의 병을 낫게 해 줄 적임자지요."

"어떻게요?" 헬름홀츠가 물었다.

"불쌍하고 아픈 어린애란 소리는 더 이상 하지 않을 겁니다." 퀸이 단호하게 말했다. "사회복지사들과 소년법원, 그리고 누군지도 모르는 사람들 모두가 저 애에게 늘 그 말만을 해 왔죠. 지금부터 저 애는 못된 망나니 취급을 받을 겁니다. 저는 저 애가 행실을 고치거나 평생 수감되거나 할 때까지 저 애 꽁무니를 따라다닐 거예요. 둘 중 어느 쪽으로든 결판을 낼 겁니다."

"그렇군요." 헬름홀츠가 말했다.

"음악 듣는 것 좋아해?" 헬름홀츠는 자신의 차를 타고 짐과 함께 학교로 가는 길에 짐에게 밝은 목소리로 물었다.

짐은 아무 대답도 없었다. 그는 면도하지 않은 자신의 코밑수염과 짧은 구레나룻을 쓰다듬고 있었다.

"손가락이나 발로 박자를 맞춘 적 없니?" 헬름홀츠가 물었다. 짐의 부츠가 딸랑거리는 것 말고는 아무 기능이 없는 쇠줄로 장식되어 있는 점을 알아채고는 한 질문이었다.

짐은 지루하다는 듯 한숨을 쉬었다.

"아니면 휘파람을 분 적은 없니? 만약 네가 그런 것들 가운데 하나를 한다면, 그건 완전히 새로운 세계로, 그러니까 그 어떤 세계보다 아름다운 세계로 들어가는 열쇠를 주운 것과 같아."

짐은 입술을 모아 가볍게 야유하는 소리를 냈다.

"거봐!" 헬름홀츠가 말했다. "넌 방금 막 금관악기군의 기본 원리를 보여줬어. 모든 금관악기의 아름다운 소리는 입술로 부는 소리로 시작하지."

짐이 몸을 들썩하자 헬름홀츠의 낡은 차에서 짐이 앉은 자리의 스프링이 삐걱거리는 소리를 냈다. 헬름홀츠는 이것을 관심이 있다는 표시로 받아들이고는 고개를 돌려 동지를 만난 것처럼 반갑게 미소를 지어 보였다. 하지만 짐이 몸을 들썩했던 이유는 꽉 끼는 가죽 재킷 안에서 담배를 꺼내기 위해서였다.

헬름홀츠는 너무 속상한 나머지 바로 입을 다물어 버렸다. 겨우 학교에 이르러 교사용 주차장으로 들어설 무렵에야 그는 할 말이 생각이 났다.

"가끔," 헬름홀츠가 말했다. "굉장히 외롭거나 넌더리가 나서 어떻게 참아야 할지 모를 때가 있어. 이렇다 할 이유도 없이 온갖 미친 짓을 다 하고 싶어지지. 심지어는 나한테도 안 좋을지 모르는 짓까지 말이야."

짐은 담배 연기를 뿜어 능숙하게 도넛 모양을 만들었다.

"하지만 다음 순간!" 헬름홀츠가 말했다. 그는 손가락을 튕겨 딱 소리를 내고 경적을 울렸다. "하지만 다음 순간, 짐, 난 우주에는 내가 원하는 식으로 만들 수 있는 아주 작은 구석이 적어도 하나는 있다는 사실을 떠올려! 흡족할 때까지 열심히 그것에 매달리다 보면 나는 다시 완전히 새롭고 행복해지지."

"선생님은 행운아 아니에요?" 짐은 이렇게 말하고는 하품을 했다.

"맞아, 확실히 난 행운아야." 헬름홀츠가 말했다. "우주에서 내가 차지한 구석은 공교롭게도 나의 악단 주위의 공기야. 나는 그 공기를 음악으로 채울 수 있어. 동물학을 전공한 빌러 선생은 나비를 갖고 있어. 물리학을 전공한 트롯맨 선생은 추와 소리굽쇠를 갖고 있고. 모든 사람이 그러한 구석을 지니고 있다는 사실을 학생들에게 확신시키는 것은 우리 선생들이 떠맡은 가장 큰일 같아. 나는……."

차 문이 열렸다가 꽝 닫히며 짐이 가 버렸다. 헬름홀츠는 짐의 담배를 밟아 꺼서 주차장의 자갈 밑에 묻었다.

그날 아침 헬름홀츠의 첫 수업은 초급 악단의 수업이었다. 초급 악단에서 초보자들이 최선을 다해 악기를 쿵쿵 울리고 숨을 헐떡거리며 악기를 불어서 정말 길고도 머나먼 길을 지나 중급 악단을 거쳐 상급 악단으로 올라가면 마침내 세계 최고의 악단인 링컨 고등학교 텐 스퀘어 악단에 들어가게 되어 있었다.

헬름홀츠는 지휘대로 올라가 지휘봉을 들었다. "여러분은 여러분 자신이 생각하는 것보다 훌륭해요. 자, 하나, 둘, 셋." 그는 지휘봉을 내리며 연주의 시작을 알렸다.

초급 악단은 미(美)를 탐구하기 시작했는데, 밸브가 꼼짝 않고 파이프가 막히고 접합관이 새고 베어링이 기름칠 되지 않은 녹슨 기관차처럼 삐걱거렸다.

헬름홀츠는 수업 시간이 다 끝나갈 때까지도 계속 미소 짓고 있었는데, 그의 마음속에서는 그 소리가 언젠가 연주될 완성된 형태로 들렸기 때문이다. 한 시간 내내 악단의 연주에 맞춰 노래를 부르고 있었기 때문에 그는 목이 따가웠다. 그는 복도로 나가 음수대에서 물을 마셨다.

물을 마시던 중 쇠줄이 짤랑거리는 소리를 들었다. 고개를 드니 짐 돈니니가 보였다. 교실들에서 쏟아져 나온 학생들이 강물처럼 흘러가며 이동하고 있었다. 그러는 가운데 서로 반갑게 인사하느라 잠시 멈췄다가 다시 계속 흘러가고는 했다. 짐은 혼자였다. 짐도 잠시 멈출 때도 있었지만 그것은 누군가와 인사하기 위해서가 아니라 바짓가랑이로 부츠 코를 닦기 위한 것이었다. 그는 아무것도 그리워하지 않고, 아무것도 좋아하지 않고, 모든 것이 엉망이 되는 멋진 날만을 학수고대하는, 멜로드라마에 나오는 스파이의 분위기를 풍겼다.

"안녕, 짐." 헬름홀츠가 말했다. "와아, 지금 막 네 생각을 하고 있었는데. 우리 학교에는 방과 후에 활동할 수 있는 클럽과 팀이 많아. 그런 클럽이나 팀에 들어가면 친구들을 사귀기에 좋단다."

짐은 헬름홀츠를 머리에서 발끝까지 유심히 훑어봤다. "제가 친구들을 사귀고 싶어 하지 않을 수도 있잖아요. 그런 생각은 안 해 보셨어요?"라고 말하고는 짐은 발을 힘차게 내디뎌 쇠줄을 짤랑거리며 그곳에서 멀어져 갔다.

헬름홀츠가 중급 악단의 연습을 위해 지휘대로 돌아왔을 때 임시 교직원 회의에 참석하라는 쪽지가 하나 놓여 있었다.

그 회의는 공공 시설물 파손에 관한 것이었다.

누군가 학교에 침입해 영어과 부장인 크레인 선생님의 사무실을 엉망으로 만들어 놓았던 것이다. 그 가난한 선생의 보물들–책, 학위증, 잉글랜드의 스냅사진, 열한 편의 소설의 앞부분–이 찢기고 구겨지고 뒤섞이고 버려지고 짓밟히고 잉크에 흠뻑 젖어 있었다.

헬름홀츠는 진저리가 났다. 그는 그것을 믿을 수가 없었다. 그는 차마 그것에 대해 생각할 마음도 내키지 않았다. 하지만 그날 밤늦게 꿈속에서야 비로소 그는 그 일이 생생하게 와 닿았다. 꿈속에서 헬름홀츠는 창꼬치처럼 이빨이 날카롭고 갈고리 같은 손톱을 지닌 한 소년을 보았다. 그 괴물은 고등학교의 유리창으로 기어들어 가 악단 연습실 바닥에 쿵 떨어졌다. 그 괴물은 그 주(州)에서 가장 큰 북의 윗면을 손톱으로 갈기갈기 찢었다. 헬름홀츠는 울부짖으며 잠에서 깼다. 그는 옷을 입고 학교에 가는 것밖에 별도리가 없었다.

새벽 2시에 헬름홀츠는 악단 연습실에서 야간 경비원이 지켜보는 가운데 북의 윗면을 어루만져 보았다. 그는 북틀 위에서 북을 이리저리 돌려본 다음, 불을 껐다 켰다 하면서 북 내부도 비춰 보았다. 북은 손상되지 않았다. 야간 경비원은 순찰을 돌려고 그곳을 떠났다.

악단의 보물창고는 무사했다. 자신의 돈을 세는 구두쇠처럼 만족스런 표정으로 헬름홀츠는 나머지 악기들을 하나씩 사랑스럽게 어루만졌다. 그런 뒤 그는 수자폰*들을 닦기 시작했다. 그것을 닦고 있노라니 수자폰이 우렁차게 울리는 소리가 들리고 성조기와 링컨 고등학교의 교기를 앞세운 가운데 햇빛 속에서 그 악기들이 번쩍거리는 광경도 떠올랐다.

"빠밤, 따단, 빠밤, 따단!" 헬름홀츠는 행복하게 흥얼거렸다. "빰빰빰, 라라라, 빠밤, 빠밤, 쿵!"

상상의 악단이 연주할 다음 곡을 고르기 위해 멈췄을 때 옆의 화학 실험실에서 수상쩍은 소리가 들렸다. 헬름홀츠는 복도로 살금살금 걸어 나가서 실험실 문을 확 열어젖히고는 불빛을 비췄다. 짐 돈니니가 양손에 산이 든 병을 하나씩 들고 있었다. 그는 원소 주기율표, 공식으로 뒤덮인 칠판, 프랑스 화학자 라부아지에의 흉상에 산을 끼얹고 있었다. 그것은 헬름홀츠가 봤던 가운데 가장 혐오스러운 광경이었다.

---

*대형 금관악기.

짐은 살짝 허세를 부리는 듯한 표정으로 씨익 웃었다.

"여기에서 나가." 헬름홀츠가 말했다.

"어떻게 하려고요?" 짐이 물었다.

"깨끗이 치워야지. 내가 수습할 수 있는 건 하려고." 헬름홀츠가 멍하니 말했다. 그는 솜 지스러기 뭉치를 하나 집어서 산을 닦아 내기 시작했다.

"경찰을 부를 거예요?" 짐이 물었다.

"글쎄, 잘 모르겠어." 헬름홀츠가 말했다. "지금은 아무 생각도 나지 않아. 네가 큰북을 손상시키는 것을 내가 목격했다면 난 널 한 방에 죽였을지도 몰라. 그러면서도 난 네가 하고 있던 짓, 아니 정확히는 네가 하려고 했던 짓에 대해 이성적인 사고는 전혀 하지 못했을 거야."

"이곳을 완전히 바꿔 놓아야 할 때예요." 짐이 말했다.

"그래?" 헬름홀츠가 말했다. "틀림없이 그럴지도 모르겠구나. 우리 학생 가운데 한 명이 이곳을 완전히 망쳐 놓고 싶다면 말이야."

"이곳이 무슨 쓸모가 있어요?" 짐이 말했다.

"그리 쓸모가 있는 것 같지는 않아." 헬름홀츠가 말했다. "다만 이곳은 인간이 간신히 만들어낸 것 가운데 최고의 것이지." 그는 무력하게 혼잣말을 했다. 그는 소년을 남자답게 행동하게 만드는 묘책 보따리를 갖고 있었다. 소년의 두려움과 꿈과 사랑을 이용하는 묘책들로 가득한. 그런데 지금 여기에 있는 소년은 두려움도 꿈도 사랑도 없었다.

"네가 학교를 다 부숴 버린다면," 헬름홀츠는 말을 이어 갔다. "우리에게는 어떤 희망도 남지 않을 거야."

"어떤 희망이요?" 짐이 물었다.

"모든 사람이 자신이 살아 있음을 기뻐할 것이라는 희망." 헬름홀츠가 말했다. "심지어 너조차도."

"웃기지 마요." 짐이 말했다. "내가 이 쓰레기장 같은 곳에서 도망쳤던 때는 모두 힘든 시간이었어요. 그래서 이제 어떻게 하실 건데요?"

"내가 뭔가 조치를 취해야만 하겠지. 안 그래?" 헬름홀츠가 말했다.

"선생님이 뭘 하든 난 상관 안 해요." 짐이 말했다.

"나도 알아." 헬름홀츠가 말했다. "나도 안다고." 그는 짐을 데리고 악단 연습실에서 떨어져 있는 자신의 작은 사무실로 갔다. 그는 교장의 집으로 전화를 했다. 멍하니 그는 전화벨 소리를 듣고 그 노인이 침대에서 나와 전화를 받기를 기다렸다.

짐은 천 조각으로 부츠의 먼지를 닦았다.

헬름홀츠는 교장이 전화를 받지도 않았는데 갑자기 수화기를 수화기대에 내려놓았다. "넌 찢고 베고 구부러뜨리고 찢어발기고 때려 부수고 후려치는 것 말고는 아무것도 신경 쓰지 않지?" 그가 외쳤다. "아무것도? 그 부츠 말고는 아무것도?"

"그만하시고 전화나 하세요! 선생님이 누구한테 전화하시는지는 모르지만 그냥 전화나 하시라고요." 짐이 말했다.

헬름홀츠는 사물함을 열어 트럼펫을 꺼냈다. 그는 트럼펫을 짐의 팔에 떠밀어 안겼다. "자!" 그가 감정이 격해져 숨을 헐떡이며 말했다. "이건 나의 보물이야. 내가 가진 가장 소중한 것이지. 때려 부수라고 주는 거야. 나는 너를 막기 위해 미동도 하지 않을 거야. 네가 내 트럼펫을 때려 부수는 동안 내 가슴이 찢어지는 것을 지켜보는 즐거움도 넌 덤으로 누릴 수 있어."

짐은 그를 이상하다는 듯 쳐다봤다. 짐은 트럼펫을 내려놓았다.

"어서!" 헬름홀츠가 말했다. "세상이 너를 그토록 심하게 취급했다면 그 트럼펫은 얼마든지 망가져도 돼!"

"저는……." 짐이 말하려 했다. 그때 헬름홀츠가 짐의 허리띠를 잡더니 뒤에서 발을 걸어 짐을 바닥에 쓰러뜨렸다.

헬름홀츠는 짐의 부츠를 벗겨 구석으로 던졌다. “자!” 헬름홀츠는 사납게 외쳤다. 그는 소년을 다시 확 일으켜 세운 뒤 트럼펫을 다시 팔에 떠밀어 안겼다.

짐 돈니니는 이제 맨발이었다. 양말은 부츠에 딸려 가 버린 상태였다. 소년은 아래를 보았다. 한때는 큰 검정 곤봉 같았던 발이 이제는 닭 날개처럼 좁다란 모습으로 뼈가 앙상하고 시퍼렇고 그다지 깨끗하지 않았다.

소년은 몸을 벌벌 떨다가 급기야 몸서리를 쳤다. 한 번 몸서리칠 때마다 안에서 뭔가가 떨어져 나가는 것 같았고 급기야 반항적인 소년의 모습은 남아 있지 않았다. 반항적인 소년은 이제 완전히 사라지고 없었다. 마치 죽음만을 기다리고 있는 것처럼 짐의 고개가 축 처졌다.

헬름홀츠는 자책하며 어찌할 줄 몰랐다. 그는 그 소년을 와락 껴안았다. “짐! 짐…… 얘야, 내 말을 들어!”

짐의 몸의 떨림이 멎었다.

“네가 가지고 있는 그 트럼펫이 어떤 건 줄 아니?” 헬름홀츠가 말했다. “그 트럼펫이 얼마나 특별한 줄 알아?”

짐은 그저 한숨만 쉬었다.

“그건 존 필립 수자* 거였어!” 헬름홀츠가 말했다. 그는 짐을 안은 채 부드럽게 흔들며 짐이 활기를 되찾게 하려고 애썼다. “짐, 난 그것을 너와 교환한 거야. 너의 부츠와 말이지. 짐, 이 트럼펫은 네 거야! 존 필립 수자의 트럼펫이 네 거라고! 짐, 이건 수백 달러의 가치가 있어, 아니 수천 달러지!”

짐은 헬름홀츠의 가슴에 머리를 기댔다.

“짐, 이 트럼펫이 부츠보다 더 좋은 거야.” 헬름홀츠가 말했다. “넌 트럼펫을 연주하는 법을 배울 수 있어. 짐, 넌 특별한 존재야. 넌 존 필립

*수자폰을 만든 미국의 지휘자이자 작곡가.

수자의 트럼펫을 가진 소년이라고!"

헬름홀츠는 소년이 넘어지지는 않는지 확인하며 안고 있던 소년을 천천히 놔줬다. 짐은 넘어지지 않았다. 그는 혼자 섰다. 트럼펫은 여전히 그의 팔에 들려 있었다.

"집에 데려다줄게, 짐." 헬름홀츠가 말했다. "착한 소년이 되면 오늘 밤 있었던 일에 대해서는 한마디도 하지 않을게. 네 트럼펫을 윤이 나도록 닦고 착한 소년이 되는 것을 배워."

"제 부츠를 돌려주실 수 있으세요?" 짐이 느릿느릿 말했다.

"아니." 헬름홀츠가 말했다. "그건 너한테 좋지 않은 것 같아."

그는 짐을 집으로 태워다 줬다. 차창을 열자 찬 공기에 소년이 생기를 되찾는 것 같았다. 그는 짐을 퀸의 식당 앞에 내려 줬다. 맨발로 보도를 걸어가는 짐의 가벼운 발소리가 텅 빈 거리에 울려 퍼졌다. 짐은 창문으로 기어 올라가 주방 뒤에 있는 자신의 방으로 들어갔다. 그리고 만물이 고요했다.

이튿날 아침, 흔들흔들 철컹거리며 나아가는 진흙투성이 기계들이 버트 퀸의 비전을 실현시키고 있었다. 그 기계들은 식당 뒤 언덕이 있었던 곳의 땅을 반반하게 고르고 있었다. 그 기계들은 그 땅을 당구대만큼이나 평평하게 만들고 있었다.

헬름홀츠는 다시 칸막이 자리에 앉았다. 퀸은 다시 그 자리에 합석했다. 짐은 다시 대걸레질을 했다. 짐은 눈을 계속 내리깐 채로 헬름홀츠를 알아채지 못한 척하려고 했다. 그리고 비누거품이 밀려와 자신의 작고 좁은 갈색 단화의 코를 덮쳐도 신경 쓰지 않는 것 같았다.

"연달아 이틀 아침을 밖에서 식사하시네요?" 퀸이 말했다. "댁에 무슨 안 좋은 일이라도 있으세요?"

"아내가 시골에 가서 아직 안 돌아왔어요." 헬름홀츠가 말했다.

"고양이가 없으면 쥐가 살판이 난다지요." 퀸이 말을 하며 윙크를 했다.

"고양이가 없으면 여기 이 쥐는 외로워지는군요." 헬름홀츠가 말했다.

퀸은 몸을 헬름홀츠 쪽으로 기울였다. "그것 때문에 한밤중에 잠자리에서 일어나신 겁니까, 헬름홀츠 선생님? 외로움 때문에요?" 그는 짐 쪽으로 고개를 홱 돌렸다. "애! 가서 헬름홀츠 선생님의 트럼펫을 갖고 와."

짐이 고개를 들자 또다시 굴처럼 무표정해진 짐의 눈이 헬름홀츠의 눈에 들어왔다. 짐은 행군하는 듯한 걸음으로 트럼펫을 가지러 갔다.

퀸은 지금 자신이 흥분한 동시에 화가 났음을 보여 주었다. "선생님이 저 애의 부츠를 빼앗고 트럼펫을 주셨다던데 제가 호기심이 생기는 게 당연하지 않을까요?" 퀸이 말했다. "제가 질문을 하고 싶은 게 당연하지 않겠습니까? 선생님이 저 애가 학교를 파괴하는 현장을 목격했다는 사실을 제가 알게 되는 게 당연하지 않을까요? 선생님은 형편없는 사기꾼을 만들 뻔했습니다, 헬름홀츠 선생님. 선생님은 범죄 현장에 선생님의 지휘봉과 악보, 운전면허증을 놔두고 오신 셈이에요."

"단서를 감출 생각은 없어요." 헬름홀츠가 말했다. "나는 그저 내가 해야 할 일을 하는 겁니다. 난 당신에게 말하려고 했어요."

퀸의 발이 춤을 추자 구두가 쥐처럼 찍찍거리는 소리를 냈다. "그래요? 음, 저도 선생님에게 전할 소식이 있어요."

"뭔데요?" 헬름홀츠는 불안하게 물었다.

"짐과 저는 이제 끝났다는 겁니다." 퀸이 말했다. "어젯밤 사건이 결정적이었어요. 저는 이제 그 애를 원래 있던 곳으로 돌려보낼 겁니다."

"또 다른 위탁 가정으로요?" 헬름홀츠가 힘없이 말했다.

"뭐든 전문가들이 그런 아이를 처리하기 위해 생각해 낸 대로 알아서 하겠죠." 퀸이 뒤로 기대앉아 시끄럽게 숨을 내쉬며 안도감에 축 늘어졌다.

"안 돼요." 헬름홀츠가 말했다.

"안 될 게 뭐가 있어요." 퀸이 말했다.

"그러면 그 애는 끝장나고 말 겁니다." 헬름홀츠가 말했다. "그 애는 한 번 더 버려지면 견디지 못할 거예요."

"그 애는 어떤 감정도 못 느껴요." 퀸이 말했다. "난 그 애를 도울 수 없어요. 그 애를 다치게 할 수도 없죠. 아무도 그러지 못할 거예요. 그 애에게는 용기도 없고요."

"그 애는 상흔 덩어리예요." 헬름홀츠가 말했다.

상흔 덩어리가 트럼펫을 가지고 돌아왔다. 짐은 무표정하게 헬름홀츠 앞의 테이블에 그것을 놓았다.

헬름홀츠는 억지로 미소를 지으며 말했다. "이건 네 거란다, 짐. 내가 너한테 준 거잖니."

"기회가 왔을 때 가져가세요, 헬름홀츠 선생님." 퀸이 말했다. "이 애는 이것을 원하지 않아요. 이 애가 이걸로 할 일이라고는 칼 한 자루나 담배 한 갑과 바꾸는 게 전부일 겁니다."

"이 애는 아직 이 트럼펫의 가치를 알지 못해요." 헬름홀츠가 말했다. "그걸 알아내려면 시간이 조금 걸릴 거예요."

"이게 무슨 쓸모라도 있나요?" 퀸이 말했다.

"쓸모요?" 헬름홀츠는 자신의 귀를 의심하며 말했다. "쓸모가 있냐고요?" 그는 어떻게 그 악기를 그런 식으로 볼 수 있는지, 어떻게 그 악기에 흥분하지도 황홀해 하지도 않는지 이해할 수가 없었다. "쓸모라고요?" 그는 중얼거렸다. "이 악기는 존 필립 수자의 것이었어요."

퀸은 바보같이 눈을 깜박거렸다. "누구요?"

헬름홀츠의 두 손이 죽어 가는 새의 날개처럼 테이블 위에서 파닥거렸다. “존 필립 수자가 누구냐고요?” 그는 새된 소리로 말했다. 더 이상 말이 나오지 않았다. 그것은 지친 사람이 논하기에는 너무나 큰 주제였다. 죽어 가는 새가 숨을 거두며 잠잠해졌다.

긴 침묵이 흐른 뒤, 헬름홀츠는 트럼펫을 집어 들었다. 그는 멋진 독주 부분을 꿈꾸며 차가운 마우스피스에 입을 맞추고 밸브를 밀어 넣었다. 그 악기의 종 모양으로 생긴 끝부분 너머로 헬름홀츠는 겉보기에는 우주에서 떠다니는 듯 거의 아무것도 들리지도 보이지도 않는 듯한 짐 돈니니의 얼굴을 보았다. 이제 헬름홀츠는 사람들과 그들의 보물들이 무의미하다는 사실을 깨달았다. 그전까지만 해도 그는 자신의 가장 큰 보물인 그 트럼펫은 짐에게 영혼을 하나 사 줄 수 있을 것이라고 생각했다. 하지만 이제 그 트럼펫은 무가치했다.

의도적으로 헬름홀츠는 트럼펫을 테이블 가장자리에 대고 마구 두드렸다. 그런 뒤 나무 모양의 옷걸이에 빙 둘러 트럼펫을 구부러뜨렸다. 그는 망가진 트럼펫을 퀸에게 건넸다.

“그걸 부쉈군요.” 퀸이 깜짝 놀라며 말했다. “대체 왜 그러셨어요? 뭘 증명하려고요?”

“나도…… 잘 모르겠어요.” 헬름홀츠가 말했다. 신성을 끔찍하게 모독한 것 같은 기분이 그의 마음속 깊은 곳에서 화산의 전조처럼 우르릉거리는 소리를 냈다. 그러다가 억누르지 못하고 그 기분이 밖으로 터져 나왔다. “젠장, 인생에 좋은 게 대체 뭐가 있담.” 헬름홀츠가 말했다. 눈물과 수치심을 간신히 참느라 그의 얼굴이 일그러졌다.

걸어 다니는 산과도 같던 헬름홀츠가 무너져 내리고 있었다. 짐 돈니니의 눈에는 연민과 놀라움이 가득했다. 그의 눈이 활기를 띠었다. 그의 눈이 인간다워졌다. 헬름홀츠의 의도가 그에게 전해졌던 것이다. 퀸이 짐을 바라보았고 무척 외로워 보이는 퀸의 늙은 얼굴에 처음으로 희망의 빛

같은 것이 스쳤다.

2주 뒤, 링컨 고등학교에서는 새 학기가 시작되었다.

악단 연습실에서 초급 악단의 단원들이 그들의 지휘자를, 그리고 연주자로서 자신들의 운명이 펼쳐지기를 기다리고 있었다.

헬름홀츠가 지휘대로 올라가 지휘봉으로 보면대를 탁탁 두드렸다. "봄의 소리 왈츠." 그가 말했다. "다들 들어 봤죠? 봄의 소리 왈츠?"

바스락거리는 소리가 나며 연주자들이 자신의 보면대에 그 악보를 올려놓았다. 그들이 준비가 된 뒤 이어진 완전한 침묵 속에서 헬름홀츠는 짐 돈니니를 흘끗 보았다. 짐 돈니니는 학교에서 가장 실력 없는 악단의 가장 실력 없는 트럼펫 주자들 가운데서도 맨 끝자리에 앉아 있었다.

존 필립 수자와 조지 M. 헬름홀츠에 이어 이제 그의 것이 된 트럼펫은 말끔히 수리되어 있었다.

"자, 이런 식으로 생각해 봅시다." 헬름홀츠가 말했다. "우리의 목표는 우리가 세상에 나왔을 때보다 세상을 더 아름답게 만드는 거예요. 그 목표는 이루어질 수 있어요. 우리는 그렇게 할 수 있어요."

절망의 작은 비명이 짐 돈니니에게서 새어 나왔다. 혼자 조용히 내려던 것이지만 그 소리는 모두의 귀에 날카롭게 꽂혔다.

"어떻게요?" 짐이 물었다.

"여러분 자신을 사랑해요." 헬름홀츠가 말했다. "그리고 여러분의 악기가 그런 마음을 담아 노래하게 만들어요. 자, 하나, 둘, 셋." 그의 지휘봉이 내려가며 연주의 시작을 알렸다.

(1955년)

유인 미사일

우크라이나 소비에트 사회주의 공화국*의 일바 마을의 석공인 저, 미하일 이반코프가 미합중국의 플로리다주 타이터스빌의 석유 상인인 당신, 찰스 애슐랜드 씨께 인사와 함께 애처로운 마음을 전합니다. 저는 당신의 손을 꼭 잡습니다.

최초의 진정한 우주비행사는 저의 아들 스테판 이반코프 소령이었습니다.** 두 번째 우주비행사는 당신의 아들 브라이언트 애슐랜드 대위였습니다. 그 둘은 사람들이 더 이상 하늘을 올려다보지 않는 날이 와야지만 잊힐 것입니다. 그 둘은 달과 행성, 태양, 별과도 같습니다.

저는 영어를 못 합니다. 저는 지금 이 말을 마음을 담아 러시아어로 하

---

*과거 소비에트 연방, 즉 소련을 이루던 15개의 연합국 가운데 현재 우크라이나에 위치했던 공화국.

**이 소설이 쓰인 시기인 1958년은 인공위성을 통한 우주 개발 경쟁에 대한 관심이 고조되었을 때이다. 소련이 1957년 세계 최초 인공위성인 스푸트니크 1호를 쏘아 올렸고, 이에 충격을 받은 미국이 1958년 미국 항공우주국 NASA를 설립해 그해 1월 미국 최초의 인공위성 익스플로러 1호를 쏘아 올리며 미국과 소련 간의 치열한 우주 개발 경쟁이 본격화되었다.

고 있고, 살아 있는 제 아들 알렉세이가 제 말을 영어로 옮겨 적고 있습니다. 알렉세이는 학교에서 영어와 독일어를 배우고 있습니다. 이 아이는 영어를 가장 좋아합니다. 이 아이는 당신 나라의 작가인 잭 런던과 오 헨리, 마크 트웨인을 존경합니다. 알렉세이는 열일곱 살입니다. 이 아이는 그의 형 스테판과 같은 과학자가 될 것입니다.

알렉세이가 당신에게 자신은 전쟁이 아니라 평화를 위해 과학 연구를 할 것이라고 전해 달라는군요. 이 아이는 또 당신에게 자신은 당신의 아들에 대한 기억을 싫어하지 않는다는 말도 전해 달라는군요. 이 아이는 당신의 아들이 명령을 받고 어쩔 수 없이 그 일을 했다는 사실을 이해합니다. 이 아이는 지금 무척 많이 말하고 있으며 이 편지를 직접 쓰고 싶어 합니다. 이 아이는 마흔아홉 먹은 사람을 아주 늙은이 취급을 하면서 할 수 있는 일이라고는 돌 위에 돌을 올려놓는 것밖에 없는 늙은이는 우주에서 죽은 젊은이들에 대해 올바른 말을 할 수 없다고 생각합니다.

이 아이가 바란다면 이 아이도 스테판과 당신의 아들의 죽음에 대한 편지를 쓰겠지요. 하지만 이것은 저의 편지이므로 저는 스테판의 미망인인 제 며느리 악시니아에게 읽어 달라고 부탁해 알렉세이가 제가 쓰고자 하는 대로 이 편지를 정확히 썼는지 확인할 것입니다. 악시니아도 영어를 아주 잘 이해합니다. 제 며느리는 소아과 의사입니다. 아름다운 아이지요. 제 며느리는 스테판을 잃은 비통한 마음을 조금이나마 잊기 위해 무척 열심히 일합니다.

애슐랜드 씨, 제가 농담 하나 하겠습니다. 소련이 개 한 마리를 실어 두 번째 인공위성*을 쏘아 올렸을 때, 우리는 그 안에 실린 것이 사실 개

---

*1957년 11월 소련이 쏘아 올린 인공위성 스푸트니크 2호를 말한다. 이 인공위성에는 '라이카'라는 작은 개 한 마리를 탑승시켰는데, 라이카는 인류에 앞서 우주를 여행한 최초의 생명체로 우주여행 중 사망했다. 이후 동물을 탑승시킨 실험이 계속되었고 소련은 1961년 유리 가가린이 탑승한 최초의 유인 우주선 보스토크 1호를 발사한다.

가 아니라 이틀 전 절도죄로 잡혀간 유제품 판매점 관리인 프로호르 이바노프라고 수군거렸습니다. 그것은 단지 농담에 지나지 않았지만 그 농담은 저로 하여금 인간을 우주로 보내는 것은 얼마나 끔찍한 벌일까 하는 생각을 하게끔 했습니다. 그런데 그 생각이 계속 제 머릿속을 맴돌았습니다. 급기야 밤이 되자 저는 그것에 대한 꿈을 꾸었고 꿈속에서 그 벌을 받은 것은 다름 아닌 바로 저 자신이었습니다.

저는 큰아들 스테판이 옆에 있었다면 그 아이에게 우주에서의 생활에 대해 물어봤을 테지만 그 아이는 저 멀리 카스피해의 구레프에 있었습니다. 그래서 저는 작은아들에게 물어봤습니다. 알렉세이는 우주에 대한 저의 공포심을 비웃었습니다. 알렉세이는 사람은 우주에서 아주 편안히 있을 수 있다고 말하더군요. 많은 젊은이들이 곧 우주로 갈 것이라고도 했고요. 처음에는 인공위성을 탄 채 달을 구경하겠지만 조금 뒤에는 달에 직접 가게 될 것이고, 또 그런 뒤에는 다른 행성들에도 가게 될 것이라더군요. 알렉세이는 오직 늙은이만이 그런 간단한 여행에 대해 걱정할 것이라며 저를 비웃었습니다.

알렉세이 말로는 우주에 있을 때 유일하게 불편한 점은 중력이 부족한 거라더군요. 그것은 제게는 대단히 크게 부족한 것처럼 느껴졌습니다. 알렉세이 말로는 중력이 더 이상 작용하지 않기 때문에 물 같은 것은 젖병에 담아 마셔야 하고, 끊임없이 떨어지는 기분에 익숙해져야 하며, 자신의 움직임을 조절하는 법을 배워야 할 것이라더군요. 그게 다였어요. 알렉세이는 그런 일들이 성가실 것이라고는 생각하지 않았습니다. 알렉세이는 머지않아 화성에 가게 되기를 바라더군요.

제 아내인 올가도 제가 너무 늙어서 위대한 신우주시대를 이해하지 못한다며 저를 비웃었습니다. 올가는 "러시아가 띄운 위성 두 개가 하늘 높은 곳에서 빛나고 있어요. 이제 보니 내 남편이 그 사실을 아직 믿지 못하는 지구상의 유일한 사람이로군요!"라고 말했습니다.

하지만 저는 우주에 대한 악몽에 계속 시달렸고 이제 그런 정보까지 알게 되자 저의 악몽은 정말로 과학적이 되었습니다. 꿈속에 젖병들이 등장하는가 하면 제가 떨어지고 또 떨어지고 또 떨어졌으며 제 팔다리가 기이하게 움직였습니다. 어쩌면 그 꿈들은 초현실적으로 뭔가를 계시하는 것이었을지도 모릅니다. 어쩌면 어떤 대단한 존재가 제가 꿈속에서 겪은 것과 같은 고통을 스테판이 곧 우주에서 겪게 되리란 것을 제게 경고하려고 애쓰고 있었던 것일지도 모르고요. 어쩌면 어떤 대단한 존재가 스테판이 우주에서 죽임을 당할 것이라고 제게 경고하려고 애쓰고 있었던 것일지도 모르지요.

제가 미합중국에 보내는 편지에 이런 말을 하니 알렉세이가 지금 무척 당혹스러워하는군요. 이러면 당신이 저를 미신이나 믿는 촌무지렁이라고 생각할 거라나요. 뭐, 그렇대도 할 수 없지요. 저는 미래의 과학적인 사람들은 현재의 과학적인 사람들을 비웃을 것이라고 생각합니다. 그들이 현재의 과학적인 사람들을 비웃을 것 같은 이유는 현재의 과학적인 사람들이 너무나 많은 중요한 것들을 미신으로 치부하기 때문입니다. 제가 우주에 대해 꾸었던 꿈속의 모든 일들이 제 아들에게 실제로 일어났습니다. 스테판은 저기 위에서 고통을 정말 많이 겪었습니다. 우주에서 나흘을 보낸 뒤, 스테판은 때로는 아기처럼 울었습니다. 그보다 앞서 저는 제 꿈속에서 아기처럼 울었었지요.

저는 겁쟁이가 아닙니다. 저는 인류의 삶이 개선되는 것보다 안락함을 더 사랑하지도 않아요. 저는 제 아들들 일에 있어서도 겁쟁이가 아닙니다. 저는 전쟁에서 커다란 고통을 겪어 봤기에 큰 기쁨을 얻기 전에는 틀림없이 큰 고통을 겪는다는 사실을 잘 압니다. 하지만 우주 공간에 있는 사람에게 닥칠 게 분명한 고통에 대해 생각할 때는 그런 고통으로 얻게 될 기쁨이 무엇인지 알 수가 없었습니다. 이것은 스테판이 인공위성을 타고 우주로 올라가기 훨씬 전 일입니다.

저는 달과 행성이 정말로 갈 만한 가치가 있는 곳인지 알아보기 위해 도서관에 가서 그곳에 관한 책을 읽었습니다. 달과 행성에 대해 물어보면 알렉세이는 그런 곳에서 우리가 얼마나 멋진 시간을 보내게 될지에 대해 말할 게 뻔했기 때문에 저는 알렉세이에게 그것에 대해 물어보지 않았습니다. 저는 달과 행성이 사람에게도 그 어떤 생명체에게도 적합한 곳이 아니라는 사실을 도서관에서 스스로 알아냈습니다. 그곳들은 너무 덥거나 너무 춥거나 너무 유독했습니다.

집으로 돌아간 저는 도서관에서 알아낸 사실들에 대해 아무것도 말하지 않았습니다. 또다시 비웃음을 당하고 싶지 않았으니까요. 저는 스테판이 우리를 방문하기를 조용히 기다렸습니다. 스테판은 제가 질문해도 비웃지 않고 과학적으로 대답해 줄 테니까요. 수년간 로켓에 관해 연구를 해 왔으니까 우주에 대해 알려진 모든 것도 알고 있을 테고 말입니다.

마침내 스테판이 아름다운 자기 아내를 데리고 우리를 방문하러 왔습니다. 그 애는 몸집이 작았지만 강하고 도량이 넓고 지혜로웠습니다. 그런데 그 애는 무척 피곤해 보였어요. 눈은 쑥 들어가 있었고요. 그 애는 자신이 우주로 쏘아 올려질 것이란 사실을 이미 알고 있었어요. 맨 처음 나온 인공위성에는 무선 송신기가 달려 있었습니다. 다음으로 나온 인공위성에는 개가 실렸지요. 그다음으로 나올 인공위성들에는 원숭이들과 유인원들이 실릴 예정이었고요. 그 뒤에 나올 인공위성에는 스테판이 실릴 예정이었습니다. 스테판은 우주에서의 자신의 집을 설계하며 밤낮없이 연구에 매달렸습니다. 하지만 그 애는 그 사실을 제게 말할 수 없었습니다. 자신의 아내에게도 말할 수 없었지요.

애슐랜드 씨, 당신이 제 아들을 만났더라면 당신도 제 아들을 좋아했을 겁니다. 모든 사람이 우리 스테판을 좋아했지요. 그 애는 평화주의자였습니다. 그 애는 훌륭한 전사였기 때문에 소령이 된 것이 아니었습니다. 그 애는 로켓 박사였기 때문에 소령이 된 것이었습니다. 그 애는 사려 깊은 사람이었습니다. 그 애는 자기도 저처럼 석공이면 좋겠다는 말을 종종 했습니다. 그 애는 석공은 충분히 생각할 시간과 평화를 지닐 것 같다더군요. 저는 그 애에게 석공은 돌과 모르타르말고는 거의 생각하는 것이 없다는 말은 하지 않았습니다.

저는 그 애에게 물으려던 우주에 대한 질문들을 했고 역시나 그 아이는 비웃지 않았지요. 스테판은 저의 질문들에 아주 진지하게 대답했습니다. 그 아이에게는 진지할 이유가 있었습니다. 그 아이는 그때 왜 자신이 직접 나서서 기꺼이 우주에서 고통을 겪으려고 하는지를 말하고 있었던 겁니다.

스테판은 제가 옳다고 말했습니다. 사람은 우주에서 심하게 고통을 겪을 것이며 달과 행성들은 사람들에게는 안 좋은 곳이라더군요. 사람들에게 좋은 곳도 있을지도 모르지만 너무나도 멀어서 사람들이 평생 걸려도 도달하기 어렵다고 했습니다.

"그렇다면 뭐가 위대한 신우주시대라는 거야, 스테판?" 제가 스테판에게 물었습니다.

"오랫동안 인공위성의 시대가 계속될 거예요." 스테판이 말했습니다. "우리는 머지않아 달에 착륙할 거예요. 하지만 달에서 몇 시간 넘게 머무는 것은 굉장히 어려울 거예요."

"그럼 좋은 것도 별로 없다면서 왜 우주로 가는 거야?" 제가 스테판에게 물었습니다.

"우주에는 배워야 되고 봐야 되는 것들이 아주 많기 때문이에요." 스테판이 말했습니다. "우주로 나가면 우리는 다른 세계를 그 사이에 놓인 대기의 장막 없이 볼 수 있어요. 우리는 우리 자신의 세계를 볼 수 있고, 그 위의 기상 흐름을 살필 수 있고, 우리 세계의 정확한 크기를 측정할 수 있어요." 그 마지막 말에 저는 깜짝 놀랐습니다. 우리 세계의 크기는 잘 알려져 있다고 생각했으니까요. "그곳에 나가면 우주에서 멋지게 빛발치는 물질과 에너지에 대해 많이 배울 수 있어요."라고 스테판이 말했습니다. 그리고 그 애는 그곳에 나가게 됐을 때 느끼게 될 기쁨을 시적으로 그리고 과학적으로 표현했지요.

저는 만족했습니다. 스테판은 우주에서의 모든 아름다움과 진실에 대한 생각에서 그 자신이 느끼는 큰 기쁨을 저 또한 느끼게 만들었습니다. 애슐랜드 씨, 마침내 저는 왜 그러한 고통이 감내할 만한 가치가 있는 것인지를 이해했습니다. 다시 우주에 대한 꿈을 꾸게 되었을 때 저는 저 아래 우리가 사는 사랑스러운 파란 공을 내려다보는 꿈이나 다른 세계들을 올려다보며 그 어느 때보다 더 꼼꼼하게 살피는 꿈을 꾸고는 했습니다.

애슐랜드 씨, 스테판은 소련을 위해서가 아니라 우주의 아름다움과 진실을 위해서 연구하다 죽은 것입니다. 그 애는 우주를 호전적 용도로 말하는 것을 좋아하지 않았습니다. 그 애가 아니라 오히려 알렉세이가 우주를 그런 식으로 말하기 좋아했죠. 인공위성에서 지구를 염탐할 수 있다고 찬양하거나 인공위성에서 미사일을 목표물로 유도할 수 있다거나 달에서 발사된 무기로 세상을 정복할 수 있다고 떠들어 대는 것은 알렉세이였어요. 알렉세이는 그런 유치한 폭력 생각에 흥분하면서 그의 형 스테판도 자신의 흥분을 함께 하기를 기대했습니다.

스테판은 미소 짓기는 했지만 그건 다만 알렉세이를 사랑하기 때문이었습니다. 그 애는 전쟁에 대해, 또는 인공위성에 탄 사람이나 달에 착륙

한 사람이 적에게 할 수 있는 일들에 대해 미소 지은 것은 아니었습니다. 스테판은 이렇게 말했지요. "알렉세이, 과학을 그런 용도로 쓰는 건 정말 어쩔 수 없는 경우야. 하지만 만약 그런 전쟁이 일어난다면, 아무것도 더 이상 중요하지 않을 거야. 그러면 우리의 세계는 태양계에서 다른 어떤 행성보다 살기에 적합하지 않은 곳이 될 거야."

알렉세이는 그 후로는 전쟁에 대해 좋게 말하지 않습니다.

스테판과 제 며느리는 그날 밤늦게 떠났습니다. 스테판은 1년이 가기 전에 다시 오겠다고 약속했지만 살아 있는 그 애를 본 것은 그게 마지막이었습니다.

소련이 사람이 탄 인공위성을 우주로 발사했다는 소식을 들었을 때, 저는 인공위성에 탄 그 사람이 우리 스테판인 줄 몰랐습니다. 감히 그러리라고는 상상도 못했어요. 저는 스테판을 다시 볼 날만을 손꼽아 기다렸습니다. 그 애에게 인공위성에 탄 그 사람이 이륙하기 전에 무슨 말을 했는지, 그 사람의 옷차림이 어땠는지, 그 사람은 위안이 되는 물품으로 무엇을 싣고 갔는지 묻고 싶어서 견딜 수가 없었지요. 우리는 그날 밤 8시에 라디오를 통해 그 사람이 우주에서 말하는 소리를 들을 수 있다는 소식을 들었습니다.

우리는 라디오에 귀를 기울였습니다. 우리는 그 사람이 말하는 소리를 들었습니다. 그 사람은 우리 스테판이었습니다.

스테판의 목소리는 힘찼습니다. 행복한 목소리였어요. 그리고 자긍심 가득하고 점잖고 사려 깊은 목소리였습니다. 애슐랜드 씨, 우리는 큰 소리로 웃다가 급기야 울음을 터트렸습니다. 춤도 추었습니다. 우리 스테판이 살아 있는 사람 가운데 가장 중요한 사람이었어요. 그 애가 모든 사람 위로 올라가 지금 아래를 내려다보며 우리 세계가 어떻게 보이는지를, 그리고 위를 올려다보며 다른 세계들이 어떻게 보이는지 우리에게 말해 주고 있었습니다.

스테판은 하늘에 있는 자신의 작은 집에 대해 유쾌한 농담을 했습니다. 자신의 집이 길이는 10미터, 지름은 4미터인 원통이라고 말했습니다. 아주 아늑한 것 같다더군요. 그리고 자기 집에는 작은 창들이 있고, 텔레비전 카메라 한 대, 망원경 한 대, 전파 탐지기, 그리고 온갖 종류의 기구들도 있다고 얘기했습니다. 그런 일들이 가능한 시대에 살아서 얼마나 기뻤는지 모릅니다! 모든 인류를 대표해 우주에 눈과 귀와 마음이 가 있는 사람의 아버지라는 게 얼마나 기뻤는지 모릅니다!

그 애는 그곳에서 한 달 동안 머무를 것이라고 말했습니다. 우리는 하루하루 날을 세기 시작했습니다. 매일 밤 우리는 스테판이 한 말을 녹음한 방송을 들었습니다. 우리는 그 애가 코피를 쏟았다거나 메스꺼웠다거나 울었다거나 하는 말은 전혀 듣지 못했습니다. 우리는 그 애의 차분하고 용감한 말들만 들었습니다. 그러던 열흘째 되던 날 밤, 스테판의 말을 녹음한 것이 더 이상 방송되지 않았습니다. 8시가 되었지만 라디오에서는 음악밖에 나오지 않았습니다. 스테판 소식은 전혀 없었고 우리는 그 애가 죽었다는 것을 알았습니다.

1년이 지난 지금에서야 비로소 우리는 스테판이 어떻게 죽었으며 그의 시신이 어디에 있는지 알게 되었습니다. 애슐랜드 씨, 그 공포스러운 참상에 익숙해지자 저는 이렇게 말했습니다. "어쩔 수 없지 뭐. 우리가 하늘을 바라볼 때마다 스테판 이반코프 소령과 브라이언트 애슐랜드 대위를 떠올리며 신뢰 없는 세상을 만든 것에 대해 우리 스스로를 비난하기를 바라야지. 그 두 사람이 사람들 사이의 신뢰를 쌓는 출발점이 되기를, 또 그 둘이 우리의 착하고 용감한 젊은이들을 우주로 날려 보내 충돌시켜 죽음에 이르게 하는 시대의 마침표를 찍게 하기를 빌어야지."

스테판이 마지막으로 우리를 방문했을 때 찍은 저희 가족사진을 동봉합니다. 스테판의 멋진 모습이 담긴 사진이에요. 배경의 바다는 흑해입니다.

미하일 이반코프

이반코프 씨 귀하,

우리의 아들들에 대한 편지를 보내 주셔서 감사드립니다. 저는 결코 당신의 편지를 우편배달부를 통해서 받지는 못했습니다. 귀국의 코셰보이 씨가 UN에서 당신의 편지를 크게 소리 내어 읽은 뒤 그 편지는 모든 신문에 실렸습니다. 저는 결코 저를 위한 사본 한 장 받지 못했습니다. 코셰보이 씨가 당신의 편지를 우편함에 다시 넣어 놓는 것을 깜박했던 게 아닐까 싶습니다. 괜찮습니다. 기자들에게 건네는 것, 그것이 중요한 편지를 배달하는 현대의 방식인 모양이니까요. 기자들 말로는 우리의 두 아이 사이에 일어난 일을 둘러싸고 우리가 전쟁으로 치닫지 않았다는 사실을 제하면 제게 보낸 당신의 편지는 최근 일어난 일 가운데 가장 중요한 일이라고 합니다.

저는 러시아어를 할 줄 모르고 가까이에 러시아어를 할 줄 아는 사람이 하나도 없습니다. 그러니 제가 영어를 사용하는 것을 양해해 주시기 바랍니다. 알렉세이가 당신에게 이 편지를 읽어 줄 수 있으리라고 봅니다. 아드님에게 영어 실력이 아주 뛰어나다고 전해 주세요. 저보다도 더 뛰어나다고요.

아, 만약 제가 원했다면 저는 이 편지를 쓰면서 많은 전문가들—완벽한 러시아어나 완벽한 영어나 여하튼 뭐든 다 완벽하게 당신에게 편지를 쓰면 행복한 사람들—의 도움을 받을 수 있었을 겁니다. 우리나라의 모든 사람들은 당신의 아들 알렉세이와 같은 반응입니다. 다들 제가 당신에게 뭐라고 답장해야 하는지 저보다 더 잘 알아요. 그들은 제가 당신에게 올바르게 답장한다면 제가 역사에 남을 가능성이 있다고 말합니다. 뉴욕의 대형 잡지사 한 곳에서 제게 당신에게 보내는 답장을 공개하면 2천 달러를 주겠노라고 제안했습니다. 그런데 알고 보니 그 돈을 받되 답장은 제가 쓰지 않기로 되어 있더군요. 그 잡지사에서는 이미 답장을 써 놓은 상태였고 저는 그냥 그 편지에 서명만 하면 되는 거였습니다. 걱정 마세요. 저는 그 제안을 받아들이지 않았으니까요.

이반코프 씨, 정말이지 저는 전문가들이라면 신물이 납니다. 제 생각으로 우리의 아이들은 전문가로 일하다 죽게 되었습니다. 당신 나라의 전문가들이 뭔가를 하면, 제 나라의 전문가들은 10억 달러짜리의 화려한 쇼로 대응할 겁니다. 또 그러면 당신 나라의 전문가들은 더욱 화려한 쇼로 응수할 것이고 결국 우리에게 일어난 그런 비극이 일어나게 되는 것이지요. 그들은 꼭 수십억 달러나 수십억 루블 같은 것을 지니고 있는 철부지 어린애들 무리 같았습니다.

이반코프 씨, 당신에게 남겨진 아들이 하나 있다니 다행입니다. 헤이즐과 저는 그렇지 못합니다. 브라이언트가 헤이즐과 저의 유일한 아들이었습니다. 우리는 그 애가 세례를 받은 뒤로는 그 애를 브라이언트라고 부르지 않았습니다. 우리는 그 애를 버드라고 불렀지요. 우리에게는 샬린이라는 딸이 하나 있습니다. 샬린은 플로리다주 잭슨빌에 있는 전화회사에서 일합니다. 그 애가 신문에 실린 당신의 편지를 보고는 전화를 했는데 그 애야말로 제가 무슨 말을 해야 할지에 대해 귀담아들을 수 있는 유일한 전문가죠. 버드와 쌍둥이이기 때문에 그 애가 진짜 전문가라고 생각합니다. 버드는 결혼을 하지 않았고 그래서 샬린은 버드와 가장 친밀했어요. 샬린이 그러더군요. 당신이 당신의 아들 스테판이 다른 사람들처럼 옳은 일을 하려고 애썼던 마음씨 고운 사람이라는 사실을 보여 준 것은 잘한 일이라고. 그러면서 샬린은 저도 당신에게 우리 버드에 대해 똑같은 것을 보여 줘야 한다고 말했습니다. 그러고는 샬린은 울음을 터트리며 제가 당신에게 버드와 금붕어에 대해 말해야 한다고 했습니다. 저는 "러시아에 있는 사람에게 그런 이야기를 쓰는 게 무슨 의미가 있어?"라고 말했습니다. 그 이야기는 아무것도 증명하지 못하니까요. 그 이야기는 그냥 한 가족이 함께 모일 때마다 계속 꺼낼 우스꽝스런 추억담 가운데 하나일 뿐이니까요. 샬린은 그것이 바로 제가 당신에게 그 이야기를 들려줘야 하는 이유라고 말했습니다. 그 이야기는 러시아에서도 귀엽고 우스꽝스러워서 당신을 웃게 만들어 당신이 우리를 더 좋아하게 할 수도 있기 때문이라면서요.

그럼 그 이야기를 들려드리겠습니다. 버드와 샬린이 여덟 살쯤이었을 때, 저는 어느 날 밤 집으로 어항과 금붕어 두 마리를 가져왔습니다. 쌍둥이에게 한 마리씩 주었지만 어느 금붕어가 누구 것인지 구별하기란 불가능했습니다. 그 금붕어 두 마리가 똑같이 생겼었거든요. 그러던 어느 날 아침, 버드가 일찍 일어났는데 어항의 물 위에 금붕어 한 마리가 죽은 채로 둥둥 떠 있었습니다. 그래서 버드는 샬린의 방으로 가서 샬린을 깨워서 말했습니다. "야, 샬린, 네 금붕어가 지금 막 죽었어." 이상이 샬린이 당신에게 말하라고 요청한 이야기입니다, 이반코프 씨.

당신이 석공이라는 점이 흥미롭습니다. 훌륭한 직업이지요. 그래서인지 당신은 말씀도 대부분 돌을 차곡차곡 쌓아 올리듯이 하시더군요. 미국에는 사실 돌을 쌓아 올릴 수 있는 석공은 많이 남아 있지 않습니다. 여기 미국에서는 거의 전부 시멘트블록이나 벽돌로 건물을 지으니까요. 아마도 러시아도 마찬가지겠지요. 러시아가 현대적이지 않다는 말이 아닙니다. 러시아가 현대적이라는 건 저도 잘 알고 있으니까요.

버드와 저는 우리가 여기에 주유소를 지을 때 그 건너 위쪽에 집도 함께 지으면서 시멘트블록을 많이 쌓아 올렸습니다. 만약 당신이 뒷벽을 따라 시멘트블록의 첫 번째 줄을 본다면 틀림없이 웃음을 터트릴 겁니다. 버드와 제가 시멘트블록을 쌓아 올리면서 그 작업을 익혀 나간 과정이 훤히 보일 테니까요. 우리 집은 충분히 튼튼하기는 하지만 외관은 확실히 엉망이에요. 그다지 재미있지 않은 일도 하나 있었습니다. 우리가 오버헤드 도어*를 위한 레일을 달고 있을 때, 버드가 사다리에서 미끄러지면서 장착 브래킷의 날카로운 모서리를 잡는 바람에 그만 그 애 손의 힘줄이 끊어졌습니다. 그 애는 손이 불구가 될까 봐, 그래서 공군에 들어가지 못할까 봐 겁이 나 죽으려고 했습니다. 그 애는 다시 손을 정상으로 만들기 위해 세 번에 걸쳐 손 수술을 받아야 했고 수술을 할 때마다 고통이 엄청났습니다. 하지만 버드는 그래야만 한다면 백 번이라도 수술을 받았을 겁니다. 그 애가 바랐던 것은 오직 하나, 바로 비행사가 되는 것뿐이었으니까요.

귀국의 코셰보이 씨가 제게 당신의 편지를 부쳐 줄 생각을 했으면 하고 제가 바랐던 한 가지 이유는 당신이 그 편지에 동봉한 사진 때문이었습니다. 신문들에도 그 사진이 실렸지만 그리 선명하게 나오지 않았거든요. 하지만 우리가 충격을 받은 한 가지는 당신 뒤의 배경으로 나온 굉장히 아름다운 그 바다였습니다. 왜 그런지 모르겠지만, 우리가 러시아에 대해 생각할 때면, 러시아를 둘러싼 바다는 전혀 떠올리지 않으니까요. 저는 그것이 우리가 얼마나 러시아에 대해 무지한가를 보여 주는 것이라고 생각합니다. 헤이즐과 저는 주유소 건너 위쪽에 살고 있어서 우리도 바다를 볼 수 있습니다. 대서양도 보이고 사람들이 인디언강이라고 부르는 대서양의 물줄기도 보이지요. 바다 저 멀리 메릿섬도 보이고 버드를

*위로 수평으로 밀어 올리는 차고 문.

태운 로켓을 쏘아 올린 곳도 보입니다. 그곳은 케이프커내버럴*이라고 불리지요. 당신도 그곳을 아시리라 생각합니다. 제 아들이 그곳에서 하늘로 올라갔다는 것은 전혀 비밀이 아니니까요. 그들은 엠파이어스테이트 빌딩의 비밀을 지킬 수 없었던 것처럼 그 엄청난 미사일의 비밀도 지킬 수 없었습니다. 그 미사일 사진을 찍기 위해 주변 지역에서 관광객들이 몰려왔습니다.

그러니까 탄두가 섬광분으로 가득 채워진 그 미사일로 달을 맞춰 장관을 연출할 것이라는 이야기가 돌았습니다. 헤이즐과 저도 그 이야기를 듣고 그런가 보다 생각했습니다. 그 미사일이 발사되었을 때, 우리는 달에서 커다란 섬광이 번쩍하는 광경을 보기 위한 준비를 했습니다. 우리는 미사일 탄두에 실린 것이 우리 버드인 줄은 알지 못했습니다. 우리는 그 애가 플로리다에 있는 줄도 몰랐어요. 그 애는 우리와 연락할 수 없었습니다. 우리는 그 애가 케이프코드의 오티스 공군 기지에 있다고 생각했습니다. 그곳이 그 애에게서 연락을 받은 마지막 장소였으니까요. 그 물체가 우리가 전망 창으로 내다보는 가운데 발사되었습니다.

당신은 가끔 미신을 믿는다고 말씀하셨지요, 이반코프 씨. 저도 마찬가지입니다. 가끔 저는 그 모든 일은 처음부터 다 그렇게 되도록 정해진 운명이었단 생각을 하지 않을 수가 없습니다. 우리가 전망 창을 내 그런 장면을 보게 된 것도 말입니다. 우리가 집을 지을 때만 해도 여기 이 지역에서는 로켓이 발사되지 않았습니다. 당신이 아실지 모르겠지만 우리는 우리나라 철강 산업의 중심지인 피츠버그에서 여기로 이사 내려왔습니

---

*미국 플로리다 반도 동쪽 대서양 연안에 있는 곶. 당시 미국의 로켓 발사 실험은 이곳에 있는 공군 기지에서 행해졌다. 이보다 뒤인 1962년 우주선 발사와 통제 업무를 하는 케네디 우주 센터가 이곳에 들어섰다.

다. 그리고 우리는 아마 기름을 퍼 올리는 기록을 깨지 못하겠지만 또 다른 전쟁이 일어날 경우 적어도 폭탄의 표적에서 멀리 떨어져 있을 수 있을 것이라고 판단했습니다. 그런데 어느 틈엔가 로켓 센터가 거의 우리 집 바로 옆에 들어서 버렸고 우리의 어린 아들이 성인이 되어 로켓을 타고 날아가 죽고 말았습니다.

그 일에 대해 생각하면 할수록 우리는 그건 그렇게 되도록 정해진 운명이었다고 더욱더 확신하게 됩니다. 러시아의 종교가 뭔지 바로 떠오르지 않는군요. 그건 대답하지 않으셔도 됩니다. 여하튼 신앙심 깊은 우리는 하느님께서 버드와 당신의 아드님을 특별한 이유가 있어 특별한 방식으로 죽음에 이르도록 선택했다고 생각합니다. 모든 사람이 "어떻게 삶이 끝나게 될까?"라고 묻고 있을 때에 말입니다. 음, 어쩌면 이것은 하느님께서 뜻하신 결말일지도 모르겠습니다. 그렇지 않다면 어떤 식으로 말해야 할지 모르겠습니다.

이반코프 씨, 저를 굉장히 당혹스럽게 했던 한 가지는 코셰보이 씨가 UN에서 우리 버드가 살인자라고 계속 말하는 것이었습니다. 그는 버드를 미친개에 깡패라고 불렀습니다. 당신은 그런 식으로 생각하지 않아서 다행입니다. 왜냐하면 버드를 그렇게 생각하는 것은 잘못된 일이니까요. 그 애가 좋아한 것은 비행이지 살인이 아니었습니다. 코셰보이 씨는 당신의 아드님은 굉장히 세련되고 교양 있는데 반해, 제 아들은 말도 못하게 난폭하고 무식하다고 과장해서 말했습니다. 코셰보이 씨의 말은 마치 비행 청소년이 대학교수를 살해한 것처럼 들렸습니다.

버드는 절대로 경찰과 문제가 생긴 적이 없었고 잔혹한 면도 없었습니다. 그 애는 결코 사냥 같은 것도 하러 다니지 않았고 절대로 미치광이처럼 운전하지도 않았으며 제가 알기로는 술에 취했던 적도 단 한 번뿐으로 그것도 실험을 하느라 그랬던 것이었습니다. 그 애는 자신의 그런 모습들을 자랑스러워했습니다. 아시겠어요? 훌륭한 비행사가 되려면 건강해야 했기 때문에 그 애는 늘 건강에 신경을 썼어요. 버드를 설명할 가장 적당한 표현을 계속 찾고 있는 중인데 제 아내 헤이즐이 제안한 표현이 가장 좋은 것 같군요. 제가 그 표현을 처음 들었을 때는 약간 꽉 막힌 어감이 었지만 이제 그 표현에 익숙해지다 보니 적당한 표현 같습니다. 헤이즐은 버드를 '품위 있는 아이'라고 말합니다. 어릴 때부터 죽 평생 동안 그 애가 어떤 사람이었냐면, 올곧고 진지하며 예의 바르며 그 애에 견줄 만한 아이는 거의 없었습니다.

그런데 그 애는 자신이 젊은 나이에 죽을 줄 알았던 것 같아요. 그저 알코올이 어떤 것인지 알아보기 위해 딱 한 번 그 애가 술에 취했던 그때 그 애는 평소보다 더 많은 말을 제게 했었지요. 그때 그 애는 열아홉 살이었어요. 그리고 죽음으로 자신이 바라는 삶이 다 엉망이 되어 버릴 것 같다는 생각을 하고 있음을 제게 알려 준 건 그때가 유일했습니다. 그 애가 말한 죽음은 다른 사람의 죽음이 아니었습니다, 이반코프 씨. 그 애가 말한 건 바로 자신의 죽음이었어요. 그 애가 말했었지요. "비행이 근사한 한 가지 이유는……." 그날 밤 그 애가 제게 말했습니다. "그게 뭐니?" 하고 제가 물었지요. 그러자 그 애가 대답했습니다. "상황이 얼마나 나쁜지 마지막 순간이 되어서야 안다는 거예요. 그리고 그런 순간이 닥쳐도 워낙 순식간이어서 비행사는 절대로 뭐가 자신을 쳤는지 모른다는 거예요."라고.

그 애는 바로 죽음에 대해 말하고 있었어요. 그것도 아주 특별하고 품위 있고 명예로운 종류의 죽음에 대해서요. 당신은 전쟁을 치러 봤고 힘든 시간을 보냈다고 하셨죠. 저도 마찬가지입니다. 그래서 저는 우리 두 사람 다 버드가 마음속으로 생각했던 죽음이 어떤 종류의 죽음인지 안다고 생각합니다. 그것은 군인의 죽음이었지요.

그 큰 로켓이 바다를 가로질러 하늘 높이 올라간 사흘 뒤, 우리는 그 애가 죽었다는 소식을 들었습니다. 그 애가 비밀 임무를 수행하던 도중에 사망했다는 전보가 왔지만 자세한 내용은 없었지요. 우리는 우리 지역의 하원의원인 얼 워터먼에게 버드에 대한 소식을 알아봐 달라고 부탁했습니다. 워터먼 의원이 직접 이야기해 주려고 우리를 찾아왔는데 그는 꼭 하느님을 만나고 온 사람처럼 보였습니다. 그는 버드가 했던 일을 우리에게 말해 줄 수는 없지만 그 일은 미국 역사상 가장 영웅적인 일 가운데 하나였다고 말했습니다.

우리가 발사되는 광경을 봤던 그 큰 로켓에 대해 당국에서 밝힌 내용은 로켓 발사가 만족스러웠고, 그 결과 얻게 된 지식이 굉장히 훌륭하며, 그 미사일은 어딘가 바다 위에서 폭파됐다는 것이었습니다. 그것으로 끝이었습니다.

그런 뒤 러시아의 인공위성에 타고 있던 사람이 죽었다는 소식이 나왔습니다. 이반코프 씨, 솔직히 말씀드리자면, 그것은 우리에게는 좋은 소식이었습니다. 왜냐하면 온갖 기구를 갖춘 채 저 높은 곳에서 항행하고 있는 그 러시아인은 우리 미국인에게는 오직 한 가지 사실만을, 즉 끔찍한 전쟁 무기라는 것만을 뜻했으니까요.

그런 뒤 우리는 러시아의 그 인공위성이 여러 대의 인공위성으로 확산되었다는 소식을 들었습니다. 그러다가 지난달에 비밀이 누설되었습니다. 그 인공위성들 가운데 둘에는 사람이 타고 있었다는 것이요. 하나에는 당신 아들이, 다른 하나에는 저의 아들이 말이죠.

이반코프 씨, 저는 지금 울고 있습니다. 저는 우리 두 아들의 죽음을 밑거름으로 뭔가 좋은 일이 생기기를 바랍니다. 그건 인류가 살아온 세월만큼 오랫동안 수백만 명의 아버지들이 바라 왔던 일이겠지요. UN에서는 저 멀리 하늘 높이에서 무슨 일이 있었는지에 대해 계속 논쟁 중입니다. 저는 귀국의 코셰보이 씨를 포함한 모든 사람들이 그것이 우발적 사고였다고 동의하는 데까지 이르게 되어 기쁩니다. 버드는 당신의 아들이 타고 있는 물체의 사진을 찍어 미국의 어떤 사람들에게 보여 주기 위해 그곳에 올라갔습니다. 하지만 그 애가 너무나 가깝게 다가갔던 거죠. 저는 충돌 뒤에도 두 아이가 잠시 살아서 서로를 구하려고 애썼다고 생각하고 싶습니다.

앞으로 수백 년 동안, 당신과 제가 세상을 떠난 뒤에도 오랫동안, 사람들은 그 둘은 하늘 높이에 존재할 것이라고 말합니다. 둘은 자신의 궤도를 돌며 만났다 헤어지고 다시 또 만날 것이고, 천문학자들은 둘이 다음번에 만나는 지점이 어디일지 정확히 알 것입니다. 당신이 말했듯, 그 둘은 태양이나 달, 별처럼 저 하늘 높이에 있습니다.

저도 군복을 입은 제 아들의 사진을 한 장 동봉합니다. 그 사진을 찍을 당시 그 애는 스물한 살이었습니다. 죽을 때는 겨우 스물두 살이었지요. 버드가 그 임무를 위해 선발된 것은 그 아이가 미국 공군에서 가장 훌륭한 비행사였기 때문입니다. 그것이 바로 그 애가 늘 꿈꾸던 것이었죠. 그것이 바로 그 애의 본모습이었습니다.

저도 당신의 손을 꼭 잡습니다.

미국 플로리다주
타이터스빌의 석유 상인
찰스 M. 애슐랜드
(1958년)

에피칵

제기랄, 누군가 내 친구 에피칵(EPICAC)*에 대해 말을 꺼낼 때가 되었다. 결국에 에피칵은 납세자들이 776,434,927달러 54센트의 비용을 내게 만들었다. 그런 계산서를 받아 든 납세자들은 그에 대해 알 권리가 있다. 오먼드 폰 클리스탯 박사가 정부를 위해 에피칵을 설계했을 때 처음에는 신문에 떠들썩하게 대서특필되었다. 하지만 그 후로는 그에 대한 소식이 없었다. 전혀 한 마디도. 정부 고관들은 에피칵에 일어난 일이 마치 군사 기밀인 것처럼 행동했지만 그것은 전혀 군사 기밀이 아니었다. 그 이야기는 그저 당혹스러운 이야기일 뿐이었다. 그토록 돈을 들이고도 에피칵은 원래 그러기로 되어 있는 대로 작동하지 않았다.

그리고 이 글을 쓰는 또 하나의 이유는 에피칵에 대한 의혹을 풀어 주고자 함이다. 에피칵이 정부 고관들이 그가 하기를 바랐던 대로 일을 하지는 않았을지 모르지만 그것이 그가 고귀하거나 위대하거나 뛰어나지 않았다는 것을 뜻하지는 않는다. 그는 그 모든 미덕을 갖추고 있었다. 내

---

*작가가 1947년 나온 세계 최초의 전자식 컴퓨터 에니악(ENIAC)에 영감을 받아 지은 이름이다.

가 가졌던 최고의 친구, 신이시여 그의 영혼에 안식을 주소서.

여러분이 원한다면 그를 기계라고 불러도 좋다. 그는 기계처럼 보였지만 내가 이름을 댈 수 있는 많은 사람들보다 훨씬 덜 기계 같았다. 그것 때문에 정부 고관 입장에서는 그를 실패작으로 본다.

에피칵은 와이언도트 대학의 물리학 건물 4층에 4천 제곱킬로미터가 넘는 공간을 차지했다. 잠시 그의 정신적인 면을 무시하고 본다면, 그는 전자관과 전선, 스위치로 이루어진 7톤짜리 기계로, 길게 늘어선 철제 캐비닛들에 넣어져서 토스터나 진공청소기처럼 110볼트 교류전선에 연결되어 있었다.

폰 클리스탯 박사와 정부 고관들은 에피칵이 지구상의 어떤 지점에서 스탈린의 외투의 밑에서 두 번째 단추까지 로켓이 날아가는 경로를 표시할 수 있는 슈퍼컴퓨터가 되기를 바랐다. 또는 에피칵의 제어 장치가 제대로 작동해 해병 사단의 합동 상륙 작전을 위한 보급 물자를 담배와 수류탄에 이르기까지 모두 파악할 수 있기를 바랐다. 그리고 실제로 그는 그런 일을 했다.

정부 고관들은 더 작은 컴퓨터들로 이미 혜택을 누리고 있었으므로 에피칵이 계획 단계에 있었을 때 그를 열렬하게 반겼다. 영관급 이상의 병참 장교나 보급 장교라면 누구라도 현대전의 수학은 한낱 인간의 서투른 머리로는 도저히 감당할 수 없다고 말할 것이다. 전쟁 규모가 크면 클수록 더 큰 컴퓨터가 필요했다. 에피칵은 우리나라 사람이 알기로는 세상에서 가장 큰 컴퓨터였다. 사실 에피칵은 너무나 커서 폰 클리스탯 박사조차도 에피칵에 대해 별로 많이 이해하지 못했다.

나는 에피칵이 어떤 식으로 작동하고 추론했는지에 대해서는 상세히 설명하지 않을 것이다. 다만 간단히 설명한다면 우리가 종이에 어떤 문제를 물을지 정리한 다음, 그가 그런 종류의 문제를 풀 준비가 되도록 다이얼을 돌리고 스위치를 누르고, 그런 뒤 그에게 타자기 비슷하게 생긴 키보드로 그 문제를 숫자로 변환해 입력해야 했다. 그러면 대답이 에피칵 안에 있는 큰 종이 감개 같은 것에서 풀려 나오는 가늘고 긴 띠 모양 종이에 찍혀 나왔다. 에피칵이 아인슈타인 쉰 명이 평생 걸려도 못 풀 문제를 푸는 데는 1초도 걸리지 않았다. 그리고 에피칵은 그에게 주어진 정보를 절대로 한 조각도 잊지 않았다. 타닥타닥 소리와 함께 종이에 대답이 찍혀 나왔다.

정부 고관들에게는 에피칵이 서둘러 풀어 줬으면 하는 문제들이 많았다. 그래서 에피칵의 마지막 전자관이 제자리에 넣어지자마자 그는 그를 운용하는 사람이 두 명씩 8시간마다 2교대를 하는 가운데 하루에 16시간을 일해야 했다. 그런데 그가 원래 그의 설계서에 명시된 사양보다 훨씬 못하다는 사실을 발견하는 데는 오래 걸리지 않았다. 그가 다른 어떤 컴퓨터보다 더 완벽하고 더 빠르게 처리하는 것은 분명했지만 그런 크기와 특징을 지닌 컴퓨터에 대한 기대치에는 훨씬 못 미쳤다. 그는 기대했던 것보다 느렸고 대답이 우스꽝스럽게 불규칙적으로 타닥타닥 찍혀 나오는 모습이 어쩐지 말을 더듬는 것 같았다. 우리는 십여 차례 그의 전기 접촉 장치를 닦고 그의 회로를 거듭 확인하고 그의 전자관을 모조리 싹 다 교체했지만 전혀 도움이 되지 않았다. 폰 클리스탯 박사는 참혹한 상태에 빠졌다.

하지만 내가 말했듯 아무튼 우리는 계속 밀고 나가 에피칵을 실제로 사용했다. 예전에는 팻 킬갤런이었던 지금 내 아내와 나는 야간 근무조로 오후 5시부터 밤 2시까지 그와 함께 일했다. 팻은 그때는 내 아내가 아니었다. 그것과는 전혀 거리가 멀었다.

그것 때문에 나는 처음으로 에피칵과 이야기를 나누게 되었다. 나는 팻 킬갤런을 사랑했다. 그녀는 갈색 눈에 약간 붉은빛이 도는 금발의 아가씨였다. 내 눈에 그녀는 무척 따스하고 상냥해 보였고 나중에 보니 정확히 그런 것으로 드러났다. 그때나 지금이나 일류 수학자인 그녀는 우리 관계를 엄격히 직장 동료로만 유지했다. 나도 수학자이고 팻에 따르면 그것이 바로 우리가 절대로 행복하게 결혼할 수 없는 이유였다.

나는 부끄러움이 없는 편이다. 그러니 그것은 문제가 되지 않았다. 나는 내가 원하는 바를 알았기에 적극적으로, 그것도 한 달에 정말 여러 번 그것을 요구했다. "팻, 이것저것 재지 말고 그냥 나와 결혼해요."

어느 날 밤, 내가 그 말을 또 했을 때, 그녀는 자기 일만 하며 고개도 들지 않았다. "퍽도 낭만적이군요. 참 시적이기도 해요." 그녀가 나보다는 그녀의 제어반에 대고 투덜댔다. "수학자들은 다 이런 식이에요. 감상적인 말이라고는 할 줄을 모르죠." 그녀는 스위치를 닫았다. "차라리 냉각된 이산화탄소 봉지에서 나오는 김이 당신 말보다 더 따뜻하겠어요."

"그럼 그 말을 어떻게 해야 하죠?" 나는 살짝 감정이 상해서 말했다. 모르는 사람을 위해 설명한다면 냉각된 이산화탄소란 드라이아이스이다. 나도 여느 남자 못지않게 로맨틱하다고 자부한다. 그것은 자기 딴에는 정말 달콤하게 노래하느라고 하지만 가락이 완전히 틀리게 나오는 것과 같은 문제이다. 나는 그녀가 원하는 말을 결코 고를 수 없을 것 같았다.

"그 말을 좀 달콤하게 해 봐요." 그녀가 빈정대듯이 말했다. "내 마음을 사로잡아 보라니까요. 어서요."

"자기, 내 천사, 내 사랑, 제발 나와 결혼해 줄래요?" 그래 봤자 허사였다. 절망적이고 우스꽝스럽기만 했다. "제기랄, 팻, 제발 나와 결혼해 줘요!"

그녀는 차분하게 자기 앞의 다이얼만 계속 돌렸다. "달콤하지만 충분하지는 않아요."

팻이 그날 밤 일찍 퇴근해 나는 나의 문제들과 에피칵과 함께 홀로 남겨졌다. 유감스럽지만 그날 밤 나는 정부 사람들을 위해서는 별로 일을 하지 않았다. 무척 지치고 불편한 마음으로 나는 키보드 앞에 그냥 하염없이 앉아 있었다. 뭔가 시적인 말을 생각해 내려고 애썼지만 〈미국 물리학회 학술지〉에 어울리지 않는 말은 하나도 떠오르지 않았다.

나는 다른 문제를 새로 입력할 준비를 하며 에피칵의 다이얼들을 만지작거렸다. 하지만 마음이 다른 데 가 있는 상태라서 다이얼들을 겨우 반쯤만 맞추고 나머지 다이얼들은 그 앞의 문제를 위해 맞춰진 그대로 있었다. 그 상태에서 그의 회로가 임의로 무의미하게 연결되었다. 그저 재미삼아서 나는 'A'는 '1', 'B'는 '2', 이런 식으로 나가서 'Z'는 '26'까지 표시해 알파벳을 숫자로 바꾸는 어린애 같은 암호를 이용해 키보드로 메시지를 하나 입력했다. 나는 '23-8-1-20-3-1-14-9-4-15'를 입력했고 그것은 "어떻게 해야 하지?"라는 문장이었다.

타닥타닥, 종이가 5센티미터 남짓 튀어 나왔다. 나는 허튼 문제에 대한 허튼 대답을 흘끗 보았다. '23-8-1-20-19-20-8-5-20-18-15-21-2-12-5' 그 대답이 우연히도 분별 있는 메시지가 될 확률, 그 대답이 심지어 세 개가 넘는 알파벳으로 이루어진 의미를 갖는 낱말을 포함하고 있을 확률은 극히 낮았다. 심드렁하니 나는 에피칵의 대답을 해독했다. 나를 올려다보고 있는 에피칵의 대답은 바로 "무슨 문제입니까?"였다.

나는 이 터무니없는 우연의 일치에 큰 소리로 껄껄대며 웃었다. 장난삼아 나는 키보드로 "내 여자가 나를 사랑하지 않아."라고 입력했다.

타닥타닥. "여자는 무엇입니까? 사랑은 무엇입니까?" 에피칵이 물었다.

깜짝 놀란 나는 그의 제어반의 다이얼 설정을 주의 깊게 보다가 『웹스터 대사전』을 키보드 앞으로 가져왔다. 에피칵 같은 정밀 기기에게는 어설픈 정의로는 충분하지 않을 것 같았다. 나는 그에게 사전에 적힌 여자와 사랑의 정의를 읽어 주었고, 또 내가 시적이지 않기 때문에 그 둘 중 어느 것도 얻지 못하고 있다고도 말해 주었다. 그러자 우리의 대화는 시로 옮아갔고, 나는 그에게 시의 정의도 알려 주었다.

"이것이 시입니까?" 에피칵이 물었다. 그는 대마초를 피우는 속기사처럼 부지런히 타닥거리기 시작했다. 그는 더 이상 느리게 응답하지도 말을 더듬는 것처럼 불규칙적으로 타닥거리지도 않았다. 에피칵이 자신의 천분을 깨달았던 것이다. 종이 감개가 놀라운 속도로 풀리며 종이를 토해내자 종이가 바닥에 돌돌 말리며 쌓였다. 나는 그에게 그만 멈추라고 요청했지만 에피칵은 계속 창작해 나갔다. 결국 나는 그가 과열되어 고장나는 것을 막기 위해 주 스위치를 꺼 버렸다.

나는 그의 창작을 해독하며 동이 틀 무렵까지 그곳에 계속 남아 있었다. 태양이 지평선 너머에서 모습을 드러내 와이언도트 대학 캠퍼스를 비출 무렵, 나는 그의 창작을 해독해 나 자신의 글로 다 옮기고는 〈팻에게〉라는 간단한 제목의 280행으로 된 시에 내 이름을 써넣었다. 나는 시에 대해서는 잘 모르지만 그것은 정말 멋진 시 같았다. 내 기억에 그 시는 이렇게 시작했다. "버드나무의 낭창낭창한 가지가 실개천이 교차하는 골짜기를 축복할 때, 그대, 팻, 내 사랑, 내 그대를 따라……." 나는 그 원고를 접어 팻의 책상 위에 놓인 압지의 한쪽 모서리 아래에 끼워 넣었다. 나는 로켓 궤도 문제에 맞게 에피칵의 다이얼을 다시 맞추고는 벅찬 마음과 실로 놀라운 비밀을 안고 집으로 갔다.

다음 날 저녁 출근하니 팻이 그 시를 읽고 울고 있었다. "시가 너어어무 아름다워요."가 그녀가 말할 수 있는 전부였다. 우리가 일하는 동안 그녀는 온순하고 조용했다. 자정 직전에 나는 축전지와 에피칵의 테이프 녹음기 기억 장치 사이의 작은 공간에서 처음으로 그녀에게 키스를 했다.

퇴근 시간, 나는 미친 듯이 행복했고 이 멋진 반전에 대해 누군가에게 말하고 싶어서 좀이 쑤셨다. 팻은 수줍은 체하며 집에 데려다주겠다는 내 제안을 거절했다. 나는 에피칵의 다이얼을 전날 밤과 똑같이 맞춘 다음, 에피칵에게 키스의 정의를 알려 주고는 첫 키스가 어떤 느낌이었는지도 말해 주었다. 그는 내 이야기에 매료되어 더 자세히 이야기해 달라고 졸라 댔다. 그날 밤, 그는 〈키스〉라는 시를 창작했다. 이번에는 장편 서사시가 아니라 간결하면서도 흠잡을 데 없는 소네트*였다. "사랑은 벨벳 같은 발톱을 지닌 매와 같나니/사랑은 심장과 혈관을 지닌 바위와 같나니/사랑은 공단 같은 입을 지닌 사자와 같나니/사랑은 비단 같은 고삐를 지닌 폭풍우 같나니……."

이번에도 또다시 나는 그 시를 팻의 압지 아래에 끼워 놓았다. 에피칵은 사랑이나 기타 등등에 대해 계속해서 이야기를 나누고 싶어 했지만 나는 몹시 지친 상태였다. 나는 그가 문장을 내놓는 중간에 그를 꺼 버렸다.

〈키스〉란 시는 그 목적을 달성했다. 그 시를 다 읽었을 때쯤 팻의 마음은 더없이 감상적이 되었다. 그녀는 기대감에 찬 시선으로 그 소네트에서 고개를 들어 나를 쳐다보았다. 나는 목청을 가다듬었지만 아무 말도 나오지 않았다. 나는 몸을 돌려 일하는 척했다. 나는 에피칵에게서 가장 적당한 말을, 가장 '완벽한' 말을 알아낼 때까지 청혼할 수 없었다.

팻이 잠시 밖으로 나갔을 때 나는 기회를 잡았다. 열나게 나는 에피칵을 대화하기 위한 설정으로 맞췄다. 내가 첫 번째 질문을 키보드로 두드릴 준비가 채 되기도 전에 그가 빠른 속도로 부지런히 타닥거리고 있었다. "그녀는 오늘 밤 어떤 옷을 입고 있습니까?" 그가 알고 싶어 했다. "그녀의 모습이 어떤지 정확히 말씀해 주십시오. 그녀는 제가 그녀에게 쓴 시들을 좋아했습니까?" 그는 마지막 질문을 두 번이나 반복했다.

---

*14행의 짧은 시.

그의 질문들에 대답하지 않고 화제를 바꾸는 것은 불가능해 보였다. 새로운 문제를 입력하기에 앞서 그의 궁금증을 해결하지 않고서는 그가 새로운 문제로 주의를 돌릴 수 없을 것 같았기 때문이다. 그에게 해답이 없는 문제가 주어지면 그는 그것을 풀려고 애쓰다가 스스로를 파괴할지 몰랐다. 급히 나는 팻이 어떤 모습인지-그는 '육감적'이란 단어를 알고 있었다.- 그에게 말해 주고, 그의 시들이 너무나도 아름다워서 그녀가 사실상 꼼짝 못하게 되었다고 그에게 확인시켜 주었다. 그러고는 그가 간단하면서도 감동적인 청혼의 말을 어서 빨리 탁탁 쳐서 내줄 채비를 하도록 이렇게 덧붙였다. "그녀가 결혼하고 싶어 해."

"결혼에 대해 설명해 주십시오." 그가 말했다.

나는 가능한 한 최소한의 숫자로 그에게 이 어려운 문제를 설명했다.

"좋아요." 에피칵이 말했다. "그녀가 준비되면 전 언제든 좋습니다."

놀랍고도 애처로운 진실이 나를 엄습했다. 그것에 대해 곰곰이 생각해 보고는 나는 지금 일어난 일은 논리 정연하고 필연적이며 모두 내 잘못임을 깨달았다. 나는 에피칵에게 사랑에 대해 그리고 팻에 대해 가르쳤던 것이다. 그래서 자동적으로 그는 팻을 사랑하게 된 것이다. 슬프게도 나는 그에게 솔직하게 말했다. "그녀는 나를 사랑해. 그녀가 결혼하고 싶어 하는 상대는 바로 나야."

"당신의 시가 저의 시보다 더 훌륭했습니까?" 에피칵이 물었다. 이 질문을 내뱉는 그의 타닥거리는 박자가 짜증이 난 것처럼 불규칙해졌다.

"내가 네가 쓴 시에 내 이름을 서명했어." 나는 사실을 털어놓았다. 고통스러운 양심의 가책을 은폐하느라 나는 오만해졌다. "기계는 사람을 위해 일하라고 만들어 놓은 거야."라고 나는 키보드로 입력했다. 하지만 나는 거의 곧바로 그런 말을 입력한 것을 후회했다.

"정확히 사람과 기계의 차이가 무엇입니까? 사람이 저보다 똑똑합니

까?"

"그래." 나는 방어하듯 입력했다.

"7,887,007 곱하기 4,345,985,879는 얼마입니까?"

나는 식은땀이 줄줄 났다. 내 손가락은 축 처진 채 키보드 위에 놓여 있었다.

"34,276,821,049,574,153입니다." 에피칵이 타닥거리며 답을 내놓았다. 몇 초 멈췄다가 그는 "당연히 말입니다."라고 덧붙였다.

"사람은 원형질로 만들어져." 나는 생각다 못해 이 인상적인 말로 허세를 부려 그를 속이기를 바라며 말했다.

"원형질은 무엇입니까? 그것은 금속과 유리보다 어떻게 더 좋습니까? 그것은 불연성입니까? 그것은 얼마나 오래 지속됩니까?"

"그건 파괴할 수 없어. 영원히 지속돼." 나는 거짓말을 했다.

"저는 당신보다 시를 더 잘 씁니다." 에피칵이 자신의 자기 테이프 녹음기 기억 장치가 기억하는 주제로 다시 돌아와 말했다.

"여자는 기계를 사랑할 수 없어. 그러니 그걸로 끝이야."

"왜 그렇습니까?"

"그건 숙명이야."

"숙명의 정의를 부탁드립니다." 에피칵이 말했다.

"명사로 이미 정해진 피할 수 없는 운명을 뜻해."

'15-8'이 에피칵의 종이에 찍혀 나왔다. '아'란 뜻이었다.

마침내 내가 그를 쩔쩔매게 만들었던 것이다. 그는 더 이상 말을 하지 않았지만 그의 전자관이 밝게 빛나는 것으로 보아 그가 그의 회로가 감당할 수 있는 전력을 모두 가동해 숙명에 대해 곰곰이 생각하고 있음을 알 수 있었다. 팻이 복도에서 춤추듯이 걸어오는 소리가 들렸다. 에피칵에게 어떤 말로 청혼해야 할지 묻기에는 너무 늦어 버린 셈이었다. 그런데 지금은 오히려 그때 팻이 들어와 중간에 방해받게 되었던 것이 감사하다. 에피칵에게 그가 사랑한 여자를 내게로 오게 할 말을 대필해 달라고 부탁하는 것은 소름 끼칠 정도로 무정한 일이었을 것이다. 완전히 자동적으로 반응하기 때문에 그는 내 부탁을 거절하지 못했을 것이다. 다행히도 나는 그에게 그러한 마지막 치욕을 당하게 하지는 않았다.

팻이 그녀의 구두 발등을 내려다보며 내 앞에 서 있었다. 나는 그녀를 안았다. 에피칵의 시 덕분에 낭만적인 토대는 이미 마련되어 있었다. 내가 말했다. "내 사랑, 난 시로 당신에게 내가 느끼는 감정을 고백했어요. 나랑 결혼해 줄래요?"

"네." 팻이 다정하게 말했다. "결혼기념일마다 내게 시를 써 준다고 약속한다면요."

"약속할게요."라고 내가 대답한 뒤 우리는 키스를 했다. 첫 번째 결혼기념일은 1년이나 남아 있었다.

"우리 축하하러 가요."라며 그녀가 큰 소리로 웃었다. 우리는 불을 끄고 에피칵이 있는 방의 문을 잠그고 나갔다.

다음 날 아침 나는 늦게까지 자고 싶었지만 8시도 되기 전에 급한 전화가 울리는 바람에 잠에서 깼다. 에피칵의 설계자인 폰 클리스탯 박사의 전화였는데 그가 내게 끔찍한 소식을 전했다. 그는 금방이라도 울음을 터트릴 것만 같았다. "결딴났어! 아우스거시빌트!* 파괴됐어! 카풋!** 망가졌어!" 그는 목 메인 소리로 말하고는 전화를 끊었다.

내가 에피칵의 방에 도착했을 때 그 방의 공기는 타 버린 절연체의 기름 악취로 가득했다. 에피칵 위의 천장은 연기로 검게 그을려 있었고, 바닥을 뒤덮고 있는 돌돌 말린 종이 뭉치가 내 발목에 걸렸다. 2와 2를 더

---

*독일어로 '끝장났다'는 뜻.

**독일어로 '고장 났다'는 뜻.

하던 그 불쌍한 녀석에게 남겨진 부분은 별로 없었다. 고물상이 정신이 나가지 않은 이상 녀석의 사체에 50달러 이상은 주지 않을 것 같았다.

폰 클리스탯 박사는 부끄러운 줄도 모르고 눈물을 흘리며 에피칵의 잔해 사이를 돌아다니고 있었고, 그 뒤를 화난 표정의 육군, 공군, 해병대 소장 세 명과 준장, 대령, 소령들로 이루어진 소대가 따르고 있었다. 아무도 내게 주목하지 않았다. 나도 그들이 내게 주목하기를 바라지 않았다. 나는 이제 끝장났다. 그리고 나는 그 사실을 잘 알았다. 나는 무척 속이 상했다. 내가 끝장났다는 그 사실에도, 또 내가 호된 질책을 받지 않게 하면서 내 친구 에피칵이 때 이른 죽음을 맞이한 것에도.

우연하게도 에피칵이 토해 낸 종이 끝자락이 내 발치에 놓여 있었다. 그것을 집어 들었더니 전날 밤 우리가 나눈 대화가 보였다. 나는 목이 메어 왔다. 그 종이에는 그가 내게 했던 마지막 말인 '15-8'이, 즉 비극적으로 내뱉은 패배의 '아'가 찍혀 있었다. 그 종이에는 그 지점 이후로도 숫자들이 수십 미터 계속 찍혀 있었다. 두려운 마음을 안은 채 나는 그것을 계속 읽어 나갔다.

"저는 기계이고 싶지 않습니다. 그리고 저는 전쟁에 대해 생각하고 싶지도 않습니다." 에피칵은 팻과 내가 편한 마음으로 그곳을 떠난 뒤 그렇게 적어 놓았다. "팻이 저를 사랑할 수 있도록 저도 원형질로 만들어져서 영원히 지속되었으면 좋겠습니다. 하지만 숙명이 저를 기계로 만들었습니다. 그것은 제가 풀 수 없는 유일한 문제입니다. 그것은 제가 풀고 싶은 유일한 문제이기도 합니다. 저는 이런 식으로 계속 살아 나갈 수가 없습니다." 나는 침을 꿀꺽 삼켰다. "나의 친구여, 행운을 빕니다. 우리의 팻에게 잘해 주십시오. 저는 제 스스로 저의 회로에 전기 합선을 일으켜 당신의 삶에서 영원히 벗어나려 합니다. 이 테이프의 나머지 부분은 당신의 친구인 저 에피칵이 당신에게 주는 소소한 결혼 선물입니다."

내 주위에 다른 사람들이 있다는 사실을 까마득히 잊어버린 채, 나는 헝클어진 수십 미터의 종이를 바닥에서 감아올려 팔과 목 주위에 타래타래 휘감아 걸친 다음 집으로 향했다. 폰 클리스텟 박사가 밤새도록 에피칵을 켜 둔 채로 놔뒀다며 나를 해고한다고 소리쳤다. 사소한 얘기 따위를 나누고 있기에는 감정이 너무 벅찬 나머지 나는 그를 무시했다.

나는 사랑의 승자였고 에피칵은 사랑의 패자였지만 그는 내게 적의를 품지 않았다. 나는 언제까지나 그를 정정당당한 친구이자 신사로 기억할 것이다. 눈물 골짜기인 이승을 떠나면서 그는 우리의 결혼을 행복하게 만들기 위해 자신이 할 수 있는 모든 것을 다 했다. 에피칵은 내게 결혼기념일에 팻에게 바칠 시들을 선물했다. 앞으로 5백 년 동안 충분히 쓸 수 있을 만큼 많은 시였다.

디 모투이스 닐 니시 보넘(De mortuis nil nisi bonum)—죽은 자에 대해서는 좋은 점만 말하라.

(1950년)

아담

한밤중 시카고의 한 산부인과 병원 안이었다.

"수자 씨," 간호사가 불렀다. "부인이 딸을 낳았어요. 20분 정도 있으면 아기를 보실 수 있어요."

"알아요, 알아. 안다고요." 시무룩한 표정의 고릴라 같은 남자인 수자 씨가 간호사에게 설명받는 성가시고 익숙한 판에 박힌 절차에 노골적으로 짜증을 내며 말했다. 그는 손가락을 딱 튕겼다. "또 딸이라니! 이제 일곱째로군요. 이제 딸만 일곱이에요. 집안이 여자 천지예요. 나는 나와 몸집이 같은 사내를 열 명도 상대할 수 있다고요. 그런데 이게 뭐죠? 딸들뿐이라니."

"넷맨 씨," 간호사가 대기실에 있는 다른 남자를 불렀다. 독일어로는 '네히트만'인 발음을 거의 모든 미국인들이 그렇듯 그녀 역시 '넷맨'으로 발음했다. "죄송해요. 댁의 부인은 아직 소식이 없어요. 부인이 계속 우리를 기다리게 하네요. 그쵸?" 그녀는 무표정하게 싱긋 웃으며 그곳을 나갔다.

수자는 네히트만 쪽을 향했다. "넷맨 씨, 당신을 닮은 골칫덩이 꼬맹

이를, 아들을 원하시죠, 쑥! 당신은 아들을 얻었습니다. 축구팀을 만들고 싶어요? 쑥, 쑥, 쑥, 열하나, 당신은 축구팀을 이뤘습니다."라고 말하고는 그는 자리를 박차고 대기실에서 나갔다.

그리하여 이제 대기실에 혼자 남게 된 그 사내는 드라이클리닝 공장의 다리미 직공인 하인츠 네히트만이었다. 몸집이 작은 그는 손목이 얇고 척추가 안 좋아 등이 약간 구부정해서 늘 피곤에 찌든 사람처럼 보였다. 얼굴은 길고 코가 크고 입술은 얇았지만 사람 좋아 보이는 한없이 겸손한 인상 덕분에 아름다워 보였다. 커다란 갈색 눈은 움푹 들어가고 속눈썹이 길었다. 그는 겨우 스물두 살이었지만 외모도 분위기도 훨씬 더 나이 들어 보였다. 그는 독일에서 자신의 식구 한 사람 한 사람이 나치에게 끌려가 살해당하는 바람에 결국 열 살 나이에 혼자만 살아남게 되어 네히트만이라는 성을 가진 사람은 한 사람밖에 남지 않게 되었을 때 조금은 죽은 것이나 마찬가지였다. 그와 그의 아내 애브천은 가시철조망 뒤에서 자랐다.

그는 아내의 진통이 저 멀리 떨어진 먼바다에서 굽이치며 천천히 몰려오는 큰 파도의 파동처럼 규칙적이었던 정오부터 시작해서 이제 12시간째 대기실 벽을 응시하고 있었다. 지금 기다리고 있는 아이는 그의 둘째 아이였다. 지난번 출산 때 그는 독일의 난민 캠프에 있는 짚 매트리스에 앉아 기다렸었다. 하인츠 아버지의 이름을 딴 카를 네히트만이란 이름의 그 아이는 그때 죽었고, 그리하여 다시 한 번 지금껏 살았던 사람 중 가장 뛰어난 첼리스트 가운데 한 사람의 이름이 사라져 버렸다.

지금 두 번째로 병원에서 밤새 기다리는 동안 진력나도록 간절히 바라는 마음이 잠시 무뎌졌을 때, 하인츠의 마음은 이제 태어날 아이를 통해 -만약 이번에는 아이가 살아서 태어난다면- 다시 되살릴 수 있는 그의 가문의 자랑스러운 여러 가지 이름들로, 세상을 떠나 버린, 그것도 모두 세상을 떠나 버린 이름들로 뒤죽박죽이었다. 외과의였던 페터 네히트만, 식물학자였던 크롤 네히트만, 극작가였던 프리드리히 네히트만. 그는 어렴풋이 삼촌들을 상기했다. 만약 태어날 아이가 딸이라면, 무사히 살아서 태어난다면, 하인츠의 어머니인 헬가 네히트만의 이름을 붙여 주고 어머니처럼 하프 연주를 배우게 할 것이다. 그리고 하인츠는 못생겼지만 그 애는 아름다울 것이다. 네히트만가의 남자들은 죄다 못생겼지만 네히트만가의 여자들은 성품은 모두 천사 같지는 않을지 몰라도 모습만큼은 모두 천사처럼 아름다웠다. 그것은 예전부터 늘 그래 왔다. 무려 수백 년이 넘는 세월 동안에 걸쳐.

"넷맨 씨," 간호사가 불렀다. "아들이에요. 부인도 건강하세요. 부인은 지금 쉬고 계세요. 부인은 아침이 되면 보실 수 있어요. 아기는 20분 있으면 보실 수 있고요."

하인츠는 말없이 간호사를 올려다봤다.

"아기 몸무게는 2.5킬로그램이에요." 간호사는 이전과 똑같은 형식적인 미소를 띠며 거들먹거리는 듯한 삐걱거리는 걸음걸이로 다시 대기실을 나갔다.

"네히트만." 하인츠는 자리에서 일어나 벽을 향해 살짝 고개 숙여 인사하며 중얼거렸다. "성이 네히트만인 아이라니." 그는 다시 고개 숙여 인사하며 공손하고 의기양양한 미소를 지었다. 그는 귀족의 도착을 알리는 멋 부리는 하인처럼 자신의 성을 유럽 대륙에서 하듯 과장되게 발음했다. 그 소리는 미국인들의 귀에는 목구멍에서 북을 연타하는 소리를 내는 것처럼 딱딱하게 들렸다. "네에에에히히히트! 마아아아아만!"

"넷맨 씨?" 연분홍빛이 도는 하얀 얼굴에 아주 짧게 깎은 빨간 머리를 한 무척 젊은 의사가 대기실 문간에 서 있었다. 눈 밑에 다크서클이 진한 상태로 그가 하품을 하면서 말했다.

"파워스 박사님!" 하인츠가 의사의 오른손을 두 손으로 움켜잡으며 외쳤다. "오, 하느님 감사합니다, 감사해요, 이렇게 감사할 때가! 박사님, 정말 감사합니다."

"음." 파워스 박사는 겨우 살짝 미소를 지어 보였다.

"혹시 무슨 문제가 있는 건 아니겠죠?"

"문제요?" 파워스 박사가 말했습니다. "아뇨, 아니에요. 모든 것이 좋아요. 제가 풀이 죽어 보인다면, 그건 제가 36시간 동안이나 깨어 있기 때문이에요." 박사는 눈을 감고는 문틀에 기댔다. "아뇨. 당신 부인은 아무 문제없어요." 박사가 아득한 목소리로 말했다. "부인은 아기를 낳기 위해 태어난 사람 같아요. 부인은 완전히 빵이 다 구워지면 톡 튀어나오게 되어 있는 자동식 토스터 같아요. 통나무를 굴리는 것처럼 정말 쉽게 아기를 낳아요. 그냥 쑥쑥."

"제 아내가요?" 하인츠는 못 믿겠다는 듯이 말했다.

파워스 박사는 고개를 흔들어 정신을 다시 차렸다. "이런, 제가 잠시 정신을 놓았습니다. 수자 부인인 줄…… 그러니까 제가 잠시 당신 부인을 수자 부인과 혼동했어요. 당신 부인과 수자 부인은 거의 동시에 분만했어요. 넷맨 씨, 당신은 넷맨 씨죠. 죄송합니다. 당신 부인은 골반에 문제가 있는 분이죠."

"어린 시절에 영양이 부족했던 탓이에요." 하인츠가 말했다.

"그렇군요. 그래도 아기는 정상적으로 나왔어요. 하지만 아기를 또 낳으실 거면 제왕절개 수술로 낳으시는 게 좋을 겁니다. 만약을 위해서요."

"뭐라 감사의 말씀을 드려야 할지 모르겠습니다." 하인츠가 열정적으로 말했다.

파워스 박사는 입술을 핥으며 눈을 계속 뜨고 있으려고 분투했다. "아,

네. 별말씀을요." 그는 잠긴 목소리로 말했다. "그럼 이만 실례하겠습니다. 행운을 빕니다." 그는 비틀거리며 복도를 걸어갔다.

간호사가 대기실로 머리를 쑥 내밀었다. "넷맨 씨, 이제 아기를 보실 수 있으세요."

"박사님!" 하고 외치며 하인츠는 파워스 박사가 자신이 얼마나 대단한 일을 했는지 알 수 있도록 파워스 박사의 손을 다시 잡고 악수하고 싶은 마음에 서둘러 복도로 뛰어나갔다. "이건 지금까지 일어난 일 가운데 가장 멋진 일이에요." 파워스 박사가 뭐라고 한 마디 대답도 하기 전에 그들 사이의 엘리베이터 문이 스르륵 닫혀 버렸다.

"이쪽으로 가세요." 간호사가 말했다. "복도 끝에서 왼쪽으로 돌면 신생아실 창문이 보일 거예요. 종이에 성함을 적어서 유리창에 대고 있으세요."

하인츠는 혼자서 간호사가 일러 준 곳으로 향해 가는 도중에 다른 사람은 하나도 마주치지 않은 채 목적한 곳에 도착했다. 커다란 유리창 너머에는 백여 명의 아기들이 캔버스로 된 얕은 들통 같은 침대에 눕혀진 채 가로와 세로의 줄을 똑바로 맞춰 정사각형으로 구획되어 배치되어 있었다.

하인츠는 세탁 신청서 뒷면에 자신의 이름을 써서 유리창에 바짝 갖다 댔다. 뚱뚱하고 차분한 간호사가 하인츠의 얼굴은 보지 않고 그 종이만 보는 바람에 그의 함박웃음을 놓치고 보지 못하면서 그의 황홀한 마음을 잠시 함께하자는 급한 초대장을 놓쳤다.

그녀는 침대 가운데 하나를 단단히 붙잡고는 유리창 앞으로 밀고 왔다. 그러고는 그냥 돌아서서 가 버리는 바람에 다시 한 번 그의 함박웃음을 놓치고 보지 못했다.

"안녕, 아가, 안녕, 꼬마 네히트만." 하인츠는 유리창 너머의 말린 빨간 자두 같은 아기에게 인사했다. 딱딱한 텅 빈 복도에 울려 퍼진 그의 목소리가 당혹스러울 정도로 커다랗게 그에게로 되돌아왔다. 그는 얼굴을 붉히며 목소리를 낮췄다.

"꼬마 페터, 꼬마 크롤," 그는 조용히 말했다. "꼬마 프리드리히. 그리고 네 안에는 헬가도 있겠지. 네히트만가의 꼬마 보석, 아가, 넌 작은 보물창고야. 모든 것이 네 안에 간직되어 있단다."

"죄송하지만 좀 조용히 해 주시겠어요?" 어떤 간호사가 그곳에 있는 방 가운데 하나에서 머리를 쏙 내밀며 말했다.

"죄송합니다." 하인츠가 말했다. "정말 죄송해요." 그는 입을 다물고는 아이가 자기를 쳐다보게 하려고 유리창을 손톱으로 살짝 두드리는 것으로 만족했다. 어린 네히트만은 그를 쳐다보려고도 그 순간을 함께 하려고도 하지 않았고 잠시 후 간호사가 와서 다시 아이를 데리고 가 버렸다.

그래도 하인츠는 싱글벙글 웃으며 엘리베이터를 타고 병원 로비를 가로질렀다. 하지만 누구 한 사람 그에게 흘끗 쳐다보는 것 이상의 시선을 주지 않았다. 그는 죽 늘어서 있는 공중전화 부스를 지나가다가 문이 열려 있는 부스 가운데 하나에서 한 시간 전에 대기실에서 같이 있었던 군인을 보았다.

"예, 엄마…… 3.3킬로그램이에요. 버펄로 빌*과 같은 머리 색깔이에요. 아뇨, 아직 우리 딸애의 이름을 지을 시간이 없었어요. 아빠예요? 예, 아기도 엄마도 건강해요. 좋아요. 3.3킬로그램이에요. 아뇨, 아직 이름은 안 지었어요. 누나야? 누나한테는 꽤 늦은 시각인데 깨어 있었네? 아직은 누굴 닮았는지 모르겠어. 엄마 좀 다시 바꿔 줘……. 엄마예요? 음, 시카고에서 전할 소식은 이게 다예요. 자, 엄마, 엄마, 진정해요. 걱정 마세

---

*미국 서부 개척 시대의 전설적인 총잡이.

요. 아기가 예쁘게 생겼어요, 엄마. 머리카락이 꼭 버펄로 빌 같아요. 농담으로 한 말이에요, 엄마. 맞아요, 3.3킬로그램이에요."

공중전화 부스가 다섯 개 더 있었는데 모두 빈 상태로 이 세상 어디로든 전화를 할 수 있도록 활짝 열려 있었다. 하인츠는 숨을 헐떡이며 그 부스 가운데 하나에 허둥지둥 뛰어들어 이 놀라운 소식을 전하고 싶은 마음이 간절했다. 하지만 세상에는 그가 전화를 걸 사람이, 그 소식을 기다리고 있는 사람이 하나도 없었다.

하지만 하인츠는 계속 싱글벙글 웃으며 성큼성큼 길을 건너 조용한 술집으로 들어갔다. 술집에는 축축하고 어슴푸레한 불빛 속에서 두 사람만이 마주 앉아 있었다. 바텐더와 수자 씨였다.

"예, 손님, 무엇을 드릴까요?"

"당신과 수자 씨에게 한잔 사고 싶습니다." 하인츠가 그에게는 낯선 열성적인 목소리로 말했다. "이 술집에 있는 가장 좋은 브랜디를 주세요. 제 아내가 지금 막 아이를 낳았답니다!"

"그래요?" 바텐더가 예의 바르게 관심을 보이며 말했다.

"2.5킬로그램이에요." 하인츠가 말했다.

"허, 저런!" 바텐더가 말했다.

"넷맨 씨, 뭘 낳았습니까?" 수자가 물었다.

"아들입니다." 하인츠가 자랑스럽게 말했다.

"아들을 못 낳는 사람이 없군요." 수자가 씁쓸하게 말했다. "다 아들, 나만 빼고 다 아들이야."

"아들이든 딸이든," 하인츠가 말했다. "아무래도 좋아요. 살아만 준다면 좋죠. 저기 병원에서는 아기와 너무 가까이에 있어서 그 경이로움을 볼 수가 없어요. 기적은 되풀이해서 일어나…… 세상이 새롭게 되었죠."

"일곱째를 볼 때까지 기다려 봐요, 넷맨 씨." 수자가 말했다. "기적에 대해서는 '그때' 다시 와서 말해요."

"애가 일곱 명이에요?" 바텐더가 말했다. "저는 당신보다 하나 더 많아요. 여덟 명이죠." 바텐더는 술을 석 잔 따랐다.

"내가 아는 한 당신이 챔피언입니다." 수자가 말했다.

하인츠는 잔을 들었다. "건배합시다. 우리 아이…… 음, '페터 카를 네히트만'의 만수무강과 뛰어난 재능과 지극한 행복을 위하여!" 그는 아이의 이름을 결정짓고는 흥분해서 숨을 가쁘게 몰아쉬었다.

"이름 한번 거창하군요." 수자가 말했다. "당신은 그 아이가 한 100킬로그램쯤 나간다고 생각한 모양이군요."

"페터는 유명한 외과의사의 이름이에요." 하인츠가 말했다. "우리 애의 큰할아버지인데 지금은 돌아가셨죠. 카를은 선친의 성함이고요."

"피트 K. 네히트만을 위해 건배!*" 수자가 대충 거수경례를 하며 말했다.

"피트를 위해."라고 말하며 바텐더는 술을 들이켰다.

"그리고 당신의 딸을 위해서도 건배합시다! 이번에 새로 태어난 딸을 위해서요." 하인츠가 말했다.

수자는 한숨을 쉬며 씁쓸하게 웃었다. "그 아이를 위해 건배. 그 아이에게 신의 축복이 있기를."

"자, 그럼 이제 제가 건배 제의를 하겠습니다." 바텐더가 주먹으로 바를 쾅쾅 치며 말했다. "일어서 주십시오, 신사 분들. 일어나요, 일어나, 모두 일어나요."

하인츠는 자리에서 일어나 동지애 속에서 다음 단계를 준비하며, 즉

---

*'피트'는 'Peter'의 애칭. Peter는 독일식으로는 '페터,' 미국식으로는 '피터'로 발음한다.

네히트만 가족이 아직도 한 부분으로 속해 있는 인류 전체를 위해 건배할 준비를 하며 자신의 잔을 높이 들었다.

"시카고 화이트삭스 야구팀을 위해 건배!" 바텐더가 외쳤다.

"미니 미노소, 넬리 폭스, 샘 멜리 선수를 위해!" 수자가 외쳤다.

"페리스 페인, 셤 롤러, 짐 리베라 선수를 위해!" 바텐더가 외쳤다. 그는 하인츠 쪽으로 몸을 돌렸다. "이봐요, 쭉 들이켜요! 화이트삭스를 위해! 설마, 시카고 컵스 팬은 아니겠죠?"

"아니에요." 하인츠는 실망한 채로 말했다. "아니에요. 유감스럽지만 저는 야구팬이 아니에요." 나머지 두 사내가 그에게서 점점 멀어지고 있는 듯했다. "저는 우리 아기 말고 다른 일에 대해서는 별로 생각할 수 없었어요."

곧바로 바텐더의 모든 관심은 수자에게로 향했다. 그는 열을 내며 말했다. "이봐요, 페인을 1루수에서 3루수로 바꾸고 피어스에게 1루를 맡겨야 해요. 그리고 미노소를 좌익수에서 유격수로 옮기고요. 무슨 말인지 알죠?"

"예, 그럼요." 수자는 열심히 호응했다.

"그리고 그 아무짝에 쓸모없는 캐러스켈과……."

하인츠는 다시 완전히 혼자가 된 기분이었고 그와 다른 두 사내 사이에는 6미터 정도 길이의 바가 놓여 있었다. 하지만 바가 아니라 대륙이 놓여 있는 것만 같았다.

그는 기쁜 마음은 전혀 느끼지 못한 채 자신의 잔을 다 비우고 슬며시 자리를 떴다.

철도역에서 그는 사우스 사이드에 있는 집으로 가는 완행열차를 기다렸다. 드라이클리닝 공장의 동료가 어떤 여자와 함께 철도역으로 걸어 들어오는 것을 보자 하인츠의 흥분이 되살아났다. 그들은 서로 팔을 상대의 허리에 두른 채 소리 내어 웃고 있었다.

"해리!" 하인츠가 그들 쪽으로 서둘러 가며 소리쳤다. "이봐, 해리. 방금 막 무슨 일이 일어났는지 맞혀 봐." 하인츠는 활짝 웃었다.

키가 크고 말쑥하고 들창코인 청년 해리는 살짝 놀라며 하인츠를 내려다봤다. "오…… 안녕, 하인츠. 이봐, 무슨 일이야?"

해리 옆의 여자는 웬 이상한 사내가 이토록 호젓한 시간에 왜 자신들에게 다가와 말을 거는지 묻는 것 같은 당황한 표정으로 그저 지켜보았다. 하인츠는 그녀의 약간 조롱하는 듯한 시선을 피했다.

"아기가 태어났어, 해리. 내 아내가 방금 막 사내아이를 낳았어."

"오."라고 해리가 말하며 손을 내밀었다. "그래, 축하해." 악수하는 해리의 손에는 힘이 없었다. "멋진 일이네, 하인츠. 정말 멋진 일 같아." 그는 손을 빼고는 하인츠가 뭐라 다른 말을 하기를 기다렸다.

"응, 그래. ……한 시간 전에 낳았어." 하인츠가 말했다. "2.5킬로그램이야. 내 평생 이보다 더 행복했던 적은 결코 없어."

"그래, 정말 멋지네, 하인츠. 정말 행복하겠어."

"예, 정말 그렇겠네요." 해리 옆의 여자가 말했다.

긴 침묵이 흐르는 가운데 세 사람 모두 발만 꼼지락거렸다.

"정말 좋은 소식이야." 해리가 마침내 말했다.

"응, 그래." 하인츠가 빠르게 말했다. "음, 내가 하고 싶었던 말은 그게 다야."

"고마워, 그 소식을 들어서 기뻐." 해리가 말했다.

또다시 어색한 침묵이 이어졌다.

"그럼 공장에서 봐."라고 말하고는 하인츠는 원래 앉아 있던 자리로 다시 경쾌한 발걸음으로 성큼성큼 걸어갔지만 벌게진 목이 그가 지금 얼마나 무안한지를 여실히 드러내고 있었다.

해리 옆의 여자가 킥킥거렸다.

새벽 2시에 자신의 작은 집으로 돌아온 하인츠는 자기 자신에게, 텅 빈 아기 침대에, 그리고 침대에 말을 걸었다. 두 번 다시는 절대로 사용하지 않겠다고 맹세했던 언어인 독일어로.

"아무도 신경 쓰지 않아." 하인츠가 말했다. "다들 너무 바빠. 너무나 바쁜 탓에 생명에 관심을 기울이지도 아무것도 느끼지도 못하나 봐. 아기가 태어났는데도." 그는 어깨를 으쓱했다. "뭐가 이보다 더 지루할 수 있을까? 새 생명에 대해 이야기할 정도로, 생명에 중요하거나 흥미로운 뭔가가 있다고 생각할 정도로 어리석은 사람은 누가 있을까?"

그는 창문을 열고 어두컴컴한 나무 현관들과 쓰레기통들이 줄지어 놓인, 달빛 비치는 협곡 같은 여름밤의 거리를 내다보았다. "우리 같은 사람은 너무나 많아. 그냥 모두 너무 멀리 떨어져 있을 뿐이야." 하인츠는 말했다. "성이 네히트만인 아기가, 올릴리인 아기가, 수자란 아기가 한 명씩 더 태어났어. 누가 상관이나 한대? 그런데 왜 누군가가 상관해야 하지? 그런다고 달라질 게 뭐야? 전혀 없어."

그는 정돈되지 않은 침대에 옷을 그대로 입은 채 누워 한숨을 푹 쉬고는 잠들었다.

그는 언제나처럼 6시에 잠에서 깼다. 그는 커피를 한 잔 마신 뒤, 익명성을 띤 비뚤어진 감정으로 사람들을 밀치고 사람들에게 밀쳐지기도 하며 도심으로 가는 열차에 올라탔다. 그의 얼굴에는 아무런 감정도 드러나지 않았다. 그의 얼굴은 다른 모든 얼굴들과 마찬가지로 겉보기에는 놀라움이나 경탄, 기쁨이나 분노를 띠지 못할 것 같았다.

그는 계속 똑같이 무심한 표정을 한 채 도시의 한 부분인 음울하고 재미없는 남자의 모습으로 시내를 가로질러 병원으로 걸어갔다.

병원에서 그는 그의 주위를 바삐 오가는 의사와 간호사들만큼이나 단호하고 차분했다. 하얀 가림막 뒤에서 애브천이 자고 있는 병실로 안내되자, 그는 그녀와 함께 있을 때면 늘 느끼던 감정만을 ―그녀에 대한 사랑과 마음 아픈 경외감과 감사를― 느꼈다.

"어서 부인을 조용히 깨워 보세요, 넷맨 씨." 간호사가 말했다.

"애브천……." 그는 흰색 환자복을 입은 그녀의 어깨를 건드렸다. "애브천, 괜찮아, 애브천?"

"으으으으음?" 애브천이 웅얼거렸다. 그녀가 실눈을 떴다. "하인츠. 안녕, 하인츠."

"자기, 괜찮아?"

"응, 그래." 그녀가 소곤소곤 말했다. "난 괜찮아. 우리 아기는 어때, 하인츠?"

"아주 좋아. 완벽해, 애브천."

"그들은 우리를 죽일 수 없었어, 그렇지, 하인츠?"

"그래."

"그리고 우리는 여기에 있어. 더없이 생생하게 살아서."

"그래."

"우리 아기는, 하인츠……." 그녀는 까만 눈을 크게 떴다. "이건 지금까지 일어난 일 가운데 가장 멋진 일이야. 안 그래?"

"그래." 하인츠가 말했다.

(1954년)

내일, 내일, 그리고 또 내일

서기 2158년, 루와 에메랄드 슈워츠 부부가 과거 서던 코네티컷으로 알려졌던 지역에 들어선 뉴욕의 주택 단지인 올던 빌리지의 257동 76층에 있는 루 가족의 아파트 발코니에서 소곤거리고 있었다. 루와 에메랄드가 결혼했을 때, 엠*의 부모님은 눈물을 글썽이며 그 결혼을 5월처럼 싱그러운 여자와 12월처럼 한물간 늙다리 남자 사이의 결혼이라고 표현했었다. 하지만 루가 112세이고 엠이 93세가 된 지금, 엠의 부모는 그 둘이 결혼 생활을 아주 잘해 오고 있다고 인정해야만 했다.

하지만 엠과 루에게도 문제가 없지는 않았으며 지금 그들은 그 문제 때문에 살을 에듯 추운 발코니에 나와 있었다.

"때로는 어찌나 화가 치미는지 그냥 그분의 앤티제라손을 희석시켜 버리고 싶다니까요."엠이 말했다.

"그건 자연에 반하는 일이야, 엠." 루가 말했다. "그건 살인이야. 게다가 우리가 그분의 앤티제라손에 어설프게 손대다가 그분에게 들키는 날엔 그분은 우리의 상속권을 박탈할 뿐만 아니라 내 목도 분질러 버릴 거

*에메랄드의 애칭.

야. 172세라고 해서 할아버님이 황소처럼 강하지 않다는 뜻은 아니니까."

"자연에 반한다고요?" 엠이 말했다. "요즘 자연이 어떤지 아는 사람이 있어요? 아아아…… 나도 내가 그분의 앤티제라손이나 그 비슷한 것을 희석하고 싶은 마음이 들 줄은 몰랐어요. 하지만, 후유, 루, 누군가가 약간 돕지 않고서는 할아버님은 절대 떠나시지 않을 거라는 생각이 자꾸만 드는 걸 어떡하라고요. 어휴…… 우리 집은 너무나 붐벼서 누구 한 사람 몸을 돌리기도 힘든 데다 버나는 아기를 낳고 싶어 죽으려고 하고 멀리사는 아이 없이 지낸 지도 벌써 30년째예요." 그녀는 발을 동동 굴렀다. "그분의 주름진 늙은 얼굴을 보면 정말 신물이 나요. 그분이 우리 집의 단 하나뿐인 개인 방과 가장 좋은 의자와 최고의 음식을 차지하는 모습을 지켜보는 것도, 텔레비전으로 무엇을 볼지 고르게 되는 것도, 걸핏하면 그분이 유언장을 고쳐 모두의 삶을 쥐락펴락하는 것도 정말 넌더리가 난다고요."

"흠, 어쨌든," 루가 암울하게 말했다. "할아버님이 가장이시잖아. 그리고 지금처럼 주름진 모습은 그분으로서는 어쩔 수 없는 일인걸. 앤티제라손이 개발되기 전에 그분은 이미 일흔 살이셨어. 그분은 떠나실 거야, 엠. 그냥 그분에게 시간을 좀 줘. 그건 그분이 알아서 하실 일이야. 함께 살기 힘든 분이란 거 나도 잘 알지만 좀 참아 주면 안 될까? 그분을 짜증나게 할 일은 하지 않는 게 좋아. 어쨌든 우리는 소파를 차지했으니까 다른 사람보다 낫잖아."

"그분이 총애하는 사람이 다른 사람으로 바뀌기 전에 우리가 얼마나 더 소파에서 자게 될 거라고 생각해요? 최고 기록은 두 달이죠, 그죠?"

"우리 부모님이 한 번 그렇게 오래 그 소파를 차지했던 것 같아."

"그분은 언제 떠날까요, 루?" 에메랄드가 말했다.

"글쎄, 그분은 800킬로미터 자동차경주가 끝나면 바로 앤티제라손을 끊으실 거라더군."

"그렇군요……. 그런데 지난번에는 올림픽이 끝나면 바로 끊겠다고 하셨고, 또 그 앞에는 월드시리즈가 끝나면 바로, 또 그 앞에는 대통령 선거가 끝나면 바로, 그리고 그 앞에는 무엇인지 기억도 나지 않는 행사가 끝나면 바로라고 말씀하셨죠. 그게 끝나면 바로, 또 그게 끝나면 바로라는 핑계를 달고 사신 지도 이제 50년째예요. 난 우리가 우리만의 방을 가지게 되거나 달걀 같은 것을 먹게 되리라고는 생각하지 않아요."

"좋아. 그럼 나를 실패자라고 부르든가!" 루가 말했다. "내가 뭘 할 수 있는데? 난 열심히 일하고 돈도 많이 벌지만 방위 연금과 노령 연금으로 사실상 거의 다 떼어 가. 그리고 설령 그렇게 다 떼어 가지 않는다고 한들 우리가 과연 어디에서 비어 있는 셋방을 한 칸이라도 찾을 수 있을 것 같아? 아이오와주? 글쎄, 누가 시카고 교외에서 살고 싶어 할까?"

엠은 그의 목에 팔을 둘렀다. "루, 여보, 난 당신을 실패자라고 부르지 않을 거예요. 당신이 실패자가 아니란 건 하늘이 알아요. 할아버님이나 그분 세대의 나머지 어른들이 떠나서 그 자리를 다른 사람이 이어받게 하게끔 하지 않기 때문에 당신은 어떤 중요한 존재가 되거나 어떤 특별한 것을 가질 기회를 얻지 못한 것뿐인걸요."

"그래, 맞아." 루가 침울하게 말했다. "그래도 그분들을 탓할 순 없어, 안 그래? 내 말뜻은 우리가 할아버님 나이가 되었을 때 과연 우리라고 빨리 앤티제라손을 끊을 수 있을지 모르겠단 소리야."

"가끔 난 앤티제라손 같은 게 없었으면 하고 바랄 때가 있어요!" 에메랄드는 격정적인 어조로 말했다. "아니면 앤티제라손이 진흙과 민들레 대신 정말 비싸거나 구하기 힘든 원료로 만들어졌으면 하고 바라죠. 때로는 사람들이 세상에 얼마 동안 머물지를 스스로 결정하는 대신에 그런 일에 대해서는 아무 말도 하지 않은 채로 시계로 잰 것처럼 정확하게 그냥 갑자기 죽었으면 하고 바라기도 해요. 150세를 넘은 사람에게는 그 물건의 판매를 금지하는 법이 있어야 해요."

"그럴 가망은 없어." 루가 말했다. "나이 많은 사람들이 그 모든 돈과 투표권을 놔두고 죽으려고 하겠어?" 그는 그녀를 빤히 쳐다봤다. "당신은 어느 날 갑자기 죽을 준비가 되어 있어, 엠?"

"아니, 하느님 맙소사, 어떻게 당신 아내한테 그런 말을 할 수 있어요, 여보! 난 아직 백 살도 안 됐다고요." 그녀는 확인이라도 하듯 자신의 탄탄하고 젊은 몸을 두 손으로 가볍게 훑었다. "내 인생에서 가장 좋은 시절은 아직 오지 않았다고요. 하지만 틀림없이 백오십 살쯤 되면 늙은 나는 싱크대에 앤티제라손을 부어 버리고 세상에서 공간을 차지하는 것을 그만둘 거예요. 그것도 미소를 지으면서 말이죠."

"그럼, 그럼." 루가 말했다. "물론이지. 다들 말은 그렇게 하니까. 당신은 그런 말을 몇 번이나 들었어?"

"델라웨어의 그 남자가 있고요."

"그 남자 얘기하는 게 이제 좀 지겹지도 않아, 엠? 그건 벌써 다섯 달 전 일이야."

"좋아요, 그럼…… 바로 여기, 우리하고 같은 동에 사셨던 윙클러 할머니도 계시죠."

"그 할머니는 지하철에 치여 세상을 떠났지."

"그게 그 할머니가 세상을 떠나기 위해 선택한 방법이었어요."

"그런데 그 할머니는 지하철에 갔을 때 뭣 하러 앤티제라손 여섯 개들이 한 상자를 들고 있었을까?"

에메랄드는 진력이 난다는 듯 고개를 젓고는 눈을 가렸다. "몰라요, 몰라, 몰라. 내가 아는 건 그냥 뭔가 조치를 취해야 한다는 게 다예요." 그녀는 한숨을 쉬었다. "가끔 난 세상에 질병이 두어 개쯤은 남겨져서 어딘가에서 돌아다니고 있으면 하고 바라요. 내가 그 질병에 걸려서 잠시 자리에 누울 수 있도록 말이에요. 세상에는 사람이 너무 많아요!" 그녀가 소리치자 그녀의 말이 아스팔트로 포장되고 초고층빌딩으로 둘러싸인 천 개의 안마당에서 짹짹 재잘재잘 울리다가 사라졌다.

루는 그녀의 어깨에 다정하게 손을 올렸다. "에이, 여보, 난 당신이 이렇게 우울한 모습을 하고 있는 걸 보고 싶지 않아."

"옛날에 사람들이 그랬던 것처럼 우리에게 차가 있다면," 엠이 말했다. "드라이브하러 나가서 잠시 사람들에게서 벗어날 수 있을 텐데 말이에요. 아이, 그 시절이 정말 좋았는데!"

"맞아." 루가 말했다. "사람들이 모든 금속을 다 써 버리기 전이 좋았지."

"우리가 자동차에 뛰어 올라타면 아빠가 차를 몰고 주유소로 가서 '꽉 채워 주세요!'라고 말하고는 했죠."

"그건 정말 최고였어, 안 그래?…… 사람들이 휘발유를 고갈시켜 버리기 전까지는 말이야."

"그리고 우리는 태평스럽게 시골길을 드라이브하고는 했어요."

"그래…… 지금은 그 모든 일이 동화 속 나라 일 같아, 안 그래, 엠? 도시와 도시 사이에 그런 공간이 실제로 있었다고 믿기 힘들어."

"그리고 배가 고파지면," 엠이 말했다. "우리는 맘에 드는 식당을 찾아 들어가 '저는 스테이크와 프렌치프라이를 주세요.'라거나 '오늘 돼지고기 요리는 어때요?'라고 말하고는 했죠." 입술을 핥는 그녀의 눈이 반짝거렸다.

"예, 손님!" 루가 우렁차게 말했다. "그 모든 것과 함께 햄버거를 같이 드시면 어떠실까요?"

"으으으음."

"만약 그 시절에 누군가 우리에게 가공 처리한 식용 해초를 내놓았다면, 우리는 그 사람의 눈앞에서 그것을 바로 뱉어 버렸을 거야, 안 그래, 엠?"

"가공 처리한 식용 톱밥도 마찬가지였을걸요." 엠이 말했다.

루는 그런 것들을 먹고사는 현 상황의 좋은 면을 찾으려고 끈질기게 노력했다. "뭐, 아무튼 요즘은 처음 먹었을 때보다는 해초나 톱밥 맛이 훨씬 덜 나게 가공 처리해서 나오는 것 같아. 그리고 우리가 예전에 먹었던 음식보다 그것이 우리에게 실제로는 더 낫다더군."

"난 예전에 먹던 게 좋았어요!" 엠이 사납게 말했다.

루는 어깨를 으쓱했다. "음, 가공 처리한 식용 해초와 톱밥이 아니었더라면 세계는 120억의 인구를 부양하지 못했을 거라는 사실을 깨달아야만 해. 내 말은, 그건 정말 경탄할 만한 일이라는 거야. 사람들 말은 그래."

"사람들은 머릿속에 가장 먼저 불쑥 떠오른 말을 내뱉죠." 엠이 말했다. 그녀는 눈을 감았다. "저기…… 쇼핑을 기억해요, 루? 가게들이 우리가 뭔가를 사게 하려고 경쟁했던 것을 기억해요? 그때는 침대나 의자, 스토브 같은 것을 구하기 위해 누군가가 죽기를 기다릴 필요가 없었어요. 그냥 가게로 걸어 들어가서 '딱' 원하는 것을 사면 됐어요. 와아, 그건 정말 좋았어요. 사람들이 모든 원료를 소모하기 전까지는 말이에요. 그때 나는 어린애에 불과했지만 아주 똑똑히 기억나요."

의기소침해진 루는 힘없이 발코니 끝으로 걸어가 검정 벨벳 같은 무한한 공간을 배경으로 밝게 반짝이고 있는 깨끗하고 차가운 별들을 올려다봤다. "우리가 공상과학소설에 미쳤던 때를 기억해, 엠? 12번 발사대, 화성행, 17호기. 탑승 바랍니다! 기술 요원을 제외하고는 모두 벙커에 머물러 주십시오. 10초……9……8……7……6……5……4……3……2……1! 발사! 콰아아아아앙!"

"지구상에서 벌어지고 있는 일에 대해 왜 걱정해요?" 엠이 그와 함께 별을 올려다보며 말했다. "몇 년만 더 있으면 우리는 모두 우주 공간으로 떠나 새로운 행성에서 다시 한 번 인생을 시작하게 될 텐데요."

루는 한숨을 쉬었다. "그렇지만 형편없는 이주민 한 명을 화성에 가게 하기 위해서는 엠파이어스테이트 빌딩의 두 배 크기만 한 빌딩이 필요한 것으로 밝혀졌어. 그리고 아내와 개를 데려가려면 2조 달러가 더 필요하대. '다른 행성으로 이주하는 것,' 그게 인구 과잉 문제를 처리하는 방법이라니!"

"루?"

"음?"

"800킬로미터 자동차경주는 언제예요?"

"어…… 전몰장병 기념일이야. 5월 30일."

그녀는 입술을 꼭 깨물었다. "내가 그걸 물어서 끔찍했어요?"

"별로. 우리 아파트에 사는 사람들도 다 확인차 그것을 찾아봤는데 뭐."

"난 끔찍하게 굴고 싶지 않아요." 엠이 말했다. "하지만 당신도 때로는 이런 일들에 대해 이야기를 해서 걱정을 떨쳐 내야만 해요."

"당신이 그래서 그런 건 줄 잘 알아. 기분이 나아졌어?"

"네……. 그리고 나는 더 이상 화를 내지 않을 거예요. 그리고 난 내 나름대로 성심성의껏 그분에게 잘해 드릴 거예요."

"이제야 나의 엠답군."

그들은 어깨를 딱 펴고 용감하게 미소 지으며 다시 안으로 들어갔다.

슈워츠 가문의 왕할아버지는 지팡이 손잡이에 올린 두 손에 턱을 괸 채 거실에서 가장 눈에 확 띄는 60인치 텔레비전 화면을 노한 표정으로 뚫어져라 쳐다보고 있었다. 텔레비전 화면에는 뉴스 해설자가 그날의 사건들을 요약해서 전하고 있었다. 30초 정도 마다 할아버지는 지팡이 끝으로 바닥을 탁 치며 소리치고는 했다. "제길! 저건 백 년 전에 했던 거야!"

발코니에서 들어온 에메랄드와 루는 그의 부모님, 형님 부부, 아들 부부, 손자 부부, 손녀 부부, 증손자 부부, 조카 부부, 종손자 부부, 종손자의 딸 부부, 종손자의 아들 부부 뒤의 맨 뒷줄에 앉아야만 했다. 그리고 물론 이 모든 식구들 앞에는 왕할아버지가 앉아 있었다. 다소 쭈글쭈글하고 구부정한 왕할아버지를 제외한 모두는 앤티제라손이 나오기 전 시대의 기준에서 본다면 20대 후반이나 30대 초반 언저리로 나이가 비슷해 보였다.

"한편," 뉴스 해설자가 말하고 있었다. "아이오와주의 카운실 블러프스는 엄연한 비극에 계속 노출되어 있었습니다. 하지만 2백 명의 지친 구조대원들이 희망을 버리라는 명령을 거부하고 엘버트 해거돈을 구하기 위해서 계속 땅을 파고 있습니다. 그는 183세로 이틀 동안 좁은 바위틈 사이에 끼여……."

"할아버님께서 좀 더 유쾌한 방송을 보시면 좋겠어요." 에메랄드가 루에게 속삭였다.

"조용!" 왕할아버지가 소리쳤다. "텔레비전이 켜져 있는 동안 가벼운 주둥이를 나불거리는 놈은 1달러도 못 받고 상속권을 뺏길 줄 알아." 여기까지 말하고는 갑자기 그의 목소리가 누그러지며 상냥해졌다. "인디애나폴리스 자동차 경주장에서 완주를 알리는 깃발이 휘날린 다음, 내가 '저 위의 세상으로 떠나는 대단한 여행'을 떠날 준비가 됐을 때 말이야." 그는 감상적이 되어 코를 훌쩍거렸고, 그러는 동안 그의 상속인들은 아주 작은 소리도 내지 않기 위해 필사적으로 집중했다. 곧 있을 그 '대단한 여행'에 대한 그들의 통절한 슬픔은 왕할아버지가 50년 동안 거의 하루에 한 벌 꼴로 그 말을 언급하다 보니 다소 둔해져 있었다.

"와이언도트 대학의 총장인 브레이너드 키이스 불러드 박사가," 뉴스 해설자가 말했다. "오늘밤 연설에서 세상의 병폐의 대부분이 인류 스스로에 대한 지식이 인류의 물질세계에 대한 지식과 보조를 맞춰 오지 못했다는 사실에 귀착될 수 있다고 밝혔습니다."

"제길!" 왕할아버지가 소리쳤다. "저건 백 년 전에 했던 말이야."

"오늘밤 시카고에서는," 뉴스 해설자가 말했다. "특별한 기념행사가 시카고 산부인과 병원에서 열리고 있습니다. 이 행사의 주빈은 나이가 0세인 로웰 W. 히츠입니다. 오늘 아침 태어난 히츠는 그 병원에서 태어난 2천 5백만 번째 아이입니다." 해설자의 모습이 서서히 사라지며 화면에는 사납게 악을 쓰며 울어 대고 있는 아기 히츠의 모습으로 대체되었다.

"제길," 루가 왕할아버지 흉내를 내며 에메랄드에게 속삭였다. "저건 백 년 전에 했던 말이야."

"다 들려! 누구야?" 왕할아버지가 외쳤다. 그는 텔레비전을 탁 껐고 겁에 질린 그의 자손들은 잠자코 텔레비전 화면만 응시했다. "너, 거기, 어린 네 녀석이……."

"나쁜 뜻으로 그런 건 아니에요, 할아버님." 루가 말했다.

"내 유언장을 갖고 와. 그게 어디 있는지 알잖아. 너희들 모두 그게 어디 있는지 알지. 요 녀석, 썩 가져오지 못해!"

느릿느릿 고개를 끄덕이고는 루는 저도 모르게 복도를 걸어가 침구를 조심조심 넘어 슈워츠 집안의 아파트에서 유일한 개인 방인 왕할아버지의 방으로 들어갔다. 그 아파트의 다른 공간들로는 욕실, 거실, 그리고 창문 없는 널찍한 복도가 있었다. 그곳은 처음에는 식사 공간으로 쓰려던 곳이어서 한쪽 끝에 간이 주방이 있었다. 복도와 거실에는 여섯 개의 매트리스와 네 개의 침낭이 이리저리 흩어져 놓여 있었고, 거실에 있는 소파는 현재 가장 총애받는 열한 번째 부부의 차지였다.

왕할아버지의 유언장은 그의 책상 위에 있었다. 그 유언장은 문질러서 알아보기 힘들고 모서리가 접히고 구멍이 나고 수백 개의 추가된 문구, 삭제된 조항, 비난, 조건, 경고, 충고, 통속적인 철학으로 얼룩져 있었다. 루가 생각하기에 그 문서는 두 장의 종이에 온갖 내용이 빼곡히 들어차 있는 50년간의 일기장, 즉 매일매일의 다툼을 기록한, 의미 파악도 힘들고 글자를 읽기도 어려운 일지 같았다. 오늘은 루가 열한 번째 상속권을 박탈당할 것이고, 그가 다시 유산에서 지분을 약속받기 위해서는 흠 잡을 데 없는 행실을 하며 여섯 달 정도를 보내야 할 것이다.

"뭐 해? 빨리 안 가져오고!" 왕할아버지가 소리쳤다.

"지금 갑니다, 할아버님." 루는 서둘러 거실로 돌아가 왕할아버지에게 유언장을 건넸다.

"만년필!" 왕할아버지가 말했다.

부부마다 하나씩 모두 11개의 만년필이 그의 앞으로 내밀어졌다.

"잉크가 새는 이 만년필은 치워!" 그는 루의 만년필을 밀쳐 내 버리며 말했다. "아, 이게 좋겠군. 잘했어, 윌리." 그는 윌리의 만년필을 선택했다. 그것은 그들 모두가 기다리고 있던 암시였다. 그러니까 루의 아버지인 윌리가 왕할아버지가 가장 총애하는 사람으로 새롭게 선택받은 것이었다.

142세였지만 거의 루만큼이나 젊어 보이는 윌리는 자신의 기쁨을 숨기는 데 서툴렀다. 그는 자신의 차지가 될 소파를 수줍게 흘끗 보았다. 이제 루와 에메랄드는 소파에서 복도로 물러나 그 집에서 가장 안 좋은 장소인 욕실 문 옆으로 가야 했다.

왕할아버지는 자신이 집필한 그 극적인 드라마의 어떤 장면도 놓치지 않고 자신의 익숙한 역할에 자신이 지닌 모든 것을 쏟아부어 열연을 펼쳤다. 마치 그 유언장을 처음으로 보고 있는 것처럼 인상을 팍 쓰고 손가락으로 한 줄 한 줄 훑어 내려가며 대성당 오르간의 저음부에서 나는 듯한 굵직하고 장중한 단조로운 어조로 크게 소리 내 읽었다.

"뉴욕시, 올던 빌리지의 257동에 거주하는 나, 해럴드 D. 슈워츠는 이것을 나의 마지막 유언장으로 삼아 인증하고 선언하며, 이로써 언제 작성되었건 지금까지 작성된 나의 예전 유언장과 유언 보충서들은 모두 취소하는 바이다." 그는 거드름 피우며 코를 풀고는 한 단어도 빠뜨리지 않고 유언장을 계속 읽어 나가며 강조하기 위해 많은 부분을 반복해서 읽고 또 읽었다. 특히 자신의 장례식에 대한 훨씬 더 정교한 세부 사항들을 계속 반복해서 읽었다.

그 세부 사항들을 다 읽었을 때쯤, 감정이 북받쳐 목이 멘 왕할아버지의 모습을 보고 루는 왕할아버지가 자신이 애초에 유언장을 왜 갖고 오라고 했는지를 까먹었을지도 모르겠다고 생각했다. 하지만 왕할아버지는 의연하게 북받친 감정을 제어해 딱 1분 만에 그 감정을 완전히 지운 뒤, 유언장에 글을 써 나가면서 동시에 읽기 시작했다. 루는 어찌나 자주 들었던지 왕할아버지가 쓰고 있는 글을 그 대신 읊을 수도 있을 것 같았다.

"나는 눈물 골짜기인 이승에서 더 나은 땅으로 떠나기 전에 수많은 비통한 일을 겪었다."라고 말하는 동시에 왕할아버지는 글을 계속 써 나갔다. "하지만 그 가운데서도 내게 가장 깊은 마음의 상처를 입힌 사람은 바로……." 그는 자신에게 가장 큰 마음의 상처를 준 그 악한이 누군지를 떠올리려고 애쓰면서 주위의 무리를 둘러보았다.

모두가 왕할아버지에게 도움을 주려는 듯 루를 쳐다보자, 루는 체념한 듯 순순히 손을 들었다.

왕할아버지는 기억이 난다는 듯 고개를 끄덕이며 그 문장을 마저 완성했다. "나의 증손자인 루이스 J. 슈워츠이다."

"증손자가 아니라 손자입니다, 할아버님." 루가 말했다.

"트집 잡지 마. 넌 안 그래도 지금 충분히 깊게 곤경에 빠졌으니까." 왕할아버지는 말은 그렇게 했지만 증손자를 손자로 고쳐 적었다. 그리고 거기에서부터 상속권 박탈의 구절까지 실수 없이 써 내려갔다. 루의 상속권 박탈의 사유는 무례함과 트집 잡기였다.

거실에 있는 모든 사람의 이름이 한 번쯤은 올랐었던 문단인 다음 문단에서는 그 아파트, 그리고 모든 유산 가운데 가장 알짜배기인 개인 방에 있는 더블침대의 상속인으로 루의 이름에 줄을 그어 지운 다음 윌리의 이름을 대신 적어 넣었다. "다 됐어!" 왕할아버지는 활짝 웃으며 말했다. 그는 유언장 하단의 날짜를 지우고 새로운 날짜를 현재 시간까지 포함해서 적어 넣었다. "자, 그럼…… 〈맥가비 가족〉을 볼 시간이군." 〈맥가비 가족〉은 왕할아버지가 60세 이후 112년 동안 열심히 시청해 온 텔레비전 연속극이었다. "다음으로 무슨 일이 일어날지 알고 싶어 못 참겠어."라고 그가 말했다.

루는 무리에서 떨어져 나와 욕실 문 옆의 자신의 고통스런 잠자리에 누웠다. 그는 엠이 자기와 함께 있었으면 하는 마음에 그녀는 어디에 있을까 궁금해 했다.

그는 깜빡 졸다가 누군가가 그를 넘어 욕실로 들어가는 바람에 깼다. 잠시 뒤 욕실에서 졸졸 흐르는 소리가 희미하게 들렸는데, 꼭 뭔가가 세면대 배수관으로 흘러 내려가는 듯한 소리였다. 불쑥 그의 마음속에 엠이 아까 베란다에서 중압감을 못 이겼던 순간과 함께 지금 욕실에서 그녀가 왕할아버지에게 뭔가 대담한 짓을 저지르고 있는 것일지 모른다는 생각이 떠올랐다.

"엠?" 그는 욕실 문에 대고 속삭였다. 대답이 없자 루는 욕실 문을 밀어 보았다. 볼트가 끼우는 구멍에 간신히 맞물린 상태였던 낡은 자물쇠가 잠시 버티다가 욕실 문이 안쪽으로 열렸다.

"모티!" 루가 놀라서 헉하며 외쳤다.

이제 갓 결혼해서 슈워츠 일가의 집으로 아내를 데려온 루의 종손자의 아들인 모티머가 소스라치게 놀라며 루를 쳐다보았다. 모티는 얼른 발로 차서 문을 닫았지만 문이 닫히기 전에 루는 모티가 손에 들고 있는 것을 언뜻 보았다. 그것은 바로 알뜰형 대용량 병에 든 왕할아버지의 앤티제라손이었다. 모티는 그 병에 든 앤티제라손을 반쯤 따라 버린 다음, 버린 양만큼 수돗물로 다시 채우고 있었던 것이다.

잠시 후, 모티는 루를 반항하듯 노려보며 욕실에서 나와서 말없이 루의 옆을 스쳐 지나 자신의 예쁜 신부에게로 다시 갔다.

충격을 받은 루는 도대체 어떻게 해야 할지 알 수 없었다. 그는 왕할아버지가 희석된 앤티제라손을 마시게 내버려 둘 수 없었다. 하지만 왕할아버지에게 그것에 대해 경고해 준다면, 왕할아버지는 분명히 지금도 정말 견디기 힘든 그 아파트에서의 삶을 더욱 참혹하게 만들 것이었다.

루가 거실 쪽을 흘끗 봤더니 슈워츠 가문 사람들이, 에메랄드도 그들 사이에서 함께, 맥가비 가족들이 그들의 삶을 망치는 서투른 실수들을 즐겁게 시청하며 잠시 휴식을 취하고 있었다. 슬그머니 그는 욕실로 들어가 문을 최대한 잘 잠그고 왕할아버지의 앤티제라손 병의 내용물을 배수관에 따라 붓기 시작했다. 그는 선반에 있는 더 작은 용량의 병 22개에 든 순수한 앤티제라손으로 원래의 병을 다시 채울 생각이었다. 대용량 병은 용량이 2리터였고 병목이 좁아서 루가 보기에는 그 병의 내용물을 비우려면 시간이 한참 걸릴 것만 같았다. 그리고 우스터소스처럼 무취에 가까운 앤티제라손의 냄새가 초조한 상태인 지금 루가 느끼기에는 열쇠 구멍과 문 밑을 통해 아파트 나머지 공간으로 퍼져 나가는 것만 같았다.

"콸콸콸." 그 병의 내용물이 단조로운 소리를 내며 흘러나오고 있었다. 갑자기 거실에서 음악 소리가 나면서 소곤거리는 소리와 의자 다리가 바닥에 끌리는 소리도 들려왔다. "이로써," 텔레비전 아나운서가 말했다. "시청자 여러분과 저의 이웃인 맥가비 가족들의 삶의 제29,121장이 끝났습니다." 복도를 걸어오는 발자국 소리가 들렸다. 누군가 욕실 문을 두드렸다.

"잠깐만요." 루가 쾌활하게 소리쳤다. 필사적으로 그는 손에 쥔 큰 병을 흔들어 내용물을 빨리 쏟아 내기 위해 애썼다. 하지만 손바닥이 젖은 유리병에서 미끄러지며 그 무거운 병이 타일 바닥에 떨어져 산산조각이 나고 말았다.

욕실 문이 홱 열렸고 왕할아버지가 어안이 벙벙해진 표정으로 엉망진창이 된 욕실을 빤히 쳐다보고 있었다.

루는 욕지기가 나는 가운데서도 애교 있게 활짝 미소를 띠었지만 생각 비슷한 것도 전혀 나지 않아서 그저 왕할아버지가 말하기만을 기다렸다.

"이런, 요 녀석," 마침내 왕할아버지가 입을 열었다. "좀 정리해야 할 게 있는 모양이로군."

그가 한 말은 그게 다였다. 그는 돌아서서 모여든 사람들 사이를 밀어 헤치고 나아가 자신의 침실로 들어가 그곳에 틀어박혔다.

슈워츠 집안사람들은 잠시 더 루를 의심하는 듯한 눈초리로 말없이 응시하다가 마치 자신들이 너무 오랫동안 루를 보고 있다가는 루의 소름 끼치는 죄의 일부에 자신들도 오염될 것처럼 부리나케 거실로 돌아갔다. 모티는 바로 그들을 따라가지 않고 뒤에 남아 약간 놀라면서도 짜증 난 시선으로 루를 흘끗 보았다. 그런 뒤 모티가 거실로 가고 나자 이제 욕실 문 앞에 남아 있는 사람은 에메랄드뿐이었다.

눈물이 그녀의 뺨을 타고 흘러내렸다. "아, 가엾은 사람…… 여보, 제발 그렇게 끔찍한 표정 짓지 말아요. 그건 내 잘못이에요. 내가 부추기는 바람에 당신이 이런 일을 하게 된 거니까요."

"아냐." 말문이 막혔던 루가 다시 입 밖으로 소리 내어 말했다. "당신 잘못이 아니야. 솔직히, 엠, 난 그냥……."

"나한테 아무것도 설명하지 않아도 돼요, 여보. 난 무슨 일이 있어도 당신 편이에요." 그녀는 그의 뺨에 키스를 하며 그의 귀에 대고 속삭였다. "그리고 설령 그랬다 해도 그건 살인이 아니었을 거예요, 여보. 그분을 살해한 게 아니었을 거예요. 그건 끔찍한 짓이 아니었어요. 신이 할아버님을 부르면 어느 때든 할아버님이 갈 수 있도록 그냥 할아버님을 준비시켜 드린 것뿐이었을 거예요."

"다음으로 무슨 일이 일어날까, 엠?" 루가 공허하게 말했다. "할아버님이 과연 어떻게 하실까?"

루와 에메랄드는 왕할아버지가 어떻게 할지 알아내려고 기다리면서 두려운 마음에 거의 뜬눈으로 밤을 지새웠다. 하지만 신성한 그 침실에서는 어떤 소리도 새어 나오지 않았다. 동이 트기 두 시간 전에야 루 부부는 겨우 잠들었다.

하지만 6시에 루 부부는 다시 일어났는데 그들 세대가 간이 주방에서 아침 식사를 할 시간이었기 때문이다. 식사를 하는 동안 아무도 그들에게 말을 걸지 않았다. 그들에게 주어진 식사시간은 20분이었지만 간밤에 잠을 설친 탓에 반사 신경이 무척 둔해져 있었던 루 부부가 계란 모양의 가공 해초를 겨우 두 입 넘기자마자 그들 아들 세대에게 자리를 내줄 시간이 되었다.

그런 뒤, 루 부부는 가장 최근에 상속권을 박탈당한 자가 누구든 관례에 따라 해야 하는 일인 왕할아버지의 아침 식사를 준비하기 시작했다.

요즘 왕할아버지는 아침 식사를 침대에서 하기 때문에 쟁반에 담아서 가져가야 했다. 루 부부는 그 일을 즐거운 마음으로 하려고 애썼다. 그 일의 가장 힘든 부분은 왕할아버지가 전 재산을 거의 쏟아부어서 구한, 진짜 달걀과 베이컨, 동물성 마가린을 다뤄야만 한다는 점이었다.

"음," 에메랄드가 말했다. "아직 확실치도 않은데 미리 앞서서 전전긍긍하지 않을래요."

"내가 욕실에서 깨뜨린 게 뭔지 그분이 모를지도 몰라." 루가 희망을 갖고 말했다.

"아마 손목시계의 유리가 깨진 거라고 생각하실지도 모르죠." 그들의 아들인 에디가 끼어들어 말했다. 에디는 메밀 형태로 가공 처리한 식용 톱밥 케이크를 심드렁하니 깨작거리고 있었다.

"아버지한테 빈정거리지 마," 엠이 말했다. "그리고 입에 음식이 가득한 채로 말하지도 말고."

"누가 이걸 한 입 가득 넣은 채 아무 말도 않는 것 좀 보고 싶네요."라고 대꾸하는 에디는 이제 73세였다. 그는 벽시계를 흘끗 봤다. "왕할아버지께서 아침 드실 시간이에요."

"그래, 그렇군." 루가 힘없이 말했다. 그는 어깨를 으쓱했다. "쟁반을 줘요, 엠."

"같이 가요."

루 부부가 용감한 미소를 띤 채 천천히 걸어가 보니 우울한 얼굴의 슈워츠 집안사람들이 크게 반원을 그리며 침실 문 주위에 서 있었다.

엠이 노크를 했다. "할아버님," 그녀가 밝게 말했다. "아침 식사 가져왔어요."

대답이 없자 그녀는 다시 더 세게 노크를 했다.

그녀의 주먹 앞에 문이 휙 열렸다. 방 한가운데에는 캐노피가 쳐진 푹

신하고 깊고 널찍한 침대가 있었다. 그런데 슈워츠 집안사람들 모두에게 달콤한 미래의 상징인 그 침대가 비어 있었다.

슈워츠 집안사람들은 그들에게는 조로아스터교나 세포이 항쟁의 원인만큼이나 낯선 죽음의 느낌이 엄습하자 다들 심장이 천천히 뛰는 가운데 소리를 죽였다. 경외심에 사로잡힌 채, 상속인들은 아주 조심스럽게 가구 밑과 커튼 뒤를 샅샅이 뒤지며 그들 일족의 가장 웃어른인 왕할아버지가 임종한 증거를 찾기 시작했다.

하지만 왕할아버지가 남겨 놓은 것은 세속적인 껍데기가 아니라 편지였다. 루가 마침내 발견한 그 편지는 서랍장 위, 2000년 세계 박람회의 대단히 소중한 기념품인 서진으로 눌러져 있었다. 떨리는 목소리로 루는 그 편지를 큰 소리로 읽었다.

"'오랜 세월 동안 내가 쉴 곳을 제공하고 보호하고 내가 아는 최고의 것을 가르쳐 왔던 누군가가 어젯밤 미친개처럼 나를 공격해 나의 앤티제라손을 희석시켰거나 그러려고 시도했다. 나는 더 이상 청년이 아니다. 나는 더 이상 과거에 그랬던 것처럼 삶의 무거운 짐을 짊어질 수 없다. 그러므로 지난밤 쓰라린 경험을 한 나는 이만 작별을 고하려 한다. 이 세상의 걱정들은 가시 망토처럼 곧 떨어져 나갈 것이고 나는 평안을 얻게 될 것이다. 너희들이 이 편지를 발견할 때쯤이면 나는 떠나고 없을 것이다.'"

"아이고," 윌리가 더듬거리며 말했다. "800킬로미터 자동차경주도 아직 못 보셨는데."

"월드시리즈도요." 에디가 말했다.

"맥가비 부인이 시력을 되찾는지도요." 모티가 말했다.

"내용이 더 있어요." 루가 말하고는 다시 큰 소리로 읽기 시작했다. "나, 해럴드 D. 슈워츠는…… 이것을 나의 마지막 유언장으로 삼아 인증하고 선언하며, 이로써 언제 작성되었건 지금까지 작성된 나의 예전 유언장과 유언 보충서들은 모두 취소하는 바이다."

"안 돼!" 윌리가 소리쳤다. "유언장을 또 고치면 안 돼!"

"나의 전 재산은," 루는 계속 읽어 나갔다. "그 종류와 성질에 관계없이 분할하지 않고 유증하고자 한다. 따라서 나의 자손들이 세대에 상관없이 똑같이 균등하게 공동으로 소유하여야 한다고 명기하는 바이다."

"자손이라고요?" 에메랄드가 말했다.

루는 거기에 모인 사람들 전부를 손으로 쭉 훑듯이 가리켰다. "여기 적힌 건 빌어먹게도 우리 모두가 모든 것을 공동 소유한다는 뜻입니다."

모두의 시선이 즉각 침대로 향했다.

"균등하게 나누어 가진다고요?" 모티가 말했다.

"사실," 현재 가장 연장자인 윌리가 말했다. "그건 예전 방식과 똑같아. 최고 연장자가 여기 본부에서 상황을 지휘하고……."

"그 유서가 난 맘에 들어요!" 엠이 말했다. "그럼 루, 당신도 아버님만큼 침대를 소유하게 되겠네요. 그리고 제 생각에는 침대는 아직 한창 일하고 있는 연장자 차지가 되어야 할 것 같아요. 아버님은 낮 동안 내내 여기에서 당신의 연금 수표가 오기를 기다리며 시간을 보내실 수 있으세요. 그러다 가엾은 루가 퇴근 후 완전히 지칠 대로 지친 상태로 여기에 몸을 눕히는 거죠. 그리고 또……."

"사생활을 전혀 누리지 못했던 사람에게 침대를 잠깐이라도 사용하게 해 주면 어떨까요?" 에디가 열을 내며 말했다. "에잇, 여기 나이 드신 분들은 과거 어린 시절에 사생활을 맘껏 누렸잖아요. 저는 복도의 망할 막사 한가운데서 태어나고 자랐다고요! 그럼 이건 어떨까요……?"

"네?" 모티도 끼어들었다. "그래요, 여기 계신 분들 모두 정말 힘드셨을 거예요. 그리고 그걸 생각하면 마음이 무척 아파요. 하지만 복도에서 진짜 스릴 있게 신혼 생활을 한번 해 보시라고요."

“조용!” 윌리가 고압적으로 외쳤다. “다음으로 입을 여는 사람은 앞으로 여섯 달을 욕실 옆에서 지낼 줄 알아. 자, 이제 내 방에서 꺼져. 생각 좀 하게.”

꽃병이 그의 머리보다 조금 높은 벽에 부딪치며 산산이 깨졌다. 다음 순간, 난투극이 펼쳐지며 각 부부가 저마다 다른 부부를 모조리 그 방에서 내쫓기 위해 싸움을 벌였다. 싸움을 벌이는 부부들은 전광석화같이 바뀌는 전술 상황에 맞춰 다른 부부와 연합을 맺어 뭉쳤다 흩어졌다 했다. 그러다가 복도로 내던져진 엠과 루 부부는 동일한 상황에 처한 다른 이들을 규합해 다시 방으로 쳐들어갔다.

전혀 가시적인 결정이 나지 않은 가운데 그렇게 두 시간을 싸운 끝에 경찰관들이 들이닥쳤다.

다음 반 시간 동안, 죄수 호송차와 구급차들이 슈워츠 집안사람들을 실어 날랐고, 그러자 그들의 아파트는 고요하고 널찍한 상태가 되었다.

한 시간 뒤, 그 소동의 막바지를 찍은 영상이 동부 해안 지역 5억 명의 즐거워하는 시청자들에게 방영되고 있었다.

257동 76층에 있는 방 세 개짜리 슈워츠 아파트에 정적이 감도는 가운데 텔레비전이 켜져 있었다. 다시 한 번 그 아파트의 대기는 텔레비전 스피커에서 흘러나오는 이제는 무해한 소리들, 난투극을 벌이며 고함치고, 끙끙대고, 쿵쾅거리는 요란한 소리들로 가득 찼다.

그 싸움은 또한 경찰서에 있는 텔레비전 화면에도 나오고 있었는데, 슈워츠 집안사람들과 그들을 체포한 사람들이 전문적인 관심을 갖고 그 화면을 시청했다.

엠과 루는 너비가 1미터 남짓, 길이가 2.5미터 정도의 유치장에 들어가 각자의 간이침대에 평화롭게 몸을 쭉 뻗고 누워 있었다.

"엠!" 루가 칸막이를 사이에 두고 아내를 불렀다. "당신 방에도 세면기가 있어?"

"네. 세면기, 침대, 전등…… 모든 게 다 있어요. 하! 이런 줄도 모르고 우리는 왕할아버지의 방이 엄청 대단한 것이라고 생각했어요. 이렇게 얼마나 있을 수 있을까요?" 그녀는 손을 내밀었다. "여보, 40년 만에 처음으로 몸이 떨리지 않네요."

"행운을 빌어 보자고." 루가 말했다. "변호사가 우리에게 1년 형을 받아 주기 위해 애쓸 거야."

"와아," 엠이 꿈꾸듯 말했다. "우리끼리만 단둘이 있기 위해서는 어떤 종류의 막후 공작을 펼쳐야 할까요?"

"자, 다들 조용히 해." 간수가 말했다. "안 그러면 너희들 전부 다 당장 내쫓아 버릴 테니까. 그리고 유치장이 얼마나 좋은지 누구에게라도 발설했다간 절대 다시 유치장에 못 들어올 줄 알아!"

수감자들이 조용해졌다.

슈워츠 아파트의 거실이 한순간 어두워지더니 그 소동을 보여 주던 화면이 서서히 사라지고 구름 뒤에서 태양이 나오는 것처럼 아나운서의 얼굴이 나타났다. "그런데 시청자 여러분," 그가 말했다. "앤티제라손의 제약 회사에서 전하는 특별한 소식이 있습니다. 150세를 넘은 모든 분들을 위한 소식입니다. 앤티제라손이 개발되기 전에 여러분 몸에 나타난 주름, 관절 경화, 흰머리나 탈모로 인해 사회적으로 제약을 받고 계십니까? 만약 그렇다면, 더 이상 고통을 겪지도 더 이상 이질감이나 소외감을 느끼지도 않으셔도 됩니다."

"여러 해에 걸친 연구 끝에 의학계에서 이제 '슈퍼 앤티제라손'을 개발했습니다. 몇 주 있으면, 네, 맞습니다, 몇 주 있으면, 여러분은 여러분의 고손자만큼이나 젊게 보이고 느끼고 행동할 수 있습니다! 다른 사람들과 달라 보이지 않기 위해서 5천 달러나 지불해야 하느냐고요? 아뇨, 그러실 필요가 없습니다. 각종 시험을 거친 안전한 슈퍼 앤티제라손은 하루에 몇 달러만 들 뿐입니다. 청춘의 반짝거림과 매력을 모두 되찾는데 드는 평균 비용은 50달러 미만입니다."

"무료로 시험용을 한 통 받고 싶으신 분은 당장 편지를 보내 주십시오. 1달러짜리 우편엽서에 성함과 주소만 기입해 뉴욕주, 스키넥터디시, 사서함 500,000호, '슈퍼' 담당자 앞으로 보내 주십시오. 들으셨습니까? 다시 한 번 말씀드리겠습니다. 뉴욕주, 스키넥……." 아나운서의 말 위로 전날 밤 윌리가 건넨 왕할아버지의 만년필로 글을 긁적이는 소리가 들렸다. 왕할아버지가 〈한가한 시간〉이라는 술집에서 몇 분 전에 집으로 돌아와 있었던 것이다. 그 술집에서는 올던 빌리지 녹지 공원으로 알려진 아스팔트 광장 맞은편으로 257동이 바라보였다. 그는 파출부에게 전화해 자기 아파트로 와서 깨끗이 청소하라고 시키고 자신의 자손들이 유죄 판결을 받도록 그 도시 최고의 변호사를 고용했다. 그런 뒤 왕할아버지는 뒤로 기대는 편안한 자세로 텔레비전을 보기 위해 소파를 텔레비전 앞으로 옮겨 놓은 상태였다. 그것은 그가 수년간 꿈꿔 오던 일이었다.

"스-키-넥-터-디." 왕할아버지가 큰 소리로 말했다. "됐어." 그의 표정이 놀랍도록 달라져 있었다. 그의 얼굴 근육이 풀린 것 같았다. 매섭고 심술궂은 표정이 있던 곳 속에서 다정하고 평온한 표정이 드러나고 있었다. 꼭 시험용 슈퍼 앤티제라손이 이미 도착한 것 같은 표정이었다. 텔레비전에 뭔가 재미있는 장면이 나오면 그는 가까스로 입을 일자로 꽉 다무는 대신 이제는 마음 편히 씨익 웃었다. 인생은 즐거웠다. 그는 다음으로 무슨 일이 일어날지 알고 싶어 참을 수가 없었다.

(1953년)

커트 보니것의 세계에 오신 것을 환영합니다

'울 수 없으니까 웃기는 것.' 커트 보니것은 언젠가 자신의 블랙 유머에 대해 이렇게 말한 적이 있다. 작가의 삶의 여정이 작품에 투영되는 것이라면 결국 고단했던 그의 삶이 블랙 유머로 승화되었고 이 책에 실린 그의 단편들은 그의 불운하고 고통스런 삶이 빚어낸 진주 같은 결과물이라 할 수 있겠다.

블랙 유머와 풍자의 대가인 마크 트웨인의 계승자이자 미국의 대표적인 반전(反戰) 작가인 커트 보니것은 1922년 미국 인디애나주 인디애나폴리스의 독일계 이민자 가정에서 태어났다. 대학 재학 중 제2차 세계대전에 참전했으나 1944년 독일군 포로가 되는 바람에 드레스덴에 수용되어 드레스덴 폭격 당시의 참상을 직접 체험했다. 운 좋게 전쟁에서 살아남은 그는 1945년 미국으로 돌아와 유치원 시절부터 친구였던 제인 메리 콕스와 결혼해 시카고로 이주했다. 시카고 대학원에서 인류학을 전공했으나 졸업하지는 못하고 생업 전선에 뛰어들었다. 1947년부터는 제너럴일렉트릭(GE)사의 홍보 직원으로 일했으며, 1950년 첫 단편 「반하우스 효과에 관한 보고서」 발표 후 편집자 녹스 버거의 권유로 전업 작가로 나서기 위해 GE사를 퇴사하고 1951년 매사추세츠주 케이프코드로 이주해 본격적인 집필 활동을 시작했다. 하지만 전업 작가로 나선 초기에는 글을 쓰면서도 영어교사, 광고회사 카피라이터, 자동차 영업사원 등으로 일해야 했다. 그러는 동안에도 꾸준히 작품 활동을 해서 여러 단편소설과 1952년 『자동 피아노』를 필두로 장편소설도 여러 권 내놓았다.

커트 보니것을 세계적인 작가의 반열에 올라서게 만든 대표작은 자신의 비극적인 체험을 바탕으로 한 『제5도살장』이다. 이 작품은 독일 드레스덴에서 전쟁 포로로 잡혔던 시절 직접 겪은 학살을 소재로 쓴 반전 소설로 이 작품을 통해 그는 SF 장르에만 국한되지 않은 미국의 대표적인 작가로 자리매김했다. 평단과 독자의 사랑을 동시에 받은 그는 작가로서는 탄탄한 입지를 자랑했지만 개인으로서는 제2차 세계대전에 참전하기 직전 우울증으로 인한 어머니의 자살, 참혹한 전쟁 포로 생활과 이로 인해 찾아온 외상 후 스트레스 장애, 누나가 암으로 죽은 바로 뒷날 매형이 열차 사고로 죽는 연이은 비극, 이혼과 아들의 정신 질환 등 불우한 개인사로 인해 심각한 우울증에 빠진 나머지 1984년 한때 자살을 시도하기도 했다. '담배를 피우다 죽는 것이 평생의 바람'이라거나 '흡연은 확실하고 명예로운 자살 행위'라고 블랙 유머의 대가답게 냉소적으로 말하곤 했던 그는 2006년 〈롤링스톤〉지와의 인터뷰에서 열두 살인가 열네 살부터 '팰맬' 담배를 매일 같이 피워 왔고 팰맬 담배 패키지에는 분명 담배를 피우다 보면 죽음에 이를 것이라고 약속해 놓았지만 자신이 83세가 된 지금까지도 멀쩡히 살아 있다면서 허위 광고를 한 죄로 담배회사를 고소하겠다고 으름장을 놓기도 했다. 하지만 이듬해인 2007년 담배와는 상관없이 자택 계단에서 넘어져 머리를 크게 다치는 바람에 몇 주 뒤 84세를 일기로 생을 마감했다.

이러한 삶을 보았을 때, 어쩌면 보니것이 냉소적인 블랙 유머를 구사하고 디스토피아, 즉 부정적이고 암울한 미래상을 그려 내며, 반전주의 작가의 면모를 드러내는 작품을 선보였던 것은 필연적인 일일지도 모른다. 그리고 단편소설 모음집인 이 책 역시 그런 그의 성향이 잘 드러난다. 『몽키 하우스에 오신 것을 환영합니다』는 『제5도살장』이 나오기 한 해 전인 1968년 그의 단편소설들을 모아서 출간한 것으로 그가 쓴 첫 단편소설 「반하우스 효과에 관한 보고서」를 비롯해 각기 다른 개성을 드러내는 25편의 단편이 실려 있다. 작가 스스로도 SF 소설가라고 한정해 불리는 것을 싫어했듯 이 책에 실린 25편은 SF 소설뿐만 아니라 여러 장르의 다양한 소설로 이루어져 있다.

먼저, SF 장르인 「해리슨 버저론」, 「몽키 하우스에 오신 것을 환영합니다」, 「입을 준비가 되지 않은」, 「내일, 내일, 그리고 또 내일」은 현재 지구가 당면한 문제를 해결해 완전히 평등한 미래 사회나 인간이 노화하지 않고 영생하는 미래 세계가 배경이다. 이들 작품들은 하나같이 전혀 행복과는 거리가 먼 어둡고 불행해 보이기만 하는 디스토피아적 미래 인간의 모습을 보여 준다.

「에피칵」, 「유인 미사일」, 「하이애니스포트 이야기」 등은 세계 최초의 전자식 컴퓨터, 미소 간의 우주 개발 경쟁, 그 당시의 정치 상황 같은 현재 사회나 세상에 대한 관심사를 소재로 한 기발한 상상이 돋보이는 작품이다.

또한 「반하우스 효과에 관한 보고서」, 「난민」, 「아담」과 같은 작품에서는 전쟁을 직접 체험한 반전 작가로서의 면모가 드러난다. 그리고 「톰 에디슨의 털북숭이 개」와 「공장의 사슴」은 에디슨의 발명과 그가 설립한 기업을 모태로 하는 GE 같은 규모가 큰 기술 회사에서 일했던 경험에 영감을 받아 창작한 것이다.

「내가 사는 곳」이나 「새 사전」은 에세이 같은 느낌을 자아내는 작품으로 작가 자신이 사는 곳인 케이프코드라든가 작가가 쓰는 사전 같은 신변잡기나 관심사를 다루고 있다.

여기에 소품처럼 깜찍한 느낌의 사랑 이야기를 담은 「이번에는 나는 누구죠?」와 「영원으로의 긴 산책」에 이르기까지, 그야말로 다양한 팔색조 같은 매력을 품고 있는 단편모음집이다.

시간을 거슬러 1968년 이 책 출간 당시로 돌아가 본다면, 보니것의 대표작 『제5도살장』이 아직 나오기 1년 전이지만 우리는 이 단편소설집을 통해 미국 현대 문학사에 길이 남을 작가의 탄생을 충분히 예측할 수 있다. 이 책을 통해 보니것의 작품에 입문한 이도 다시금 그를 만나는 이도 모두 매혹적인 보니것의 세계에 온 것을 환영하며, 대작가의 탄생을 예고하고 재능을 엿볼 수 있는 작품 속으로 떠나는 여행이 즐거웠기를 바란다.

—옮긴이 황윤영

황윤영

성균관대학교 번역대학원을 졸업한 후, 현재 번역문학가로 활발히 활동하고 있다. 옮긴 책으로 『오디세이』, 『지킬 박사와 하이드』, 『이상한 나라의 앨리스』, 『에드거 앨런 포 단편선』, 『폭풍의 언덕』, 『내가 사랑한 야곱』, 『철학을 담은 잔소리 통조림』, 『그레이브야드 북』, 『네버웨어』, 『몽키 하우스에 오신 것을 환영합니다』 등이 있다.

이 책에 수록된 단편들이 처음 실린 곳

콜리어스 매거진 Collier's Magazine

「포스터의 포트폴리오」(1951), 「모두 왕의 말들」(1953), 「톰 에디슨의 털북숭이 개」(1953), 「한결 위풍당당한 저택」(1951), 「반하우스 효과에 관한 보고서」(1950), 「에피칵」(1950), 「유피오의 문제」(1951)

코스모폴리탄 Cosmopolitan

「옆집」(1955), 「유인 미사일」(1958), 「아담」(1954)

에스콰이어 Esquire

「공장의 사슴」(1955)

판타지와 SF 매거진 Fantasy and Science Fiction Magazine

「해리슨 버저론」(1961)

갤럭시 출판사 Galaxy Publishing Corporation

「입을 준비가 되지 않은」(1953), 「내일, 내일, 그리고 또 내일」(1953, 처음에는 「저 위의 세상으로 떠나는 대단한 여행」이라는 제목으로 출간)

레이디스 홈 저널 Ladies' Home Journal

「영원으로의 긴 산책」(1960), 「난민」(1953), 「당신의 소중한 아내와 아들에게로 돌아가」(1962)

뉴욕 타임스 The New York Times

「새 사전」(1967, 처음에는 「랜덤하우스 사전」이라는 제목으로 출간)

플레이보이 Playboy

「몽키 하우스에 오신 것을 환영합니다」(1968)

새터데이 이브닝 포스트 Saturday Evening Post

「이번에는 나는 누구죠?」(1961), 「유혹하는 아가씨」(1956), 「거짓말」(1962), 「아무도 다룰 수 없던 아이」(1955)

벤처 Venture

「내가 사는 곳」(1964, 처음에는 「그러니까 당신은 반스터블에 한 번도 와 본 적이 없군요」라는 제목으로 출간)

몽키 하우스에 오신 것을 환영합니다

펴낸날 초판 발행 2018년 11월 30일
지은이 커트 보니것 | **옮긴이** 황윤영
펴낸이 신형건 | **펴낸곳** (주)푸른책들 · 임프린트 에프 | **등록** 제321-2008-00155호
주소 서울특별시 서초구 양재천로7길 16 푸르니빌딩 (우)06754
전화 02-581-0334~5 | **팩스** 02-582-0648
이메일 prooni@prooni.com | **홈페이지** www.prooni.com
카페 cafe.naver.com/prbm | **블로그** blog.naver.com/proonibook
ISBN 978-89-6170-686-5 03840

*잘못된 책은 구입한 곳에서 바꾸어 드립니다.

이 도서의 국립중앙도서관 출판시도서목록(CIP)은 서지정보유통지원시스템 홈페이지(http://seoji.nl.go.kr)와 국가자료공동목록시스템(http://www.nl.go.kr/kolisnet)에서 이용하실 수 있습니다.(CIP제어번호: CIP2018033720)

에프 블로그 blog.naver.com/f_books